新譯宋詞三百首

汪中注譯

三民書局

刊印古籍今注新譯叢書緣起

劉振強

人類歷史發展，每至偏執一端，往而不返的關頭，總有一股新興的反本運動繼起，要求回顧過往的源頭，從中汲取新生的創造力量。孔子所謂的述而不作，溫故知新，以及西方文藝復興所強調的再生精神，都體現了創造源頭這股日新不竭的力量。古典之所以重要，古籍之所以不可不讀，正在這層尋本與啟示的意義上。處於現代世界而倡言讀古書，並不是迷信傳統，更不是故步自封；而是當我們愈懂得聆聽來自根源的聲音，我們就愈懂得如何向歷史追問，也就愈能夠清醒正對當世的苦厄。要擴大心量，冥契古今心靈，會通宇宙精神，不能不由學會讀古書這一層根本的工夫做起。

基於這樣的想法，本局自草創以來，即懷著注譯傳統重要典籍的理想，由第一部的四書做起，希望藉由文字障礙的掃除，幫助有心的讀者，打開禁錮於古老話語中的豐沛寶藏。我們工作的原則是「兼取諸家，直注明解」。一方面熔鑄眾說，擇善而從；一方面也力求明白可喻，達到學術普及化的要求。叢書自陸續出刊以來，頗受各界的喜愛，使我們得到很大的鼓勵，也有信心繼續推廣這項工作。隨著海峽兩岸的交流，我們注譯的成員，也由臺灣各大學的教授，擴及大陸各有專長的學者。陣容的充實，使我們有更多的資源，整理更多樣化的古籍。兼採經、史、子、集四部的要典，重拾對通才器識的重視，將是我們進一步工作的目標。

古籍的注譯，固然是一件繁難的工作，但其實也只是整個工作的開端而已，最後的完成與意義的賦予，全賴讀者的閱讀與自得自證。我們期望這項工作能有助於為世界文化的未來匯流，注入一股源頭活水；也希望各界博雅君子不吝指正，讓我們的步伐能夠更堅穩地走下去。

《宋詞三百首》原序

詞學極盛於兩宋，讀宋人詞當於體格、神致間求之，而體格尤重於神致。以渾成之一境為學人必赴之境，更有進於渾成者，要非可躐而至，此關係學力者也。神致由性靈出，即體格之至美，積發而為清暉芳氣而不可掩者也。近世以小慧側豔為詞，致斯道為之不尊；往往塗抹半生，未窺宋賢門徑，何論堂奧！未聞有人焉，以神明與古會，而抉擇其至精，為來學周行之示也。彊邨先生嘗選宋詞三百首，為小阮逸馨誦習之資，大要求之體格、神致，以渾成為主旨。夫渾成未遽詣極也，能循塗守轍於三百首之中，必能取精用閎於三百首之外，益神明變化於詞外求之，則夫體格、神致間尤有無形之訢合，自然之妙造，即更進於渾成，要亦未為止境。夫無止境之學，可不有以端其始基乎？則彊邨茲選，倚聲者宜人置一編矣。

中元甲子燕九日，臨桂況周頤

新譯宋詞三百首　目次

導讀

一、從韻文發展談到詞

我國文化，源遠流長，在純文學的境域中，大家都常說到詩詞歌賦，當然在世界上每一個古老的國家，其文學產生很自然的起於歌唱，人情哀樂，發於咿唔，見于文字，是由音樂（徒歌）而再經過語言的紀錄，於是詩歌，便被傳誦，絕好優美的作品，更是千古不朽。我中華五千年的傳統最早的詩歌是《詩經》，下至楚辭、漢賦、樂府、五七言詩，這一序列中，《詩經》是長短不齊的句子，二言（字）三言，四言五言，六言七言，乃至更長的不等，到了楚辭、漢賦，是大篇的詩歌，洋洋千萬言，句子像散文，開闔變化，不可端睨，都是極光輝晶瑩的作品。兩漢樂府，已漸漸從不規則的長短句，而走向整齊的五言詩、七言詩，再由這一些作品，而發展到音節和諧，對偶工麗，句法形式規律的唐人詩歌，合古今體的大成，而達到登峰造極的境界。於是文學史上，號稱唐詩，在當時也將一些歌辭，被之絃管，歌辭雋永，音節諧和，自然流播久長，由民間而達天聽，因一首詩而得朝廷恩遇、美女青睞的，史不絕書，真可說是文士風流，躊躇得意了。可是文學因時代而不得不轉移演化，因唐詩的歌唱，而慢慢增損字句，再把整齊的句法攤破，詞的產生，溯流已在盛唐中唐之間。顧起綸曰：

> 唐人作長短句，乃古樂府之濫觴也。李太白首倡〈憶秦娥〉，悽惋流麗，頗臻其妙，世傳太白所作，尚有〈桂殿秋〉、〈清平樂〉等，亦有以太白時尚無詞體，是後人依託者，或以〈菩薩蠻〉為溫飛卿作，然《湖山野錄》謂魏泰輔得《古風集》於曾子宣家，正以〈菩薩蠻〉是太白作，則流傳亦已久矣。

李白　菩薩蠻

平林漠漠煙如織，寒山一帶傷心碧，暝色入高樓，有人樓上愁。　玉階空佇立，宿鳥歸飛急，何處是歸程，長亭連短亭。

李白　憶秦娥

簫聲咽，秦娥夢斷秦樓月，秦樓月，年年柳色，灞陵傷別。　樂游原上清秋節，咸陽古道音塵絕；音塵絕，西風殘照，漢家陵闕。

〈菩薩蠻〉是五七言句，還是詩的句法。〈憶秦娥〉又有三言四言。至唐末五代《花間集》、

《尊前集》兩部集子，大都是短篇。

溫庭筠　南歌子

轉盼如波眼，娉婷似柳腰，花裏暗相招，憶君腸欲斷，恨春宵。

皇甫松　憶江南

蘭燼落，屏上暗紅蕉，閒夢江南梅熟日，夜船吹笛雨瀟瀟，人語驛邊橋。

馮延巳　調笑令

明月，明月，照得離人愁絕。更深影入空床，不道幃屏夜長。長夜，長夜，夢到庭花陰下。

這時長調極少，就近世所見敦煌曲子，雖有長調，但也不是極成功而普遍流行的。詞體到了宋代而大盛，北宋源於唐五代，小令居多，至柳永而發展慢詞，秦觀、蘇軾、周邦彥、辛棄疾、姜夔、吳文英，由淺斟低酌的風格，而變為慷慨奮發的高唱，詞就成為宋代文學的代表。

二、略論詞的寫作

詞是由詩而蛻變來的，要寫詞必須先讀詩，句法用韻，才有根基。熟讀詩歌，才會選言遣辭（詞的用字平仄極嚴，有譜有定法，所以說是填詞）。詞的調名，本于音樂，所以也不能不略略涉獵宮商（可參閱商務本吳梅《詞學通論》第四章論音律），使音節高下，適合歌唱。宋人對於聲律寫作，非常強調要按譜守規矩，張炎《詞源》一書，說得最為詳盡。茲節略其要語於後：

填詞先審題，因題擇調，次命意，次選韻，次措詞，其起結須先有成局，然後下筆。

詞中句法貴平妥精粹，一曲之中，安得句句高妙，只要襯副得法，於好發揮處，勿輕放過。

句法中有字面，生硬字切勿用，必深加鍛鍊，(《人間詞話》說隔就是鍛鍊不夠，況蕙風在《宋詞三百首》原序中說渾成就是鍛鍊成熟)字字推敲響亮。方回、夢窗精於鍊字者，多從李長吉、溫庭筠詩中取法來。詞要清空勿質實。(清空重於寫景，淺淺淡淡，以景襯情，或說不緊要話，甚或如湖南鄉人打皮科。質實是從正面硬說，就板滯不靈，堆砌重累)

詩難詠物，詞為尤難，須放縱聯密，用事合題。不滯於物，有餘不盡。(如東坡詠楊花之〈水龍吟〉、梅溪詠燕之〈雙雙燕〉)

近代況周頤的《蕙風詞話》、王國維的《人間詞話》都說到了許多創作的甘苦，可以細讀。

填詞要用韻，清代沈謙有《詞韻略》一書(戈載有《詞林正韻》)云：

毛先舒注云：填詞之韻，大略平聲獨押，(但有東、冬通用，江陽通用等等)上去通押，然間有三聲通押者，如西江月、少年心之類。故沈氏於每部韻俱總統三聲，而中又明分平仄凡十四部，至於入聲無與平上去通押之法，故後又別為五部云。又按唐人作詞，多從詩韻，宋詞亦有謹守詩韻不旁通者，蓋用韻自惡流濫，不嫌謹嚴也。

總之詞韻如古體詩用韻較寬，也比較有變化，初學填詞，必遵韻書。（可參閱商務本吳梅《詞學通論》第三章論韻）

最後填詞必須依照詞譜，審別每句每字之平仄，譜上都明明白白的注出，清康熙二十六年有萬樹編的《詞律》一書，杜文瀾為之補遺（世界書局本），及康熙五十四年七月而御製《詞譜》出，計列八百二十六調，二千三百六體，尤為完備，《詞譜》為武英殿刊本（民國五十三年九月聞汝賢教授縮印本）清末詞人鄭文焯精審音律，所說多載尺牘中：

鄭文焯與張孟劬書節略

近代詞家，謹於上去，便自命甚高。入聲字例，發自鄙人，徵諸柳周吳姜四家，冥若符合。皋文（張惠言《詞選》）能張詞之幽隱，所謂不敢以詩賦之流，同類而風誦之，其道日昌，其體日尊，近三十年，作者輩出，罔敢乖剌，自蹈下流，然求其速造淵微，洞明音呂，以契夫意內言外之精義，殆十無二三焉。

論詞律之難工，自命殆是專家，人不敢非。填詞又稱倚聲，就是說必須依樂譜曲調，句度的長短，字音的輕重，都要和樂聲相抑昂，才能付之絃管。可是合於宮商古樂，所製詞曲，只見於書上的記載，不能聽到原來的歌唱，近雖有姜白石之旁譜（中華書局本《姜白石詞編年箋校》），亦不能知其節奏，就令今日歌之，未必能合于當時的演奏，所以近世作者吳庠，以為上去入都不必嚴格劃分，和鄭氏之說歧異，真如鍾嶸論詩：「今既不被管絃，亦何取乎聲律耶？」但要發音口吻調利才是，今初學仍然要按譜填詞，將來知音的人，再如何發展，就拭目以待了。

三、談《宋詞三百首》的譯注

清朝末期詞學鼎盛，一如乾嘉年間的漢學，最初都受陽湖張惠言《詞選》一書的影響，張氏提高詞學，漸漸被後來一些學人所注意。當鴉片戰爭以後，國勢日衰，學者不能發其胸臆，詞可以淘瀉鬱積，王鵬運、朱祖謀、況周頤、鄭文焯相倡和，最先王氏刊《四印齋所刻詞》，整理古代詞集，朱祖謀繼起窮其晚歲心力，校刊唐、宋、金、元詞六百餘家為「彊村叢書」，所刊《夢窗》一詞，有四次校訂之多，實為詞學空前的巨著。

《宋詞三百首》為朱氏晚年所選（朱氏民二十年卒），況氏民國十三年替《宋詞三百首》作序，以為此書，可使後來逸馨誦習，就此中求其體格神致，以達渾成之境，取精用閎，捨此莫屬，朱況兩先生一代詞學專家，所選宋詞，真是篇篇可誦。首以徽宗、早期北宋有張、晏、歐、柳、小晏、東坡、少游。北宋的末期，周邦彥、賀方回。南宋有辛、姜、吳、周、王。大家羅列，名篇盡收。附女子詞人一人予殿後。近人亦有注本，重在評箋，現在為便于一般讀者，重新編譯詞的順序；保留原序；按年次，將徽宗移至中間，而把朱氏補選諸詞，一一插入，增蔣捷〈虞美人〉（少年聽雨歌樓上）一首，共三百一十首。每調一一按照詞律、詞譜、牌名、音韻字數，加以說明，字旁用附號注了平仄，平用○；仄用●；原平可仄用◒；原仄可平用◓，並加注韻脚，詳作注釋，說明出處。

詩詞是一種有韻律的美文，本來不能語譯，現在為一般讀者方便，還是譯了，但未必能做到盡合原詞的本意，最後每一詞都寫一段賞析，對作品背景，和詞語前後的結構融合加以說明，希望對練習寫作的人有些幫助。

本編承黃生坤堯、陳生曉霞幫忙，歷時甚久，編者學養有限，錯誤難免，希望讀者給予指正，非常感謝。

清明節汪中記於臺北麗水寓居

新譯宋詞三百首

1 木蘭花

錢惟演

城上風光鶯語亂，城下煙波春拍岸。綠楊芳草幾時休？淚眼愁腸先已斷。

情懷漸覺成衰晚，鸞鏡❶朱顏驚暗換。昔年多病厭芳尊，今日芳尊惟恐淺。

【作　者】惟演字希聖，吳越忠懿王錢俶之子。建隆三年（九六二）生。少補牙門將。歸宋，為右屯衛將軍。咸平三年（一〇〇〇）召試，改文職，為太僕少卿。累遷翰林學士樞密使，罷為鎮國軍節度觀察留後，改保大軍節度使，知河陽。入朝，加同中書門下平章事。明道二年（一〇三三），坐擅議宗廟，又與后家通婚，落同平章事，以崇信軍節度使歸鎮。景祐元年（一〇三四）卒，諡曰思，改諡文僖。

【詞　牌】〈木蘭花〉，一名〈木蘭花令〉、〈玉樓春〉、〈春曉曲〉、〈惜春容〉。

‧〈木蘭花〉，唐教坊曲名，《太和正音譜》注高平調。按《花間集》載〈木蘭花〉、〈玉樓春〉兩譜，其七字八句者為〈玉樓春〉體。〈木蘭花〉則韋（莊）詞，毛（熙震）詞，魏（承班）詞共三體，從無與〈玉樓春〉同者。自《尊前集》誤刻以後，宋詞相沿，率多混填，按《花間集》魏承班詞有〈木蘭花〉一調，〈玉樓春〉兩調。（《詞譜》）

【詞　律】〈木蘭花〉此體雙調五十六字，前後段各四句，三仄韻。

‧按《尊前集》，歐陽炯〈兒家夫倌〉詞，庾傳〈素木蘭紅豔〉詞，即此詞體也。因歐詞結句，有「同在木蘭花下醉」句，庾詞起句有「木蘭紅豔多情態，不似凡花人不愛」句，遂別名〈木蘭花〉，其實乃〈玉樓春〉，非〈木蘭花〉也。（《詞譜》）

按錢惟演此詞，前段照顧敻詞填，後段照李煜詞填。故此詞前後段兩起句，平仄相異。

【注　釋】❶鸞鏡　晉罽賓王得一鸞鳥，不鳴，後懸鏡照之始鳴，見《藝文類聚》引范泰〈鸞鳥詩序〉。後因泛指鏡為鸞鏡。

【語　譯】城頭上春光爛漫，鶯聲嚦嚦，城牆下煙波浩瀚，拍打城垣。依依垂楊，萋萋芳草，究竟又能燦爛多久？淚眼盈眶，但覺迴腸百結，寸寸愁斷。

心境也愈來愈老了，鏡子中的青春一去不回，使人吃驚。以前身體不好，很怕喝酒，現在只擔心尊內酒少。

【賞　析】此暮年感春之作，起首二句，寫兩大片風光，城上所聽到的是鶯語零亂，城下所見到的是春波浩瀚。還有那綠楊芳草永無休止，年年春色，相對的自覺則是身老愁腸欲斷。下闋明說衰晚，承上愁腸，下開朱顏暗換。年華催人，愈覺好景彌堪珍惜。昔年兩句尤為委婉。過去因為身體多病而不能飲酒盡歡，今天老了，只感覺時光對我來說，所剩無幾，所以要盡情尋樂，孟子裏的酒，就惟恐少了，正是斷腸真情篤摯處。

2 蘇幕遮

范仲淹

碧雲天，黃葉地，秋色連波，波上寒烟翠。山映斜陽天接水，
芳草無情，更在斜陽外。黯❶鄉魂，追旅思❷，夜夜除非，好
夢留人睡。明月樓高休獨倚，酒入愁腸，化作相思淚。

【作　者】仲淹字希文，其先邠人，後徙吳縣。生於端拱二年（九八九）。大中祥符八年（一〇一五）進士。仕至樞密副使，參知政事，以資政殿學士為陝西四路宣撫使。知邠州，徙鄧州、荊南、杭州、青州。皇祐四年（一〇五二）卒，年六十四。贈兵部尚書、楚國公，諡文正。近「彊村叢書」輯有《范文正公詩餘》一卷。

【詞　牌】〈蘇幕遮〉，一名〈鬢雲鬆令〉、〈蘇莫遮〉、〈蘇摩遮〉。

•〈蘇幕遮〉，唐教坊曲名。按《唐書・宋務觀傳》：「比見都邑市，相率為渾脫隊，駿馬胡服，名〈蘇幙遮〉」，又按張說集有〈蘇幙遮〉七言絕句，宋詞蓋因舊曲名，另度新聲也。周邦彥詞有「鬢雲鬆」句，更名〈鬢雲鬆令〉。（《詞譜》）

•〈蘇幕遮〉一名〈鬢雲鬆〉，雙調六十二字。蘇幕遮，本西域婦女飾。唐呂元濟言渾脫駿馬胡服，名曰蘇莫遮。張說有〈蘇幕遮〉詩云是海西歌舞，蓋本其國舞人之飾，後隸教坊，因以名詞調也。（《歷代詩餘》）

•蘇幕遮，西域婦人帽也。《唐書・呂元濟上書》：「比見坊邑相率為渾脫隊，駿馬胡服，名曰蘇幕遮。」蓋本是弧樂之飾，唐教坊作戲，即以名曲。張說詞作〈蘇摩遮〉，詩云：「摩遮本出海西弧，琉璃寶服紫髯鬚，聞道皇恩遍宇宙，來將歌舞助歡娛。」又云：「繡裝拍額寶花冠，彝歌騎舞借人看，自能激水成陰氣，不慮今年寒不寒。」按此，則此樂似亦角觝眩人吞刀吐火之類是也。一名〈鬢雲鬆〉。（《填詞名解》）

•此調為唐樂署貢奉曲，萬宇清舊名〈蘇幕遮〉，屬太簇宮，俗名〈池陁調〉。（《續通志》）

•〈蘇幕遮〉，古曲名，張說詩有「摩遮本出海西湖。」云云。楊慎曰：「考之即無回回也。」宋人作〈蘇幕遮〉，注云：「胡服。一云『高昌女子所戴油帽』。《教坊記》有醉渾脫之稱。」唐呂元濟上書：「比見方邑相率為渾脫隊，駿馬胡服，名曰蘇幕遮。」（《柳塘詞話》）

•《唐書》：「呂元濟上書：『比見方邑相率為渾脫隊，駿馬戎服，名曰蘇幕遮。』」曲名亦取此。李太白詩：「公孫大娘渾脫舞」即此際之事也。（《都護南濠詩話》）

【詞律】〈蘇幕遮〉，雙調六十二字，前後段各七句，四仄韻。

・此調只有此體，宋元人俱如此填。前段第三四句，梅堯臣詞，亂碧萋萋，雨後江天曉，亂字雨字俱仄聲。第五句，蘇軾詞，一局選仙逃暑困，一字選字俱仄聲。第六七句，蘇詞，笑指尊前，誰向清宵近，笑字仄聲，誰字平聲。後段第三句，張先詞，回首旗亭，回字平聲。第四句，蘇詞，誰敢爭先進，誰字平聲。第五句杜安世詞，獨上高樓臨暮靄，獨字仄聲。楊澤民詞，溪上故人無恙否，故字仄聲。第六七句，張先詞，天若有情，天也終須老，兩天字俱平聲，有字仄聲，譜內可平可仄據此。若《花草粹編》無名氏詞，前段起二句，與君別，情易許，別字仄聲，此亦偶然，不必從。（《詞譜》）

【注釋】❶黯　黯然失意之貌。❷追旅思　追謂追促之意。旅思，即作客心情。

【語譯】碧澄的藍空，黃葉匝地，秋濤疊卷，氤氳出一江嵐翠。遠山映著暮靄蒼茫，水天低接，可憐心目中的無限芳草，卻更在斜陽山外。

　黯黯鄉愁，幽幽旅思，除非每夜都有一個好夢，伴人安睡。高樓上，明月底，不要再低徊獨倚了，否則愁懷醉飲，更惹來無限血淚相思。

【賞析】此詞目觸秋色，牽引一片懷思之作也。全詞結構正如鄒祗謨所云：「前段多入麗語，後段純寫柔情。」所謂「麗語」即「景語」也，以秋景寫秋心。

　起首「碧雲天」下一「碧」字，正見范文正公詞心深處，雖是秋來蕭瑟，觸目首及，卻先取秋色勁氣所在，第二句方收眼黃葉落地，碧黃相融，終為秋色之「翠」。此一「翠」字勝過古來多少「秋筆」！五六七三句正是詞中「景語」超妙處，借景託情，徐徐說出，介於有聲無聲間。山水無言，豈又止於無言？「斜陽」二字更是纏綿，需得有心來讀。與首句「碧雲天」參對，正見一人對景懷思，由雲碧天明時刻佇立不移，直至日落斜陽，何思之久，情之苦也。

下闋起首二句透露到所懷之物，且暗嵌一「追」字，將家園故國之思與羈旅生涯密切黏附。以下句句皆以情語出。收尾直道「愁腸」，直說「相思淚」，乃承上段「景語」鋪排出的一片胸襟，誠所謂情到滿處，不患語直也。

3 漁家傲

范仲淹

塞下❶秋來風景異(韻)，衡陽雁去無留意❷(韻)。四面邊聲❸連角❹起(韻)。千嶂❺裏(韻)，長煙落日孤城閉(韻)。

濁酒❻一杯家萬里(韻)，燕然❼未勒歸無計(韻)。羌管悠悠❽霜滿地(韻)。人不寐(韻)，將軍白髮征夫淚(韻)。

【詞牌】〈漁家傲〉，一名〈綠簑令〉、〈添字漁家傲〉。

〈漁家傲〉，明蔣氏《九宮譜目》入中呂引子。按此調始自晏殊，因詞有「神仙一曲漁家傲」句，取以為名。

・范希文守邊日作〈漁家傲〉樂歌數曲，皆以「塞下秋來風景異」為首句，述鎮邊之苦，歐陽公

常呼為窮塞主之詞，及王尚書素出守平涼，文忠亦作〈漁家傲〉一首以送。《東軒筆錄》

【詞律】〈漁家傲〉，雙調，六十二字，前後段各五句，五仄韻。

此調以此（晏殊）詞為正體，宋元人俱如此填。范仲淹此詞即依晏體填。

・按宋杜安世詞，前段第一二句，每到春來長如病，玉容瘦與薄妝稱，如字平聲，薄字仄聲。結句，奈向後期全無定，向字仄聲，期字平聲。後段第二句，花間眾禽愁難聽，禽字平聲。第三句，天賦多情翻成恨，成字平聲。每句俱作拗體，又元淩彥翀詞，前段起句，采芝步入南山道，芝字平聲，步字入字俱仄聲。俱與此詞平仄全異。又晏詞別首，前段起句，幽鷺慢來窺品格，幽字平聲。歐陽修詞，第二句，葉籠花罩鴛鴦侶，葉字仄聲，花字平聲。後段起句，愁倚畫樓無計奈，愁字平聲，畫字仄聲。第二句，亂紅飄過秋塘外，亂字仄聲。第三句，腸斷樓南金鎖戶，腸字平聲，杜安世詞，第四句，有誰道，有字仄聲。俱與此詞平仄小異。譜內可平可仄據之。餘參所採周、杜、蔡諸詞句法同者。《詞譜》

【注釋】❶塞下　邊關的地區。❷衡陽雁去無留意　湖南衡陽有迴雁峰，傳說南飛雁到此為止。此句言邊塞苦寒，雁南去而不願停下。❸邊聲　《文選・李陵答蘇武書》：「邊聲四起，晨坐聽之，不覺淚下。」邊聲，指羌笛、馬鳴、風沙等聲音。❹連角　軍中號角。❺嶂　山峰。❻濁酒　杜甫〈登高〉詩：「潦倒新停濁酒杯。」❼燕然　山名，在內蒙古。後漢竇憲追北單于，登此山。班固作〈燕然山銘〉，刻石記功。❽羌管悠悠　羌人吹的笛子，聲音悠揚。

【語譯】秋天來了，塞外的風景無限淒清。雁兒都沒有意思留下，要飛到衡陽過冬。周圍風沙亂吹，夾著角聲吹送，層層山巒起伏，夕陽西下，孤煙一縷，而荒城也緊緊地關閉起來。

猛然飲下一杯濁酒，家山萬里，但四方的邊亂尚未平定，無法回去。現在一地繁霜，伴著悠悠的羌笛聲音，真使人無法入睡。我這位白髮皤皤的將軍，也不禁灑下幾顆眼淚來了。

【賞　析】唐人詩善作邊塞苦寒之景，宋人不長於此，如范文正公則以詞筆為之，亦能摹寫大漠荒涼，開蘇辛豪放之風。首句塞下秋來風景異，明寫一異字，劈頭喝出。然後娓娓說出所異之景，衡陽二句是目所見者異也。四面三句是心耳所接者異也。長煙句仍是目接，寂然無限結束上闋。下片燕然未勒歸無計，總結秋來雁歸人不能歸之故。於是秋景更為逼人，羌管入耳，霜華侵肌，而結以將軍白髮征夫淚，為千古苦於戰役者，呼號悲鳴，正氣浩然塞於天地之間，而情語入妙，惟有大英雄才能現出如是本色來。

4 御街行

范仲淹

紛紛墜葉飄香砌❶，夜寂靜、寒聲碎。真珠簾捲玉樓空，天淡銀河垂地。年年今夜，月華如練❷，長是人千里。

愁腸已斷無由醉，酒未到、先成淚。殘燈明滅枕頭攲❸，諳❹盡孤眠滋味。都來此事，眉間心上，無計相迴避。

【詞牌】〈御街行〉一名〈孤雁兒〉。

・〈御街行〉，柳永《樂章集》注夾鍾商，《古今詞話》無名氏詞有「聽孤雁聲嘹唳」句，更名〈孤雁兒〉。（《詞譜》）

・御街，自宣德樓一直南去，約闊二百餘步，兩邊乃御廊，廊下朱杈子裏有磚石甃砌御溝水兩道，盡植蓮荷，近岸植桃李梨杏，雜花相間，春夏望之如繡。（《東京夢華錄》）

按〈御街行〉之行，為行路之行，非歌行之行，紅友萬氏論之審矣。

【詞律】〈御街行〉，范仲淹一體，雙調七十八字，前後段各七句，四仄韻。

・此詞前後段第二句，校柳詞添一字，俱作六字折腰句法，按程垓詞，向客裏方知道，忍雙鬢隨花老，又一首，記當日香心透，問何事春山鬥。楊无咎詞，惟只愛梅花發，最嫌把鉛華拭。辛棄疾詞，供望眼朝與暮，更旋旋真香聚。趙長卿詞，正宮漏沈沈夜，趲行色難留也。李清照詞，說不盡無佳思，又催下千行淚。皆與此同，但平仄小異耳，譜內即據之。餘悉與柳詞同。（《詞譜》）

・按柳詞，雙調，七十六字，前後段各七句，四仄韻。此詞前後段第二句，俱五字。（《詞譜》）

【注釋】❶香砌　砌即階，階有盆花故名香階、香砌。❷練　素色的綢。❸攲　傾斜。❹諳　熟習。

【語譯】紛飛的亂葉，堆滿庭階，夜安詳得很，只有一兩聲細碎的蟲吟。於是捲上了真珠簾子，天色清曠，銀河瀉滿大地，猛然襲來一股空虛之感。每年到了這個晚上，月光都很明亮，但人兒呢永隔千里。

愁腸寸斷，不可能再醉了，往往杯內還未上酒，已是一泓清淚。樓上油燈閃閃將滅，枕頭傾側，早嘗遍了孤眠況味。因為時常都觸起這些事情，眼中心中，無法可以避免。

【賞析】此詞為思念室家之作。上闋以景語入，以情語收。下闋一路寫情，和其〈蘇幕遮〉結構相似。

首句以「墜葉」點時序，以「香砌」點地方。二三兩句細摹秋聲之哀痛，四五兩句再著力寫秋月之傷目，和〈漁家傲〉相對，可知范文正公寫秋景真是聲色俱下，令人無處迴避。

下闋起筆就是重語。所謂「愁腸」「酒淚」俗人寫來只是陳濫，可是落入文正公筆下，就獨具深情。讀其「愁腸已斷無由醉」句，真不知此公喝過多少斷腸酒。結語三句真真人間摯情語，讀來但覺天地中呼吸的空氣盡是情，一觸即痛，眉間已刻下情痕，與「酒未到，先成淚」相勾連，心中也滿腹情腸，以應「愁腸已斷無由醉」之句也。與李清照之「纔下眉頭，卻上心頭」相較，可知何謂直何謂巧了。

5　千秋歲

張　先

數聲鶗鴂❶，又報芳菲歇。惜春更選殘紅折，雨輕風色暴，梅子青時節。永豐❷柳，無人盡日花飛雪。

莫把幺絃❸撥，怨極

絃能說。天不老，情難絕，心似雙絲網，中有千千結。夜過也，東窗未白孤燈滅。

【作者】先字子野，湖州人。生於淳化元年（九九〇）。天聖八年（一〇三〇）進士。嘗知吳江縣。晏殊尹京兆，辟為通判。仕至都官郎中。元豐元年（一〇七八）卒，年八十九。有《子野詞》一卷，見粟香室覆刻名家詞刊本；又二卷，《補遺》二卷，見知不足齋叢書本及彊村叢書本。

【詞牌】〈千秋歲〉一名〈千秋節〉。

・〈千秋歲〉，宋志小曲，入中呂閏，俗呼〈小石角〉。《詞調溯源》

【詞律】〈千秋歲〉，此一體雙調七十二字，前段七句，五仄韻，後段八句，五仄韻。

・按李之儀詞，前段第一句，淡簾靜晝，淡字平聲，靜字仄聲。第三句，鮮衣楚製非文繡，鮮字平聲，又怎生圖畫如何繡，圖字平聲。第四句，宜推蕭史伴，宜字平聲。張仲幹詞，結句，泰階已應昇平象，泰字仄聲。李詞，後段第二句，歌斷青青柳，歌字平聲。譜內可平可仄據此。

《詞譜》

【注釋】❶鶗鴂　鳥名。〈離騷〉：「恐鶗鴂之先鳴兮，使夫百草為之不芳。」❷永豐　洛陽坊名。白居易〈楊柳枝詞〉：「永豐西角荒園裏，盡日無人屬阿誰。」❸幺絃　孤絃。

【語譯】杜鵑聲聲，又屆落紅時節。為了挽住春光，所以也深情地選折一朵，雨驟風狂，枝頭上的梅子又已綻青了。寂寞的永豐園內，無人來往，只有柳絮漫天飛舞。

不要再撥弄琴絃了，這無限的幽怨，絃線也似能了解。天不會老，情不會絕，心就像兩個交疊織成的蛛網，中有萬千結頭。今夜又快過盡了，東窗雖仍未露出曙光，但孤燈早已熄滅。

【賞析】東坡識子野於錢塘，子野年已八十，視聽不衰。東坡稱子野詩筆老，歌詞妙乃其餘事。

此一闋傷春之詞，起用〈離騷〉，鶗鴂啼而芳草衰歇。人惜春而風雨不惜，天地無情，柳絮如雪，正芳菲已過了。

下片莫弄繁絃，絃也在說怨。天不老四句，麗語、豔語、情語，說白如話，不事絲毫雕琢，卻也非雕琢所能做到，這就是才，是經過鍛鍊醞釀，而自然出之。結語是一夜不寐，亦是怨極情深所致。

6 菩薩蠻

張先

哀箏一弄湘江曲（仄韻），聲聲寫盡湘波綠（韻）。纖指十三絃❶（平韻），細將幽恨傳（韻）。

當筵秋水❷慢（換仄韻），玉柱斜飛雁❸（韻）。彈到斷腸時（換平韻），春山眉黛低（韻）。

【詞牌】〈菩薩蠻〉一名〈子夜歌〉、〈菩薩鬘〉、〈重疊金〉、〈女王曲〉、〈花間意〉、〈梅花句〉、

〈花溪碧〉、〈晚雲烘日〉、〈巫山一片雲〉。

• 〈菩薩蠻〉又名〈子夜歌〉、〈巫山一片雲〉、〈重疊金〉。按青蓮此調與〈憶秦娥〉為千古詞祖，平仄悉宜從之。又按唐蘇鶚《杜陽雜編》云：「宣宗大中初，蠻國人入貢，危髻金冠，瓔珞被體，故謂之菩薩蠻。當時娼優遂製〈菩薩蠻〉曲。文士往往聲其詞。」又崔令《教坊記》載：「兩院人歌曲名亦有〈菩薩蠻〉。」《北夢瑣言》云：「宣宗好唱〈菩薩蠻〉詞，其原作『蠻』字，自楊升庵好奇，云是『鬘』字，今人皆從之。不知『蠻』字乃女蠻之蠻，不必易也。」（《詞律》）

• 〈菩薩蠻〉，唐教坊曲名。《宋史・樂志》，女弟子舞隊名，《尊前集》注中呂宮。唐蘇鶚《杜陽雜編》云：「大中初，女蠻國人入貢，危髻金冠，纓絡被體，號菩薩蠻隊，當時倡優遂製〈菩薩蠻〉曲，文士亦往往聲其詞。」孫光憲《北夢瑣言》云：「唐宣宗愛唱〈菩薩蠻〉詞，令狐綯命溫庭筠新撰進之。」《碧雞漫志》云：「今《花間集》溫詞十四首是也。」按溫詞有「小山重疊金明滅」句，名〈重疊金〉；南唐李煜詞名〈子夜歌〉，一名〈菩薩蠻鬘〉；韓詞有「新聲休寫花間意」句，名〈花間意〉；又有「風前覓得梅花句」句，名〈梅花句〉；有「山城望斷花溪碧」句，名〈花溪碧〉；有「晚雲烘日南枝北」句，名〈晚雲烘日〉。（《詞譜》）

• 〈菩薩蠻〉雙調四十四字，唐開元中，南詔入貢，危髻金冠，瓔珞被體，號菩薩蠻，因以製曲，宋隊舞亦有此名，楊慎改蠻作鬘，一名〈重疊金〉，一名〈子夜歌〉，一名〈女王曲〉，一名〈花間意〉，一名〈巫山一片雲〉，皆後來更名，平仄叶韻處稍有異同，然體則一也。李白作為千古傳誦，平仄宜悉從之。（《歷代詩餘》）

•〈菩薩蠻〉一名〈子夜歌〉(又填詞別有〈子夜歌〉),一名〈重疊金〉,西域婦人首飾也。出《釋典》,詞名出此。後作蠻,(朱或可談載:「廣中吐蕃婦為菩薩蠻。」)《南部新書》云:「大中初,女蠻國入貢,危髻金冠,纓絡被體,號菩薩隊。」(按宋舞隊亦有此名,舞者衣緋生色,窄袖,衣捲,雲冠。)《陳暘樂書》:「緋生色,作絳繪。」遂製此曲,大中,宣宗紀號也。《北夢瑣言》云:「宣宗愛唱〈菩薩蠻〉詞。」一名〈巫山一片雲〉。(《填詞名解》)

•《北夢瑣言》云:「宣宗愛唱〈菩薩蠻〉詞,令狐相國假溫飛卿新撰,密進之,戒以勿洩,而遽言于人,由是疎之。」溫詞十四首載《花間集》,今曲是也。李可及所製,蓋止此,則其舞隊不過如近世傳踏之類耳。(《碧雞漫志》)

•〈菩薩蠻〉,正平。唐大中初,女蠻國貢獻,其人皆危髻金冠,纓絡被體,故謂之〈菩薩蠻〉。(《片玉集注》)

•西域諸國婦女編髮,垂髻,飾以雜花,如中國塑佛像纓絡之飾,曰菩薩鬘,曲名取此。(《都護南濠詩話》)

•唐時,俗稱美女為菩薩,菩薩蠻猶稱女蠻,當時教坊譜作曲詞,遂為詞名。(《白香詞譜題考》)

【詞律】〈菩薩蠻〉,雙調,四十四字,前後段各四句,兩仄韻,兩平韻。

張先此詞即照李白(平林漠漠煙如織)詞體填。

【注釋】❶十三絃 箏有十三絃,十二絃等十二月,其一為閏。❷秋水 白居易〈詠箏〉詩:「雙眸剪秋水,十指剝春葱。」眼如秋水也。❸玉柱斜飛雁 箏柱斜斜排列如飛雁。

【語譯】湘江曲從哀怨的箏聲中流出，像湘江水悠悠波綠。纖巧的玉指飄舞在十三絃上，幽幽地傾瀉出心中的無限愁緒。

宴飲間，但覺她雙目凝情，箏柱斜列如雁飛。當她彈奏到最傷心的時候，眼眉便像春山一樣，被雲霧壓得低低。

【賞析】此詠彈箏者，起即讚美樂曲似湘瑟初汎，美人纖纖玉指，慢慢將幽恨傳出。秋水下片，仍極形容演奏之妙。黃蓼園云：寫箏耶，寄託耶，意致卻極淒婉。末句意濃而韻遠，妙在能蘊藉。宋代善彈箏之妓有輕輕、伍卿，每拂指登場，座客皆為凝立。客有贈詩者云：輕輕歿後便無箏，玉腕紅紗到伍卿。座客滿筵都不語，一行哀雁十三箏。子野之遇，殆正是玉腕紅紗之倫。

7 醉垂鞭

張先

雙蝶繡羅裙（平韻），東池宴（仄韻），初相見（韻）。朱粉不深勻（平韻），閒花淡淡春（韻）。

細看諸處好（換仄韻），人人道（韻），柳腰❶身（平韻）。昨日亂山昏（韻），來時衣上雲（韻）。

【詞牌】〈醉垂鞭〉，《詞律》、《詞譜》均收張先一調，雙調，四十二字。

【詞　律】〈醉垂鞭〉，雙調，四十二字，前後段各五句，三平韻，兩仄韻。

此詞凡三用韻，兩仄韻即間押於平韻之內，以平韻為主，亦花間體也，張詞三首並同。

・按張詞別首，前段第一句，雙蝶繡羅裙，雙字平聲。（張詞此首，醉面灩金魚，醉字仄聲）第四句，朱粉不深勻，朱字平聲。（此首玉殿白麻書，玉字仄聲）第五句，閒花淡淡春，閒字平聲，淡字仄聲。（此首待君歸後除，待字仄聲，歸字平聲）後段第一句，細看諸處好，細字仄聲。（此首勾留風月好，勾字平聲。）譜內可平可仄據此。（《詞譜》）

【注　釋】❶柳腰　杜甫〈絕句漫興〉詩：「隔戶楊柳弱嫋嫋，恰似十五女兒腰。」人腰纖細如柳枝，形容美人之嬝娜。

【語　譯】裙子上繡有一雙美麗的蝴蝶，記得是東池宴飲時與她最初相識。脂粉不濃，淡淡的像春花般清雅。

細看她全身都很勻美，而人們更特別稱讚她的纖腰。昨日更像來自薄暮的群山寂寂中，沾滿了一身霞彩。

【賞　析】北宋之詞多婉約，初期如子野，尤婉約動人。此篇有所遇，起句寫美人服飾，繡著雙雙蝴蝶的羅裙，在宴會中發現一朵奇葩。仔細看來，美人淡妝，不曾施多少朱粉，像春風裏的杏花。下片再說美人之美，處處都好，人人特別說的還是那楊柳般的腰身。收句不著邊際，亂山昏，衣上雲，是說美人像神女如雲，今見衣袂翩翩，才想到是巫山暮雲的化身。二句突然，周濟讚美說橫絕，語有含毫邈然之意。

8 一叢花

張先

傷高懷遠幾時窮？無物似情濃。離愁正引千絲亂，更東陌、飛絮濛濛。嘶騎❶漸遙，征塵不斷，何處認郎蹤？雙鴛池沼水溶溶，南北小橈❷通。梯橫畫閣黃昏後，又還是、斜月簾櫳。沉恨細思，不如桃杏，猶解嫁東風。

【詞牌】〈一叢花〉，《詞律》收秦觀雙調七十八字一調，《詞譜》則收蘇軾七十八字一詞。

【詞律】〈一叢花〉，雙調七十八字，前後段各七句，四平韻。

此調只有蘇體，宋詞俱照此填，惟句中平仄，小有異同，詳注於後。

・按晁補之詞，前段第一句，碧山無意解銀魚，碧字仄聲。韓淲詞，翻空雪浪送飛花，雪字仄聲。晁詞，第四句，佩錦囊曾憶奚奴，錦字仄聲，囊字曾字俱平聲。程垓詞，第五句，青牋來約，牋字平聲，約字仄聲。陸詞，那堪更是，那字仄聲。晁詞，第六句，滿身花影，滿字仄聲，花字平聲。後段第一句，十年一夢訪林居，十字一字俱仄聲。程詞，第二句，此恨苦天慳，此字仄聲。韓詞第三句，畫簷簾卷黃昏後，畫字仄聲，簾字平聲。晁詞，第四句，寄洞庭春色雙壺，洞字仄聲，庭字平聲。陸詞倩雙燕說與相思，說字仄聲。程詞第五句，歸來忍見，來字平聲，見字仄聲。韓詞，聚散人生，聚字仄聲，人字平聲。陸詞，第六句，十分憔悴，十字仄聲，憔字平聲。秦詞，結句，兩處照相思，兩字仄聲。譜內可平可仄據此。《詞譜》

張先此詞即照蘇軾詞填。

【注　釋】❶騎　此即指馬匹。名詞。❷橈　楫也。

【語　譯】什麼時候可以不再登高念遠呢？沒有一樣東西較感情濃烈。離愁恰似柳絲般亂舞，更何況東邊的田野上，還瀰漫著一層濛濛柳絮呢！馬聲漸遠，揚起的灰沙仍隱約看到，但你的影子又在那裏？

雙鴛池水靜悠得很，南北只有一條小船來往。黃昏時，把水閣上的梯子吊起，跟著月色又照到房子來了。思前想後，究竟比不上一朵桃花杏花，還可以自由地嫁與東風。

【賞　析】此一首春日戀情之作。別離以後，情思之濃，正當傷高懷遠，益發不能遏止。愁緒如絲，在春氣中逐著飛絮，馬行已遠，又怎能追上郎蹤？不見伊人，而水上雙鴛，令人豔羨，梯橫小橈，應該是追想當時的歡會。此景成空，只餘斜月簾櫳。收句恨身不如花，結語奇情橫溢。《過庭錄》云：子野不如桃杏，猶解嫁東風。一時傳誦，永叔尤愛之，恨不識其人，子野家南地，以故至都謁永叔，閽者以通，永叔倒屣迎之曰，此乃桃杏嫁東風郎中。永叔愛才，古人風流為不可及。

9 天仙子

張先

時為嘉禾小倅❶以病眠不赴府會

水調❷數聲持酒聽，午醉醒來愁未醒。送春春去幾時回？臨晚鏡，傷流景❸，往事後期空記省。
沙上並禽池上暝，雲破月來花弄影❹。重重簾幕密遮燈，風不定，人初靜，明日落紅應滿徑。

【詞牌】〈天仙子〉，一名〈萬斯年〉、〈天臺仙子〉。

・〈天仙子〉，本唐教坊曲名。段安節《樂府雅錄》：「〈天仙子〉本名〈萬斯年〉，李德裕進，屬龜茲部舞曲。」因皇甫松詞有「懊惱天仙因有以」句，取以為名。（《詞譜》）

・〈天仙子〉一名〈萬斯年〉曲，有作〈天臺仙子〉者，單調，三十四字。（《歷代詩餘》）

・〈天仙子〉，唐韋莊詞「劉郎此日別天仙」云云，遂采以為名。（《填詞名解》）

・〈天仙子〉，《金奩集》載韋莊詞，入林鐘商，俗呼歇指調，宋張先詞入夾鐘羽，又一首入夷則羽。（《詞調溯源》）

按〈天仙子〉，本唐教坊曲名。唐五代時僅單調三十四字，至宋時則為雙調六十八字，又次首第二用仄，則為宋詞所本也。

【詞　律】〈天仙子〉，此體雙調，六十八字，前後段各六句，五仄韻。

〈天仙子〉有單調雙調兩體，單調始于唐人，或押五仄韻，或押四仄韻，或押兩仄韻，三平韻，或押五平韻。雙調始於宋人，兩段俱押五仄韻。

・按張詞別首，前段第一句，持節來時初有鴈，持字平聲。又此首，水調數聲持酒聽，數字仄聲。又一首第二句，因愛弄妝偷傅粉，因字平聲，弄字仄聲。第二句，金蕉併為舞時空，金字平聲，併字仄聲。第六句，往事後期空記省，往字後字俱仄聲。後段可平可仄同。又趙令時詞，前後段第四五句，春欲竟，愁未醒，閒展興，臨好景，或作平仄仄，平仄仄。翰墨全書詞，玉繩轉，銀河淡，漏聲緩，珂聲遠，又作仄平仄，平平仄。均與此詞小異。譜內可平可仄據此。(《詞譜》)

・張三影，臨晚鏡，傷流景。後用風不定，人初靜。皆上句平仄仄，下句平平仄。最為起調，宜從之。第二句，第二字，必用仄聲，不比唐詞，可以兩用。(《詞律》)

【注　釋】❶嘉禾小倅　張先為嘉禾(今嘉興)判官時，在仁宗慶曆元年，年五十二歲。❷水調　曲調名，《隋唐嘉話》：「煬帝鑿汴河，自制〈水調歌〉。」❸流景　杜牧〈代吳興妓春初寄薛軍事〉詩：「自悲臨曉鏡，誰與惜流年。」流年，即流景。❹雲破月來花弄影　張先得此句，並自建花月亭。《后山詩話》：「尚書郎張先善著詞，有云：『雲破月來花弄影』、『簾壓卷花影』、『墮飛絮無影』，世稱誦之，謂之『張三影』。」

【語　譯】端著酒杯，靜賞〈水調〉的旋律，午間的酒意解了，但煩惱仍未減少。春天送走了，甚麼時候再回來？傍晚時，照照鏡子，感慨韶光飛逝，徒然記取當年舊夢和誓語。

池水漸暗，沙上並排著一雙水鳥。月兒穿雲而出，花枝也輕曳自己的影子。數層簾幕將燈光緊罩，風仍大，人聲則剛靜止，明日落花應又堆滿小路上了。

【賞析】此聽〈水調〉而興感，送春以下，傷流光易去，將來的事，只堪回憶，茫茫而不可知。下片寫景，景與情相生，沙禽花影，比喻身世，重重多障，而暴風不定，明日花落多少，惋惜傷懷。《古今詩話》云：客謂子野曰，人稱君為張三中，即心中事，眼中淚，意中人也。張曰，何不目為張三影，余生平之詞，雲破月來花弄影，嬌柔擲起簾押捲花影，柳堤無人墜飛絮無影，為得意之句。《高齋詩話》云：子野有詩云，浮萍斷處見山影，雲破月來花弄影，隔牆送過秋千影，世謂張三影，《苕溪漁隱叢話》以《古今詩話》所載三影為勝。子野真好弄影字。

10 青門引

張先

乍暖還輕冷，風雨晚來方定。庭軒寂寞近清明❶，殘花中酒❷，又是去年病。

樓頭畫角❸風吹醒，入夜重門靜。那堪更被明月，隔牆送過鞦韆影。

【詞牌】〈青門引〉，《詞律》、《詞譜》均收張先一調，雙調，五十二字。

・〈青門引〉調見《樂府雅詞》，及《天機餘錦詞》，張先本集不載。（《詞譜》）

・青門，長安東門也，見《三輔皇圖》。「青」或作「清」，非。（《歷代詩餘》）

・《三輔皇圖》云：「長安城東，出南頭第一門，門色青。」〈蕭相國世家〉云：「召平種瓜長安城東，而阮籍詩『昔聞東陵侯，種瓜青門外。』」語亦可證。詞取以名。（《填詞名解》）

【詞律】〈青門引〉，雙調五十二字，前段五句三仄韻，後段四句三仄韻。

【注釋】❶清明　節氣名，每年四月五日或六日為清明。❷中酒　《漢書・樊酈滕灌傳周傳》：「項羽既饗軍士，中酒。」中酒，即著酒。❸畫角　軍中所用號角，外塗綵繪，故名畫角。

【語譯】天氣乍暖還寒，傍晚時，風雨才稍作靜止。園子寂靜得很，快到清明時節。花殘將盡，愁懷醉飲，跟去年的惡劣情緒一樣。

城頭上的畫角也被風聲吹揚了，晚上重門深鎖，周圍一片寧謐。隔著牆壁，那堪更給明月送來鞦韆的影子呢！

【賞析】殘春病酒，風景淒然，情懷落寞，與年俱增，故云殘花中酒，又是去年病。去年如此，今年更勝。下片夜不能寐，對月移鞦韆之影，而撫念歡愉之日，更復何堪。寫來幽雋，不得志借閨情怨語以發之，黃蓼園云：角聲而曰風吹醒，醒字極尖刻，末句那堪送影，真是描神之筆，希微窅渺之致。

11 生查子

張先

含羞整翠鬟❶，得意頻相顧。雁柱❷十三絃，一一春鶯語。

嬌雲❸容易飛（句），夢斷❹知何處（韻）。深院鎖黃昏（句），陣陣芭蕉雨（韻）。

【詞牌】一名〈楚雲深〉、〈梅和柳〉、〈晴色入青山〉。

・查，古槎字通，取海客事。（《填詞名解》）

・〈生查子〉之查，古槎字，張騫乘槎事也。（《遠志齋詞衷》）

【詞律】〈生查子〉，雙調，四十字，前後段各四句，兩仄韻。

・唐教坊曲名，朱希真詞有「遙望楚雲深」句，名〈楚雲深〉；韓淲詞有「山意入春晴，都是梅和柳」句，名〈梅和柳〉；又有「晴色入青山」句，名〈晴色入青山〉。（《詞譜》）

・此調創自韓偓，故以韓詞作譜。譜內可平可仄，悉參劉侍讀、牛希濟、孫光憲、張泌等詞，若前段起句，第五字可仄，則照牛希濟詞，終日擘桃穰，穰字仄聲也。（《詞譜》）

【注釋】❶翠鬟　鬟是髮鬟，翠玉以為飾物。❷雁柱　瑟上絃柱斜立如雁行。❸嬌雲　宋玉〈高唐賦〉，楚襄王夢巫山之女，巫山之女自言：「旦為朝雲，暮為行雨。」此處嬌雲即指巫山美人。❹夢斷　夢不到美人之意。

【語譯】她含羞得用手在撚著髮鬟，得意時又頻頻用眼看人，箏上絃子十三個，每一聲每一聲，都像黃鶯兒說話般的清脆。

美人如浮雲飛走，夢也夢不到她在何處了，深深院落，只剩下黃昏細雨灑在芭蕉上。

【賞析】又借閨情以傷春，起二句嬌羞之態，心中竊喜之神情，躍然紙上。雁柱二句，箏如春鶯啼聲清脆悅人。此美人如雲如夢，轉眼即逝，收二句寂寞。憶人是寄託，傷春戀戀，無限身世淒迷。頻相顧，頻字有情，鶯語從得意來，女為悅己者容，情懷旖旎，別有寓意。陳廷焯云：子野詞古今一大轉移也，前此則為晏歐，為溫韋，體段雖具，聲色未開。後此則為秦柳，為蘇辛，為美成白石，發揚蹈厲，氣局一新，而古意漸失。子野適得其中，有含蓄處，亦有發越處，但含蓄不似溫韋，發越亦不似豪蘇膩柳，規模雖隘，氣格卻近古。論詞之演變，深為扼要。

這首詠彈箏人，第一句翠鬟含羞的攏著，頻字有情味，箏聲飄逸，以黃鶯鳴聲相比，善於描繪。一一兩字和頻字相應，正是意緒飛動之筆。

下片彈箏人去，雲飛喻美人，夢斷是不得相見了，收二句只是寫詞時刻的寂寞。

12 浣溪沙

晏殊

一曲新詞酒一杯，去年天氣舊池臺，夕陽西下幾時回？

無可奈何花落去，似曾相識燕歸來，小園香徑❶獨徘徊。

【作者】殊字同叔，臨川人。生於淳化二年（九九一）。七歲能屬文。景德二年（一〇〇五），以神童召試，賜進士出身。累擢知制誥，翰林學士。慶曆中，拜集賢殿大學士、同中書門下平章事、兼樞密使。出知永興軍，徙河南，以疾歸京師，留侍經筵。至和二年（一〇五五）卒，年六十五，贈司空兼侍中，諡元獻。有《臨川集》、《紫微集》，俱不傳。詞有《珠玉詞》一卷。見六十家詞刊本，又有晏端書刊本。

【詞牌】〈浣溪沙〉一名〈浣溪紗〉、〈浣沙溪〉、〈減字浣溪沙〉、〈小庭花〉、〈滿院春〉、〈廣寒枝〉、〈霜菊黃〉、〈踏花天〉、〈東風寒〉、〈醉木犀〉、〈試香羅〉、〈清和風〉、〈怨啼鵑〉。

•〈浣溪沙〉，唐教坊曲名。張泌詞有「露濃香泛小庭花」句，名〈小庭花〉；賀鑄詞名〈減字浣溪沙〉；韓淲詞有「芍藥酴醾滿院春」句，名〈滿院春〉；有「東風拂檻露猶寒」句，名〈東風寒〉；有「一曲西風醉木犀」句，名〈醉木犀〉；有「霜後黃花菊自開」句，名〈霜菊黃〉；有「廣寒曾折最高枝」句，名〈廣寒枝〉；有「春風初試薄羅衫」句，名〈試香羅〉；有「清和風裏綠陰初」句，名〈清和風〉；有「一番春事怨啼鵑」句，名〈怨啼鵑〉。（《詞譜》）

•〈浣溪沙〉之為〈浣沙溪〉，則因槧本誤刻而異，非原有此區別也。（《詞徵》）

按〈浣溪沙〉與〈浣溪沙慢〉不同。其以原調結句破七字為十字，係取攤破句法。

【詞律】〈浣溪沙〉，雙調，四十二字，前段三句，三平韻，後段三句，兩平韻。

此調以此（韓偓）詞為正體，按晏殊此詞即依韓偓詞體填。

【注釋】❶香徑　即花徑。

【語譯】一杯酒，一闋新詞，只見池臺依舊，天氣仍跟去年相同，但滑向西方的夕陽甚麼時候再回來呢？

夏天來了，花兒也要萎謝，而那些舊時的燕子又再次飛了回來，更有我孤獨地在園子的幽徑中間佇立徘徊。

【賞析】同叔去五代未遠，喜馮延巳歌辭，溫潤秀潔，詞語和婉，為北宋倚聲初祖。

此篇悵觸春景，亭臺依舊，而聽歌飲酒，記得去年之事，流光容易，夕陽西下，誰使之回轉？隱含夕陽明日可回，而事不可復返。下片承前，故云對好花飄落，空付歎息，花是無情之物，燕子重來，似曾相識，亦無能一言慰藉，徒增感舊傷離之悲，只徘徊小園芳徑，而立盡黃昏，無可兩句，自然工麗。

13 浣溪沙

晏殊

一向❶年光有限身，等閒❷離別易消魂，酒筵歌席莫辭頻。

滿目山河空念遠，落花風雨更傷春，不如憐取眼前人❸。

【詞律】〈浣溪沙〉，雙調，四十二字，前段三句，三平韻，後段三句，兩平韻。

晏殊此詞亦照韓偓詞體填。

【注釋】❶一向　即一晌，片時也。❷等閒　平常也。❸憐取眼前人　〈會真記〉，崔鶯鶯詩：「還將舊來意，憐取眼前人。」

【語　譯】時間轉瞬即逝，年華有限，平常的離別也使人感到難過，千萬不要嫌棄筵前的歌酒太多啊！

關河莽莽，徒使人懷念遠方，風雨連綿，落花無數，愈發感慨春光飛逝，倒不如多些愛惜眼前的伴侶吧！

【賞　析】起首二句，消魂欲絕。有一波三折之感。年光易過，吾生有涯。每當尋常一次離別，都易惹得黯黯不忍之情。既然如是，不如沉醉歌筵，及時行樂，三句無一平順之筆。下片滿目山河，百端交集，惜別念遠，尤復難堪。而飄零風雨，落花無數，承上年光，又復自傷，此即陶公停雲思友之詩，而詞筆婉轉生情，憐取眼前，是放過可以把握之歡情，以免追悔，尤為深摯。

14 清平樂

晏殊

紅箋小字，說盡平生意。鴻雁在雲魚在水❶，惆悵此情難寄。

斜陽獨倚西樓，遙山恰對簾鉤。人面不知何處，綠波依舊東流。

【詞　牌】〈清平樂〉一名〈清平樂令〉、〈憶蘿月〉、〈醉東風〉。

•《花庵詞選》名〈清平樂令〉，張輯詞有「憶著故山蘿月」句，名〈憶蘿月〉；張翥詞有「明朝來醉東風」句，名〈醉東風〉。（《詞律》）

•〈清平樂〉，唐教坊曲。王灼云：「此曲在越調，唐至今盛行，今世又有黃鍾宮（即正宮調）、黃鍾商兩音。」先舒按李白有〈清平調〉三章，今填詞又載白〈清平樂〉四闋，見《遏雲集》，歐陽炯亦稱白有應制〈清平樂〉四首，皆非也。蓋古有三調，曰清調，平調，側調（側調，《通志樂略》作瑟調。云三調者乃用房中樂之遺聲），明皇但令白就上兩調中傳聲製詞，故名〈清平調〉詞，今傳「雲想衣裳」三絕是也，本與〈清平樂〉無與，《碧雞漫志》辨之甚悉，後人緣清平字誤謂白製，即〈清平樂〉，或又訛擬四首，皆謬妄也。今詞集有入白詩者，稱〈清平調引〉。（今詞一作〈清平樂令〉，一名〈憶蘿月〉，亦取「月緣秋夜月，相憶在鳴琴」之句。）（《填詞名解》）

•楊用修所載太白〈清平樂〉二闋，識者謂非太白作，以其卑淺也。按太白〈清平調〉本三絕句而已，不應復有詞也。（王世貞四部稿）

•清調，平調，瑟調，漢世謂之三調，唐併入清商樂，此特用其名以名曲，非合二調之舊以製聲。今傳李白〈清平樂〉有四十六字，必後人所製，託之李白。王灼云：「此曲在越調，唐至今盛行，今世又有黃鍾宮（即正宮調）、黃鍾商兩音。」按以灼語證之，唐世亦入龜茲樂，不是清商舊聲。《金奩集》載：「溫庭筠調入無射商。」俗呼越調。宋教坊曲入黃鍾商，柳永詞入無射商。（《詞調溯源》）

【詞　律】〈清平樂〉，雙調四十六字，前段四句四仄韻，後段四句三平韻。

此調以李詞為正體，若趙詞之前結，句法小異，李詞之或押仄韻，皆變體也。但此調亦有填單遍者，宋施岳詞，水遙花暝，隔岸炊煙冷，十里垂楊搖嫩影，宿酒和愁多醒。又元張肯詞，孤邨雖小，幾簇人家繞，菰葉纖纖波渺渺，摘得菰根多少，即此前段也，注明不列。・韋莊詞，後段起句，何處遊女，處字仄聲。第二句，金線飄千縷，金字平聲。第三句，門外馬嘶郎欲別，門字平聲，馬字仄聲。第四句，惆悵香閨暗老，暗字仄聲，又燕拂畫簾金額，燕字畫字俱仄聲。換頭句，盡日相望王孫，相字平聲。第二句，塵滿衣上淚痕，塵字平聲，滿字淚字俱仄聲。又含羞待月鞦韆，待字仄聲。第四句，埽即郎去歸遲，即字仄聲。譜內可平可仄據此。餘參趙詞。（《詞譜》）

晏殊此詞即依李白禁闈清夜詞體填。

【注　釋】❶鴻雁在雲魚在水　雁、魚俱可寄書。

【語　譯】紅箋上的娟秀小字，流露出無限感慨；雁兒飛翔雲端，魚兒遨遊水中，都自由自在，只這份感情無法寄達。

夕陽西下，我獨自倚在西樓上，拉開簾幔，遙與遠山相對，但愛人啊你在何方，只有江水依舊地滔滔東去。

【賞　析】人當離別之時，珍重相思，憑書問訊，是極平常自然之事，箋紙嫣紅，細字書寫，此中蘊情深情可想。當書信完成，而魚在深水，雁在高天，不能將此信寄去，那多令人惆悵不已。音信不傳，倚樓凝望，遙山對著簾鉤，視線不明，所想的人，不知何所，綠波東流，此恨綿綿，寫情詞筆超絕。

15 清平樂

晏殊

金風❶細細，葉葉梧桐墜。綠酒初嘗人易醉，一枕小窗濃睡。

紫薇朱槿花殘，斜陽卻照闌干。雙燕欲歸時節，銀屏昨夜微寒。

【詞律】〈清平樂〉，雙調，四十六字，前段四句，四仄韻，後段四句，三平韻。

・此調以李詞為正體，若趙詞之前結，句法小異，李詞之或押仄韻，皆變體也。但此調亦有填單遍者，宋施岳詞，水遙花暝，隔岸炊煙冷，十里垂楊搖嫩影，宿酒和愁多醒。又元張肯詞，孤邨雖小，幾簇人家繞，菰葉纖纖波渺渺，摘得菰根多少，即此前段也，注明不列。（《詞譜》）

按晏殊此詞即依李白詞體填。

【注釋】❶金風　即秋風。

【語譯】秋風颯颯，梧桐葉又快落盡。只淺嘗些許綠酒，便使人感到一絲醉意，於是枕在窗旁熟睡。

紫色的薔薇和紅色的木槿花都凋謝枯盡，但夕陽依舊照在闌干上。那雙燕子也要飛回南方去了，銀絲的屏風內昨夜已透入些微寒意。

【賞析】秋來離思，最易觸景悵然，所以宋玉悲秋，古今相同。起二語西風是慢慢不知不覺吹來，梧桐葉就留不住，一片片凋零。感秋飲酒，很容易醉，醉而睡，此極端無聊。下闋睡起又見花殘，斜陽欲下，闌干悄悄，雙燕快要飛回，畫屏內十分寒冷。情與景宛轉相生，自然去雕飾，情味言外得之，宋初高格。

16 木蘭花

晏殊

池塘水綠風微暖（韻），記得玉真❶初見面（韻）。重頭❷歌韻響琤琮❸（句），入破❹舞腰紅亂旋（韻）。玉鉤闌下香階畔（韻），醉後不知斜日晚（韻）。當時共我賞花人（句），點檢❺如今無一半（韻）。

【詞律】〈木蘭花〉，雙調，五十六字，前後段各四句，三仄韻。

・按《花間集》，顧敻詞四首，魏承班詞二首，《尊前集》，歐陽炯詞二首，其前後段起二句，第二字第六字俱仄聲。第三句，第二字第六字俱平聲，第四句，第二字第六字亦俱仄聲，宋人惟杜安世詞五首，錢惟演〈錦箏參差〉詞一首，歐陽修〈美酒花濃〉詞一首，本此體填，餘皆南唐李煜體也。李煜此詞即顧敻拂水雙飛詞體，惟前後段兩起句，平仄全異，宋元詞俱如此填。《詞譜》

晏殊此詞即依李煜詞體填。

【注釋】❶玉真　玉人也。❷重頭　詞中前後闋完全相同名重頭。❸琤琮　韓愈詩：「泉聲玉琮琤。」玉聲也。❹入破　樂曲之繁聲名入破。❺點檢　檢查。

【語譯】清風輕掠，池水碧波蕩漾，使我想起和她初相識的時候。「重頭」的歌聲十分清越，而「入破」的舞姿則像花瓣般飛旋。

在闌干下的天階旁邊，拉高簾幔，醉倒以後，連紅日西沉也不知道。當時跟我一起遊樂的人，現在回想起來，一半也沒有了。

【賞析】此追懷舊歡之作。起句綠水風暖的池塘邊，尚記得和美人第一次見面的時候。一面奏著美妙的樂章，又翩翩起舞，紅裙回旋。下片是獨自寂寞，在闌下香階，酒醒日晚，屈指一起歡笑的人，漸漸已不剩一半，老境感傷，人生如夢，張宗橚云：每讀一過，不禁惘然。

17　木蘭花

晏殊

燕鴻過後鶯歸去（韻），細算浮生千萬緒（韻）。長於春夢❶幾多時（句），散似秋雲無覓處。聞琴解佩❷神仙侶，挽斷羅衣留不住。勸君莫作獨醒人，爛醉花間應有數。

【詞律】〈木蘭花〉，雙調，五十六字，前後段各四句，三仄韻。

・李煜此詞即顧敻拂水雙飛詞體，惟前後段兩起句，平仄全異，宋元詞俱如此填。《詞譜》

晏殊此詞即依李煜詞體填。

【注釋】❶春夢　白居易〈花非花〉云：「來如春夢不多時，去似朝雲無覓處。」❷聞琴解佩　聞琴，卓文君事。文君新寡，司馬相如以琴心挑之，文君夜奔相如。解佩，江妃解佩以贈鄭交甫。事見《列仙傳》。

【語譯】燕子雁兒離開後，連黃鶯也要飛走，回想平生經過，真有萬千愁緒。生命就跟春夢一樣，能夠駐留多久？但分散以後，就會像秋雲似的無法籠聚回來。

誰想到以前那種司馬琴挑，江妃解佩的神仙生活，現在即使扯斷衣袖，再也無法挽回了。只希望你不要再裝著獨自清醒，應該拚醉的痛飲花前最好。

【賞析】睹雁去鶯歸，見一年時序匆匆，一年已復如此，百年草草，細數真不知有千種事萬種事。長於春夢，散似秋雲，絕妙之詞，令人興悲，亦鍾嶸品詩，古今勝作，不借雕飾，都是即目所見，此二句何獨不然？人生如此不定。下片慨歎如神仙一樣的美眷，要分離怎留得了？人還是爛醉而莫要清醒，是極沉痛語。

18 木蘭花

晏殊

綠楊芳草長亭路，年少拋人容易去。樓頭殘夢五更鐘❶，花底離愁三月雨。

無情不似多情苦，一寸還成千萬縷。天涯地角有窮時，只有相思無盡處。

【注釋】❶五更鐘　懷人之時。下文「三月雨」亦同。

【語譯】楊柳依依，芳草萋萋，只記得當年的長亭泣別，但年少光陰，一去不返。現在五更時分，雖躺在高樓上，而夢也不成，但覺黯黯離愁，像三月的雨點，瀰漫了花蔭底下。

無情總沒有多情的痛苦，一寸相思，總會化成萬千愁緒。即使天地茫茫，始終都有一個盡處，只有相思卻永無盡頭。

【賞析】春景芳菲，長亭路遠，不覺年少光陰去人亦遠。樓頭二句思之念之，許多可以眷戀的事物，使人縈夢。下片無情句奇妙，一般說來無情的人，是最無味的，可是他不似多情的人，那樣痛苦，有一寸情，就擾成千萬縷痛苦。這種相思之情，更是無窮無盡。起語言近指遠，有滄桑之感。收句只是忠厚無怨。

19 踏莎行

晏　殊

祖席❶離歌，長亭❷別宴，香塵❸已隔猶回面。居人匹馬映林嘶，
行人去棹❹依波轉。畫閣魂消，高樓目斷，斜陽只送平波遠。
無窮無盡是離愁，天涯地角尋思徧。

【詞　牌】〈踏莎行〉一名〈喜朝天〉、〈柳長春〉、〈踏雪行〉、〈轉調踏莎行〉。

・〈踏莎行〉，金詞注中呂調，曹冠詞名〈喜朝天〉，趙長卿詞名〈柳長春〉，《鳴鶴餘音》詞名〈踏雪行〉，曾覿，陳亮詞添字者名〈轉調踏莎行〉。此調以晏殊詞為正體。（《詞譜》）

・本調又名〈柳長春〉。《湘山野綠》云：「萊公因早春宴客，自撰樂府詞，俾工歌之。」又《詞律・江南春詞》注：「或曰此萊公自度曲，他無作者。」可知萊公於當時能自創作詞調，此詞所詠，於暮春時，莎草離披，踐踏尋芳，寫景抒情，正相切合，則是本調之創始，殆由萊公。按《藝林伐山》：「韓翃詩『踏莎行草過春溪』」，詞名〈踏莎行〉，本此。又可知萊公實取韓詩以名詞也。（《白香詞譜題考》）

【詞　律】〈踏莎行〉，雙調五十八字，前後段各五句，三仄韻。

此調以晏詞為正體，若曾詞陳詞之添字，攤破句法，轉換宮調，皆變體也。

・按宋元人填此調者，其字句韻悉同，惟每句平仄小異。如前段第一二句，黃庭堅詞，臨水夭桃，倚牆繁李，臨字平聲，倚字仄聲，繁字平聲。第三句，歐陽修詞，草薰風暖搖征轡，草字仄聲，風字平聲。第四句，歐陽詞，離愁漸遠漸無窮，離字平聲，漸字仄聲。第五句，晏幾道詞，粉香簾幙陰陰靜，粉字仄聲，簾字平聲。後段第一二句，黃詞，明日重來，落花如綺，明字平聲，落字仄聲，如字平聲。第三句，陳堯佐詞，畫梁輕拂歌塵轉，畫字仄聲，輕字平聲。第四句，晏詞，宿妝曾比杏顋紅，宿字仄聲，曾字平聲。第五句，陳詞，主人恩重珠簾卷，主字仄聲，恩字平聲。譜內可平可仄據此。至周密詞，後段結句，莫聽酒邊供奉曲，平仄獨異，此亦偶誤，不必從。（《詞譜》）

晏殊此詞即依為正體之晏殊別首細草愁煙詞體填。

【注　釋】❶祖席　餞行酒席。❷長亭　〈白孔六帖〉：「十里一長亭，五里一短亭。」古時十里五里置宿驛。❸香塵　地下落花甚多，塵土都帶香氣，因稱香塵。❹棹　舟楫也。

【語　譯】長亭上設宴相送，筵間還唱了一首離歌，現在音塵遠隔，仍不時的回頭再顧。只見她駐足林間，馬兒不住嘶叫，而我卻跟著船槳上下的，奔流去了。

在畫樓上憑高望遠，心情十分沉重，渾一片斜陽煙水，甚麼也沒有，但我無窮無盡的離愁啊，卻超越時空的，縈繞腦際。

【賞　析】起首二句寫長亭惜別，分別正當春日，人去遠看不見了，送行的人，和去的人，都頻頻回首相望，「已隔猶回面」五字有多少曲折不已之情。居人兩句，即是眷眷各自回首，不說人而說馬嘶、棹轉。下闋寫居人，在畫閣高樓凝望只有斜陽照著平波，離思在繞著天長地遠，餘音裊裊，篇終不絕。

20 踏莎行

晏殊

小徑紅稀❶，芳郊綠徧❷，高臺樹色陰陰見❸。春風不解禁楊花，濛濛亂撲行人面。

翠葉藏鶯，朱簾隔燕，鑪香靜逐游絲❹轉。一場愁夢酒醒時，斜陽卻照深深院。

【注釋】❶紅稀　花少。❷綠徧　草多。❸陰陰見　暗暗顯露。❹游絲　沈約詩：「游絲映空轉。」春月澤中的游氣。

【語譯】小徑上的花兒漸少，郊外一片碧綠，高樓上的葉子也開始濃陰密布了。可惜春風不懂得約束楊花，讓它紛紛地撲向行人的臉上。

黃鶯躲在翠綠的柳條之間，紅色的簾子外面有些燕子在休息，香鑪上的煙絲裊裊上升，因為心情不好，借酒醉眠，當一覺醒來的時候，斜陽又已照到這間深暗的房子裏頭。

【賞析】起三句春景，高臺隱隱不見而可見。春風二句怨語。下闋藏鶯隔燕，似有所指。結語一場愁夢，略通消息。此詞極為深婉。黃蓼園以為首三句花稀葉盛，喻君子少小人多。高臺帝居，東風二句，小人如楊花輕薄，動搖君心，翠葉喻事多阻隔，鑪香喻自心鬱紆，斜陽是不明之日，難照深淵，則同叔別有懷抱，特隱晦之。

21 踏莎行

晏殊

碧海❶無波，瑤臺❷有路，思量便合❸雙飛去。當時輕別意中人，山長水遠知何處。

綺席❹凝塵，香閨掩霧，紅牋小字憑誰附。高樓目盡欲黃昏，梧桐葉上蕭蕭雨。

【注釋】❶碧海　李商隱〈常娥〉詩：「碧海青天夜夜心。」❷瑤臺　李白〈清平調〉詩：「會向瑤臺月下逢。」❸合　該當。❹綺席　美人坐處。

【語譯】海水碧綠，沒有粼粼波光，但卻有路子可到瑤臺去的，只要心裏想念，便可以雙雙飛去。可惜當日拋棄了自己心愛的人，現在山河阻隔，不知道他究竟到那裏去了。

坐席上都鋪上一層灰塵，而閨房裏亦已籠罩了一層薄霧，還有誰可以替我傳送那些便條呢？

我站在高樓上，極目遠望，希望黃昏快些來到，但現在只有一陣陣細雨，灑在梧桐葉上。

【賞析】起處甚似李義山〈碧城〉詩，碧海瑤臺，神仙所居，無波有路謂可通達，宜可雙飛同去。此追思深悔不如此也。別後山長水遠，不知何處，仙蹤可追，此山水迷不知處，尤百思不解。下闋綺席二句，別後室虛，寄信不著，黃昏雨聲，這思量真不能忍受，如怨如慕，溫厚之語。史稱同叔賦性剛峻，而詞語殊婉，風流蘊藉，學養之深，乃能如是。

22 蝶戀花

晏殊

六曲闌干偎❶碧樹（韻），楊柳風輕（句），展盡黃金縷❷（韻）。誰把鈿箏❸移玉柱（韻），穿簾海燕雙飛去（韻）。

滿眼游絲兼落絮（韻），紅杏開時（句），一霎❹清明雨（韻）。濃睡覺來鶯亂語（韻），驚殘好夢無尋處（韻）。

【詞牌】〈蝶戀花〉一名〈黃金縷〉、〈捲珠簾〉、〈明月生南浦〉、〈細雨吹池沼〉、〈鳳棲梧〉、〈一籮金〉、〈魚水同歡〉、〈鵲踏枝〉、〈轉調蝶戀花〉。

・〈蝶戀花〉，唐教坊曲，本名〈鵲踏枝〉，宋晏殊詞改今名；《樂章集》注小石調，趙令時詞注商調，《太平樂府》注雙調，馮延巳有「楊柳風輕，展盡黃金縷」句，名〈黃金縷〉；趙令時詞有「不捲珠簾，人在深深院」句，名〈捲珠簾〉；司馬槱詞有「夜涼明月生南浦」句，名〈明月生南浦〉；韓淲詞有「細雨吹池沼」句，名〈細雨吹池沼〉；賀鑄詞名〈鳳棲梧〉；李石詞名〈一籮金〉；衷元吉詞名〈魚水同歡〉；沈會宗詞名〈轉調蝶戀花〉。（《詞譜》）

•〈蝶戀花〉，采梁簡文帝樂府：「翻階蛺蝶戀花情。」為名。（《填詞名解》）

【詞　律】〈蝶戀花〉，雙調六十字，前後段各五句，四仄韻。

•此詞為〈蝶戀花〉正體，宋元人俱如此填。馮詞別首，前段起句，霜落小園瑤草短，霜字平聲，小字仄聲。第二三句，瘦葉和風，惆悵芳時換，瘦字仄聲，惆字平聲。第四句，舊恨新愁都不管，舊字仄聲，新字平聲。第五句，卷簾雙鵲驚飛去，卷字仄聲，雙字平聲。後段起句，心若垂楊千萬縷，心字平聲。又一首，淚眼倚樓頻獨語，倚字仄聲。第二句，水闊花飛，水字仄聲。第三句，又一首，齊奏雲和曲，齊字平聲。第四句，忽憶當年歌舞伴，忽字仄聲。當字平聲。結句，晚來雙臉啼痕滿，晚字仄聲，雙字平聲。譜內可平可仄據此。至杜安世詞，前段起句，秋日樓臺在空際，在字微拗。李石詞，前段起句，武陵春色濃如酒，平仄全異。宋元人無如此填者，恐彙參作圖，其體莫辨，附注于此，填者審之。（《詞譜》）

【注　釋】❶偎　倚靠。❷黃金縷　柳條上花金黃色。❸鈿箏　箏上飾以羅鈿。❹一霎　極短之時間。

【語　譯】曲曲折折的闌干倚靠於綠樹叢中，清風徐來，柳絲飄曳，像一條條散開的金線。誰能把玉箏上的柱子調好呢？但海燕已經穿過窗簾，一齊飛出去了。

快到清明時節，紅杏開花，不時還灑下幾陣細雨，眼前但覺滿是柳絮和枝條的飄舞。一覺酣睡醒來，聽得鶯聲嚦亂，連夢兒也無法再找到了。

【賞析】此篇或作馮延巳詞，或作歐陽修詞。

起三句春景，誰把鈿箏移玉柱二句，是極靜謐之中，忽聞樂聲，燕子驚飛，穿簾而去。景物明秀之至，六曲是古西洲曲闌干十二曲，此取一半則為六曲。下闋游絲落絮，紅杏雨中，睡醒聽到鶯聲，夢境已不堪回尋。譚獻謂此詞是山水畫中之青綠色，一片空濛。此中或有寄託，但不把它看作有寄託去讀，也十分感人。以其通首皆以景寓情，自覺清空邈遠。

23 鳳簫吟

韓縝

鎖離愁，連綿無際，來時陌上初熏❶。繡幃人念遠，暗垂珠露，泣送征輪。長行長在眼，更重重、遠水孤雲。但望極、樓高盡日，目斷王孫。

消魂，池塘從別後，曾行處、綠妒輕裙。恁❷時攜素手，亂花飛絮裏，緩步香茵❸。朱顏空自改，向年年、芳意長新。偏綠野、嬉游醉眼，莫負青春。

【作　者】績字玉汝，靈壽人。絳、維之弟。生於天禧三年（一〇一九）。第慶曆二年（一〇四二）進士。英宗朝，歷淮南轉運使。神宗朝，累知樞密院事。哲宗朝，拜尚書右僕射、兼中書侍郎。出知潁昌府，以太子太保致仕。紹聖四年（一〇九七）卒，年七十九。贈司空、崇國公，諡莊敏。

【詞　牌】〈鳳簫吟〉一名〈芳草〉、〈鳳樓吟〉。

・按韓汝玉有〈芳草〉二調，與此全同，只少二字，然必是一調。（《詞律拾遺》）

・按《樂府紀聞》云：「韓有愛姬能詞，奉侍時，姬作〈蝶戀花〉送之，韓作此〈鳳簫吟〉詠芳草以留別。」與〈蘭陵王〉詠柳，敘別同意。後人以芳草為調名，則失原唱意矣。（《詞律校刊》）

・〈鳳簫吟〉，雙調一百字，亦名〈芳草〉。（《歷代詩餘》）

按韓績莊敏以〈鳳簫吟〉調詠芳草，遂名其調曰〈芳草〉，猶屯田以〈解連環〉調詠梅，即名曰〈望梅〉，同一窠臼。

【詞　律】〈芳草〉（〈鳳簫吟〉），雙調一百字，前段十句，四平韻，後段十句，五平韻。

・此調前段起句不用韻者，以韓詞為正體。前段起句用韻者，以晁詞為正體。可平可仄，可參考奚減、晁補之、曹勛、王之道等詞。（《詞譜》）

【注　釋】❶熏　暖和也。❷恁　念也。❸香茵　草地。

【語　譯】籠罩在一片黯淡無盡的離愁裏，到來的時候，連附近的田間也被輕輕熏染，我現在在香閨內隔著窗紗遠眺，不覺淌下幾滴眼淚，望著車子去了。雖愈行愈遠，仍希望能看到你的影子，可惜關河阻隔，只剩下了一片迷濛的雲水，徒然在高樓上整日徘徊，即使望眼欲穿，也不見王孫歸來啊！

自從池塘一別，多難過啊！記得我們散步的地方，連綠草兒也羨慕我漂亮的裙子。更時常攜手於落花飄舞之際，在幽香的園中緩步前行。現在美麗的容顏逐漸改變，每天都對著新放的花兒惋惜。滿郊野外踏青嬉遊的人們，千萬不要辜負青春的年華啊！

【賞 析】此篇賦草以當惜別，詠物寄託，情景交織，由古詩青青河畔草，緜緜思遠道而觸發。起五句惜別，陌上征輪，已略現青青之色。王孫芳草，在眼重重，極目多生愁緒。下闋池塘青草，綠妒輕裙，草色與人爭妍，攜手香茵，只恐朱顏媿對芳意，收綠野青春。滿紙不離本題，而別意繾綣不已。《石村詩話》云：元豐初，夏人來議地界，韓丞相玉汝出分畫，將行，與愛妾劉氏劇飲通夕，作詞留別。翌日忽中批步兵司遣兵為搬家追送之。惜別之詞，由樂府唱之，入帝王之耳，乃多情為送家室，雖不必為實事，亦韻事之佳話，可風於後世。

24 木蘭花

宋 祁

東城漸覺風光好 韻，縠皺波紋❶迎客棹 韻。綠楊煙外曉雲輕 句，紅杏枝頭春意鬧 韻。

浮生長恨歡娛少 韻，肯愛千金輕一笑 韻？為君持酒勸斜陽 句，且向花間留晚照 韻。

【作者】祁字子京，安州安陸人，徙開封之雍丘（今河南杞縣）。生於咸平元年（九九八）。天聖二年（一〇二四）與兄庠同舉進士，奏名第一。章獻太后以為弟不可先兄，乃擢庠第一，而置祁第十，時號大小宋。明道元年（一〇三二）殿中丞。召試，以本官直史館。累遷知制誥、工部尚書、翰林學士承旨。嘉祐六年（一〇六一）卒，年六十四，諡景文。曾修《新唐書》列傳。有集，自《永樂大典》輯出。近趙萬里輯《宋景文公長短句》一卷。

【注釋】❶縠皺波紋　縠綃有皺紋，此以喻波紋細如皺紗。

【語譯】春天來了，東城的風景漸佳，河上皺紗似的波紋正在迎接船隻的到臨。朝雲輕輕地飄在氤氳的楊柳絲端，紅色的杏花也熱鬧地開滿枝頭。

人生歡樂的時光太少了，怎肯為了吝惜金錢，情願犧牲佳人的一笑呢？讓我替你舉起酒杯挽留斜陽吧，而且還可以在花叢間留下多一點的落暉。

【賞析】子京為一代名臣，游戲為詞，風流閒雅，超出意外。此一首留戀春光，形之筆墨之作，起句即好，東城漸漸春濃，光景綺麗，水波一棹，綠楊紅杏，正是好風光，煙說它輕，花說它鬧，此鬧字為千古名句之字眼，極為生動活潑，覺春滿東城，引人注意。下闋人生歡愉時甚少，此語莊子已曾說過，何惜千金一擲而博美人一笑呢！豪放恣肆之至。收句勸斜陽依戀花前，更眷眷不勝，且向，亦不可久，不久更須珍重，何等溫婉。

25

采桑子

歐陽修

群芳過後西湖❶好，狼藉❷殘紅，飛絮濛濛，垂柳闌干盡日風。

笙歌散盡游人去，始覺春空，垂下簾櫳，雙燕歸來細雨中。

【作　者】修字永叔，廬陵（今江西吉安）人。生於景德四年（一〇〇七）。天聖八年（一〇三〇）省元，中進士甲科。累擢知制誥、翰林學士、歷樞密副使、參知政事。神宗朝，遷兵部尚書，以太子少師致仕。熙寧五年（一〇七二）卒，年六十六。贈太子太師，謚文忠。知滁日，號醉翁，晚號六一居士。有《六一詞》，見六十家詞刊本，又有《歐陽文忠公近體樂府》三卷及《醉翁琴趣外篇》六卷，見雙照樓刊本。

【詞　牌】〈采桑子〉一名〈采桑子令〉、〈添字采桑子〉、〈醜奴兒〉、〈醜奴兒令〉、〈羅敷媚〉、〈羅敷媚歌〉。

・《唐書・樂志》：「〈采桑子〉因〈三州〉而生。〈三州〉，商人歌，屬清商署，蓋沿襲〈陌上桑〉舊名。南唐李後主詞名〈采桑子令〉，馮延巳詞名〈羅敷豔歌〉，宋初皆名〈采桑子〉，黃庭堅始名為〈醜奴兒〉。其後又〈攤破醜奴兒〉，〈促拍醜奴兒〉，〈醜奴兒慢〉，〈醜奴兒近〉之名，皆未詳所屬律調。」（《詞調溯源》）

【詞　律】〈采桑子〉，雙調四十四字，前後段各四句，三平韻。

此調以和詞為正體，若李詞朱詞之添字，皆變體也。

・按馮延巳詞，前段第一句，馬嘶人語春風岸，馬字仄聲，人字平聲。第二句，芳草綿綿，芳字平聲。第三句，夢過金扉，夢字仄聲。結句，花謝窗前夜合枝，花字平聲，又落盡燈花雞未啼，雞字平聲。後段第一句，起來撿點經遊地，起字撿字俱仄聲。第二句，處處新愁，上處字仄聲。第三句，不語含情，不字仄聲。結句，〈水調〉何人吹笛聲，水字仄聲，吹字平聲。譜內可平可仄據此。若兩結句，第三四字，例用平平，則不可移易也。(《詞譜》)

按歐陽修此調即依和凝詞體填。

【注　釋】❶西湖　在安徽阜陽縣西北，十里長，二里廣，潁河諸水匯流處。❷狼藉　狼起臥遊戲多藉草，穢亂不堪，後因謂雜亂之意為狼藉。

【語　譯】花季過了，西湖的風景最好，雜亂的落花，迷濛的柳絮，柳絲兒拂在闌干上，整日熏風似醉。

宴飲完了，歌舞停了，游人也得離去，驟然覺得一無所有，於是垂下窗簾，有一雙燕子正穿過細雨飛返。

【賞　析】宋初名臣，多擅文學，歌詞風流，見到的不是滿面道學，而是趣味盎然、傳誦千古的作品。馮煦稱六一詞疏雋開子瞻，深婉開少游。此小令亦惜春之情，春光遲暮，群芳凋謝，一片殘紅，而尚覺西湖美好，水邊飛絮楊柳好風。王安石詩，「春風取花去，酬我以清陰。」和歐公詞可以相映發，同一懷抱之寬和。上闋方說西湖春晚正好，而下闋，頓覺春空。開合變化如此，笙歌句尚復依戀不已，收句寂寞，只雙燕伴人愁獨而已。

26 訴衷情

歐陽修

清晨簾幕捲輕霜，呵手試梅妝❶。都緣自有離恨，故畫作、遠山長。

思往事，惜流芳❷，易成傷。擬歌先斂，欲笑還顰❸，最斷人腸。

【詞牌】〈訴衷情〉一名〈訴衷情令〉、〈一絲風〉、〈桃花水〉。
〈訴衷情〉，唐教坊曲名，毛文錫詞有「桃花流水漾縱橫」句，又名〈桃花水〉。

・古樂府〈長相思〉，〈行路難〉，摘曲中語為題，毛平珪詞云：「何時解珮掩雲屏，訴衷情。」即以〈訴衷情〉名調（毛并有〈戀情深〉，詞格同）。（《詞徵》）

・本調為溫飛卿所創，義取〈離騷〉「眾不可戶說兮，孰云察余之中情。」而曰〈訴衷情〉。本為單調三十三字；其第二句用韻起者又名〈一絲風〉。因毛文錫詞首句為「桃花流水漾縱橫」，故又名〈桃花水〉。（《白香詞譜題考》）

【詞律】〈訴衷情〉，雙調，四十五字，前段四句，三平韻，後段六句，三平韻。

‧此詞前段結句六字，黃庭堅詞，供愁黛不須多，其體正與此同，又趙長卿詞，彎間皓齒留香，亦作六字，但句讀與此又異。《詞譜》

【注釋】❶梅妝　南朝宋武帝女壽陽公主作梅花妝。❷流芳　流光。❸顰　眉蹙。

【語譯】早上拉起窗簾，同時也拉起一層薄霜，把手呵暖了，替她試畫一種梅花妝束。因為有股離別的感覺，所以故意把眉線畫成遠山似的拖長了。

想起這些往事，感覺流光易逝，自己也很感傷。現在又想起她唱歌前斂容先頓，微笑時眉黛仍蹙，真使人肝腸欲絕啊！

【賞析】此篇以思往事，惜流芳而託懷閨情之作。美人晨妝，畫出遠山眉，就因有離恨使她如此。往事堪念，更繫遠人。悵恨時光容易，益加懷寂寞，歌笑本是往日在一起常有的，今則先斂還顰，有幾多哀怨，士有不得意，借美人以喻心懷。

27 踏莎行

歐陽修

候館❶梅殘，溪橋柳細，草薰風暖❷搖征轡❸。離愁漸遠漸無窮，迢迢不斷如春水。

寸寸柔腸，盈盈❹粉淚，樓高莫近危闌倚。

平蕪❺盡處是春山，行人更在春山外。

【注　釋】❶候館　能望遠之樓。❷草薰風暖　江淹〈別賦〉：「閨中風暖，陌上草薰。」薰，香氣。❸轡　馬轡。即以代表馬。❹盈盈　古詩：「盈盈樓上女。」盈盈，亦美人也。❺平蕪　平坦草地。

【語　譯】候館的梅花謝了，橋邊的柳絲細嫩，暖和的春風吹過，從草叢間透出一股香氣，送著征騎遠去。離開愈遠，離愁則愈加增多，悠悠無盡，像春天的江水一樣。

柔腸寸斷，淚眼盈眶，閣樓高聳，不要再倚在闌干上遠眺，草地的盡頭是一片青山，但行人更在青山以外。

【賞　析】送行之詞，很少有這種一波三折的寫法。

上闋由「梅殘」「柳細」先點離別季節，風光極美，奈何人去。三句加上「草薰風暖」愈覺如此柔和的時刻，為何偏有不如意事。接著順筆一帶「搖征轡」動作與景致銜接得如此妥切，非情真意摯不能到。

下闋是轉折處，行人漸遠，不忍乍別，樓高遠望可以當歸，又猛一憶及「平蕪盡處是春山，行人更在春山外」正所以遙接上闋「離愁漸遠漸無窮」之苦，於是又強抑離愁不敢登樓，真真愁腸百轉，哀思千層，令人柔腸欲斷。

28 蝶戀花❶

歐陽修

庭院深深深幾許？楊柳堆煙，簾幕無重數。玉勒雕鞍游冶❷處，樓高不見章臺路❸。

雨橫風狂三月暮，門掩黃昏，無計留春住。淚眼問花花不語，亂紅飛過鞦韆去。

【注　釋】❶蝶戀花　李清照〈詞序〉：「歐陽公作〈蝶戀花〉有『庭院深深深幾許』之句，予酷愛之，用其語作庭院深深數闋，其聲即〈臨江仙〉也。」❷游冶　〈子夜春歌〉：「冶游生春露。」冶游、游冶，即春游。❸章臺路　漢長安有章臺街在章臺下。《漢書》說，張敞無威儀，罷朝以後，走馬過章臺街。唐許堯佐有〈章臺柳傳〉，後人因以章臺為歌妓聚居之所。

【語　譯】院落幽深，究竟幽深到甚麼樣子呢？楊柳樹隱約的籠罩在煙霞縹緲中，好像隔了幾層窗紗。我騎著一匹裝有翠玉馬口絡和華貴鞍韉的馬匹到處遊逛，但樓臺高聳，再找不到當年繁盛的章臺街了。

雨暴風狂，又是三月的傍晚，即使閉門鎖住黃昏，也無法把春天挽留住了。我很傷心的帶淚向花兒詢問，但花兒卻不會說話，只是很紛亂的飛掠鞦韆架上而去。

【賞　析】詞是傷春，景物妍美。以簾幕重重，盡是楊柳，以反映庭院之所以如此之深，一連下三個深字，筆力遒勁。樓高不見章臺，也是因楊柳多，簾幕重。下闋閉門但任它雨橫風狂，無法留春，雨橫句怨極。無計而問花，花不理會，一片癡情癡語。此詞與同叔小徑紅稀，景同情似，春風不解禁楊花，可以託諷，楊柳堆煙，簾幕無重數，蔽而不見，亦可另有所指。張皋文解說曾有此意，而王國維笑之，以為興到之作，有何命意，不免偏執。

29　蝶戀花

歐陽修

誰道閒情拋棄久？每到春來，惆悵還依舊。日日花前常病酒，不辭鏡裏朱顏瘦。

河畔青蕪❶隄上柳，為問新愁，何事年年有？獨立小橋風滿袖，平林❷新月人歸後。

【注　釋】❶青蕪　青草。❷平林　李白〈菩薩蠻〉詞：「平林漠漠煙如織。」平林，即指平地上的林木。

【語　譯】誰說兒女閒情可以永遠拋棄呢？每到春天的時候，還是使人感到同樣的惆悵。現在我每天都在花前醉飲，顧不得鏡子裏的容顏逐漸瘦減了。

真想問問河邊的青草兒和隄上的楊柳枝，為甚麼每年都給人帶來一股惆悵呢？我獨自徘徊在小橋上凝思，只覺滿袖風涼，於是緩步回去，而林間的月亮也冉冉的出來了。

【賞析】傷春感懷之作。起句故設一疑問，套出春愁。四五兩句言其為春憔悴，不惜拚卻朱顏，但求花間長醉。下闋由景語入而由情語出。「為問新愁，何事年年有？」承上闋「每到春來，惆悵還依舊」之意也。結尾兩句以景語收，「獨立小橋風滿袖，平林新月人歸後。」言「獨」言「小」再描出一幅遼闊平林新月之景，寂寞渺茫之情可知矣！

30 蝶戀花

歐陽修

幾日行雲❶何處去（韻）？忘了歸來（句），不道❷春將暮（韻）。百草千花寒食路（韻），香車繫在誰家樹（韻）？

淚眼倚樓頻獨語（韻），雙燕來時（句），陌上相逢否（韻）？撩亂春愁如柳絮（韻），依依夢裏❸無尋處（韻）。

【注釋】❶行雲　宋玉〈高唐賦〉：「旦為朝雲。」此指所念之人。❷不道　不覺。❸依依夢裏　張泌〈寄人〉詩：「別夢依依到謝家。」

【語譯】幾日來像行雲般到了甚麼地方？都忘記回來了，不覺春天又快將過盡。當寒食節那天，路邊長滿各式各樣的花草，她那部美麗的車子究竟停在誰家的樹旁呢？

我流著淚，斜倚樓上的闌干頻頻自言自語，當那雙燕子從田野上飛來的時候，又是否碰見她呢？春天的情緒使人紛亂，像柳花一般，依約的感情，連夢中也無法捉摸。

【賞　析】起即怨行雲不歸，當在寒食天氣，百草千花，香車迷戀何處，繫而不歸，行雲必有所指所怨之人。不道春將暮，是等待已久。下片淚眼即是此等待成虛之悲傷，何處迷戀，不知雙燕陌上來去，曾否相逢，癡情有味。一片愁恨亂如柳絮，就夢裏依依也無法尋找。這篇也如王國維氏所說興到之作嗎？是否有意，讀者自覺。

31 木蘭花

歐陽修

別後不知君遠近，觸目淒涼多少悶！漸行漸遠漸無書，水闊魚沉❶何處問？

夜深風竹敲秋韻❷，萬葉千聲皆是恨。故敧單枕夢中尋，夢又不成燈又燼❸。

【注　釋】❶魚沉　魚不傳書。❷秋韻　秋聲。❸燼　燭花落為灰燼。

【語　譯】分別以後，不知道你到了甚麼地方，滿眼都是淒酸的景象，多惱人啊！你愈走愈遠，逐漸連書信也沒有了，水闊天長，邈無音息，究竟要到何處追問呢？

夜已深，寒風吹過竹林間，敲出一片秋聲，葉葉聲聲都是離情別緒，於是我故意倚著孤枕要向夢中尋覓你的影子，可惜最後夢兒沒有做成，燈花也將落盡。

【賞析】詞寫思婦之情。起筆以「別」字提起，以下諸語皆是「別」字之注腳。「觸目淒涼多少悶」別情牽引，滿目生愁。「漸行漸遠漸無書」行人別去為時已久。「水闊魚沉何處問」書信不通，蹤跡難覓。「夜深風竹敲秋韻，萬葉千聲皆是恨」下片寫居人別恨。「故攲單枕夢中尋，夢又不成燈又燼」深一層再寫居人欲藉夢思遠追行人之苦意，偏偏別情滿懷，難以入夢，夢不成，一夜又過。全篇俱是別情離恨，而語不重出，卻處處暗暗扣著「別」字，是此詞精細處。

32 臨江仙

歐陽修

柳外輕雷池上雨，雨聲滴碎荷聲。小樓西角斷虹明。闌干私倚處，待得月華生。

燕子飛來窺畫棟，玉鉤垂下簾旌④。涼波不動簟紋平⑤。水精雙枕⑥畔，傍有墮釵橫。

【詞牌】一名〈謝新恩〉、〈雁後歸〉、〈畫屏春〉、〈庭院深深〉。〈臨江仙〉，唐教坊曲名，《花菴詞選》云：唐詞多緣題所賦，〈臨江仙〉之言水仙，亦其一也。

【詞律】〈臨江仙〉，此體雙調，六十字，前後段各五句，三平韻。

【注釋】❶簾旌　李商隱〈正月崇讓宅〉詩：「蝙拂簾旌終展轉。」簾旌即簾帘，北方以布為帘。❷涼波不動簟紋平　簟紋如水波閃光。簟，竹席也。❸水精雙枕　即玻璃枕。水精同「水晶」。

【語譯】柳蔭外傳來陣陣雷聲，池上則霏霏細雨，雨點打在荷花上，發出了細碎的聲音。小樓的西邊掛著一道彩虹。我倚在闌干上，等待月亮升起。

　　燕子飛來探視美麗的棟樑，於是拉起玉鉤，把窗簾放了下來。躺在鋪平的涼席上，在那對水精枕的旁邊，有一枝金釵掉了下來。

【賞析】柳外輕雷，雨聲打在碎荷上，雨過而斷虹明豔，倚闌又將看到明月。上闋風景，發展自然。傍晚燕子歸來，簾子垂下，天氣新涼，美人墮釵枕畔，有無限嬌柔，溫馨從簟底透出。《堯山堂外紀》：錢惟演宴客後園，一官妓與永叔後至，詰之，云：中睡往涼堂，睡覺失金釵猶未見。錢曰：乞得歐陽推官一詞，當即償汝。永叔即席賦此。王壬秋以為此寫閨人睡景，非狎語也。宋人名詞，多以故事附會，傳為佳話，而詞意益彰。

33　浣溪沙

歐陽修

隄上游人逐畫船（韻），拍隄春水四垂天❶（韻），綠楊樓外出鞦韆❷（韻）。

白髮戴花君莫笑，六么❸催拍❹盞頻傳，人生何處似尊前。

【注釋】❶拍堤春水四垂天　韓偓〈有憶〉詩：「淚眼倚樓天四垂。」黃庭堅〈次元明韻寄子由〉詩：「江北江南水拍天。」❷綠楊樓外出鞦韆　馮延巳〈上行杯〉詞：「柳外鞦韆出畫牆。」❸六么　即〈綠腰〉，曲調名。❹拍　歌板的節拍。

【語譯】隄上的游人，跟著水中的畫船在走，湖中水拍著隄岸，青天和水光一色，綠楊下面人家，常常看到鞦韆盪出牆外。

老年人白髮上戴著花，你別笑他，音樂節拍正急，酒盃互相傳遞著，他正覺得只有這場合，才是人生最有意義的片刻啊！

【賞析】此寫春日游戲，微有所感，上片是世上有多少癡情兒女，得意歡樂。下片白髮句則寫老成人之意趣，別有深度，冷眼看喧囂，自有安頓處。結句憂鬱而含蓄不吐。王國維云：「歐九綠楊樓外出鞦韆，晁補之謂只一出字，便後人所不能到。余謂此本於正中上行盃詞：柳外鞦韆出畫橋。但歐語尤工耳。」綠楊濛濛深隱，鞦韆盪漾，高出枝外，著此一出字，真動態畢現，如聞美人歡笑之聲於耳際了。

34 浪淘沙令

歐陽修

把酒祝東風，且共從容❶。垂楊紫陌❷洛城東，總是當時攜手處，游偏芳叢。

聚散苦悤悤，此恨無窮。今年花勝去年紅，可惜明年花更好，知與誰同？

【詞牌】〈浪淘沙令〉，一名〈鍊丹沙〉、〈曲入冥〉、〈賣花聲〉、〈過龍門〉。

・〈浪淘沙〉，《樂章集》注歇指調，蔣氏《九宮譜目》越調。按《唐書・禮樂志》歇指調，乃林鍾律之商聲，越調乃無射律之商聲也。賀鑄詞名〈曲入冥〉，李清照詞名〈賣花聲〉，史達祖詞名〈過龍門〉，馬鈺詞名〈鍊丹沙〉，按唐人〈浪淘沙〉本七言斷句，至南唐李煜始製兩段令詞，雖每段尚存七言詩兩句，其實因舊曲名，另創新聲也。杜安世詞於前段起句減一字，柳永詞於前後段起句各減一字，均為令詞，句讀悉同，即宋祈，杜安世仄韻詞稍變音節，然前後第二句四字，第三句七字，其源亦出於李煜詞也；至柳永，周邦彥別作慢詞，與此截然不同，蓋調長拍緩，即古曼聲之意也。詞律於令詞強為分體，於慢詞或為類列者誤。按此（柳詞）即李煜詞體，不過前後段兩起句各減去一字耳，《詞律》因《樂章集》調名加以令字，另收在後，不知宋詞字數少者為令，字數多者為慢，即李煜詞在本集原名〈浪淘沙令〉，《詞律》自未考索耳。此調平韻者，以此（李煜）詞為正體，若杜詞之或減字，或添字，柳詞之減字，皆變格也，此詞前後段兩起句俱五字，宋元人俱本此填。（《詞譜》）

•按「蠻歌豆蔻北人愁」一首作七言斷句，為此調正格，以下李後主雙調一首雖每段尚七言二句，乃因舊曲另製新聲也。其柳永「有箇人人」一首，於前後起句各減一字，句法悉同。又宋祁仄韻一首音節稍變，其源皆出於李，應以李詞為〈浪淘沙令〉，以柳、宋二詞為又體；今萬氏以李、宋二詞為又一體，於柳詞加令字，似未洽。（《詞律校刊》）

【詞　律】〈浪淘沙令〉，雙調，五十四字，前後段各五句，四平韻。

•此調平韻者，以此（李煜）詞為正體，若杜詞之或減字，或添字，柳詞之減字，皆變格也。此詞前後段兩起句俱五字，宋元人俱本此填。（《詞譜》）

歐陽修此詞即依李煜詞體填。

【注　釋】❶從容　留連。❷紫陌　有紫花之路上。

【語　譯】舉酒邀約東風，何妨跟我一起留連。洛城東面的垂楊樹下，或是紫花的堤上，都是以前我們攜手的地方，所有的花間草地，都已經遊徧了。

人生歡聚的時光太少，很容易又分別了。只留下無盡的遺憾。今年的花比去年紅豔，但即使明年的花開得更好，又知道能跟誰在一起呢？

【賞　析】「把酒祝東風，且共從容」單是下一個「且」字，就可見其對年華無限依戀，苦中作樂之態。而其情益苦。「今年花勝去年紅，可惜明年花更好，知與誰同」一氣直下三句，卻是愁思數折之處。黃蓼園云：「末二句憂盛危明之意，持盈保泰之心，在天道則虧盈益謙之理，俱可悟得。」則言外深意，雖不必然，亦可參悟。

35 青玉案

歐陽修

一年春事都來幾？早過了、三之二。綠暗紅嫣渾可事❶，綠楊庭院，暖風簾幕，有箇人憔悴。

買花載酒長安市，又爭似❷、家山❸見桃李？不枉❹東風吹客淚，相思難表，夢魂無據，惟有歸來是。

【詞　牌】〈青玉案〉一名〈西湖路〉、〈一年春〉。〈青玉案〉，漢張衡詩：「何以報之青玉案」，調名取此。又韓淲詞有「蘇公堤上西湖路」句，名〈西湖路〉。

按案同椀，青玉案即青玉椀，為盛酒之具。

【詞　律】〈青玉案〉，雙調，六十八字，前後段各六句，四仄韻。

【注　釋】❶可事　可樂之事。❷爭似　怎似。❸家山　家鄉。❹不枉　不怪。

【語　譯】一年能有多少的春意呢？早就過了三分之二的光陰。暗綠的葉子，嫣紅的花朵，都使人有適意之感。但院子內綠楊深處，溫和的春風吹透窗紗，其中只有一個憔悴的人兒而已。

在長安市上買花買酒，又那裏比得上家鄉中欣賞桃花李花呢？我不會責怪東風吹灑離人的酸淚，想望的心情難以表達，做夢又無從捉摸，相信只有回家最好。

【賞析】起句惜春傷懷，春色三分，今過了二分，是所剩已不多。綠暗紅嫣，惱人天氣，綠楊暖風，亦未始不美，其奈人有離情憔悴何？下闋說山家桃李，勝似長安，此必公謫於江湖之作。東坡：起舞弄清影，何似在人間。亦公此句之意，東風吹人相思下淚，還是歸來是得計的。此處歸去，雖說歸家山看桃李，亦別有所指，即不必爭名於市朝，而江湖正多樂事也。

36 多麗

李良定公席上賦

聶冠卿

想人生，美景良辰堪惜。向其間、賞心樂事，古來難是并得❶。
況東城、鳳臺❷沁苑❸，泛晴波、淺照金碧。露洗華桐，煙霏絲柳，
綠陰搖曳，蕩春一色。畫堂迥、玉簪瓊佩，高會盡詞客。清歌久、
重然絳蠟，別就瑤席。有翩若驚鴻體態，暮為行雨標格。逞

朱脣、緩歌妖麗，似聽流鶯亂花隔。慢舞縈回，嬌鬟低嚲，腰肢纖細困無力。忍分散、彩雲歸後，何處更尋覓。休辭醉，明月好花，莫慢輕擲。

【作者】冠卿字長孺，新安（今安徽歙縣）人。端拱元年（九八八）生。大中祥符五年（一〇一二）進士。以薦召試學士院，充館閣校勘，預撰《景祐廣樂記》。慶曆元年（一〇四一），以兵部郎中知制誥拜翰林學士。二年（一〇四二）卒，年五十五。有《蘄春集》，今不傳。

【詞牌】一名〈多麗曲〉、〈綠頭鴨〉、〈隴頭泉〉。

・此調以押平韻者為正體，仄韻為變格。（《詞譜》）

・唐張均妓名多麗，善琵琶，詞采以名，一名〈多麗曲〉，一名〈綠頭鴨〉，然〈綠頭鴨〉是唐教坊曲名。（今調亦有分屬者，以平韻者為〈綠頭鴨〉，仄韻者為〈多麗〉。）（《填詞名解》）

【詞律】〈多麗〉，此體雙調，一百四十字，前段十四句，六仄韻，後段十二句，五仄韻。

【注釋】❶賞心樂事二句　謝靈運擬〈魏太子鄴中集詩序〉：「天下良辰美景賞心樂事，四者難并。」❷鳳臺　即鳳女臺。在陝西省寶雞縣。《水經注》：「秦穆公時，有蕭史者，善吹簫，能致白鵠孔雀，穆公女弄玉好之，公為作鳳臺以居之。」❸沁苑　疑即沁園，東漢明帝女沁水公主有園田為竇憲所奪，後以沁園泛稱公主園林。崔湜〈侍宴長寧公主東莊應制〉詩：「沁園東郭外，鸞駕一遊盤。」

【語譯】一生之中，所有的良辰美景都是值得珍惜的。其中尚有很多快意的事，從古以來就很難兩全其美。何況東城內的鳳臺和沁苑，碧波粼粼，散射耀眼的金芒。梧花浸潤於露珠中，柳絲飄蕩於煙光霏微裏，一片陰綠，春光無限。在畫堂之內，佳人們都配戴了玉簪、玉佩，和那些詞人才子一起歡度。還高唱了一曲清歌，於是重新燃點紅燭，另外再擺設酒筵。

有驚鴻一般矯捷輕盈的體態，而晚上則像雨雲的風采。朱脣輕吐，歌聲充滿了磁性的吸力，似亂花叢中嚦嚦的鶯聲。曼舞幽姿，美麗的秀髮低低垂下，柔細的纖腰顯得特別嬌弱無力的樣子。何忍再分離呢？像彩雲散後，試問又該從何處尋訪回來？不要再推辭暢飲，現在月明花好，不要把時光浪擲了。

【賞析】此詞琢句工麗，才情之富可知。起欣然趁此春光，泛東城清波，露洗華桐，煙霏絲柳，綠陰搖曳蕩春一色，三句妍鮮如畫。畫堂以下，是春游歸來，秉燭宵深，高會詞客，世人何不秉燭游，不負美景良辰，而賞心樂事得并也。下片寫夜飲有美人清歌慢舞，嬌鬟二句奇豔，如此明月好花，不能輕擲，此詞下闋是一幅〈韓熙載夜宴圖〉，盛世之音，自爾富麗。

37 曲玉管

柳永

隴首❶雲飛（句），江邊日晚（句），煙波滿目憑闌久（叶）。一望關河蕭索❷（句），千里清秋，忍凝眸。杳杳❸神京，盈盈仙子，別來錦字終難偶❹。斷雁無憑，冉冉飛下汀洲，思悠悠。暗想當初，有多少、幽歡佳會；豈知聚散難期，翻成雨恨雲愁。阻追游，每登山臨水，惹起平生心事，一場消黯❺，永日❻無言，卻下層樓。

【作者】永字耆卿，初名三變，字景莊。崇安（今福建省）人。宋雍熙四年（九八七）生，皇祐五年（一〇五三）卒。景祐元年（一〇三四）進士，授睦州團練使推官。官至屯田員外郎。以樂章擅名，有《樂章集》一卷，見六十家詞刊本；又三卷，《續添曲子》一卷，見彊村叢書刊本。

【詞牌】《詞律》、《詞譜》均收柳永一調，雙調，一百五字。

・〈曲玉管〉調見《教坊記》，宋柳永詞入黃鍾商，俗呼大石調。（《詞調溯源》）

【詞律】〈曲玉管〉，雙調一百五字，前段十二句，兩叶韻，四平韻，後段十句，三平韻。

・此詞前段，截然兩對，即〈瑞龍吟〉調，所謂雙拽頭也。間叶兩仄韻，亦是本部三聲叶，無別首宋詞可校。（《詞譜》）

【注釋】❶隴首　山頭。❷蕭索　衰瑟之意。❸杳杳　深冥不見貌。❹難偶　難以相會。❺消黯　黯然消魂。❻永日　長日。

【語譯】高崗上白雲飛動，江邊紅日將斜，滿目煙霞縹緲，我靜倚闌干，佇立良久。只見山河渺渺，在這初秋的日子裏，一片淒清和沈寂，又豈忍凝神遠眺呢？遙望天上的神仙洞府，自從與美麗的仙子分別以來，就像錦字一樣，再難相會。雁兒失散了，沒有伴侶，於是輕輕地飛到水邊的沙洲上靜靜沈思。

暗自想起從前的一切：有很多幽靜和熱鬧的場面，誰知道離聚不由人算，變成無端雲雨，此恨綿綿。現在曲終人散，每逢登山臨水的時候，很容易勾起半生的悲歡，轉瞬間黯然即逝，十分難過。所以盡日都沒有說話，獨自地沿著樓階下去。

【賞析】屯田為北宋詞學專家，凡有井水處，即能歌柳詞，想見流傳之廣。陳振孫云：柳詞格固不高，而音律諧婉。詞意妥帖，承平氣象，形容盡致，尤工於羈旅行役。劉熙載稱柳詞細密而妥溜（和妥帖意近），明白而家常，善于敘事，惟綺羅香澤之態，風期（即陳氏謂詞格）未上。

此篇亦羈旅之作，煙波滿目，關河蕭索，真不忍觸目。杳杳以下別後相思無信，斷雁汀洲，仍關河所見。想當初以下，追憶歡好。雨恨雲愁，又應起處觸目生愁。收六句行役黯然，相思無極。

38 雨霖鈴

柳 永

寒蟬淒切韻，對長亭晚句，驟雨初歇韻。都門帳飲❶無緒❷句，方留戀處，蘭舟催發。執手相看淚眼，竟無語凝噎❸。念去去、千里煙波，暮靄沉沉❹楚天闊。

多情自古傷離別，更那堪、冷落清秋節！今宵酒醒何處？楊柳岸、曉風殘月。此去經年，應是良辰，好景虛設。便縱有、千種風情❺，更與何人說？

【詞牌】《雨霖鈴》，一名《雨淋鈴》、《雨霖鈴慢》。

- 《雨霖鈴》一名《雨霖鈴慢》。唐教坊曲名，《明皇雜錄》：「帝幸蜀，初入斜谷，霖雨彌日，棧道中聞鈴聲，采其聲為《雨霖鈴》曲，宋詞蓋借舊曲名，另倚新聲也。」（《詞譜》）
- 《雨霖鈴》本唐明皇蜀歸曲也。取以名詞，雙調一百三字。（《歷代詩餘》）
- 帝幸蜀，初入斜谷，霖雨彌旬，於棧道中聞鈴聲，帝方悼念貴妃，採其聲為《雨霖鈴》以寄恨。時梨園弟子張野狐一人，善觱篥，因吹之，遂傳于世，又有《雙調雨霖鈴慢》，頗極哀怨，是其本曲遺聲也。（《填詞名解》）
- 世傳明皇宿上亭，雨中聞牛鐸聲，悵然而起，問黃幡綽：「鈴作何語？」曰：「謂陛下特郎當。」「特郎當」俗稱不整治也，明皇一笑，遂作此曲。又今《雙調雨霖鈴慢》，頗極哀怨，真本曲遺聲。（《碧雞漫志》）

・唐明皇幸蜀，棧道中聞雨中鈴聲，方悼念貴妃，採其聲為曲，時梨園弟子惟張野狐一人，善篳篥，因吹之，遂傳于世。王灼云：「今〈雙調雨霖鈴慢〉頗極哀怨，真本曲遺聲。」按天寶時，無今體漫曲，灼於〈念奴嬌〉調疑之，云唐中葉漸有今體「慢」曲子，而于此調又謂「真」天寶遺聲，未免自相矛盾，然也可說得過去，蓋遺聲非在詞之句調間，凡唐曲五七言，宋則易以「慢詞」「引」「近」，其遺聲仍存。(《詞調溯源》)

【詞律】〈雨霖鈴〉，雙調一百三字，前段十句，五仄韻，後段九句，五仄韻。

【注釋】❶都門帳飲　在京城門外設帳餞行。❷無緒　心亂貌。❸凝噎　喉中氣塞。❹暮靄沉沉　晚間雲氣濃厚。❺風情　風流情意。

【語譯】黃昏時候，對著長亭，聽入哀怨的蟬響，而驟雨才剛停止。她在京師的城門外設帳餞行，只覺心情依黯，想多逗留一會，但木蘭輕舟又趕著要啟航了。我們握手相看，大家都流下眼淚，竟然說不出半句話來，徒然哽在喉中。想起江流滔滔不斷的遠去，南方遼闊的夜空，籠罩在一片晚雲的濃暗裏。

從古以來，感情豐富的人最害怕離別，更何況在這個淒冷的秋天裏。今夜酒醒以後，將不知到了那裏，也許岸上種滿楊柳，不停地送來絲絲的夜風，以及一彎西斜的殘月。這樣一去以後，漫漫年月，就算良辰美景都沒有用了。即使再有千萬種的溫柔情意，又可以給誰人領受呢？

【賞析】此屯田惜別名篇，起句已黯然銷魂，真不堪此冷落清秋時節，酒不能飲，只眼看蘭舟遠去，漸漸隱沒在千里煙波湘雲之中。上闋是別時情事，次第寫出。下片提筆振起，離別是自古以來的傷心事，秋節應起句。今宵三句懸想，酒醒夢回，楊柳岸曉風殘月七句，何等淒異，風景蕭騷，則懷人愈切。收處將離情，更進一步，好景虛設，就因為無人可說，更足證寂寞無緒，秀淡幽豔，綿密渾成。

39 蝶戀花

柳永

竚倚危樓❶風細細，望極春愁，黯黯生天際。草色煙光殘照裏，無言誰會憑闌意？

擬把❷疏狂圖一醉，對酒當歌，強❸樂還無味。衣帶漸寬終不悔，為伊消得❹人憔悴。

【注釋】❶危樓　高樓。❷擬把　打算。❸強　勉強。❹消得　值得。

【語譯】高樓佇立，吹伴溫和的清風，遠眺無際的天邊，春將歸去，不禁湧起一股依黯的愁緒。在這片綠草淒迷的黃昏裏，靜靜的誰能了解這份倚闌的心意呢？

我便甘冒疏狂，舉酒高歌，只求一醉，但勉強的歡樂總無韻味。即使腰帶逐漸加寬我也不會後悔的，為了你，值得犧牲一切。

【賞析】危樓風細，大似後主：小樓昨夜又東風。春愁黯黯，憑闌誰語。下片翻起陡入興會，要疏狂一醉，下句跌入強樂無味，一醉成虛。收句無限纏綿溫厚，賀裳云：「小詞以含蓄為佳，亦有作決絕語而妙者，如韋莊：誰家年少足風流，妾擬將身嫁與一生休，縱被無情棄不能羞之類是也。牛嶠：須作一生拚，盡君今日歡，抑亦其次。柳耆卿衣帶漸寬終不悔，為伊消得人憔悴，亦即韋意，而氣加婉矣。」真情至語，略無怨言。

40 采蓮令

柳　永

月華收，雲淡霜天曙。西征客、此時情苦。翠娥❶執手，送臨岐❷，軋軋❸開朱戶。千嬌面、盈盈竚立，無言有淚，斷腸爭忍回顧？一葉蘭舟，便恁❹急槳凌波去。貪行色、豈知離緒，萬般方寸❺，但飲恨、脈脈同誰語？更回首、重城不見，寒江天外，隱隱兩三煙樹。

【詞牌】〈采蓮令〉，《詞律》、《詞譜》均收柳永一調，雙調，九十一字。

・按《宋史・樂志》，曲宴遊幸，教坊所奏十八調曲，九曰雙調采蓮，今柳永《樂章集》有之，亦

注雙調。《碧雞漫志》：「夾鍾商，俗呼雙調。」此調只此一詞，無別首可校。《詞譜》

【詞律】〈采蓮令〉，雙調九十一字，前後段各八句，四仄韻。

・此調只此一詞，無別首可校。（《詞譜》）

【注釋】❶翠娥　美人。❷臨歧　歧路分別。❸軋軋　開門聲。❹恁　如此。❺方寸　指心。

【語譯】月亮的光華減卻，雲層淡白，又快天亮了。此時此景，西行的人感到特別淒涼。她緊握著我的手，為了要送我到大路上，於是軋軋地打開那扇紅色的大門。多可愛的面孔，輕盈地站在路旁，只有淚水，沒有說話，難過的心情，使人怎忍心再回頭望一下呢？

一條小船，就這樣跟著船槳上下的衝浪而去。難道為了貪看旅途的風光嗎？誰知道離緒千絲，就像在心中緊纏一般，只有使人遺憾而已，獨自的沈想，又可以告訴何人呢？當我再回頭的時候，層層的高城隱沒不見了，除了淒清的江水和無盡的天邊，依稀還有幾棵瀰漫蒼煙的樹木。

【賞析】此羈旅行役之作，起四句行客在途，月華二句是一夜不寐所見之景，亦如曉風殘月之句。翠娥以下是追憶臨歧，美人依依惜別，爭忍回顧，曲寫心事。下闋開始蘭舟行去，途中景色，不知離緒，待冷靜下來，就起萬般方寸，脈脈不語，前闋爭忍回顧，此刻回首重城不見，只見遠處隱約煙樹，淒迷不盡。

41 浪淘沙慢

柳　永

夢覺、透窗風一線，寒燈吹息。那堪酒醒，又聞空階，夜雨頻滴。嗟因循❶、久作天涯客。負佳人、幾許盟言，便忍把、從前歡會，陡頓❷翻成憂戚。愁極，再三追思，洞房深處，幾度飲散歌闌，香暖鴛鴦被。豈暫時疏散，費伊心力。殢雲尤雨❸，有萬般千種，相憐相惜。恰到如今，天長漏永，無端自家疏隔。知何時、卻擁秦雲❹態？願低幃昵❺枕，輕輕細說與，江鄉夜夜，數寒更思憶。

【詞牌】〈浪淘沙慢〉，《詞律》三體，雙調，正周邦彥一體，一百三十三字，又周邦彥，柳永二體，亦一百三十三字。《詞譜》四體，雙調，除上三體外，又收陳允平一體，一百三十二字。

・〈浪淘沙〉調見《教坊記》，《尊前集》載，劉禹錫詞未詳所屬律調，宋柳永有〈浪淘沙慢〉，〈浪淘沙令〉，入林鍾商，俗呼歇指調。周邦彥，吳文英皆慢詞，入夷則商。（《詞調溯源》）

【詞律】〈浪淘沙慢〉，雙調一百三十三字，前段九句，四仄韻。後段十六句，五仄韻。

・此詞平仄，無別首可校。後段第九句，《花草粹編》，作相憐相惜。《詞譜》從汲古閣本，作相憐惜。(《詞譜》)

【注 釋】❶因循 不振作之意。❷陡頓 突然。❸殢雲尤雨 殢，困極。殢雲尤雨，貪戀歡情。❹秦雲 秦樓雲雨。美也。❺昵 親近。

【語 譯】夢醒時，有一絲涼風透過窗隙吹來，還把油燈吹熄了。最怕酒醒以後，又聽到這連串的夜雨滴滴地敲在空曠的天階上。可惜自己不能振作，長期以來流浪天涯。因而辜負了她的期望和承諾，真的又怎忍心使她將從前的歡樂，突然的全部變作哀愁呢？

太悲哀了，我再三的追想，在那間幽深的房子裏，曾經多次的酒闌人散，我們躺在溫香的鴛鴦被中。即使暫時分開，她也極不願意。雲雨情濃，互相愛護，互相關心，表現出無限的風情。

到了現在，漫漫長夜，為甚麼自己偏要離開？不知道在甚麼時候，再能過這種歌酒交歡的生活了。但願低頭鑽入幃帳，長伴枕邊，然後再輕輕地告訴她，在每個流落江湖的晚上，我都是在細數寒更中思念著她。

【賞 析】行役羈苦中，回憶閨情，前闋寂然久客之情，透窗一線冷風，覺來刺骨，一線二字甚白而妙。酒醒聽空階雨聲而歎身世，才感有負佳人，歡會轉成憂戚。下片回憶舊歡，鴛被暖香，殢雲尤雨，即或劉熙載所云，綺羅香澤之態。結片則想何時歸去相倚，低幃昵枕句纖豔，不免有傷雅則，所謂風期未上。收句用李義山卻話巴山詩意。

42 定風波慢

柳 永

自春來、慘綠愁紅，芳心是事可可❶。日上花梢，鶯穿柳帶，猶壓香衾臥。暖酥消❷，膩雲嚲❸，終日厭厭倦梳裹。無那❹。恨薄情一去，音書無箇。

早知恁麼❺，悔當初、不把雕鞍鎖。向雞窗❻，只與蠻箋象管❼，拘束教吟課。鎮❽相隨，莫拋躲，針線閒拈伴伊坐。和我，免使年少，光陰虛過。

【詞牌】〈定風波〉，一名〈定風波令〉、〈定風流〉。

- 〈定風波令〉，唐教坊曲名。李珣詞名〈定風流〉，張先詞名〈定風波令〉。（《詞譜》）
- 〈定風波〉本唐教坊曲名，為詞調，亦名〈定風流〉，雙調六十字。（《歷代詩餘》）
- 〈定風波〉，商調。周武王渡孟津，波逆流而上，瞑目而麾，曰：「余任天下，誰敢害吾意者，於是風霽波罷。」義當出此。（《片玉集注》）
- 〈定風波〉，商調曲也，始於歐陽炯為之。（《古今詞譜》）

・此〈定風波慢〉詞雖押兩短韻，實與〈定風波令〉不同。（《詞譜》）

【詞　律】〈定風波慢〉，雙調，一百字，前段十一句，六仄韻，後段十一句，七仄韻。

【注　釋】❶可可　平常。❷暖酥消　指皮膚上化妝品已消。❸膩雲嚲　指頭髮已斜嚲。❹無那　無聊。❺恁般麼　如此。❻雞窗　羅隱〈題袁溪張逸人所居〉詩：「雞窗夜靜開書卷。」雞窗，即書室。❼蠻箋象管　紙筆。❽鎮　長久也。

【語　譯】自從春天來了，花草都像愁雲慘淡似的，心中凡事都不在意，一切任它含糊過去。太陽照到花端，黃鶯穿過柳絲，但我仍然穿起衣服躺著。臉油消散，頭髮下垂，整天懶洋洋的，再沒有興趣梳理和裝扮。最無可奈何的，還是那個負心人離開以後，竟然連書信也沒有一封。

早知如此，我後悔當初不把他的馬兒鎖住。然後對著窗前，拿起四川彩箋和象牙筆管，要他教我寫寫詩詞。永遠的陪伴著他，不要拋撇躲避，閒時也拿起針線坐在他的旁邊，使他跟我一起，更不要把這些年少的青春白白地浪費掉了。

【賞　析】此寫閨怨，春來無論任何事芳心無緒，只厭厭睡，人已消瘦，為薄情去無音書。可可無笛，亦屬俚語。屯田習善如此。下闋起語妙絕，知其如此，應不讓伊人遠去，而把雕鞍鎖。讓他長相守，才不虛少年時光。《畫墁錄》云：三變不得官，謁晏同叔，晏公曰：賢俊作曲子麼，三變曰：只如相公亦作曲子，公曰：殊雖作曲子，不曾道綵線慵拈伴伊坐。柳遂退。此亦妄語，綵線句亦側豔其情，不是惡語。

43 少年遊

柳永

長安古道馬遲遲，高柳亂蟬嘶。夕陽島外，秋風原上，目斷四天垂。
歸雲一去無蹤迹，何處是前期？狎興❶生疏，酒徒蕭索❷，不似去年時。

【詞牌】〈少年遊〉，一名〈玉蠟梅枝〉、〈小欄干〉。

．〈少年遊〉調見《珠玉集》，因詞有「長似少年時」句，取以為名。韓淲詞有「明窗玉蠟梅枝好」句，更名〈玉蠟梅枝〉，薩都剌詞名〈小欄干〉。(《詞譜》)

．〈少年遊〉、鮑照〈行樂詩〉：「春風太多情，村村花柳好，少年宜游春，莫使顏色槁。」(《片玉集注》)

【詞律】〈少年遊〉，雙調，五十字，前段五句，三平韻，後段五句，兩平韻。

【注釋】❶狎興　冶遊之興。❷蕭索　散也。

【語譯】在這個長安古道上，我騎著馬兒慢慢地前行，高高的柳條間，不時傳入紛亂的蟬響。斜陽向著島外滑落，秋風呼呼在郊野上勁吹，極目四望，夜空就像籠蓋一樣罩了下來。

白雲一去，再沒有蹤迹了，將來甚麼時候可以再見面呢？現在沒有甚麼遊興，好酒的朋友亦少，不像去年的熱鬧。

【賞析】此詞作於古都長安，饒有一股蒼勁之氣，不似屯田纖豔風格，長柳亂蟬，古道行馬，此不是江南水鄉之旖旎，樸質厚重，又值秋風起於原上，目斷四天垂，有千里暮雲平之感。下片意興蕭索，似為屯田晚年之詠，有不似去年，自身亦如雲蹤迹不定，全篇無詞藻之雕飾，自是高詠。

44 戚氏

柳永

晚秋天（韻），一霎①微雨灑庭軒（韻）。檻菊蕭疏（句），井梧零亂，惹殘煙（韻）。淒然（韻），望江關（韻），飛雲黯淡夕陽間（韻）。當時宋玉②悲感（句），向此臨水與登山（韻）。遠道迢遞（句），行人淒楚（句），倦聽隴水③潺湲（韻）。正蟬吟敗葉（句），蛩響衰草（句），相應喧喧（韻）。

孤館度日如年（韻），風露漸變（句），悄悄至更闌（韻）。長天淨（豆）、絳河④清淺（句），皓月嬋娟（韻）。思綿綿（韻），夜永對景（句），那堪屈指（句），暗想從前（韻）。未名未祿（句），綺陌紅樓（句），往往經歲遷延（韻）。帝里風光好，當年少日，暮宴朝歡。況有狂朋怪侶，遇當歌對酒競留連。別來迅景如梭，舊游似夢，煙水程何限？念利名、憔悴長縈絆，追往事、空慘愁顏。漏箭移❺，稍覺輕寒，漸嗚咽、畫角數聲殘。對閒窗畔，停燈向曉，抱影無眠。

【詞牌】〈戚氏〉，一名〈夢遊仙〉。

【詞律】〈戚氏〉，三段二百十二字，前段十五句，九平韻，中段十二句，六平韻，後段十六句，六平韻，兩叶韻。

・此調宋人作者甚少，可平可仄，俱可參蘇軾、丘處機二詞。後段兩仄韻，亦用三聲叶。（《詞譜》）

【注釋】❶一霎　短促之時。❷宋玉　楚屈原弟子，作〈九辯〉，有「悲哉秋之為氣也」語。❸隴水　〈隴頭歌辭〉：「隴頭流水，鳴聲幽咽。」此取幽咽之意。❹絳河　銀河，天稱絳霄，銀河稱絳河，借南方之色為喻。❺漏箭移　夜深也。

【語譯】晚秋的天氣，庭院內剛灑過一陣細雨。闌干旁邊的菊花所剩無多，井旁的梧桐葉子也很零落，只見幾縷疏煙冉冉升起。我很傷心，對著江河關塞，只見夕陽將盡，暗淡的霞彩飛舞其間。當年宋玉在這種登山涉水的景致時，不期然也湧出一種悲戚。路途遙遠，尤其聽到河水潺湲的聲音，遠行的人更感淒酸。何況現在又是蟬兒哀鳴於落葉堆中，秋蟲響遍於枯草叢裏。吵成一片，互相呼應。

孤獨的客旅生涯，使人有度日如年之感，晚上的風露漸涼，輕輕地又已更深人靜。夜空一片潔淨，天河淺而清澈，銀白的月亮十分美麗。我想得很遙遠，漫漫長夜，對著自己的孤影，又怎樣忍心再推算從前的事情來呢？現在既無功名，又無祿位，只是沈醉在這些綺麗的歌妓群中，轉眼一年便如許浪費掉了。

京城的風光最好，當年輕的時候，早晚飲宴。何況又有些輕狂怪傑的朋友，遇上酒筵歌席，就會來些競賽，表現自己的酒量和才華。轉眼時光飛逝，舊時的一切恍似雲煙迷離的夢境一般，無法再加捉摸，想起名利兩字，像被羈索綑綁的使人煩惱，回憶往事，更掩上多一層的難過，今夜更鼓像飛箭的移動，天氣稍覺有些寒意，還開始傳來幾陣曉角的哀鳴。我坐在寂寞的窗前，熄了燈光，等待天亮，只是抱著自己的影子，無法入睡。

【賞　析】此長調分三闋，起至相應喧喧，是寫秋懷落寞，檻菊蕭疏，井梧零亂，蟬吟敗葉，蛩響衰草，詞句雋美。

孤館一闋寫身世之感，永夜思維。絳河清淺，皓月嬋娟，如此良夜，想從前綺陌紅樓，經歲遷延。

最後從帝里歡宴，別來如夢，利名空慘愁顏，自覺失望，一燈向曉不能成寐，文士不遇之悲，雖看透利名，終不自安，奈何？有云：〈離騷〉寂寞千年後，〈戚氏〉淒涼一曲終。徒身後使人惋歎而已。

45 夜半樂

柳 永

凍雲黯淡天氣，扁舟一葉，乘興離江渚。度萬壑千巖，越溪深處。怒濤漸息，樵風❶乍起，更聞商旅相呼。片帆高舉，泛畫鷁❷、翩翩過南浦。

望中酒旆❸閃閃，一簇煙村，數行霜樹。殘日下、漁人鳴榔❹歸去。敗荷零落，衰楊掩映，岸邊兩兩三三，浣紗游女，避行客、含羞笑相語。

到此因念，繡閣輕拋，浪萍難駐。歎後約、丁寧竟何據？慘離懷、空恨歲晚歸期阻。凝淚眼、杳杳神京❺路，斷鴻聲遠長天暮。

【詞牌】〈夜半樂〉，《詞律》二體，三疊，正柳永一體，一百四十四字，又柳永一體，一百四十六字。

・《唐史》云：「民間以明皇自潞州還京師，夜半舉兵誅韋皇后，製〈夜半樂〉，〈還京樂〉二曲。」《樂府雜錄》云：「明皇自潞州入平內難，半夜斬長樂門關，領兵入宮，後撰〈夜半樂〉曲。」《碧雞漫志》

【詞　律】〈夜半樂〉，三段一百四十四字，前段十句，五仄韻，中段九句，四仄韻，後段七句，五仄韻。

・此調只有柳詞二首，其句讀亦大同小異，但無別首宋詞可校。《詞譜》

【注　釋】❶樵風　高處的風。樵，山木。❷畫鷁　鷁，鳥名，形如鷺而大。畫鷁，古船家于船頭畫鷁首怪獸以懼江神，後人因指船為畫鷁。❸酒旆　酒旗。❹鳴榔　擊木梆驚魚，使魚聚于一處，易于取得。❺神京　指汴京。

【語　譯】在一片寒雲陰暗的天氣下，我乘著一條小船，興致勃發地離開江邊的渡頭。經過了很多奇峰險壁，直駛入這條南方小溪上源的地方。洶湧的波濤漸趨平靜，樹林裏乍然吹來幾陣清風，因而聽到有些旅客的叫聲。於是我再次舉起帆檣，讓這條在船頭上畫有鷁首的小船，沿著江流，輕輕地又經過了一個南方的渡頭。

遠望去有些酒旗飄舞，只見一小村，幾行樹木，都籠罩在炊煙裊裊之間。太陽下山了，漁人也敲起木梆歸去。岸邊的殘荷零落敗亂，枯黃的柳條很稀疏地飄舞，更有兩三個剛洗衣歸來的女孩子，為了避開我這個過路的行人，於是含羞答答地告訴其他女伴。

此情此景，很容易使人想起自己竟然輕易地捨棄閨閣內的佳人，像浮萍一樣，無法停駐。當時殷勤叮嚀的誓言現在再有甚麼依據呢？愁懷黯黯，歸期未定，徒然感慨時光的飛逝，一年又快過去了。我含著眼淚，向著京師遠望，只見在這傍晚時分，有一隻離群的孤雁遠遠掠過。

【賞析】首敘行役，一葉扁舟，度萬壑千巖數句，寫景如黃子久〈富春山居圖〉，商旅相呼，亦刻畫真切。第二闋見酒斾岸邊人家之景，浣紗游女三句亦天趣樸質，如世外桃源。

前二片景，引起第三闋身世羈旅之痛，浪萍難駐，至為愴悽，凝淚望神京，只有鳥飛向那天邊遠處，懷鄉念闕之情，即景而生。此詞鋪敘，後來周清真吳夢窗，亦優為之。

46 玉蝴蝶

柳永

望處雨收雲斷，憑闌悄悄，目送秋光。晚景蕭疏❶，堪動宋玉悲涼。水風輕、蘋花漸老；月露冷、梧葉飄黃。遣情傷，故人何在？煙水茫茫。

難忘，文期酒會，幾孤風月，屢變星霜❷。海闊山遙，未知何處是瀟湘❸？念雙燕、難憑音信；指暮天、空識歸航。黯相望，斷鴻聲裏，立盡斜陽。

【詞　牌】〈玉蝴蝶〉，一名〈玉蝴蝶慢〉。

・〈玉蝴蝶〉名始于唐孫光憲咏蝶詞。(《填詞名解》)

〈玉蝴蝶〉一調，一說創自溫庭筠，一說創自孫光憲，似應以前說為是。

【詞　律】〈玉蝴蝶〉，此體雙調，九十九字，前段十句，五平韻，後段十一句，六平韻。

此詞前段第四五句，上四下六，後段第五六句，上四下七。

・沈伯時《樂府指迷》云：詞中多有句中韻，人多不曉，不惟讀之可聽，而歌時最要叶韻應拍，不可以為閒字而不叶，如此詞後段起句難忘二字是也。〈滿庭芳〉、〈木蘭花慢〉等詞，皆同此例。

・前段第一句，柳詞別首，誤入平康小巷，小字仄聲。第二句，辛棄疾詞，香滿紅樹，滿字仄聲。第五句，辛棄疾詞，高處都被雲遮，都字平聲。第六句，柳別首銀蟾靜魚鱗簟展，銀字平聲，靜字仄聲。高觀國詞，古臺荒斷霞殘照，殘字平聲。後段換頭短韻，尹濟翁詞，怎知，怎字仄聲。譜內可平可仄據此。其餘可再參校李之儀、張炎、辛棄疾等詞。(《詞譜》)

【注　釋】❶蕭疏　蕭瑟。❷星霜　星一年一周天，霜每年而降，因稱一年為一星霜。❸瀟湘　原是瀟水和湘水之稱，即所思之處。

【語　譯】望著遠方，雨止了，雲彩也停頓下來，於是靜靜地倚著闌干，凝視好一片秋深的風景。這蕭條的黃昏，已足使宋玉更感淒涼了。清風掠過水面輕輕吹到，蘋花也漸趨枯老，月下寒露初寒，殘黃的梧桐葉子正飄飄飛舞。真想放下這份傷感情懷，但對著這茫茫一片的殘山剩水間，究竟她又在甚麼地方呢？

當年的歌酒風流，實在無法忘記，時間就這樣一年年的過去，只覺辜負了無限的美景良辰，路途間阻，不知道何處是瀟水湘水聚合的地方呢？相信這一雙燕子不會替我們傳遞訊息了，對著渾一片晚霞時分，徒然認得歸程又有何用？我很感慨的向遠方遙望：在隱隱的孤雁聲中，又站過一天的黃昏。

【賞析】正當悄悄秋光，念宋玉悲秋，而發為此篇。雨收雲斷，是氣爽高秋，水風輕四句寫景秀淡，是屯田特色。

下闋作客而懷友，不知屢變幾個星霜。海闊以下至歸航，又復有室家之思。收三句淒然。

47 八聲甘州

柳永

對瀟瀟暮雨灑江天，一番洗清秋。漸霜風淒緊，關河冷落，殘照當樓。是處紅衰翠減❶，苒苒物華休❷。惟有長江水，無語東流。

不忍登高臨遠，望故鄉渺邈❸，歸思❹難收。歎年來蹤迹，何事苦淹留？想佳人、妝樓凝望，誤幾回、天際識歸舟❺？爭知我、倚闌干處，正恁❻凝愁？

【詞牌】〈八聲甘州〉，一名〈瀟瀟雨〉、〈宴瑤池〉、〈甘州曲〉。（或僅名〈甘州〉）

•《西域志》載：「龜茲國工製〈伊州〉、〈甘州〉、〈涼州〉等曲，皆翻入中國。八聲者，歌時之節奏也。」按楊升庵《詞品》載：「東坡云：『人皆言柳耆卿詞俗，如霜風淒緊，關河冷落，殘照登樓，唐人佳處，不過如此。』」（《詞律校刊》）

•《碧雞漫志》：「〈甘州仙呂〉調，有曲破，有八聲，有慢、有令。」按此詞前後段八韻，故名八聲，乃慢詞也。因柳永詞有「對瀟瀟暮雨灑江天」句，更名〈瀟瀟雨〉，白樸詞名〈宴瑤池〉。此調以此（柳）詞為正體；若張詞之添聲，劉過以下五詞之減字，皆變格也。（《詞譜》）

•〈八聲甘州〉，一名〈甘州曲〉。《西域記》載：「龜茲國工製〈伊州〉、〈甘州〉、〈涼州〉等曲，皆翻入中國詞調，八聲甘州，歌時之節奏也。」（《歷代詩餘》）

•〈八聲甘州〉，一名〈甘州歌〉。《西域記》云：「龜茲國工製曲，〈伊州〉、〈甘州〉、〈涼州〉等曲，翻入中國。」（《填詞名解》）

按〈八聲甘州〉亦曲牌名。

【詞律】〈八聲甘州〉，雙調，九十七字，前後段各九句，四平韻。

此詞後段第六句，作上三下四句法，宋詞俱照此填。惟程垓詞，縱使梁園賦猶在，句法異。

•周密詞，前段起二句，漸萋萋芳草綠江南，輕暉弄春容，芳字平聲。後段起句，還是春光夢曉，還字平聲。譜內可平據此，其餘平仄，悉可參校張炎、劉過、湯恢、蕭列、鄭子玉、姚雲文等詞。

・蕭詞前段起句，可憐生飄零到酴醾，零字平聲。鄭詞後段第四句，賴東君能容，容字平聲。（《詞譜》）

【注 釋】❶紅衰翠減 指花落葉少。❷苒苒物華休 苒苒，漸漸；物華休，景物凋殘。❸渺邈 遙遠。❹歸思 歸家心情。❺天際識歸舟 謝脁〈之宣城出新林浦向板橋〉詩：「天際識歸舟。」❻恁 如此。

【語 譯】江上剛灑過一陣黃昏細雨，把清爽的秋天洗滌一番。漸漸地沁骨的冷風吹來，河山一片靜寂，斜陽又照進樓上來了。這裏到處花葉凋零，漸漸地好的景物都已消失，只有滔滔的長江水，還默默無言地向東流去。

其實我也不忍心憑高遠望，因為對著遙遠的故鄉，思歸之心更難遏止。我很感傷這幾年來的飄泊生涯，為甚麼再要留戀下去？想起她在妝樓上癡癡望遠，好幾次誤會是我的歸帆回來了。她又怎樣能了解到，我也倚著闌干，同樣癡癡地想念她呢？

【賞 析】起有俊爽豪邁之情，霜風三句，急絃高調，似許渾入潼關，殘雲太華詩之遒上。東坡讚賞以為唐人佳處，不過如此。以下風光冉冉，江水無語東流，截止有力。

後半分三疊寫出，首言欲歸不得，何事淹留。次及閨人盼望已久，即溫庭筠過盡千帆皆不是之意。最後知君憶我，我亦思君，纏綿有味。

48 迷神引

柳永

一葉扁舟輕帆捲，暫泊楚江南岸。孤城暮角，引胡笳怨。水茫茫，平沙雁，旋驚散。煙斂寒林簇，畫屏展，天際遙山小，黛眉淺❶。舊賞輕拋，到此成游宦。覺客程勞，年光晚。異鄉風物，忍蕭索、當愁眼。帝城賒❷，秦樓❸阻，旅魂亂。芳草連空闊，殘照滿，佳人無消息，斷雲遠。

【詞牌】〈迷神引〉，《詞律》僅晁補之一體，雙調，九十九字。《詞律拾遺》又補柳永（一葉）一體，九十七字。《詞譜》二體，雙調，正柳永（紅板）一體，九十七字，又朱雍一體，亦九十七字。

【詞律】〈迷神引〉，雙調，九十七字，前段十一句，六仄韻，後段十三句，六仄韻。

・此調以此（柳永紅板橋頭秋光暮）詞為正體，有柳詞別首可校，若朱詞之多押兩韻，乃變體也。

此詞前段起句，橋頭秋光四字，俱平聲，如柳詞別首，一葉扁舟輕帆捲，朱詞，白玉樓高雲光繞，俱與此同。惟晁補之詞，黯黯青山紅日暮，日字以入作平。後段第十三句，知他深深四字，俱平聲，如柳詞別首，佳人無消息，朱詞，飛英難拘束，俱與此同，惟晁詞燭暗不成眠，燭字不字以入作平，暗字去聲獨異。至前段第四句，後段第三句，俱作上一下三句法，如柳詞別首之引金笳怨，覺客程勞，朱詞之齊梅林道，覺璧華輕，晁詞之向煙波路，覺阮途窮，俱與此同。《詞譜》

【注釋】❶黛眉淺 形容遠山色淡。❷賒 遠也。❸秦樓 李白〈憶秦娥〉詞：「秦娥夢斷秦樓月。」此指佳人。

【語譯】捲起小船上的帆檣，暫時泊靠在這條南方的小河岸邊。孤聳的城樓上吹來黃昏悲壯的角聲，同時也伴入幾聲淒怨的胡笳。水天渾茫一片，沙洲上的雁兒，轉眼又飛走了。當煙嵐消散後，一帶的寒林湧現眼前，好像打開一幅美麗的屏風，遠方的青山很纖細，像淺淺添上暗青色的眉線。

舊時的一切都胡亂地拋棄盡了，到此變成一個因罪被謫戍的官員模樣，只覺得旅程十分辛勞，年紀又漸將老去。他鄉的景物一片凋殘，深深地注入我悲哀的眸子中。京師太遠了，所有的瓊樓玉宇都因阻隔而看不到，客旅的心情更添混亂。眼前花草一直伸展至無限遠的天邊，披上斜陽的晚裝，可惜卻沒有她的消息了，晚雲也遠遠的停了下來。

【賞析】此與〈夜半樂〉、〈玉蝴蝶〉、〈八聲甘州〉，皆為行役思鄉之作。起作客扁舟，楚江南岸。角聲怨水，驚雁散飛，一帶寒林，立如畫屏，遠山一點如眉。風景秀異。

下片游宦之情，年年行役程勞。帝城秦樓，仍是懷鄉念闋，收句殘照滿、斷雲遠三字句，急促悲婉。

49 竹馬子

柳永

登孤壘荒涼，危亭曠望，靜臨煙渚。對雌霓❶挂雨，雄風❷拂檻，微收殘暑。漸覺一葉驚秋，殘蟬噪晚，素商❸時序。覽景想前歡，指神京，非霧非煙深處。向此成追感，新愁易積，故人難聚。憑高盡日凝竚，贏得消魂無語。極目霽靄❹霏微，暝鴉零亂，蕭索江城暮。南樓畫角，又送殘陽去。

【詞牌】〈竹馬子〉，本名〈竹馬兒〉。

・〈竹馬子〉，取後漢郭細侯事。（《填詞名解》）

・郭伋行部到西河美稷，有兒童數百，各騎竹馬，道次迎拜。（《後漢書・郭伋傳》）

・漸拋竹馬戲。（杜牧詩）

【詞律】〈竹馬兒〉，雙調，一百三字，前段十二句，四仄韻，後段十句，五仄韻。

‧此調始自此詞，應為正體。若葉（夢得）詞之句讀小異，乃變格也。（《詞譜》）

【注釋】❶雌霓　虹雙出，色鮮豔者為雄，色暗淡者為雌，雄曰虹，雌曰霓。❷雄風　宋玉〈風賦〉：「此獨大王之風耳。」雄風，即雄駿之風。❸素商　秋日。秋色尚白，音屬商，見《禮記‧月令》。❹霽靄　晴煙。

【語譯】我登上一個荒涼的山崗，站在高高的亭子上遠望，靜靜注視這個煙光瀰漫的水邊。對著一片暗淡的虹霓，上面還帶有幾顆雨滴，大風刮在闌干畔，殘餘的暑氣亦快將過盡。漸漸地感到葉子落了，秋天到了，還有些許寒蟬在傍晚鳴叫，唱出一種淒涼的商聲。見到這些景物，很容易想起以前的歡樂時光，遙指汴州，正隱約在非霧非煙的迷離境界裏。

對著此情此景，逐漸都成為一種追憶了，新愁一天天的加疊上去，舊時的友朋卻難有聚期。我站在高處，整天凝情竚立，只得到一片傷感，沒有說話。天涯望斷，蒼煙縹緲，烏鴉在黃昏中疏落飛舞，此外整個江邊的小城就顯得十分蕭索了。聽入南樓上幾陣角聲，同時也送了夕陽歸去。

【賞析】起三句居高臨下，荒寒已極，用孤、危、荒、曠、靜諸字以表之。時節殘暑近秋，前歡神京，非霧非煙。一片徜徉之情。

下片前歡追感相應，故人不在，憑高凝竚，與起三句相應。霽靄霏微與煙渚相合。暝鴉零亂，又承上殘蟬噪晚，收到殘陽，結構章法完密。

50　臨江仙慢

柳永

夢覺小庭院，冷風淅淅❶，疏外瀟瀟。綺窗外、秋聲敗葉狂飆。心搖，奈寒漏永❷，孤幃悄，淚燭空燒。無端處，是繡衾鴛枕，閒過今宵。

蕭條。牽情繫恨，爭向年少偏饒。覺新來、憔悴舊日風標。魂消，念歡娛事，煙波阻，後約方遙。還經歲，問怎生禁得，如許無聊？

【詞牌】〈臨江仙慢〉，僅柳永一調，九十三字。

・〈臨江仙〉又另一格，此調整齊完善，《樂章集》中之佳者。（《詞律》）

【詞律】〈臨江仙慢〉，雙調，九十三字，前段十一句，五平韻，後段十一句，六平韻。

・此調只有此詞，平仄無別首可校。此詞押三短韻，前後段第六句，作上一下三句法。第十句作上一下四句法。當是體例，填者審之。（《詞譜》）

【注釋】❶淅淅　謝惠連〈七月七日夜詠牛女〉詩：「淅淅振條風。」淅淅，風聲。❷漏永　夜長。

【語譯】在小小的庭院中一覺醒來，淅淅的冷風吹過，籬笆外還灑落了一陣瀟瀟的細雨。窗外是一片秋意的蕭颯，黃葉飄舞。我心神搖蕩，無奈天氣寒冷，漫漫長夜真難打發。在孤清的幃幔裏，只見紅燭墜淚，徒然地高燒著。最無聊的，還是讓那些繡有鴛鴦的衾被枕帳，也跟我寂寞地打發了今夜的時間。

周圍一片靜寂，想起年少時的風流得意，真使人產生無端感慨。徒然覺得自己愈來愈瘦了，再沒有當年的風采。不禁一陣黯然，想起一切快樂的過往，都好像被層層的風煙阻隔斷了。以後的約會又遙遙無期，大概還要再等一年吧！試問又怎能忍受這段漫長而又無聊的日子呢？

【賞析】起夢覺二句，即隱藏許多事。醒後冷風兩句，倍極淒清。窗外秋聲，心搖與夢有關，夢中之事，更使心旌搖搖不已。夢中何事，孤幃相對，繡衾閒過。

下片牽情繫恨，少年偏多，意味深婉。此情恨自縈夢寐，舊日風標，甚為自賞，終淪愁寂。屯田潦倒而死，葬真州仙人掌，群妓每春日上冢，謂之弔柳七。屯田又有句云：忍把浮名，換了淺斟低唱。贏得美人知己，良亦有因。王漁洋詩云：殘月曉風仙掌路，何人為弔柳屯田。有異代蕭條之痛。

51 桂枝香

王安石

登臨送目，正故國❶晚秋，天氣初肅。千里澄江似練❷，翠峰如簇。歸帆去棹斜陽裏，背西風、酒旗斜矗。彩舟雲淡，星河鷺起❸，畫圖難足。

念往昔、繁華競逐，歎門外樓頭❹，悲恨相

續。千古憑高，對此漫嗟榮辱。六朝❺舊事如流水，但寒煙衰草凝綠❻。至今商女，時時猶唱，後庭遺曲❼。

【作　者】安石字介甫，臨川人。生於天禧五年（一〇二一）。慶曆二年（一〇四二）進士。神宗朝，除翰林學士，拜同中書門下平章事、加尚書左僕射、兼門下侍郎，封舒國公，改封荊國公。晚居金陵，自號半山老人。元祐元年（一〇八六）卒，年六十六。贈太師，諡曰文。崇寧間，追封舒王。有《臨川先生歌曲》一卷，《補遺》一卷，見「彊村叢書」。

【詞　牌】〈桂枝香〉，一名〈疏簾淡月〉、〈桂枝香慢〉。

・萬氏注云：「張宗瑞『梧桐細雨』一首取名〈疏簾淡月〉，乃因詞中詞以名之，非調有異也。」惟此調舊譜分南北詞，如用入聲韻，則名〈桂枝香〉，用去上聲韻始可名〈疏簾淡月〉。《詞律校刊》

・唐裴思謙狀元及第，作紅牋名紙十數，詣平康里宿，詰旦賦詩曰：「銀釭斜背解鳴鐺，小語低聲和玉郎，從此不知蘭麝貴，夜來新惹桂枝香。」又咸通中袁皓登第，悅妓蘂珠詩有「桂枝香惹蘂珠香」句，詞名〈桂枝香〉，略出于此。宋張宗瑞賦此調，有「疏簾淡月，照人無寐」語，又名〈疏簾淡月〉。《填詞名解》

【詞　律】〈桂枝香〉雙調，一百一字，前後段各十句，五仄韻。

此調以此詞為正體，若張輯詞之多押兩韻，張炎詞之句讀小異，周（密）詞之減字，黃（裳）

詞之句讀不同，皆變格也。

•按詹正詞，前段第一句，紫薇花露，紫字仄聲，花字平聲。陳允平詞：第四句，寂寞天香院宇，寂字仄聲。詹詞，第十句依然南浦，依字平聲。王學文詞，後段第八句，茶香酒熟，茶字平聲。李彭老詞，第九句，浮沈醉鄉，鄉字平聲。譜內可平可仄據此。餘可參陳亮、張輯、張炎、周密、黃裳諸詞句法同者。《詞譜》

【注釋】❶故國　金陵為六朝舊都，故云故國。❷澄江似練　謝朓〈晚登三山還望京邑〉詩：「澄江靜如練。」❸星河鷺起　星河即銀河。李白〈登金陵鳳凰臺〉詩：「三山半落青天外，二水中分白鷺洲。」❹門外樓頭　用杜牧〈臺城曲〉「門外韓擒虎，樓頭張麗華」詩意。❺六朝　吳、東晉、宋、齊、梁、陳。❻衰草凝綠　竇鞏〈南游感興〉詩：「傷心欲問前朝事，惟見江流去不回。日暮東風春草綠，鷓鴣飛上越王臺。」二句本此。❼後庭遺曲　杜牧〈泊秦淮〉詩：「商女不知亡國恨，隔江猶唱後庭花。」陳後主遊宴後庭。其曲有玉樹後庭花，見《南史・列傳第二・後主沈皇后　張貴妃》。

【語譯】登高眺遠，正是京華的晚秋天氣，漸感肅殺。長江千里，像一條澄明的彩帶，而山峰一堆堆地湧了出來。歸帆在夕陽中駛過，背著西風，酒旗斜斜地矗立飛舞。綵船滑過水天之間，像穿插於雲中，而星河也從白鷺洲上漸漸出現，即使用圖畫也難以描寫出來。

想當年，那些貴族們競鬥豪奢，城外正在激戰，而陳後主卻仍在樓中，沈酣歌酒，真使人感到十分悲慨。千年後登高對此，還有甚麼榮辱可言呢？六朝的史蹟像流水般一去不回，只有蒼煙瀰漫枯草叢中，凝成一層碧綠。現在歌妓們還時時唱著玉樹後庭花的遺曲呢！

【賞析】此金陵懷古，起送目，即點故國，秋氣正肅。以下由澄江去棹，西風五句，風景如畫。

下片再興古今之感，六朝帝王之都，曾經是繁華競逐之地，許多傷恨的事，光陰如水，事迹可悲，也都過去了。今日重來，不還是聽到商女唱後庭曲，她又何嘗知道甚麼榮辱興亡？此詞東坡見而歎曰：此老乃野狐精也。謂其變化之美。李易安曾謂，介甫文似西漢，作詞人必絕倒。而深識之。此篇又何遜于美成、稼軒？劉熙載謂公詞雅素，無五代香澤之習，深情之士，自爾不如。

52 千秋歲引

王安石

別館寒砧❶，孤城畫角，一派秋聲入寥廓。東歸燕從海上去，南來雁向沙頭落。楚臺風❷，庾樓月❸，宛如昨。

無奈被些名利縛，無奈被他情擔閣，可惜風流總閒卻。當初漫留華表語❹，而今誤我秦樓約。夢闌時，酒醒後，思量著。

【詞牌】〈千秋歲引〉一名〈千秋令〉、〈千秋萬歲〉。

・〈千秋歲〉第二體一名〈千秋歲引〉。《填詞名解》

【詞律】〈千秋歲引〉，雙調，八十二字，前段八句，四仄韻，後段八句，五仄韻。

此即〈千秋歲〉調，添字減字，攤破句法，自成一體，與〈千秋歲〉較，惟前段第一二句，各減一字，後段第一二句，各添二字，第三句添一字，前後段第四五句，各添兩字，結句，各減一字，攤破作三字兩句，其源實出于〈千秋歲〉，《詞律》疏于考據，類列于〈千秋歲〉後，而又云兩調迥別，故為兩列而論之如此。

・此調始於此詞，自應以此詞為定格，若李冠一詞，無名氏二詞，則又從此詞添字耳。（《詞譜》）

【注　釋】❶砧　杜甫〈秋興〉詩：「寒衣處處催刀尺，白帝城高急暮砧。」砧，擣衣石。❷楚臺風　《昭明文選・風賦》云：「楚襄王遊於蘭臺之宮。宋玉、景差侍。有風颯然而至。王乃披襟而當之曰：『快哉此風！』」❸庾樓月　《世說新語》云：「晉庾亮在武昌，與諸佐吏殷浩之徒乘夜月共上南樓，據胡床詠謔。」❹華表語　《續搜神記》云：「遼東城門有華表柱，有白鶴集其上言曰：『有鳥有鳥丁令威，去家千年今來歸；城中如故人民非，何不學仙冢纍纍！』」

【語　譯】客舍裏傳來擣衣的砧聲，孤城上吹起悲涼的清角，一種秋天的意緒已經瀰漫整個空間。東歸的燕子從海上飛過，南來的雁兒則暫時駐足在沙洲上。楚王蘭臺上的快哉風，庾亮在南樓上與友朋共樂賞月，都好像昨天的事情。

無可奈何被這些名利縛住，無可奈何因而使感情亦趨中斷，把最寫意的生活都拋棄掉了。以前徒然許下幾句學仙的華表語，現在連秦樓上的舊盟也無法實現。即使夢中最甜蜜的時候，或是酒醒之時，都一樣地思念著。

【賞　析】此荊公極為感慨之作，隱含許多抑塞，起三句秋景、寒砧寥廓，心境蒼涼。東歸燕，南來雁，人生反覆如此。楚臺風，庾樓月，古今只風月依然，楚庾只是歷史上的空虛抽象名詞。下片正言被名利縛、情擔閣、閒卻風流，此風流，卻指如花美眷，看下面誤我秦樓約可知。追悔不及，收句思量不盡。中間有許多俚語，胸次清迴，自爾翩翩遐舉。

53　清平樂

王安國

留春不住，費盡鶯兒語。滿地殘紅宮錦❶汙，昨夜南園風雨。

小憐❷初上琵琶，曉來思繞天涯。不肯畫堂朱戶，春風自在楊花。

【作者】安國字平甫，臨川人，王安石之弟。生於天聖八年（一〇三〇）。熙寧元年（一〇六八），應茂才異等科入等，賜進士出身，除西京國子教授、崇文院校書。熙寧七年（一〇七四）時，為大理寺丞、集賢校理。坐鄭俠事，於八年（一〇七五）初，放歸田里。熙寧九年（一〇七六）卒。有詞見《花菴詞選》。

【注釋】❶宮錦　宮中錦繡，此喻落花。❷小憐　原為北朝馮淑妃之名，此泛指歌女。

【語譯】無法挽留春天了，浪費掉黃鶯兒多少唇舌。滿地都是落花，像宮中的地毯被沾污，因為昨夜南園才灑過一陣風雨啊！

小憐剛學懂琵琶，早上醒來突然想起遠方。春天還是不肯到富貴人家的屋裏去的，情願伴著楊花更好。

【賞析】一夜風雨，園中花落，殘紅宮錦琢句亦工。花落知春去，曉來猶聽鶯聲，那怎能把春留住？前半四句倒裝，以見筆勢，亦強調傷春之急迫。

下片寫美人當在此暮春時，亦無端心緒紛紜，手弄琵琶，心繞天涯。收二句不著邊際，只說春不在室內，而春在楊花，是不著痕迹的說春光已去了。

54 臨江仙

晏幾道

夢後樓臺高鎖，酒醒簾幕低垂。去年春恨卻來時，落花❶人獨立，微雨燕雙飛。

記得小蘋❷初見，兩重心字❸羅衣。琵琶絃上說相思。當時明月在，曾照彩雲❹歸。

【作者】幾道字叔原，號小山，殊幼子。宋天聖九年（一〇三一）生，崇寧五年（一一〇六）卒。監潁昌許田鎮。崇寧四年（一一〇五）間，為開封府推官。以獄空，轉一官，賜章服。幾道能文章，尤工樂府，有《小山詞》。見六十家刊詞及「彊村叢書」，又有晏端書刊本。

【注釋】❶落花　兩句原為五代翁宏詩。❷小蘋　歌女名。❸心字　衣領屈曲如心字，見沈雄《古今詞話》。❹彩雲　指小蘋。

【語譯】醉後躺在高樓上面，酒醒時簾幙還拉得低低的，過去的事很容易又使人觸景傷情。我獨自站在花落紛飛之中，微雨中看見一雙燕子輕輕飛舞。

記得和小蘋初識的時候，她穿了一件很漂亮的衣服，兩重的衣領還屈曲如心字似的。她彈弄著琵琶，聽來有很多隱愫。當時更有一樓明月，照引她的歸去。

【賞析】叔原為同叔之幼子，王謝子弟，人稱其秀氣勝韻，得之天然。有五代花間詞風，馮煦云：淮海小山，古之傷心人也，其淡語皆有味，淺語皆有致，求之兩宋詞人，實罕其匹。

此篇華腴中有愁恨，起二句寂寞，去年之恨又上心頭，人依然孤獨，只春來燕子雙飛。下片就上寂寞孤獨之情，而想起昔時小蘋初見，記憶猶新，她穿了兩重心字羅衣，音樂裏有豐富的情感，今天的明月曾照小蘋歸去，物換星移，人在何處。真是淡語有味。《詞林記事》載，小山所詠歌女有蓮、鴻、蘋、雲等。

55 蝶戀花

晏幾道

夢入江南煙水路 韻，行盡江南 句，不與離人遇 韻。睡裏消魂無說處 韻，覺來惆悵消魂誤。欲盡此情書尺素❶，浮雁沉魚，終了❷無憑據。卻倚緩絃歌別緒，斷腸移破秦箏❸柱。

【注釋】❶尺素　書簡。素，絹也，古人為書，多書于絹，故稱書簡為尺素。❷終了　終於。❸秦箏　見前張先〈菩薩蠻〉注❶。

【語譯】夢中好像到了江南，沿路煙水迷離，但走遍江南以後，仍無法和她相見。睡覺以後，即使有很大感慨，也無法用言語表達，醒時才曉得又被這份感情欺騙了。想寫一封信，把心中的話和盤托出，但魚雁消沉，始終都不見回音。於是彈著緩慢的調子，唱出自己心中的一腔離緒，結果肝腸寸斷，就像箏柱的破折一樣。

【賞析】起三句淺語有致，岑參〈春夢〉詩：洞房昨夜春風起，故人尚隔湘江水。小山脫化微妙。睡裏消魂，覺來惆悵，都是消魂誤人，怨語天真。下片相思，寄書也無從寄，一片惱恨，只有撫弄琴箏，低聲細吟，箏柱都要移破，可知煩惱之多。

56　蝶戀花

晏幾道

醉別西樓醒不記，春夢❶秋雲，聚散真容易。斜月半窗還少睡，畫屏閒展吳山翠。衣上酒痕詩裏字，點點行行，總是淒涼意。

紅燭自憐無好計，夜寒空替人垂淚❷。

【注釋】❶春夢　白居易〈花非花〉詩：「來如春夢不多時，去似朝雲無覓處。」❷替人垂淚　杜牧〈贈別〉詩：「蠟燭有心還惜別，替人垂淚到天明。」

【語譯】醉後西樓一別，醒來甚麼都記不得了，春天的夢，秋天的雲，聚散只是轉瞬間事。半窗明月，照著人很難入睡，屏風上還看到畫中吳山的蒼翠。

衣上的酒漬，詩中的字句，每一點，每一行，都含有無限的淒涼意緒。紅燭自問也沒有甚麼好辦法了，寒夜淒清，徒然替人下淚。

【賞析】此追憶西樓之歡，人已如雲夢一般散了。斜月兩句，是別後寂寞。

下片情感直瀉而下，酒痕詩字，無非淒涼，夜不能寐，紅燭伴人流淚，說紅燭本想來安慰我，可也沒甚麼好法子，是癡絕之語。〈先著〉云：小山父子用筆，亦未嘗不輕，但有厚薄濃淡之分，後人一過不復留餘味，而古人雋永不已。

57

鷓鴣天

晏幾道

彩袖❶殷勤捧玉鍾❷，當年拚卻❸醉顏紅。舞低楊柳樓心月，歌盡桃花扇底風。

從別後，憶相逢，幾回魂夢與君同。今宵賸把銀釭照，猶恐相逢是夢中❹。

【詞牌】〈鷓鴣天〉一名〈思越人〉、〈思佳客〉、〈於中好〉、〈剪朝霞〉、〈驪歌一疊〉、〈醉梅花〉。

•〈鷓鴣天〉，趙令時詞名〈思越人〉；李元膺詞名〈思佳客〉；賀鑄詞有「剪刻朝霞釘露盤」句，名〈剪朝霞〉，韓淲詞有「只唱驪歌一疊休」句，名〈驪歌一疊〉；盧祖皐詞有「人醉梅花睡未醒」句，名〈醉梅花〉。宋人填此調者，字句韻悉同。（《詞譜》）

•〈鷓鴣天〉一名〈思佳客〉，一名〈於中好〉。采鄭嵎詩：「春遊雞鹿塞，家住鷓鴣天。」（《填詞名解》）

【詞律】〈鷓鴣天〉，雙調，五十五字，前段四句，三平韻，後段五句，三平韻。

【注釋】❶彩袖　指歌女。❷玉鍾　酒盃。❸拚卻　甘願之辭。❹相逢是夢中　杜甫〈羌村〉詩：「夜闌更秉燭，相對如夢寐。」

【語譯】你穿起彩衣，很情深地捧起玉杯，想當年即使喝醉，臉頰燒紅，你也是甘願的。舞姿連月兒也吸引到楊柳樓中，歌聲則透過桃花扇底，散入風裏。

自從一別以後，時常想望能再相見。幾次做夢也和你同在一起。今夜我舉起銀製的燈盞照了又照，怕又在夢中相逢而已。

【賞析】前闋回憶，因為美人殷勤，就喝得拚卻醉顏紅，舞罷夜闌，歌也不知唱了多少曲，這都是當年之事。舞低二句不襲前人，略似白香山笙歌歸院落，燈火下樓臺。而自饒富貴氣，晁補之說：知此人不生於三家村中者。後片別後相逢，當相逢又疑是夢寐，詞筆纏綿，雖用杜公詩，一如己出。陳廷焯云：曲折深婉，自有豔詞，更不得不讓伊獨步。

58 鷓鴣天

晏幾道

醉拍春衫惜舊香❶，天將離恨惱疏狂。年年陌上生秋草，日日樓中到夕陽。

雲渺渺，水茫茫，征人歸路許多長。相思本是無憑語，莫向花牋❷費淚行。

【注釋】❶舊香句　李商隱〈梓州罷吟寄同舍〉詩：「惟有衣香染未銷。」晏幾道〈虞美人〉詞：「羅衣著破前香在。」❷花牋　信紙。

【語譯】醉中輕拍春衫，很珍惜舊日的餘香，因為少年疏放，故天意如此，要我們分離。每年郊野上都長滿枯黃的秋草，每日都在樓中倚盼，直到夕陽西下。

雲霞縹緲，綠水迷茫，征人遠去，歸路無限遙遠。相思本來就是無可解說的，千萬不要對著花箋揮淚了。

【賞　析】起句即有濃情蜜意，拍春衫而惜舊香，此香有多少回味在其中，心頭尚有微醺。第二句即帶出離恨，雖疏狂成性，而此恨惱人不已。此二句有許多曲折，耐人尋味。年年二句時光過去，樓中之人寂寞。

下片別後望雲望水，等待歸人。等待久而不歸，就怨相思無憑，不必寫信墮淚，以自求解脫，怨語淒然。

59 生查子

晏幾道

金鞍❶美少年，去躍青驄❷馬。牽繫玉樓人，繡被春寒夜。

消息未歸來，寒食梨花謝❸。無處說相思，背面鞦韆下。

【注　釋】❶金鞍　一作金鞭。杜甫〈承聞河北諸節度入朝歡喜口號絕句十二首〉詩：「酒酣並轡金鞭垂。」❷青驄　青海驄馬，驄馬青白雜毛。《說文解字》段注：「白毛與青毛相間，則為淺青，俗所謂蔥白色。」又《隋書・列傳第四十八・西域　吐谷渾》：「青海周迴千餘里，中有小山，其俗至冬輒放牝馬於其上，言得龍種。吐谷渾嘗得波斯草馬，放入海，因得驄駒，能日行千里。」❸寒食梨花謝　春盡時候。《荊楚歲時記》：「冬節一百五日，即有疾風甚雨，謂之寒食。」

【語　譯】一位年輕的美少年騎著金鞍的青驄馬馳騁而去，可是玉樓上的美人，在寒冷的春夜正擁著繡被睡不好，是那麼牽戀放不下心啊！

尚沒有歸來的消息，尤其寒食將屆，梨花已謝。背著鞦韆，實在無法一訴相思之苦。

【賞　析】起二句是美人目送之語，騎著金鞍青驄馬的美少年，是愛之惜之，口胳生動。人去樓空，繡被春寒，怎生消得。

下片別後，又是寒食節了。相思的人，悄悄立在鞦韆下，背立不知其面孔作何表情，微妙之至，亦淒然含蓄之至。

60　生查子

晏幾道

關山魂夢長，塞雁音書少。兩鬢可憐青，只為相思老。

歸傍碧紗窗，說與人人❶道：「真箇❷別離難，不似相逢好。」

【注　釋】❶人人　稱所愛之人。❷真箇　真正。

【語　譯】路途阻隔，做夢難以去到，雁兒從北方飛來，但也沒有帶來多少音信。可憐那些黑青的秀髮，為了思念，逐漸地要變白了。

他回來的時候，一定倚在輕紗的窗帘下，告訴他說：「現在真體會出離別時的難過了，總不如相逢時的高興。」

【賞析】亦敘別思，魂夢常常縈繞著遙遠關山，那遠人一無信息。相思老人。

下片似幻似真，要說與伊人，「真箇別離難，不似相逢好。」小兒女不忍分離之情，如聞其聲，可以驚心動魄。

61 木蘭花

晏幾道

東風又作無情計，豔粉嬌紅❶吹滿地。碧樓簾影不遮愁，還似去年今日意。
誰知錯管春殘事，到處登臨曾費淚。此時金盞直須❷深，看盡落花能幾醉。

【注釋】❶豔粉嬌紅　指落花。❷直須　就要。

【語譯】東風又無情地亂吹，所有美麗的花兒都吹落滿地。高樓上的簾子遮不斷我的愁緒，就跟去年今日一樣。

誰知道當初不應介入這些殘春的情緒？每到一個地方，很容易又因聯想而落淚。現在舉起金杯就必要沈沈醉飲了，落紅易盡，但人生又有多少回可醉呢？

【賞　析】一年春事又盡，怨恨東風只是作那無情之事，怨風無情，益見說者有情。簾影不遮豔粉嬌紅的吹落，所以還是生愁，這情景似去年今日。見傷春已非一年，尤為深情。

下片春殘墮淚，無法排遣，要多飲酒，收句又淒惻之至，落花都快完了，就醉又能醉幾回？益見春事無多了。真是春女怨、秋士悲。

62　木蘭花

晏幾道

鞦韆院落重簾暮（韻），彩筆❶閒來題繡戶（韻）。牆頭丹杏雨餘花（句），門外綠楊風後絮（韻）。

朝雲信斷知何處（韻）？應作襄王春夢❷去（韻）。紫騮認得舊遊蹤（句），嘶過畫橋東畔路（韻）。

【注　釋】❶彩筆　江淹有五彩筆，善為文。❷襄王春夢　楚襄王遊高唐，夢神女荐枕，臨去，有「旦為朝雲，暮為行雨」語，見宋玉〈高唐賦〉。

【語　譯】隔著層層窗紗，看見院落上的鞦韆，籠罩在一片暮色底下，空閒無事，拈起筆來，題詩門上。春雨剛過，牆頭上開出很多紅色的杏花，門外的柳花則在風中飄舞。

朝雲已無消息，未知到了那裏？應該就像襄王的一夢無憑吧？那匹紫色的馬兒還認得舊時的地方，經過彩橋東邊的路子，於是仰頭發出嘶叫。

【賞析】起句是別後，想像伊人院落深閉，猶記我之彩筆曾為賦詩。今則牆內之人如雨餘杏花。門外之人恰似風後之柳絮。淪落之情，悽悽可感。

下片美人何在，只是夢裏之朝雲。可是舊地重來，馬都會嘶鳴，而況於人何以堪？言外之意，動盪心弦。

63 清平樂

晏幾道

留人不住，醉解蘭舟去。一棹碧濤春水路，過盡曉鶯啼處。

渡頭楊柳青青，枝枝葉葉離情。此後錦書❶休寄，畫樓雲雨無憑。

【注釋】❶錦書　蘇蕙織迴文錦字詩寄與其夫。

【語譯】無法再作挽留了，只見他帶醉的駕著木蘭輕舟離開。一路都是三月碧波的悠悠春水，晨起還聽到很多黃鶯兒清脆的叫聲。

渡頭上柳絲嫩綠，但每一枝每一葉都代表無限的離情別緒。以後不要再寄信來了，畫樓上春夢雲雨，始終沒有依據。

【賞析】起句留人不住，深情脈脈，不住之人，一棹過鶯啼春水之岸。頗怨伊人絕情。

下片起二句是送別處，只有楊柳一枝枝，一葉葉，都似我離情如此之多。結二句殊怨而不能割捨。

64 阮郎歸

晏幾道

舊香殘粉似當初（韻），人情恨不如（韻）。一春猶有數行書（韻），秋來書更疏（韻）。

衾鳳❶冷（句），枕鴛❷孤（韻），愁腸待酒舒（韻）。夢魂縱有也成虛（韻），那堪和夢無（韻）。

【詞牌】〈阮郎歸〉，一名〈碧桃春〉、〈醉桃源〉、〈宴桃源〉、〈濯纓曲〉、〈碧雲春〉、〈鶴冲天〉。

・宋丁持正詞有「碧桃春晝長」句，名〈碧桃春〉，李祈詞名〈醉桃源〉，曹組詞名〈醉桃源〉，韓淲詞有「濯纓一曲可流行」句，名〈濯纓曲〉。《詞譜》

•〈阮郎歸〉用阮肇事名調。（《歷代詩餘》）

•〈阮郎歸〉用《續齊諧記》阮肇事，一名〈醉桃源〉，一名〈碧桃春〉。（按劉阮事又見《幽冥錄》）（《填詞名解》）

•永平中，劉晨、阮肇入天台山採藥，見二女，顏容絕妙，使喚劉阮姓名，因邀至家。設胡麻飯使食之。（梁吳均《續齊諧記》）

•劉晨、阮肇，剡人，永平中，入天台山採藥，經十三日不得返，採山上桃食之，下山以杯取水，見蕪菁葉流下，甚鮮，復有胡麻飯一杯流下，二人相謂曰：「去人不遠矣。」乃渡水又過一山，見二女，容顏妙絕，呼晨、阮姓名，問：「郎來何晚也！」因相款待，行酒作樂，被留半年。求歸，至家，子孫已七世矣！太康八年，又失二人所在。（《紹興樂志》）

【詞律】〈阮郎歸〉，雙調四十七字，前段四句，四平韻，後段五句，四平韻。

•前段第一句，蘇軾詞，綠槐高柳咽新蟬，綠字仄聲。秦觀詞，宮腰裊裊翠鬟鬆，上裊字仄聲。第二句，李詞別首，孤窗月影低，月字仄聲。第三句，秦觀詞，秋千未拆水平堤，秋字平聲，未字仄聲。後段第一句，歐陽修詞，淺螺黛，淺字仄聲，螺字平聲。第四句，司馬光詞，落花寂寂水潺潺，落字寂字俱仄聲。（《詞譜》）

【注釋】❶衾鳳　即鳳衾。❷枕鴛　即鴛枕。

【語譯】殘留的脂粉跟以前一樣，但人的情感就不同了。春天的時候還有幾封信寄來，到了秋天卻愈來愈少。

衾領上的鳳兒淒冷，枕頭上的鴛鴦孤寂，一腔愁緒很想借酒抒發。即使有夢也無法捉摸，現在連夢也沒有，這又多麼難過。

【賞析】起舊香殘粉，是美人，美人情意如初，而郎情恨不如。秋來書信更少，是不如之明證。下片起二句與舊香殘粉相應，只是寂寞。夢中相見本來是虛幻，虛幻也聊可相慰，「那堪和夢無」，五字真是絕望之悲痛。

65 阮郎歸

晏幾道

天邊金掌❶露成霜（韻），雲隨雁字長（韻）。綠杯紅袖趁重陽（韻），人情似故鄉（韻）。

蘭佩紫（句），菊簪黃（韻），殷勤理舊狂（韻）。欲將沉醉換悲涼（韻），清歌莫斷腸（韻）。

【注釋】❶金掌　漢武帝作柏梁臺，上建銅柱，有仙人掌擎盤承露。

【語譯】高臺上仙人掌擎盤中的露水已結成薄霜了，雲影就跟雁兒一樣拉得長長的，趁著重陽節的時候，帶著佳人和酒肴登高去了，這裏的風俗習慣跟故鄉相似。

佩上紫色的蘭花，插上黃色的菊花，很細意地模倣當年的狂態，真想借一場沉沉大醉來減少心中的悲慨，宛轉的歌聲啊不要再唱出這種淒涼的音調吧！

【賞　析】此別情悵恨，起二句秋景。況蕙風云：「綠杯二句，意已厚矣。殷勤理舊狂五字三層意，狂者所謂一肚皮不合時宜，發見於外者也。狂已舊矣而理之，而殷勤理之，其狂若有甚不得已者。欲將沉醉換悲涼，是上句注腳，清歌莫斷腸，仍含不盡之意。此詞沈著厚重，得此結句，便覺竟體空靈，小晏神仙中人，重以名父之貽，賢師友相與沆瀣，其獨造處，豈凡夫肉眼所能見及？」是小山知己。

66 六么令

晏幾道

綠陰春盡，飛絮繞香閣。晚來翠眉宮樣，巧把遠山學。一寸
狂心未說，已向橫波❶覺。畫簾遮帀❷，新翻曲妙，暗許閒人帶偷
掐❸。前度書多隱語，意淺愁難答。昨夜詩有回文❹，韻險還
慵押。都待笙歌散了，記取來時霎。不消紅蠟，閒雲歸後，月在
庭花舊闌角。

【詞牌】〈六么令〉，一名〈六么〉、〈綠腰〉、〈樂世〉、〈錄要〉。

•〈六么〉一名〈綠腰〉，一名〈樂世〉，雙調，九十四字。楊慎謂：「義取六博，么即梟也。」按《碧雞漫志》載：「〈六么〉名〈綠腰〉。」《吐蕃傳》曰：「秦涼州，〈六么〉雜曲。」《琵琶錄》曰：「〈錄腰〉本〈錄要〉也，樂工進曲，令錄其要者。」唐人詩：「琵琶先採〈六么〉頭，逡巡彈得〈六么〉徹，〈六么〉水調家家唱。」宋人詞亦云：「〈六么〉催得盞頻傳，貪看〈六么〉花十八。」皆於楊慎說無涉也。（《歷代詩餘》）

•〈六么〉一名〈綠腰〉，一名〈樂世〉，一名〈錄要〉，白樂天〈楊柳枝詞〉云：「〈六么〉水調家家唱，白雪梅花處處吹。」又聽歌六絕句，〈內樂章〉一篇云：「管急絃繁拍漸稠，〈綠腰〉婉轉曲終頭，誠知樂世聲聲樂，老病人聽未免愁。」注云：「〈樂世〉一名〈六么〉，王建〈宮調〉詞云：『琵琶先抹〈六么〉頭』」，故知唐人以腰作么者，惟樂天與王建耳。或云：「此曲拍無過六字者，故曰〈六么〉。」至樂天獨謂之〈樂世〉，他書不見。（《碧雞漫志》）

•詞名〈六么令〉，么字，近人寫作幺，一說當作么，作幺誤，么，是宋樂譜字。按白石自製曲〈揚州慢〉「盡薺麥青青」，薺字，〈長亭怨慢〉「綠深門戶」，門字，〈淡黃柳〉「明朝又寒食」，又字，旁譜並作么。（他詞尚多見。）今上字也。〈六么〉之么，未知是否即今上字之么；然作幺誼亦未優，不如作么，較近聲律家言也。（《蕙風詞話》）

【詞律】此詞前後雙調，九十四字，前後段各九句，五仄韻。

巧把下與後韻險下同，繞、來二字，《片玉詞》俱用平，亦有俱用仄者，不拘。帶、舊二字必用仄。

【注釋】❶橫波　目邪視如水波之橫流。❷遮帀　周圍之意。❸掐　以爪刺也。❹回文　詩中字句，回環讀之，無不成文。

【語譯】春天過了，綠葉變得茂盛，輕絮繞著閣樓飄舞。晚上要畫眉化裝，於是很仔細地模倣遠山的形象。些許的狂態仍未表露出來，但已被她斜視的目光發現了。在彩簾的周圍，新譜的歌曲十分悅耳，只暗許閒人才能消受擫弄。

上一封信有很多難解的語句，因為意境不深，這份感情實難以表達。昨晚的回文詩中，用韻太險，難以相協，倒不如等到歌筵散盡，再取來整理一番。現在用不到蠟燭了，雲也散了，月兒掛在庭中舊闌干角的花梢上端。

【賞析】此詠閨情，香閣中人晚妝初上，細心畫眉。一寸兩句，語意新穎，狂心不見，卻上眉梢。閣中美人新曲，聲音被人偷偷學去。此一節寫美人嬌縱如畫。

下片寫美人有所遇，書多隱語，詩有回文，使我都無法回答。記取以下是約會語，在月照庭花舊闌角之邊。收句超逸，髣髴可見。

67 御街行

晏幾道

街南綠樹春饒絮（韻），雪滿游春路（韻）。樹頭花豔雜嬌雲（句），樹底❶人家朱戶。北樓閒上，疏簾高捲，直見街南樹。闌干倚盡猶慵去，幾度黃昏雨。晚春盤馬踏青苔，曾傍綠陰深駐。落花猶在，香屏空掩，人面知何處❷？

【注　釋】❶樹底　〈西洲曲〉：「風吹烏桕樹，樹下即門前。」❷人面知何處　崔護〈題都城南莊〉詩：「人面不知何處在。」

【語　譯】街南邊已是暮春時節，飛花如墜絮，如雪片般飄在行人游春的路上，樹上的花和天上的雲，一樣嬌豔，樹下有朱門人家、高樓上簾子捲起，就看到街南邊一帶的花樹。

樓上的人倚著闌干許久許久，黃昏又在下著小雨。記得往時春盛，他盤馬在青苔上，停在樹下，只今花落了，閨中屏風虛掩，那人兒何在呢？

【賞　析】此追憶所遇，上片兩說街南，即人面出現之地，起處與收句，兩兩相應。是春天的相遇，樹頭兩句，雖不見人，其人之嬌豔可想。

下片別後，寂寥門戶，在樹陰憧憬那盤馬徘徊，風景依稀，人面何處？

68 虞美人

晏幾道

曲闌干❶外天如水，昨夜還曾倚。初將明月比佳期，長向月圓時候、望人歸。

羅衣著破❷前香在，舊意誰教改？一春離恨懶調絃，猶有兩行閒淚、寶箏前。

【詞牌】〈虞美人〉一名〈虞美人令〉、〈玉壺冰〉、〈憶柳曲〉、〈一江春水〉。《詞譜》

〈虞美人〉，唐教坊曲名。《碧雞漫志》：「唐教坊曲名，〈虞美人〉舊曲三：其一屬中呂調，其二屬中呂宮，近世又轉入黃鍾宮。」元高拭詞注南呂調，《樂府雅詞》名〈虞美人令〉；周紫芝詞有「只恐怕寒難近玉壺冰」句，名〈玉壺冰〉；張炎詞賦柳兒，因名〈憶柳曲〉；王行詞取李煜「恰似一江春水向東流」句，名〈一江春水〉。

・項羽有美人名虞，被漢圍，飲帳中，歌曰：「虞兮虞兮奈若何！」虞亦答歌，詞名取此。《填詞名解》

・〈虞美人〉，脞說稱起于項籍「虞兮」之歌，予謂後世以此命名可也，曲起于當時，非也。按《益州草木記》：「雅州名山縣出虞美人草，如雞冠花葉，兩兩相對，為唱〈虞美人〉曲，應拍而舞，他曲則否。（中略）《益部方物圖贊》改「虞」作「娛」云，今世所傳〈虞美人〉曲，下音俚調，非楚虞姬作，意其草纖柔，為歌氣所動，故其莖至小者，或若動搖美人以為娛耳。」（《碧雞漫志》）

・《益州記》曰：「雅州出虞美人草，唱〈美人〉曲，則隨聲而舞，且應拍者。」（《古今詞話》）

【詞　律】〈虞美人〉，雙調，五十六字，前後段各四句，兩仄韻，兩平韻。

【注　釋】❶曲闌干　〈西洲曲〉：「闌干十二曲。」❷羅衣著破　崔國輔〈怨詞〉詩：「妾有羅衣裳，秦王在時作。為舞春風多，秋來不堪著。」

【語　譯】從彎曲的闌干往外望，水天一色，昨天亦曾站了一個晚上。初時曾將明月比作一個好日子，所以時常盼望月圓時候見到他的歸來。

衣服雖然破舊，但餘香仍在，舊時的心念又怎能改變的呢？分離了一個春天，情緒低落，懶得再調弄箏絃了，只見還有兩行清淚，灑在寶箏的上面。

【賞　析】夜涼如水、夜夜依闌遠望，古詩：「何當大刀頭，破鏡飛上天。」都期待月圓人歸。此詞初將明月比佳期，長向月圓時候望人歸，亦是此意。

下片羅衣雖破，猶有前香，是前事不能忘也。前事渺渺，已成離恨，使人空垂淚而已。

69 留春令

晏幾道

畫屏天畔，夢回依約，十洲❶雲水。手撚紅箋寄人書，寫無限、傷春事。

別浦高樓曾漫倚，對江南千里。樓下分流水聲中，有當日、憑高淚。

【詞牌】〈留春令〉，《詞律》三體，雙調，正高觀國一體，五十字，又李之儀一體，五十字，黃庭堅一體，五十四字。

【詞律】〈留春令〉，雙調，五十字，前段五句兩仄韻，後段四句三仄韻。

此調以此詞為正體，若李（之儀）詞沈（端節）詞黃（庭堅）詞之攤破句法，皆變體也。此詞前段第四句，後段第三句，例作拗句，如晏詞別首之懊惱黃花暫時香，水濕紅裙酒初消。高觀國詞之柳影人家起炊煙，花裏清歌酒邊情，三首皆然。

・晏詞別首，前段第二句，夜來陡覺，陡字仄聲。第三句，香紅強半，香字平聲，第五句，仔細把殘春看，細字仄聲。高觀國詞，換頭句歷盡冰霜空嗟怨，嗟字平聲。第二句，怨粉香消減，粉字仄聲。第五句，奈笛裏關山遠，笛字仄聲。（《詞譜》）

【注釋】❶十洲　神仙之所居，在八方巨海之中。漢東方朔有《十洲記》，謂祖洲、瀛洲、玄洲、炎洲、長洲、元洲、流洲、生洲、鳳麟洲、聚窟洲。

【語譯】夢中恍惚看見一張屏風，從天邊開展，上面有十洲神仙所居的迷離境界。手中捲弄著要寄出的紅色信箋，對年華的飛逝，寫上無盡感慨。

我們曾經倚在這層餞別的高樓上，對著莽莽江南。今日樓下分流的河水聲中，應該還有當日憑高所灑下的淚珠。

【賞　析】起三句相思，天畔是夢回天畔，十洲雲水依稀尚記。十洲夢中之遠。夢醒寄書寫許多傷春事。

下片高樓倚望，樓下二句淒異。楊升庵以為由晁元忠〈西歸〉詩：「水從樓前來，中有美人淚。」而來。鄭文焯則以為是襲馮延巳〈三台令〉：「流水、流水，中有傷心雙淚。」雖古人有此意，詞人別有醞釀，未必盡合於前人。

70 思遠人

晏幾道

紅葉黃花秋意晚，千里念行客。看飛雲過盡，歸鴻無信，何處寄書得？

淚彈不盡臨窗滴，就硯旋研墨。漸寫到別來，此情深處，紅箋為無色。

【詞　牌】〈思遠人〉，《詞律》、《詞譜》均收晏幾道一調，雙調，五十二字。

・〈思遠人〉調見《小山樂府》，因詞有「千里念行客」句，取其意以為名。此詞亦無別首宋詞可校。(《詞譜》)

【詞律】〈思遠人〉，雙調，五十二字，前段五句，兩仄韻，後段五句，三仄韻。

・此詞前後段第二句，第五句，念寄旋為四字，皆用去聲。(《詞譜》)

【語譯】秋深的時分，看見了很多楓葉和菊花，我這個流浪千里的人，自有很多感慨。白雲都飛盡了，歸來的雁兒仍無音息，那麼到那裏才可以把信寄出呢？淚水揮也不盡，向著窗子滴下，有時落在硯中，跟墨一起磨轉。漸漸地寫到分別以後，這份感情仍很深厚，則連紅色的信箋好像也變成沒有顏色。

【賞析】此亦詠閨情。秋意已深，行人已遠。見空中飛雁，而思念音信。

下片用滴不盡的眼淚，來研墨作書，寫到情深，紅色箋紙黯然無色，收句極妙、極不通，而在感覺上似乎已是如此，是迷離之美。

71 滿庭芳

晏幾道

南苑吹花，西樓題葉❶，故園歡事重重。憑闌秋思，閒記舊相逢。幾處歌雲夢雨，可憐便、流水西東。別來久，淺情未有，錦字❷繫征鴻❸。年光還少味，開殘檻菊，落盡溪桐。漫留得、尊前，淡月淒風。此恨誰堪共說，清愁付、綠酒杯中。佳期在，歸時待把，香袖看啼紅。

【詞牌】〈滿庭芳〉，一名〈滿庭霜〉、〈滿庭花〉、〈鎖陽臺〉、〈瀟湘夜雨〉、〈話桐鄉〉、〈江南好〉、〈轉調滿庭芳〉。

此調有平韻仄韻兩體，平韻者周邦彥詞名〈鎖陽臺〉；葛立方詞有「要看黃昏庭院，橫斜映霜月朦朧」句，名〈滿庭霜〉；晁補之詞有「堪與瀟湘雨，圖上畫扁舟」句，名〈瀟湘夜雨〉；韓淲詞有「甘棠遺愛，留與話桐鄉」句，名〈話桐鄉〉；吳文英詞因蘇軾詞有「江南好，千鍾美酒，一曲滿庭芳」句，名〈江南好〉；張埜詞名〈滿庭花〉。《太平樂府》注中呂宮，高拭詞注中呂調，仄韻者，《樂府雅詞》名〈轉調滿庭芳〉。

•〈滿庭芳〉又一體，雙調，九十五字，一名〈滿庭霜〉，一名〈鎖陽臺〉，一名〈瀟湘夜雨〉，換頭二字間有用韻，然無體也。（《歷代詩餘》）

•〈滿庭芳〉，采唐吳融詩：「滿庭芳草易黃昏」，又柳宗元「滿庭芳草積」。一名〈鎖陽臺〉。（先舒按蔣一葵《堯山堂外紀》載：「唐寅詣九仙祈夢，夢人示以中呂二字，莫能解，後訪同邑閣老王鏊，見其壁揭東坡〈滿庭芳〉詞，下有中呂字，應詞中『百年強半』之語。」按此則〈滿

庭芳〉，蓋中呂調也。）（《填詞名解》）

•《詞餘圖譜》載本調，亦名〈滿庭霜〉。萬氏《詞律》則以九十三字者為〈滿庭芳〉，以九十五字者為〈滿庭霜〉，實則僅後者之前後闋第七句較前者各多一字而已，一則取柳宗元詩：「偶地即安居，滿庭芳草積」為詞名，一則取方夔詩：「開門半山月，立馬一庭霜」為詞名，實則同一調耳。（《白香詞譜題考》）

【詞　律】〈滿庭芳〉，雙調，九十五字，前後段各十句，四平韻。

•此調前後段第八句，例作平平仄平平仄，此詞前段第八句別字，以入替平，如毛滂詞之後段第八句，北窗晚，北字，又一首〈玉臺畔〉，玉字，亦是以入替平，不可泛填上去聲字。又蘇軾詞，前段第三句，算只君與長江，又萬里煙浪雲帆，第二字俱用仄聲。查別首宋詞，無用仄聲者，故不注可仄。（《詞譜》）

【注　釋】❶南苑二句　苑，即囿園。南苑、西樓，小山詞中常見。如〈西江月〉：「南苑垂鞭路冷，西樓把袂人稀。」又〈浣溪沙〉：「可堪題葉寄西樓。」〈木蘭花〉：「當時垂淚憶西樓。」〈臨江仙〉：「醉別西樓醒不記。」〈采桑子〉：「西樓月下當時見。」西樓，都出自唐韋應物〈寄李儋元錫〉詩：「西樓望月幾回圓。」吹花，即飛花。題葉，事見《雲溪友議》：「唐宣宗時宮人題詩紅葉上，自御溝流出，為舍人盧渥所拾，及帝出宮人，歸渥者，適為題葉之人。」二句泛指尋芳盛事。❷錦字　蘇蕙織回文錦字詩。❸繫征鴻　《漢書・李廣蘇建傳》：「天子射上林中得雁，足有繫帛書，言（蘇）武等在某澤中。」

【語　譯】風過的時候，南苑裏花飛片片，西樓葉落，有時又題詩其上，故園裏有很多使人值得快樂的懷念。秋來無窮意緒，憑闌遠望，想起舊日的感情，無限雨雲歌舞的蹤迹，轉瞬間便像水流般東西分流去了。自從分別以來，連一封信都沒有收到，難道真的是如此絕情嗎？

年光所剩無幾了，籬邊的菊花已經凋謝，溪邊的桐葉亦已落盡。只剩下一杯酒，伴著冷月清風，這種感情又該跟誰細訴呢？把無端愁緒，都溶入酒中算了。我們約定的日子將近來到，等到回來的時候，一定把香袖上的啼紅殘淚看個仔細。

【賞析】起二句對偶，即故園之歡事。以下述舊相逢，是歡事之發展，因為是舊事，今則流水西東，毫無音信。

下片惜別，別後無緒，又是秋天，獨自飲酒，所見的是淡月淒風之景，與起二句迥然相異，已不成歡，變成清愁。收句癡望佳期與上舊相逢相應。佳期是新的，啼紅句又復淒然。

72 水調歌頭

蘇軾

丙辰❶中秋歡飲達旦作此篇兼懷子由❷

明月幾時有❸ 句 ？把酒問青天 平韻 。不知天上宮闕 句 ，今夕是何年 韻 ？
我欲乘風❹歸去 仄韻 ，惟恐瓊樓玉宇❺ 韻 ，高處不勝寒❻ 平韻 。起舞弄清影 句 ，
何似在人間 韻 。轉朱閣 句 ，低綺戶❼ 句 ，照無眠 韻 。不應有恨 句 ，何事
偏向別時圓 韻 ？人有悲歡離合 換仄韻 ，月有陰晴❽圓缺 韻 ，此事古難全 平韻 。

但願人長久（句），千里共嬋娟⑨（韻）。

【作　者】軾字子瞻，一字和仲，自號東坡居士。眉山人，洵長子。生於景祐三年（一〇三六）。嘉祐二年（一〇五七）進士乙科，對制策入三等。累除中書舍人、翰林學士，歷端明殿學士、禮部尚書。紹聖初，坐訕謗，安置惠州，徙昌化。徽宗立，赦還，提舉玉局觀。建中靖國元年（一一〇一）卒於常州，年六十六。孝宗朝，贈太師，諡文忠。有《東坡詞》一卷，見六十家詞刊本。又《東坡樂府》二卷，有四印齋所刻詞本。又三卷，有彊村叢書本。

【詞　牌】〈水調歌頭〉，一名〈江南好〉、〈花犯念奴〉、〈元會曲〉、〈凱歌〉。

・〈水調歌頭〉，夢窗詞名〈江南好〉，白石詞名〈花犯念奴〉。按此調，夢窗稿作〈江南好〉，前〈憶江南〉亦名〈江南好〉，與此無涉。（《詞律》）

・〈水調〉，隋唐時曲，〈水調歌〉者一曲之名，如稱河傳曰〈水調河傳〉，蜀王衍泛舟閬中，亦自製〈水調銀漢曲〉是也。歌頭又曲之始音，如〈六州歌頭〉、〈氐州第一〉之類，姜夔填此詞，名為〈花犯念奴〉，吳文英詞名為〈江南好〉，皆此調也。一名〈凱歌〉。（《歷代詩餘》）

・唐樂有〈水調歌〉，南呂商也。（《樂苑》云：「〈水調〉，商調曲也。」）白樂天聽〈水調歌〉，注云：「第五遍乃五言調，調韻最切。」（按唐曲凡十一疊，前五疊為歌，後六疊為入破，其歌第五疊，五言，調最為怨切。《樂府》原云：「專言曰歌，緩聲疎節以作其歡，至入破則聲調俱促。」）隋煬帝鑿汴河，製此歌，唐用其名為樂。《明皇雜錄》稱：「祿山犯闕，帝欲幸蜀，時置酒作樂，有進〈水調歌〉，唱李嶠『山川滿目淚沾衣』是也。」（按〈本事詩〉云：「天寶末，玄宗登勤政樓，命梨園弟子歌，有唱李嶠詩者，上嘆為才子。又明年，幸蜀，登日衛嶺，復歌是詩，不云欲幸蜀時所歌，與《雜錄》小異。」）又唐有水調之名，然非〈水調歌〉。按脞說云：「煬帝將幸江都，製〈水調河傳〉，聲韻悲切。」（郭茂倩《樂府詩集》注云：「〈水調河傳〉，隋煬帝幸江都時所製曲，聲韻怨切。王令言曰：『有去聲而無回韻，帝不返矣！』」郭紹孔《詞譜》所載亦同；而《世說》則謂〈翻調安公子曲〉，不云〈水調河傳〉，紀事小別。又《詞品》云：「樂府有〈穆護砂〉，與〈水調河傳〉同，皆隋開汴河時詞人所製勞歌也。其聲犯角，未知何據。」）《外史・檮杌》云：「王衍泛舟巡閬中，自製〈水調銀漢曲〉，必冠以水調，皆〈水調〉部中之曲也。」故知水調者一部樂之名也，〈水調歌〉者一曲之名也，歌頭又曲之始音，如〈六州歌頭〉，〈氐州第一〉之類。（《海錄碎事》云：「煬帝開汴河，自造〈水調〉，其歌頗多，謂之歌頭，首章之一解也。」顧從敬《詩餘箋釋》云：「明皇欲幸蜀時，猶聽唱〈水調〉，至『唯有年年秋雁飛』，因潸然嘆嶠真才子，不待曲終。〈水調〉曲頗廣，因歌止首解，故謂之歌頭。」）或云南唐元宗留心內寵，擊鞠無虛日，樂工楊花飛奏〈水調〉詞，但唱「南朝天子好風流」一句，如是數四，以為諷諫，後人廣其意為詞，以其第一句，故稱〈水調歌頭〉云。（《填詞名解》）

【詞律】〈水調歌頭〉，雙調，九十五字，前段九句，四平韻，後段十句，四平韻，兩仄韻。

此調以毛（滂）詞及周（紫芝）詞蘇詞為正體，若賀（鑄）詞之偷聲，王（之道）詞劉（因）詞之添字，傅（公謀）詞之減字，皆變體也。

・此詞前段第五六句，後段第六七句，間入兩仄韻。按劉仲芳詞，極目平沙千里，惟見琱弓白羽，堂有經綸賢相，邊有縱橫謀將。葉夢得詞，分付平雲千里，包卷騷人遺思，卻歎從來賢士，如我與公多矣。辛棄疾詞，好卷垂虹千尺，只放冰壺一色，寄語煙波舊侶，聞道蓴鱸正美。段克己詞，神既來兮庭宇，颯颯西風吹雨，風外淵淵簫鼓，醉飽滿城黎庶。正與此同。但葉夢得詞，里思士矣。段克己詞，宇雨鼓庶。前後段同一韻，與此詞前後各韻者，又微有別，此外又有前段第五六句押仄韻，後段不押者，或有後段第六七句押仄韻，前段不押者，此則偶合，不復分體。《詞譜》

【注釋】❶丙辰　宋神宗熙寧九年，軾四十一歲知密州任。❷子由　蘇軾弟名轍，字子由。❸明月幾時有　李白〈把酒問月〉詩：「青天有月來幾時？我今停杯一問之。」❹乘風　《列子》：「竟不知我乘風。」❺瓊樓玉宇　瓊樓，唐段成式云：「翟天師嘗於江上望月，或曰：『此中竟何有？』翟笑曰：『可隨吾指觀之。』忽見月規半天，瓊樓金闕滿焉。」玉宇，〈雲笈七籤〉：「太微之所館，天帝之玉宇也。」❻不勝寒　《明皇雜錄》：「八月十五夜，葉靜能邀上游月宮，將行，請上衣裘而往，及至月宮，寒凜特異，上不能禁。」❼綺戶　繡戶。❽陰晴　蘇軾〈中秋月寄子由〉詩：「嘗聞此宵月，萬里同陰晴。」❾嬋娟　謝莊〈月賦〉：「美人邁兮音塵絕，隔千里兮共明月。」嬋娟，即美麗之月光。

【語譯】甚麼時候開始有明月呢？我舉酒想向青天詢問。不知道天上的宮殿，今夜又是怎樣？我想趁風飛返，但又怕天上的神仙洞府太高了，十分寒冷。於是跟著月兒下的影子翩翩起舞，人間還有甚麼地方可以比得上呢？

不久月亮轉過紅色的閣樓，低低地斜照入房子內，照著我無法安睡。我不應該再有煩惱了，為甚麼月亮偏選分別的時候圓大皎潔呢？人生有很多悲歡離合的故事，月兒也有陰晴圓缺的時候，這些事情從古就沒有兩全其美了。只願生命能夠長久，即使千里之遠，也可以一同欣賞這個美麗的月亮。

【賞　析】東坡之詞豪縱有仙氣，然極從容，無意不可入，無事不可言。軼塵絕迹，飄然高舉又近太白。其胸襟、學問，皆出常流，不僅以才華稱作手也。此篇是中秋夜懷子由，起首詠月問天，已是奇筆。下句對天又起疑問，今夕是何年，於是想登臨察看，轉又畏寒，何似人間，一波三折之筆。月是賓，天是主，天不可測，然則人間還是可以自適。此純是假託以詠懷。

下片詠月色，不知二句又設問，人有以下乃大覺悟，此覺悟將上問天事亦帶出，無須再為解說。收二句是懷子由，亦從上覺悟，而作如此想，東坡恣肆放縱中，時有婉約一面。此天是指君王，愛之思之，愈曲愈深，味之不盡。

73 水龍吟

次韻章質夫楊花詞❶

蘇　軾

似花還似非花❷，也無人惜從教墜❸。拋家傍路，思量卻是，無情有思❹。縈損柔腸，困酣嬌眼，欲開還閉。夢隨風萬里，尋郎去處，又還被，鶯呼起❺。不恨此花飛盡，恨西園、落紅難綴❻。曉來雨過，遺蹤何在？一池萍碎❼。春色三分，二分塵土❽，一分流水。細看來不是楊花，點點是離人淚。

【詞牌】〈水龍吟〉，一名〈水龍吟慢〉、〈豐年瑞〉、〈鼓笛慢〉、〈龍吟曲〉、〈莊椿歲〉、〈小樓連苑〉、〈海天闊處〉。

・〈水龍吟〉，越調曲也，采李白詩「笛奏龍吟水」，一名〈小樓連苑〉，取宋秦觀詞「小樓連苑橫空」之句。（《填詞名解》）

・〈水龍吟〉，越調。李賀詩：「雌龍怨吟寒水光。」（《金玉集注》）

・〈水龍吟〉，周邦彥詞入無射商，俗呼越調。（《詞調溯源》）

・《釋名》云：「吟，嚴也，其聲本出于憂愁，故其聲嚴肅，使人聽之悽嘆也。」

【詞律】此調一百二字，前後各四仄韻。趙長卿一首第三句六字句，第四句六字句。東坡分為四字三句。後半細看來，趙作五字句，後一句為七字句，比東坡少一字。辛棄疾一首（楚天千里清秋）前半一如東坡，後為五字一句，四字二句。

【注釋】❶次韻句　章質夫，名楶，浦城人，仕至樞密院事。章質夫〈水龍吟〉詠楊花詞云：「燕忙鶯嬾花殘，正隄上柳花飄墜。輕飛亂舞，點畫青林，全無才思。閒趁游絲，靜臨深院，日長門閉。傍珠簾散漫，垂垂欲下，依前被風扶起。　蘭帳玉人睡覺，怪春衣，雪霑瓊綴。繡牀漸滿，香毬無數，才圓卻碎。時見蜂兒，仰黏輕粉，魚吞池水。望章臺路杳，金鞍遊蕩，有盈盈淚。」❷似花還似非花　白居易〈花非花〉：「花非花、霧非霧。」❸從教墜　任楊花墜落。❹有思　韓愈〈遊城南十六首 晚春〉詩：「楊花榆莢無才思，惟解漫天作雪飛。」有思，即有情。❺鶯呼起　唐詩：「打起黃鶯兒，莫教枝上啼，啼時驚妾夢，不得到遼西。」❻綴　連接。❼萍碎　舊注：「楊花落水為浮萍，驗之信然。」❽塵土　陸龜蒙〈惜花〉詩：「人壽期滿百，花開惟一春，其間風雨至，旦夕旋為塵。」

【語　譯】既似是花，又不似花，隨便的飄落，並沒有人加以珍惜，離開了家庭，流落路邊，幾經思度，看似無情而實有情的啊！纏結的心思已使肝腸寸斷，精神困倦，想打開眼睛來，結果仍是閉上。夢中隨風飄去，即使跋涉長途，也要尋到郎君的所在，結果又還是被黃鶯兒吵醒了。

我不會擔心這些花兒將行落盡，只是擔心西園的落花難以再聚在一起。早上的時候，剛灑過一場大雨，所有的殘花又去了那裏呢？只有一池破碎的浮萍罷了。假使有三分春色的話，二分歸於泥土，一分則細隨流水。我細心的看了又看，好像又不是楊花，只是一點點離人的眼淚。

【賞　析】此和友人楊花詠物之詞，第一句即將題點出，柳絮人不把它當作花，故云似花非花，無人愛惜。拋家以下，寫楊花飄落，人與花合寫，如棄婦之無歸，淒涼欲絕。

下片起句將楊花放開，而生議論，西園許多的花都飄零殆盡，才真可惜。或以為此喻人亡邦瘁，愍然憂國之思。遺蹤句又歸到楊花，春色三分又將西園落紅帶入，惜春無限，終歸淪落，最後楊花點點如淚，遷客騷人，能不同悲？

74 念奴嬌

赤壁❶懷古

蘇軾

大江東去，浪淘盡，千古風流人物。故壘❷西邊，人道是、三國周郎赤壁❸。亂石崩雲，驚濤裂岸，捲起千堆雪❹。江山如畫，一時多少豪傑。

遙想公瑾當年，小喬初嫁了❺，雄姿英發❻。羽扇綸巾❼，談笑間、強虜灰飛煙滅❽。故國神遊❾，多情應笑我，早生華髮❿。人間如夢，一尊還酹⓫江月。

【詞牌】〈念奴嬌〉，一名〈百字令〉、〈百字謠〉、〈酹江月〉、〈大江東去〉（或〈大江東〉）、〈大江西上曲〉、〈壺中天〉（或〈壺中天慢〉）、〈無俗念〉、〈淮甸春〉、〈湘月〉、〈慶長春〉、〈千秋歲〉、〈賽天香〉、〈杏花天〉、〈赤壁詞〉、〈太平歡〉、〈壽南枝〉、〈古梅曲〉、〈白雪詞〉。

・〈念奴嬌〉，元微之〈連昌宮〉詞云：「初過寒食一百六，店舍無煙宮樹綠，夜半月高絃索鳴，賀老琵琶定場屋，力士傳呼覓念奴，念奴潛伴諸郎宿，須臾覓得又連催，特敕街中許然燭，春嬌滿眼淚紅綃，掠削雲鬟旋裝束，飛上九天歌一聲，二十五郎吹管逐。」自注云：「念奴，天寶名倡，善歌，每歲樓下酺宴，萬眾喧溢，嚴安之，韋黃裳輩，闢易不能禁，眾樂為之罷奏，明皇遣高力士大呼樓上曰：『欲遣念奴唱歌，邠二十五郎吹小管逐，看人皆能聽否？』皆悄然奉詔，然明皇不欲奪俠遊之盛，未嘗置在宮禁，歲幸溫湯時，巡東洛，有司潛遣從行而已！」《開元天寶遺事》云：「念奴有色善歌，宮伎中第一，帝嘗曰：『此女眼色媚人。』」又云：「念奴每執板當席，聲出朝霞之上。」今大石調〈念奴嬌〉，世以為天寶間所製曲，予固疑之；然唐中葉，漸有今體慢曲子，而近世有填連昌詞入此曲者，後復轉此曲入道宮調，又轉入高宮，大石調。（《碧雞漫志》）

【詞　律】〈念奴嬌〉，此體雙調，一百字，前段九句，四仄韻，後段十句，四仄韻。

・《容齋隨筆》載此詞云：「大江東去，浪聲沈，千古風流人物，故壘西邊，人道是三國孫吳赤壁，亂石崩雲，驚濤掠岸，卷起千堆雪，江山如畫，一時多少豪傑，遙想公瑾當年，小喬初嫁了，雄姿英發，羽扇綸巾，談笑處，檣艣灰飛煙滅，故國神遊，多情應是，笑我生華髮，人間如夢，一尊還酹江月。」《詞綜》云：「他本浪聲沈，作浪淘盡，與調未協。孫吳作周郎，犯下公瑾。崩雲作穿空。掠岸作拍岸。又多情應是笑我生華髮，作多情應笑我早生華髮，益非，而小喬初嫁宜絕句，以了字屬下句乃合。」按容齋洪邁南渡詞家，去蘇軾不遠，又本黃魯直手書，必非偽託，《詞綜》所論，最為諦當，但此詞傳誦已久，采之以備一體。（《詞譜》）

【注　釋】❶赤壁　赤壁在嘉魚縣，為周瑜破曹操處。東坡所游是另一赤壁，在黃州城外，也名赤鼻磯的。又武昌有赤圻，漢陽烏林山，也名赤壁。此詞作于元豐五年七月，同時又作了〈赤壁賦〉。❷故壘　舊的營壘。❸周郎赤壁　周瑜，字公瑾，是東吳將軍，赤壁戰役是他指揮，所以周郎和赤壁敘在一起。「人道是」作者不過借題發揮，文人作品，不是史、地考證，東坡沒有把黃岡赤鼻誤為嘉魚的赤壁。❹千堆雪　李煜〈漁父〉詞：「浪花有意千里雪。」❺小喬初嫁了　《三國志・吳書・周瑜魯肅呂蒙傳》：「時得橋公兩女，皆國色也，策自納大橋，瑜納小橋。」時建安三年瑜年廿四，赤壁之戰為建安十三年。小橋嫁已十年，此追憶之詞，以增加文學色澤。❻英發　開朗貌。《三國志・吳書・周瑜魯肅呂蒙傳》，孫權與陸遜論周瑜、魯肅和呂蒙云：「公瑾雄烈，膽略兼人。……（呂蒙）可以次於公瑾，但言議英發不及之耳。」❼羽扇綸巾　綸巾，以絲帛做成的便帽。羽扇綸巾為在野服飾，以形容周瑜悠閒從容，藐視敵人的樣子。❽灰飛煙滅　指曹兵為火攻所敗。❾故國神游　東坡有思念故鄉之情。❿多情二句　謝朓〈晚登三山還望京邑〉詩：「有情知望鄉，誰能鬒（黑髮）不變。」華髮，謂半白的頭髮，故國及此句正用謝詩。⓫酹　用酒澆地以祭為酹。

【語　譯】長江滾滾東流，浪濤洶湧，沖刷盡所有的英雄人物。在這塊古代的城堡裏，聽說是三國時代周瑜的赤壁，亂山聳立，直插雲端，巨浪不住地擊衝岸邊，捲起很多雪白的浪花。江山美得像圖畫一樣，其間又有多少英雄人物呢？

我遠遠地想起了當日的周瑜，因為小喬剛剛嫁了過去，特別顯得英姿爽發。搖起羽扇，戴上綸巾，閒談笑語之間，強悍的魏軍水師已經被燒成灰燼了。我想起故國的無限江山，多情的人都會譏笑我，這麼年輕就長出白髮來了。人世間就像夢境一般，何妨拿起尊酒，向著江中的明月憑弔。

【賞　析】東坡對三國時事，曾有前後〈赤壁賦〉，議論生色。此再為孫曹而發，起句江水東流，淘盡了風流人物，使人讀此三句已引起無限慨歎。下面提筆來寫赤壁，今看故壘西邊，人傳說是周郎傑作，赤壁敗曹兵處。亂石以下寫景感懷。多少豪傑應前風流人物句。下片讚美周郎，到如今亦灰飛煙滅，江水無情，帶走了歲月、人物。因周郎美眷，而引起故國之思，收句放開，酹酒對月，又有心情澄靜之感。英氣凌人，古今絕唱。

75 永遇樂

蘇軾

彭城夜宿燕子樓，夢盼盼，因作此詞❶

明月如霜❷，好風如水，清景無限。曲港跳魚，圓荷瀉露，寂寞無人見。紞如❸三鼓，鏗❹然一葉，黯黯夢雲驚斷。夜茫茫、重尋無處，覺來小園行徧。

天涯倦客，山中歸路，望斷故園心眼❺。燕子樓空，佳人何在？空鎖樓中燕。古今如夢，何曾夢覺？但有舊歡新怨。異時對、黃樓❻夜景，為余浩歎。

【詞牌】〈永遇樂〉一名〈消息〉。

・〈永遇樂〉，歇指調也。唐杜祕書工小詞，鄰家有小女名蘇香，凡才人歌曲能吟諷，尤善杜詞，逐成踰牆之好。後為僕所訴，杜竟流河朔，臨行述〈永遇樂〉詞訣別，女持紙三唱而死，第未知此調創自杜與否？《填詞名解》

【詞律】〈永遇樂〉，雙調，一百四字，前後段各十一句，四仄韻。

【注釋】❶彭城句 白居易〈燕子樓〉詩序云：「徐州故張尚書（建封）有愛妓曰盼盼，善歌舞，雅多風態。……尚書既歿，歸葬東洛。而彭城有張氏舊第，第中有小樓名燕子。盼盼念舊愛而不嫁，居是樓十餘年。」王文誥云：「戊午十月，軾在徐州任，夢登燕子樓，翌日往尋其地作。」見《蘇詩總案》。故題宜改正。❷明月如霜 李頻〈月〉詩：「看共雪霜同。」❸紞如 《晉書・列傳第六十・良吏 鄧攸》：「紞如打五鼓。」紞，擊鼓聲。如，然也。❹鏗 韓愈〈秋懷詩〉詩：「空階一片下，琤若摧琅玕。」鏗，金石聲，此指葉聲。❺故園心眼 杜甫〈春日梓州登樓〉詩：「天畔登樓眼，隨春入故園。」❻黃樓 在銅山縣東門，蘇軾守徐州時建。

【語譯】明月像霜雪的潔白，清風像水波的溫柔，眼前一片無限的美景。曲折的港灣內有魚兒從水中躍起，圓圓的荷葉上滑出幾顆露珠，可惜寂靜得很，無人懂得欣賞。突然聽到三更的鼓響，一片葉子清脆的掉了下來，纏綿的夢境因而醒覺。漫漫夜色，醒來後走遍整個園子，以前的一切再沒有法子找到了。

我浪迹天涯，現在也有些倦意，望著山中的路徑，恐怕再也無法回到故鄉去了。現在燕子樓中空空如也，那位美人又到了那裏去呢？徒然鎖著樓中的燕子罷了。古今都是一場夢似的，甚麼時候才會醒呢？只有不斷地加添著舊日的歡樂和新來的哀怨。他年再有機會對著這個黃樓的夜色時，甚至也會替我歎息來了。

【賞析】王文誥《蘇詩總案》：戊午十月夢登燕子樓，翌日往尋其地作。上闋是昨夜之景，曲港二句，夜之寂靜。在十分寂靜中，一葉鏗然，即將夢驚醒，夢輕如雲妙喻。重尋是朝來事。

下片自身慨歎，因張建封之妓盼盼，即引起山中歸路，和〈念奴嬌〉故國神游，同一憶內之情。古事是賓，自身是主。燕子三句才說出題目，不過是恍惚之夢，人生歡愛和怨恨，都是不覺。收句後之視今，亦猶今之視昔，大家也會為我歎息。

76 洞仙歌

蘇軾

余七歲時，見眉州老尼，姓朱，忘其名，年九十歲。自言嘗隨其師入蜀主孟昶宮中，一日大熱，蜀主與花蕊夫人夜納涼摩訶池上，作一詞，朱具能記之。今四十年，朱已死久矣！人無知此詞者，但記其首兩句，暇日尋味，豈洞仙歌令乎？乃為足之云。

冰肌玉骨，自清涼無汗。水殿風來暗香滿。繡簾開、一點明月❶窺人，人未寢，欹枕釵橫鬢亂。

起來攜素手，庭戶無聲，時見疏星度河漢。試問夜如何❷？夜已三更，金波❸淡、玉繩❹低轉。但屈指、西風幾時來？又不道❺、流年暗中偷換。

【詞牌】〈洞仙歌〉一名〈洞仙歌令〉、〈羽仙歌〉、〈洞仙詞〉、〈洞中仙〉、〈洞仙歌慢〉。

・〈洞仙歌〉唐教坊曲名。此調有令詞，有慢詞，令詞自八十三字至九十三字，共三十五首。康與之詞名〈洞仙歌令〉，潘牥詞名〈洞仙歌〉，《宋史・樂志》名〈洞中仙〉，注林鍾調，又歇指調，金詞注大石調，自一百十八字至一百二十六字，共五首。（《詞譜》）

・〈洞仙歌〉，宋蘇軾云：「七歲時，見眉州老尼，朱姓，年九十餘，自言常隨其師入蜀主孟昶宮中，一日天熱，蜀主與花蕊夫人夜起，避暑于摩訶池上，作此詞，獨記其首二句，豈洞仙歌令乎？乃為足之。」先舒按：楊元素《本事曲》稱：「見一士人稱昶避暑詞全篇『冰肌玉骨，清無汗』云云。」與蘇軾填詞不同；且如楊氏所稱，則此調似創自昶矣；而《苕溪漁隱》云：「當以蘇序為正。」疑昶原有是詞，蘇後稍更定之耳。今二詞多具刻，故不錄。（《填詞名解》）

【詞　律】〈洞仙歌〉，雙調，八十三字，前段六句，三仄韻，後段七句，三仄韻。

【注　釋】❶一點明月　岑參〈送李明府赴睦州便拜觀太夫人〉詩：「嚴灘一點舟中月。」❷夜如何　《詩・小雅》：「夜如何其，夜未央。」❸金波　《漢書・禮樂志・郊祀歌》：「月穆穆以金波。」金波，即月光。❹玉繩　星名，《昭明文選・西京賦》：「正睹瑤光與玉繩。」李善注以為玉衡北兩星為玉繩。❺不道　不覺。

【語　譯】冰做的肌膚，玉做的骨骼，自然一片清涼，沒有汗珠。輕風從水閣吹來，充滿陣陣幽香。打開了窗簾，一彎明月就照到她的身上，她還未曾入睡，只見枕頭側斜，金釵歪插在蓬鬆的頭髮上面。

於是起床攜著她雪白的手兒，庭院周圍都沒有聲音，時時見到一些星星渡過銀河去了。試問現在夜多深了？原來已經打過三更，月色變淡，玉繩星也已轉低。不期然用手指計算西風甚麼時候會到來呢？不知不覺時間就像流水一樣暗中飛逝去了。

【賞析】東坡自序，朱姓老尼誦蜀主孟昶納涼摩訶池上一詞，記其首二句，暇日尋味，豈〈洞仙歌〉乎？據此東坡甚解音律，老尼僅誦二句，必告其音節梗概，乃能足成。上片是花蕊夫人納涼之景。下片攜手看天，夜寂無聲，疏星度河，是近七夕之期，收句感喟，流光偷換，不甚覺耳。沈際飛云：清越之音，解煩滌苛。鄭文焯云：意象萬千，其聲亦如空山鳴皋，琴筑並奏。東坡真天仙化人，筆情超迥如此。

77 卜算子

黃州定惠院寓居作❶　　蘇　軾

缺月挂疏桐（句），漏斷人初靜（韻）。誰見幽人❷獨往來（句）？飄渺孤鴻❸影（韻）。

驚起卻回頭（句），有恨無人省（韻）。揀盡寒枝不肯棲（句），寂寞沙洲冷（韻）。

【詞牌】〈卜算子〉，一名〈百尺樓〉、〈孤鴻〉、〈缺月挂梧桐〉、〈楚天遙〉、〈眉峰碧〉。

・〈卜算子〉又名〈百尺樓〉，毛（先舒）氏云：「駱義烏（唐駱賓王）詩用數名，人謂為〈卜算子〉，故牌名取之。」按山谷詞「似扶著，賣卜算」。蓋取以今賣卜算命之人也。又《圖譜》刪〈卜算子〉而用〈百尺樓〉，無謂。（《詞律》）

・〈卜算子〉一名〈缺月挂梧桐〉，一名〈孤鴻〉，一名〈百尺樓〉。（《歷代詩餘》）

・唐駱賓王詩好用數名，人稱為〈卜算子〉，詞取以名；一曰人稱駱為算博士。（《填詞名解》）

按〈卜算子〉亦曲牌名。

【詞　律】〈卜算子〉，雙調，四十四字，前後段各四句，兩仄韻。

【注　釋】❶黃州句　定惠院在黃岡縣東南。王文誥云：「王戌十二月作。」見《蘇詩總案》。❷幽人　《周易》：「履道坦坦，幽人貞吉。」❸孤鴻　張九齡〈感遇〉詩：「孤鴻海上來。」

【語　譯】月兒彎彎的掛在疏落的梧桐樹上，更鼓剛歇，四圍一片寂靜。誰見到一個隱士在獨來獨往呢？隱約間原來是一隻孤飛的雁影。

因為有些驚慌，立即飛起回頭一看，雖有滿腹牢騷，但無人能夠了解。所有的枯枝都找遍了，總不肯隨便的停在上面，沙洲上仍是一片蕭瑟和寒冷。

【賞　析】東坡甚愛曹操月明星稀之詠，但曹直霸氣，悲涼而已，公此詞上片，即用曹詩脫化，渾然無迹，幽人與孤鴻，不能分開，〈赤壁賦〉之夢亦如此，玄裳飛鳴，即羽衣道士。惝惚迷離，託意高遠。《古今詞話》：「惠州溫氏女超超，年及笄，不肯字人，聞東坡至，喜曰，我婿也。日徘徊窗外，聽公吟詠，覺而亟去。東坡渡海歸，超超已卒，葬於沙際，公因作〈卜算子〉。」鄭文焯以為此有所感觸，不必附會溫都監女故事，自成馨逸。

78 青玉案　蘇　軾

和賀方回韻送伯固歸吳中❶

三年枕上吳中路，遣黃犬❷、隨君去。若到松江呼小渡，莫驚鴛鷺，四橋❸盡是，老子經行處。

輞川圖❹上看春暮，常記高人右丞句❺。作箇歸期天定許，春衫猶是，小蠻❻針線，曾溼西湖雨。

【注釋】❶和賀句　賀鑄字方回。葉夢得〈賀鑄傳〉：「方回名鑄，衛州人，自言唐諫議大夫知章後，故號鑑湖遺老。長七尺，眉目聳拔，面鐵色，喜劇談天下事，可否不略少假借，人以為近俠，然博學強記，工語言，深婉麗密，如比組繡，尤長於度曲，掇拾人所遺棄，少加隱括，皆為新奇，嘗言，吾筆端驅使李商隱、溫庭筠，當奔命不暇，初仕監太原工作，建中靖國間，黃庭堅魯直自黔中還，得其江南梅子之句，以為似謝元暉。然以尚氣使酒，終不得美官，後為泗州通判，悒悒不得志，食宮祠祿，退居吳下，自裒其生平所為歌詞，名《東山樂府》。」伯固，蘇堅字伯固，蘇軾與講宗盟。此時蘇堅從蘇軾于杭州三年未歸。壬申八月，詔以兵部尚書召還。❷黃犬　晉陸機有犬名黃耳，機在洛時，曾繫書其頸，致松江家中，並得報還洛。事見《晉書・列傳第二十四・陸機》。❸四橋　姑蘇有四橋。❹輞川圖　唐王維官尚書右丞，有別墅在輞川，維於藍田清涼寺壁上嘗畫「輞川圖」。❺右丞句　王維有《輞川集》，詠輞川諸名勝。❻小蠻　唐白居易有姬樊素善歌，妓小蠻善舞，有詩〈楊柳枝詞〉云：「櫻桃樊素口，楊柳小蠻腰。」此坡公借用指其姬人王朝雲。

【語譯】三年來連做夢也想回到吳中去，於是派一條黃犬，跟隨你回去。假如到了松江要渡河的時候，千萬不要打擾那些鴛鴦和鷺鷥，因為姑蘇四橋之上，全都是老子當年遊玩的地方。

從「輞川圖」上欣賞暮春的風景，時常記起隱士王維的詩句。決定了歸期以後，希望天公能夠應允，現在穿的衣衫，仍是小蠻縫製的，而且還曾經霑溼過西湖上的雨水。

【賞　析】此因蘇伯固歸吳中，送行亦所以懷念吳地，東坡久有終老常州之意，後竟卒于常。三年不至吳地，望蘇伯固去後帶以消息。若到松江三句，珍重告語，四橋和東坡情感如此之深，連鴛鷺也愛憐備至。下片即夢想吳地，何日歸去，收句奇妙。況蕙風云：「曾溼西湖雨，是清語非豔語，與上三句相連屬，遂成奇豔絕豔。令人愛不忍釋，坡公天仙化人，此等詞猶為非其至者，後學已未易摹倣其萬一。」按白居易詩：襟上杭州舊酒痕，東坡脫化，一不能知，遂成馨豔之筆。

79　臨江仙

夜歸臨皋❶

蘇　軾

夜飲東坡醒復醉（句），歸來彷彿三更（韻）。家童鼻息已雷鳴❷（韻），敲門都不應（句），倚杖聽江聲（韻）。

長恨此身非我有❸（句），何時忘卻營營❹（韻）？夜闌風靜縠紋平（韻），小舟從此逝（句），江海❺寄餘生（韻）。

【注　釋】❶臨皋　王文誥《蘇詩總案》：「壬戌九月，雪堂夜飲，醉歸臨皋作。」雪堂、臨皋俱在黃州。❷鼻

息雷鳴　唐衡山道士軒轅彌明與進士劉師服等聯句畢，倚牆而睡，鼻息如雷鳴。見韓愈〈石鼎聯句序〉。❸此身非我有　《莊子》：「舜問乎丞……『吾身非吾有也，孰有之哉？』曰：『是天地之委形也。』」❹營營　紛亂意。❺江海　高適〈奉酬睢陽李太守〉詩：「江海一扁舟。」

【語譯】晚上在東坡上飲酒，醒了還醉，回來大約已經三更了。家僮的鼻鼾聲像雷鳴似的，敲了很久都無人應門，於是扶著手杖靜聽江流的聲音。

時常懷疑此身不是屬於我的，甚麼時候能夠拋卻所有的煩惱？更深人靜，清風徐來，波濤十分柔細。最好從此乘著一條小船離開，在湖光山色中逍遙此生。

【賞析】起句醒復醉三字，曲盡酒人酒事，醒非原來清醒，當是酒醉而醒，醒而又醉，歸家已近三更。歸而不得入門，只好倚杖聽江聲，極酣適自得之趣。下片江風吹醒，乃大覺醒，遂歎身非我有，何須營營？夜闌三句，乃欲放浪江海，不入塵世。葉夢得《避暑錄話》：「夜歸，江面際天，風露浩然，有當其意，乃作歌詞。翌日喧傳子瞻夜作此詞，挂冠服江邊，拏舟長嘯去矣！郡守徐君猷聞之，驚且懼，命駕往謁，子瞻鼻鼾如雷猶未興。」東坡佳話，擾人如此。

80 定風波

蘇軾

三月七日沙湖❶道中遇雨，雨具先去，同行皆狼狽，余獨不覺。已而遂晴，故作此。

莫聽穿林打葉聲（平韻），何妨吟嘯且徐行（韻）。竹杖芒鞋❷輕勝馬（仄韻），誰怕？一簑煙雨任平生。料峭❸春風吹酒醒，微冷，山頭斜照卻相迎。回首向來蕭瑟處，歸去，也無風雨也無晴。

【詞牌】一名〈定風波令〉、〈定風流〉。

•〈定風波〉本唐教坊曲名，為詞調，亦名〈定風流〉，雙調六十字。（《歷代詩餘》）

•〈定風波〉，商調。周武王渡孟津波，逆流而上，瞋目而麾曰：「余任天下，誰敢害吾意者，於是風霽波罷。」義當取此。（《片玉集注》）

【詞律】〈定風波〉，雙調，六十二字，前段五句，三平韻，兩仄韻，後段六句，四仄韻，兩平韻。

【注釋】❶沙湖　王文誥《蘇詩總案》：「壬戌相田至沙湖道中遇雨作。」沙湖在黃州。❷芒鞋　草鞋。❸料峭　蘇軾詩：「漸覺春風料峭寒。」料峭，風寒貌。

【語譯】不要注意雨點穿過樹林敲打葉子的聲音，何妨一邊呼嘯歌唱，一邊散步。一根手杖，一雙草鞋，比騎馬還要輕快，還有甚麼可怕呢？煙雨迷漫，但願穿著簑衣渡過此生。

清勁的春風把酒意吹醒了，有些寒意，山頭的落日卻來迎接著我。回想從來寂靜的地方，回去吧，既沒有風雨，也沒有天晴。

【賞析】出游遇雨而無雨具，東坡不覺，依然自適，亦胸懷含養之所至。起句雨聲，別人已驚覓雨具不得而行不得也，公則吟嘯閒行，夷猶乃爾。春風酒醒，又復斜照相迎，收句尤妙。也無風雨也無晴。是生命之通脫解悟，是大智慧。鄭文焯云：「此足徵是翁坦蕩之懷，任天而動。琢句亦瘦逸，能道眼前景，以曲筆直寫胸臆，倚聲能事盡之矣。」信手拈來，後來，稼軒亦有似此一類作品。

81 江城子

乙卯❶正月二十日夜記夢

蘇軾

十年❷生死兩茫茫，不思量，自難忘。千里孤墳❸、無處話淒涼。縱使相逢應不識，塵滿面，鬢如霜。

夜來幽夢忽還鄉，小軒窗，正梳妝。相顧無言、惟有淚千行。料得年年腸斷處，明月夜，短松岡。

【詞牌】〈江城子〉，一名〈江神子〉、〈春意遠〉、〈水晶簾〉。

・題本名〈江城子〉，城或作神。至別名〈水晶簾〉者乃後人因詞中有此三字，故巧取立名，因使人易混易訛，最為可厭。今人好奇者皆厭常喜新，多從之，致誤不少，如此調〈水晶簾〉作第

一第二等體，竟忘卻〈江城子〉本來矣。（《詞律》）

按〈江城子〉單調為唐詞，至宋始加後疊為雙調，與〈江城子慢〉不同，參見〈江城子慢〉條。

【詞　律】〈江城子〉，雙調，七十字，前後段各七句，五平韻。

【注　釋】❶乙卯　宋神宗熙寧八年。❷十年　蘇軾妻王氏卒于宋英宗治平二年五月，到熙寧八年，正十年。❸千里孤墳　王氏葬於四川彭山縣安鎮鄉可龍里。

【語　譯】十年來生者死者兩皆茫茫，想不思念嗎？但本身就不易忘記。你那座孤獨的墓地距離太遠了，難以表達內心的悲哀。即使相見的時候也可能無法認識，風塵滿面，鬢髮都變成霜白了。

昨夜忽然夢見回到故鄉來了，看見你坐在窗邊，正在梳理妝扮。大家相見時都沒有說話，只有不斷地流著眼淚。想起每年難過的地方，就是在這個明月的晚上，種滿短松樹的小山岡。

【賞　析】此篇是東坡悼念王夫人作，逝世十年，生者與死者，幽明相隔，茫茫兩字不僅說時間，兩人過去的情感，不能相通，亦是茫茫。不思量、自難忘，這情感不是時間、空間、生死可以阻隔的。縱使二句淒苦之至。

下片寫夢境宛然，相顧無言，含蓄悲痛，結兩句謂以後年年今日都會夢到那短松岡的孤墳，餘情未盡，故留後約。

82　木蘭花　次歐公西湖❶韻

蘇軾

霜餘已失長淮闊❷，空聽潺潺清潁咽❸。佳人猶唱醉翁❹詞，四十三年如電抹❺。

草頭秋露如珠滑，三五盈盈還二八❻。與余同是識翁人，惟有西湖波底月。

【注釋】❶西湖　是潁州（安徽阜陽）西湖。歐陽修在潁州作〈木蘭花令〉：「西湖南北煙波闊，風裏絲簧聲韻咽。舞餘裙帶綠雙垂，酒入香腮紅一抹。杯深不覺琉璃滑，貪看六么花十八。明朝車馬各西東，惆悵畫橋風與月。」元祐六年八月，東坡作龍圖閣學士，出知潁州軍州事，時歐公死去已久，當地人還唱此詞，東坡遊湖，聽到了就和韻作此。❷霜餘已失長淮闊　寫深秋以後，淮水已漸漸落了。❸空聽潺潺清潁咽　潁水淺流，水聲潺潺如同嗚咽，以引起懷念歐公。❹醉翁　歐陽修自號，在滁州時作〈醉翁亭記〉。❺電抹　形容流光，快得像電一樣抹過去了。❻三五盈盈還二八　指十五、十六兩天，月亮由盈滿而虧損。似從〈古詩十九首〉：「三五明月滿，四五蟾兔缺。」變化出來的。

【語譯】霜降以後，浩蕩的淮河已失去當年的空闊，徒然聽到潁河清澈潺潺的水聲。這裏的女孩子仍然唱起歐陽修的歌辭，四十三年，就像電光火石的，轉瞬無影無蹤。

草頭露滑如珠，十五、十六晚上還有明潔的月亮。只有西湖湖底的一輪明月，仍跟我一樣，尚還記得歐陽修吧！

【賞析】東坡到潁州游西湖，聞人唱歐陽修〈木蘭花〉詞。歐公是東坡前輩、是師長，東坡紀念這前輩，和詞與一般哀悼不同，輕盈喜悅，亦是他人不易做到的。

起首秋日長淮水淺，水淺而流動，才聽出清潁潺潺。歐公去已四十三年，光景如電一般飛速。下片慨歎月常照在露珠上，只是月和我是識得翁的，月脈脈無言，十分清冷，作者將也有露珠之感，愴然之情，隱隱可見。

83 賀新郎

蘇軾

乳燕飛華屋❶，悄無人、槐陰轉午，晚涼新浴。手弄生綃白團扇❷，扇手一時似玉❸。漸困倚、孤眠清熟，簾外誰來推繡戶？枉教人、夢斷瑤臺曲❹，又卻是，風敲竹❺。

石榴半吐紅巾蹙❻，待浮花浪蕊❼都盡，伴君幽獨。穠豔一枝細看取，芳意千重似束。又恐被、西風驚綠❽，若待得君來向此，花前對酒不忍觸。共粉淚，

兩簌簌⑨。韻

【詞牌】〈賀新郎〉，一名〈賀新涼〉、〈乳燕飛〉、〈金縷曲〉、〈金縷歌〉、〈金縷詞〉、〈金縷衣〉、〈風敲竹〉、〈貂裘換酒〉。

• 〈賀新郎〉，「郎」一作「涼」，又名〈乳燕飛〉、〈金縷曲〉、〈貂裘換酒〉。本調因坡詞「乳燕飛華屋」又名〈乳燕飛〉，《圖譜》既收〈賀新郎〉，又收〈乳燕飛〉，選聲亦復兩列，均誤。《圖譜》於二體外，又收〈金縷曲〉，更奇。《詞律》

• 葉夢得詞有「唱金縷」句，名〈金縷歌〉，又名〈金縷曲〉，又名〈金縷詞〉；蘇軾詞有「乳燕飛華屋」句，名〈乳燕飛〉，有「晚涼新浴」句，名〈賀新涼〉，有「風敲竹」句，名〈風敲竹〉；張輯詞有「把貂裘換酒長安市」句，名〈貂裘換酒〉。此調始自蘇軾。《詞譜》

• 此調以一百十六字者為正格。「郎」，一作「涼」，一名〈金縷衣〉，一名〈風敲竹〉，一名〈貂裘換酒〉，皆同調異名也。《歷代詩餘》

• 〈賀新郎〉，宋蘇軾作，軾守錢塘，有官妓秀蘭，黠慧善應對，湖中讌會，群妓畢至，秀蘭至獨晚，軾問，云：「髮結沐浴，便困睡，聞召，理妝，故遲至耳。」倅嗔恚不已，秀蘭取榴花一枝，藉手請倅，倅愈怒，子瞻為作〈賀新涼〉以解之。詞云：「乳燕飛華屋，悄無人，槐陰轉午，晚涼新浴。」故名〈賀新涼〉，後「涼」誤為「郎」，又名〈乳燕飛〉，又名〈金綺曲〉，又名〈金縷歌〉，又作〈金縷衣〉，又名〈風敲竹〉，張宗瑞又名〈貂裘換酒〉。《填詞名解》

・蘇子瞻守錢塘，有官妓秀蘭，天性黠慧，善於應對。一日，湖中有宴會，群妓畢集，惟秀蘭不至，督之，良久方來，問其故，對以沐浴倦睡，忽聞叩戶甚急，起而問之，乃樂營將催督也，謹以實告。子瞻已恕之矣，中一倅怒其晚至，詰之不已。時榴花盛開，秀蘭折一枝，藉手告倅，倅愈怒，子瞻因作〈賀新涼〉令，歌以送酒，倅怒頓止。子瞻之詞皆紀前事，取其沐浴新涼，故曲名〈賀新涼〉也。後人不知，誤作〈賀新郎〉，蓋不得子瞻之意。子瞻真可謂風流太守，豈可與俗吏同日語哉？（《楊湜詞話》）

・野哉楊湜之言，真可入笑林矣。東坡此詞冠絕古今，託意高遠，寧為一妓而發耶？「簾外誰來推繡戶」，及「又卻是風敲竹」等語，用唐人「簾風動竹，疑是故人來」，變化入妙。今乃云為樂營將催督，可笑者一；「石榴半透紅巾蹙」，至「細看取芳心似束」等句，因初夏時，花事將闌，榴花獨吐，因以紅巾拂取，寫其幽閑之意，今乃云榴花盛開，折奉府倅，可笑者二；〈賀新郎〉，樂府舊調，今乃云取其新沐後，又訛〈賀新郎〉，此可笑者三。東坡此詞不幸，橫遭點污，江左有文拙而好刻石者謂之「詅癡符」。楊湜之類也。（《苕溪漁隱叢話》）

・〈賀新郎〉調一百十六字，或名〈賀新涼〉，或名〈乳燕飛〉，均因東坡詞而起，其詞寄託深遠，與詠雁〈卜算子〉同一比興，乃《楊湜詞話》為酒間召妓，鋪敘事實之作，謬妄殊甚。（《秋聲館詞話》）

【詞律】〈賀新郎〉，此體雙調，一百十五字，前後段各十句，六仄韻。

【注釋】❶乳燕飛華屋　杜甫〈題省中院壁〉詩：「鳴鳩乳燕青春深。」曹植〈箜篌引〉詩：「生存華屋處。」

❷白團扇　晉中書令王珉與嫂婢有情，珉好執白團扇，婢作〈白團扇〉歌贈珉。❸扇手一時似玉　晉王衍每執玉柄麈尾玄談，與手同色。❹瑤臺曲　唐逸史許檀暴卒復寤，作詩云：「曉入瑤臺露氣清，坐中惟見許飛瓊。塵心未盡俗緣重，十里下山空月明。」復寢，驚起，改第二句云：「昨日夢到瑤池，飛瓊令改之，云：不欲世間知我也。」按《漢武帝內傳》所載董雙成、飛瓊，皆西王母侍兒，東坡正用此事。❺風敲竹　李益〈竹窗聞風寄苗發司空曙〉詩：「開門復動竹，疑是故人來。」❻紅巾蹙　白居易〈石榴〉詩：「山榴花似結紅巾。」❼浮花浪蕊　韓愈詩：「浮花浪蕊鎮長有。」傅幹注：「石榴繁盛時，百花零落盡矣。」❽西風驚綠　皮日休〈茶中雜詠　石榴歌〉詩：「石榴香老愁寒霜。」❾簌簌　元稹〈連昌宮詞〉詩：「風動落花紅簌簌。」簌簌，眾多貌。

【語　譯】乳燕飛入美麗的大屋，靜悄悄地沒有一人，槐樹的陰影從午間轉移，傍晚的夜風吹來，像剛洗完澡的清新。我手搖著生絲做的白團扇，扇影和手影突然全都變成玉色。漸漸地感到疲倦了，於是獨自地入睡，究竟誰人從窗簾外推門而入呢？徒然使人從夢中的瑤臺曲驚醒過來，原來是風吹過竹林發出的聲音。

石榴已經開出了半數的紅花，等百花都落盡以後，就孤獨地陪伴著你。我要仔細地欣賞你的濃豔，束起一瓣瓣的幽姿，真怕西風吹過，一片凋殘。假如等你來到這個地方，便拿著酒，坐在花前，不敢輕薄地觸摸。只見兩行珠淚，簌簌地流了下來。

【賞　析】東坡詞豪放是一面，婉約是另一面，前有〈水龍吟〉、〈洞仙歌〉，後有此闋，《古今詞話》說為官妓秀蘭作，起首敘美人新浴倦睡，一如〈洞仙歌〉花蕊夫人，前是夜間池上納涼，此是午後槐陰小憩。推戶，風竹，情景恍惚。

下片石榴花與美人合寫，芳意千重似束，君來則為開懷傾訴，收花落眼淚，亦不能分。婉曲纏綿，詞筆之高，歎為觀止，屯田、清真，未必勝之，遑論餘子。

84 定風波

次高左藏使君韻

黃庭堅

萬里黔中❶一漏天❷，屋居終日似乘船。及至重陽天也霽，催醉，鬼門關❸近蜀江前。

莫笑老翁猶氣岸❹，君看，幾人白髮上華顛❺？戲馬臺前追兩謝❻，馳射，風情猶拍古人肩❼。

【作　者】庭堅字魯直，洪州分寧（今江西修水）人。生於慶曆五年（一〇四五）。治平四年（一〇六七）舉進士，為葉縣尉，歷祕書丞、著作郎。紹聖初，坐修《神宗實錄》失實，貶涪州別駕，黔州安置。建中靖國初，召還，知太平州。除名，編管宜州。崇寧四年（一一〇五）卒，年六十一。追諡文節。自號山谷老人，一號涪翁。有《豫章集》、《山谷詞》。

【注　釋】❶黔中　黔州，今四川彭水縣，山谷五十一至五十四歲時作。❷漏天　指天氣多雨水。《寰宇記》：「邛都縣漏天，秋夏常雨。」❸鬼門關　在四川奉節縣東北三十里。❹氣岸　李白〈流夜郎贈辛判官〉詩：「氣岸遙凌豪士前。」氣岸，氣概高舉之意。❺華顛　白頭。❻戲馬臺前追兩謝　戲馬臺在徐州城南，為項羽遺迹。劉裕為宋公時，九日大會群僚於此，謝靈運、謝瞻俱作詩。❼風情猶拍古人肩　高左藏為黔州使君，以九日置酒高會，故引劉裕二謝事以稱美。

【語　譯】萬里迢迢，流落於貴州的一所漏屋中，整天就像乘船一般。到重陽節近的時候，天也放晴了，於是放懷痛飲，而鬼門關距離不遠，就在蜀江的前面。

不要笑我年紀老邁，仍能意氣縱橫，你可看看究竟有多少人是頭上長滿白髮的？在這戲馬臺前，何妨追尋兩謝的風采，馳馬勁射，而豪氣也不比古人遜色。

【賞　析】此首亦有一肚皮牢騷，發為傲才之語。謫居萬里黔中，天天下雨，天髣髴是破漏了，所以居屋如船，大似東坡黃州〈寒食雨〉詩：小屋如漁舟，濛濛水雲裏（山谷曾為〈寒食雨〉詩題跋）。重陽天晴，高興一醉，鬼門句寫地勢，森然可畏。下片氣岸，豪語可喜，結句真是氣岸，居然要拍古人肩，肩不能拍，但風情與古人相似而已。

85

鷓鴣天

坐中有眉山隱客史應之和前韻即席答之❶

黃庭堅

黃菊枝頭生曉寒，人生莫放酒杯乾。風前橫笛斜吹雨，醉裏簪花倒著冠❷。

身健在，且加餐，舞裙歌板❸盡情歡。黃花白髮相牽挽，付與時人冷眼看。

【注　釋】❶坐中句　史應之，名鑄，眉山人，客瀘、戎間，為童子師，山谷年五十四至五十六歲，自黔州移戎州（四川宜賓），時相唱和。❷倒著冠　《世說新語．任誕篇》：「山季倫（簡）為荊州，時出酣暢，人為之歌曰：山公時一醉，徑造高陽池，日暮倒載歸，茗艼無所知，復能乘駿馬，倒著白接籬，舉手問葛彊，何如并州兒。」山公「白接籬」亦冠名。山谷用其故事。❸歌板　樂器所用的拍板。

【語　譯】黃菊的花枝上抖出陣陣的寒意，人生不要讓酒杯乾冷。對著斜風細雨吹奏笛子，喝醉的時候，何妨插上花枝，把帽子倒轉過來。

當身體仍然健壯的時候，應該多吃一些，看舞聽歌，盡情取樂，就讓我這位白髮皤皤的老者跟黃花攜手相對，就讓世人冷眼相待亦無所謂。

【賞　析】宋人當時即以秦七、黃九並稱，少喜纖淫之句，毛子晉謂晚年借題棒喝，拈示後人。如此篇首起及時為樂，醉裏簪花倒著冠，狂態可掬，倒著冠是晉人山簡之狂，再簪黃花，是狂上加狂了。下片健在，又云黃花白髮，正是公晚年之作，收句付與時人冷眼看，有傲兀不平之氣，即所謂棒喝也可。

86 望海潮

秦　觀

梅英疏淡，冰澌溶洩，東風暗換年華。金谷俊游，銅駝❶巷陌，新晴細履平沙，長記誤隨車，正絮翻蝶舞，芳思交加。柳下桃蹊❷，亂分春色到人家。西園❸夜飲鳴笳，有華燈礙月，飛蓋妨花。蘭苑❹未空，行人漸老，重來是事❺堪嗟。煙暝酒旗斜，但倚樓極目，時見棲鴉。無奈歸心，暗隨流水到天涯。

【作者】觀字少游，一字太虛，號淮海居士，高郵人。生於皇祐元年（一〇四九）。舉元豐八年（一〇八五）進士。元祐初，蘇軾以賢良方正薦除祕書省正字、兼國史院編修官。紹聖初，坐黨籍削秩，監處州酒稅。徙郴州，編管橫州，又徙雷州。元符三年（一一〇〇）放還，至藤州卒，年五十二。有《淮海詞》一卷，見六十家詞刊本。又《淮海居士長短句》三卷，有四部叢刊本及彊村叢書本。又有王敬之刊本、北平圖書館影印宋本、葉遐庵影宋校本。

【詞牌】〈望海潮〉，《詞律》二體，雙調，正秦觀一體，一百七字，又秦觀一體，亦一百七字。《詞譜》三體，雙調，除上正體秦詞外，又收正柳永一體，一百七字，又鄧千江一體，亦一百七字。

・蓋此詞因孫何知杭州，柳不得見，作此，囑妓楚楚因宴會歌之，孫即迎柳預座，故云異日須畫西湖之景，歸去汴京之鳳池而誇之也。若刪去「歸去」二字，則鳳池在何處乎？乃《圖譜》沿襲，收作一百五字調，試問自宋以來，有一百五字〈望海潮〉否？（《詞律》）

・柳耆卿與孫何布衣交，孫知杭，門禁森嚴，耆卿欲見之不得，作〈望海潮〉，往謁名妓楚楚曰：「欲見孫相，恨無門路，若因府會，願借朱唇歌於孫之前；若問誰為此詞，但說柳七。」中秋府會，楚婉轉歌之，孫即日迎耆卿預座。（《青泥蓮花記》）

【詞　律】〈望海潮〉，此體雙調，一百七字，前段十一句，五平韻，後段十一句，六平韻。

・按柳（永）詞亦是雙調，一百七字，前段十一句，五平韻，後段十一句，六平韻。此詞前結，市列珠璣，戶盈羅綺，例作對偶，宋元人如此填者甚多。此詞前後段第四五句，例作平仄仄平，平平仄仄。（《詞譜》）

【注　釋】❶金谷俊游二句　駱賓王〈豔情代郭氏答盧照鄰〉詩：「銅駝路上柳千條，金谷園中花幾色。」金谷，洛陽園名；銅駝，洛陽街名。❷桃蹊　《史記・李將軍列傳》引諺語：「桃李不言，下自成蹊。」桃蹊，有桃樹的路。❸西園　曹植詩：「清夜游西園，飛蓋相追隨。」❹蘭苑　美麗的花園，此處即指金谷園。❺是事　許多事。

【語　譯】梅花清淡，溶雪緩流，東風吹過，青春暗中變換。金谷園、銅駝街的盛會，時天氣剛晴，小心地踏在細沙上。還記起那次隨車的錯誤，現在蝶舞花飛，傷春的情緒交織一起。柳陰下，桃樹邊，胡亂地分付部分春光到園子中去。

晚上在西園飲宴，吹弄笳聲，有些燈光妨礙月色，張起的篷帳也阻隔了落花。種滿蘭花的園子尚未空廢，來去的人漸將老去，再來的時候這件事最堪傷歎。煙光暝晦，酒旗斜飄。只有站在高樓上，縱目遠眺，時常見到一兩隻棲息在樹上的歸鴉，我也有一片無可奈何的歸心，暗中的跟著流水浪迹天涯而去。

【賞析】少游有絕塵之才，其詞取唐溫韋之神，又攝二晏之幽妍，清新淒婉，咀嚼有味。

此篇亦豔情無題之作，由初春之景，驚換年華入情。新晴句春草未生之象，誤隨車承年華句，亂分春色句正誤隨車而到人家。下片是誤隨車以後之事，華燈二句，富麗如六朝小賦。蘭苑轉筆，是事堪嗟，是暗換年華。煙暝句日之夕矣，倚樓見棲鴉，歸心隨水，又與起句冰澌合。陳廷焯云：少游詞最深厚，最沉著，柳下句思路幽絕，不可思議。

87 八六子

秦觀

倚危亭韻，恨如芳草❶句，萋萋剗❷盡還生❸韻。念柳外青驄別後句，水邊紅袂分時句，愴然暗驚韻。

無端天與娉婷❹韻，夜月一簾幽夢句，春風十里❺柔情韻。怎奈向❻歡娛句，漸隨流水句，素絃聲斷句，翠綃香減句，那堪片片飛花弄晚句，濛濛殘雨籠晴韻。正銷凝❼韻，黃鸝又啼數聲❽韻。

【詞牌】〈八六子〉，一名〈感黃鸝〉。

・秦觀詞有「黃鸝又啼數聲」句，又名〈感黃鸝〉。《詞譜》

【詞律】〈八六子〉，此體雙調八十八字，前段六句，三平韻，後段十一句，五平韻。

・此詞前結四字句，後段第七句不押韻，第八句減一字與晁詞（〈喜秋晴〉詞）異。（《詞譜》）

【注釋】❶恨如芳草　李煜詞：「離恨恰如芳草，漸行漸遠還生。」❷剗　削滅。❸還生　白居易〈賦得古草原送別〉詩：「野火燒不盡，春風吹又生。」❹娉婷　杜甫〈秦州見勅目薛三璩授司議郎畢曜除監察與二子有故遠喜遷官兼述索居〉詩：「不惜嫁娉婷。」娉婷，美貌，即以指美人。❺春風十里　杜牧〈贈別〉詩：「春風十里揚州路，卷上珠簾總不如。」❻怎奈向　宋人方言，向即向來意，向字語尾，後人誤改作怎奈何。❼銷凝　含悶。❽黃鸝又啼數聲　杜牧〈八六子〉末句：「正銷魂，梧桐又移翠陰。」秦觀模倣杜詞，洪邁《容齋四筆》云：少游〈八六子〉詞云：「片片弄花曉，濛濛殘雨籠晴，正銷凝，黃鸝又啼數聲。」語句清峭，為名流推敲，予家舊有《建本蘭畹曲集》，載「牧之〈八六子〉一詞，但記其末句云：『正銷魂，梧桐又移翠陰。』秦公蓋效之。」似皆不及也。

【語譯】站在高高的亭子上，感情像青草一樣，一片碧綠，即使剗也不盡，且愈生愈多。想起柳樹下騎著馬兒離開，她在河邊仍不住地揮手，悲哀湧上心頭，還起了一種驚怕。

不知甚麼天賦的一個美人，像月兒下的一場美夢，十里的春風一片輕柔，無奈向來的歡樂都跟著水流奔去，琴絃上的聲音漸行斷絕，翠紗上的幽香逐漸減少。更受不了傍晚時分的片片落花，濛濛的雨絲籠罩了殘陽。正是沈悶得很，黃鶯兒又啼了幾聲。

【賞析】起處見春草之生，而離恨與之俱並。剗盡還生是白居易：「野火燒不盡，春風吹又生。」則愁恨可知矣。無端以下，想念伊人之美，夜月兩句，無限溫馨。好景無常，絃斷香減。春色遲暮，鶯聲惱人。張玉田云：「離情當如此作，全在情景交鍊，得味外意。」此詞起結俱好，起處陡然由高而下，收則截然，音節淒婉。

88 滿庭芳

秦觀

山抹微雲，天黏衰草，畫角❶聲斷譙門❷。暫停征棹，聊共引離尊。多少蓬萊舊事❸，空回首、煙靄紛紛。斜陽外，寒鴉數點，流水遶孤邨。

消魂，當此際，香囊❹暗解，羅帶輕分❺。漫贏得青樓，薄倖名存❻。此去何時見也？襟袖上、空惹啼痕。傷情處，高城望斷，燈火已黃昏。

【注釋】❶畫角　軍中所用號角，外塗彩色，稱畫角。❷譙門　高樓上之門，可以眺望遠方，城市中有鼓樓，正與譙門同。❸蓬萊舊事　程闢守會稽，少游為客，館之蓬萊閣，一日席上有所悅，不能忘情。因賦長短句，多少蓬萊舊事，云云。見胡仔《苕溪漁隱叢話》。❹香囊　繁欽〈定情詩〉：「何以致叩叩，香囊繫肘後。」❺羅帶輕分　古人結帶以誓相愛，此則以示輕易別離。❻薄倖名存　杜牧〈遣懷〉詩：「十年一覺揚州夢，贏得青樓薄倖名。」

【語譯】山頭抹上一層薄雲，遠天連著一片枯草，角聲漸從鼓樓上斷咽了。我把船兒暫時停住，想一起醉倒尊前。很多關於蓬萊仙境的遺事，徒然的回想，也只有迷漫的煙霧而已。一片殘陽底下，見有點點飛舞的烏鴉，而河水則環繞孤城奔流。

此情此景，真使人甚麼也不想做了。她把香囊暗中解開，腰帶也輕輕地分開了。只贏得青樓上一個薄倖的聲名。但現在一別，何時再能相見呢？衣袖間徒然留下那些淚痕。站在高樓上極目遠望，一片感傷之中，燈火輝映，黃昏又來臨了。

【賞析】此由身世冷落而思念戀情，上片以遠景起，首二句空闊衰瑟，畫角、譙門、征棹在斜陽下，又寒鴉流水，更增愁寂。只蓬萊事，回憶猶有餘溫而已。下片即舊事，「香囊暗解，羅帶輕分。」情語而非常含蓄，風格高騫。歡情已逝，在此際黃昏畫角，寒鴉孤村，一片灰暗的煙靄紛紛之中，更想到襟袖啼痕，是難於割棄，情與境對比，真令人不忍卒讀，是少游名篇。清代詞人譚獻高郵絕句：蘭槳盈盈動水濱，棲鴉點點度湖濆。便從衰草微雲裏，想見風流淮海人。即為此篇而發。

89 滿庭芳

秦觀

曉色雲開，春隨人意，驟雨纔過還晴。古臺芳榭❶，飛燕蹴❷紅英。舞困榆錢❸自落，鞦韆外、綠水橋平。東風裏，朱門映柳，低按小秦箏。多情，行樂處，珠鈿翠蓋，玉轡紅纓❹。漸酒空金榼❺，花困蓬瀛❻。豆蔻梢頭❼舊恨，十年夢、屈指堪驚。憑闌久，疏煙淡日，寂寞下蕪城❽。

【注　釋】❶樹　高臺上的屋子。❷蹴　踢也。❸榆錢　榆樹果莢，形圓如錢，因稱榆錢。❹珠鈿翠蓋二句　用珠嵌金的車，以翠羽飾車蓋，用玉飾馬轡繩，上有紅色繐子。鈿，即鈿車。❺榼　酒器。❻花困蓬瀛　花，指美人。蓬瀛，蓬萊、瀛州皆仙山，此指飲酒之地。❼豆蔻梢頭　杜牧〈贈別〉詩：「娉娉嫋嫋十三餘，豆蔻梢頭二月初。春風十里揚州路，卷上珠簾總不如。」楊慎《丹鉛總錄》云：「牧之詩詠娼女，言美而少，如豆蔻花之未開。」❽蕪城　指揚州城。南朝宋竟陵王亂後，城邑荒蕪，鮑照作〈蕪城賦〉憑弔。在今江蘇揚州西北。

【語　譯】曉色隨著雲層開展，春光處處合乎人意，驟雨剛才停止，天氣轉晴。古老的臺樹上，燕子穿插於落花間。飛舞多了，榆莢成串落下，鞦韆的外邊，碧綠的水流平躺橋下。颯颯的春風裏，柳絲掩映於紅色的門牆間，低低地傳來秦箏的聲響。

因為感情豐富，見遊樂的地方，徧是珠釵、美麗的車蓋、玉製的馬絡頭、紅色的帽帶等。漸漸地金樽的酒也空了，花兒困在蓬萊、瀛州兩仙山間。回憶起那個美麗的少女，十年一夢，算來總有些驚怕。我靜靜地倚在闌干畔，裊裊炊煙，斜陽漸漸地向著揚州城滑下。

【賞析】起二句初晴春日，古臺以下寫景四句。東風由景到人。下片人與景會合。酒空二句分別，以下別已十年。收二句再寫景遂覺空靈疏淡。黃蓼園以為雨過還晴，是承恩未久。燕蹴紅英，小人讒構。榆錢，自喻。綠水句隨所適也。朱門秦箏，得意者自得意也。後段行樂三句，追從前也，酒空二句，言被謫也。豆蔻三句，言為日已久也。憑闌二句結，通首黯然自傷，章法極綿密。大約被放以後之作，詞意不及東坡之忠厚，而寄情渺遠，琢句工麗，各足千古。

90 踏莎行

秦觀

霧失樓臺，月迷津渡❶，桃源望斷無尋處❷。可堪孤館閉春寒，杜鵑聲裏斜陽暮。

驛寄梅花❸，魚傳尺素❹，砌成此恨無重數。郴江❺幸自遶郴山，為誰流下瀟湘去？

【注釋】❶津渡　水邊渡船碼頭。❷桃源望斷無尋處　少游四十九歲謫貶在湖南郴（音ㄔㄣ）縣作此詞。陶淵明桃花源的地點在湖南常德，同在湖南，少游無法安頓自己，真是杜甫〈北征〉詩：「緬思桃源內，益歎身世拙」的情感。❸梅花　用陸凱寄梅給范曄故事。❹尺素　古詩：「客從遠方來，遺我雙鯉魚，呼兒烹鯉魚，中有尺素書。」❺郴江　在郴州東，北流耒水入湘江。

【語譯】樓臺籠罩在一層霧氣當中，月色灑遍河岸的渡口，但極目遠眺，實在也無法看到桃源的了。在這孤單的客館裏，春寒冉冉，使人很難忍受，尤其在這斜陽將盡，伴著一兩聲杜鵑鳥淒厲的哀鳴。

我託驛使寄上一枝梅花，又託魚兒寄上一封尺素書信，堆成無端感慨。郴江啊何妨靜遶郴山算了，究竟又為了甚麼人而流下瀟水和湘水去呢？

【賞析】此謫貶湖南郴州，旅店寂寥，感而有作。霧失、月迷由景而興，世不清明，桃源避身無處。孤館身之冷落，杜鵑斜陽，怨悱之情。下片寄懷友人，恨多無從說起。收二句即景自傷，郴江幸繞郴山，是在山泉水本來清，為誰流向瀟湘，一去不返，是少游之悲痛。東坡愛此結尾二句，的是解人。作此詞不久少游即死於藤州，東坡歎曰：少游已矣，雖萬人何贖，深惜其才。

91 鷓鴣天

秦觀

枝上流鶯❶和淚聞，新啼痕間舊啼痕。一春魚雁❷無消息，千里關山勞夢魂。

無一語，對芳尊，安排腸斷到黃昏。甫❸能炙得燈兒了，雨打梨花深閉門。

【注釋】❶流鶯　黃鸝鳥。❷魚雁　雙鯉魚、鴻雁都可以代人寄書信的。❸甫　方纔的意思。

【語譯】樹枝上的鶯聲帶著淚聲，新的淚痕和舊的淚痕交集一起。整個春天都沒有任何信息，關山阻隔，千里迢迢，枉勞夢魂來去。

沒有一句說話，只是對著美酒，肝腸寸斷，直到黃昏時分。剛剛把燈兒燃亮，雨水又打在梨花上，只好趕緊把大門關閉。

【賞析】少游放逐以後，怨詞多是懷戀故國，流鶯亦可比作讒邪，於此啼痕新舊相間。勞思關山，形之夢寐。下片寂寞，安排二字，構想奇妙，誰適為之腸斷，亦當有所指而云然。收二句亦有言外之意。

92 減字木蘭花

秦觀

天涯舊恨（仄韻），獨自淒涼人不問（仄韻）。欲見回腸（換平韻），斷盡金鑪小篆香❶（韻）。

黛蛾長斂❷（換仄韻），任是春風吹不展（韻）。困倚危樓（換平韻），過盡飛鴻字字愁（韻）。

【詞牌】〈減字木蘭花〉，一名〈簡蘭〉、〈木蘭香〉、〈天下樂令〉。

《詞律》僅呂渭老一調，雙調，四十四字，《詞譜》則收歐陽修一詞，亦雙調，四十四字。

【詞律】〈減字木蘭花〉調四段四換韻。(《詞律》)

【注釋】❶篆香　將香做成篆文，準十二辰，凡一百刻，可燃一晝夜。見《香譜》。❷黛蛾長斂　黛蛾，指眉，漢宮人掃青黛蛾眉。見《事文類聚》。斂，不放開，指有愁恨。

【語譯】天涯流落，感慨得很，淒涼的況味無人過問。因為想望相見，結果肝腸寸斷，好像金鑪上的嫋嫋篆香。

美麗的眉毛時常皺斂，任東風也吹不開。我疲倦地倚在高樓上，只見雁兒一排排地飛過，字字哀愁。

【賞析】起句即怨極，天涯獨自淒涼，誰復問訊，即放逐之人之怨，舊恨則非一歲矣。恨則腸一日而九回，恰似金鑪篆香之曲折，比喻亦巧。下片，則盡是愁恨，任好春和煦之風，此心不展，鴻歸人不歸，更不可忍，怨情滿紙。

93 浣溪沙

秦觀

漠漠輕寒上小樓（韻），曉陰無賴❶似窮秋（韻），淡煙流水畫屏幽（韻）。

自在飛花輕似夢（句），無邊絲雨細如愁（韻），寶簾❷閒挂小銀鉤（韻）。

【注釋】❶無賴 杜甫〈絕句漫興〉詩：「眼見客愁愁不醒，無賴春色到江亭。」無賴，無聊也。❷寶簾 即珠簾一類。

【語譯】我登上小樓，感到惻惻的寒意，早晨的陰冷好像深秋天氣，輕煙流水，屏風上一片幽獨。自由自在的飛花像夢兒一樣，密密的細雨籠罩在一片輕愁裏，珠簾輕輕地掛在窗旁的銀鉤上面。

【賞析】此不得意託之閨怨，樓高易寒，故起句云輕寒上小樓。陰沉天氣，春景似窮秋，是不欲臨眺，對室內畫屏益現幽悄。

下片自在二句，雋永有味。近人趙叔雍謂小令〈望江南〉、〈浣溪沙〉儘可使盡藻詞，矜其才氣。上焉者在意態兩絕，不必緯以藻詞，自見馨逸。少游此詞真合乎意態兩絕。夢與愁是意之所在，花輕雨細是態，渾而為一意象，不言而喻。

94 阮郎歸

秦觀

湘天風雨破寒初，深沉庭院虛。麗譙❶吹罷小單于❷，迢迢❸清夜徂❹。

鄉夢斷，旅魂孤，崢嶸❺歲又除。衡陽猶有雁傳書，郴陽❻和雁無。

【注　釋】❶麗譙　美麗的樓門。❷小單于　唐曲有〈小單于〉。❸迢迢　漫長。❹徂　過去。❺崢嶸　凜冽意。❻郴陽　今湖南郴縣，在衡陽南。

【語　譯】湖南的風雨衝開陣陣寒意，陰深的庭院一片虛靜。美麗的城樓上剛吹奏〈小單于〉的曲子完畢，靜靜地一夜又過去了。

回鄉的希望已成泡影，旅人的心情極感孤苦，寒風凜冽，又是一年將盡。衡陽還有雁兒傳遞音書，但南面的郴陽連雁影也沒有了。

【賞　析】此亦謫放湖南之作，與〈踏莎行〉，同一寄慨。前半清夜寒生，以深虛形容所居之寂靜，只一聲聲傳來〈小單于〉樂曲。客中聞樂，極少歡悰。又況當此除夜之時，越來越不得鄉信，後二句怨詞曲折，少游常有，如〈江城子〉：「便做春江都是淚，流不盡許多愁。」〈虞美人〉：「爭奈無情江水不西流。」周濟謂少游意在含蓄，如花初胎，故少重筆。詞近小山，和婉為工。

95　綠頭鴨

晁元禮

晚雲收，淡天一片琉璃❶。爛銀盤❷、來從海底，皓色千里澄輝。瑩無塵、素娥❸淡佇，靜可數、丹桂參差❹。玉露❺初零，金風未凜，一年無似此佳時。露坐久、疏螢時度，烏鵲❻正南飛。

瑤臺冷，闌干憑暖，欲下遲遲。念佳人、音塵別後，對此應解相思。最關情、漏聲正永，暗斷腸、花陰偷移。料得來宵，清光未減，陰晴天氣又爭知。共凝戀、如今別後，還是隔年期。人強健，清尊素影，長願相隨。

【作　者】元禮（一作端禮）字次膺，其先澶州清豐人，家彭門（今徐州）。生於慶曆六年（一〇四六）。舉熙寧六年（一〇七三）進士。兩為縣令，忤上官，坐保甲事中以危法，廢徙。政和三年（一一一三），以承事郎為大晟府協律卒。年六十八。詞有《閒適集》，不傳。今傳者有《閑齋琴趣外篇》六卷。

《閑齋琴趣外篇》晁端禮作晁元禮。

【詞　牌】見前〈多麗〉詞牌注。

【詞　律】〈多麗〉，雙調，一百三十九字，前段十四句，六平韻，後段十二句，五平韻。

此調押平韻者，以此詞為正體，前段第五六句，後段第三四句，俱作上三下四句法，宋元人多依此填。

【注　釋】❶琉璃　形容天色清朗。❷爛銀盤　盧仝〈月蝕詩〉：「爛銀盤從海底出。」爛銀盤，亮似銀色的圓盤。❸素娥　謝莊〈月賦〉：「集素娥於后庭。」李商隱〈霜月〉詩：「青女素娥俱耐冷。」素娥，嫦娥也。

❹丹桂參差　《龍城錄》：「明皇與道士鴻都客，八月望日遊月宮，見有素娥十餘人，皆皓衣乘白鸞，舞笑於大桂樹下。又聽樂音清麗，熟而音傳，歸，次夜明皇因想素娥風中舞袖，編律成音，製〈霓裳羽衣曲〉。」❺玉露　杜甫〈秋興〉詩：「玉露凋傷楓樹林。」玉露，即白露。❻烏鵲　曹操〈短歌行〉詩：「月明星稀，烏鵲南飛。」

【語　譯】晚霞收歇後，暗淡的天空裏透出一片霜白的琉璃。一個燦爛的銀盤，從海底湧現，遠近都浸在一片月色的清輝裏。晶瑩得沒有一毫塵雜，嫦娥正在淡裝凝立，靜默的境界，連參差的桂影也可以細數出來。露珠兒開始凝結，秋風尚未凜烈，全年內也沒有如此好的天氣。我在露天下坐了很久，常有疏落的螢火蟲飛過，烏鵲也正向南方飛去。玉砌的高臺上十分清冷，闌干卻因久憑而暖和，想走下來，又遲遲不忍離開。

想起和她分別以後，見到此情此景，應該也明白相思之苦了。最傷情的，更漏的聲音顯示已屆深夜，暗暗感到難過的，花樹的影子漸漸又西移了。想想明晚，月兒的光輝絕未減少，但天氣晴陰未定，有誰能夠預料。我們同是真情相愛，但現在一別以後，轉眼又一年多了。只希望身體健康，有一壺清酒，伴著你素樸的影子，永遠地長相廝守。

【賞　析】一首中秋詞，起數句即從月色寫來，琉璃，爛銀盤，皓色，澄輝，由天上而到海上。瑩無塵又承銀盤，是月到天中，開始見丹桂參差之影。一年佳時，正是中秋。疏螢兩句夜已漸深。瑤臺兩句，月未西斜。至下片漏永，花影偷移，是月將西下。明日若陰晴不定，清光隔年再接數句轉折、情致不衰。收句但願強健，與月相隨。興會陡然。胡仔云：〈鴨頭綠〉一詞，殊清婉，但樽俎間歌喉以其篇長憚唱，故湮沒無聞焉。在宋代知者已稀，下里之辭，終成流播。

96 蝶戀花

趙令時

欲減羅衣寒未去，不捲珠簾，人在深深處。紅杏枝頭花幾許？
啼痕止恨清明雨。盡日沉煙香❶一縷，宿酒醒遲❷，惱破春情緒。
飛燕又將歸信誤，小屏風上西江路。

【作　者】令時字德麟，燕王德昭玄孫。生於皇祐三年（一〇五一）。元祐中，簽書潁州公事。坐與蘇軾交通，罰金，入黨籍。後官右朝請大夫，改右監門衛大將軍，營州防禦使，遷洪州觀察使。紹興初，襲封安定郡王，同知行在大宗正事。四年（一一三四）卒，贈開府儀同三司。有《侯鯖錄》、《聊復集》。《聊復集》今不傳，有趙萬里輯本。

【注　釋】❶沉煙香　沉香植物名，瑞香科，木材可作熏香料。又名沉水香。❷宿酒醒遲　隔宿之酒有醉意。醒來已晚。

【語　譯】想卸下外衣，但餘寒未退，不想把窗簾捲起，就讓自己躲到深暗的地方去吧。紅色的杏枝上有多少花朵呢？淚痕點點，只怪被清明細雨催殘盡了。

整日燃起沉水香，一縷縷的煙絲向上升起，昨夜的醉酒遲遲未醒，十分憎厭這春天悶人的天氣。看來燕子又沒有遵守牠的歸期了，細小的屏風上面展視西江的漫漫長路。

【賞　析】德麟之詞善寫情，疏秀可誦。起三句美人楚楚嬌柔，朦朧如畫，天氣尚有微寒，所以羅衣未減。朱簾不捲，人不敢近窗櫳，深深處亦是怯寒，寫來細微。紅杏花開，雨如啼痕。下片寂靜中，若有離恨，燕歸信誤，屏上西江路，由畫屏之路，而懷念遠人，含蓄不吐，幾許衷腸，低徊欲絕。

97

蝶戀花

趙令時

捲絮風頭❶寒欲盡韻，墜粉飄香句，日日紅成陣韻。新酒又添殘酒困韻，今春不減前春恨韻。

蝶去鶯飛無處問韻，隔水高樓句，望斷雙魚❷信韻。惱亂橫波秋一寸❸韻，斜陽只與黃昏近韻。

【注　釋】❶風頭　岑參〈走馬川行奉送出師西征〉詩：「風頭如刀面如割。」❷雙魚　古詩：「客從遠方來，遺我雙鯉魚，呼兒烹鯉魚，中有尺素書。」❸秋一寸　謂目。

【語　譯】當一陣捲有花片的春風吹過，餘寒將盡，清香的粉絮隨風飄舞，每日都落紅遍地。昨夜的酒意未消，今天喝了更增加憂悶，同時今年的煩惱也不比去年少啊！

蝴蝶離開了，黃鶯飛走了，有誰可以了解我這份心意呢？那座高樓只隔著一道河水，但音訊渺茫。眼波中不期然流露出一種惘然的神態，太陽下山的時候，黃昏又來臨了。

【賞　析】起句春氣已暖，捲絮之風，寒氣將盡。墜粉二句，花落春深季節。新酒二句，反覆纏綿，惱恨無已。沈偶僧以為此二句，即山谷所謂好詞，陡健圓轉。下片寫別情，無處可憑鶯蝶問訊，結二句亦奇橫，謂不忍凝望斜陽遠道，而黃昏尤令人不耐，沈天羽謂其滋味沁人毛孔皆透。真是有此感覺。

98 清平樂

趙令畤

春風依舊，著意隋隄柳❶。搓得鵝兒黃❷欲就，天氣清明時候。

去年紫陌青門❸，今宵雨魄雲魂❹。斷送一生憔悴，只消幾箇黃昏？

【注　釋】❶隋隄柳　隋煬帝開通濟渠，沿渠築隄，沿隄植柳。❷鵝兒黃　見前晏殊〈蝶戀花〉頁四〇注❷，金黃、鵝黃都是形容柳色。❸紫陌青門　指遊冶之處。❹雨魄雲魂　人去似雨收雲散。

【語　譯】溫和的春風又吹來了，很細心地輕撫著隋隄的楊柳，變成一片鵝黃的顏色，原來清明時節已經來近。

去年在紫陌青門上的盛會，今夜卻似雨散雲收，無迹無影，斷送憔悴的一生，也只需要幾個難耐的黃昏吧？

【賞　析】從隋隄柳色，而感到又是一年春來。柳花鵝黃，清明天氣，一片江南美景。下片見春物芳菲，而有身世之感。斷送二句亦常語而情實深厚哀怨，斷送是悲切之語，不然不如此說。卓人月云：韋莊云「春雨足，染就一溪新綠」。合作可作一聯，「新雨染成溪水綠，舊風搓得柳條黃。」同是詠春之景，亦湊得好。

99 風流子

張　耒

亭皋❶木葉下，重陽近、又是擣衣❷秋。奈愁入庾腸❸，老侵潘鬢❹，漫簪黃菊，花也應羞。楚天晚、白蘋煙盡處，紅蓼水邊頭。芳草有情，夕陽無語，雁橫南浦❺，人倚西樓。玉容知安否？香箋共錦字，兩處悠悠。空恨碧雲離合，青鳥❻沉浮。向風前懊惱，芳心一點，寸眉兩葉，禁甚閒愁。情到不堪言處，分付東流。

【作　者】耒字文潛，楚州淮陰人。生於至和元年（一〇五四）。第進士。元祐元年（一〇八六），以試太學錄召試，授祕書省正字。仕至起居舍人。以直龍圖閣知潤州。紹聖中，謫監黃州酒稅。徽宗初，召為太常少卿。坐元祐黨，復貶房州別駕，黃州安置。尋得自便，居陳州。政和四年（一一一四）卒，年六十一。有《柯山集》。

【詞　牌】一名〈內家嬌〉。

・〈風流子〉，大石，劉良注《文選》曰：「風，言其風美之聲流于天下，子者男子之通稱也。」又梁范靜妻：「託意風流子，離情肯自私。」（《片玉集注》）

・〈風流子〉見《教坊記》，《花間集》載有孫光憲詞，柳永詞名〈內家嬌〉。（《詞調溯源》）

【詞　律】〈風流子〉，此體雙調，一百十字，前段十二句，四平韻，後段十一句，四平韻。

【注　釋】❶亭皋　《漢書・司馬相如傳》：「亭皋千里。」王先謙云：「亭當訓平，亭皋千里，猶言平皋千里，皋，水旁地，故以平言。」❷擣衣　古人擣衣，兩女子對立執杵擣之。謝惠連有擣衣詩。為縫製寒衣之一步驟。❸庾腸　庾信有〈愁賦〉，此即代愁腸。❹潘鬢　潘岳〈秋興賦〉：「余春秋三十有二，始見二毛。」此即代斑鬢。❺南浦　江淹〈別賦〉：「送君南浦，傷如之何。」❻青鳥　漢武故事：「七月七日，忽有青鳥飛集殿前，東方朔曰：『此西王母欲來。』有頃王母至，三青鳥侍王母旁。」李商隱〈無題〉詩：「青鳥殷勤為探看。」李璟〈花仙子〉詞：「青鳥不傳雲外信。」

【語譯】亭子周圍的樹葉都落下了，重陽節近，秋意襲人，到處都是擣衣的聲音。庾信的肝腸滿是愁緒，潘岳的鬢髮亦已變白，即使插上黃菊，只是使花兒感到羞愧。楚地的黃昏到了，煙霞縹緲中，白蘋花發，水邊的地方，也長滿了紅蓼。芳草雖然飽含情意，夕陽卻沒有說話，雁兒在南方的水際掠過，而我則倚立西樓之上。

未知你現在是否一切平安呢？兩地相思，只靠信箋和錦字聯絡。看到白雲飄忽，青鳥高低飛舞，一點芳心，對著風前特別感到煩惱。兩葉眉毛，都充滿了愁緒，一個人的情感到了無法表達的時候，則只好交付水流東去。

【賞析】此篇寫秋景之詞，上片連翩而下，對偶句極多，愁入一聯，白蘋一聯，芳草一聯，雁橫一聯，如果沒有很好的工力鍛鍊，不敢如此，後二聯況蕙風說景語亦復尋常，惟用在過拍，即頓住卻非常適當。玉容以下，融景入情，筆力不懈，向風前四句，又深情婉媚，芳心又是一聯，收二句語質為美，《四庫提要》云：其詞神姿高秀，與軾實堪肩隨。然終不及東坡。

100 水龍吟

次韻林聖予惜春

晁補之

問春何苦怱怱（句），帶風伴雨如馳驟（韻）。幽葩[1]細萼（句），小園低檻（句），壅培未就。吹盡繁紅，占春長久，不如垂柳。算春長不老，人愁春老，愁只是、人間有。　春恨十常八九，忍輕孤、芳醪❷經口。那知自是，桃花結子，不因春瘦。世上功名，老來風味，春歸時候。最多情猶有，尊前青眼❸，相逢依舊。

【作　者】補之字无咎，濟州鉅野人。生於皇祐五年（一〇五三）。年十七，從父端友宰杭州之新城，著《錢塘七述》，受知蘇軾。元豐二年（一〇七九）舉進士，試開封及禮部別院，皆第一。元祐元年（一〇八六），以試太學正召試，授祕書省正字，擢著作郎。紹聖末，坐黨籍，謫監信州酒稅。大觀四年（一一一〇）知泗州卒，年五十八。有《琴趣外篇》六卷，見汲古閣刊本，又見雙照樓景宋元明本詞本。

【注　釋】❶葩　義引聲類「秦人謂花為葩」。❷醪　酒也。❸青眼　喜悅時正目而視，眼多青處。晉阮籍能為青白眼。

【語　譯】借問春光為甚麼儘匆忙的，帶著一場風雨飛過。幽豔的香葩，弱小的花萼，在小園中，在闌干下，無法培育。繁密的花片都吹落了，比不上那些楊柳能長久地挽住春光。就算春天永不會老去，但人們卻會擔心春天老去，其實這種憂心只是人間才會有的。

傷春的情緒很普遍，我們怎忍心辜負了口中的美酒呢？其實誰知本是桃花老去要栽培一些幼芽，並不因春天而消瘦啊！世間上的功名富貴，對現在老年人的心境來說，都是結束的時候了。幸而尚有一個談得來的尊前良伴，大家見面了，還是跟舊時一樣。

【賞析】无咎為蘇門四士之一，無子瞻之高華，而沈咽過之。張爾田云：「學東坡必自无咎始，再降則為葉石林，此北宋正軌。」此篇〈水龍吟〉惜春之詞，春去匆匆，都因為風雨馳驟不停。小園花剛培就，繁紅又盡，只柳占春最久。算春長三句，亦尋常語，而曲折有味。下片因春恨而須飲。桃花數句，頗有悟道之意，桃花兩句，與世上兩句對比，但總歸是因春去而造成人老。收三句謂青眼尊前猶是多情，也只有飲酒依舊，他都不好。

101

鹽角兒

亳社❶觀梅

晁補之

開時似雪（韻），謝時似雪（疊），花中奇絕（韻）。香非在蕊（句），香非在萼（句），骨中香徹❷（韻）。

占溪風（句），留溪月（韻），堪羞損山桃如血（韻）。直饒更（豆）、疏疏淡淡（句），終有一般情別（韻）。

【詞牌】〈鹽角兒〉，一名〈鹽角兒令〉。

・《碧雞漫志》云：「始教坊家人市鹽，于紙角中，得一曲譜，翻之，遂以為名。今雙調〈鹽角

兒令〉是也。」又此調止晁補之一詞，別無可校。（《詞譜》）

•江修復《嘉祐雜誌》：「梅聖俞說：『始教坊家人市鹽，于紙角中，得一曲譜，翻之，遂以為名。』今雙調〈鹽角兒令〉是也。」歐陽永叔嘗製詞。（《碧雞漫志》）

•樂府有昔昔鹽。（「昔」或作「析」，一云昔昔，隋宮美人名。）傳自戎部，蓋〈疏勒曲〉也，屬羽調。「鹽」與「亂」「引」均通，又與樂府之三婦豔相類，又作「炎」。北宋時，王師南征，製〈黃帝炎曲〉。《容齋筆談》云：「元《怪錄》載：『籧篨三娘工唱〈阿鵲鹽〉，又有〈突厥鹽〉、〈黃帝鹽〉、〈白鴿鹽〉、〈神雀鹽〉、〈疏勒鹽〉、〈照座鹽〉、〈歸國鹽〉。』唐詩：『媚賴吳娘唱是鹽，（施肩吾詩：「嫵眉吳娘笑是鹽」略同。）更奏新聲〈刮骨鹽〉。』然則歌詩謂之鹽者，如吟、行、曲、引之類。」愚按詞有〈鹽角兒〉託始于此，角謂是屬角調也。梅聖俞「紙角包鹽」之說，穿鑿附會，殆不可據。（《詞徵》）

【詞律】〈鹽角兒〉，雙調，五十字，前段六句，三仄韻，一疊韻，後段五句，三仄韻。

【注釋】❶亳社　同殷社，以祀土地之神。殷都於亳，故曰亳社。❷香徹　香透。

【語譯】開的時候像雪片，謝的時候也像雪片，這是花中最具特色的。香氣不是在心蕊的地方，香氣也不是在花萼的地方，而特別深藏於骨中。

占去溪邊的涼風，挽留了溪上的明月。即使山桃鮮紅如血，也比不上梅花。根本就疏疏淡淡的，別有一般韻致。

【賞析】无咎好用疊句，〈水龍吟〉：「春長不老，人愁春老。」此闋尤甚，開時似雪，謝時似雪，只開謝不同而已，雪則一例。下又重疊，香非在蕊，香非在萼，僅蕊萼不同，下句再用香字，不覺重複，亦〈西洲曲〉、〈春江花月夜〉之流亞。過片以下又溪風、溪月，當此之時，梅尤清絕。山桃如血之紅，對之反羞，有寄託語，微妙有味。收二句再寫梅花之丰神疏疏淡淡，意境超逸。

102 憶少年

別歷下❶

晁補之

無窮官柳，無情畫舸❷，無根行客。南山尚相送，只高城人隔。

罨畫❸園林溪紺❹碧，算重來、盡成陳迹。劉郎❺鬢如此，況桃花顏色❻？

【詞牌】〈憶少年〉，一名〈隴首山〉、〈十二時〉、〈桃花曲〉。・萬俟咏詞有「上隴首凝眸天四闊」句，名〈隴首山〉；朱敦儒詞名〈十二時〉；元劉秉忠詞有「恨桃花流水」句，更名〈桃花曲〉。此調以此（晁）詞為正體。（《詞譜》）

【詞律】〈憶少年〉，雙調，四十六字，前段五句，兩仄韻，後段四句，三仄韻。

【注釋】❶歷下　山東歷城縣。❷畫舸　《玉篇》：「南楚江湖凡船大者謂之舸。」舸首尾彩畫，故亦稱畫舸、畫舫。❸罨畫　畫家謂雜彩色之畫為罨畫。❹紺　紅青色。❺劉郎　劉禹錫〈元和十一年自朗州召至京戲贈看花諸君子〉詩：「玄都觀裏桃千樹，盡是劉郎去後栽。」❻桃花顏色　崔護〈題都城南莊〉詩：「人面桃花相映紅。」

【語　譯】大路旁有無盡的柳樹，河上有一隻又將遠行的畫船，而我則有一份永無止境的流浪心情。南山尚且依依惜別，可惜高高的城樓上卻象徵了人天的睽隔。

美麗的園林，紅青色的溪水，想下次到來的時候，都會變成陳影。劉郎的鬢髮已經如此，更何況桃花的顏色呢？

【賞　析】此詞起三句之用無字為句首，說來各盡其情。春日一舸行客，無人相送，只南山聳立而已。下片起首句寫山東歷下風景之美，七字句字字蔥蒨，如此好景，再來何時？不覺自傷老大，對此地春風桃花，也不必戀戀。筆勢到此，突然勒然，亦有似盡不盡之餘情，咀嚼有味。

103

洞仙歌

泗州中秋作

晁補之

青煙冪❶處，碧海飛金鏡❷。永夜閒階臥桂影。露涼時、零亂多少寒螿❸，神京遠，惟有藍橋❹路近。

水晶簾不下，雲母屏❺開，冷浸佳人淡脂粉。待都將、許多明月，付與金尊，投曉共、流霞❻傾盡。更攜取胡牀、上南樓❼，看玉做人間、素秋千頃。

【注釋】❶冪　遮蓋。❷金鏡　古絕句：「破鏡飛上天。」杜甫〈八月十五夜月〉詩：「滿目飛明鏡。」鏡，指月。❸寒螿　寒蟲。❹藍橋　在陝西省藍田縣東南，唐裴航遇雲英處。❺雲母屏　李商隱〈常娥〉詩：「雲母屏風燭影深。」雲母為花崗岩，晶體透明，可以作屏。❻流霞　仙酒名，見《抱朴子》。❼南樓　見前王安石〈千秋歲引〉頁九四注❸。

【語譯】青煙瀰漫的地方，像茫茫碧海中飛出一輪金鏡。長夜的庭階下，灑下丹桂的倩影。白露初涼，散落地傳奏寒蟲的聲響。神仙的洞府距離太遠，只有藍橋的路子還比較接近一些。

我沒有拉下水晶簾幔，只見雲母做的屏風打開了，淒冷地投影出嫦娥的綽約幽姿。希望能將所有的明光，都注入金尊裏，趁著曙天將曉，伴著流霞仙酒一齊狂飲。同時更攜起一張籐椅，登上南樓，看蕩漾在人間的一片碧玉，冷浸出千頃的秋輝。

【賞析】起青煙是傍晚景，碧海句明月出海升空，漸至永夜階前桂影。以下寒夜螿聲，而興神京遠處之情。下片水晶簾，雲母屏，仍是月色所照。故云許多明，所飲傾之，南樓眺望，「玉做人間，素秋千頃。」二句真是琉璃世界，大好光景。黃蓼園謂詞致奇傑，各段俱有新警語，自覺冰魂玉魄，氣象萬千，興乃不淺。无咎卽于此年（大觀四年）卒于泗州，此泗州中秋，已成仙筆。

104 臨江仙

晁沖之

憶昔西池池上飲，年年多少歡娛。別來不寄一行書，尋常相見了，猶道不如初。

安穩錦衾今夜夢，月明好渡江湖。相思休問❶定何如？情知春去後，管得落花無。

【作　者】冲之字叔用，初字用道，晁補之從弟。有才華，舉進士，與陵陽喻汝礪為同門生。少年豪華，自放挾輕肥，游帝京，狎官妓李師師，纏頭以千萬，酒船歌板，賓從雜遝，聲豔一時。紹聖初，黨禍起，群從多在黨中，被謫逐，遂飄然棲遁于具茨之下，號具茨先生。有《具茨集》十卷。又有《晁叔用詞》一卷，今不傳。近人趙萬里輯有《晁叔用詞》一卷。

【注　釋】❶休問　李商隱〈寄令狐郎中〉詩：「休問梁園舊賓客。」

【語　譯】回想起從前西池上宴飲，每年都感到十分暢快。但分別以後連一行的音信都沒有了，即使普通見面，也比不上當初的熱情。

安排好錦衾繡被，希望今夜有一個甜蜜的夢，以便在月明中能夠飛渡江湖。只問思念，不一定理會感情的結果會怎樣？我實在也很明白春天過去以後，還可以管住落花的嗎？

【賞析】起句即有景有情，景與情交融，使人戀戀不已，故第二句云年年多少歡娛，事事都堪追憶。深情語摯，而別後音信已缺，尋常二句，淺語有味，不如初自是常情，無可奈何。下片在無奈中，要安排夜夢，因為今夜月明，好渡江湖。收三句知夢未必成，又作告語，情知二句，亦無可如何管不得也，淡淡寫來，柔情萬種。

105 虞美人

舒亶

芙蓉落盡天涵水❶（仄韻），日暮滄波起（韻）。背飛雙燕貼雲寒（平韻），獨向小樓東畔（豆）、倚闌看（韻）。

浮生只合尊前老（換仄韻），雪滿長安道（韻）。故人早晚上高臺（換平韻），寄我江南春色（豆）、一枝梅❷（韻）。

【作者】亶字信道，號懶堂，明州慈谿人。慶曆二年（一〇四二）生。治平二年（一〇六五）進士，試禮部第一。元豐五年（一〇八二），知制誥。六年（一〇八三），試御史中丞、權直學士院。尋除名、追兩官勒停。徽宗朝，累除龍圖閣待制，崇寧二年（一一〇三）卒，年六十三。近趙萬里輯有《舒學士詞》一卷。

【注釋】❶天涵水　孟浩然〈望洞庭湖贈張丞相〉詩：「八月湖水平，涵虛混太清。」❷寄我江南春色一枝梅《太平御覽》引《荊州記》：「陸凱與范曄相善，自江南寄梅花一枝詣長安與曄，并贈詩曰：『折花逢驛使，寄與隴頭人，江南無所有，聊贈一枝春。』」

【語譯】荷花凋殘，水天一色，傍晚的時候，滄波微湧。有一雙燕子貼著寒雲飛過，而我只孤獨地倚在小樓東邊的闌干上欣賞。

人世浮沈，最好便是伴著芳酒送老，現在霜雪又落滿長安古道上了。假如你早晚登上高臺，最好能摘取一枝沾有江南春色的梅花給我。

【賞析】前闋寫景，景中有人。天涵水，空空蕩蕩的日暮天氣，燕子背飛，景中有興，所以獨向小樓，身世之感亦同燕子相背，寂然倚闌。下片浮生二句，因倚闌望長安，風雪載途，人生何事阻隔，只合尊前相守而老。收三句我憶君，亦望君念我，寄江南梅萼，詞意溫厚。

106

漁家傲

朱服

小雨纖纖風細細，萬家楊柳青煙裏。戀樹❶溼花飛不起，愁無際，和春付與東流水。

九十光陰能有幾？金龜❷解盡留無計。寄語東陽❸沽酒市，拚一醉，而今樂事他年淚。

【作者】服字行中，烏程（今浙江湖州）人。慶曆八年（一〇四八）生。熙寧六年（一〇七三）進士。累官國子司業、起居舍人，以直龍圖閣知潤州，徙泉、婺、寧、盧、壽五州。哲宗朝，歷中書舍人、禮部侍郎。徽宗朝，加集賢殿修撰，知廣州，黜知袁州，再貶蘄州安置，改興國軍卒。

【注釋】❶戀樹　李商隱〈落花〉詩：「眼穿仍欲歸。」❷金龜　唐三品以上官佩金龜。❸東陽　今浙江金華縣。

【語譯】細細的風，微微的雨，家家戶戶的楊柳都籠罩在一片輕煙縹緲中。樹梢上的花兒沾著雨珠，無法飄起，而永無窮盡的煩惱啊！跟著春江浩蕩，奔向莽莽的東方。

九十天的春光能有多長呢？就算是解盡金龜痛飲，也無法把春留住。最好珍惜東陽城賣酒的地方，盡情暢飲，目前短暫的快樂，很容易就是日後的無窮追念了。

【賞析】雨纖風細，青煙楊柳，此作于東陽山，在安徽天長縣西北，盱眙東七十，今有東陽城，萬家是一都會所在。春天花飛因雨溼而飛不起，客愁傷春。下片春光無多，何事分離？收句而今樂事他年淚，朱與東坡游，因而被謫，此詞人以為不愧蘇黨。況蕙風云：白石詞，少年情事老來悲。朱服句：而今樂事他年淚。二語合參合悟，一意化兩之法。周端臣〈木蘭花慢〉：料今朝別後，他時應夢今朝，與而今句同意。古人好句，往往因舊彌新，亦模倣之功。

107 惜分飛

富陽❶僧舍作別語贈妓瓊芳

毛滂

淚溼闌干❷花著露，愁到眉峰碧聚。此恨平分取，更無言語空相覷❸。斷雨殘雲無意緒，寂寞朝朝暮暮。今夜山深處，斷魂分付潮回去。

【作　者】滂字澤民，衢州人。宋治平四年（一〇六七）生，宣和二年（一一二〇）卒。為杭州法曹，元符二年（一〇九九）知武康縣。崇寧初，除刪定官。五年（一一〇六），送吏部與監當。政和中，守嘉禾。有《東堂詞》。見六十家詞刊本及彊村叢書刊本。

【詞　牌】〈惜分飛〉，一名〈惜雙雙〉、〈惜雙雙令〉、〈惜芳菲〉。

•〈惜分飛〉，賀鑄詞名〈惜雙雙〉，劉弇詞名〈惜雙雙令〉，曹冠詞名〈惜芳菲〉。又此詞以毛滂五十字一詞為正體，宋元人俱照此填，其餘添字，皆變體也。（《詞譜》）

【詞　律】〈惜分飛〉，雙調，五十字，前後段各四句，四仄韻。

【注　釋】❶富陽　屬杭州府，今杭州縣南，濱錢塘江西北岸，江流至此，一名富春江。❷闌干　白居易〈長恨歌〉：「玉容寂寞淚闌干。」闌干，眼淚縱橫貌。❸覷　視也。

【語　譯】珠淚縱橫，好像沾著露珠的花枝，無盡的哀傷就攢聚在眉梢上端，這份感情啊！每人都占一半，彼此默然相對，沒有半句話說。斷續的細雨，烏雲密布，日日夜夜都籠罩在一片寂寞當中，心情懶散。尤其今夜山深人靜的時候，孤獨的旅魂早已隨著潮水歸去。

【賞析】毛滂受知於東坡，《詞話》以為以此篇為始，則附會故事以增此詞佳話，此別妓瓊芳作。起句惜別，美人淚面，如花著露，而眉深斂。此恨平分句新奇，平分故下云相對無言。下片斷雨二句，景與情相融，今夜二句，懸思別後，行到山中，分付潮回去亦妙語，言只有潮去來相送依依也。妙語有不盡之情思，迴盪人心。

108 菩薩蠻

陳克

赤闌橋盡香街直（仄韻），籠街細柳嬌無力（韻）。金碧❶上青空（平韻），花晴簾影紅（韻）。

黃衫❷飛白馬（換仄韻），日日青樓❸下（韻）。醉眼不逢人（換平韻），午香吹暗塵（韻）。

【作者】克字子高，臨海人。生於元豐四年（一〇八一）。僑寓金陵。呂祉辟為右承事郎都督府準備差遣。淮西事變後，送吏部與遠小監當。自號赤城居士。紹興七年（一一三七）卒。有《赤城詞》一卷，見彊村叢書刊本，又見趙萬里輯本。

【注釋】❶金碧　指楊柳。❷黃衫　隋、唐時少年華貴之服。《唐書・禮樂志》言明皇嘗以馬百匹施三重榻，舞傾杯數十回，又以樂工少年姿秀者十餘人衣黃衫文玉帶立左右。❸青樓　曹植〈美女篇〉：「青樓臨大路。」〈西洲曲〉：「望郎上青樓。」青樓，漢迄六朝富貴人家所居。

【語　譯】赤闌橋的盡頭，有一條直長的香街，兩旁植有垂柳千絲，都很嬌柔無力似的。金碧輝煌的屋宇直插雲霄，花枝兒在晴光朗照底下，反射到簾幔上，帶上一片紅暈的顏色。

那些穿著黃衣的華貴少年騎在白馬上，日日都飛跑到這些青樓的下邊。喝得昏昏沉醉以後，很難碰到路人，只有午後的香風卻帶著細塵迎面撲來。

【賞　析】昔人稱陳氏之詞，格韻絕高，晏周之亞。豔麗之中，別有寄託。赤闌橋香街，是好地區，而籠街則細柳鬥嬌。簾外花影晴紅，柳蔽青空，上片是一片蒙蔽，所以從來以為此詞必有所刺。下片亦極含蓄，白馬飛馳，醉眼所遇非人。午香暗塵，寄託深遠。陳廷焯以為婉雅合於溫韋之旨。

109

菩薩蠻

陳　克

綠蕪牆繞青苔院（仄韻），中庭日淡芭蕉捲（韻）。蝴蝶上階飛（平韻），烘簾❶自在垂（韻）。

玉鉤雙語燕（仄韻），寶甃❷楊花轉（韻）。幾處簸錢❸聲（換平韻），綠窗春睡輕（韻）。

【注釋】❶烘簾 暖簾、垂簾所以取暖。❷甃 瓦溝。❸簸錢 王建〈宮詞〉云：「暫向玉花階上坐，簸錢贏得兩三籌。」簸錢，古代一種游戲。

【語譯】牆頭爬滿綠色的亂草，而院子裏遍地青苔。庭中月色暗淡，芭蕉葉子也捲了起來。蝴蝶在階前飛舞，炙熱的簾幔很自然地垂下。

簾鉤上有一雙燕子在對話，瓦溝裏有幾瓣楊花飄轉。隱約中傳來幾下簸錢的笑聲，而綠窗中的我卻輕輕地抱著春天睡覺。

【賞析】起二句春庭日午，靜悄之景。蝴蝶兩句，閨中之人午睡，不見蝶飛，簾垂亦不見簾中之人。下片有燕聲起于簾鉤，花飛錢聲，小兒游戲，閒筆有味。最後一句以上皆睡而不知，醒而知之，睡亦不甚酣，故云春睡輕，輕字靈活。周煇以為語盡而意不盡，意盡而情不盡，何酷似少游。都是從晚唐變化來。

110 洞仙歌

李元膺

一年春物，惟梅柳間意味最深，至鶯花爛漫時，則春已衰遲，使人無復新意。余作〈洞仙歌〉，使探春者歌之，無後時之悔。

雪雲散盡，放曉晴庭院。楊柳於人便青眼❶。更風流多處、一點梅心，相映遠，約略顰輕笑淺。

一年春好處，不在濃芳，

小豔疏香❷最嬌軟。到清明時候、百紫千紅，花正亂，已失春風一半。早占取韶光、共追游，但莫管春寒、醉紅自暖。

【作　者】元膺，東平人，南京教官。紹聖間，李孝美作《墨譜法式》，元膺為序，蓋此時人也。趙萬里輯有《李元膺詞》一卷。

【注　釋】❶青眼　見前晁補之〈水龍吟〉頁一七三注❸。❷疏香　指梅花。

【語　譯】風雪停止後，早來庭院一片新晴。楊柳見到人來，也揚起青眼兒迓迎。至於那些梅花，更是嫵媚多了，遠遠地相互輝映，有時又很開心的帶著微微的嗔意和淺笑。

一年中最有春意的地方，並不在濃豔的花枝上，只有清絕幽香的花兒最逗人憐愛。到了清明時節，花兒紅的、紫的，都開得十分燦爛，但快又失去半數的春天了。最好珍惜韶光，早作游賞，千萬不要害怕春寒料峭，能夠在花中醉飲，自然便感溫暖。

【賞　析】起春晴天空了無陰翳，楊柳似乎對人特有青眼，是歡悅自得之情。下四句讚美梅花，風流標格，顰笑宜人。下片所欣賞的仍在梅花，嫌惡濃芳，小豔疏香最嬌軟七字詠梅，豔而不俗。到百紫千紅，春去一半。現在要趁快共韶光游賞，收句自暖二字亦好，是自求多福，懷抱恬適之至。

111 青門飲

時彥

胡馬嘶風，漢旗翻雪，彤❶雲又吐，一竿殘照。古木連空，亂山無數，行盡暮沙衰草。星斗橫幽館，夜無眠、燈花空老。霧濃香鴨❷，冰凝淚燭，霜天難曉。

長記小妝纔老，一杯未盡，離懷多少。醉裏秋波，夢中朝雨，都是醒時煩惱。料有牽情處，忍思量，耳邊曾道：甚時躍馬歸來，認得迎門輕笑。

【作者】彥字邦彥，開封人。元豐二年（一〇七九）進士第一。歷官兵部員外郎、集賢校理、祕閣校理、河東轉運使、吏部尚書。大觀元年（一一〇七）卒。

【詞牌】〈青門飲〉，《詞譜》三體，雙調，正秦觀一體，一百六字，又曹組一體，一百五字，無名氏一體，一百六字。《詞律拾遺》所收秦觀一體，同上。

・〈青門飲〉調見〈淮海調〉，黃裳詞亦名〈青門引〉，然與〈青門引令〉詞不同。上調以此秦詞為正體，黃裳詞正與此同；若曹詞，無名氏詞之減字，皆變體也。（《詞譜》）

【詞律】〈青門飲〉，此體雙調，一百六字，前段十二句，四仄韻，後段十一句，五仄韻。

【注釋】❶彤　紅也。❷香鴨　鴨形薰香鑪。

【語譯】胡馬向著北風鳴叫，漢軍的旗幟在雪中飄動，紅色的雲霞又出現了，一輪斜日快將滑下。古老的大樹直插空際，荒山野嶺連綿不斷，經過的地方，處處都是傍晚的風沙和枯草。晚上無法入睡，但見北斗星掛在清幽的賓館前，燈蕊又快燃盡。薄霧籠罩在香鴨鑪邊，冰花凝結在燒冷的燭淚上，夜空裏瀰漫薄霜，尚未清曉。

永遠忘不了的是她裝扮上才略帶老態，可惜一杯都未飲完，又得帶著無邊的離情別緒了。醉中見到她的目波橫轉，夢中的雲雨難忘，使人醒來後彌增感慨。同時又想到感情的真切處，又怎忍心再回想耳邊曾經呢喃過的纏綿細語：甚麼時候你騎馬回來，我一定含笑的挨在門邊歡迎你。

【賞析】寫離別閨思，前半行客，胡馬三句，北邊晴朗天氣。一竿以下寫日暮，古木亂山，衰草淒迷，星斗已入夜，幽館不眠，長夜難曉。長記以下閨情之憶，小妝離盃，在在猶不能忘，辭夢三句，宛轉生情。收二句耳邊之語，令人驚心動魄，迎門輕笑，美眷如花，正是一夜孤館不眠之思維戀戀。

112　謝池春慢

李之儀

殘寒消盡，疏雨過、清明後。花徑款❶餘紅，風沼縈新皺。

乳燕穿庭戶（句），飛絮沾襟袖（韻）。正佳時（句），仍晚晝（韻），著人滋味（句），真箇濃如酒（韻）。頻移帶眼❷（句），空只恁（豆）、厭厭❸瘦（韻）。不見又思量（句），見了還依舊（韻），為問頻相見（句），何似長相守（韻）。天不老（句），人未偶（韻），且將此恨（句），分付庭前柳（韻）。

【作　者】之儀字端叔，自號姑溪居士。之純從弟，滄州無棣人。登進士。蘇軾帥中山，辟掌機宜文字。後為樞密院編修官、通判原州。元符中，監內香藥庫。徽宗朝，提舉河東常平。坐草范純仁遺表，編管太平州。政和三年（一一一三），除名勒停。政和七年（一一一七）終朝請大夫。年八十餘。有《姑溪詞》，見六十家詞刊本。

【詞　牌】〈謝池春慢〉，《詞律》僅李之儀一調，雙調，九十字。《詞譜》則收張先一詞，亦九十字。

【詞　律】〈謝池春慢〉，雙調，九十字，前後段各十句，五仄韻。

此調前後段第三四五六句，並作五言對偶，當是體例，填者辨之。

【注　釋】❶款　留也。❷帶眼　沈約〈與徐勉書〉：「百日數旬，革帶常應移孔。」見《南史・列傳第四十七》。❸厭厭　韓偓〈春盡日〉詩：「把酒送春惆悵在，年年三月病懨懨。」厭、懨同，病態也。

【語譯】餘寒都退盡了，清明才過，偶然飄來幾陣細雨。小徑上落紅片片，池水迎風，也吹起幾絲漣漪。小燕子穿過庭院，衣袖上沾有些許細絮。現在早晚天氣都十分適意，甚至使人沈醉，真是比酒還要濃冽。

近來身體愈感消瘦了，衣帶上的孔口時常內移，不見時常常想念，見面後又還是跟平時一樣。與其時常見面，倒不如一起長相廝守。天不會老，我們又未能成為配偶，暫且將這份感情，付與庭前的楊柳好了。

【賞析】之儀詞以短調為美，此闋春景，雨過清明，花徑四句，正是佳時，四句之中，有景有情，故云此滋味，濃如酒。下片敘別後思念，「不見又思量，見了還依舊。」二句寫情微妙，真盡在不言之中。為問二句，珍重相守，比相見更為重要。收四句，不偶而恨又依依，餘意尚是一片深情。

113 卜算子

李之儀

我住長江頭（句），君住長江尾（韻）；日日思君不見君（句），共飲長江水（韻）。

此水幾時休（句）？此恨何時已（韻）？只願君心似我心（句），定不負（豆）、相思意（韻）。

【詞律】〈卜算子〉，此體雙調，四十五字，前後段各四句，兩仄韻。

李之儀此詞，後段結句比蘇（軾）詞添一字，作折腰句法。

【語譯】我住在長江的上游，你住在長江的下游，我每天都思念著你，可惜卻見不到，只有大家同是飲用長江的水流罷了。

這條江水甚麼時候才能休歇呢？這種悲哀又甚麼時候才能停止，只希望你的心跟我一樣，一定不會辜負這份相思的感情了。

【賞析】此南朝小樂府詩之遺音，唐人崔顥亦有之，而此篇修詞，也是重在重疊，首二句我與君，頭與尾之不同，日日相思，思而不見，共飲長江水一句和婉而怨。共飲長江水，一似東坡：千里共嬋娟。下片承上，此水不休，此恨不已，後二句又繾綣情深，君心如我心，俊語清峭，大體和少游同一風調。

114

瑞龍吟

周邦彥

章臺❶路，還見褪粉梅梢，試花❷桃樹。愔愔❸坊陌人家，定巢燕子，歸來舊處。

黯凝竚，因念箇人❹癡小，乍窺門戶。

侵晨淺約宮黃⑤，障風映袖⑥，盈盈笑語。前度劉郎重到⑦，訪鄰尋里，同時歌舞，惟有舊家秋娘⑧，聲價如故。吟箋賦筆，猶記燕臺句⑨。知誰伴、名園露飲⑩，東城閒步？事與孤鴻去⑪，探春盡是，傷離意緒。官柳低金縷⑫，歸騎晚，纖纖池塘飛雨。斷腸院落，一簾風絮。

【作者】邦彥字美成，錢塘（今杭州）人。生於嘉祐元年（一〇五六）。元豐中，獻〈汴都賦〉，召為太學正。徽宗朝，仕至徽猷閣待制，提舉大晟府。出知順昌府，徙知處州。秩滿，以待制提舉洞霄宮。晚居明州。宣和三年（一一二一）卒，年六十六。自號清真居士。有《片玉詞》二卷，《補遺》一卷，見六十家詞刊本。又有西泠詞萃本，又《清真詞》二卷、《附集外詞》一卷，有四印齋所刻本。又《詳註片玉集》十卷，有涉園景宋金元明本詞續刊本及彊村叢書本。又大鶴山人有清真詞校本。

【詞牌】〈瑞龍吟〉，一名〈章臺路〉。

・此調以〈清真章臺路〉一曲為鼻祖，向讀千里和詞，愛其用字相符。今此蛻巖詞亦賀周韻者，平仄亦復字字相合，信知樂府之調板如鐵，古賢之心細如髮也。《花菴》云：「前兩段屬正平調，調之雙曳頭，後屬大石尾十七字，再歸正平，故近刻周詞，皆分三段。」愚謂既以尾為再歸正平，則該分四叠，而清真及此詞應在「綺」字再分一段矣。若《夢窗》甲稿二首，猶刻作兩段，誤也。（《詞律》）

・按雙曳頭體後止一段，若如萬氏說作四叠，則不能有雙曳頭之名，蓋雙者別于後之一段也。（《詞律校刊》）

・〈瑞龍吟〉三叠，一百三十二字，前二段屬正平調，所謂雙曳頭也。又一體一百三十三字，一名〈章臺路〉。按此調或分三叠，或分四叠，各本互異，今從三叠。（《歷代詩餘》）

・〈瑞龍吟〉，大石。揮犀云：「盧藏用夜聞龍吟，聽其聲清越，乃真瑞龍吟也。」（《片玉集注》）

【詞律】〈瑞龍吟〉，三段，一百三十三字，前兩段各六句，三仄韻，後一段，十七句，九仄韻。

・此詞後段第十一句，探春盡是，探字有平仄兩音，宋元諸家，此處俱用仄聲字填，不可誤作平聲。（《詞譜》）

【注釋】❶章臺　見前歐陽修〈蝶戀花〉頁五〇注❸。❷試花　初花。❸愔愔　安靜貌。❹箇人　伊人。❺宮黃　南朝梁簡文帝〈美女篇〉詩：「約黃能效月。」張泌〈浣溪沙〉詞：「依約殘眉理舊黃。」宮黃，乃宮人用以塗眉之黃粉。❻障風映袖　李商隱〈柳枝〉詩序：「柳枝丫鬟畢妝，抱立扇下，風鄣一袖。」❼前度劉郎重到　唐劉禹錫自朗州召回，重過玄都觀，見兔葵燕麥，動搖於春風，因題詩道：「種桃道士歸何處，前度劉郎今獨來。」❽秋娘　唐金陵歌妓，杜牧有〈杜秋娘詩〉。❾燕臺句　李商隱〈梓州罷吟寄同舍〉詩：「長吟遠下燕臺去，惟有花香染未銷。」❿露飲　露頂飲酒。陳元龍注引《筆談》石曼卿露頂而飲。即露天而飲，席地而坐之意。⓫事與孤鴻去　杜牧〈題安州浮雲寺樓寄湖州張郎中〉詩：「恨如春草多，事與孤鴻去。」⓬金縷形容柳條如金線。

【語　譯】章臺路上，仍然見到剛行脫落的梅枝花蕊，而桃樹則醞釀著開花了，街巷上的人家十分寂靜。結巢的燕子，也要飛回舊時的老屋去了。

我靜靜地凝立，因而想起她嬌小的身材，突然從門戶間窺視出來。早晨時，淺淺地敷上塗眉的黃粉，衣袖臨風掩映，隱約地傳來盈盈的笑聲。

上次的劉郎回來了，於是訪鄰問里，要探尋她的消息。當時一齊載歌載舞的，只有舊日的杜秋娘，聲價仍跟以前一樣。提起彩箋賦詩，很自然地會記起燕臺的舊句。在這著名的園子裏露天飲宴，或者在東城散步。不知道還有誰可以作伴呢？一切都跟隨孤雁飛去了，我想挽留春天，但結果卻使人失望得很。官路上的楊柳像金線低垂。在這傍晚時，我騎著馬兒回來，池塘上正灑落了絲絲細雨，從簾幔外望，有些柳絮在風中飄舞，院子裏渾一片淒涼的氣氛。

【賞　析】此一首追憶之詞，即唐人桃花人面。起點明地處，重經舊地，景物依稀，故以還見二字引下箇人癡小，宮黃障袖，盈盈笑語，其人活潑不知今何在了，所以上面用因念，與還見二字勾連，真是令人難以忘懷。劉郎重到，點懷舊之人，已入主體，而于還見，因念之後突現，卻又紆徐感歎到秋娘聲價如故，而箇人不見，又不明說，吟箋賦筆，露飲閒步，往事又復湧現，倍增今日寂寞傷離之情，事與孤鴻去，將以上之情總結，探春以下便是今日尋春探望戀戀難捨的傷離情緒，歸騎遲遲不忍即去，而楊柳風絮，纖纖雨灑在池塘院落邊，益發念箇人不置，餘音嫋嫋，如有未盡，詞筆轉換曲折情深，真大手筆。

115 風流子

周邦彥

新綠小池塘，風簾動、碎影舞斜陽。羨金屋❶去來，舊時巢燕；土花❷繚繞，前度莓牆❸。繡閣裏、鳳幃深幾許？聽得理絲簧❹。欲說又休，慮乖芳信；未歌先噎，愁近清觴❺。遙知新妝了，開朱戶、應自待月西廂❻。最苦夢魂，今宵不到伊行。問甚時說與，佳音密耗，寄將秦鏡❼，偷換韓香❽？天便教人，霎時廝見何妨！

【詞牌】周美成為江寧府溧水令，主簿之室有色而慧，美成每款洽于尊席之間，世傳〈風流子〉詞，蓋所寓意焉。新綠，待月皆簿廳亭軒之名也。（《揮麈餘話》）

【注釋】❶金屋　用漢武帝陳皇后金屋藏嬌故事。❷土花　李賀〈金銅仙人辭漢歌〉詩：「三十六宮土花碧。」王建〈宮詞〉詩：「水中芹葉土中花。」土花，即土中之花。❸莓牆　滿生青苔之牆。❹絲簧　管弦樂器。❺清

觴　潔淨酒盃。❻待月西廂　鶯鶯與張生詩：「待月西廂下，迎風戶半開。」見〈會真記〉。❼秦鏡　漢秦嘉妻徐淑贈秦嘉明鏡，秦嘉賦詩答謝。樂府：「盤龍明鏡餉秦嘉。」❽韓香　晉賈充女賈午愛韓壽，贈香與壽，賈充聞壽身有香，知午所贈，因以午與壽，見《晉書》。

【語　譯】小池塘上開始綻出綠意來了，簾子被風吹起，投入斜陽細碎的光影。舊時結巢的燕子，很欣羨這座大屋，故去了又來，現在土中周圍卻長出花兒，牆壁上又長滿青苔。在她美麗的閨房內，層層的簾幔，究竟有多深呢？不時傳來弦琴聲聲。我欲言又止，怕對她失信了，故尚未唱歌便首先嗚咽起來，愁懷黯黯，只好借酒澆愁啊！

我遠遠地已知道她裝扮整齊，打開漆紅的大門，應該已到西廂待月去了。最可惜今晚連夢兒也不能到得她的旁邊。不知道甚麼時候，可以告訴她一個祕密的好消息，把徐淑的明鏡寄去，偷偷地轉換了賈午送給韓壽的贈香，假如上天有意撮合，便使我們相見一會兒又怎樣！

【賞　析】愛戀之詞，期待情苦。黃蓼園云：「因見舊燕度莓牆而巢於金屋，乃思自身已在鳳幃之外，而聽別人理絲簧，未免悲咽。」前半情若可通，遙知以下想像隔閡，所以希望有夢，而夢又不到，佳音渺渺，最後只望霎時廝見，而天又何苦慳人，真是愈樸愈厚，愈厚愈雅，不可作一般淫鄙之詞讀過。

116　蘭陵王

周邦彥

柳陰直，煙裏絲絲弄碧。隋隄❶上，曾見幾番，拂水飄綿送行色❷。登臨望故國，誰識？京華❸倦客。長亭路，年去歲來，應折柔條過千尺❹。

閒尋舊蹤迹，又酒趁哀絃，燈照離席，梨花榆火❺催寒食。愁一箭風快，半篙波暖，回頭迢遞❻便數驛❼，望人在天北。

悽惻，恨堆積。漸別浦縈回，津堠❽岑寂，斜陽冉冉春無極。念月榭攜手，露橋聞笛，沉思前事，似夢裏，淚暗滴。

【詞牌】〈蘭陵王〉，一名〈高冠軍〉、〈大犯〉。

・按《隋唐嘉話》：「齊文襄長子長恭，封蘭陵王，與周師戰，勇冠三軍，武士共歌謠之，曰〈蘭陵王入陣曲〉。」此調名所始也。（《詞律校刊》）

・〈蘭陵王〉，唐教坊曲名，《碧雞漫志》：「《北齊史》及《隋唐嘉話》稱：『齊文襄之長子長恭，封蘭陵王，與周師戰，嘗著假面對敵，擊周師金墉城下，勇冠三軍，武士共歌謠之，曰〈蘭陵王入陣曲〉。』今越調〈蘭陵王〉凡三段，二十四拍，或曰遺聲也。此曲聲犯正宮，管色用大凡字，大一字，勾字，故一名〈大犯〉。」此調始于此（秦）詞，應以此詞為定格；但後段結句作七字句，宋人無如此填者，故以周詞作譜，乃采此詞，以溯其源。此調以周詞為正體，宋、元人俱如此填；若辛詞劉詞之添韻，陳詞之句讀小異，皆變格也。（《詞譜》）

・〈蘭陵王〉三疊一百三十字。蘭陵王者北齊高長公封號，取以名調，以其禦敵先登，周、齊之間，多用為樂曲也。亦名〈高冠軍〉。（《歷代詩餘》）

・北齊蘭陵王長恭性膽勇，然貌類婦人，自嫌不足以威敵，乃刻木為假面著之。唐教坊因為此戲，亦入歌曲也。或云：「即王軍士為此歌。」案《碧湖雜記》云：「長恭亦名孝瓘，邙山之戰，長恭率五百騎再入周軍，遂至金鏞城下，被圍甚急，城上人弗識，長恭免冑示之面，乃下弩手救之，於是大捷，武士因歌謠，為〈蘭陵王入陣曲〉，是也。」（《填詞名解》）

・〈蘭陵王〉，越調。《紺珠集》：「北齊蘭陵長恭白皙而美風姿，乃著假面對敵，數立功，齊人作舞效之，曰代面舞。」（《片玉集注》）

・蘭陵王入陣，必先歌其勇也。（《遠志齋詞衷》）

・按北齊時，龜茲樂雖然已入中國，尚未盛行，這曲用越調犯正宮，已是後來的譜法，大約歷唐到宋，早非北齊舊聲。周邦彥詞入無射商，俗呼越調。（《詞調溯源》）

【詞律】〈蘭陵王〉，三段，一百三十字，前段十一句，七仄韻，中段八句，五仄韻，後段十句，六仄韻。

此調以此詞為正體，宋元人俱如此填，若辛詞劉詞之添韻，陳詞之句讀小異，皆變格也。

【注　釋】❶隋隄　煬帝開通濟渠，沿渠築隄，世稱隋隄。又《開河記》：「詔民間有柳一株賞一縑，百姓爭獻之。又令親種，帝自種一株，群臣次第種，栽畢，帝御筆寫賜垂楊柳姓楊，曰楊柳也。」❷拂水飄緜送行色　李益〈行舟〉詩：「柳花飛入正行舟。」❸京華　杜甫〈夢李白〉詩：「冠蓋滿京華，斯人獨憔悴。」❹應折柔條過千尺　唐人于灞橋邊折柳枝送行人。如劉禹錫〈雜曲歌辭〉詩：「長安陌上無窮樹，唯有垂楊管別離。」戎昱〈移家別湖上亭〉詩：「柳條藤蔓繫離情。」戎昱〈途中寄李二〉：「楊柳煙含灞岸春，年年攀折為行人。」❺榆火　清明取榆柳之火賜近臣，順陽氣；見《唐會要》。又《雲笈七籤》：「清明一日取榆柳作薪煮食名曰換薪火，以取一年之利。」❻迢遞　遠貌。❼數驛　杜甫〈喜觀即到復題短篇〉詩：「風帆數驛亭。」❽津堠　水邊土堡。

【語　譯】柳條清陰直垂，在煙光中，絲絲都染成綠油的顏色。隋朝的隄岸上，曾經見過多次的掠水輕拂，充滿離情別緒。我登高遙望京華，有誰能認識我這個厭倦都市生涯的流浪人呢？長亭路上，每年的來來去去，折取的柳枝起碼也有千尺以上。

有空的時候，回味一番舊日的行迹，不久宴飲中又奏出哀傷的琴音，於是忍不住的要在彩燈高懸下離席去了。梨花和榆火都象徵著寒食節近。最難過的是風太猛了，送著暖和的滄波，轉眼便又經過幾個渡頭，而我懷念的人兒啊已隔北方。

多可悲啊！煩惱堆在一起。我在水畔徘徊，土堡上一片靜寂，斜陽將盡，春天卻未有終極。想起月下攜著她的手兒，露橋上一起欣賞笛子，靜靜地回憶往事，好像在夢中一般，而眼淚也暗中流了下來。

【賞　析】此從柳色依依引起別情，著送行色三字黯黯生愁。登臨倦客寫到自身，為一篇之主。以下忽情忽景，煙靄蒼茫，客中送客，更增淒迷。梨花斜陽二句，都在點明時序，行者不能留，愁一箭風快，是別時感想，而引起別後深思，一片岑寂。情與景交織，使人讀之低徊不能已，而前事之擕手笛臺，都如夢寐矣。陳廷焯云：「隋隄三句，暗伏倦客之根，是其法密處。下接長亭三句，久客淹留之感，和盤托出。他手至此，以下便直抒憤懣矣，美成則不然，閒尋舊蹤迹二疊，無一語不吞吐，只就眼前景物，約略點綴，更不寫淹留之故，卻無處非淹留之苦。收筆遙遙挽合，便自咽住，其味正自無窮。」詞筆曲折，詞心悲苦。

117 瑣窗寒

周邦彥

暗柳啼鴉，單衣竚立，小簾朱戶。桐花半畝，靜鎖一庭愁雨。灑空階、夜闌未休，故人翦燭西窗語❶。似楚江暝宿，風燈零亂❷，少年羈旅。

遲暮，嬉游處。正店舍無煙，禁城百五❸。旗亭❹喚酒，付與高陽儔侶❺。想東園、桃李自春，小脣秀靨❻今在否？到歸時、定有殘英，待客擕尊俎❼。

【詞牌】〈瑣窗寒〉，一名〈鎖寒窗〉。

・〈瑣窗寒〉一名〈鎖寒窗〉，調見《片玉集》，蓋寒食詞也。因詞有「靜鎖一庭愁雨」，及「故人翦燭西窗語」句，取以為名。此調以此（周）詞為正體。（《詞譜》）

・〈瑣窗寒〉，越調，《文選・鮑照詩》：「玉鉤隔瑣窗。」（《片玉集注》）

・鎖本作瑣，凡窗櫺之鏤花紋者，均稱瑣窗，鮑照詩：「玉鉤隔瑣窗」，獨孤及詩：「中庭桃李映瑣窗。」至杜牧〈詠村舍燕詩〉：「漢宮一百四十五，多下鎖簾閉鎖窗」，始作鎖，本調因之，取名〈瑣窗寒〉。於是誤解「鎖」字為關鎖之義者，以元稹詩有「暗風吹雨入寒窗」句，因倒作〈鎖寒窗〉，如《汲古閣夢窗甲集》元蕭允之詞俱是，顧查南曲南呂調，無作〈鎖寒窗〉者，可知其誤。（《白香詞譜題考》）

【詞律】〈瑣窗寒〉，雙調，九十九字，前段十句，四仄韻，後段十句，六仄韻。

此詞前結五字一句，四字兩句，方千里，楊澤民、陳允平和詞，及吳文英、王沂孫、錢抱素詞，皆依此填。

【注釋】❶翦燭西窗語　李商隱〈夜雨寄北〉詩：「何當共翦西窗燭，卻話巴山夜雨時。」❷風燈零亂　杜甫〈船下夔州郭宿雨溼不得上岸別王十二判官〉詩：「風起春燈亂。」❸正店舍無煙二句　元稹〈連昌宮詞〉詩：「初過寒食一百六，店舍無煙宮樹綠。」《荊楚歲時記》說，去冬節一百五日，有疾風甚雨，謂之「寒食」。❹旗亭　長安市樓立旗為貰酒處，猶今之酒樓。見《集異記》。❺高陽儔侶　漢酈食其以儒冠見沛公劉邦，劉邦以其為儒生，不見，食其按劍大呼，我非儒生，乃高陽酒徒也。劉邦因見之。見《史記》。❻小脣秀靨　李賀〈蘭香神女廟〉詩：「濃眉籠小脣」，又〈惱公〉「曉奩妝秀靨」。❼攜尊俎　《禮樂記》：「鋪筵席，陳尊俎。」尊俎，盛載酒食之具，以便郊遊。

【語譯】陰暗的柳枝中藏有悲鳴的烏鴉，我穿起一件單衣靜立，紅色的門牆垂下一道簾子。半畝白桐花盛開，細雨靜靜地籠鎖中庭，灑向庭階上，夜深尚未停歇，好像與故人在西窗下剪燭低語。又似夜宿在南方的水邊，風燈閃曳不定，照著我這個年輕的流浪人。

對著所有遊耍的玩意兒，一切都顯得老了。現在是寒食節的時候，因為俗例嚴禁，客店也沒有炊煙升起。我在市樓上沽酒，要送給高陽酒徒。想起東園裏，桃花李花在春風中自由開放，她美麗的容貌是否仍然存在？到我回來時，一定有些落花，還等待我攜酒去相尋。

【賞析】詞寫久客思歸之情，從戶外寫到庭院夜雨宵深，又由少年羈旅，而感歎年華遲暮，節近清明，飲酒思念閨人，纍纍如貫珠，文情相生。陳洵云：「由戶而庭，由昏而夜，一步一境，總趨歸故人翦燭一句。（按此故人翦燭，乃指閨人，非泛稱朋友。）楚江二句，又換一境。一似字極幻，遲暮鉤轉，渾化無迹。以下設景，設情，層層脫換，皆收入西窗語三字中，美成藏此金針，不輕與人。」西窗語不僅話桐庭夜雨，又兼店舍無煙，旗亭喚酒，小園桃李，小脣秀靨等等。詞筆迴環，頓成奇絕。

118 六醜

薔薇謝後作

周邦彥

正單衣試酒，悵客裏、光陰虛擲。願春暫留，春歸如過翼❶，一去無迹。為問家何在？夜來風雨，葬楚宮傾國❷。釵鈿墮處遺香澤❸，亂點桃蹊，輕翻柳陌。多情為誰追惜？但蜂媒蝶使，時叩窗槅。

東園岑寂，漸蒙籠暗碧❹，靜繞珍叢❺底，成歎息。長條故惹行客，似牽衣待話，別情無極。殘英小、強簪巾幘❻，終不似、一朵釵頭顫嫋，向人攲側。漂流處、莫趁潮汐，恐斷紅❼、尚有相思字，何由見得？

【詞牌】〈六醜〉，一名〈箇儂〉。

・〈六醜〉，明楊慎易名〈箇儂〉，或分為兩調者非也。（《歷代詩餘》）

・隋煬帝嘲宮婢羅羅詩：「箇儂無賴是橫波。」帝自達廣陵宮中，多效吳音，故稱〈箇儂〉。（《填詞名解》）

・上問六醜之義，教坊使袁綯進曰：「起居舍人，新知潞州周邦彥作也。」召而訓之。對曰：「此犯六調，皆聲之美者；然絕難歌。昔高陽氏有子六人，才而醜，故以此比之。」（《浩然齋雅談》）

・〈六醜〉，中呂。《晉志》云：「漢儀，后覩蠶桑，著十二笄步搖，衣青，乘神蓋雲母安車，駕

六醜馬，注曰：『醜類。』」（《片玉集注》）

【詞律】〈六醜〉，雙調，一百四十字，前段十四句，八仄韻，後段十三句，九仄韻。

比調以此詞為正體，方千里、楊澤民、陳允平俱有和詞。

【注釋】❶過翼　飛鳥。❷楚宮傾國　喻落花。❸釵鈿墮處遺香澤　釵鈿是美人髮飾，鈿形如花，用以比擬落花。釵鈿會帶來女子髮香，此又以喻落花的香氣。❹蒙籠暗碧　指綠葉。❺珍叢　指花叢。❻巾幘　布帽。❼斷紅　唐盧渥應舉，偶到御溝，見紅葉上題詩云：「流水何太急，深宮竟日閑。殷勤謝紅葉，好去到人間。」事見《雲溪友議》。

【語譯】正在穿起薄衣飲宴，最難過的是流浪的生涯中，好像將光陰隨便拋棄。希望春天能夠暫作留駐，但春去卻如飛鳥一樣，沒有留下任何蹤迹。想問問家在那方？深宵一場風雨，竟把這楚宮內的美人埋葬掉了。金釵銀珥跌落的地方都會留下幽香的氣味。花片隨便地散置在桃花江上，或是在柳陰間輕輕飄舞，感情豐富得很，究竟為了甚麼人的一聲惋惜呢！只有不斷飛來作媒的蜂蝶，時常的敲叩窗槅。

東園中一片沈寂，漸漸地綠陰蒙籠，靜繞在花叢的周圍，成為一種感歎。柳絲故意的牽惹行人，好像牽著衣袖，要跟人說話，離別的愁懷終無止盡。這一片殘花細小得很，勉強地插在頭髮上，始終都比不上一枝金釵，倚在身旁，輕輕顫抖。現在隨著江流飄送，千萬不要碰到潮漲潮退，因為恐怕紅葉上題有腸斷的詩句，又何必要去自尋煩惱呢？

【賞析】客裏光陰虛擲，是作者一片詞心。時光不待，故云願春暫留，而春如過翼，一去無迹，三句千回百折。家何在與客光虛擲勾連，一句頓止，含蓄不盡。以下惜花，徘徊珍叢，而花亦戀人，牽衣待話，顫嫋敧側，如不能已。又復傷感萬片飛紅，都隨流水，即有相思字，亦不能見了。落花即詞人自身寄託，意境落寞。黃蓼園云：「比興無端，指（意）與物化，奇情四溢，不可方物，人巧極而天工生矣！結處意致尤纏綿無已。」陳廷焯云：「滿紙是羈愁拂鬱，且有許多不敢說處，言中有物，吞吐盡致。」應與東坡〈楊花詞〉，異曲同工。

119 夜飛鵲

別情

周邦彥

河橋送人處❶，涼夜何其。斜月遠、墜餘輝，銅盤燭淚已流盡，霏霏涼露沾衣。相將散離會，探風前津鼓，樹杪參旗❷。花驄會意，縱揚鞭、亦自行遲。

迢遞路回清野，人語漸無聞，空帶愁歸。何意重經前地，遺鈿不見，斜徑都迷。兔葵燕麥，向斜陽、欲與人齊。但徘徊班草❸、欷歔❹酹酒，極望天西。

【詞牌】〈夜飛鵲〉，一名〈夜飛鵲慢〉。

•〈夜飛鵲〉，采曹孟德「月明星稀，烏鵲南飛」語。一作〈夜飛鵲慢〉，道調曲也。（《填詞名解》）

【詞　律】〈夜飛鵲慢〉，雙調，一百六字，前段十句，五韻，後段十句，四平韻。

此調以此詞為正體，盧祖皋、吳文英、陳允平、張炎詞，俱如此填。

【注　釋】❶河橋送人處　李陵詩：「攜手上河梁，游子暮何之。」❷參旗　參，星名。參旗，旗上畫有星辰。❸班草　布草而坐。❹欷歔　揚雄〈方言〉：「哀而不泣曰欷歔。」

【語　譯】河橋相送的地方，晚上又是多麼涼快，斜月遠垂，灑下一片銀輝，銅盤上的燭光已經燃盡，微寒的涼露不斷地襲人肌膚。大家要彼此分手了，清風吹來渡頭上的鼓響，樹梢上飄揚著畫有星辰的旗幟。馬兒也能明白我的心意，即使揚鞭抽打，牠亦會慢慢地前行的。

轉折間來到郊野荒原間，人聲漸漸地聽不到了，徒然帶著一腔愁緒歸來。我為甚麼要故地重遊呢？失落的金飾再找不到，彎曲的小徑亦無法辨認。只有葵藿和燕麥，在斜陽映耀下差不多跟人一樣的高。我徘徊草地間，選一個位子席地而坐，很感慨地飲著悶酒，然後仰頭向著天西眺遠。

【賞　析】此與〈瑞龍吟〉一闋同為別後追憶之詞，起亦點明送別之地，津鼓參旗，風景清峭，歸途馬鳴蕭蕭，而換作花驄行遲，離情尤為繾綣。回路帶愁，人語無聞。重經勾前送人處，以下情景交融，兔葵燕麥二句，梁任公以為與柳屯田之曉風殘月，可稱送別詞中雙絕，皆鎔情入景。周濟云：「班草是散會處，酹酒是送人處，二處皆前地也，雙起故須雙結。」全詞詞語淒清，真令人有馬嵬坡下，不忍憑弔，不忍重來之感，筆觸一何沉痛如斯。詞牌取〈夜飛鵲〉，亦有繞樹無依之意。

120

滿庭芳

夏日溧水無想山作

周邦彥

風老鶯雛，雨肥梅子❶，午陰嘉樹清圓。地卑山近，衣潤費鑪煙❷。人靜烏鳶自樂❸，小橋外、新綠濺濺❹。憑闌久，黃蘆苦竹，擬泛九江船❺。

年年，如社燕❻，飄流瀚海❼，來寄修椽❽。且莫思身外❾，長近尊前。憔悴江南倦客，不堪聽、急管繁絃。歌筵畔，先安枕簟❿，容我醉時眠。

【注釋】❶雨肥梅子　杜甫〈陪鄭廣文遊何將軍山林〉詩：「紅綻雨肥梅。」❷衣潤費鑪煙　指黃梅天氣陰溼，衣服要熏煙。❸人靜烏鳶自樂　杜甫詩：「人靜烏鳶樂。」❹新綠濺濺　水色和水流的聲音。❺擬泛九江船　白居易〈琵琶行〉：「住近湓江地低溼，黃蘆苦竹繞宅生。」擬，比似之意。❻社燕　燕春社來，秋社去，故稱社燕。❼瀚海　今蒙古大沙漠，古稱瀚海，又作翰海。《名義考》：「以飛沙若浪，人馬相失若沈，視猶海然，非真有水之海也。」❽修椽　高大屋簷。❾莫思身外　杜甫〈絕句漫興〉詩：「莫思身外無窮事。」❿簟　席也。

【語　譯】春風將盡，鶯兒幼小，梅子滋潤於雨水中。午後，大樹浸在一片清涼的樹陰下。地點荒僻，周圍山勢逼人，因為衣服被沾溼了，故要拿到罏子上烘乾。一切都很寧靜，鳥兒也感到適意。在小橋的外邊，草色綠人眼簾。我鎮日的倚在闌干畔，看見遍地的黃蘆和苦竹，想要坐船往九江去。

每年都好像燕子從蒙古大沙漠飛來，結巢在高大的屋樑上。最好不要再憂慮其他瑣屑，時常攜著酒壺。我是一個流落江南的人，形容枯槁，不能聽賞那些急節奏的樂曲。只希望筵席間安排好一個床位，使我大醉以後，可以睡覺。

【賞　析】此客宦無聊，而思自安頓之作。起初夏之景，午陰嘉樹，有陶公繞屋扶疏，吾愛吾廬之境。地卑衣潤是溧水生計，又復黃蘆苦竹，我正思去，而年年為客奈何？且莫思以下開拓情懷，陳廷焯云：「烏鳶雖樂，社燕自苦；九江之船，卒未嘗泛。此中有多少說不出處，或是依人之苦，或有患失之心，但說得雖哀怨卻不激烈，沈鬱頓挫中別饒蘊藉。」頹喪中自作靜穆，如此心胸，大似東坡。

121

過秦樓

周邦彥

水浴清蟾❶（句），葉喧❷涼吹（句），巷陌馬聲初斷（韻）。閒依露井❸（句），笑撲流螢❹，惹破畫羅輕扇。人靜夜久憑闌，愁不歸眠，立殘更箭❺。歎年華一瞬，人今千里，夢沉❻書遠。空見說、鬢怯瓊梳，容消金鏡，漸懶趁時勻染❼。梅風地溽，虹雨苔滋，一架舞紅❽都變。誰信無聊，為伊才減江淹❾，情傷荀倩❿。但明河影下，還看稀星數點。

【詞牌】〈過秦樓〉，一名〈選官子〉、〈轉調選冠子〉、〈選冠子〉、〈蘇武慢〉、〈惜餘春〉、〈惜餘春慢〉。

【詞律】〈選冠子〉，雙調，一百十一字，前段十二句，四仄韻，後段十一句，四仄韻。

【注釋】❶清蟾　明月。❷喧　風吹樹葉的瑟瑟聲。❸露井　王昌齡〈春宮曲〉詩：「昨夜風開露井桃。」❹笑撲流螢　杜牧〈秋夕〉詩：「輕羅小扇撲流螢。」❺更箭　《周禮》云：挈壺氏漏水法，更箭以漆桐為之。古代以銅壺盛水，壺中立箭以計時刻。❻沉　滅沒而無消息。❼勻染　用粉黛裝飾。❽舞紅　指落花。❾才減江淹　《南史》云：江淹少時，宿于江亭，夢人授五色筆，因而有文章。後夢郭璞取其筆，自此為詩無美句，人稱才盡。❿情傷荀倩　《世說》云：荀奉倩妻曹氏有豔色，妻常病熱，奉倩以冷身熨之。妻亡，嘆曰：「佳人難再得。」人弔之，不哭而神傷，未幾，奉倩亦亡。

【語譯】明月清光如水，樹葉子透入一絲涼風，街巷的馬鳴剛才停歇。閒中坐在井畔，含笑地捕捉螢火蟲，結果把美麗的扇子弄破了。四周靜寂得很，我不停地倚在闌干，思前想後，無法入睡。銅壺中的更箭看來也快滴滿。可惜青春只是轉瞬間事，現在人各一方，夢中無法尋覓，書信亦少。

徒然說兩鬢怕難梳理，鏡子中的容顏消減，漸漸地懶得再勤於打扮了。三月的梅風吹送，土地一片潮濕，虹懸雨後，同時也使青苔獲得滋潤，花棚下的落紅都消失殆盡。為了你，誰能說是無聊的呢？我天分比不上江淹，也沒有荀奉倩的多情。但見銀河橫空，還有幾點疏星伴著輝映。

【賞析】此秋夜懷念閨人之詞，水浴三句，秋景。馬聲初斷，已是黃昏，露井流螢以後，夜長不眠，由不眠而歎時光，而相憶。下闋則就閨人設想，承上人今千里，翻杜子美鄜州閨人雲鬟玉臂為鬢怯容消，亦非常精細。梅風三句，是年華一瞬，轉眼都變，興起客懷，以江淹、荀倩自比。收句韻味極美，是隔千里兮共明河，而明河牛女雙星，也是詞人著意處，用意深微，頗堪尋味。

122 花犯

周邦彥

粉牆❶低，梅花照眼，依然舊風味。露痕輕綴，疑淨洗鉛華❷，
無限佳麗。去年勝賞曾孤倚，冰盤同燕喜❸。更可惜、雪中高樹，
香篝熏素被❹。

今年對花最匆匆，相逢似有恨，依依愁悴。吟

望久，青苔上、旋看飛墜。相將見、翠丸❺薦酒，人正在、空江煙浪裏。但夢想、一枝瀟灑，黃昏斜照水❻。

【詞　牌】〈花犯〉，一名〈繡鸞鳳花犯〉。

・〈花犯〉調始《清真樂府》，周密詞名〈繡鸞鳳花犯〉。此調以此（周）詞為正體，宋人皆如此填。（《詞譜》）

・周美成詠梅，調寄〈花犯〉，紓舒反覆，道盡兩年間事，其詞尤圓滿流轉如彈丸。（黃昇云）

【詞　律】〈花犯〉，雙調，一百二字，前段十句，六仄韻，後段九句，四仄韻。

此調以此詞為正體，宋人皆如此填，若吳文英詞之少押一韻，或多押一韻，周密詞之減字，皆變格也。

《詞律》論此調後段第七句，煙浪裏，三字必須平去上，結句照水二字，必須去上，細校宋詞皆然，填者審之。

【注　釋】❶粉牆　白粉塗的牆壁。❷淨洗鉛華　王安石〈梅〉詩：「不御鉛華知國色。」鉛華，即黛粉之類。❸冰盤同燕喜　此句謂同讌冰盤而欣喜。如韓愈〈李花〉詩：「冰盤夏薦碧實脆。」❹香篝熏素被　喻梅花如篝雪如被。香篝，即熏籠。❺翠丸　指梅子。❻黃昏斜照水　林逋〈詠梅〉詩：「疏影橫斜水清淺，暗香浮動月黃昏。」

【語　譯】圍牆低矮，梅花伸張出來，還跟舊時一樣。露珠凝在花片上，好像把脂粉都洗淨了，更顯出無限幽雅。去年的勝會中，我已經十分讚賞那浸雪香脆的可口下酒菜，高樹聳在雪中，室內香溫，擁著素被。

今年賞花都很匆忙，能見花的日子不多，有一種依依不捨的感覺。我不斷地徘徊低吟，轉眼又見幾片落花飛掠於青苔階上。再相見的時候，用梅子浸酒，而我也許又泛舟於一江風浪中。不過夢中還可以看見一朵幽姿，在斜陽下，臨水倚照。

【賞析】此詠梅花詞，首敘粉牆梅花盛開，繼以依然舊風味，則看此花非一歲矣。露痕三句再寫梅姿，去年句應依然句，而趣事則雜以燕喜香篝。今年悤悤三句直筆舒愁，吟望久至空江煙浪裏，詞情搖盪，不純寫梅花，而於題外懸想，翠丸薦酒，彷彿沉思來年的歡會，收筆豁然夢想，眼前仍是一枝梅花斜立在黃昏水面，詞人牢落，借花騁情，正在應相逢，夢想應照眼，自然渾成。

123 大酺

周邦彥

對宿煙收❶，春禽靜，飛雨時鳴高屋。牆頭青玉旆❷，洗鉛霜❸
都盡，嫩梢相觸。潤逼琴絲❹，寒侵枕障，蟲網吹黏簾竹。郵亭❺
無人處，聽檐聲不斷，困眠初熟。奈愁極頻驚，夢輕難記，自憐幽獨。行人歸意速，最先念、流潦妨車轂❻。怎奈向❼、蘭成❽憔悴，衛玠清羸❾，等閒時、易傷心目。未怪平陽客❿，雙淚落、笛中哀曲。況蕭索、青蕪國⓫，紅糝⓬鋪地，門外荊桃如菽⓭。夜游共誰秉燭⓮？

【詞牌】《大酺》，《詞律》僅方千里一體，雙調，一百三十三字，《詞譜》二體，雙調，正周邦彥一體，一百三十三字，又周密一體，亦一百三十三字。

・《大酺》調見《清真樂府》。按唐教坊曲有〈大脯樂〉，《羯鼓錄》亦有太簇商〈大脯樂〉，宋詞蓋借舊曲名，自製新聲也。此調始自此（周）詞。有方千里、楊澤民、陳允平和詞可校。（《詞譜》）

・漢唐皆有賜酺，合宴歡樂也，唐教坊有大酺，詞取以名。（《歷代詩餘》）

・開元中，大酺於勤政樓，觀者喧聚，莫辨魚龍百戲之音，高力士請命宮人張永新出歌，可以止喧，永新出奏曼聲，廣場寂寂，若無一人，〈大酺〉之曲名始此矣。（《太平樂府》）

・〈大浦〉，越調。西漢文帝令天下大脯。（《片玉集注》）

按大酺見《史記・秦始皇本紀》：「二十五年五月，天下大脯。」注：「《正義》曰：『天下歡樂大飲酒也。』」〈大酺〉名始此。

【詞律】〈大酺〉，雙調，一百三十三字，前段十五句，五仄韻，後段十一句，八仄韻。

【注釋】❶宿煙收　昨宵煙霧，朝來已消。❷青玉旆　形容新竹。❸鉛霜　衣皮上的白粉。❹潤逼琴絲　王充《論衡》：「天目雨，琴弦緩。」❺郵亭　送郵的驛亭。❻流潦妨車轂　途中積水，車不能行。❼向　漸近。❽蘭成　庾信小字蘭成，有〈哀江南賦〉。❾衛玠清羸　衛玠，晉人，風神秀異，有玉人之稱，人聞其名，觀者如堵。先有羸疾，成病而死，年二十七，人以為看殺衛玠。見《世說》。❿平陽客　漢馬融，性好音樂，能鼓琴吹笛，臥平陽時，聽客舍有人吹笛甚悲，因作笛賦。見《文選》。⓫青蕪國　溫庭筠〈春江花月夜詞〉：「花庭忽作青蕪國。」謂雜草叢生的地區。⓬紅糝　落花。糝，米粒。⓭菽　豆類。⓮夜游共誰秉燭　古詩：「何不秉燭游。」李白〈春夜宴從弟桃花園序〉：「古人秉燭夜游。」

【語譯】夜煙漸行消散，春天的禽鳥都很安靜，只有雨點不時地敲打屋簷上。牆頭上的綠竹，把脂粉都洗淨了，青嫩的枝梢交纏一起。潮濕的天氣，使琴絃寬緩，寒氣從枕頭和紗障中透入，蜘蛛則在竹林結網，把飛過的蚊蟲黏住了。客舍靜默無人，只有簷前的雨聲不斷，眼睛太困倦了，終於開始入睡，無奈煩惱太多，使人心驚，夢兒輕輕地掠過腦際，很難再回憶起來，最後還是孤零零地剩下我一個人而已。

作為一個旅客，歸心似箭，首先擔心的，怕途中積水，妨礙車行。無奈卻像庾信的精神枯槁，衛玠的容態消瘦，即使平常時候，見了也使人傷懷。我不會怪馬融吹奏一闋哀怨的笛曲，使人聽了，不禁流下淚來。更何況現在雜草叢生，一片肅殺，只有落花鋪滿地上，而門外的櫻桃則像大豆的繁密。晚上的時候，又可以跟誰一起秉燭夜遊呢？

【賞析】此詞上半由夢醒而寫屋外景宿煙收六句，又寫屋內景潤逼三句。郵亭一句是處所，檐聲不斷是始睡，醒而愁極，而聽，煙收禽靜，正是無人，鉛霜洗盡，蟲網黏竹，都是靜極，才感到幽獨。從幽獨逼出下片，行人歸意速，夢醒幽獨，急切思歸，而又想到流潦妨車轂，是行不得也，奇拙之語。客不能歸，於是以上情事，傷我心目。古人聽笛懷悲，況當此蕭索之地，共誰幽獨，陳洵以為顧盼含情，神光離合，乍陰乍陽，極轉折變化之致。

124 解語花

上元

周邦彥

風消焰蠟，露浥烘鑪❶，花市光相射。桂華❷流瓦，纖雲散、耿耿素娥❸欲下。衣裳淡雅，看楚女、纖腰一把。簫鼓喧、人影參差，滿路飄香麝。

因念都城放夜❹，望千門如晝，嬉笑游冶。鈿車羅帕，相逢處、自有暗塵隨馬❺。年光是也，惟只見、舊情衰謝。清漏移、飛蓋❻歸來，從舞休歌罷。

【詞牌】〈解語花〉，《詞律》二體，雙調，正吳文英一體，一百字，又周密一體，一百一字。《詞譜》三體，雙調正秦觀一體，一百字，又施岳一體，九十八字。周密一體，一百一字。

•〈解語花〉，高平調曲。唐玄宗太液池有千葉白蓮，中秋盛開，玄宗宴賞，左右皆嘆羨久之。玄宗指貴妃曰：「爭如我解語花？」詞取以名。《填詞名解》

•昔人詠節序，不唯不多，付之歌喉者類是率俗，如周美成〈解語花〉詠元夕，不獨措詞精粹，又且見時節風物之感。《張叔夏周邦彥解語花上元詞評》

【詞律】〈解語花〉，雙調，一百字，前段九句，六仄韻，後段九句，七仄韻。

【注釋】❶烘鑪 指花燈。❷桂華 代表月光。❸素娥 嫦娥。❹放夜 陳元龍《片玉集注》引《新記》：「京城街衢有金吾曉瞑傳呼以禁夜行。惟正月十五夜勅金吾弛禁前後路一日，謂之『放夜』。」❺暗塵隨馬 蘇味道〈正月十五夜〉詩：「暗塵隨馬去，明月逐人來。」❻飛蓋 飛車。

【語譯】燭焰被風吹得搖曳不定，花燈上也沾了露水。上元花市中燈光燦爛。月光灑在瓦片上，薄雲散盡，冰清玉潔的嫦娥仙子冉冉欲下。她的衣飾幽淡，腰肢好像南方女郎的纖幼。簫鼓交鳴，人群擠迫，滿路都充滿香氣。

因而想起京師的放夜之日，望見家家戶戶的燈光如同白晝，大家開心的隨意遊逛。有些裝飾華麗的車子經過，馬蹄下揚起一些細塵。這是一年最佳的節日，可惜現在卻沒有舊時的興致。時間過得很快，又深夜了，我坐著車子回來，而一切歌舞也消失殆盡。

【賞析】昔人詠節序，都一例寫當時景物，不免俗濫。此美成詠元宵，詞采精粹，備見盛世節物，宴樂酣暢之情。前半寫作者身居荊南，當此良宵，首三句燈光，桂華三句則是月光，由月之素娥，而寫楚女之美，人影香靄，簫鼓聲喧，真是歌舞太平。下片則追想京師，隨手揮灑，鈿車羅帕，暗塵隨馬，筆勢有水逝雲卷、風馳電掣之妙。年光二句自歎，收束前面二處，後復詠賞，不作衰瑟頹喪之語，尤為難得。

125

定風波

周邦彥

莫倚❶能歌斂黛眉❷（平韻），此歌能有幾人知（韻）？他日相逢花月底（仄韻），重理❸（韻）。好聲須記得來時（平韻）。

苦恨城頭傳漏永❹（仄韻），催起（韻）。無情豈解惜分飛（平韻），休訴金尊推玉臂（仄韻）。從醉❺（韻），明朝有酒倩誰持（平韻）？

【注釋】❶莫倚　嚴武〈寄題杜拾遺錦江野亭〉詩：「莫倚善題鸚鵡賦。」❷斂黛眉　聚眉含愁之意。黛，青黑色。❸重理　理，理曲，如淳《漢書注》：「今樂家五日一習業，為理樂也。」重理，即重新理曲演唱。❹漏永　夜長。❺從醉　任醉。

【語譯】不要恃著懂得唱歌便皺起眉頭，這首歌曲究竟有多少人知道呢？以後花前月下相會，須重歌一曲，遇到美妙的音樂須記得寫曲的人。

我很討厭城頭上傳來的更聲，又催我們起來，薄情的人又怎能明白分離的苦況呢？佳人遞來的杯酒不要再推辭了，放心醉飲吧，明天即使再飲酒的話，更有誰能替你遞來呢？

【賞　析】此惜別而故作歡顏，唱歌莫斂翠眉作苦態，今日猶有我能識曲，他時相逢，希望在花前月下，你再為我重理一曲，我將不會忘了此曲，從一曲歌而默默抒情。

下片離別在頃刻間了，殷殷勸酒，大家痛飲，到明朝酒無人勸，真是西出陽關無故人了。起處用莫倚，含許多委曲，他日須記，收句歸到明朝，一刻千金之候，消魂欲絕，正不待言。

126

蝶戀花

周邦彥

月皎驚烏棲不定❶（韻），更漏將闌（句），轆轤❷牽金井❸（韻）。喚起兩眸清炯炯❹（韻），淚花❺落枕紅綿冷（韻）。

執手霜風吹鬢影❻（韻），去意徊徨（句），別語愁難聽（韻）。樓上闌干❼橫斗柄（韻），露寒人遠雞相應（韻）。

【注　釋】❶月皎驚烏棲不定　乃用曹操〈短歌行〉詩：「月明星稀，烏鵲南飛，繞樹三匝，何枝可依。」❷轆轤　汲水器，即滑車。❸金井　井邊有金色闌干，故稱金井。❹炯炯　發光貌。❺淚花　淚下如花片紛紛。❻霜風吹鬢影　李賀〈詠懷〉詩：「春風吹鬢影。」❼闌干　古樂府：「月沒參橫，北斗闌干。」闌干，橫斜貌。

【語　譯】月華皎潔，烏鴉棲息樹上，驚惶不定，殘夜將盡，汲水滑車則懸掛在井欄畔。叫醒她的時候，兩眼露出驚奇的神光，淚水灑在枕上，連枕內的棉花也濕冷了。

我們握著手兒，冷風吹亂她的秀髮，將要離開的時候，遲疑不決，而千言萬語，聽來更使人難過。樓上橫斜著北斗七星，大家分手後，四面寒氣迫人，雞聲也遠遠地遙相呼應。

【賞析】宋人羈旅惜別之詞，前有柳屯田，後有周美成。楊柳曉風，月華雲淡，低幃昵枕，暖酥膩雲，名句佳章，纍纍不絕，遂使有井水處都歌柳詞。美成此篇，從初曉說起，月皎句大似蘇武別詩，轣轆本李商隱豔情，喚起二字寫實，醒而惜別，倚枕飲泣。下片臨歧執手，徘徊不禁，行人漸遠，惟見闌干參橫，寒露中只有幾處雞聲相應，寂寞無語，也可以想像了。結句七字神味悠遠，鍾嶸論詩之美，驚心動魄，一字千金，可以移評此作。

127 解連環

周邦彥

怨懷無託，嗟情人斷絕，信音遼邈❶。縱妙手、能解連環❷，似風散雨收，霧輕雲薄。燕子樓❸空，暗塵鎖、一牀絃索。想移根換葉，盡是舊時，手種紅藥❹。汀洲漸生杜若❺，料舟依岸曲，人在天角。漫記得、當日音書，把閒語閒言，待總燒卻❻。

水驛春回，望寄我、江南梅萼。拚今生、對花對酒，為伊淚落。

【詞牌】〈解連環〉，一名〈望梅〉、〈杏梁燕〉、〈玉聯環〉。

•〈解連環〉，《莊子》云：「今日適越而昔來，連環可解也。」（《填詞名解》）

•秦昭王嘗遣使者遺齊王后玉連環，曰：「齊多智，而解此環否?」齊王后以示群臣，不知解，齊王后引錐椎破之，謝秦使曰：「謹以解矣。」（《國策・齊策》）

•〈解連環〉商調。《莊子》曰：「南方無窮而有窮，今日適越而昔來，連環可解也。」（《片玉集注》）

此調創自周邦彥，因「信妙手能解連環」而得名。

〈解連環〉此調始自柳永，以詞有信早梅偏占陽和，及時有香來，望明豔遙知非雪句，名〈望梅〉，後因周邦彥詞有，縱妙手能解連環句，更名〈解連環〉。張輯詞，有把千種舊愁，付與杏梁語燕句，又名〈杏梁燕〉。此調始於此（柳）詞，但宋元人多填周邦彥體。

【詞律】周體，雙調一百六字，前段十一句，五仄韻，後段十句，五仄韻。

【注釋】❶遼邈　渺遠之意。❷解連環　秦遺齊王玉連環，齊王后引錐椎破，對秦使說：「謹以解矣。」見《國策》。❸燕子樓　見前蘇軾〈永遇樂〉頁一三二注❶。❹紅藥　紅色芍藥。❺杜若　香草名。《楚辭・湘夫人》有：「搴汀洲兮杜若」句。❻燒卻　樂府〈有所思〉：「拉雜摧燒之。」

【語譯】幽鬱的情懷無可告語，自從跟情人分手以後，再沒有絲毫信息。縱然手工巧妙，能把玉連環解開，卻似風停雨歇，雲霧輕輕地凝掛天邊。燕子樓上甚麼也沒有了，只有灰塵，掩蓋所有傢具。我希望能夠把根葉都變換過來，然而都是以前親手栽培的紅色芍藥。

水邊的沙洲上漸漸長出一些杜若，雖然船隻靠在岸邊，但人各一方。還記得尚存有舊日的音信，且把所有無聊的情話全部焚燒盡了。春天又已降臨水邊，希望能寄一朵江南的梅花給我。以後此生只有對花和對酒的了，為了你，我不期然灑下淒涼的眼淚來。

【賞析】起首即言怨懷，信音遼邈，為一篇主旨所在。而所怨之信音為情人斷絕，甚為絕望，故繼之云縱妙手、能解連環，似風散雨收，霧輕雲薄。下燕子樓逆出地點，而看到移根接種的紅藥，又樓外之景，為舊時之事。

下片從紅藥而及杜若漸生，天角情人，去時已久。前些時的信，那鍾情的言語已成空，變成閒語閒言，應付一炬。可是春天又回來了，我希望伊人寄我梅花。既燒卻前書，又盼寄梅信，真是恩怨纏綿之情。結尾三句，意謂倘仍肯贈我梅花，那我就拚了一生，為伊淚落，守著寂寞，也心甘情願，詞雖憤悱，情真懇摯忠厚，可以怨矣！

128

拜星月慢

秋思

周邦彥

夜色催更（句），清塵收露（句），小曲幽坊月暗（韻）。竹檻燈窗（句），識秋娘❶庭院。笑相遇，似覺、瓊枝玉樹❷相倚，暖日明霞光爛。水盼❸蘭情❹，總平生稀見。畫圖中、舊識春風面❺，誰知道、自到瑤臺❻畔。眷戀雨潤雲溫，苦驚風吹散。念荒寒、寄宿無人館，重門閉、敗壁秋蟲歎。怎奈向❼、一縷相思，隔溪山不斷。

【詞牌】〈拜星月慢〉，一名〈拜新月慢〉、〈拜新月〉。

・〈拜新月〉，唐教坊曲名，因舊曲造新聲，入黃鍾羽調。（《詞調溯源》）

【詞律】〈拜星月慢〉，雙調，一百四字，前段十句，四仄韻，後段八句，六仄韻。

此調始自此詞，應以此詞為正體，吳文英詞照此填。

此詞前段第七句八字，上二字例作一讀，第八句六字，與上六字對偶，如吳文英詞之「暫賞」、「吟花酌露尊俎」、「冷玉紅香罍洗」，最為合格。

此詞前段第五句，結句，後段第四句，結句，例作上一下四句法，如吳文英詞之「老扁舟身世」、「古陶洲十里」、「洗湘娥春膩」、「泣秋檠燭外」，皆然。

按吳文英詞，前段第二句，碧霞籠夜，碧字仄聲，第九句，眼眩意迷，意字仄聲。譜內據此，其餘平仄，悉參周、陳、彭三詞。

・吳文英詞，前段結句，古陶洲十里，十字入聲，後段第六句，吹不散繡屋重門閉，不字入聲，俱以入作平，不注可仄。《詞譜》

【注　釋】❶秋娘　見前〈瑞龍吟〉頁一九四注❽。❷瓊枝玉樹　指美人佳士。《世說新語・言語第二》：「芝蘭玉樹，欲使其生於階庭耳。」又〈容止第十四〉「魏明帝使后弟毛曾，與夏侯玄共坐，時人謂蒹葭倚玉樹。」杜甫〈飲中八仙歌〉詩：「皎如玉樹臨風前。」❸水眄　謂目如秋水。❹蘭情　如蘭的芳意。❺畫圖句　杜甫〈詠懷古跡〉詩：「畫圖省識春風面。」❻瑤臺　仙人所居，此用李白〈清平調〉：「若非瓊玉山頭見，會向瑤臺月下逢。」詩意。❼怎奈向　見前秦觀〈八六子〉頁一五四注❻。

【語　譯】夜色催速時光飛移，清塵則被露珠凝結住了，暗淡的月影照在彎曲的巷陌間。燈光從竹籬射出，我認得這是秋娘的院子。我們笑著碰面了，好像是瓊枝和玉樹倚在一起，陽光照在雲霞上，光芒四射，目如秋水，像蘭花的貞潔，總是生平所罕見的。

在圖畫中，認得舊時春風般的面貌，誰想到，自從到了瑤臺以後，留戀雨雲的滋潤，怕再被狂風吹散。想起現在寄居在淒冷無人的客舍裏，重重的門戶鎖住了，只聽得從破舊的牆壁外傳來秋蟲聲聲。為甚麼向來一縷相思的感情，即使溪山阻隔，也還是不會中斷的。

【賞　析】一首相思追憶之詞，起三句是當時景色，小曲幽坊，尚堪髣髴。下寫秋娘竹窗庭院，初相見便覺得其人如玉而又明霞般的光豔，眼如水波芳情顯見，詞筆旖旎之至，如此寫情非柳屯田所能及。

下片應上平生稀見，伊人已遠，只有畫圖中、瑤臺畔才有如此美人啊！好事多磨，驚風吹散。當前守著無人空館，秋蟲吟歎，伴我淒清，這一縷相思之情，就是隔了千山萬水，我還是綿綿不斷的滋生。文士一晌留情，永久憶念，是極纏綿敦厚之作。

129 關河令

周邦彥

秋陰時晴漸向暝，變一庭淒冷。竚聽寒聲，雲深無雁影。

更深人去寂靜，但照壁、孤燈相映。酒已都醒，如何消夜永❶？

【詞牌】〈關河令〉，一名〈傷情怨〉、〈清商怨〉。

・古樂府有〈清商曲〉辭，其音多哀怨，故取以為名。周邦彥以晏殊詞有「關河秋思」句，更名〈關河令〉，又名〈傷情怨〉。（《詞譜》）

【詞律】〈清商怨〉，雙調，四十三字，前後段各四句，三仄韻。

【注釋】❶消夜永　忍受夜長。

【語譯】秋陰肅殺，晴朗中漸漸地又轉為昏黑，使整個院子都變得淒清得很。我駐足細聽周圍的聲響，雲層深厚，連一隻雁兒的影子都沒有。

夜已闌珊，人又不在，靜靜中只有一盞照牆的油燈閃映。酒意亦沒有了，獨自醒來，又怎樣度過這個漫漫長夜呢？

【賞析】一首淡淡的秋思小詞，秋天晴陰不定，傍晚便十分淒冷，整個的院落更了無生趣。風吹起一片秋聲，而雲中卻見不到鴻雁。下片人已去了，雁字不來，室內只有孤燈相映，就借酒澆愁，酒也會醒，那如何耐此長夜呢！只庭院蕭條，一燈相守，用極簡單的字面，讀起來使人有愁不能禁之感。

130 綺寮怨

周邦彥

上馬人扶殘醉，曉風吹未醒。映水曲、翠瓦朱檐，垂楊裏、乍見津亭❶。當時曾題敗壁，蛛絲罩、淡墨苔暈青。念去來、歲月如流，徘徊久、歎息愁思盈。

去去倦尋路程，江陵舊事，何曾再問楊瓊❷？舊曲淒清，斂愁黛❸、與誰聽？尊前故人如在，想念我、最關情。何須渭城❹，歌聲未盡處、先淚零❺。

【詞牌】《綺寮怨》，《詞律》僅周邦彥一體，雙調，一百四字。《詞律拾遺》又補陳允平一體，雙調，一百二字。《詞譜》三體，雙調，除上二體外，又收鞠華翁一體，一百三字。

•〈綺寮怨〉，中呂。《文選・魏都賦》云：「皦日籠光於綺寮。」《說文》曰：「綺，文繒也。寮，小窗也。」言綺窗之人有所思而怨慼耳。(《片玉集注》)

【詞　律】〈綺寮怨〉，雙調，一百四字，前段八句，四平韻，後段九句，七平韻。此調以此詞為正體。

【注　釋】❶津亭　渡口亭子。❷楊瓊　陳注《片玉集》：「楊瓊事未詳。」白居易〈寄李蘇州兼示楊瓊〉詩：「就中猶有楊瓊在，堪上東山伴謝公。」❸愁黛　愁眉。❹渭城　王維〈渭城曲〉：「渭城朝雨浥輕塵，客舍青青柳色新。勸君更進一杯酒，西出陽關無故人。」❺淚零　淚落。

【語　譯】殘醉中被人扶著上馬，一陣曉風吹過，但仍未能醒轉過來。紅簷綠瓦，倒映水中，垂柳絲絲，突然發現了一個津渡。當日曾經題詩破壁上，現已爬滿蛛網，淡淡的墨跡亦已長滿青苔。想起去來之間，歲月就像流水的奔注，我徘徊良久，一陣歎息聲中，充滿無限愁緒。

過去的懶得再作尋訪了，像江陵舊事，何必再向楊瓊追問呢？舊時的調子十分淒涼，使人愁眉長斂，不知究竟給誰聽賞呢？舉起酒盃，假如故人仍在，她會很深情地關懷著我。何須要聽到渭城一曲？因為此曲猶未結束，眼淚就先已掉了下來。

【賞　析】此為旅游飄泊之感，起二句突兀，工於發端。水邊津亭，從綠楊影裏，看到翠瓦朱檐，那敗壁舊題，不堪重過。此正透出征人舊恨，而又是那樣荒寒，身世之感，油然而生。

下片此身仍然行役，往事何堪重問，舊曲以下，又未免有情，故人如在，則一曲清歌，我已青衫濕透了。俞陛雲云：「舊曲三句，作一頓挫，以下乘溜放舟，不須篙艣，其情詞之幽咽，若清夜啼猿，令人不怡也。」言為心聲，自足移人。

131 尉遲杯

離恨

周邦彥

隋隄路，漸日晚、密靄❶生煙樹。陰陰淡月籠沙，還宿河橋深處。無情畫舸，都不管、煙波隔前浦。等行人、醉擁重衾，載將離恨歸去❷。

因思舊客京華，長偎傍、疏林小檻歡聚。冶葉倡條❸俱相識，仍慣見、珠歌翠舞。如今向、漁村水驛，夜如歲、焚香獨自語。有何人、念我無聊，夢魂凝想❹鴛侶。

【詞牌】〈尉遲杯〉，《詞律》三體，雙調，正吳文英一體，一百五字，又無名氏一體，一百五字，晁補之一體，一百六字。《詞譜》七體，雙調，除上無名氏、晁補之二體外，又收正柳永一體，一百五字，又賀鑄、周邦彥二體，均一百五字，萬俟咏一體，一百六字，陳允平一體，一百四字。

・〈尉遲杯〉，尉遲敬德飲酒必用大杯也。蓋大石調曲。《填詞名解》

【詞律】〈尉遲杯〉，此體雙調，一百五字，前段八句，五仄韻，後段八句，四仄韻。

【注　釋】❶密靄　密雲。❷載將離恨歸去　唐鄭仲賢詩：「亭亭畫舸繫寒潭，直到行人酒半酣。不管煙波與風雨，載將離恨過江南。」❸冶葉倡條　指歌伎。此用李商隱〈燕臺〉詩：「冶葉倡條遍相識。」句變化。❹疑想　罣想。

【語　譯】隋隄路上，漸次黃昏，煙靄從樹梢浮了起來。陰暗的月色灑滿沙洲，我又泊靠在河橋的深處。畫舫是沒有感情的，毫不理會前邊水際的煙波迷漫。等行客都喝醉了，蓋上被子，又會載著一船離緒歸去了。

因而想起以前作客京華，時常倚在疏落的樹林裏，或靠在檻杆歡聚。所有的歌妓都跟我相熟，而且慣見了她們的清歌曼舞。但現在呢，對著河畔漁村，一夜就像整年，孤獨地焚香默坐。還有那一個人，能夠知道我百無聊賴，即使夢中仍是想望著成雙成對。

【賞　析】此旅泊憶舊歡作。從隋隄日晚，到河橋淡月夜宿，純以景起。無情畫舸，載將離恨，與東坡：「只載一船離恨向西州。」同一惆悵。

下片憶京華歡聚，冶葉倡條，珠歌翠舞，真是少年不識愁滋味，一晌貪歡，與今夜漁村水驛之冷落，成何對比，獨自淒然，只有夢想鴛侶成偶了。

此詞隋隄與水村為一現實境，京師為一追想之境。偎傍疏林，小檻歡聚，是參差對偶，疏林對小檻，偎傍對歡聚。下二句亦冶葉四字對珠歌四字，而俱相識對仍慣見，句法嚴密。

132

西河

金陵懷古

周邦彥

佳麗地❶，（韻）南朝盛事誰記？（韻）山圍故國❷繞清江，（句）髻鬟❸對起。（韻）怒濤寂寞打孤城，（句）風檣❹遙度天際。（韻）

斷崖樹，（句）猶倒倚，（韻）莫愁艇子誰繫❺？（韻）空餘舊迹鬱蒼蒼，（句）霧沉半壘。（韻）夜深月過女牆來，（句）傷心東望淮水。（韻）

酒旗戲鼓甚處市，（韻）想依稀、（豆）王謝鄰里，（韻）燕子不知何世❻，（韻）向尋常、（豆）巷陌人家，（句）相對如說興亡，（句）斜陽裏。（韻）

【詞牌】〈西河〉，一名〈西湖〉。

・《碧雞漫志》大石調西河漫聲，犯正平，張炎詞名〈西湖〉。此調以此（周）詞為正體。（《詞譜》）

・按西河當是樂部名，唐人有〈西河獅子〉，〈西河劍氣〉。（《詞調溯源》）

・〈西河〉，大呂。唐大曆初，嘗有樂工自撰歌，即古曲〈長命西河女〉也，加減節奏，頗有新聲。（《片玉集注》）

【詞律】〈西河〉，三段，一百五字，前段六句，四仄韻，中段七句，四仄韻，後段六句，四仄韻。此調以此詞為正體。

【注　釋】❶佳麗地　謝朓詩：「金陵帝王州，江南佳麗地。」❷山圍故國　劉禹錫〈石頭城〉詩：「山圍故國周遭在，潮打空城寂寞回。淮水東邊舊時月，夜深還過女墻來。」❸髻鬟　此喻山峰。❹風檣　風吹著船。❺莫愁艇子誰繫　樂府詩：「莫愁在何處，住在石城西，艇子折兩槳，催送莫愁來。」莫愁原不在金陵，但宋代已有金陵之傳說。❻燕子不知何世　劉禹錫〈烏衣巷〉詩：「朱雀橋邊野草花，烏衣巷口夕陽斜。舊時王謝堂前燕，飛入尋常百姓家。」

【語　譯】這是江南最繁盛的地方，但南朝風流，誰人還能記得？周圍山勢起伏，前面橫著一道長江，像髻鬟般聳起，包圍著南京城。而帆船遠遠地從天邊駛過。

斷崖上的大樹仍在倒掛，還有誰來繫緊莫愁艇子呢？徒然剩下一片深沈的舊迹，薄霧亦已籠罩了半個城堡。夜深時，明月照到城牆上，向東遙望淮水，使人倍添感慨。

到處酒旗飄飄，戲鼓隆隆，多繁榮的一個城市啊！還隱約記起以前王家謝家附近，燕子飛來，都不知變換了多少個世代，對著普通的老百姓住宅，如同斜陽下，對著興衰隆替，懷有無限的感慨。

【賞　析】此詞化劉禹錫〈金陵懷古〉詩，渾然天成，為美成最擅長之手法，一如己出，可啟示後來作者。

起二首總冒，山圍四句為金陵形勝，從斷崖樹倒倚，而想起莫愁繫艇處，是金陵古迹。古人不見，但見月照淮水，令人心傷。

酒醒以後，詞人由實景鬧市，又起憑弔王謝由盛而衰，則後之視今，亦猶今之視昔矣。

近人夏閏庵謂前二段，佳處在境界之高。俞階青謂，燕子斜陽數語，在神韻之遠。勿徒以點化唐人詩意為不可及。

133

瑞鶴仙

周邦彥

悄郊原帶郭，行路永，客去車塵漠漠。斜陽映山落，斂餘紅，猶戀孤城闌角。凌波❶步弱，過短亭、何用素約❷？有流鶯勸我，重解繡鞍，緩引春酌。

不記歸時早暮，上馬誰扶？醒眠朱閣。驚飆❸動幕，扶殘醉，繞紅藥。歎西園，已是花深無地，東風何事又惡？任流光過卻，猶喜洞天❹自樂。

【詞牌】〈瑞鶴仙〉，一名〈一捻紅〉。

・蘇頌《龍池樂章》：「思魚不入昆明釣，瑞鶴長如太液仙。」〈瑞鶴仙〉之名始此。《宋史・五行志》：「至和三年，九月，大饗明堂，有鶴迴翔堂下。明日，又翔於上清宮。是時，所在言

瑞鶴，宰臣等表賀，不可勝紀。」瑞鶴仙之入詞，演為調名，亦昉於斯焉。（《白香詞譜題考》）

【詞　律】〈瑞鶴仙〉，雙調，一百二字，前段十一句，七仄韻，後段十一句，六仄韻。此調始自北宋，應以周詞為正體。

【注　釋】❶凌波　〈洛神賦〉：「凌波微步，羅襪生塵。」凌波，形容歌女步伐輕盈。❷素約　只素書約。❸驚飆　驚人暴風。飆或作飇。❹洞天　道家謂神仙所在之地。

【語　譯】郊原靜靜地遠連城郭，長路漫漫，行客的車子馳過，灰土飛揚。斜陽靠著山邊滑落了，殘霞將盡，仍捨不得地徘徊在寂靜的城頭上。然後用輕盈的步伐，跨過短亭，又何必要先行約定呢？忽然聽到流鶯們好意相勸，於是再次解開美麗的鞍韉，慢慢地拿起春酒啜飲。

記不起歸來時候，天色很早入黑，誰人扶我上馬呢？醒來就睡在華麗的閣樓裏。一陣狂風從窗帘吹過，我帶著些微酒意，徘徊在芍藥欄畔。我很感慨西園已沒有落花的容身地了，東風啊又何必再逞兇暴呢？就任由時光飛逝去吧！最感到幸福的是能在這神仙洞府上過著一種滿足的生活。

【賞　析】寫郊原送客後，逢所歡而飲，醉態刻畫深微，自成佳章。起四句景，餘紅二句，情韻不盡，與周密「一片斜陽戀柳」，同一情事，此則蔥蒨過之。俞陛青云：「凌波至春酌數語，論詞面不過言途逢舊眷，小飲留連，須於句秀而筆勁處著眼，轉頭處承上春酌句，回憶醉時，頗得神態。以下扶醉惜花，更多餘感，結句開拓，不落恆蹊。」夏閏庵云：「此闋與〈蘭陵王〉、〈浪淘沙〉、〈大酺〉、〈六醜〉諸作，人巧至而天機隨，詞中之聖，與史遷之文、杜陵之詩，同為古今絕作，無與抗手者。」「猶喜洞天自樂」，與前〈解語花〉結句「從舞休歌罷」一樣換筆換意，開拓作收，與古詩西北有高樓收二句同。

134 浪淘沙慢

周邦彥

晝陰重，霜凋岸草，霧隱城堞。南陌脂車❶待發，東門帳飲❷乍闋❸。正拂面垂楊堪攬結，掩紅淚❹、玉手親折。念漢浦離鴻去何許？經時信音絕。

情切，望中地遠天闊，向露冷風清，無人處、耿耿寒漏咽。嗟萬事難忘，惟是輕別。翠尊未竭，憑斷雲留取，西樓殘月。

羅帶光消紋衾疊，連環解、舊香頓歇；怨歌永、瓊壺敲盡缺❺。恨春去、不與人期，弄夜色、空餘滿地梨花雪。

【注釋】❶脂車　以脂塗車轄。❷東門帳飲　漢疏廣辭歸，公卿大夫設祖道，供帳東都門外送行。見《漢書》。❸乍闋　初唱一曲。❹紅淚　蜀妓灼灼以軟綃聚紅淚寄裴質，見《麗情集》。❺瓊壺敲盡缺　晉王敦酒後，詠

《魏武樂府》：「老驥伏櫪，志在千里。烈士暮年，壯心不已。」以如意擊唾壺為節，壺口盡缺。見《世說新語》。

【語譯】白晝濃陰密布，岸邊的野草已被嚴霜凍萎，霧氣遮蔽了整個城頭。南邊的郊原上有一輛華貴的車子準備出發，而東門下設帳送行的場面亦已停止。柳絲拂面，似作挽留，只見她擦乾眼淚，親手採折一枝。想起漢浦的鴻雁究竟到了那裏？時常都不見音信。

遠望天地茫茫，感情有些激動，對著冷露清風，周圍靜寂無人，只有清冷的更漏嗚咽。我覺得所有事情中，最難忘記的就是分離了。酒樽仍未乾竭，希望能憑著雲塊，挽留西樓上的一彎斜月。美麗的帶子已經殘舊，還起了皺紋，其中的連環也解開了，舊時的香氣都發散淨盡，長歌怨永，不期然把唾壺也敲碎。我感歎春天的遠去，沒有跟人告別，對著夜色漫漫，徒然剩下滿地霜白的月影。

【賞析】美成詞善於結構，起二段寫離別苦思，首春陰（霜凋似是早春），下言垂楊拂面，玉手親折，是已別往事，故以經時信音絕一句逆挽，筆力勁健。地遠天闊應上漢浦、東門。今風清無人，惟嗟輕別。別後翠尊殘月，帶消衾疊，環香頓歇，怨歌壺缺，大聲鏜鞳而下。陳廷焯謂：「掩紅淚等句，故作瑣碎之筆，至末段蓄勢在後，驟風飄雨，不可遏抑。歌至曲終，覺萬彙齊鳴，天地變色，老杜所謂意愜關飛動，篇終接混茫也。」最後惟恨春不與人佳期，只有梨花滿地夜庭如雪，其實天何以與人期，是人去不與春期，詞情動蕩。

135

應天長

周邦彦

條風❶布暖，霏霧弄晴，池臺徧滿春色。正是夜堂無月，沉沉❷暗寒食。梁間燕，前社❸客，似笑我、閉門愁寂。亂花過，隔院芸香❹，滿地狼藉。

長記那回時，邂逅❺相逢，郊外駐油壁❻。又見漢宮傳燭❼，飛煙五侯宅。青青草，迷路陌。強載酒、細尋前迹。市橋遠，柳下人家，猶自相識。

【詞牌】〈應天長〉，一名〈應天長令〉、〈應天長慢〉。

・〈應天長〉商調。《老子》：「天長地久。」樂天詩：「天長地久無終畢。」（《片玉集注》）

【詞律】〈應天長〉，此體雙調，九十八字，前後段各十一句，五仄韻。《詞律》云：「此（周詞）九十八字乃一定之格，各家多用此格。」

【注釋】❶條風　《易緯》：「立春條風至。」《說文》：「東北曰融風。」段玉裁云：「調風、條風、融風一也。」❷沉沉　深深也。❸社　祭社神之日有春秋二社，立春後五戊為春社，立秋後五戊為秋社。陳元龍注《片玉集》引歐陽獬〈燕〉詩：「長到春秋社前後，為誰去了為誰來？」❹芸香　芸乃一種香草，可避蠹魚。此處芸香，泛指亂花之香氣。❺邂逅　不期而遇。❻油壁　南齊蘇小小詩：「妾乘油壁車，郎乘青驄馬；何處結同心？西陵松柏下。」車壁以油飾之車名油壁車。❼漢宮傳燭　唐韓翃〈寒食〉詩：「春城無處不飛花，寒食東風御柳斜。日暮漢宮傳蠟燭，輕煙散入五侯家。」漢桓帝封單超新豐侯，徐瓊武原侯，貝瓊東武侯，左悺上蔡侯，唐衡漁陽侯，世謂五侯。見《後漢書・宦者列傳》。

【語　譯】春風送暖，晴光吹散薄霧，亭臺樓閣都沾滿了遍地春色。現在庭前沒有月亮，昏沉沉的，又到寒食節了。梁上的燕子，以前社日也曾來過，好像譏笑我，一個人關起門來，自惹煩惱。只見亂花飄過，鄰院滿地芸香，亂七八糟地灑在一起。

還記得那一次，偶然碰見了，郊外停駐了一輛油壁車。又見漢代的宮殿裏燃遍燭光，輕煙裊裊地從五侯的屋宅升起。綠草青青，連路徑也認不出來。於是強自拿起一壺酒，慢慢地訪尋以前的行迹。遠遠的市橋處，在那棵柳樹下，有一戶人家，原來我們仍是相識的。

【賞　析】起三句春景暄和，助人游興。夜堂無月，梁燕笑人，閉門愁寂，花香滿地，是未嘗出游。長記以下回憶郊外相逢，正是寒食時節。猶記得曾是柳下人家，在市橋遠處，我真想載酒重經，只是青草已迷路陌，恐尋也尋不著。

一首寂坐懸想之詞，寫來卻如此空、淡、深、遠。俞階青以為如嚼水精鹽，無塵羹俗味。

136 夜遊宮

周邦彥

葉下斜陽照水，捲輕浪、沉沉❶千里。橋上酸風射眸子❷，立多時，看黃昏，燈火市。

古屋寒窗底，聽幾片、井桐飛墜。不戀單衾再三起，有誰知，為蕭娘❸，書一紙？

【詞牌】〈夜遊宮〉，《詞律》僅周邦彥一體。

・〈夜遊宮〉，古詩「晝短苦夜長，何不秉燭遊？」《拾遺記》：「漢成帝於太液池旁起宵遊宮。又隋煬帝好以月夜從宮女數千騎遊西苑，作〈清夜遊曲〉，於馬上奏之。」詞名蓋取諸此。《填詞名解》

・〈夜遊宮〉，般涉。或曰：「唐明皇與虢國夫人正月十五，夜遊宮中觀燈。」《片玉集注》

【詞律】〈夜遊宮〉，雙調，五十七字，前後段各六句，四仄韻。

【注釋】❶沉沉　深遠貌。❷酸風射眸子　李賀〈金銅仙人辭漢歌〉詩：「東關酸風射眸子。」❸蕭娘　唐人泛稱女子為蕭娘，楊巨源〈崔娘詩〉：「風流才子多春思，腸斷蕭娘一紙書。」

【語譯】斜陽透過葉子照入水中，浪花輕捲，千里茫茫一片。橋上的冷風，不時刺入眼簾。我站了很久，到黃昏時，燈火從整個城市升起。

現在我在一間大屋的破窗底下，聽片片的梧桐葉子從井邊飄落。我並不戀惜蓋在身上的薄被，於是再三起來，但有誰能夠知道，我正為蕭娘寫一封信呢？

【賞析】此詞從後三句向前逆寫，因為單衾不寐，無可戀戀，可是再三起，看來還是戀過，起來只為蕭娘（情人）一封信。

看信對景，從傍晚水邊而想到沈沈千里，如同青青河邊草，綿綿思遠道。然後走到橋上，陣陣冷風刺目，立到黃昏，又是燈火滿街了。

回來枯守寒窗，又聽井邊梧桐葉落，飄砌有聲，就是睡又何嘗睡得著，前後回環，自然貫注，雖是短篇，亦是頗費經營，精力彌滿之作。

137 青玉案

賀鑄

凌波❶不過橫塘❷路，但目送、芳塵❸去。錦瑟華年❹誰與度？月橋花院，瑣窗❺朱戶，只有春知處。

飛雲冉冉蘅皋❻暮，彩筆新題斷腸句。試問閒愁都幾許？一川煙草，滿城風絮，梅子黃

時雨❼。（韻）

【作　者】鑄字方回，衛州（今河南汲縣）人。生於皇祐四年（一〇五二）。孝惠皇后族孫，娶宗女，授右班殿直。元祐中，通判泗州，又倅太平州。退居吳下，築室於橫塘，自號慶湖遺老。宣和七年（一一二五）卒，年七十四。有《東山詞》，見名家詞本及四印齋所刻詞本，又有涉園景宋金元明本續刊本及彊村叢書刊本。

【注　釋】❶凌波　喻美人蹤跡，見曹植〈洛神賦〉。❷橫塘　鑄有居屋在姑蘇盤門外十餘里。❸芳塵　亦指美人步履。❹錦瑟華年　意指年少快樂辰光。錦瑟，《周禮・樂器圖》：「雅瑟二十三絃，頌瑟二十五絃，飾以寶玉者曰寶瑟，繪文如錦曰錦瑟。」李商隱〈錦瑟〉詩：「錦瑟無端五十絃，一絃一柱思華年。」馮浩箋注：「言瑟而言錦瑟、寶瑟，猶言琴而曰玉琴、瑤琴，亦泛例也。」❺瑣窗　雕花的窗格子。❻冉冉蘅皐　冉冉，流動舒緩貌。蘅，香草。皐，澤也。曹植〈洛神賦〉：「爾迺稅駕乎蘅皐。」古詩：「日暮碧雲合，佳人殊未來。」❼梅子黃時雨　宋陳肖岩《庚溪詩話》：「江南五月梅熟時，霖雨連旬，謂之黃梅雨。」寇萊公（準）詩：「杜鵑啼處血成花，梅子黃時雨如霧。」

【語　譯】她以輕盈的步伐，但沒有踏過橫塘路子，我只好目送香塵滾滾而去。在這些年輕的日子裏，究竟誰可作伴呢？月橋畔，花園裏，綠窗紅戶的佳人，也只有春天才知道她的所在。

飛雲片片，夜色籠罩了整個種滿香草的澤畔，我拿起筆來，又題上一些傷心的句子。試問閒愁究竟共有多少呢？應該就像是一川蔓草，滿城飛絮，以及梅子黃時所下的綿綿細雨吧！

【賞　析】黃庭堅〈寄賀方回〉詩：「解作江南腸斷句，只今惟有賀方回。」腸斷句就是指〈青玉案〉這首詞。「梅子黃時雨」，人皆服其工，士大夫謂之賀梅子（《竹坡詩話》）。方回少有才名，仕宦亦得意，只是容貌奇醜，宋陸游《老學庵筆記》，說他有賀鬼頭之稱，所以一生缺少美人青睞。此詞首句說凌波美女不到他的橫塘路，他只好目送芳塵。大好年華，和誰在一起，那花院瑣窗裏的佳人，又在何處，只有春知處。悲哀沉痛。

下片飛雲仍指美人飄忽不定，他常賦詩斷腸，新來又作好句，新字耐人尋味，他有深愁，但偏說閒愁幾許，久已斷腸也變成閒愁了，一川煙草以下三句，都是愁，情景交融，寫出一片紛亂惱恨的懷抱，真是佳作。

138 更漏子

賀鑄

上東門❶，門外柳，贈別每煩纖手。一葉落，幾番秋，江南獨倚樓。

曲闌干，凝竚❷久，薄暮更堪搔首。無際恨，見閒愁，侵尋天盡頭。

【詞牌】〈更漏子〉，雙調，正溫庭筠一體，四十五字。

【詞律】〈更漏子〉，此體雙調，四十六字，前後段各六句，兩仄韻，兩平韻。

【注釋】❶上東門　洛陽之門。《河南郡圖經》：「東有三門，最北頭曰上東門。」❷凝竚　亦作凝佇。〈離騷〉：「悔相道之不察兮，延佇乎吾將反。」王逸注：「延，長也。佇，立貌。」佇同竚。柳永〈竹馬子〉詞：「憑高盡日凝竚。」此為憑高凝望之意。方回此句應與柳詞同意。

【語譯】上東門，門外柳枝飄蕩，送別的時候，往往勞動纖纖的玉手去摘取。當第一片葉子飄落的時候，又是秋天到了，我流落江南，獨自倚立於樓臺之上。

我在彎曲的闌干畔，站立了很久，黃昏的時候，只好搔首凝想。那些無盡的離愁煩惱，轉瞬便瀰漫於空際。

【賞析】此一首是舊情恨別之詞，起二句即當時依依惜別之處，葉落秋江，倚樓獨眺，又不知是第幾個年頭了。緊接到下片還在倚闌等候，搔首無聊，恨偏說是閒愁，亦是欲言又止之情，那愁緒縷縷一直到天盡頭，真綿綿不盡，柔腸繾綣之作。

夏敬觀說：王直方《詩話》謂方回言，學詩於前輩得八句云：平淡不涉於流俗。奇古不鄰於怪僻。題詠不窘於物義。敘事不病於聲律。比興深者通物理。用事工者如己出。格見於成篇，渾然不可鐫。氣出於言外，浩然不可屈。此八語，真是方回作詞之訣。

139

感皇恩

賀鑄

蘭芷滿汀洲（句），游絲橫路（韻）。羅襪塵生❶步（韻），迎顧（韻），整鬟顰黛（句），脈脈兩情難語❷。細風吹柳絮，人南渡。回首舊游，山無重數。花底深朱戶，何處？半黃梅子，向晚一簾疏雨。斷魂分付與，春將去。

【詞　牌】〈感皇恩〉，一名〈疊蘿花〉。

・〈感皇恩〉，唐教坊曲名。陳暘《樂書》：「祥符中，諸工請增龜茲部如教坊，其曲有雙調〈感皇恩〉。」（《詞譜》）

【詞　律】〈感皇恩〉，此體雙調，六十七字，前後段各八句，六仄韻。

【注　釋】❶羅襪塵生　見曹植〈洛神賦〉。❷脈脈兩情難語　詞有別恨。

【語　譯】蘭草和芷草種滿沙洲，游絲橫堆路上。襪子沾上塵沙，徘徊閒步，再梳理一下頭髮和眉黛，我們深情脈脈，無法用言語表達，輕風從柳條間掠過，而人則向南邊乘船而去。

回想起舊時的友朋，現已隔著重重山水。在花間深處，紅色的門牆究竟又在那兒？梅子半已黃熟，加以黃昏時的一陣細雨，心魂也會逐漸地跟著春天離去。

【賞　析】方回綺懷落落無偶，此闋也是寫寂寞的心曲。蘭芷汀洲三句，大好春景，游絲橫路，是春滿橫塘道上，有美人來去，整鬟脈脈難語，似有所遇，但風吹柳絮，人又南渡，仍是無所合。

下片是追想前遇，又不知伊人朱戶何處，悶坐室中，時節又晚，梅雨一簾，這寂寞的斷魂只好交給春帶著去，飄飄盪盪，了無歸宿，方回心中的悲哀，溢於言表。

140 薄倖

賀鑄

淡妝多態韻，更的的❶豆、頻回眄睞❷韻。便認得豆、琴心❸先許句，欲綰❹合歡雙帶韻。記畫堂豆、風月逢迎句，輕顰淺笑嬌無奈韻。向睡鴨鑪邊句，翔鴛屏裏句，羞把香羅暗解韻。

自過了豆、燒燈❺後句，都不見豆、踏青挑菜❻韻。幾回憑雙燕句，丁寧深意句，往來卻恨重簾礙韻，約何時再韻，正春濃酒困句，人間晝永無聊賴韻。厭厭睡起句，猶有花梢日在韻。

【詞牌】〈薄倖〉，《詞律》僅呂渭老一體，雙調，一百八字。《詞譜》三體，雙調，正賀鑄一體，一百八字。

按〈薄倖〉，東山自度曲。唐杜牧詩：「十年一覺揚州夢，贏得青樓薄倖名。」調名或本此。

【詞律】〈薄倖〉，雙調，一百八字，前段九句，五仄韻，後段十句，五仄韻。此調以此詞為正體。

【注　釋】❶的的　明媚貌。❷眄睞　凝視貌。❸琴心　用司馬相如琴挑文君故事。❹綰　繫也。❺燒燈　元宵放燈。❻踏青挑菜　古以二月二日為挑菜節，見《乾淳歲時記》。

【語　譯】清淡的裝扮會更顯得儀態萬千，更明媚的是她時常回頭顧盼。我很容易想起司馬琴挑的韻事，兩心相許，故能繫緊那雙合歡帶子。記得華貴的廳堂裏，去去來來，風月無邊，微笑和嗔怒，都顯得十分嬌美。然後對著睡鴨形的香鑪旁邊，以及繡有鴛鴦戲水的屏風裏，含羞答答地暗中把帶解開了。

自從過了元宵放燈以後，再沒有一起度過踏青及挑菜等節日，很多次想拜託燕子，殷勤地轉達我的深情，但彼此間卻隔著重重障礙。我們甚麼時候再續前緣呢？現在春意深濃，又喝了過多的酒，白天很長，總覺百無聊賴，懨懨倦意，一覺睡來，仍是見到太陽照在花枝上面。

【賞　析】此筵席中偶有所見，淡妝二句，描繪美人，因眄睞便以為琴心先許，合歡有望。此後在畫堂相見，輕顰淺笑。以下三句更有進一層的含羞作態，寫來細膩動人，真是大好的閨情。

下片寫元宵一過，在許多場合裏，都不見伊人，想憑燕子傳言，而你在重重簾幕之中，燕子飛也飛不到。約何時再以下，只剩個人寂然困睡，看看天日，這真是無法排遣的愁恨。

141 浣溪沙

賀　鑄

不信芳春厭老人，老人幾度送餘春？惜春行樂莫辭頻。巧笑豔歌皆我意，惱花❶顛酒❷拚君瞋，物情惟有醉中真。

【注釋】❶惱花　看花增人惱恨。杜甫〈江畔獨步尋花〉詩：「江上被花惱不徹。」❷顛酒　狂飲之意。

【語譯】不相信春天會討厭老人，老人還可以剩下多少個春天呢？為了珍重春光，又何妨及時行樂？

嬌巧的笑容，悅耳的歌聲，都是我所喜愛的，有時懊惱花枝，縱情狂飲，任你瞋怪也罷，一切物理人情只有醉中才是最真確的。

【賞析】文人到了年老，仍然十分天真，情趣盎然。所以方回詞「不信芳春厭老人」，因老人年年都在慇懃留戀著餘春，一再的趁春尋找樂事。

下片巧笑豔歌，應上行樂，一切行樂之事，無不合我之意。惱花顛酒拚君瞋，君瞋而我不顧，留連酒醉，只有醉酒，才看出物情之真，平日都是些偽裝作意。結句意真情真，非淺人所知。

142 浣溪沙

賀鑄

樓角初消一縷霞❶，淡黃楊柳暗棲鴉，玉人和月摘梅花。

笑撚粉香歸洞戶❷，更垂簾幕護窗紗，東風寒似夜來些❸。

【注釋】❶霞　夕陽餘輝。❷洞戶　互相通達之戶。❸些　夔峽、湘湖人禁咒句尾皆稱「些」，如今釋家念娑婆訶之合聲。見沈括《夢溪筆談》。

【語譯】樓角的霞影逐漸消散，微黃的楊柳枝間，烏鴉正在棲息，她親手折取一株蕩漾在月光中的梅花。

她笑撚著幽香粉細的花枝，回到閨房，放下簾幕，把窗紗遮住，因為到了深夜，東風會更加寒涼。

【賞析】此一首純作客觀描寫，句句生新綺麗。樓角晚霞方消，淡黃楊柳棲鴉，是已入暮矣。入暮而月上，玉人在皎皎的月色中摘著梅花，這一片是絕好動人的畫面，和諧雅淡，自然輕俏。下片是美人含笑撚著梅枝，回到住處，放下簾子，東風到深夜更冷了。後面不及上闋的美妙。

143

石州慢

賀鑄

薄雨收寒，斜照弄晴，春意空闊。長亭柳色纔黃，倚馬何人
先折？煙橫水漫，映帶幾點歸鴻，平沙消盡龍荒❶雪。猶記出關
來，恰如今時節。將發，畫樓芳酒，紅淚❷清歌，便成輕別。

回首經年，杳杳音塵都絕。欲知方寸❸，共有幾許新愁？芭蕉不展丁香結❹。憔悴一天涯，兩厭厭風月。

【詞牌】〈石州慢〉，一名〈柳色黃〉、〈石州引〉、〈石州〉。

・賀方回眷一姝，別久，姝寄詩云：「獨倚斜闌淚滿襟，小園春色嬾追尋，深恩縱似丁香結，難展芭蕉一寸心。」賀用其語，賦〈石州慢〉答之，有「芭蕉不展丁香結」之句，詞中首闋第四句，「長亭柳色纔黃」，故名〈柳色黃〉。（《能解齋漫錄》）

・〈石州慢〉，唐曲，見郭樂府《羯鼓錄》。（《詞調溯源》）

【詞律】〈石州慢〉，雙調，一百二字，前段十句，四仄韻，後段十一句，五仄韻。此調以此詞為正體。

此詞前後段兩結句，例作上一下四句法，填者辨之。

【注釋】❶龍荒　即龍沙。塞外荒寒，故云龍荒。❷紅淚　血淚。❸方寸　心曲。❹芭蕉不展丁香結　李商隱〈代贈〉詩：「芭蕉不展丁香結。」丁香花蕾叢生，喻人愁心不能開展。

【語譯】微雨剛過，寒意新斂，斜陽散射出縷縷晴光，春天又蕩漾在我們的心中來了。長亭上的楊柳漸已變黃，馬上誰人最先折取呢？煙光橫在漫漫水天中，襯映著幾隻歸來的鴻雁，沙堆上的龍沙白雪漸亦消融盡了。還記得出關時，也是這個時節。

將近出關前，樓頭上的美酒，清歌聲中帶著淚痕，轉眼便成離別。回想從前一切，音塵杳杳，甚麼都沒有了。想知道心中共有多少新愁？但芭蕉葉子的丁香花蕾並未開展。現在天各一方，形容憔悴，何況更對著這些惱人的風月。

【賞析】此別後思念之作。首闋春日，長亭折柳，分別者不僅己身。水邊沙際雪已銷溶，前歲出塞，即是此景。

下闋即明點送別，紅淚清歌，已是一年，心中越來愁恨越多，芭蕉不展化李商隱詩句極好，收二句一天涯，兩風月，造詞新穎。《文心雕龍》：惟片言而居要，乃一篇之警策。方回善於煉字，多從晚唐詩句脫化。

144

蝶戀花❶

賀鑄

幾許傷春春復暮，楊柳清陰，偏礙游絲度。天際小山桃葉❷步，
白蘋花滿湔❸裙處。竟日微吟長短句，簾影燈昏，心寄胡琴語。
數點❹雨聲風約住，朦朧淡月雲來去。

【注釋】❶蝶戀花 《陽春白雪》卷二載此首，注云：「賀方回改徐冠卿詞。」❷桃葉 王獻之妾名桃葉。❸湔 洗也。❹數點 李冠詞亦有此二句。

【語譯】多少回感傷春光，但春光轉又逝去，楊柳下清陰一片，偏又阻礙游絲的飄度。遠遠的小山邊有一個桃葉渡口，洗衣服的地方已經長滿白蘋花了。

我盡日地吟誦新詞，簾影中透出微弱的燈光，而胡琴最能把我的心事表露出來。幾點的雨聲被風聲遮斷了，白雲飄過，隱約中照出一輪淡月。

【賞析】方回善于借景言情，起三句春景，晚景，「楊柳清陰，偏礙游絲度。」這是詞人的誇張，密密的柳條，密得似春氣息都透不進去了。這是方回斷腸的心結，及物賦情。所以下二句桃葉、湔裙，不都是其中有人，呼之欲出？

下闋終日閒寂，采筆新題，或寄心一曲。風靜雨止，月光在雲影朦朧中。後二句亦是寓情於景。

145 天門謠

登采石蛾眉亭❶

賀鑄

牛渚天門險，限南北、七雄豪占❷。清霧斂，與閒人登覽。

待月上潮平波灩灩❸，塞管輕吹新阿濫❹。風滿檻，歷歷數、西州❺更點。

【詞牌】此或賀氏自製曲。

【詞律】共四十五字，八仄韻。《詞律》收李之儀和賀詞一首。

【注釋】❶蛾眉亭 《輿地紀勝》云：采石山北臨江有磯，曰采石，曰牛渚，上有蛾眉亭。《安徽通志》云：「蛾眉亭在當塗縣北二十里，據牛渚絕壁，前直二梁山，夾江對峙如美人眉樣，故名。」❷七雄豪占 梁山在春秋戰國時為吳林之地。春秋昭公十七年，楚獲吳乘舟餘皇處也。兩山岸江，相望數里，為大江之關要。下迄南朝，多為兵家要津。❸灩灩 水上月光。❹阿濫 即〈阿濫堆〉，曲名。驪山有鳥名阿濫堆，唐玄宗以其聲翻為曲，人競效吹，見《中朝故事》。❺西州 西州城，晉揚州刺史治所，在江寧府上元縣，距采石八十五里，此遙聞更鼓之聲，作者想像之詞。

【語譯】采石磯是一個險要的地方，它把南北分隔，七雄都想爭著來占領。現在雲霧散盡，只給閒人游賞。

等月兒出來，浪平潮靜，散射出灩灩的波光，最好用塞管吹奏〈阿濫堆〉的新曲，闌干上清風吹過，很清晰地可以聽到西州的更鼓聲聲。

【賞析】登覽之詞，人與境要相得益彰，此采石、牛渚，唐代大詩人李白、孟浩然都有名篇，傳誦至今。

牛渚之險，為自古兵家必爭之地，起句點出，限南北，七雄豪占。清霧二句，才到自身登臨，是境與人合矣。

下闋寫夜游，月上潮平，忽聽輕吹。風聲中又帶來西州城更點，從一身游賞，而聯繫到南朝西州古迹，是又人與境、古與今之合，都極合此題。

146 天香

賀鑄

煙絡❶橫林，山沉遠照，迤邐❷黃昏鐘鼓。燭映簾櫳，蛩❸催機杼，共苦清秋風露。不眠思婦，齊應和、幾聲砧杵❹。驚動天涯倦宦，駸駸❺歲華行暮。

當年酒狂自負，謂東君❻、以春相付。流浪征驂❼北道，客檣❽南浦，幽恨無人晤語。賴明月、曾知舊游處，好伴雲來，還將夢去。

【詞牌】〈天香〉，《詞律》二體，雙調，正王充（一作王觀）一體，九十四字，又唐藝孫一體，九十六字。《詞譜》八體，雙調，除上王觀一體外，又收正賀鑄一體，九十六字，又毛滂一體，吳文英二體，景覃二體，均九十六字，劉擬一體，九十五字。

・《法苑珠林》云：「天童子、天香、甚香。」調名本此。（《詞譜》）

・〈天香〉采宋之問詩「天香雲外飄」。（《填詞名解》）

按〈天香〉非采自唐宋之問詩：「天香雲外飄。」梁時庾信〈同泰寺浮圖〉詩：「天香下桂殿，仙梵入伊笙。」已早言之。又〈天香〉見於經典者非一，如《法華經・法師功德品》：「如是等天香和合所出之香無不聞知。」《樂府補題》宋遺老王沂孫等擬賦〈龍涎香〉諸作，均用〈天香〉調。

【詞　律】〈天香〉，雙調，九十六字，前段十句，五仄韻，後段八句，六仄韻。

【注　釋】❶絡　網絡。❷迤邐　綿延。❸蛩　秋蟲。❹砧杵　砧，石也。杵，搗衣槌。縫製寒衣搗練之聲。❺駸駸　馬奔馳貌，喻時間迅速。❻東君　司春之神。❼驂　馬匹。❽檣　船也。

【語　譯】煙光橫罩林間，霞光向山間沉落，黃昏時的鐘鼓遠近相連。燭光從簾幕中透出，秋蟲催人，要趕快縫製寒衣，大家都很害怕秋天的肅殺。那個懷人思婦無法入睡，不斷聽到砧杵的應和之聲。連我這個在遠方遊宦的人也感到十分驚心，很快地又要步入晚年了。

當年曾經很自負的，縱酒狂飲，並要求東君把春天永遠給我。後來騎著馬兒浪迹北方，然後又坐船到南方去，有誰能理解我的心情呢？幸而明月還知道我以前的遊迹，所以陪伴雲兒到來，同時更將我的夢兒送走。

【賞　析】滿紙秋夜倦旅，寫來豪放，介於蘇、辛之間。起煙橫山遠，鐘鼓聲迤邐傳來，朱祖謀以為此詞橫空盤硬語是也。燭映以下入夜景，思婦不眠，倦客遲暮，思婦是賓，倦客是主。

下片當年使酒佯狂，以為春是我春，年來無人晤語，情何冷落。明月三句，不落痕迹，餘情娓娓。

147

望湘人

春思

賀鑄

厭鶯聲到枕，花氣動簾，醉魂愁夢相半。被惜餘薰，帶驚賸眼❶，幾許傷春春晚。淚竹❷痕鮮，佩蘭香老，湘天濃暖。記小江、風月佳時，屢約非煙❸游伴。

須信鸞絃❹易斷，奈雲和❺再鼓，曲中人遠。認羅襪無蹤，舊處弄波清淺❻。青翰❼棹艤，白蘋洲畔，盡日臨皋飛觀❽。不解寄、一字相思，幸有歸來雙燕。

【詞牌】〈望湘人〉，《詞律》、《詞譜》均收賀鑄一調，雙調，一百七字。

〈望湘人〉係東山自度曲。

【詞律】〈望湘人〉，雙調，一百七字，前段十一句，五仄韻，後段十句，六仄韻。

【注釋】❶賸眼　謂消瘦之意。❷淚竹　堯有二女，為舜妃。舜死後，二女洒淚于竹，成為斑竹。見《博物志》。❸非煙　唐武公業妾，姓步氏。皇甫枚有〈非煙傳〉。❹鸞絃　《漢武外傳》：「西海獻鸞膠，武帝絃斷，以膠續之，絃二頭遂相著，終月射，不斷，帝大悅。」後世就稱續娶為「續膠」或「續絃」。❺雲和　樂器名，首為雲象，琴瑟都可稱。❻認羅襪二句　二句仍用〈洛神賦〉。❼青翰　船。刻鳥于船，塗以青色，故名。《說苑》：「鄂君子晳之汎舟於新波之中也，乘青翰之舟。」❽臨皐飛觀　澤邊高樓。

【語譯】最討厭黃鶯的聲音傳入枕畔，花香也透過簾幕進來，心魂抱醉，半是愁，半是夢。繡被中仍然留有餘香，很值珍惜，而羅帶則剩下幾個眼孔，使人驚心，春光易逝，結果換回多少回的傷感。斑竹上的淚痕仍新，而佩袋中的蘭香則逐漸消退，湖南的天氣使人感到十分溫暖。記得以前江上風光無限，還屢次的邀約非煙做我們的遊伴。

應該知道鸞絃容易中斷，即使再拿起雲和演奏，無奈人已遠去，曲中只是無限的離緒。現在也無法尋覓以前踏過的蹤迹，玩水的地方已經清淺多了。乘著一隻青翰之舟，在白蘋洲旁邊，儘可以看見很多河畔的高樓畫閣。便有相思兩字，但不知道怎樣可以寄達，幸而見到一雙燕子遠遠歸來。

【賞析】此詞以鶯聲起，燕歸來為結。鶯可厭，燕可幸，真傷心人別有懷抱。起二句盛藻絕麗，方回本色。被惜以下至游伴，傷春傷離，自驚消瘦。

下片不說人去而言絃斷，羅襪無蹤，空對水際扁舟，凝想極目，最後燕來成雙，也許是可幸冀之兆，終不似鶯驚好夢。詞意曲折，往復不盡。

148

綠頭鴨

賀　鑄

玉人家，畫樓珠箔❶臨津。託微風、彩簫流怨，斷腸馬上曾聞。宴堂開、豔妝叢裏，調琴思、認歌顰。麝蠟煙濃，玉蓮漏短，更衣不待酒初醺。繡屏掩、枕鴛相就，香氣漸暾暾❷。回廊影，疏鐘淡月，幾許消魂？翠釵分、銀箋封淚，舞鞋從此生塵。任蘭舟、載將離恨，轉南浦、背西曛❸。記取明年，薔薇謝後，佳期應未誤行雲❹。鳳城❺遠、楚梅香嫩，先寄一枝春。青門❻外，祇憑芳草，尋訪郎君。

【注釋】❶箔　簾也。❷暾暾　香氣盛滿意。❸曛　日入餘光也。❹行雲　喻美人，用巫山神女，朝為行雲事。❺鳳城　古長安有丹鳳闕，故稱長安為鳳城。❻青門　長安城門，邵平種瓜處。

【語譯】她的家中，有美麗的畫閣和珠簾，而且靠近水邊。趁著輕風，送來幽怨的簫聲，傷心腸斷，在馬上遠遠地亦可聽到。堂前開宴，女子們都換上美麗的盛妝，調弄琴絃，而我還能認得她的歌聲。麝香的蠟燭冒出一股濃煙，玉蓮漏斗很快又滴滿了，未等到酒至微醉，就趕緊去寬衣了。

把屏風掩上，鴛鴦枕並排一起，未幾通室充滿香氣，回廊上的夜影，傳來稀疏的鐘聲和清淡的月色，使人渾忘一切。

自從珏鈿分擘，鈿色的信箋染上淚痕，跳舞的鞋子從此也就封上灰塵了。任著木蘭輕舟，載著一船離恨，轉向南方的水路，背著太陽西斜。記得留待明年，薔薇花謝了，佳期不會被行雲所誤。鳳城已經距離太遠了，江南的梅花比較香嫩，最好趁著春天，先寄一枝給我。青門以外，只能憑著芳草，認取郎君的消息。

【賞析】此歡情別後猶希冀相逢之作。起玉人珠箔臨津，簫聲曾聞，用秦樓弄玉成仙故事。宴闌漏短，幾許消魂，是歡愛之寫實。

下段敘分應上幾許，正無多時，蘭舟南浦，夕照消魂。記取以下寄望來年，寄我梅信，憑芳草，尋郎君，情濃詞豔。陳廷焯謂方回詞胸中眼中，另有一種傷心說不出處。此正含蓄不吐。王國維以為非不華贍，惜少真味。本事不明，何須附會，謂少真味，亦是刻舟。周濟論詞，「有寄託入，無寄託出」，可以參透方回諸作。

149 石州慢

張元幹

寒水❶依痕，春意漸回，沙際❷煙闊。溪梅晴照生香，冷蕊數枝爭發。天涯舊恨，試看幾許消魂？長亭門外山重疊，不盡眼中青，是愁來時節。情切，畫樓深閉，想見東風，暗消肌雪。孤負枕前雲雨，尊前花月。心期切處，更有多少淒涼，殷勤留與歸時說。到得再相逢，恰經年離別。

【作　者】元幹字仲宗，長樂人。自號蘆川居士。向子諲之甥。生於元祐六年（一〇九一）。曾為李綱行營屬官。官至將作少監。四十一歲致仕。紹興中，坐以詞送胡銓，得罪除名。紹興末尚在，約壽七十餘。有《蘆川詞》一卷，見六十家詞刊本。又二卷本，有雙照樓景宋元明詞本。

【注　釋】❶寒水　杜甫〈冬深〉詩：「寒水各依痕。」❷沙際　杜甫〈閬水歌〉詩：「更復春從沙際歸。」

【語　譯】寒水還留下一些凍痕，春天又漸漸地回到人間，沙岸畔蒼煙迷漫。溪邊的梅花在晴光下幽香裊裊，幾朵清冷的花枝爭妍鬥麗。現在天各一方，舊時的情意，試問又多使人心蕩魂消？長亭門外亂山綿亙，望不斷青青一片，這個季節，很容易使人傷感。

現在情感很激動，想起樓臺深鎖，一年一度的東風，冰雪的肌膚亦快消磨盡了。枕上的雨雲情思，尊前的花月風光，轉眼都成過去。心中的期盼，以及無限淒清，殷勤地留待歸來以後細說。到將來再見面時，差不多又是一年的離別了。

【賞析】詞寫春來相憶，起首寒水煙闊，溪梅則香發，而引起消魂，山遠路遙，愁來時節。下闋則想望閨中，暗消肌雪，我亦孤負風月，收二句離別已經年，有多少淒涼，要歸時細說。作者紹興中有送胡邦衡詞，因而獲罪。黃蓼園謂此篇起三句是望天意之回。寒枝句是望謫者復用。天涯句至時節，是目斷中原又恐不明。想見二句是遠念同心者應亦瘦損。負枕句借夫婦喻朋友。送友除名，感而託之思家，亦古詩棄友、逐臣之意。

150

蘭陵王

張元幹

捲珠箔，朝雨輕陰乍閣❶。闌干外，煙柳弄晴，芳草侵階映紅藥。東風妒花惡，吹落梢頭嫩萼。屏山掩，沉水❷倦熏，中酒心情怯杯勺❸。尋思舊京洛，正年少疏狂，歌笑迷著。障泥油壁❹催梳掠，曾馳道❺同載，上林❻攜手，燈夜初過早共約，又爭信飄泊？寂寞，念行樂。甚粉淡衣襟，音斷絃索，瓊枝璧月❼春如昨。悵別後華表，那回雙鶴❽。相思除是，向醉裏，暫忘卻。

【注　釋】❶乍闔　初停。❷沉水　檀香名。❸杯勺　盛酒之器，即以代表酒。❹障泥油壁　障泥原為馬腹上護泥之布墊，此處即以代表馬。油壁原為車上油飾之壁，此處即以代表車。❺馳道　宮中道路。❻上林　宮名。❼瓊枝璧月　喻美好生活。❽雙鶴　用丁令威事，見前王安石〈千秋歲引〉頁九四注❹。

【語　譯】捲起珠簾，朝雨剛行停止，天色有些陰暗。闌干的外邊，柳絲飄揚於晴光中，綠草滿階，與紅色的芍藥相輝映。東風十分妒忌花枝，把枝頭上幼嫩的花蕊吹落了。我把屏風拉下，陣陣的檀香氣息使人慵倦，醉酒多回，使人害怕再喝下去了。

回想以前在長安、洛陽一帶，正是少年狂放，沉迷於歌舞中，華貴的車馬催促我們妝扮，然後一同在大路上飛馳，在上林園中攜手散步，華燈初上，而我們早就約好見面了，又怎會想到生涯飄泊這回事呢？想起一切的歡樂，不禁更增加心情的落寞。衣衫的色彩已經淡舊，琴絃上的音符亦已中斷，所有美好的生活都像昨天一般過去了。就像那對歸來華表柱的白鶴，感慨很多。所有的相思，除非在夢中，才能暫行忘卻。

【賞　析】傷春惜別，與〈石州慢〉同一感懷。起首陰晴不定，東風妒花，吹落嫩萼，亦可以寄託身世。一室愁寂，只是病酒。尋思京洛，追憶舊日，而又飄泊。伊人粉淡衣襟，像瓊枝璧月般難得一見，只有春光如昨。何時歸去，這相思惟醉酒才能忘卻。詞中兩結，都是酒醉，真是何以解憂，惟有杜康，非身當其境者，何以知之？

151 賀新郎

葉夢得

睡起流鶯語，掩蒼苔、房櫳向晚，亂紅無數。吹盡殘花無人見，惟有垂楊自舞。漸暖靄、初回輕暑，寶扇重尋明月影❶，暗塵侵、上有乘鸞女❷。驚舊恨，遽如許。

江南夢斷橫江渚，浪黏天、葡萄漲綠❸，半空煙雨。無限樓前滄波意，誰采蘋花❹寄取？但悵望、蘭舟容與，萬里雲帆何時到？送孤鴻、目斷千山阻。誰為我，唱〈金縷〉❺？

【作者】夢得字少蘊，吳縣人。清臣曾孫。生於熙寧十年（一〇七七）。紹聖四年（一〇九七）進士。累官中書舍人，翰林學士、吏部尚書、龍圖閣直學士、帥杭州。高宗朝，除尚書右丞、江東安撫使，兼知建康府行宮留守。移知福州，提舉洞霄宮。居吳興弁山，自號石林居士。紹興十八年（一一四八）卒，年七十二。贈檢校少保。有《石林詞》一卷，見六十家詞刊本及葉德輝刊本。

【注　釋】❶寶扇重尋明月影　古詩〈怨歌行〉：「裁為合歡扇，扇扇似明月。」❷乘鸞女　《龍城錄》：「九月望日，明皇遊月宮見素娥千餘人，皆皓衣乘白鸞。」王安石〈題扇〉詩：「玉斧修成寶月團，月中應有女乘鸞，青冥風露非人世，鬢亂釵橫特地寒。」❸葡萄漲綠　李白〈襄陽歌〉詩：「遙看漢水鴨頭綠，恰似葡萄初醱醅。」❹蘋花　柳宗元〈酬曹侍御過象縣見寄〉詩：「春風無限瀟湘意，欲采蘋花不自由。」❺金縷　曲名。

【語　譯】睡醒時，聽到黃鶯唽嚦，暮色籠罩房子，到處爬滿蒼苔，還有無數的飛花。然而吹盡以後也沒有人看見，只有柳絲獨自飄舞。天氣漸漸變暖，暑天亦開始來到，寶扇搖涼，希望重尋以前明月舊影，未幾陰雲遮蔽，隱約看到很多乘鸞仙女，想起舊時一切，真是過得太快了。

現在江南夢覺，一條孤舟橫在水邊，白浪拍天，又像葡萄的漲起綠波，半空中煙雨迷濛。樓前碧波悠悠，一望無盡，誰會採摘一朵蘋花寄去？只有悵然遠望，木蘭船徜徉在輕波中，萬里迢迢，一隻輕舟何時可到？目送孤雁遠去，視線未幾便被眾山遮斷，誰能為我唱一闋〈金縷曲〉呢？

【賞　析】石林詞采婉麗，有溫、李之風。晚年淡靜，頗似東坡。此篇據劉昌詩《蘆浦筆記》：「慶元庚申，石林之孫筠守臨江，嘗從容語及，謂賦此詞時年方十八，而傳者乃云為儀真妓女作，詳味句意皆不相干，或是書此以遺之耳。」起首傍晚春景，漸暖靄，是初夏將至，故思寶扇，但此間實指圓月之夜，意象雙關。月中素娥乘鸞，引起明皇舊事，不免懷古之情乃爾。下闋從月照江渚，誰采蘋花，蘭舟容與，皆不必實指有所戀。萬里以下賦行役，收二句思及時行樂，詞中亦無本事可尋，是自話自語而已。

152 虞美人

雨後同幹譽、才卿置酒來禽❶花下作

葉夢得

落花已作風前舞（仄韻），又送黃昏雨（韻）。曉來庭院半殘紅（平韻），惟有游絲（豆）、千丈嫋晴空（韻）。

殷勤花下同攜手（換仄韻），更盡杯中酒（韻）。美人不用斂蛾眉（換平韻），我亦多情（豆）、無奈酒闌時（韻）。

【注釋】❶來禽　即林檎之別名。今花紅即古林檎，北方又稱沙果。

【語譯】落花在風中紛紛飄舞，同時剛送來一霎黃昏細雨。早上的時候，院中半布殘紅，只有柳絲，仍然高高地飄蕩於晴朗的天空裏。

我們在花間裏依依攜手，更把杯中的酒一飲而乾。美人您不要再皺起眉頭了，我感慨亦很豐富，無奈現在又是酒闌人散的時候。

【賞析】詞題是雨後置酒來禽花下之作，有二良友相伴，昨日傍晚之雨，落花飛舞。今晨晴空，故低徊花下惜花惜春，同盡盃中之酒。古人置酒，多有美人在座，所以結句美人嬌愁，我亦多情之人，自爾工愁，又當此酒闌歡散之頃刻，則尤生愁。美人不用斂蛾眉，勸慰之亦所以減少自己之愁懷，文筆婉曲，令人魂銷。

153

點絳脣

汪藻

新月娟娟，夜寒江靜山銜斗❶。起來搔首，梅影橫窗瘦。好箇霜天，閒卻傳杯手。君知否？亂鴉啼後，歸興濃如酒。

【作者】藻字彥章，饒州德興人。生於元豐二年（一〇七九）。崇寧五年（一一〇六）登進士。高宗朝，累官中書舍人，兼直學士院，擢給事中，遷兵部侍郎，拜翰林學士。紹興八年（一一三八），以顯謨閣學士知徽州，徙宣州。以嘗為蔡京、王黼客，奪職，居永州。二十四年（一一五四）卒，年七十六。有《浮溪詞》一卷，見彊村叢書刊本。

【詞牌】〈點絳脣〉，一名〈點櫻桃〉、〈十八香〉、〈沙頭雨〉、〈南浦月〉、〈一痕沙〉、〈尋瑤草〉。

・〈點絳脣〉採江淹詩：「白雪凝瓊貌，明珠點絳脣。」本調採以名詞。（《填詞名解》）

・按此名甚豔，蓋謂女郎口脂也，故又名〈點櫻桃〉；至更名〈南浦月〉、〈沙頭雨〉，則取作家詞中語耳。（《白香詞譜題考》）

【詞律】〈點絳脣〉，雙調，四十一字，前段四句，三仄韻，後段五句，四仄韻。

【注釋】❶斗　星名。

【語譯】一彎新月，天氣寒冷，江面靜寂，北斗星橫在山頂。我起來抓抓頭髮，梅影瘦削的在窗前招展。

好一箇霜雪漫天的天氣，手上也沒有機會傳遞酒杯。你知道嗎？噪亂的鴉聲啼過以後，歸家的心情比酒還要濃冽。

【賞析】此行役之夜，睹景寫懷，一似張繼〈楓橋夜泊〉，賦月落烏啼霜滿天也。起首「新月」，「寒江」，「山銜斗」。斗韻清峭有味，前人所未曾道。如此良夜，梅影又復橫窗。

下片「好箇霜天」對景喝采，但無酒傳盃，大煞風景。繼之一陣亂鴉啼後，思歸之興又比酒濃，是不思酒而思歸耳，語卻新奇有味。是極端落寞中，以蘊藉之筆出之，亦詞中之味。

154 喜遷鶯

曉行

劉一止

曉光催角❶，聽宿鳥未驚，鄰雞先覺。迤邐煙村，馬嘶人起，殘月尚穿林薄❷。淚痕帶霜微凝，酒力衝寒猶弱。歎倦客，悄不禁重染，風塵京洛❸。

追念人別後，心事萬重，難覓孤鴻託。翠幌❹嬌深，曲屏香暖，爭念歲華飄泊。怨月恨花煩惱，不是不曾

經著。（韻）者情味，（句）望一成消減，（句）新來還惡。（韻）

【作者】一止字行簡，湖州歸安人。生於元豐二年（一〇七九）。宣和三年（一一二一）進士。紹興初，召試，除祕書省校書郎，歷給事中。二十二年（一一五二），祕閣修撰致仕，進敷文閣待制。紹興三十年（一一六〇）卒，年八十二。有《苕溪樂章》一卷，見彊村叢書刊本。

【詞牌】〈喜遷鶯〉，一名〈喜遷鶯令〉、〈鶴冲天〉、〈鶴冲霄〉、〈燕歸梁〉、〈早梅芳〉、〈早梅芳近〉、〈春光好〉、〈烘春桃李〉。

・此調有小令長調兩體，小令起於唐人，《太和正音譜》注黃鍾宮，因韋莊詞有「爭看鶴冲天」句，更名〈鶴冲天〉；馮延巳詞有「拂面春風長好」句，名〈春光好〉；宋夏竦詞名〈喜遷鶯令〉；晏幾道詞名〈燕歸來〉；李德載詞有「殘臘裏早梅芳」句，名〈早梅芳〉。長調起于宋人，《梅溪集》注黃鍾宮，《白石集》注太簇宮，俗名中管高宮，江漢詞一名〈烘春桃李〉。長調以唐詞及蔣詞為正體，其餘攤破句法，皆變體也；若姜夔詞之添字，自注高宮者，又與各家不同。（《詞譜》）

【詞律】〈喜遷鶯〉，雙調，一百三字，前段十一句，五仄韻，後段十一句，四仄韻。

【注釋】❶角　號角聲。❷薄　草叢生處。❸風塵京洛　陸機〈為顧彥先贈婦〉詩：「京洛多風塵。」❹幌　簾幙。

【語譯】晨光催速角聲的吹奏，鳥兒在睡夢中尚未驚覺，鄰近的公雞就醒來啼叫了。煙霧籠罩村莊，連綿不斷，馬兒嘶叫，人也起床，殘月仍然穿透林間。淚痕染上一層薄霜，漸行凝結，酒力衝著寒意，略感微弱。想我久已浪迹天涯，相信再無法染指消受京洛一帶的無限風光了。

想起跟她分別以後，縱有萬般心事，也難以找到一隻鴻雁寄達的了。翠綠的紗帳顯得很深邃，曲折的屏風裏微溢出一股暖香，又怎會想到年華的飄泊無依。埋怨風月無情，勾惹煩悶，並不是沒有嘗過。這般滋味，希望能全部消退，但再發生後情況似乎更為惡劣。

【賞析】題作曉行，宿鳥鄰雞，馬嘶殘月，一似溫飛卿詩：雞聲茅店月，人迹板橋霜。陳振孫《直齋書餘解題》云：「行簡是詞盛稱京師，號劉曉行。」名不虛也。淚痕以下至風塵京洛，是行役之感。下片思家，翠幌嬌深，曲屏香暖，是大好閨情，爭奈飄泊何？人在飄泊中，對花對月都起煩惱，所以杜甫〈春望〉詩：「感時花濺淚，恨別鳥驚心。」作者亦是經著，這種情味，希望能減少一成，但新來還惡，是不但不減反而又增加了。苦語有味，故應傳誦。

155

燕山亭❶

北行見杏花

趙佶

裁翦冰綃❷，輕疊數重，淡著燕脂勻注。新樣靚妝❸，豔溢香融，羞殺蕊珠❹宮女。易得凋零，更多少、無情風雨。愁苦，問院落淒涼，幾番春暮？

憑寄離恨重重，者❺雙燕何曾，會人言

語？天遙地遠，萬水千山，知他故宮何處？怎不思量？除夢裏、有時曾去。無據，和夢也、新來不做。

【作者】佶即徽宗，神宗第十一子。生於元豐五年（一〇八二）。建元建中靖國、崇寧、大觀、政和、重和、宣和，在位二十五年。內禪皇太子，尊帝為教主道君太上皇帝。靖康二年，為金人所俘，北去。紹興五年（一一三五），卒五國城（今吉林寧安縣附近），年五十四。平生於詩文書畫之外，尤工長短句，近人曹元忠輯有《宋徽宗詞》。

【詞牌】〈燕山亭〉，一名〈宴山亭〉。

・此調本名〈燕山亭〉，恐是燕國之「燕」，《詞匯》作〈宴山亭〉，非也。（《詞律》）

按徽宗此詞，北狩時作也，題為〈北行見杏花〉。考燕山，山名，在河北薊縣東南，周召公曾受封于此，國號燕，轄有河北北部及東北部，徽宗北狩時，見景生情，因情製調，由調命題，借題寫意，腔或創自此詞。

【詞律】〈燕山亭〉，雙調九十九字，前段十一句，五仄韻，後段十句，五仄韻。

【注釋】❶燕山亭　此為徽宗被金人擄去，北行途中見杏花作。❷冰綃　王勃〈七夕賦〉：「引鴛杼兮割冰綃。」綃，似縑而疏的素。冰綃，潔白的縑。❸靚妝　司馬相如〈上林賦〉：「靚妝刻飾。」靚妝，是指有粉黛的妝飾。❹蕊珠　《十洲記》：「玉晨大道君治蕊珠貝闕。」道家指天上宮闕叫蕊珠貝闕。❺者　同這。

【語譯】剪貼輕紗，挼成數疊，輕輕地加上幾點勻和的臙脂。多新穎的妝飾，濃豔中散發了縷縷幽香，連蕊珠仙女的姿色也比不上。但不久便會萎謝了，更何況那些無情風雨的蹂躪。多痛苦啊！借問冷落的庭院裏，現在又醞釀了多少番晚春天氣？

想託牠們給我帶上滿腔離愁別緒，但燕子們又怎會懂得人類的悲哀呢？天地迢迢，關山間阻，舊時的宮闕又在那兒？怎不使人懷念呢？幸而夢中有時還可以去到，可惜一切都完了，近來連夢也不做了。

【賞　析】此篇為宋徽宗（靖康二年）被金人擄脅，北行見杏花作。徽宗與李後主為最好之文學家，而非好君主，胡塗昏憒，國亡身死，可是留下來的詞，迷離恍惚，纏綿天真，又帶給人無限讚賞和興歎。起首冰綃至羞殺蕊珠宮女，極端描寫花的高貴，有自喻之意。易得凋零以下花與人夾寫，風雨無情，幾番春暮。下片直抒胸臆，離恨是故宮何處，除夢裏能去，而夢近來也不做，曲折淒豔。王國維曰：「尼采謂一切文學，余愛以血書者，後主之詞真所謂以血書者也，宋道君皇帝〈燕山亭〉詞略似之。」以血書者，真實之情，噴迸而出，此詞下片與上片，似不連屬，可是以花愁苦之思，直逼下闋，遂覺一氣，沉痛之至。

156 高陽臺　除夜

韓疁

頻聽銀籤❶，句 重然絳蠟❷，句 年華袞袞❸驚心。韻 餞舊迎新，句 能消幾刻光陰？老來可慣通宵飲？待不眠、還怕寒侵。掩清尊，多謝梅花，伴我微吟。

鄰娃已試春妝了，更蜂腰❹簇翠，燕股橫金。勾引東風，也知芳思難禁。朱顏那有年年好，逞豔游、贏取如今。恣登臨，殘雪樓臺，遲日園林。

【作者】疁字子耕，號蕭閒。有《蕭閒詞》一卷，不傳。趙萬里有輯本。

【詞牌】〈高陽臺〉，一名〈慶春澤〉、〈慶春澤慢〉、〈慶春宮〉。

・〈高陽臺〉取宋玉賦神女事，又漢習郁于峴南作養魚池，中築釣臺，是燕遊名處，山簡為荊州，每臨此池，輒大醉曰：「此吾高陽池也。」（《填詞名解》）

【詞律】〈高陽臺〉，雙調，一百字，前段十句，四平韻，後段十句，五平韻。

【注釋】❶銀籤　指更漏。❷絳蠟　指紅燭。❸袞袞　即匆匆意。❹蜂腰　剪綵為蜂為燕以飾鬢。

【語譯】更鼓聲聲，重新燃上紅燭，歲華匆匆，使人驚心動魄。送去舊的，迎接新的來臨，能夠消磨多少時間呢？老大以來，是否習慣於痛飲通宵呢？等到睡不著的時候，則又害怕寒氣侵襲。蓋起酒樽，很多謝梅花，伴著我低聲吟誦。

鄰近的女郎已經試穿春衣了，同時更插上蜂腰形的翠翹，以及燕股形的金釵。勾引東風，也知道思春的情緒無法壓抑。紅潤的顏色豈會年年保持，盡情的冶遊吧，我們要把握今天。何妨開心地登上蓋有殘雪的樓臺，以及暖日祥和下的一片美麗園林。

【賞析】作者以[illegible]宮筆墨，無刻畫求工而實自鍛鍊中得來，絢麗而後平淡，為文學最後的高超境界。此詞是年老除夜之感，起即驚心年華，當此餞舊迎新之夕。老來以下已不慣通宵之飲，不眠又冷，只有梅花，伴著孤吟，真是十分清寒。下闋鄰娃和老人心情不似，正著意梳妝，大概是東風勾引了她的芳思。朱顏難再，東風已難勾引老人，鄰娃是該逞豔、贏取當前的辰光，去恣意登臨歡賞，言下反跌自身是少此筋力了。

157 漢宮春

李邴

瀟灑江梅，向竹梢疏處，橫兩三枝。東君也不愛惜，雪壓霜欺。無情燕子，怕春寒、輕失花期。卻是有、年年塞雁，歸來曾見開時。

清淺小溪如練❶，問玉堂❷何似，茅舍疏籬？傷心故人去後，冷落新詩。微雲淡月，對江天、分付他誰？空自憶、

清香未減，句 風流不在人知。韻

【作　者】邴字漢老，號雲龕居士，濟州任城（今山東濟寧）人。昭玘猶子。生於元豐八年（一〇八五）。崇寧五年（一一〇六）進士。累官翰林學士。紹興初，拜參知政事、資政殿學士，寓泉州。紹興十六年（一一四六）卒，年六十二，諡文敏。有《雲龕草堂集》，不傳。

【詞　牌】《漢宮春》，一名《漢宮春慢》。

【詞　律】《漢宮春》，雙調，九十六字，前後段各九句，四平韻。

【注　釋】❶清淺小溪如練　謝朓《晚登三山還望京邑》詩：「澄江靜如練。」❷玉堂　謂豪貴之宅第。古樂府《相逢行》：「黃金為君門，白玉為君堂。」

【語　譯】江上的梅花清瘦瀟灑，向著竹林疏落的地方，幽幽地綻放兩三朵。春風亦不懂得珍惜，任由霜雪的欺壓。燕子無情，怕春天太冷，很容易又誤了花期。現在只有，一年一度南返的鴻雁，回來時候也許會碰上花開。

溪水清澈得像一條玉帶，借問高樓大廈，何以比得上普通的竹籬茅舍？自從故人一去，除了感傷以外，連寫詩的興致也沒有。霜天明月，對著茫茫江面，究竟要跟誰一起欣賞呢？徒然地想起，幽香毫未減少，所有風流蘊藉不是別人所能理解的。

【賞　析】此賦梅花詞，起首說梅枝兩三，瀟灑橫出竹梢，瀟灑二字已得梅丰神。梅被雪壓霜欺，東君又何曾愛惜？燕子也遲了花期，只有塞雁回來及開時。平平敘來亦是實話。

下片梅生于溪邊，問玉堂二句，以顯示詞品、人品、花品。傷心二句無人歌詠，對江天，分付他誰。空自憶，是自甘淡泊不要人知。許昂霄以為圓美流轉，何減美成？

158

臨江仙

陳與義

高詠楚辭酬午日❶，天涯節序匆匆。榴花不似舞裙紅，無人知此意，歌罷滿簾風。

萬事一身傷老矣，戎葵❷凝笑牆東。酒杯深淺去年同，試澆橋下水，今夕到湘中。

【作者】與義字去非，號簡齋。本蜀人，後徙居河南葉縣。生於元祐五年（一〇九〇）。登政和三年（一一一三）上舍甲科。紹興中，歷中書舍人，拜翰林學士，尋參知政事。以病乞祠，提舉洞霄宮。紹興八年（一一三八）卒，年四十九。少學詩於崔德符，問作詩之要，崔曰，工拙所未論，大要忌俗而已，嘗賦墨梅，受知徽宗，遂登冊府，高宗尤喜其〈客子光陰〉詩卷裏，杏花消息雨聲中之句。天分既高，用心亦苦，意不拔俗，語不驚人，不輕出也。有《無住詞》一卷，見六十家詞刊本及彊村叢書本。

【注釋】❶高詠句　午日，端午。弔屈原，故詠《楚辭》。❷戎葵　今蜀葵，花如木槿。

【語　譯】高聲朗讀《楚辭》來消磨這些夏日的午後，江湖流落，時序過得真快。石榴花比不上舞裙的紅色，沒有人明白箇中的意思，一曲而罷，但覺涼風習習，從窗子吹入。

一生想做的事情很多，可惜年華逐漸老去，木槿在牆東燦爛地開放。酒量仍跟去年一樣，我輕輕地撥動橋下的流水，希望今晚能夠流到湖南去。

【賞　析】從起句「高詠楚辭酬午日」知為端午作。北宋詞人，往往不寫題目，也有些可以從詞牌想像題旨，南宋以後，姜白石又特別愛寫長篇題目，有時長達數百言，比詞本身要多出幾倍，真是出奇。

此篇前闋端午之景，由節序匆匆，引到下闋萬事一身傷老矣。只有戎葵無知，在牆東花開如笑，此句反襯自身的憂傷。酒盃三句，又由近而遠，亦憂傷之所由來。

159 臨江仙

夜登小閣憶洛中舊遊

陳與義

憶昔午橋❶橋上飲句，坐中多是豪英韻。長溝流月去無聲韻，杏花疏影裏句，吹笛到天明韻。

二十餘年如一夢句，此身雖在堪驚韻。閒登小閣看新晴❷韻，古今多少事句，漁唱起三更❸韻。

【注　釋】❶午橋　在洛中，唐裴度有別墅在午橋。❷閒登小閣看新晴　黃庭堅〈登快閣〉詩：「快閣東西倚晚晴。」❸三更　古代刻漏之法，自昏至曉分為五刻，即五更。三更正言午夜也。

【語　譯】想起以前在洛中午橋的橋上痛飲，坐中大多數都是英雄豪傑。月光照到溝水中，一去無聲，在杏花疏落的影子裏，吹奏笛子，直到天亮。

二十多年就像夢境一般，雖此身仍健，但總使人感到驚恐。空閒的時候，登上閣樓上欣賞晴光，古往今來的事情很多，只聽得漁父的歌聲，又到三更了。

【賞　析】此篇前闋憶昔午橋橋上飲二句，極為豪縱。長溝流月，寓時光匆匆，杏花二句，是豪縱的寫實。

下闋二十餘年如一夢，即長溝流月，光景無聲過去，此身雖在，可是回憶卻十分驚心。閒登句是題旨，登臨看晴朗的天邊，又感慨古今，古亦非遠，午橋往事，至今已二十年，今日則惟聽漁唱兩三更，結句非常淒清。

此詞杏花二句極自然，是從琢磨中得來。劉熙載云：「此因仰承『憶昔』，俯注『一夢』，故此二句不覺豪酣轉成悵悒，所謂好在句外者也。儻謂現在如此，則騃甚矣。」（《藝概》）是極清淡而華腴之作。

160　蘇武慢

蔡　伸

雁落平沙，煙籠寒水，古壘鳴笳聲斷。青山隱隱，敗葉蕭蕭，天際暝鴉零亂。樓上黃昏，片帆千里歸程，年華將晚。望碧雲空暮❶，佳人何處？夢魂俱遠。憶舊游、邃❷館朱扉，小園香徑，尚想桃花人面❸。書盈錦軸，恨滿金徽❹，難寫寸心幽怨。兩地離愁，一尊芳酒，淒涼，危闌倚偏。儘遲留、憑仗西風，吹乾淚眼。

【作者】伸字伸道，莆田人。忠惠公襄之孫。元祐三年（一〇八八）生。政和五年（一一一五）進士。宣和中，太學辟雍博士、知濰州北海縣、通判徐州。歷知滁州、徐州、德安府、和州。浙東安撫司參議官，秩滿，提舉台州崇道觀。自號友古居士。紹興二十六年（一一五六）卒。有《友古詞》一卷，見六十家詞刊本。

【詞牌】〈蘇武慢〉，一名〈選冠子〉。

【詞律】此體雙調，一百十一字，前段十二句，四仄韻，後段十一句，四仄韻。

【注釋】❶碧雲空暮　見前賀鑄〈青玉案〉頁二三九注❻。❷邃　深遠貌。❸桃花人面　崔護〈題都城南莊〉

詩：「人面桃花相映紅。」❹徽　繫琴絃之繩。

【語　譯】雁兒停息在沙堆上，煙霧瀰漫寒冷的河岸，舊時城堡上的笳角之聲已經聽不到了。青山遙遙隱現，落葉蕭蕭地吹舞，天邊有幾隻盤旋的昏鴉。傍晚登上高樓，帆船從千里外航歸，年紀已不算小了。看見雲霞閃映於蒼茫暮色中，她究竟在甚麼地方呢？就跟夢魂一般遙遠得不可捉摸。

想起舊日一切，深邃的館舍，紅色的門牆，幽靜的園子中，徑上堆了落花片片，自然也會想起她的桃花容貌。即使一封信寫滿了整幅字畫，感情蕩溢於金色的絃線上，也難以描寫出心中的幽怨。橫隔兩地的離情別緒，對著一樽美酒，徒使人更形難過，而樓上的闌干亦已倚盡望盡。儘管遲遲地留戀不去，也要依賴西風，把淚水吹乾了。

【賞　析】伸道名臣之裔孫，曾歷徐、楚諸州副守。此詞秋景起，用杜牧詩意，古壘徐、楚之古戰場，青山敗葉，天際暝鴉，已是晚夕。樓上見千帆而起歸情，又歎年光已老，佳人何在。

下片承佳人，故有邃館香徑、桃花人面。書盈以下至結句皆音信無益於相思，徒把酒零淚而已。

161　柳梢青

蔡　伸

數聲鶗鴂❶（韻），可憐又是（句），春歸時節（韻）。滿院東風（句），海棠鋪繡（句），梨花飄雪（韻）。丁香露泣殘枝（句），算未比（豆）、愁腸寸結（韻）。自是休文❷（句），多情多感（句），不干風月（韻）。

【詞　牌】〈柳梢青〉，一名〈雲斷秋空〉、〈雨洗元宵〉、〈玉水明沙〉、〈早春怨〉、〈隴頭月〉。

・此調兩體，或押平韻，或押仄韻，字句悉同。押平韻者：宋韓淲詞有「雲斷秋空」句，名〈雲斷秋空〉；有「雨洗元宵」句，名〈雨洗元宵〉；有「玉水明沙」句，名〈玉水明沙〉，元張雨詞名〈早春怨〉。押仄韻者：《古今詞話》無名氏詞有「隴頭殘月」句，名〈隴頭月〉。押平韻者以此（秦）詞及劉詞為正體；若張詞之後段第二句添字，乃變格也。押仄韻者以此（賀）詞及蔡詞、趙詞為正體；若吳詞之添字，無名氏詞之攤破句法，皆變體也。（《詞譜》）

・又一體，雙調，四十九字，一名〈早春怨〉，一名〈雲斷秋空〉；又有起句不用韻別為〈早春怨〉者，通首實無異也。（《歷代詩餘》）

【詞　律】〈柳梢青〉，此體雙調，四十九字，前段六句，三仄韻，後段五句，兩仄韻。

押仄韻者，以此詞為正體。

【注　釋】❶數聲鶗鴂　屈原〈離騷〉：「惡鶗鴂之先鳴兮，使百草為之不芳。」❷休文　梁沈約字休文，武康人，仕宋及齊。以不得大用，鬱鬱成病，消瘦異常。

【語　譯】杜鵑聲聲，可憐又到了暮春時節。東風吹過院子中，海棠開始綻放，而梨花則像雪片般紛紛飄落了。

露珠凝結於丁香的枝幹上，好像正在飲泣。總是比不上愁腸寸寸的鬱結。本來就跟沈約一樣，感情特別豐富，而實際與風花雪月無關。

【賞析】起闋一片春光遲暮之景，在鶗鴂鳥叫聲中，春天又離別了人間，院子花落，紅紅白白，如錦如雪。

上片收句落花，紛如淚點，此闋卻用丁香花露水像飲泣枝頭，但外在之景，尚不及內心的纏結，不怪春景的淒涼，誰讓我如此多愁善感，有東坡「何事偏向別時圓」的觸發，而變化了更有深味。

162 鷓鴣天

周紫芝

一點殘釭❶欲盡時，乍涼秋氣滿屏幃。梧桐葉上三更雨❷，葉葉聲聲是別離。

調寶瑟，撥金猊❸，那時同唱鷓鴣詞❹。如今風雨西樓夜，不聽清歌也淚垂。

【作者】紫芝字少隱，宣城人。從李之儀、呂本中遊。紹興十七年（一一四七），右迪功郎勅令所刪定官，同年十二月，為樞密院編修官。紹興二十一年（一一五一），知興國軍。自號竹坡居士。

有《竹坡詞》三卷，見六十家詞刊本。

【注釋】❶釭 燈也，江淹〈別賦〉：「冬釭凝兮夜何長。」❷三更雨 溫庭筠〈更漏子〉詞：「梧桐樹，三更雨，不道離情正苦。一葉葉，一聲聲，空階滴到明。」❸金猊 香鑪。❹鷓鴣詞 溫庭筠〈更漏子〉詞：「畫屏金鷓鴣。」又〈菩薩蠻〉：「新貼繡羅襦，雙雙金鷓鴣。」

【語譯】一點殘燈快將燃盡了，秋意轉涼，幃幔不停地翻動。鼓響三更，雨點打在梧桐葉上，一葉葉，一聲聲，都滿是別離的情緒。

調弄琴絃，輕撥爐灰，那時候同聲歌唱〈鷓鴣天〉的調子。今夜西樓上連綿風雨，即使聽不到歌聲也會流下眼淚來。

【賞析】秋宵夜景之詞，像李清照。起殘釭欲盡，是夜已深，寒氣已滿屏幃。下寫雨聲，撼動了離別的情懷。

下闋由上離別，而憶起在一起的時候，調絃引縵，焚一鑪好香，唱著春天的歌曲，至今西樓岑寂，也聽不到歌聲，可是怎不心傷。

紫芝曾評王次卿詩云：「如江平風霽，微波不興，而洶湧之勢，澎湃之聲，固已隱然在其中。」紫芝之詞，亦是靜靜的，而秋情滿紙，惻惻動人。

163

踏莎行

周紫芝

情似游絲，人如飛絮，淚珠閣定❶空相覷。一溪煙柳萬絲垂，無因繫得蘭舟住。

雁過斜陽，草迷煙渚，如今已是愁無數。明朝且做莫思量，如何過得今宵去？

【注　釋】❶閣定　停止。

【語　譯】感情像是柳絲的飄舞，而人則像是柳絮的紛飛，珠淚凝結，徒然兩面相對。輕煙籠罩在一溪柳樹間，柳條絲絲垂下，但總無辦法把船兒挽住。

雁兒打斜陽下掠過，河岸的草樹煙波迷漫，現在已經有無限的愁緒。明天的事不要再胡思亂想了，但今晚又怎樣打發過去呢？

【賞　析】一首歡情賦別之詞。起游絲飛絮，飄泊無蹤，人由歡聚而離散，也是相同的飄泊無蹤，所以滿眼含淚脈脈相對。開頭就如此的離情欲絕，無可奈何。當別離的水邊有絲柳萬縷，又有甚麼法子可以繫得住將要去的船呢！

下片從一片斜陽煙渚的遠景，慨歎著自己的愁恨也是那麼多。將來的事且不去想，今夜就不知如何過，收句真是柔腸寸斷，不銷魂也銷魂無限了。

164 帝臺春

李甲

芳草碧色，萋萋徧南陌。暖絮亂紅，也似知人，春愁無力。憶得盈盈拾翠侶，共攜賞、鳳城寒食。到今來，海角逢春，天涯為客。

愁旋釋，還似織；淚暗拭，又偷滴。漫倚徧危闌❶，盡黃昏，也只是、暮雲凝碧。拚則而今已拚了，忘則怎生便忘得？又還問鱗鴻❷，試重尋消息。

【作　者】甲字景元，華亭（今江蘇松江）人。善畫翎毛。《宋詩紀事補遺》卷三十一云：李景元，元符中，武康令。劉毓盤輯其詞凡十四首。

【詞　牌】〈帝臺春〉，《詞律》、《詞譜》均收李甲一詞，雙調，九十七字。

・宋人作此調者絕少。（《詞律》）

・〈帝臺春〉，唐教坊曲名，《宋史・樂志》：「琵琶曲有〈帝臺春〉，屬無射宮。此調惟此一詞，無他首可校。」（《詞譜》）

【詞律】〈帝臺春〉，雙調，九十七字，前段十句，五仄韻，後段十一句，七仄韻。

【注釋】❶漫倚徧危闌　倚闌望遠，用〈西洲曲〉：「盡日闌干頭」詩意。❷鱗鴻　即魚雁，古謂魚雁可以傳書。

【語譯】嫩草碧綠的顏色，很繁茂地長滿南邊的郊原上。和暖的柳絮，紛亂的飛花，好像也知道人載有一春愁緒，懶洋洋地嬌慵無力。想起那位體態輕盈，花間拾翠的伴侶，一同攜手欣賞京城的寒食節。到了今天，在海邊渡過春天，遠遠地他鄉作客。

煩惱很快開解，但不久又交疊而來，偷偷地把眼淚擦掉，但還是偷偷地掉了下來。便靠在高聳的闌干上，到黃昏了，只留下晚雲閃耀出幾縷霞輝。要做的現在已經做了，忘記嗎又怎樣忘得了呢？但希望有魚雁頻傳，再次訪尋她的消息。

【賞析】此春日離情，起二句春草南陌，一片萋萋。暖絮三句，寫花絮濛濛飄墜，像人一樣愁恨無力，情極感人。憶得三句正是春愁的緣起，海角為客，思念那盈盈女伴，在鳳城遠處。

下闋離愁似織，眼淚偷拋。闌邊只有暮雲青碧，棄捨雖棄捨了，但忘又如何忘得？這是非常真實的話。收句只希望重尋一些信息，那還是不能絕望的。

165 憶王孫　春詞

李甲

萋萋芳草憶王孫❶，韻 柳外樓高空斷魂，韻 杜宇聲聲不忍聞。韻 欲黃昏，雨打梨花深閉門❷。

【詞　牌】〈憶王孫〉，一名〈獨腳令〉、〈憶君王〉、〈豆葉黃〉、〈畫娥眉〉、〈闌干萬里心〉、〈一半兒〉、〈怨王孫〉。

・梅苑詞名〈獨腳令〉；謝克家詞名〈憶君王〉；呂渭老詞名〈豆葉黃〉；陸游詞有「畫得娥眉勝舊時」句，名〈畫娥眉〉；張輯詞有「幾曲闌干萬里心」句，名〈闌干萬里心〉；雙調五十四字者見複雅歌詞，或名〈怨王孫〉，與單調絕異。《詞譜》

・漢劉安〈招隱士〉詞：「王孫兮歸來，山中不可久留。」詩人多用此語。北里志，天水光遠，〈題楊萊兒室〉詩曰：「萋萋芳草憶王孫。」宋秦觀〈憶王孫〉詞全用其句，詞名或始此。徽宗北狩，謝克家作〈憶君王〉詞，即其調也。又名〈豆葉黃〉，又名〈闌干萬里心〉，《嘯餘譜》云：「改用仄韻，後加一疊，即〈漁家傲〉也。」《填詞名解》

【詞　律】〈憶王孫〉，單調，三十一字，五句，五平韻。

【注　釋】❶萋萋芳草憶王孫　淮南小山〈招隱士〉：「王孫遊兮不歸，春草生兮萋萋。」❷雨打梨花深閉門　劉方平〈春怨〉詩：「寂寞空庭春欲晚，梨花滿地不開門。」

【語　譯】芳草碧綠濃密，因而想起王孫，楊柳外樓臺高聳，徒然使人傷感，杜鵑聲聲，使人不忍聽聞。快傍晚了，雨點打在梨花上，深深地關起門來。

【賞　析】直是一首唐人絕句詩，寫來淒然。春日王孫久客不歸，高高的樓上有人斷魂，那寂寞的思念，也只是枉然。耳邊杜宇的啼聲，又在增加離別的想望，只是如何聽得？天又黃昏，一陣小雨，滿庭梨花，門終日是閉著的。沈際飛云：「一句一思。因樓高曰空，因閉門曰深，俱可味。」黃蓼園云：「高樓望遠，空字已淒惻，況聞杜宇？末句尤比興深遠，言有盡而意無窮。」門閉，真是心扉不開，所以比興得非常意象自然。

166　三臺

清明應制

万俟詠

見梨花初帶夜月，海棠半含朝雨。內苑春、不禁過青門，御溝漲、潛通南浦。東風靜，細柳垂金縷，望鳳闕、非煙非霧。好時代、朝野多歡，偏九陌[1]、太平簫鼓。

乍鶯兒百囀斷續，燕子飛來飛去。近綠水、臺榭映鞦韆，鬬草聚、雙雙游女。餳[2]香更、酒冷踏青路，會暗識、夭桃朱戶[3]。向晚驟、寶馬雕鞍，醉襟惹、亂花飛絮。

正輕寒輕暖漏永[4]，半陰半晴雲暮。禁火天、已是試新妝，歲華到、三分佳處。清明看、漢蠟傳宮炬，散翠煙、飛入槐府❺。斂兵衛、閶闔門開，住傳宣、又還休務❻。

【作　者】俟詠字雅言，自號詞隱。遊上庠不第。崇寧中充大晟府製撰。紹興五年（一一二〇），補下州文學。有《大聲集》，周美成為序，山谷亦稱之為一代詞人。近趙萬里輯得其詞二十七首。

【詞　牌】〈三臺〉，《詞譜》僅万俟詠一調。

・此調見《教坊記》。《唐音統籤》云：「唐曲有〈三臺〉，〈急三臺〉，〈宮中三臺〉，〈上皇三臺〉，〈怨陵三臺〉，〈突厥三臺〉。〈三臺〉為大曲。」《馮鑑續事始》曰：「漢蔡邕三日之間，周歷三臺，樂府以邕曉音律，為製此曲。」劉禹錫《嘉話錄》曰：「鄴中有曹公銅雀、金虎、冰井三臺，北齊高洋毀之，更築金鳳、聖應、崇光三臺，宮人拍手呼上臺送酒，因名其曲為〈三臺〉。」李氏（濟翁）《資暇錄》曰：「〈三臺〉，三十拍促曲名。昔鄴中有三臺，石季龍嘗為宴遊之所，而造此曲以促飲。」《樂苑》云：「唐〈三臺〉，羽調曲。」此調止此一詞，無他首可校。按舊刻，亦有作雙調者，《詞律》改為三疊，今從之。（《詞譜》）

・〈三臺〉，今之啐酒三十促拍曲。（《緗素雜記》）

・〈三臺〉見唐崔令《教坊記》，郭樂府載唐韋應物王建所作，又有〈上皇三臺〉、〈突厥三臺〉、〈宮中三臺〉、〈江南三臺〉之名，《樂苑》云：「唐天寶中羽調曲，有〈三臺〉，又有〈急三臺〉。」南卓《羯鼓錄》：「〈三臺〉屬太簇商，唐之太簇商即南宋之黃鍾商。又有西河獅子三臺舞屬太簇角。」《續通志》載：「唐樂署供奉曲，屬上平調（即正平調）。」郭樂府引《馮鑑續事始》曰：「樂府以蔡邕曉音律，製〈三臺〉曲以悅邕。」劉禹錫《嘉話錄》曰：「三臺送酒北齊高洋毀銅雀臺，築三箇臺，宮人拍手呼上臺送酒，因名其曲。」李匡《資暇錄》曰：「〈三臺〉三十拍促曲名。昔鄴中有三臺，石季龍嘗為宴遊之所，樂工造此曲以促飲。」按諸說未知孰是。總之，〈三臺〉是舊曲名，至唐為教坊曲，乃宋詞〈三臺〉所祖。宋張表臣《珊瑚鉤詩話》云：「樂部中有促拍催酒，謂之〈三臺〉。」大約因為是催酒的曲。《宋史・樂志》因舊曲，造新聲，入本調，（黃鍾宮，俗呼正宮，又呼正黃鍾宮。）又入夾鍾宮、中呂宮、林鍾宮、無射宮、夾鍾商、林鍾商、夷則商、無射商、黃鍾羽、夾鍾羽、林鍾羽、夷則羽（連上黃鍾宮），凡十三調。万俟雅言有〈三臺令〉。趙師俠又有〈伊州三臺〉，皆不著律調，別有〈調笑令〉，一名〈三臺令〉，與〈三臺〉無涉。（《詞調溯源》）

【詞律】〈三臺〉，三段，一百七十一字，前段九句，五仄韻，後兩段各八句，五仄韻。

【注釋】❶九陌　都城大路。劉禹錫〈宣上人遠寄和禮部王侍郎放榜後詩因而繼和〉詩：「九陌人人走馬看。」❷餳　麥芽糖。宋祁〈寒食〉詩：「簫聲吹暖賣餳天。」❸夭桃朱戶　用崔護故事。❹漏永　夜長。❺槐府　門前植槐，貴人宅第。此用韓翃〈寒食〉詩：「日暮漢宮傳蠟燭，輕煙散入五侯家。」❻休務　宋人語，猶云辦公休止也。

【語譯】看見梨花剛染上一輪月影，海棠帶有些許雨珠。內苑春光一片，不會禁止人們通過青門，御溝溝水高漲，暗暗地通往南邊的水際。東風恬靜，楊柳垂下金色的柳絲，遠望鳳闕，沒有煙霧籠罩。這是一個很好的年代，朝廷民間一片歡樂，所有的都城大路，都響遍了太平時代的簫聲鼓聲。

突然聽到黃鶯兒斷續的叫聲，燕子在頭上飛來飛去。在水邊附近，可以看到亭臺樓閣和鞦韆交疊的倒影。鬭草的遊戲中，聚集了一雙雙的仕女。賣麥芽糖的季節，踏青前後，酒意清冷，相信會認得，種滿小桃花的紅色門牆。向著短暫的晚間，騎上一匹裝飾華貴的寶馬，醉後，衣襟上還掛上幾片紛亂的落花。

正是不寒不冷的晚上，雲彩半陰半晴。禁火的寒食日，已經試穿了新衣服，一年最好的時光中，現在又已占了十分之三。清明時，可以看見漢代的蠟燭傳點宮廷，輕煙嫋嫋，散入門前植槐的王侯宅第。衛士撤退了，閶闔大門開放，停止一切傳召，辦公的人都已休息。

【賞析】万俟詠雅言官大晟樂府製撰之職，放情歌酒，詞筆精麗。此篇為清明應制之作，應制詩王維：「鑾輿迴出千門柳，閣道回看上苑花。」為大雅之詠。

首闋花月自然麗景，引起朝野多歡，太平簫鼓。乍鶯兒以下寫鳥飛鳥鳴，游女踏青。收闋暮色，人們當此清明時節都試著新妝，機關休假。全詞自然鋪敘，天下春色，囊括胸襟之中。

167 二郎神❶

徐伸

悶來彈鵲，又攪碎、一簾花影。漫試著春衫，還思纖手，熏徹金猊燼冷。動是愁端如何向？但怪得、新來多病。嗟舊日沈腰❷，如今潘鬢❸，怎堪臨鏡？重省，別時淚溼，羅衣猶凝❹。

料為我厭厭，日高慵起，長託春酲❺未醒。雁足❻不來，馬蹄難駐，門掩一庭芳景。空竚立、盡日闌干倚徧，晝長人靜。

【作　者】仲字幹臣，三衢（今浙江衢縣）人。政和初，以知音律，為太常典樂，出知常州。有《青山樂府》，今不傳。

【詞　牌】〈二郎神〉，一名〈二郎神慢〉、〈轉調二郎神〉、〈十二郎〉。

・按晁補之〈逃禪〉詞題為清源生辰，似壽辰之詞。（《詞律校刊》）

・〈二郎神〉，唐教坊曲名。（《詞譜》）

【詞　律】〈二郎神〉，此體雙調，一百五字，前段十句，四仄韻，後段十一句，五仄韻。

【注　釋】❶二郎神　張侃云：「徐幹臣侍兒既去，作轉調〈二郎神〉，悉用平日侍兒所道底言語。史志道與幹臣善，一見此詞，蹤跡其所在而歸之。」❷沈腰　梁沈約〈與徐勉書〉：「老病百日數旬，革帶常應移孔。」❸潘鬢　潘岳〈秋興賦〉：「斑鬢髟以承弁兮，素髮颯以垂領。」岳字安仁，晉中牟人。美姿容，辭藻絕麗，尤善為哀誄之文。❹羅衣猶凝　在羅衣上沾有淚漬。❺酲　病酒。❻雁足　《漢書・李廣蘇建傳》：「天子射上林中得雁，足有係帛書，言武等在某澤中。」此借以稱送書信的人。

【語　譯】心情煩悶得很，調弄雀鳥消遣，結果擾亂了一簾花影。隨意的試穿春衣，想起要熏暖纖纖玉手，金猊的香鑪燃盡，連爐灰也變冷。動不動愁緒萬般，究竟如何是好？只怪近來多病，舊時已是沈郎腰瘦，現在更加上潘岳霜鬢，又怎堪對鏡照覽呢？

檢點前塵，分別時的眼淚，現在仍然凝結在羅衣上，料想她會為我相思終日，太陽升起後也懶得起床，時常借酒澆愁，不願醒來。音信全無，馬蹄亦難以駐止，大門關上一園美景。徒然地凝眸站立，盡日倚在闌干畔，白天太長了，一切都很靜寂。

【賞　析】此別閨人之作，起首悶來彈鵲，攪碎簾影，是非常動人的畫面。漫試著春衫以下，是覩物思人，自身也消瘦，不堪臨鏡了。

下片再看春衫，上面猶有別時淚痕，現在伊人別後，一定借酒澆愁，音信阻隔，門庭晝長人靜，都是懸念閨人。來反跌起首三句，也是閨中之事，「舉頭聞鵲喜」而遠人了無消息，前後映襯，極為婉曲。

168

江神子慢

田為

玉臺❶挂秋月（韻），鉛素淺（豆）、梅花傅香雪（韻）。冰姿潔（韻），金蓮❷襯（豆）、小小凌波羅襪（韻）。雨初歇（韻），樓外孤鴻聲漸遠（句），遠山外（豆）、行人音信絕（韻）。

此恨對語猶難，那堪更寄書說？教人紅消翠減，覺衣寬金縷，都為輕別。太情切，消魂處、畫角黃昏時節。聲嗚咽。落盡庭花春去也，銀蟾❸迥、無情圓又缺。恨伊不似餘香，惹鴛鴦結。

【作　者】為字不伐。善琵琶，無行。政和末，充大晟府典樂。宣和元年（一一一九），罷典樂，為大晟府府樂令。有《芊嘔集》，趙萬里輯本。

【詞　牌】即〈江城子慢〉。

【詞　律】《詞律》僅呂渭老一體，雙調，一百九字。《詞譜》二體，雙調，除上體外，又收蔡松年一體，一百十字，〈江神子慢〉，雙調，一百十字。前段九句，七仄韻，後段十句，七仄韻。

【注　釋】❶玉臺　富貴人居屋的高臺。❷金蓮　喻女子纖足。《南史・齊本紀・廢帝東昏侯》：「又鑿金為蓮花以貼地，令潘妃行其上，曰：『此步步生蓮花也。』」❸銀蟾　明月。

【語　譯】玉臺上掛著一輪秋月，很清淡的裝扮；像梅花染上了一層雪絮。冰樣的高潔，襯起金蓮小腳，纖巧的襪子輕輕從浪紋上掠過。樓外的雨水剛剛停止，孤雁的聲音逐漸遠去，青山以外，再沒有行人的消息了。這份感情已經很難用語言表達的了，豈堪再寫在書信上的呢？

花紅萎謝，翠綠依稀，使人覺得金縷衣也變得寬闊了，都是因為別離的緣故啊！感情陷入太深，傍晚笳角聲悲，聽來往往黯然魂消。聲音特別淒楚，庭院裏花兒落盡，春天也過去了，月兒明亮，未幾又圓又缺，沒有絲毫感情。只怪她不像落花的餘香，吸引鴛鴦的關注。

【賞　析】起首一片秋思，月色冷豔照著美人微步，樓外雁聲遮遠，而想起所懷念的人也是那麼遠。下闋因相思消瘦，以下數句，都極狀濃情，何事輕別。畫角的聲音，聽來都像人嗚咽。春天已經去遠，這春去再襯人去，只有皎皎的月一再團圓，真是無情。要是殘荷的餘香，還能使鴛鴦雙雙纏結啊！收句餘意不盡，是癡情語。

169

驀山溪　梅

曹　組

洗妝真態，不作鉛華御❶。竹外一枝斜❷，想佳人、天寒日暮❸。

黃昏院落，無處著清香，風細細，雪垂垂，何況江頭路。月邊疏影❹，夢到消魂處。結子欲黃時，又須作、廉纖細雨。孤芳一世，供斷有情愁，消瘦損，東陽❺也，試問花知否？

【作　者】組字元寵，潁昌（今河南許昌）人。以諸生為右列，六舉未第。宣和三年（一一二一），以下使臣承信郎特令就殿試，考中第五甲，賜同進士出身，仍給事殿中。官止閤門宣贊舍人，睿思殿應制。有《箕潁集》二十卷，今不傳。

【詞牌】〈驀山溪〉，一名〈上陽春〉、〈陽春〉。

・本調一名〈上陽春〉。按上陽春為唐代宮名。《唐書・地理志》：「東都上陽宮在禁苑之東，東接皇城之西南隅，上元中置，高宗常居以聽政。」至武后時，興建益廣。迨天寶後，始漸廢圮，是本調〈上陽春〉之名，當出自禁中，時在開元以前，至何以演為〈驀山溪〉，則不可考矣。（《白香詞譜題考》）

【詞律】〈驀山溪〉，雙調，八十二字，前後段各九句，三仄韻。

【注釋】❶不作鉛華御　鉛華，化妝品。此言不加修飾。❷竹外一枝斜　蘇軾〈和秦太虛梅花〉詩：「竹外一枝斜更好。」❸天寒日暮　杜甫〈佳人〉詩：「天寒翠袖薄，日暮倚修竹。」❹疏影　林逋〈梅花〉詩亦云：「疏影橫斜水清淺。」❺東陽　梁沈約曾為東陽守。

【語譯】卸妝後的淡素姿態，沒有塗上任何脂粉。竹枝斜伸林外，想起她在薄暮陰寒的夜色下。院子中的黃昏，何處飄來一陣幽香？清風颯颯，雪片紛紛，寂然一片，更何況江邊的小路上呢？月邊鑲有幾縷暗影，使夢魂也感到消蕩。果子成熟時，最好能醞釀出一場微風細雨。一世孤芳自賞，將所有感情的煩惱拋棄，沈約也身材消減了，試問花兒可知道嗎？

【賞析】梅花詞，起句得梅花精神標格，竹外二句，用東坡：「竹外一枝斜更好」，又用杜詩。從梅的丰神意態下筆，自是超逸。黃昏以下，想到江頭。杜甫〈和裴迪登蜀州東亭送客逢早梅相憶見寄〉：「江邊一樹垂垂發。」信手拈來，映襯得好。

下片都是微思遠致，由花到人，人亦有如花之孤高，花能知否，韻味尤永。

170 賀新郎

李玉

篆縷消金鼎❶，醉沉沉、庭陰轉午，畫堂人靜。芳草王孫知何處？惟有楊花糝❷徑。漸玉枕、騰騰春醒，簾外殘紅春已透，鎮無聊、殢❸酒厭厭病。雲鬢亂，未忺❹整。

江南舊事休重省，遍天涯、尋消問息，斷鴻難倩❺。月滿西樓憑闌久，依舊歸期未定。又只恐、瓶沉金井❻，嘶騎❼不來銀燭暗，枉教人、立盡梧桐影。誰伴我，對鸞鏡？

【作者】生平不詳。

【注釋】❶篆縷消金鼎　香煙上升如線，又如篆字。金鼎，香爐。❷糝　飄散。❸殢　困極。❹忺　欲也。❺倩　請也。❻瓶沉金井　樂府〈估客樂〉：「有信數寄書，無信心相憶，莫作瓶落井，一去無消息。」❼嘶騎　馬也。

【語　譯】煙絲從金鼎香爐中嫋嫋消散，昏沈一片，庭院過了午後，廳堂上連人聲也沒有。所謂芳草王孫，現在都到那兒？只有楊花在小徑上飄散。在枕上輾轉醒來，簾外朵朵飛花，春天早已過去，十分無聊啊！酒喝多了，懨懨欲病，頭髮散亂，暫時也不想梳理。

江南的舊事不要再回憶了，走遍天涯要訪尋他的消息，無奈孤鴻影隻，難以請託。月兒照到西樓上，我憑闌久立，但仍然得不到他的歸期。又恐怕銀瓶跌落井底，馬兒不到，燭光也顯得暗淡，枉使人在梧桐樹下徘徊多時。誰能夠陪伴我，對著華貴的鏡子？

【賞　析】此春閨寂寞之詞，篆縷三句是春閨人靜，王孫何處，楊花糝徑，正是惱人天氣，所以病酒厭厭，雲鬟不整。

下片從寂寞傷春，想起江南舊事，了無信息，歸期無準，樓頭梧下，孤影無伴，怨情滿紙，情韻蘊藉。李玉詞極少，而流芳不盡矣！

171

燭影搖紅

題安陸❶浮雲樓　　廖世美

靄靄❷春空，畫樓森聳凌雲渚。紫薇❸登覽最關情，絕妙誇能賦。惆悵相思遲暮，記當日、朱闌共語。塞鴻難問，岸柳何窮，別愁紛絮。

催促年光，舊來流水知何處？斷腸何必更殘陽，極目傷平楚。晚霽波聲帶雨❹，悄無人、舟橫野渡❺。數峰江上❻，芳草天涯，參差煙樹。

【作　者】生平不詳。

【詞　牌】一名〈玉珥度金環〉、〈玉耳墜金環〉、〈秋色橫空〉、〈憶故人〉、〈歸去曲〉。

・宋吳曾能《改齋漫錄》：王都尉詵有〈憶故人〉詞，（按即「燭影搖紅，向夜闌乍酒醒，心情懶」云云。）徽宗喜其詞意，乃令大晟樂府別撰腔，周邦彥增益其詞，以首句為名，謂之〈燭影搖紅〉。按王詵詞本小令，原名〈憶故人〉，或名〈歸去曲〉，以毛滂詞有「送君歸去添淒斷」句也。若周邦彥詞則合毛王二體為一闋，元趙雍詞更名〈玉耳墜金環〉，元好問詞更名〈秋色橫空〉。

（《詞譜》）

【詞　律】〈燭影搖紅〉，雙調，九十六字，前後段各九句，五仄韻。

【注　釋】❶安陸　今湖北安陸縣。❷靄靄　雲霧貌。❸紫薇　星名，位於北斗東北。❹帶雨　韋應物〈滁州西澗〉詩：「春潮帶雨晚來急。」❺悄無人舟橫野渡　韋應物〈滁州西澗〉詩：「野渡無人舟自橫。」❻數峰江上　錢起〈省試湘靈鼓瑟〉詩：「曲終人不見，江上數峰青。」

【語　譯】明朗的天空，樓臺高聳，直插雲霄。登樓遠眺紫薇星，最使人感情激動，自信能寫得一手絕妙的賦。無奈相思遲暮，記起以前，同倚在闌干畔綿綿細語。塞雁難於問訊，岸邊的楊柳無窮無盡，離別的愁緒倍添紛亂。

年光過得飛快，舊時的流水奔往那兒？肝腸寸斷不一定在黃昏時候，一望無際的平野很使人傷感。晚晴後波濤中還帶有幾顆雨光，船兒橫泊渡頭上，四圍悄寂無人。幾個高峰聳起江水間，天邊一片翠綠，還有一些參差不齊的煙籠野樹。

【賞析】 起二句春日樓高，紫薇二句登覽能賦。紫薇在北斗星東北，《論語．為政》：「為政譬如北辰，而眾星拱之。」所以此句「紫薇登覽最關情」，大有含蓄意味。亦是下面惆悵的原因，塞鴻難問，更無限眷戀傾慕。思君令人老，於是下片，催促年光，望流水斷腸。晚雨舟橫，用韋應物詩意，別有懷抱。結尾芳草天涯，愈淡而情愈苦。況周頤云：「此等詞一再吟誦，輒沁人心脾，畢生不能忘。《花菴絕妙詞選》（題作〈別愁〉）中，真能不媿絕妙二字，知世美之作，殊不多覯。」真解人之言。

172 薄倖

呂濱老

青樓❶春晚，晝寂寂、梳勻又懶。乍聽得、鴉啼鶯哢，惹起新愁無限。記年時、偷擲春心，花前隔霧遙相見。便角枕❷題詩，寶釵貰酒❸，共醉青苔深院。怎忘得、迴廊下，攜手處、花明月滿。如今但暮雨，蜂愁蝶恨，小窗閒對芭蕉展。卻誰拘管？
儘無言、閒品秦箏，淚滿參差雁。腰肢漸小，心與楊花共遠。

【作　者】濱老一作渭老，字聖求，秀州人。宣和末朝士。有《聖求詞》一卷，見六十家詞刊本。

【注　釋】❶青樓　古樂府：「青樓臨大道。」青樓，富貴人所居。❷角枕　枕以角飾者。〈詩唐風〉：「角枕粲兮。」❸貰酒　貰，賒也。此即換酒意。

【語　譯】暮春三月，白天的青樓上一片寂靜，想梳好頭髮，但又懶洋洋的。突然聽到烏鴉和黃鶯的啼叫，惹起無限新來的煩惱。記得當年，暗中勾引出一片春心，花前隔著薄霧，我們遙遙相見。就算題詩枕上，將寶釵典當後賒酒，一起在苔綠深深的院子中暢飲。

怎能忘記在走廊上，曾經攜手過的地方，一輪明月，照滿花間。現在只有傍晚的細雨，蜂蝶均感惱恨，窗前閒立，對著茂盛的芭蕉樹，又有誰加以管束呢？儘管靜默地欣賞秦箏，淚水染滿參差的弦線上。腰圍漸形瘦窄，內心跟楊花一樣愈飄愈遠。

【賞　析】濱老在宋不甚著名，詞實深婉，趙師秀序〈聖求詞〉，謂可與美成、耆卿伯仲。明毛晉又謂其詠梅詞東風第一枝，與東坡〈西江月〉並稱。

此闋春情別緒，一片寂寞，只有追少年情事，貰酒共醉，回廊攜手。今則暮雨小窗，弄著秦箏，淚下不止，消瘦得很，而心卻和楊花一樣飄飛到遠處，詞非常幽怨。

173

透碧霄

查荎❶

檥❷蘭舟，十分端是❸載離愁。練波❹送遠，屏山❺遮斷，此去難留。相從爭奈❻，心期久要❼，屢變霜秋。歎人生、杳似❽萍浮。又翻成輕別，都將深恨，付與東流。想斜陽影裏，寒煙明處，雙槳去悠悠。愛渚梅、幽香動，須采掇、倩纖柔❾。豔歌粲發❿，誰傳餘韻，來說仙游。念故人、留此遐州⓫。但春風老後，秋月圓時，獨倚江樓。

【作者】生平不詳。

【詞牌】〈透碧霄〉，《詞律》僅柳永一體，此調始於柳詞。《詞譜》

【詞律】〈透碧霄〉，此體雙調，一百十二字，前段十二句，六平韻，後段十二句，五平韻。

【注釋】❶荎　音ㄔˊ，植物名。❷檥　繫也。❸端是　正是。❹練波　白波。❺屏山　山如屏風。❻爭奈怎奈。❼心期久要　久要，舊約。心中期念舊約。❽杳似　杳，杳溟。絕遠處。❾纖柔　玉手。〈古詩十九首〉：「纖纖擢素手。」❿粲發　笑發。⓫迥州　遠處。

【語　譯】一條木蘭艇子，差不多全是載著一腔愁緒。跟隨滄波遠去，卻被層疊的遠山擋住去路。此次決心遠去，無法再留住了，內心早就打算妥當，還有甚麼好說呢？時間過得太快，轉瞬秋天又來到，只歎人生渺渺，似浮萍一般，很容易又離別開來，但將無端感慨，都付與江流吧！

我想起夕陽西下，寒煙冉冉，搖著雙槳悠閒地遊蕩，我很喜歡水邊幽香的梅花，多麼的纖細悠弱，真想採摘下來。引不住興起，高歌一曲，不知道甚麼地方傳來陣陣餘韻，像是神仙境界。故人仍然留在那個遙遠的地方，當春風過後，或是秋月明潔的晚上，獨自倚立在江邊的樓閣遠望。

【賞　析】上片寫水邊臨別之情，波送蘭舟，遠山遮人望眼，這一別多年，人生真似萍浮，隨著水將離恨送到遙遠之處。

下片二句景淡淡生情，悠悠遠去，其情亦隨之而遠。渚梅要纖手采掇，歌聲清韻要出自朱唇，可是別後，只春秋易逝，好風好月，獨在樓頭竚立，悽然無限。

賀黃公以為下片三句，令人不能為懷。孫光憲詞：「兩槳不知消息，遠汀時起鸂鶒。」洪叔嶼云：「醉中扶上木蘭舟，醒來忘卻桃源路。」都以淡語生情。

174

南浦

孔　夷

風悲畫角，聽單于❶、三弄落譙門❷。投宿駸駸征騎，飛雪滿孤邨。酒市漸闌燈火，正敲窗、亂葉舞紛紛。送數聲驚雁，乍離煙水，嘹唳度寒雲。

好在半朧淡月，到如今、無處不消魂。故國梅花歸夢，愁損綠羅裙❸。為問暗香閒豔，也相思、萬點付啼痕。算翠屏應是，兩眉餘恨倚黃昏。

【作　者】夷字方平，汝州龍興（今河南寶豐）人，孔旼之子。元祐隱士，與李薦為詩酒侶。自號溠皋漁父，又隱名為魯逸仲。

【詞　牌】〈南浦〉，《詞律》二體，雙調，正魯逸仲一體，一百二字，又程垓一體，一百五字。

・〈南浦〉，唐《教坊記》有〈南浦子〉曲，宋詞蓋借舊曲名，另倚新聲也。此調有仄韻平韻兩體。（《詞譜》）

・《楚辭》：「送美人兮南浦」，後人傷離別者輒取用之，詞取以名。（《歷代詩餘》）

・南浦，浦在江夏縣南三里，采《楚辭》「送美人兮南浦」之句。（《填詞名解》）

・自屈原〈九歌〉：「予交手兮東行，送美人兮南浦。」始言南浦之後，南浦遂為送別之地。用之于賦，如「送君南浦，傷如之何！」（江淹〈別賦〉）用之於詩，如「南浦離別處，東風杜蘭多」（武元衡〈送柳郎中詩〉）。用之樂府，如「北梁辭歡宴，南浦送佳人」（謝朓〈鼓吹遠送曲〉）。「自從南浦別，愁見丁香結」（牛嶠〈感恩多〉詞）皆是也。（中略）本調調名蓋混言之，顧其所本可知已。（《白香詞譜題考》）

【詞律】〈南浦〉，此體雙調，一百二字，前段九句，四平韻，後段八句，四平韻。

【注釋】❶單于　唐曲有〈小單于〉。❷譙門　譙，樓之別名。《漢書》：「戰譙門中。」顏師古注云：「譙門，謂門上有高樓，可以臨望者。」❸綠羅裙　家中著綠羅裙之人。

【語譯】角聲夾著嗚咽的風聲，聽到那支〈小單于〉的調子，三遍都傳入譙門來。一匹急跑的馬兒要找到宿處，雪片染滿孤寂的村子內。酒市內燈火將滅，亂葉紛紛飄落，敲打窗櫺上。伴著幾聲雁鳴，突然飛離煙霧迷漫的河上，很淒愴地飛入寒冷的雲層裏。

幸而還有一輪隱約的月色，到現在，沒有地方不使人心神飄蕩。故國梅花盛放，思歸之心，形諸夢寐，一心只憂念著家中那位穿著綠羅裙的人兒。便問幽香清冷的梅花，亦會為了相思，不斷地流下眼淚來。算來美麗的屏風畔，只有兩眉間的愁惱，伴著孤獨的黃昏。

【賞析】此篇上闋是旅客淒清景況，黃蓼園以為「似亦經靖康亂後作」。起畫角譙門，飛雪孤邨，雁聲帶來消魂之痛。下闋因而有梅花歸夢，是悵望故鄉的心情。暗香閒豔，萬點啼痕。此篇琢句極為精工，無范文正之悲壯，而似宋道君之清婉，哀音惻惻，淒厲不已。

175

滿江紅

岳飛

怒髮衝冠❶，憑闌處、瀟瀟雨歇。抬望眼、仰天長嘯，壯懷激烈。三十功名塵與土，八千里路雲和月。莫等閒、白了少年頭，空悲切。

靖康恥❷，猶未雪；臣子恨，何時滅？駕長車踏破，賀蘭山❸缺。壯志飢餐胡虜肉，笑談渴飲匈奴血。待從頭、收拾舊山河，朝天闕。

【作者】飛字鵬舉，相州湯陰人。生於崇寧二年（一一〇三）。宣和間應真定宣撫幕，與金人戰，累立戰功。歷少保、河南北諸路招討使，進樞密副使，封武昌郡開國公。罷為萬壽觀使，以不附和議，紹興十一年（一一四一），為秦檜所陷，殞大理寺獄，年三十九。孝宗初，復飛官。淳熙六年（一一七九），賜諡武穆。嘉定四年（一二一一），追封鄂王。淳祐六年（一二四六）改諡忠武。有集，後人所編。

【詞牌】〈滿江紅〉，一名〈上江紅〉、〈上江虹〉。

•按姜白石詞注云：「〈滿江紅〉舊注用仄韻，多不協律，如末句『無心撲』三字，歌者將『心』字融入去聲方諧，予欲以平韻為之，久不能成，因泛巢湖，值湖神姥壽辰，予祝曰：『得一席風，逕至居巢，當以平韻〈滿江紅〉為迎送神曲。』言訖，風與筆俱駛，頃刻而成，末句云：『聞佩環』，則協律矣。」據此，則平韻始於白石，而末句第二字尤以去聲為協。（《詞律校刊》）

•杜衍九十四字體〈滿江紅〉，原名〈上江虹〉。起十一字，添一字，分作四字三句，各家所無。（《詞律拾遺》）

•〈滿江紅〉，唐《冥音錄》載：「曲名，原名〈上江虹〉，後轉易二字，得今名。」（《填詞名解》）

•〈滿江紅〉，《教坊記》有此名。唐《冥音錄》所載〈上江虹〉，即此。（《古今詞譜》）

•〈滿江紅〉之為〈上江虹〉，則因槧木之誤刊而異。（《詞徵》）

•按萬氏《詞律》引《冥音錄》作〈上江紅〉，但「上」諧作「滿」音殊不類。考《本草綱目》有滿江紅水草，為浮游水面之細小植物，一名芽胞果，想唐、宋時，民間已有此種名稱之水草，隨取入詞，未可知也。或以董穀《碧里雜存》載有滿江紅為江、淮船名，則故事始自明太祖，當非詞名所本也。（《白香詞譜題考》）

【詞律】〈滿江紅〉，雙調，九十三字，前段八句，四仄韻，後段十句，五仄韻。

【注釋】❶怒髮衝冠　暗用荊軻事。《史記・刺客列傳》：「髮盡上指冠。」❷靖康恥　靖康，宋欽宗年號。金人陷京，虜徽、欽二帝北去。❸賀蘭山　在寧夏境內。

【語譯】憤怒使頭髮直指，倚在闌干畔，陣陣的雨點剛行停止。抬起眼睛，仰首向天長嘯一聲，悲壯的胸懷愈形激動。三十年來功名的念頭只不過塵土一般，微不足道，八千里路以外的邊疆應該是我們真正建功立業的地方。不要讓時間因循過去，等到滿頭白髮的時候，再徒然地悲傷。

靖康之難的恥辱，仍然未能昭雪，我們官兵的抱憾，甚麼時候才能停止？希望駕著一列軍車，衝破賀蘭山口。我們立志肚餓時以胡人的肌肉當飯，談天時將匈奴的血開懷暢飲。再次從頭做起，收拾舊日的大好河山，向著京闕朝拜。

【賞　析】岳武穆一片忠憤之氣，橫溢言外。起句悲壯，籠罩全詞。望眼二句，悲不能已。三十功名，八千里路，極言辛苦報國，不願等閒白了少年頭，心事甚為明顯。下闋雪恥報仇之壯志。千載下讀此詞，人人胸血猶自飛騰。故宮博物院藏明文徵明九十歲和此詞真迹云：「拂拭殘碑，勑飛字依稀堪讀，慨當初倚飛何重，後來何酷。果是功成身合死，可憐事去言難贖，最無辜，堪恨更堪悲風波獄。　豈不念，中原蹙，豈不恤，徽欽辱。但徽欽既反，此身何屬，千古休談南渡錯，當時自怕中原復。笑區區一檜亦何能，逢其欲。」（《吳派畫九十年展》，二二四頁）蓋深責高宗之自保，使冤獄竟成，而岳死矣。

176　燭影搖紅

上元有懷

張　掄

◐●○○句　◐○◐●○○●韻　◐○◐●●○○句　◐●○○

雙闕❶中天，鳳樓❷十二春寒淺。去年元夜奉宸游❸，曾侍瑤池❹

宴。玉殿珠簾盡捲，擁群仙、蓬壺閬苑❺。五雲❻深處，萬燭光中，揭天絲管。馳隙流年，恍如一瞬星霜換。今宵誰念泣孤臣，回首長安遠。可是塵緣未斷？漫惆悵、華胥❼夢短。滿懷幽恨，數點寒燈，幾聲歸雁。

【作　者】掄字才甫，開封人。紹興間，知閤門事。淳熙五年（一一七八），為寧武軍承宣使。知閤門事、兼客省四方館事。自號蓮社居士。有《蓮社詞》一卷，見四印齋刊本及彊村叢書刊本。

【注　釋】❶雙闕　天子宮門之前有雙闕。❷鳳樓　指禁內樓觀。鮑照〈代陳思王京洛篇〉：「鳳樓十二重，四戶八綺窗。」❸宸游　宸，古稱尊者，如宸居為帝居。宸游，即帝游。❹瑤池　仙境。《穆天子傳》：「觴西王母于瑤池之上。」❺蓬壺閬苑　古代傳說，海中三神山，其一名蓬萊，又作蓬壺。見《拾遺記》。閬苑，亦神仙所居。❻五雲　謂祥瑞之雲備五色者。❼華胥　《列子》：黃帝「晝寢而夢遊於華胥之國。」

【語　譯】宮門的雙闕直插中天，禁城內十二重的鳳樓抖擻於惻惻春寒中，去年上元的晚上跟隨游宴，曾經在皇帝側邊侍奉。玉殿上的珠簾全部捲起，一群仙子，從蓬壺閬苑的仙居簇擁而至。祥瑞的五色雲霞映襯天空，人間燈火輝煌，音樂飄飄，響徹天庭。

時間過得真快，轉眼間星霜已換。今夜誰人還會想有一位孤臣孽子正在飲泣，回顧長安，一切都遙遠得不可捉摸。難道是塵緣未斷嗎？徒然感慨華胥一夢，實在太短驟了。我一肚子的幽憤，伴著幾點閃曳的燈光，以及幾聲鴻雁的哀鳴。

【賞析】此詞上闋「去年元夜奉宸游」，追懷往事。玉殿絲管，是南渡故老之悲。下片「一瞬星霜換」，至「華胥夢短」，更是孤臣血淚點點，收處仍不盡幽恨。此詞人身經靖康之變，前片是徽宗時上元節侍宴榮華光景，五雲深處，萬燭光中。後寫目前淒涼，恍然如夢。讀之自覺悲歎不已。

177

水龍吟

程垓

夜來風雨匆匆，故園定是花無幾。愁多怨極，等閒孤負，一年芳意。柳困桃慵，杏青梅小，對人容易。算好春長在，好花長見，原只是、人憔悴。

回首池南❶舊事，恨星星❷、不堪重記。如今但有，看花老眼，傷時清淚。不怕逢花瘦，只愁怕、老來風味。待繁紅亂處，留雲借月，也須拚醉。

【作者】垓字正伯，眉山人。有《書舟詞》，詞有紹熙王偁序，是垓亦紹熙間人也。後人謂垓與蘇軾為表兄弟，非是。

【注　釋】❶池南　蘇軾和王安石〈題西太一宮壁〉詩：「從此歸耕劍外，何人送我池南。」（〈西太一見王荊公舊詩〉）❷星星　喻白也。謝靈運〈遊南亭〉詩：「戚戚感物歎，星星白髮垂。」

【語　譯】晚上風橫雨驟，故鄉的園子中一定沒有剩下多少花枝了。多愁善感，很容易又辜負了一年的春意。柳花桃花都很慵倦，杏子梅子則比較青嫩，總算陪伴著我。就算美麗的春光長駐，美麗的花兒長開，然而只有人是最可憐的。

想起池南的事情，只恨滿頭銀髮，不想再回憶了。現在只有，一雙賞花的老眼，以及兩行感傷時勢的淚水。不害怕見到花枝瘦弱，但怕年老時的寂寞無聊。等到繁紅簇放，即使借取雲光和月光，也要拚命一醉了。

【賞　析】此傷春之作，淒婉綿麗。工於發端，「夜來風雨匆匆，故園定是花無幾。」兩句感喟，使人黯然觸緒不禁。算春以下，常語哀怨。下片池南不堪追省，只有老眼傷時清淚。結處留雲借月，言光景匆匆，好自珍惜，故用留用借，謂不能常有此良辰美景，何妨沉醉，化悲憤為歡愉，隱藏痛苦，是謂含蓄不吐。

178

六州歌頭❶

張孝祥

長淮望斷，關塞莽然平（韻）。征塵暗，霜風勁，悄邊聲（韻）。黯消凝❷（韻），追想當年事，殆天數，非人力；洙泗❸上，絃歌地，亦羶❹腥。隔水氈鄉❺，落日牛羊下❻，區脫❼縱橫。看名王宵獵❽，騎火一川明，笳鼓悲鳴，遣人驚。

念腰間箭，匣中劍，空埃蠹，竟何成！時易失，心徒壯，歲將零。渺神京❾。干羽❿方懷遠，靜烽燧，且休兵。冠蓋使，紛馳鶩⓫，若為情⓬。聞道中原遺老，常南望、翠葆霓旌⓭。使行人到此，忠憤氣填膺，有淚如傾。

【作者】孝祥字安國，歷陽烏江人。紹興二年（一一三二）生。紹興二十四年（一一五四）廷試第一。孝宗朝，累遷中書舍人、直學士院、領建康留守。尋以荊南湖北路安撫使請祠，進顯謨閣直學士。乾道五年（一一六九）卒。有《于湖詞》二卷，見六十家詞刊本。又《于湖居士樂府》四卷，有雙照樓景刊宋元明本詞本；又《于湖先生長短句》五卷，《拾遺》一卷，有涉園景宋金元明詞刊本及四部叢刊影宋本。

【詞牌】〈六州歌頭〉，《詞律》三體，雙調。

・程大昌《演繁露》：「〈六州歌頭〉，本鼓吹曲也，近世好事者倚其聲為弔古詞，音節悲壯，又以古興亡事實文之，聞其歌，使人感慨，良不與豔詞同科，誠可喜也。」此調平仄互叶，當以此（賀）詞為定體。按賀鑄北宋人，其用韻較諸家不同，蓋當日倚聲必有所本也。後惟汪元量一詞遵之，而體又不同。（《詞譜》）

•〈六州歌頭〉，雙調一百四十四字。六州，伊涼甘石氐渭也。唐時樂府多以地名，填詞因之。（《歷代詩餘》）

•〈六州歌頭〉本伊、涼、甘、石、渭、氐六州，皆唐西邊州名。六州皆自有歌曲，總以得名，蓋曲之變也。楊慎《詞品》云：「〈六州歌頭鼓吹曲〉，音調悲壯，不與豔詞同科。宋大典大卹皆奏此樂。」先舒按宋凡車駕所至，夜設警場，奏嚴歌〈六州〉、〈十二時〉，今宋《樂志》載其曲調，與〈六州歌頭〉迥別；且宋人〈六州歌頭〉頗有豔詞，蓋用修誤以此調即奏嚴之〈六州〉故耳，其實悲也。然楊說本於宋程大昌《演繁露》，程仕宋至閣學尚書，博諸故實，訛誤若是，又何怪也。（蔣一葵《唐詩選箋釋》云：「明皇朝樂曲多以邊地為名，如〈涼州〉、〈伊州〉、〈甘州〉並開元天寶間作。」）（《填詞名解》）

•歌頭本大石調，〈六州歌頭〉又鼓吹曲也。六州者伊、梁、甘、石、胡渭、氐也。（六州皆唐西邊州名，各有歌曲，統名六州。郭樂府載有〈簇拍六州〉，不知始於何時，疑為此曲之所本。）宋之大祀大恤用此，良不與豔詞同科者，樂府多以興亡事實之，別有絕句體，不入《教坊記》。（《古今詞譜》）

•岑參〈六州歌頭〉云：「西去輪臺萬里餘，也知音信日應疎，隴山鸚鵡能言語，為報家人數寄書。」注云：「六州，伊、渭、梁、氐、甘、涼也。」王維〈伊州歌〉，張仲素〈渭州詞〉，張祐〈氐州第一〉，符載〈甘州歌〉，無名氏〈涼州歌〉，皆商調曲也。樂府所收〈六州歌頭〉則一百四十三字長短句之三疊者。(《樂府衍義》)

• 〈六州歌頭〉本鼓吹曲也，音調悲壯，又以古興亡事實之，聞之使人慷慨，良不與豔詞共科，誠可喜也。六州得名，蓋唐人西邊之州，伊州、梁州、甘州、石州、渭州、氐州是也。此詞宋人大祀大卹皆用此調。國朝大卹則應天長云。伊、梁、甘、石，唐人樂府多有之，〈胡渭州〉，見張祐詩，〈氐州第一〉，見美成詞。(《都穆南濠詩話》)

• 《容齋隨筆》云：「今樂府所傳大曲，皆出於唐，而以州名者五，伊、梁、熙、石、渭也。」謹按《歷代詩餘》云：「六州，伊、梁、甘、石、氐、渭也。」唐樂府多以此名，詞調因之，與容齋所記不合，詞調所謂〈六州歌頭〉者謂此。其他若〈伊州序〉、〈梁州序〉(即〈涼州序〉)、〈甘州子〉、〈石州慢〉、〈氐州第一〉皆託名於詞調，而渭州無之。(《詞徵》)

【詞　律】雙調，一百四十三字，前後共十六平韻。

【注　釋】❶六州歌頭　《朝野遺記》云：「安國在建康留守席上賦此歌闋，魏公（建康留守張浚）為罷席而入。」❷黯消凝　黯然出神意。❸洙泗　洙水、泗水，孔子講學地。《禮記・檀弓上》：「我與女事夫子于洙、泗之間。」❹羶　羊臭。❺氈鄉　謂山東一帶，已陷入金人之手。❻落日牛羊下　《詩經・王風・君子于役》：「日之夕矣，牛羊下來。」❼區脫　胡兒偵探住的土室。區，同甌。《漢書・李廣蘇建傳》：「區脫捕得雲中生口。」❽名王宵獵　指金酋夜獵。❾神京　指北宋京城。❿干羽　《尚書・虞書・大禹謨》：「舞干羽于兩階。」干，木盾；羽，旗幟；皆舞者手執。⓫冠蓋二句　謂南宋和金人和議頻繁。⓬若為情　是說何以為情，心裏怎樣過得去呢？⓭翠葆霓旌　翠葆，天子之旗，翠羽為飾。霓旌，儀仗一種，折羽毛，染五彩。綴縷為旌，氣象如虹霓。見《漢書・司馬相如列傳》注。

【語譯】遠望淮河一帶，關塞莽蕩，一片平坦。征塵籠罩，凍風峭勁，邊地上寂然闃然。黯然佇立，追想當年的事蹟，大概是天意吧，不由人力控制。孔子講學的地方，絃歌洋溢，十分和樂，亦已臭氣熏天了。隔岸美麗的鄉土，在斜陽下，照著牛羊的歸影。胡人的斥堠縱橫遍布，金人的酋長晚上要打獵，馬匹上的火光像一條江水明亮。笳聲、鼓聲雜遝悲鳴，聽來使人驚心動魄。

想起腰間的弓箭，匣中的寶劍，徒然染滿灰塵蠹蟲，究竟又做了些甚麼呢？機會一縱而逝，志氣雖大，一年又將過盡，而京師也難以回歸。旗幟飄揚，更想起遠方，希望烽煙停息，彼此不要戰爭。兩國的使臣冠蓋往來，十分趕急，好像為了某種機密事件。聽說中原留下來的父老同胞，時常向南遙望天子的旗飾儀仗。使我們流浪的人來到這個地方，悲憤的心情填塞心胸，淚水就不期然地傾注下來。

【賞析】此篇相傳在建業留守席上，慷慨作此，張浚亦志在恢復，聽此詞為之不歡，罷席而散。

起景黯然愁思，殆天數，非人力，今則洙泗羶腥矣。隔水以下，笳鼓悲鳴，寫來聲色感人。敵愾同仇之心，亦油然而起，所以下片淋漓痛快，筆勢酣暢，一種駿發踔厲之氣，令人一振。收句忠憤氣填膺，有淚如傾，真如長江大河一瀉而下，不能自止矣。

179

念奴嬌

過洞庭

張孝祥

洞庭青草❶，近中秋更無，一點風色。玉界瓊田❷三萬頃，著我扁舟一葉。素月分輝，銀河共影，表裏俱澄澈。怡然心會，妙處難與君說。

應念嶺海經年❸，孤光自照，肝膽皆冰雪❹。短髮蕭騷襟袖冷，穩泛滄浪空闊。盡挹西江，細斟北斗，萬象為賓客❺。扣舷❻獨嘯，不知今夕何夕❼。

【注釋】❶青草　湖名，以湖中多生青草，故名青草湖。湖在湖南岳陽縣西南，湘水所匯。❷玉界瓊田　形容月光皎潔下的湖水。❸嶺海經年　孝祥曾知靜江府，兼廣南西路經略安撫使，罷官後，又起知潭州，權荊湖南路提點刑獄公事。❹肝膽皆冰雪　自言心地光明。❺盡挹三句　《傳燈錄》：「龐居士參馬祖云：『不與萬法為侶，是甚麼人？』祖曰：『待汝一口吸盡西江水，即向汝道。』」屈原〈九歌〉：「援北斗兮酌桂漿。」意思是說舀西江水當作酒，以北斗為酒器盛酒，萬物都是我的賓客。萬象，外界一切自然景象。❻扣舷　蘇軾〈赤壁賦〉：「扣舷而歌之。」❼不知今夕何夕　古〈越人歌〉：「今夕何夕兮。」

【語譯】洞庭湖，青草湖，到中秋時候，連一絲風也沒有。三萬多頃的湖光像鋪上一層白玉，上面載有自己的一葉扁舟。淡月射出幾縷銀輝，投映在銀河裏，內外都十分澄清明亮。暢快會心的地方，箇中滋味，很難跟你細說。

應該想起在兩廣多年，一顆孤心，肝膽都像冰雪似的晶瑩，頭髮疏落，袖子很薄很冷，平穩地泛舟在空闊的海天之間。飲盡西江水，提起北斗星淺斟低酌，一切自然景象都是我的客人。我敲擊船邊，獨自吟嘯，不知道今夜又是一個甚麼樣的晚上。

【賞析】此寫洞庭湖中秋景色，玉界瓊田，素月銀河，一片澄澈，王壬秋以為有凌雲之氣，覺東坡〈水調〉，猶有塵心。詞境超妙，江山助興。下片湖南為客，本極蕭騷，陡然豪氣，要「盡挹西江，細斟北斗，萬象為賓客」。有此心胸，所以快樂得不知今夕何夕了。黃蓼園曰：「此詞開首從洞庭說至玉界瓊田三萬頃，題已說完，即入扁舟一葉。以下從舟中人心跡與湖光映帶寫，隱現離合，不可端倪，鏡花水月，是二是一。自爾神采高騫，興會洋溢。」詞人有英姿奇氣，一吐為快。

180

六州歌頭　桃花

韓元吉

東風著急，先上小桃枝。紅粉膩，嬌如醉，倚朱扉。記年時，隱映新妝面，臨水岸。春將半，雲日暖，斜橋轉，夾城西。草軟莎平，跋馬❶垂楊渡，玉勒爭嘶。認蛾眉凝笑，臉薄拂燕脂❷，繡戶曾窺，恨依依。共攜手處，香如霧❸，紅隨步，怨春遲。消瘦損，憑誰問？只花知，淚空垂。舊日堂前燕❹，和煙雨，又雙飛。人自老，春長好，夢佳期。前度劉郎❺，幾許風流地，花也應悲。但茫茫暮靄，目斷武陵溪❻，往事難追。

【作　者】元吉字无咎，號南澗，許昌人。重和元年（一一一八）生。韓維四世孫，呂東萊之外舅也。寓居信州，隆興間官吏部尚書。淳熙十四年（一一八七）卒，年七十。有《南澗詩餘》一卷，見彊村叢書刊本。

【注　釋】❶跋馬　馳馬。❷燕脂　淡紅色的化妝。❸香如霧　杜甫〈月夜〉詩：「香霧雲鬟濕。」❹舊日堂前燕　劉禹錫〈烏衣巷〉詩：「舊時王謝堂前燕。」❺劉郎　劉禹錫。❻武陵溪　用陶潛〈桃花源記〉事。

【語　譯】東風有意的首先吹撫在小桃枝上。脂粉十分紅豔，嬌羞中又有幾分醉意，倚在紅色的門邊。記得以前，隱約地看到她裝扮停當，隔著河岸，春天亦已過去一半，天氣一片暖和，轉過斜橋，就會到達城西了。細草輕嫩青翠，我馳馬到垂楊渡口，馬兒也爭著高叫。認得她帶著笑靨塗上一層淺淡的胭脂，曾經窺視過她的窗子，有一種依依不捨的感覺。

一同攜手的地方，籠罩一股香息，紅花隨步遍地開放，可惜春天快將過盡，現在身體消瘦，又有誰加以慰問呢？我徒然地掉下眼淚，而心事只有花兒知道。以前堂前的燕子，伴著微微細雨，雙飛而去。人自然也會逐漸老去，希望春天永在，我嚮往一種美好的歲月。前次的劉郎重到，多少甜蜜的回憶，花兒也應該替我傷心。現在晚霞空濛一片，看盡武陵溪水，往事實難追想了。

【賞　析】起首春物芳菲，由小桃枝，而想到朱扉美人，新妝臨水，斜橋渡口，玉勒爭嘶。下片則憑誰問應上恨依依，堂燕雙飛，伊人何在，真是像重尋桃源，而迷了津，又與起處相應。

181

好事近

韓元吉

凝碧舊池❶頭，一聽管絃淒切。多少梨園❷聲在，總不堪華髮。

杏花無處避春愁，也傍野煙發。惟有御溝聲斷❸，似知人嗚咽。

【詞　牌】〈好事近〉，一名〈釣船笛〉、〈翠圓枝〉。

・張輯詞有「誰謂百年心事，恰釣船橫笛」句，名〈釣船笛〉。韓淲詞有「吟到翠圓枝上」句，名〈翠圓枝〉。（《詞譜》）

・〈好事近〉一名〈釣船笛〉，換頭二句句法平仄稍有不同。雙調四十五字。（《歷代詩餘》）

・胡邦衡（名銓）在新興，嘗賦〈好事近〉，有云：「欲駕巾車歸去，有豺狼當轍。」郡守張棣繳上之，以謂譏訕，秦愈怒，移送吉陽軍編管。邦衡與其骨肉徒走以涉瘴癘，路人莫不憐之。（《揮

塵餘錄》

按近為令、引、慢之類，用以區別曲類者，無關調名本義。

【詞律】〈好事近〉，雙調，四十五字，前後段各四句，兩仄韻。

【注釋】❶凝碧舊池　王維被安祿山所拘，賦詩云：「萬戶傷心生野煙，百官何日再朝天？秋槐葉落空宮裏，凝碧池頭奏管弦。」❷梨園　演劇的地方。唐明皇選坐部伎子弟三百，教于梨園，號皇帝梨園弟子。宮女數百，亦稱梨園弟子。見《唐書・禮樂志》。❸御溝聲斷　皇宮旁邊的溝水沒有聲音。

【語譯】舊時凝碧池頭的地方，一聽到管絃之聲就會十分淒酸。多少都有些梨園的遺聲，可惜頭髮也白得太快。

杏花沒有地方可以打發春天的愁緒，伴著野外的飄煙綻放。只有御溝裏淙淙水響，似乎知道人間的苦惱。

【賞析】按《金史・交聘表》：大定十三年三月癸巳朔，宋遣試禮部尚書韓元吉、利州觀察使鄭興裔等賀萬春節。大定十三年為宋孝宗乾道九年，此詞即元吉到汴京逢賜宴之詞，故用凝碧池頭管絃淒切，如天寶故事。下片杏花春愁，在野煙濛濛之中，溝水吞吐知人嗚咽，是寫實之作。

182 瑞鶴仙

袁去華

郊原初過雨（韻），見數葉零亂（句），風定猶舞（韻）。斜陽挂深樹（韻），映濃愁淺黛❶，遙山媚嫵。來時舊路，尚巖花、嬌黃半吐。到而今、惟有溪邊流水，見人如故。無語。郵亭❷深靜，下馬還尋，舊曾題處。無聊倦旅，傷離恨，最愁苦。縱收香藏鏡❸，他年重到，人面桃花❹在否？念沉沉、小閣幽窗，有時夢去。

【作　者】去華字宣卿，奉新人。紹興十五年（一一四五）進士。善化知縣，又知石首縣。有《宣卿詞》一卷，見四印齋刊宋元三十一家詞本。

【注　釋】❶黛　青色。指山。❷郵亭　驛亭。❸收香藏鏡　秦嘉贈婦以香鏡。❹人面桃花　崔護〈題都城南莊〉詩：「人面桃花相映紅。」

【語　譯】郊野外剛灑過一陣細雨，見到幾片樹葉子快將枯萎，風止了，仍然不住地飄落。斜陽掛在樹梢，掩映著濃郁的愁緒和輕淡的黛青，遠山看起來十分嫵媚。來時的舊路上，尚有幾朵山巖內的野花，嬌豔成熟，已經開了一半。到現在，只剩下，溪邊的流水，看見我仍跟以前一樣。

沒有說話，驛站幽深靜寂，要下馬尋回舊日題字的地方。客旅的生涯百無聊賴，只有分離情味，最使人難過。縱然把香粉和鏡子藏起，他年再次來到，桃花人面，是否仍然安在？想起昏黑的閣樓小窗，有時夢中也會來到。

【賞析】起處雨後斜陽，有幾片零亂落葉，帶給人濃愁，過去嚴花嬌黃半吐，今日只有流水向人如故。下片是倦旅情懷，相思之苦，收二句即唐人詩，「別夢依依繞謝家，小闌迴合曲闌斜。」脫化自然。

183

劍器近

袁去華

夜來雨，賴倩得、東風吹住。海棠正妖饒處，且留取。悄庭戶，試細聽、鶯啼燕語❶，分明共人愁緒，怕春去。佳樹，翠陰初轉午。垂簾未捲，乍睡起，寂寞看風絮。偷彈清淚寄煙波，見江頭故人，為言憔悴如許。彩箋無數，去卻寒暄❷，到了渾無定據。斷腸落日千山暮。

【詞牌】〈劍器近〉，一名〈劍器〉、〈劍氣〉、〈劍氣近〉。

- 〈劍器〉，古武舞之曲名。其舞用女妓雄裝，空手而舞。（《通考舞部》）
- 唐《教坊記》有〈劍器子〉，《宋史・樂志》教坊所奏，入夾鍾宮，俗呼中呂宮。（《詞調溯源》）

・〈劍器〉，陳暘《樂書》作〈劍氣〉，宋詞有〈劍氣近〉，元南曲有〈劍器令〉，或借大曲制之也。《唐宋大曲考》

・唐自天后末年，〈劍器〉入渾脫，始為犯聲，以〈劍器〉宮調，渾脫角調，以臣犯君也。《詞源疏證》

【詞律】〈劍器近〉，雙調，九十六字，前段八句，八仄韻，後段十二句，七仄韻。

【注釋】❶鶯啼燕語　皇甫冉〈春思〉詩：「鶯啼燕報新年。」❷寒暄　寒溫，問寒問暖語言。

【語譯】晚上一陣雨水，幸而被東風吹停了。海棠正開放得十分豔麗，何妨留在花枝上。庭子一片悄寂，試靜靜地欣賞鶯燕的歌聲，分明跟人的煩惱一樣，害怕春光遠去。

好一棵樹，翠碧的綠陰剛要跨過中午。兩層簾子仍未捲起，突然醒來，孤獨地欣賞隨風的柳絮。暗中向著煙波江上彈下幾顆清淚，見到江邊舊日的友好，為我訴說近來的消瘦。寫了很多信，但除了問寒問暖以外，再也寫不出甚麼來了。落日下肝腸寸斷，照著群山的暮色。

【賞析】起處惜春之情，東風夜雨，希望海棠不被摧折。鶯啼愁緒，春已遲暮。

「偷彈清淚寄煙波」見故人為言憔悴如許。用杜甫詩：「故憑錦水將雙淚。」書信能道寒暄，相見渾無準據，只剩下愁寂幽怨。

184

安公子

袁去華

弱柳千絲縷，嫩黃勻遍鴉啼處。寒入羅衣春尚淺，過一番風雨。問燕子來時，綠水橋邊路，曾畫樓、見箇人人否？料靜掩雲窗，塵滿哀絃危柱❶。

庾信愁如許❷，為誰都著眉端聚？獨立東風彈淚眼，寄煙波東去。念永晝春閒，人倦如何度？閒傍枕、百囀黃鸝語。喚覺來厭厭，殘照依然花塢。

【詞牌】〈安公子〉，《詞律》五體，雙調，正柳永一體，八十字。

- 〈安公子〉，唐教坊曲名。（《詞譜》）
- 〈安公子〉，《通典》及《樂府雜錄》稱，煬帝將幸江都，樂工王令言者，妙達音律，其子彈胡琵琶，作〈安公子〉曲，令言驚問：「那得此？」對曰：「宮中新翻。」令言流涕曰：「慎忽從行。宮，君也，宮聲往而不返，大駕不復回矣！」據《理道要訣》：「唐時〈安公子〉在太簇角。」今已不傳，其見於世者，中呂調有近，般涉調有令，然尾聲皆無所歸，亦異矣！（《碧雞漫志》）
- 隋煬帝遊江都時，有樂工笛中吹之，其父老廢，於臥內聞之，問曰：「何得此曲？」子對曰：「宮中新翻也。」父乃謂其子曰：「宮曰君，商曰臣，此曲宮聲，往而不返，大駕東巡，必不

返矣！汝可托疾勿去也。」精鑒如此。（劉餗《樂府解題》）

・〈安公子〉，隋煬帝製，亦見《教坊記》。（《詞調溯源》）

【詞　律】〈安公子〉，此體雙調，一百六字，前後段各九句，六仄韻。

【注　釋】❶塵滿哀絃危柱　琴絃塵滿，謂無心彈奏。❷庾信愁如許　庾信流落北方，作〈哀江南賦〉、〈傷心賦〉、〈春賦〉、〈小園賦〉以寄故國之思。

【語　譯】細軟的枝幹上有柳絲千條，遍是勻淡的黃色，藏有烏鴉的啼叫。寒氣侵入衣衫，春天才剛來到，經過了一番風雨的洗禮。借問燕子飛來時，在河橋旁邊的路子上，曾經在美麗的樓閣裏見到她嗎？相信輕輕地掩上紗窗，灰塵染滿了所有的琴絃和玉柱。

庾信的愁緒如許深邃，究竟時常為誰掛在眉梢上呢？我獨自站立風前，眼中不禁滴下淚珠來，要煙波帶著東去。想起整日春閒，心緒慵倦，試問如何打發？空閒時倚在枕畔，聽黃鶯兒聒碎的歌聲。吵醒後懶洋洋的，落日依然留在花叢間。

【賞　析】寫閨情之作，起嫩柳春寒，剛剛一番雨過。燕子從橋邊飛來，不知曾看到我所思念之人否？就不曾見，也可料想伊人寂寞無心撫琴。下片作者想念愁上眉頭，則上片所詠皆為設想，癡情之語。春愁人倦，長日無聊，鶯語喚人，醒來只有斜陽照著花塢，靜中更顯得清寂，無可奈何。

185

瑞鶴仙

陸　淞

臉霞紅印枕❶，睡覺來、冠兒還是不整。屏閒麝煤❷冷，但眉峰壓翠，淚珠彈粉。堂深晝永，燕交飛、風簾露井❸。恨無人說與，相思近日，帶圍寬盡。

重省，殘燈朱幌，淡月紗窗，那時風景。陽臺路迥，雲雨夢❹，便無準。待歸來，先指花梢教看，欲把心期細問。問因循、過了青春，怎生意穩？

【作　者】淞字子逸，號雲溪，山陰（今浙江省紹興）人。官辰州守，放翁雁行也。《耆舊續聞》云：陸辰州子逸，左丞佃之孫。晚以疾廢，卜築于秀野，越之佳山水也。放傲世間，不復有榮念。對客則終日清談不倦，尤好語前輩事。

【注　釋】❶臉霞紅印枕　周邦彥〈滿江紅〉：「枕痕一線紅生肉。」❷麝煤　熏爐裏所用的香料。❸風簾露井　王昌齡〈春宮曲〉詩：「昨夜風開露井桃。」❹雲雨夢　見前晏幾道〈木蘭花〉頁一〇五注❷。

【語　譯】臉上的脂粉紅紅的印在枕畔，睡醒後，帽子仍然戴得不正。眉間的墨線已經冷下來了，只有愁眉緊緊鎖住，淚珠混著脂粉。畫堂深靜，白天太長，燕子在簾外的井畔穿梭來往。只恨無人可以告訴，近日來為了相思，腰帶愈來愈寬闊了。

重新回想一番，紅色的帷幔，殘燈閃耀，紗窗外一輪淡月，那時候的風物和情景。陽臺的路子很遠，一場雨雲夢過，便再也沒有期約。等回來時，首先指著花兒叫他看看，再把心事互相傾訴。問他假如隨便地負了青春，又怎樣過意得去呢？

【賞析】據《耆舊續聞》說陸淞眷士人侍姬盼盼作，一似東坡乳燕飛華屋，皆為附會。此詞美人睡起，屏間春寒，見燕交飛，於是自傷相思消瘦。

下片追想當日歡聚，殘燈淡月之夕，今已別離路迴，而相見何日。待歸來以下，情思尤十分迷離恍惚，景中一片深情。

186 卜算子

詠梅

陸游

驛外斷橋邊，寂寞開無主❶。已是黃昏❷獨自愁，更著風和雨。
無意苦爭春，一任群芳妒。零落成泥碾❸作塵，只有香如故。

【作者】游字務觀，號放翁，山陰（今浙江紹興）人。佃之孫，宰之子。宣和七年（一一二五）生。年十二能詩文，蔭補登仕郎，鎖廳薦送第一。秦檜孫塤，適居其次。檜怒，至罪主司，明年試禮部，主事復置游前列，檜顯黜之，由是為所嫉。孝宗即位，賜進士出身，出通判建康府。尋易隆興府，免歸，久之，通判夔州。王炎宣撫川、陝，辟為幹辦公事。後范成大帥蜀，游為參議官。以文字交，不拘禮法，人譏其頹放，因自號放翁。後累遷江西常平提舉，知嚴州。嘉泰二年，以孝宗、光宗兩朝實錄及三朝史未就，詔游權同修國史實錄院同修撰，尋兼祕書監。三年，書成，遂升寶章閣待制政仕。游才氣超逸，尤長于詩。嘉定二年（一二〇九）卒，年八十五。有《放翁詞》一卷，見六十家詞刊本。又《渭南詞》二卷，有雙照樓景刊宋元明本詞本。

【注　釋】❶寂寞開無主　杜甫〈江畔獨步尋花〉絕句：「桃花一簇開無主。」❷黃昏　林逋〈梅花〉詩：「暗香浮動月黃昏。」❸碾　用圓輪之物旋轉壓之曰碾。

【語　譯】驛站外斷橋的旁邊，梅花孤獨地開著，漫無目的。已經是黃昏了，何況獨自含愁，更帶有些風絲雨絲。

沒有意思要獨占春光，就讓其他的花朵來妒忌吧。當飄落時，變成泥土，再輾轉化作微塵，但清香仍舊不變。

【賞　析】此借梅花以詠身世之感，花在斷橋邊，寂寞的開放，黃昏時候，更寂寞也只有自己愁恨，這愁恨已自不堪，又何況加上風和雨呢？

下片花無意爭春，而別的花卻忌妒她。當花落滿地，碾在汙土塵中，而香尚如故，顯得品格是那麼高尚，真是掃盡纖淫，超然拔俗。劉熙載讚美他安雅清淡，佳者在蘇、秦之間。劉師培以為劍南之詞屏除纖豔，清真絕俗，逋峭沉鬱，而出之以平淡，此道家之詞。

187

漁家傲　寄仲高❶

陸　游

東望山陰❷何處是？往來一萬三千里，寫得家書空滿紙，流清淚，書回已是明年事。
寄語紅橋橋下水，扁舟何日尋兄弟？行徧天涯真老矣！愁無寐，鬢絲幾縷茶煙裏。

【注釋】❶仲高　名升之，游之堂兄。時游客四川，年已五十。❷山陰　浙江紹興縣。陸游故鄉。

【語譯】向東遙望，山陰又在甚麼地方呢？距離這裏一萬三千多里，徒然寫好了一封家書，不禁老淚縱橫，當收到回信的時候，怕又是明年的時候了。

我想告訴紅橋下的流水，不知甚麼時候，讓我駕著一葉扁舟，訪尋兄弟，但天涯踏遍，自己也垂垂老矣，一腔愁緒，無法入睡，只好燃點茶煙，瀰漫在幾根蕭疏的白髮裏。

【賞析】此思念兄弟之作，山陰的家，隔得如許之遠，路遠家書難達，「書回已是明年事」。此一句有多少辛酸，盡在不言之中。

下片告訴水，將要歸去，即令歸來，吾人已老，愁緒不寐，一腔離緒逼人，收句不言情，鬢絲茶煙，只有如此這般消遣歲月，其苦可知。放翁懷用世之志，不得意而隨人，遠客無成，行年已老，此詞如范希文之放曠沈痛，不可遏抑。

188 水龍吟

陳亮

鬧花❶深處層樓，畫簾半捲東風軟。春歸翠陌，平莎茸嫩，垂楊金淺❷。遲日催花，淡雲閣雨，輕寒輕暖。恨芳菲世界，游人未賞，都付與、鶯和燕。

寂寞憑高念遠，向南樓、一聲歸雁。金釵鬬草❸，青絲❹勒馬，風流雲散。羅綬❺分香，翠綃封淚，幾多幽怨？正消魂、又是疏煙淡月，子規聲斷。

【作者】亮字同甫，婺州永康人。生於紹興十三年（一一四三）。為人才氣超邁，喜談兵，論議風生，下筆數千言立就。隆興初，與金人約和，天下忻然，幸得蘇息，獨亮持不可。婺州方以解頭薦，因上中興五論，奏入，不報，已而退修于家，學者多歸之，益力學著書者十年。淳熙五年，詣闕上書，孝宗欲官之，亮笑曰：「吾欲為社稷開數百年之基，寧用以博一官乎？」亟渡江而歸，日落魄醉酒，與邑之狂士飲。亮自以豪俠，屢遭大獄，歸家，益厲志讀書。嘗曰：「堂堂之陣，正正之旗，風雨雲雷，交發而竝至，龍蛇虎豹，變現而出沒，推倒一世之智勇，開拓萬古之心胸，自謂差有一日之長。」光宗策進士，擢第一，授僉書建康府判官廳公事，未至官，一夕卒，為紹熙五年（一一九四），年五十二。端平初，諡文毅。有《龍川詞》一卷，《補遺》一卷，見六十家詞刊本。又有四印齋刊本，近人有《陳亮集》。

【注釋】❶鬧花　宋祁〈玉樓春〉詞：「紅杏枝頭春意鬧。」❷金淺　形容柳花黃色。❸鬬草　古代有鬬草之戲。宗懍《荊楚歲時記》：「競採百藥，謂百草以蠲除毒氣，故世有鬬草之戲。」❹青絲　以青絲絡馬頭。❺羅綬　羅帶。

【語譯】樓臺深處，花兒盛開燦爛。把簾子捲起一半，讓東風輕輕吹送。春天遠離翠綠的郊野，莎草很是柔軟，楊柳垂下淺淺的金縷。溫和的陽光催速花兒早開，薄雲飄過，雨勢也停止了，有時寒冷，有時又很溫暖。可惜整個漂亮的世界，游人們都不懂得欣賞，僅付與一般的鶯鶯燕燕。

我孤獨地登高遠望，有一隻歸雁，向南樓掠過。以前用金釵作鬬草遊戲，用青絲帶勒著馬兒，但過去的一切已成消散。羅帶上已減卻香氣，翠帕上珠淚亦乾，使人多麼感慨，最是消魂的時候，輕煙籠月，伴著杜鵑淒厲的鳴叫。

【賞析】陳氏富經濟之懷，饒有壯志。此詞傷春念遠，正有寄託。起處春滿樓臺，恨芳菲世界三句，言近旨遠，意有宗愨大呼渡河之慷慨。下片寂寞念遠，正是一篇宗旨所在。繼之風流雲散，幾多幽怨。結用子規聲斷，是不能放懷故國。黃蓼園云：「鬧花句見不事事也。東風軟即東風不競之意也。遲日三句，一曝十寒之喻也。好世界不求賢共理，惟與小人游玩如鶯燕也。念遠者念中原也。一聲歸雁，謂邊信至，樂者自樂，憂者徒憂。」略得詞情。

189 憶秦娥

范成大

樓陰缺，闌干影臥東廂月。東廂月，一天風露，杏花如雪❶。

隔煙催漏金虯❷咽，羅幃黯淡燈花結。燈花結，片時春夢，江南天闊❸。

【作者】成大字致能，號石湖居士，吳郡（今江蘇蘇州）人。生於靖康元年（一一二六）。紹興二十四年（一一五四）進士。孝宗時，累官權吏部尚書，拜參知政事。嘗帥蜀，繼帥廣西，復帥金陵。進資政殿學士，提舉洞霄宮。紹熙四年（一一九三）卒，年六十八。諡文穆。有《石湖詞》一卷，見知不足齋叢書刊本，又見彊村叢書刊本。趙萬里有重訂本，近人有《范石湖集》。

【詞牌】〈憶秦娥〉，一名〈秦樓月〉、〈雙荷葉〉、〈蓬萊閣〉、〈碧雲深〉、〈花深深〉、〈玉交枝〉。

・〈憶秦娥〉調始自李白，自唐迄元，體格不一，要其源皆從李出也，因詞有「秦娥夢斷秦樓月」句，故名〈憶秦娥〉，更名〈秦樓月〉；蘇軾詞有「清光偏照雙荷葉」句，名〈雙荷葉〉；無名氏詞有「水天搖蕩蓬萊閣」句，名〈蓬萊閣〉；至賀鑄始易仄韻為平韻；張輯詞有「碧雲暮合」句，名〈碧雲深〉；宋媛孫道絢詞有「花深深」句，名〈花深深〉。《詞譜》

•〈憶秦娥〉，唐李白作，取詞中「秦娥夢斷秦樓月」句，故名。一名〈秦樓月〉，一名〈雙荷葉〉，一名〈碧雲深〉，蓋商調曲也。〈嘯餘譜〉云，亦可用平韻。《填詞名解》

•〈憶秦娥〉，商調曲也。鳳樓春即其遺意，李白之〈簫聲咽〉用仄韻，孫夫人之〈花深深〉用平韻，張宗瑞復立新名，曰〈碧雲深〉。《唐詩紀》

•唐人作長短句，乃古樂府之濫觴也。李太白首創〈憶秦娥〉，悽惋清麗，頗臻其妙，為千古詞之祖。（顧起綸〈花菴詞選跋〉）

【詞　律】〈憶秦娥〉，雙調，四十六字，前後段各五句，三仄韻，一疊韻。

范成大此詞即照李白〈簫聲咽〉詞體填。

【注　釋】❶杏花如雪　韓偓〈寒食夜〉：「杏花飄雪小桃紅。」❷金虬　虬，龍子有角者。金虬，漏箭之飾。❸江南天闊　岑參〈春夢〉詩：「枕上片時夢春中，行盡江南數千里。」

【語　譯】月光從樓上闌干的間隔中射入東廂內。東廂內的月影，伴著漫天風露，杏花就像雪片一樣。

隔著一層輕煙，時間飛移，金虬漏箭發出滿溢之水聲，羅帳幌動於幽暗中，燈蕊又將燃盡。燈蕊燃盡了，一場短驟的春夢，醒時仍然是江南高闊的曉天。

【賞　析】范成大降生之年，正當金人攻陷汴京，北宋滅亡之際，南宋屈辱，人民塗炭。成大孤貧自厲，長而為地方官，禮賢下士，仁民愛物，其詩詞中充滿一片愛國的熱血，詞散佚甚多，今所存之作，風格時與東坡、于湖、稼軒、放翁相近。

此篇寫月中樓影、風露、杏花。下片夜深幃暗，燈結花，團圓美夢，常在那江南一片遼闊的天際，似亦有所指而迷離言之，但為故國之思。

190

眼兒媚

萍鄉道中乍晴，臥輿中，困甚，小憩柳塘

范成大

酣酣❶日腳❷紫煙浮，妍暖破輕裘。困人天色，醉人花氣，午夢扶頭❸。

春慵恰似春塘水，一片縠紋愁。溶溶曳曳❹，東風無力，欲避還休。

【詞牌】〈眼兒媚〉，一名〈秋波媚〉、〈小闌干〉、〈東風寒〉。

‧左譽詞有「斜月小闌干」句，名〈小闌干〉；韓淲詞有「東風拂檻露猶寒」句，名〈東風寒〉；陸游詞名〈秋波媚〉。（《詞譜》）

‧〈眼兒媚〉一名〈秋波媚〉，一名〈小闌干〉，雙調四十八字，宋人起句平仄少有異同，然通篇自是一定，與朝中措迥別，混入者非。（《歷代詩餘》）

【詞律】〈眼兒媚〉，雙調，四十八字，前段五句，三平韻，後段五句，兩平韻。

【注釋】❶酣酣 暖意。❷日腳 杜甫〈羌村〉詩：「日腳下平地。」❸扶頭 酒名。白居易〈早飲湖州酒寄崔使君〉詩：「一榼扶頭酒。」❹溶溶曳曳　蕩漾貌。

【語　譯】沈沈的陽光下瀰漫一層淡薄的紫煙，因為天氣暖和，遂把皮裘大衣除下，天氣使人懶洋洋的，花香撲鼻，像喝了扶頭酒要去午睡。

闌珊的春意就像一塘春水似的，好一片輕柔的波紋，溶溶曳曳的蕩漾，東風也不強勁，想避開嗎？最後也就算了。

【賞　析】此詞作於江西萍鄉道中，天氣乍晴，輿中困倦，在柳塘邊休憩而寫。起處暖意酣酣，天色和花氣，都使人困而思睡。

下片春慵即應上午夢困睡，那困像一池春水湧至。又一片愁來，也恰似水波，溶溶曳曳，避都避不了。王壬秋謂自然移情，不可言說，綺語中仙語也。

191　霜天曉角

范成大

晚晴風歇（韻），一夜春威折（韻）。脈脈花疏天淡（句），雲來去（豆）、數枝雪（韻）。

勝絕（韻），愁亦絕（疊），此情誰共說（韻）？惟有兩行低雁（句），知人倚（豆）、畫樓月❶（韻）。

【詞牌】〈霜天曉角〉，一名〈月當窗〉、〈梅花令〉、〈踏月〉、〈長橋月〉。

•〈霜天曉角〉又名〈月當窗〉，因東澤詞「一片月，當牕白」，故寓名〈月當牕〉，又訛「窗」作「廳」，誤甚。況〈月當廳〉自有一百一字正調，豈可混改？《詞律》

•〈霜天曉角〉，元高拭詞注越調。張輯詞有「一片月，當牕白」句，名〈月當牕〉；程垓詞有「須共踏夜深月」句，名〈踏月〉；吳禮之詞有「長橋月，短橋月」句，名〈長橋月〉。《詞譜》

【詞律】〈霜天曉角〉，雙調，四十三字，前段四句，三仄韻，後段五句，三仄韻，一疊韻。

【注釋】❶惟有二句　溫庭筠〈瑤瑟怨〉：「雁聲遠過瀟湘去，十二樓中月自明。」

【語譯】黃昏時，天色晴朗，風也停歇，一夜之間，春天亦將過盡。素淡的夜色下，只有幾株寂寞的疏花，白雲在空中自由來往，遠看更像雪花一樣。

多美麗啊！但亦多感慨，這份感情該向誰傾訴呢？只有兩行低飛的鴻雁，尚知我曾倚在樓前的月影下凝想。

【賞析】此詞輕蒨，春景如畫，脈脈花疎天淡，天淡有雲來去，花疎故數枝如雪。春景勝絕，亦使人愁絕。此種心情，與誰訴說，只有雁飛來，好像能知有人倚樓看月。全篇略無雕琢，而意態閒淡，超妙逼近東坡。

192　好事近

蔡幼學

日日惜春殘，春去更無明日。擬把醉同春住，又醒來岑寂❶。

明年不怕不逢春，嬌春怕無力。待向燈前休睡，與留連今夕。

【作者】幼學字行之，瑞安人。生於紹興二十四年（一一五四）。乾道八年（一一七二）進士，試禮部第一。紹熙四年（一一九三），祕書省正字。嘉定元年（一二〇八），試中書舍人。二年（一二〇九），試吏部侍郎兼直學士院。歷官寶謨閣直學士、提舉萬壽宮、進權兵部尚書、兼太子詹事。嘉定十年（一二一七）卒，年六十四，諡文懿。有《育德堂集》。

【注釋】❶岑寂　靜也。鮑照〈舞鶴賦〉：「去帝鄉之岑寂。」

【語譯】日日都珍惜春天的易逝，春天過後，再難指望明天的了。正想舉杯醉飲，把春天挽留下來，但醒來之後，卻是一片靜寂。

明年不怕遇不到春天，只怕春天嬌弱無力，對著燈兒不要睡了，就讓今夜稍作留連吧。

【賞析】短短小篇，只是傷春，而連續用春字，惜春、春無明日、醉同春住，到醒來又成岑寂，此阮籍、陶潛之所以醉不能醒之悲。

下片換筆，寫明年不怕春不來到，嬌春怕無力句妙，收二句更眷眷不已。

蔡氏生紹興、乾道之間，正南渡之初，與辛稼軒同時，其悲國之情，託之傷春，明年春無力，殆有寄託，故只好留連今夕而已。

193 賀新郎

別茂嘉十二弟

辛棄疾

綠樹聽鵜鴂❶，更那堪、鷓鴣聲住❷，杜鵑聲切❸。啼到春歸無啼處，苦恨芳菲都歇❹。算未抵、人間離別，馬上琵琶❺關塞黑❻，更長門❼、翠輦辭金闕。看燕燕❽，送歸妾。

將軍百戰身名裂，向河梁❾、回頭萬里，故人長絕。易水❿蕭蕭西風冷，滿座衣冠似雪。正壯士、悲歌未徹。啼鳥還知⓫如許恨，料不啼、清淚長啼血⓬。誰共我，醉明月？

【作　者】棄疾字幼安，號稼軒，濟南歷城人。生於紹興十年（一一四〇）。耿京聚兵山東，節制忠義軍馬，棄疾為掌書記，即勸京決策南向。紹興二十三年，京令棄疾奉表歸宋。高宗召見，嘉納之，授承務郎，改差江陰簽判。乾道四年，通判建康府。六年，孝宗召對延和殿。時虞允文當國，帝銳意恢復。棄疾因論南北形勢及三國、晉、漢人才，持論勁直，不為迎合。出知滁州，辟江東安撫司參議官，留守葉衡雅重之。衡入相，力薦棄疾慷慨有大略。召見，遷倉部郎官，提點江西刑獄，加祕閣修撰。調京西轉運判官，差知江陵府，兼湖北安撫。後進樞密都承旨。開禧三年（一二〇七）卒，年六十八。德祐初，以謝枋得請，贈少師，諡忠敏。棄疾豪爽，尚氣節，識拔英俊。嘗謂人生在勤，當以力田為先。北方之人，養生之具，不求於人，是以無甚富甚貧之家。南方多末作以病農，而兼并之患興，貧富斯不侔矣，故以稼名軒，善長短句，悲壯激烈。有《稼軒長短句》十二卷，見涉園影宋金元明本詞續刊本及四印齋所刻詞刊本。又《稼軒詞》四卷，有六十家詞刊本。又有《稼軒甲乙丙丁集》四卷本。近人又有《稼軒詞編年本》。

【注　釋】❶鴂　鳥名，常于春分鳴。❷鷓鴣聲住　鷓鴣鳴聲「行不得也哥哥」。❸杜鵑聲切　唐無名氏詩：「等是有家歸未得，杜鵑休向耳邊啼。」杜鵑暮春鳴，其聲如云：「不如歸去。」❹苦恨芳菲都歇　〈離騷〉：「惡鶗鴂之先鳴兮，使百草為之不芳。」❺馬上琵琶　石崇〈王明君辭序〉：「昔公主嫁烏孫，令琵琶馬上作樂，以慰其道路之思，其送明君亦必爾也。」❻關塞黑　杜甫〈夢李白〉：「魂返關塞黑。」❼長門　漢武帝陳皇后被貶居長門宮。❽燕燕　《詩經・邶風・燕燕序》：「莊姜送歸妾也。」❾河梁　《文選・李陵與蘇武詩》：「攜手上河梁，遊子暮何之？」❿易水　荊軻自燕入秦，太子與賓客白衣冠送行至易水，見《史記・刺客列傳》。⓫還知　同若知意。⓬清淚長啼血　白居易〈琵琶行〉：「杜鵑啼血猿哀鳴。」

【語　譯】樹上傳來鶗鴂的叫聲，更何況鷓鴣聲止的時候，而杜鵑鳥叫得更加淒厲。當牠們啼到春末無法再啼，可恨所有的花朵都已謝了。應該比不上人間的分離，王昭君在馬上彈奏琵琶，邊關一片黑暗，更有長門宮的香車已經辭別帝殿，只見一隻隻的燕子飛過，正是衛莊姜送著妾婦回去。

將軍經過多次的轉戰，身名俱裂，向著河梁送別的地方，回頭遙看，朋友們都成永別了。易水一片蕭颯，西風冷勁，滿座的服飾都是白雪一般，此番壯士的悲歌，永遠無法唱完。啼鳥假如明白這如許的感慨，相信不會啼淚，而要啼血了。誰能伴我一起，在明月下醉飲呢？

【賞　析】稼軒生於南宋之初，金兵猖獗南侵，他以二十一歲的年輕人組織義軍二千多，和耿京一起作戰。其後稼軒回到南宋臨安，被解兵職，任江陰軍簽判，知滁州、江陵。旅為湖北轉運副使，移湖南。又任湖南、江西安撫等官，都不能發揮壯志，以展長才，詞多悲歌抑塞之氣。

此首別茂嘉十二弟，起用鵜鴂、鷓鴣聲，不忍春歸，不忍離別，兩層夾寫。下歷數人間離別等等，真是一段別賦。但是將軍百戰，故人長絕，易水送行，衣冠似雪，此兩種是稼軒極沉痛處，真是慷慨之志不酬，借古興悲，淚盡啼血，最後惟有一醉耳。

194

賀新郎

賦琵琶

辛棄疾

鳳尾龍香撥❶ 韻，自開元 豆、霓裳曲罷 句，幾番風月 韻。最苦潯陽江頭客❷ 句，畫舸亭亭待發 韻。記出塞 豆、黃雲堆雪 韻。馬上離愁❸三萬里 句，望昭陽 豆、宮殿孤鴻沒 韻。絃解語 句，恨難說 韻。遼陽驛使音塵絕 韻，瑣窗寒 豆、輕攏慢撚❹ 句，淚珠盈睫 韻。推手❺含情還卻手❻ 句，一抹梁州❼哀徹。千古事、雲飛煙滅。賀老❽定場無消息，想沉香、亭❾北繁華歇。彈到此，為嗚咽。

【注釋】❶鳳尾龍香撥　楊貴妃琵琶以龍香板為撥，以邏逤檀為槽，有金縷紅紋，蹙成雙鳳。見《明皇雜錄》。❷潯陽江頭客　謂白居易。白居易有〈琵琶行〉，起句云：「潯陽江頭夜送客。」❸馬上離愁　見前〈賀新郎〉頁三三五注❺。❹輕攏慢撚　攏、撚，皆琵琶手法。《樂府雜錄》云：「裴興奴長于攏撚。」〈琵琶行〉：「輕攏慢撚抹復挑。」❺推手　推手前曰琵，引卻曰琶，因以為名。見《釋名》。❻卻手　王安石〈明妃曲〉：「推手為琵卻手琶。」❼梁州　〈琵琶曲〉有轉關六么，濩索梁州，見蔡寬夫《詩話》。❽賀老　唐賀懷智善彈琵琶，見《明皇雜錄》。元稹〈連昌宮詞〉：「夜半月高絃索鳴，賀老琵琶定場屋。」❾沉香亭　亭以沉香為之。唐玄宗賞花沉香亭，命李白賦〈清平調〉三章，有「沉香亭北倚闌干」句，見《太真外傳》。

【語譯】楊貴妃的琵琶，以龍香板為撥，自從開元以來〈霓裳羽衣曲〉停止演唱以後，又度過了多少時間？最可憐白居易送客潯陽江頭，畫船泊在岸邊，又快出發了。記得昭君出塞，騎著馬兒，離情別緒籠罩三萬里間。遠望昭陽殿裏，漸漸連一隻鴻雁的影子也沒有看到。琴絃縱使能理解我的心事，但感情卻無法申說。

　遼陽的驛使再不見來了，鎖著一室寒意，輕輕地攏撚彈奏，淚珠轉又浸滿眼眶。凝情地推手，最後又引卻回來，一曲〈梁州〉，聽來無限哀傷。千古人事，都不外煙消雲散了。賀懷智的定場尚無消息，想起沉香亭北，一切的繁華都成消歇。彈到這裏的時候，自己也難免嗚咽起來。

【賞析】詞賦琵琶，疊用許多故事，寫來拉雜如送茂嘉弟，其氣足以舉之，故圓轉流麗。稼軒曾領兵殺賊，有攬轡澄清之志，託詞以怨，起開元舊事，思盛世也。下商婦明妃皆不得意，而恨難說。下片因昭君而驛使音塵絕，淚珠哀徹，推手卻手，正面寫題，收到明皇事，賀老作者借以自喻今日淪落，如杜甫「正是江南好風景，落花時節又逢君」之遇李龜年，泣不成聲。稼軒詞中塞雁遼陽，皆故國回首，悲思無限。

195

念奴嬌

書東流❶村壁　　辛棄疾

野塘花落，又怱怱、過了清明時節。剗地❷東風欺客夢，一枕雲屏❸寒怯。曲岸持觴，垂楊繫馬，此地曾經別。樓空人去，舊遊飛燕能說。

聞道綺陌東頭，行人長見，簾底纖纖❹月。舊恨春江流不盡，新恨雲山千疊。料得明朝，尊前重見，鏡裏花❺難折。也應驚問，近來多少華髮？

【注釋】❶東流　今池州有東流縣，稼軒自江西過此。❷剗地　猶云無端也。❸雲屏　李商隱〈嫦娥〉詩：

「雲母屏風燭影深。」❹纖纖　喻足。❺鏡裏花　空幻之意。《圓覺經》：「用此思維，辨於佛鏡，猶如空華，復結空果。」

【語　譯】野塘上的花兒落了，很快地又過了清明時節，突然被一陣東風從夢中吹醒，枕畔不禁勾起一股寒意。在彎曲的岸邊拿著酒壺，把馬兒縛在楊柳樹下，這裏曾經是我們分別的地方。人去後，畫樓深鎖，舊時的燕子還可以回憶一下。

聽說綠野的東邊，有些路人曾經見到，在簾子下的小足。舊時的感情就像春江水的無窮無盡，新來的情感則像雲山的堆疊。相信明天即使尊前可以相敘，畢竟像鏡中花一般，難以攀折。但亦應驚問一聲，近來又加添了多少白髮呢？

【賞　析】題作書東流村壁，寫豔遇而詞情悲壯，前四句景，一枕春夢，極為清新。曲岸以下敘別，有渺渺之思。下片三句其人尚在，不言尋覓，而託之行人曾見，尤為虛靈。料得以下是設詞，果真重見，自憐憔悴。東坡情深則云：縱使相逢應不識，塵滿面，鬢如霜。稼軒豪情健筆，作此亦想像鏡裏花枝，誰能遺此？相如老去，不堪文君之顧盼矣。舊恨兩句尤昂首高歌，淋漓悲慨，梁啟超氏以此詞賦南渡之感。

196

漢宮春

立春

辛棄疾

春已歸來，看美人頭上，裊裊春幡❶。無端風雨，未肯收盡餘寒。年時燕子，料今宵、夢到西園。渾未辨、黃柑薦酒，更傳青韭堆盤❷。卻笑東風從此，便薰梅染柳，更沒些閒。閒時又來，鏡裏轉變朱顏。清愁不斷，問何人、會解連環？生怕見、花開花落，朝來塞雁先還。

【注　釋】❶春幡　《苕溪漁隱叢話》云：「《荊楚歲時記》云：『立春日悉翦綵為燕子以戴之。』故歐陽永叔詩云：『不驚樹裏禽初變，共喜釵頭燕已來。』鄭毅夫云：『漢殿鬬簪雙綵燕，併知春色上釵頭。』皆立春日帖子詩也。」❷堆盤　《遵生八牋》：「立春日作五辛盤，以黃柑釀酒，謂之洞庭春色。故蘇詩云：『辛盤得青韭，臘酒是黃柑。』」

【語　譯】春天已經回來了，試看美人頭上，亦都戴上燕子的綵飾。一陣無情的風雨，仍未肯把寒意全收。去年的燕子，相信今夜亦會夢到西園了。完全分不開來，當黃柑釀酒的時候，更聽說青韭已經堆滿盤子。

現在卻要譏笑東風，從此就吹暖了梅花柳花，都沒有空閒的時間。當空閒時又照照鏡，紅潤的肌膚亦漸將改變。這種煩惱是永無止境的，試問誰人可以開解連環呢？最怕見花兒開了，花兒落了，早上的時候，塞雁也要飛返北方去了。

【賞析】此立春日作，起寫春意來到人間，但有餘寒，燕子夢中之春色酣暢。下片東風薰梅染柳，向春調笑一片妙語，不說人對春眷眷，而云春變鏡裏朱顏，自有一段清愁，連環不解。

稼軒詞筆飄灑如古文颯然而至。周濟云：「燕子猶記年時好夢，黃柑青韭，極寫晏安酖毒。換頭又提動黨禍，結用雁與燕激射，卻捎帶五國城（徽宗被金人虜去死於此地）舊恨，辛詞之怨，未有甚於此者。」此篇真有託之言，非真賦立春。

197 水龍吟

登建康賞心亭❶

辛棄疾

楚天千里清秋，水隨天去秋無際。遙岑遠目，獻愁供恨，玉簪螺髻❷。落日樓頭，斷鴻聲裏，江南游子。把吳鉤❸看了，闌干拍遍，無人會，登臨意。

休說鱸魚堪膾，儘西風、季鷹❹歸未？求田問舍❺，怕應羞見，劉郎❻才氣。可惜流年，憂愁風雨，樹猶如此❼。倩何人喚取，紅巾翠袖，搵英雄淚？

【注釋】❶登建康賞心亭　此詞為辛棄疾三十歲時在建康通判任上所作。賞心亭，丁謂作，見《詩話總龜》。

❷玉簪螺髻　形容山峰高如簪髻。❸吳鉤　《夢溪筆談》云：「唐人詩多有言吳鉤者。吳鉤，刀名也。」❹季鷹　《世說新語．識鑒第七》：「張季鷹辟齊王東曹掾，在洛，見秋風起，因思吳中菰菜蓴羹鱸魚膾，曰：『人生貴得適意爾！何能羈宦數千里以要名爵？』遂命駕便歸。」❺求田問舍　《三國志》云：許汜論陳元龍豪氣未除，謂昔過下邳，見元龍無主客禮，自上大床臥，使客臥下床。劉備曰：「君有國士名，而不留心救世，乃求田問舍，言無可采，是元龍所諱也。如我當臥百尺樓上，臥君于地，何但上下床之間哉！」❻劉郎　指劉備。❼樹猶如此　《世說新語．言語第二》云：桓溫見昔時種柳，「皆已十圍，慨然曰：『木猶如此，人何以堪？』」

【語　譯】江南的早秋，江水隨著蒼空奔去，秋意茫茫無際。遠山凝眺，徒增無窮愁緒。樓頭上斜陽漸落，在孤雁的哀鳴裏，可憐我這個流落江南的游子，把吳鉤刀子一看再看，不停地敲打闌干，可惜沒有人能領會我這份登臨的意緒。

不要說想吃鱸魚了，遍地西風，張季鷹又已回來嗎？許汜僅講求自己的房舍田產，相信亦不好意思見到劉備的才氣縱橫。可惜年光儘在淒風苦雨中渡過，柳樹亦已十圍了。請問誰人能替我召喚美人，擦乾英雄的傷時淚眼？

【賞　析】此稼軒南來通判建康，時年三十，極不願為此官，故登亭觀覽，起句破空喝起，有裂竹之勢，秋色無邊，而看遠山，盡是愁恨，吳鉤看了何用此寶刀？壯志難酬，無人會登臨意。下片不願作張翰、許汜，而許劉備光復舊業，只恐樹老如桓溫之歎，又何來美人替我揾淚。激昂之調，出以綺麗之詞，其潦倒不堪，使人讀之浩歎。陳洵云：「秋無際從水天中見。玉簪二句從遠目中見。江南游子，從斷腸落日中見。純用倒捲之筆。吳鉤二句仍縮入江南游子上。無人會縱開，登臨意收合。後片愈轉愈奇，季鷹未歸則鱸膾徒然一轉，劉郎羞見則田舍徒然一轉，如此則江南游子亦惟長抱此憂以老而已，卻不說出，而以樹猶如此作半面語縮住，倩何人以下十三字，應無人會二句作結，稼軒縱橫豪宕，而筆筆能留，字字有脈絡如此，學者苟能於此求，則清真、稼軒、夢窗三家實一家，若徒視為真率，則失此賢矣。」剖析精微，周（清真）、吳（夢窗）詞法度謹嚴，人所盡知，讀稼軒者，人但賞其豪宕，不知其結構亦自細密如此也。

198

摸魚兒

辛棄疾

淳熙己亥❶自湖北移湖南，同官王正之置酒小山亭為賦

更能消、幾番風雨？匆匆春又歸去。惜春長怕花開早，何況落紅無數。春且住！見說道、天涯芳草無歸路。怨春不語，算只有殷勤，畫檐蛛網，盡日惹飛絮。長門事❷，準擬佳期又誤，蛾眉曾有人妒。千金縱買相如賦，脈脈此情誰訴？君莫舞！君不見、玉環飛燕❸皆塵土。閒愁最苦，休去倚危闌，斜陽正在，煙柳斷腸處。

【詞　牌】〈摸魚兒〉，一名〈摸魚子〉、〈買陂塘〉、〈邁陂塘〉、〈安慶摸〉、〈陂塘柳〉、〈山鬼謠〉、〈雙蕖怨〉。

・晁无咎此調起句「買陂塘旋栽楊柳」，故人取其首三句字，名此調為〈買陂塘〉，而又寫差，以「買」作「邁」，試問陂塘如何邁法？何不通至此！（《詞律》）

・〈摸魚兒〉，唐教坊曲名，晁補之詞有「買陂塘旋栽楊柳」句，更名〈買陂塘〉，又名〈陂塘柳〉，或名〈邁陂塘〉；辛棄疾賦怪石詞，名〈山鬼謠〉；李治賦并蒂荷詞，有「請君試聽雙蕖怨」句，名〈雙蕖怨〉。此調當以晁、辛、張三詞為正體。（《詞譜》）

按「邁」字雖可作「行」字、「過」字解；但即云行陂塘，過陂塘，亦不必用替代字，況下接「旋栽楊柳」，則「邁」字之誤，顯然矣。《清江欸乃集》：「許文忠兄弟父子與馬明初唱和，皆用晁語為起句。」據此，則「買」字未錯也；不知何人解作「邁」字，至今名流亦仍其誤。又「摸魚子」三字係俚語，在宋代極流行。

又按〈摸魚兒〉亦曲牌名。

【詞　律】〈摸魚兒〉，此體雙調，一百十六字，前段十句，七仄韻，後段十一句，七仄韻。

【注　釋】❶淳熙己亥　宋孝宗淳熙六年，辛棄疾時年四十歲。❷長門事　司馬相如〈長門賦序〉云：孝武皇帝陳皇后，時得幸，頗妒，別在長門宮，愁悶悲思。聞蜀郡成都司馬相如，天下工為文，奉黃金百斤為相如文君取酒。因于解悲愁之辭。而相如為文，以悟主上，陳皇后復得親幸。❸玉環飛燕　楊玉環、趙飛燕。

【語　譯】又能夠消磨幾番風雨呢？很快地春天又將離去。曾經害怕春天太長，花兒開得太早，更何況還有無數的落花飛絮呢？春天慢慢再來吧！聽說天涯芳草都已無家可歸了。我埋怨春天不會說話，相信只有努力的在雕樑間結網，把飛過的花絮牽住。

陳皇后的長門舊恨，相信又把佳期誤了，因為蛾眉曾被人妒忌的啊！便有千金能買相如一賦，但這份感情又可以跟誰說呢？你不要再舞下去了，你不見楊玉環趙飛燕都已萎化塵土嗎？閒愁是最難打發的，不要再倚在高樓的闌干上，斜陽剛剛又照到煙籠柳樹，好一片淒迷的景象。

【賞　析】此淳熙六年，稼軒自湖北移漕湖南，置酒小山亭，賦別之作。起處惜春悵觸無端，似杜老一片花飛，而落紅欲盡，怨春所以慨浮雲蔽白日，思君令人老，而以自傷不遇明時。盡日飛絮接下片蛾眉人妒，皆怨有讒損之人，使不得效命王室，而沉淪薄宦奈何。君莫舞至斜陽收句尤激烈，惜春之意無窮，怨而怒，沉鬱淒涼。《鶴林玉露》云：「斜陽句詞意殊怨，比之未須愁日暮，天際是輕陰者異矣。壽皇聞之頗不悅，然終不加罪，未被種豆（楊惲）種桃（劉禹錫）之禍，帝之寬大，過於漢唐矣！」李商隱夕陽無限好，只是近黃昏，怨而婉曲。

199 永遇樂❶

京口北固亭懷古

辛棄疾

千古江山，英雄無覓，孫仲謀❷處。舞榭歌臺，風流總被，

雨打風吹去。斜陽草樹，尋常巷陌，人道寄奴❸曾住。想當年、

金戈鐵馬❹，氣吞萬里如虎。
元嘉草草❺，封狼居胥，贏得倉皇北顧。四十三年❻，望中猶記，燈火揚州路。可堪回首，佛狸祠❼下，一片神鴉社鼓。憑誰問、廉頗老矣❽，尚能飯否？

【注釋】❶永遇樂　此乃辛棄疾六十五歲守京口時作。❷孫仲謀　曹操云：「生子當如孫仲謀。」❸寄奴　宋武帝劉裕小字寄奴，曾住丹徒京口里。❹金戈鐵馬　金屬製之戈，披著鐵甲之馬。❺元嘉草草　元嘉，宋文帝年號。宋文帝曾謂聞王玄謨論兵，使人有封狼居胥之意。（狼居胥，山名，在今蒙古。漢霍去病戰勝匈奴，封狼居胥山。）後命王玄謨北伐，大敗而歸。❻四十三年　辛棄疾由一二〇四年（宋寧宗嘉泰四年）知鎮江府，距其在一一六二年奉表南歸，路經揚州，正是四十三年。❼佛狸祠　佛狸，魏太武帝小名。宋文帝元嘉二十七年，魏太武南侵至瓜步。此蓋借魏太武以喻金主亮南侵。佛狸祠，即太武帝之廟。❽廉頗老矣　廉頗在梁，趙王思復得頗，頗亦思復用。趙使使者視頗，頗為之一飯斗米，肉十斤，被甲上馬以示可用。事見《史記·廉頗藺相如列傳》。

【語譯】對著無限的江山，無法再覓出孫權的英雄史蹟。以前歌舞風流的地方都被風吹雨打而去。古樹斜陽，坊陌人家，有人說這是寄奴曾經住過的地方。想起當年躍馬橫戈，氣勢像老虎一樣，籠蓋萬里。

宋文帝很馬虎，隨便地封贈狼居胥，後來王玄謨北伐，結果便大敗而歸。現在我南歸已屆四十三年了，記憶中仍然可以記得繁華的揚州地方。又怎堪回首佛狸祠下，完全是神鴉和社鼓的了。

應請甚麼人去詢問呢?廉頗的年紀大了,飯量是否仍然很大?

【賞析】此篇稼軒晚年守京口作(二十三歲南來至今四十三年)。

人在江山勝處,對景興愁。古來英雄一一湧上心頭,起孫權雄峙,劉裕(寄奴)亦滅晉自立為宋,義隆(文帝)繼父事業,元嘉初年北伐拓跋魏,可惜草草未能成功,此或隱射南宋時韓侂胄草率北伐,弄得金人大舉南侵,淮南失陷之痛。放眼蒼涼,胡馬去後,烽火揚州,猶有餘痛。慨歎佛狸(魏太武帝拓跋燾)也一時之盛,擊柔然,滅北燕,伐北涼,降鄯善,直逼京口對江瓜步山,南朝惶惶,宋室求和,只今剩下神鴉社鼓。一些英烈事跡都昭然如在目前,作者英才亦是健者,而老去廉頗,不復能上馬殺賊,引古興悲,英詞壯采,應以鐵板歌之。

200

木蘭花慢

滁州送范倅❶

辛棄疾

老來情味減,對別酒,怯流年。況屈指中秋,十分好月,不照人圓。無情水、都不管,共西風、只管送歸船。秋晚蓴鱸❷江上,夜深兒女燈前。

征衫,便好去朝天,玉殿正思賢。想夜半承明❸,留教視草❹,卻遣籌邊。長安,故人問我,道愁腸、殢❺酒只依然。目斷秋霄落雁，醉來時響空弦。

【詞牌】〈木蘭花慢〉，《詞律》二體，雙調，正蔣捷一體，一百一字。

【詞律】〈木蘭花慢〉，雙調，一百一字，前段十句，四平韻。後段十一句，七平韻。

【注釋】❶滁州送范倅　稼軒知滁州，在宋孝宗乾道八年，時年三十三。范倅名昂，字里無考。❷蓴鱸　吳中美味，蓴菜鱸魚。❸承明　漢有承明廬，大臣值夜所居。❹視草　為皇帝草擬制詔之稿。❺殢　困也。

【語譯】老來意緒懶散，對著離筵別宴，更感到年光的可怕。何況轉眼中秋節又到了，月亮十分清圓，但我們卻要分離了。江水無情，甚麼都不管，跟著西風，只管送走船兒。秋晚在江上想起蓴鱸的肥美，深夜剪燈相對，難免有一份幽幽的兒女情懷。

　穿好征衣，你要去拜見皇帝了，因為他很仰慕賢人。想起夜半天明時，被留下來草擬制詔，原來卻要去安排邊事。假使長安有朋友問起我，你便說依然常飲悶酒便算。時常希望看到秋空下的落雁，醉後徒然覺得弓弦空響。

【賞析】此送范倅，起即慨歎，老來情味減，年輕尚可，老則何堪？真離思黯然。下寫時節晚秋，月好人分，無情水送君歸去，想夜深兒女燈前，家室之樂融融。後闋從歸家，而要朝天，則此去別有一番得意，留教視草，卻遣籌邊。作者不忘籌邊，有規復北國之意。長安以下歸結本身，愁腸只有病酒，是牢騷語。是我亦欲朝天籌邊而不可得，賦此以志慨歎。

201 祝英臺近

晚春

辛棄疾

寶釵分，桃葉渡❶，煙柳暗南浦❷。怕上層樓，十日九風雨。斷腸片片飛紅，都無人管，更誰勸、啼鶯聲住？鬢邊覷，應把花卜歸期，纔簪又重數。羅帳燈昏，哽咽夢中語。是他春帶愁來，春歸何處？卻不解、帶將愁去。

【詞牌】〈祝英臺近〉，一名〈祝英臺〉、〈寶釵分〉、〈月底修簫譜〉、〈燕鶯語〉、〈寒食詞〉。

・〈祝英臺近〉，元高拭詞注越調，辛棄疾詞有「寶釵分，桃葉渡」句，名〈寶釵分〉；張輯詞有「趁月底重修簫譜」句，名〈月底修簫譜〉；韓淲詞有「燕鶯語」句，名〈燕鶯語〉，又有「卻又在他鄉寒食」句，名〈寒食詞〉。（《詞譜》）

・《寧波府志》載：「東晉，越有梁山伯、祝英臺嘗同學，祝先歸，梁後訪之，乃知祝為女，欲娶之；然祝已許馬氏之子。梁忽忽成疾，後為鄞令，且死，遺言葬清道山下。明年，祝適馬氏，過其地，而風濤大作，舟不能進，祝乃就塚哭之哀痛，其地忽裂，祝投而死之。事聞丞相謝安

請封為義婦。」今吳中有花蝴蝶，蓋菊蠹所化，兒童亦呼梁山伯、祝英臺云。（《填詞名解》）

・英臺者古之英雄歃血會盟之所，在漢都之北，曠埜之中麓處，有巨室如臺，蒼松怪石，如城郭之圍，瑞氣祥煙，如丹青之彩，目紂勅建臺殿為墅，命吏守之。一日，有一嬌娃，夜宿歧道，值吏醉歸，見而逐之。告曰：「俺祝氏也，奉上帝命，收英臺木為用。」吏怒擊之而歸，未抵於臺，火焚林木，臺殿已成燼餘，火猶未熄，氏即帶索投入火中，煙迷火熾，即見四翼赤鳥乘婦騰，南望之，遂不見矣。吏駭然酒醒，以事聞之於上，紂王不信，即斬之。洪巨卿奏曰：「祝氏者應是火神也，有此奇聞，則當省刑薄斂，齋戒禳災，庶畿內恬寧，宮幃無穢。吏之言不信則已，而乃殺之，毋乃不可乎！」上怒，即以洪付之廷尉。三日後，紂至廷腋，有火光神，視朝，亦見火光殿，驚問侍臣，皆言不見，紂王睫眼視之，美婦之形見矣，嬌麗無比，慘慼異常。於是王心有悔，憫吏之死，而釋洪之罪，如洪之言，為之設醮畢，壇外災有赤髮鬼子，長三尺餘，手執符繞臺百武，棄符縮入竇中而去，嚶嚶如小兒啼，符上有字，曰祝氏臺無穢，上聞之，爰命諸司，重揣祠而祝之，名其臺曰祝氏宗臺，遂命百官作〈英臺序〉以紀其事云。（《商紂焚林紀異》）

【詞律】〈祝英臺近〉，此體雙調，七十七字，前段八句，四仄韻，後段八句，五仄韻。

【注釋】❶桃葉渡　王獻之〈桃葉歌〉，為送其妾桃葉渡江而作。❷南浦　江淹〈別賦〉：「送君南浦，傷如之何。」

【語譯】快將分擘的寶釵，在這桃葉渡頭，柳樹籠煙，瀰漫了南方濛濛的水際。很怕登樓遠望，十天中有九天滿是風雨。片片肝腸寸斷的飛花，現在都無人管領了，還有誰能勸止黃鶯的啼聲呢？從鬢邊偷看，該用花來卜問歸期，但才插上又要拔下來細數。房內燈光幽暗，只有嗚咽地在夢中寄語。是春天將煩惱帶來，現在春天又回到那裏去呢？卻不懂得將煩惱帶返。

【賞析】按《貴耳集》云：「呂正已為京畿漕，以女事幼安。因細事觸幼安怒，竟逐去。旋悔之，乃作此詞。」此亦附會。稼軒閒愁無已，有所寄託，不能明說，乃有豔情，此詞大似吳夢窗為去姬之戀戀，起三句分別之地，怕上層樓以下傷春惜別。下片別後相念，燈昏夢語如李商隱之寫〈無題〉。收春歸何處，春愁不去奈何奈何。稼軒一肚皮抑塞磊落之氣，無可發洩，外前〈摸魚兒〉同一寄慨之作，故知《貴耳集》之妄，詞中鬢邊哽咽，昵狎溫柔，魂消欲絕，才人伎倆，固不可測，故知稼軒豪宕之興，仍有此一種李後主剪不斷、理還亂之離別情懷，為不可及。

202 青玉案 元夕

辛棄疾

東風夜放花千樹❶韻，更吹落豆、星如雨韻。寶馬雕車香滿路韻，鳳簫
聲動句，玉壺❷光轉句，一夜魚龍舞❸韻。蛾兒❹雪柳黃金縷韻，笑語
盈盈暗香去韻。眾裏尋他千百度韻，驀然❺回首句，那人卻在句，燈火闌珊❻

處ㄔㄨˋ●韻。

【注　釋】❶花千樹　蘇味道〈正月十五夜〉詩：「火樹銀花合，星橋鐵鎖開。」指燈，下句星「如雨」亦指燈。❷玉壺　即漏壺，古記時刻所用。❸魚龍舞　指魚燈龍燈各樣燈彩。❹蛾兒　指婦人頭上妝飾。❺驀然即倏然。❻闌珊　衰落之意。

【語　譯】東風來了，黑夜中燦然放出千樹銀花，更吹落如雨點般的星星。華貴的馬車走過，滿路香飄，鳳簫悠揚地吹奏，玉壺的光輝閃耀，一夜間儘是魚燈龍燈的飄舞。

頭上蛾兒釵垂下黃色的金線，盈盈笑語中，幽香逐漸消散。在人堆中千方百計地訪尋她，突然回頭一看，原來那人正在燈火幽暗的地方。

【賞　析】此元夕之詞，起花樹千燈，如天星吹落人間。寶馬以下寫觀賞夜游之熱鬧。

下片承上游女裝飾美麗，笑語盈盈。惟收四句，意中之人忽爾不見，覓之不得，忽然之間，卻在燈火稀少之處得之，別有一種境界，所以王國維說古今成大事業，大學問者有三種經過的境界，此是最後境界，即謂無意得之者為最上等境界。稼軒有大懷抱，自傷幽獨，所以在這一首小詞後面，透顯了一些心事，耐人尋味。

203

鷓鴣天

鵝湖❶歸病起作

辛棄疾

枕簟溪堂冷欲秋，斷雲依水晚來收。紅蓮相倚渾如醉，白鳥無言定自愁。

書咄咄❷，且休休❸，一邱一壑也風流。不知筋力衰多少，但覺新來懶上樓。

【注　釋】❶鵝湖　在江西鉛山縣東北十五里。❷咄咄　晉殷浩廢黜，常書空作咄咄怪事字，見《晉書・列傳第四十七》。❸休休　美也。司空圖隱居中條山，作休休亭，見《唐書》。

【語　譯】在溪邊的小屋內，靠著枕簟，天氣有些秋意，雲塊傍著水邊，到黃昏已逐漸消散。紅色的蓮花緊相靠攏，像飽含無限醉意，白鳥很沈默，一定有一種愁悶了。

晉朝殷浩廢黜，常書空作咄咄怪事字，何妨學司空圖的隱居中條山，作休休亭，那麼一山一石都是寫意的。現在也不知道究竟健康衰退多少，只覺得近來也懶得上樓遠望了。

【賞　析】作者南來薄宦，而前後寂寞隱居於江西鉛山鵝湖一帶，近二十年，真使有志之士，心有不甘，棄置已久，徒自書空咄咄，無可奈何，因此也做了一些極為恬適的詞。

此闋上片枕簟溪堂，秋天已漸漸深了，紅蓮白鳥，相倚無言，而我看了自愁恨欲醉。引起下片，只有咄咄休休，自言自語，邱壑風流，自命不凡。最後衰老之歎，志亦可悲，此篇小中見大，毫不著力，故王國維謂此是第三種境界，於此參透。

204 菩薩蠻❶

書江西造口❷壁

辛棄疾

鬱孤臺❸下清江❹水，中間多少行人淚❺。西北是長安❻，可憐無數山。

青山遮不住，畢竟東流去。江晚正愁余，山深聞鷓鴣❼。

【注釋】❶菩薩蠻 此詞是辛棄疾三十六歲任江西提點刑獄時作。❷造口 今名皁口鎮，在江西萬安縣南六十里。❸鬱孤臺 在江西省贛縣西南。❹清江 贛江。❺中間多少行人淚 南渡初金人迫隆裕太后御舟至造口，不及而還。❻長安 本漢、唐舊都，後通作京師之代稱。❼聞鷓鴣 俗謂鷓鴣鳴聲為「行不得也哥哥」，此喻恢復無望。

【語譯】鬱孤臺下，贛江的江水澄澈，但中間又滴有多少離人的淚水呢？從西北看就是長安故城了，可憐已隔著層層疊疊的山巒。

青山是遮擋不住的，流水畢竟會奔向東去。傍晚時分，我一個人獨自在江邊發愁，深山裏頭不時傳來一兩聲鷓鴣的悲鳴。

【賞析】此作於江西造口，稼軒三十六歲。金人追隆裕太后舟於造口，不及而去，北宋已是不能恢復，稼軒心甚悲之。

起寫臺下之水，不知多少行人至此傷懷墮淚，西望長安，重山蔽之。大有安得斧柯，奈龜山何之意。

下片青山不遮我的北望，而恨如水去，往事不復，國事不復。暮色生愁，聲聲鷓鴣尚在說行不得也，大聲怨怒，忠憤之氣填膺，一絲絲不絕吐出。懷人戀闕，遠望思歸，自成高調。

205

點絳脣

丁未❶冬，過吳淞❷作

姜夔

雁燕無心❸（句），太湖西畔隨雲去（韻）。數峰清苦（韻），商略❹黃昏雨（韻）。

第四橋邊❺（句），擬共天隨❻住（韻）。今何許（韻）？憑闌懷古（韻），殘柳參差舞（韻）。

【作者】夔字堯章，號白石，番陽人。約生於宋紹興二十二年（一一五二）。本出天水，七世祖洋，宋初教授饒州，遷江西。父噩，紹興三十年進士，以新喻丞知漢陽縣，卒于官，夔幼隨宦，往來沔、鄂幾二十年。淳熙間，客湖南，識閩清蕭德藻。德藻工詩，與楊萬里、范成大、陸游、尤袤齊名，既過夔，自謂四十年作詩，始得此友。以其兄之子妻之。攜之同寓湖州。嘗以楊萬里之薦，謁范成大于蘇州，成大以為翰墨人品皆似晉宋雅士，授簡徵新詞，為作〈暗香〉、〈疏影〉二曲，音節清婉。因嘗寓吳興之武康，與白石洞天為鄰，自號白石道人。後游蘇松間，好以陸龜自比，當時名流若樓鑰、葉適、京鏜、謝深甫諸人，皆與交好，朱熹愛其深于禮樂，辛棄疾深服其長短句。寧宗慶元三年，進《大樂議》及〈琴瑟考古圖〉于朝，論當時樂器、樂曲、歌詩之得失。書奏，詔付太常。時嫉其能，是以不獲盡所議。五年，又上〈聖宋鐃歌〉十二章，詔免解與試禮部，不第，遂以布衣卒于西湖，下葬西馬塍，時為嘉定十三年（一二二〇），年六十八。夔氣貌若不勝衣，家無立錐，一飯未嘗無食客，圖書翰墨之藏，汗牛充棟。張炎比其詞如野雲孤飛，去留無迹。黃昇謂其高處，美成不能及。能自度曲，初率意為長短句，然後協以律。今傳有旁譜者十七首，繫宋代詞樂一線焉。有《白石詞》一卷，見六十家詞刊本。又四卷本，有四庫全書本、乾隆寫本、陸鍾輝本、張弈樞本、江春本、姜忠肅祠堂本、揚州知不足齋本、倪耘劬本、倪鴻本、榆園叢書本、四印齋本。六卷本有彊村叢書本、沈遜齋本、鄭文焯校本。近人有《姜白石詞編年校箋》。

【注　釋】❶丁未　孝宗淳熙十四年。姜夔自湖州往蘇州見范成大，道經吳淞。❷吳淞　一名松陵，又名笠澤，即今吳江。❸雁燕無心　無所用心，羨其悠然自得意。❹商略　準備造做。❺第四橋邊　《蘇州府志》：「甘泉橋一名第四橋，以泉品居第四也。」❻天隨　唐陸龜蒙號天隨子。《吳郡圖經續志》：「陸龜蒙宅在松江上甫里。」白石受天隨影響甚大，楊誠齋謂白石：「文無不工，甚似陸天隨。」此處亦所以自比。

【語　譯】雁兒燕子都很悠閒的，從太湖西畔，隨著白雲飛去。只見周圍山峰陰沉，即將下一陣黃昏細雨似的。

甘泉橋的旁邊，希望能跟陸龜蒙比鄰。現在又怎樣呢？倚著闌干憑弔，只有凋殘的柳絲參差飄舞。

【賞析】白石寓居吳興，長於絕句詩，一生江湖飄泊，不似稼軒曾上馬殺賊，以詩人為詞，自度新腔。張炎稱其如野雲孤飛，去留無迹。周濟謂白石脫胎稼軒，變雄健為清剛，變馳驟為疏宕，門徑淺狹。

此篇淳熙十四年冬過吳淞作，起二句雁燕隨雲西去，真如張炎之說，觀景而人亦羽化。數峰二句王國維以為格韻高絕，然如霧裏看花，終隔一層。王氏之隔，頗耐人思，意謂不琢而天籟自然者如池塘生春草是不隔，白石二句加工鍊出則隔。此二句文人有幽渺之思，江畔天氣陰沉，遠見數峰欲雨，未雨之先陰雲密布，好像要商量下雨了。此二句是經過相當的思考，不然不能成此精警，工夫夠的人，能運用文字鍛鍊得自身情感恰好注入其間，能動讀者之心。白石這兩句讀了的人無不感動，應不為隔。

下片是舟去在煙水迷濛中，使他想到第四橋要和陸天隨同住。收二句世事如煙，只有楊柳在風中搖舞著，是有多少感懷不能明說，只有垂楊作態，臨風妙舞，詞筆空靈虛淡有味。

206

鷓鴣天

元夕有所夢❶

姜夔

肥水❷東流無盡期（韻），當初不合種相思（韻）。夢中未比丹青見（句），暗裏忽驚山鳥啼（韻）。

春未綠（句），鬢先絲（韻），人間別久不成悲（韻）。誰教歲歲紅蓮❸夜，兩處沉吟各自知？

【注釋】❶元夕有所夢　白石年三十以前，曾客游江淮，觀此篇于合肥必有所遇。與下闋丁未元日感夢可參看。近人夏承燾作《白石行實考》，有〈合肥詞事〉一篇，述之甚詳。❷肥水　《太平寰宇記》：「廬州合肥縣，肥水出縣西南八十里藍家山東南，流入於巢湖。」❸紅蓮　謂燈也。

【語譯】肥水滔滔東去，無盡無涯，當時根本就不適合培育這份感情的。今日夢裏相逢，但比不上圖像的真確，忽然枕畔又響起山鳥的驚呼。

我們的願望尚未達成，而鬢髮早成絲白，人們一旦分離過久，便很容易變為冷漠，沒有任何感覺。又是燈光燦爛的新歲元夜了，為甚麼儘要我們分別嘗受這些相思之苦呢？

【賞析】白石自鄱陽客游合肥，曾有美人之遇。詞中往往追念不已，一再透漏。此元夕有所夢，託之於夢，不能真有所得，夢如襄王之神女。起句當時曾有遇而種下相思，至今恨如肥水東流無盡。夢中朦朧不比丹青，好夢已醒。

下片別思，人已老而別久不成悲，其言尤苦。收謂每年燈夕兩地相思。

207

踏莎行

自沔東來。丁未元日，至金陵江上，感夢而作。

姜夔

燕燕❶輕盈，鶯鶯嬌軟，分明又向華胥❷見。夜長爭得薄情知？

春初早被相思染。

別後書辭，別時針線，離魂暗逐郎行❸遠。

淮南皓月冷千山❹，冥冥❺歸去無人管。

【注　釋】❶燕燕　指所歡，下句「鶯鶯」同。蘇軾贈張先詩：「詩人老去鶯鶯在，公子歸來燕燕忙。」❷華胥　見前張掄〈燭影搖紅〉頁三〇五注❼。❸郎行　郎邊。❹淮南皓月冷千山　劉長卿〈江州重別薛六柳八二員外〉詩：「淮南木落楚山多。」❺冥冥　暗暗也，正夢中情事。

【語　譯】燕燕般的輕盈體態，鶯鶯們的嬌柔軟轉，分明又到華胥國中去了。漫漫長夜的獨擁孤衾，又怎能使那個薄情人知道呢？很早以來就牽繫上一份相思情懷了。

分別後的書信，分別時的針線，都染上一份離情，暗中跟隨郎邊遠行。淮河南岸的一輪冷月，斜照眾山之上，冥冥中要離開了，但也無人知道。

【賞　析】此又元日感夢作，其中情事，應與〈鷓鴣天〉同一相思。美人輕盈嬌軟如鶯如燕，分明又夢到了。長夜相思之苦，真不是薄情人所能體會得的。下片只有別後音信，和衣上針線，隨郎行遠，苦語娓娓動情。收句行在淮南山中一片冷月之下，十分伶仃淒楚。「淮南皓月冷千山，冥冥歸去無人管」二句，王國維謂白石之詞，余所最愛者。

208

慶宮春

姜　夔

紹熙辛亥❶除夕，余別石湖歸吳興，雪後夜過垂虹❷，嘗賦詩云：「笠澤❸茫茫雁影微，玉峰重疊護雲衣，長橋寂寞春寒夜，只有詩人一舸歸。」後五年冬，復與俞商卿、張平甫、銛朴翁❹自封禺同載，詣梁溪❺。道經吳淞，山寒天迥，雲浪四合，中夕相呼步垂虹，星斗下垂，錯雜漁火，朔吹凜凜，卮酒不能支。朴翁以衾自纏，猶相與行吟，因賦此闋，蓋過旬，塗稿乃定。朴翁咎余無益，然意所耽，不能自已也。平甫、商卿、朴翁皆工於詩，所出奇詭；余亦強追逐之，此行既歸，各得五十餘解。

雙槳蓴波❻，一蓑松雨，暮愁漸滿空闊。呼我盟鷗❼，翩翩欲下，背人還過木末。那回歸去，蕩雲雪、孤舟夜發。傷心重見，依約眉山，黛痕低壓。

采香徑❽裏春寒，老子婆娑，自歌誰答？垂虹西望，飄然引去，此興平生難遏。酒醒波遠，正凝想、明璫素襪❾。如今安在？惟有闌干，伴人一霎。

【詞牌】〈慶宮春〉，一名〈慶春宮〉。

按〈高陽臺〉一名〈慶春宮〉，與此不同。

【詞律】〈慶宮春〉，雙調，一百二字。前段十一句，四仄韻。後段十一句，四仄韻。

【注釋】❶紹熙辛亥　光宗二年。其下後五年，寧宗慶元二年丙辰。❷垂虹　吳江利往橋上有亭曰垂虹。❸笠澤　太湖。❹俞商卿張平甫銛朴翁　俞商卿，《咸淳臨安志》：「俞灝字商卿，世居杭，父徙烏程，登紹熙四年第。」張平甫，張鎡（功甫）異母弟，名鑑。銛朴翁，《西湖遊覽志》：「葛天民，字無懷，山陰人。初為僧，名義銛，其後還初服，一時所交皆勝士。有二侍姬：一名如夢，一名如幻，見《癸辛雜識》。」❺梁溪　江蘇無錫縣。❻蓴波　江蘇水中產蓴菜，故稱蓴波。❼盟鷗　居雲水之鄉，如與鷗鳥有約。❽采香徑　《蘇州府志》：「采香徑在香山之旁，小溪也。吳王種香于香山，使美人泛舟於溪水采香。今自靈岩山望之，一水直如矢，故俗名箭徑。」❾明璫素襪　指當時美人。曹植〈洛神賦〉：「凌波微步，羅襪生塵。」又「無微情以效愛兮，獻江南之明璫」。明璫，即明珠。

【語譯】雙槳輕划在浮著蓴菜的波紋上，一陣穿透松枝的細雨掠過，不禁湧上一片黃昏的蒼茫之感，籠罩整個江濱。現在居住雲水之鄉，恍與鷗鳥有約，一邊跟我招手，一邊輕盈降下，背著人從樹頂飛過。這一趟歸來，孤舟夜航，衝著寒雲絮雪。最傷心還是重見那些隱約的遠山，似黑青的眉黛低低壓了下來。

采香徑中春寒翦翦，我婆娑起舞，獨自高歌，理他誰人和答。向著垂虹亭的西邊，飄然的乘舟遠去，如此逸興從來就難以遏止。酒意微醒，波光遠蕩，心中正想起那位穿戴珍珠素襪的女子。現在又到了那裏？只有寂寞闌干，伴我一霎凝眸。

【賞　析】據作者自序，冬夜與俞商卿等舟過吳江，寒凜卮酒不能支，相與賦詞，過旬塗稿乃定，白石亦語不驚人死不休。

此闋起三句泛舟空闊，盟鷗以下亦泛舟所見，那回數句追憶前游，淒然凝望，山壓眉低，此中另有人在。下片明璫與此相應，故人去則只有闌干伴人一霎。白石賦〈暗香〉、〈疏影〉兩闋於石湖席上，而攜美人小紅一舸歸去，亦由此徑，故下片采香徑自歌誰答，或已是小紅去後，有感而云。

209

齊天樂

姜　夔

丙辰❶歲與張功甫❷會飲張達可之堂，聞屋壁間蟋蟀有聲，功甫約余同賦，以授歌者。功甫先成，詞甚美；余徘徊末利花間，仰見秋月，頓起幽思，尋亦得此。蟋蟀，中都❸呼為促織，善鬥，好事者或三二十萬錢致一枚，鏤象齒為樓觀以貯之。

庾郎先自吟愁賦❹，韻
淒淒更聞私語。韻
露溼銅鋪❺，句
苔侵石井，句

都是曾聽伊處。哀音似訴，正思婦無眠，起尋機杼。曲曲屏山，
夜涼獨自甚情緒？西窗又吹暗雨，為誰頻斷續，相和砧杵？
候館迎秋，離宮❻弔月，別有傷心無數。豳詩❼漫與，笑籬落呼燈，
世間兒女。寫入琴絲，一聲聲更苦。

【詞牌】〈齊天樂〉，一名〈臺城路〉、〈如此江山〉、〈五福降中天〉、〈似訴慢與〉。

・周密天《基節樂次》：「樂奏夾鍾宮，第一觱篥盞，起聖壽齊天樂慢。」姜夔詞注黃鍾宮，俗名正宮（一名〈似訴慢與〉），周邦彥詞有「綠蕪雕盡臺城路」句，名〈臺城路〉；沈端節詞名〈五福降中天〉；張輯詞有「如此江山」句，名〈如此江山〉。（《詞譜》）

【詞律】〈齊天樂〉，此體雙調，一百二字，前段十句，六仄韻，後段十一句，六仄韻。

【注釋】❶丙辰　宋寧宗慶元二年。❷張功甫　名鎡，張俊孫，有《南湖集》。❸中都　謂杭州。❹庾郎先自吟愁賦　庾信〈愁賦〉不見今本《子山集》，見葉廷珪《海錄碎事》卷九下。❺銅鋪　著門上以銜環者，銅為之。李賀〈宮娃歌〉詩：「屈膝銅鋪鎖阿甄。」❻離宮　行宮，天子出巡憩于此。❼豳詩　指《詩經・豳風・七月》「七月在野，八月在宇，九月在戶，十月蟋蟀，入我牀下」句。

【語譯】以前庾信寫過一篇〈哀江南賦〉，現在聽到一陣竊竊私語，更加淒楚哀怨。露水染溼門

上銅環，青苔爬滿井邊，這些都是聽蟋蟀的地方。哀怨的聲音似在哭訴，好比一個女人，因懷念丈夫，無法入睡，於是起床織布。不禁唱起屏山夜曲，只覺夜涼如水，一片慵懶的情緒。

西窗又吹來一陣細雨，聽來斷斷續續的，伴著砧杵之聲，究竟這為了甚麼人呢？想起當日在候館中迎接秋天，行宮裏向著月光憑弔，實有無數傷心往事。當讀到《詩經・豳風・七月》時，則那些在籬落邊張燈結綵慶祝笑鬧的，仍是一般的俗世兒女，不識蟋蟀音苦。假如譜入琴絃，只是更使人感到酸楚了。

【賞 析】此詠蟋蟀之作，有長序記之，白石詞序極工麗，用之慢詞長調固佳，小令長序則不免喧賓奪主，可不必矣。

起首不言蟋蟀，而吟〈愁賦〉，言七月蟋蟀鳴，則秋士怨愁興。以下都就愁而詠，銅鋪石井，屏山夜涼，一片蟲聲，與思婦機杼，融成一片，夾寫生情。下片又合砧杵之聲，候館三句，寄情緜邈，開拓無限，與詠蟬之漢苑秦宮，同為推展之意境，結尾燈影琴絲，全不粘題，而無不有蟋蟀在其中，詞筆高華，千古傳誦之作。昔人言賦水不當僅言水，而言水之前後左右，此白石之所以聽蟋蟀也。

210

琵琶仙❶

姜 夔

〈吳都賦〉云：「戶藏煙浦，家具畫船」❷，惟吳興為然，春遊之盛，西湖未能過也。己酉❸歲，余與蕭時父❹載酒南郭，感遇成歌。

雙槳來時，有人似、舊曲桃根桃葉❺。歌扇輕約飛花，蛾眉正奇絕。春漸遠、汀洲自綠，更添了、幾聲啼鴂。十里揚州❻，三生杜牧❼，前事休說。

又還是、宮燭分煙，奈愁裏、悤悤換時節。都把一襟芳思，與空階榆莢。千萬縷、藏鴉細柳，為玉尊、起舞回雪。想見西出陽關，故人初別。

【詞牌】〈琵琶仙〉，《詞律》、《詞譜》均收姜夔一調，雙調，一百字。

・〈琵琶仙〉，此石帚自製腔，平仄俱宜遵之。（《詞律》）

・〈琵琶仙〉，姜夔自度黃鍾商曲。（《詞譜》）

【詞律】〈琵琶仙〉，雙調，一百字，前段九句，四仄韻，後段八句，四仄韻。

【注釋】❶琵琶仙　近人夏氏云：「此湖州冶游，棖觸合肥舊事之作，『桃根桃葉』比其人姊妹。合肥人善琵琶，〈解連環〉有「大喬能撥春風」句，〈浣溪沙〉有「恨入四弦」句，可知此調名『琵琶仙』之故（此調始見于《白石集》，《詞律》十六、《詞譜》廿八皆謂是其自創）。又，合肥情事與柳有關，紹熙二年辛亥作〈醉吟商〉小品，全首詠柳，其時正別合肥之年，其調亦〈琵琶曲〉；以此互證，知此詞下片隱括唐人詠柳三詩，蓋非泛辭。（「宮燭分煙」用韓翃，「空階榆莢」用韓愈，「西出陽關」用王維。）參《合肥詞事考》。」❷吳都賦句顧廣圻云：「此唐文粹李庾〈西都賦〉文，作〈吳都賦〉，誤。李賦云：『其近也方塘含春，曲沼澄秋。戶閉煙浦，家藏畫舟。』白石作『具』『藏』，兩字均誤。又誤『舟』為『船』，致失原韻。且移唐之西都於吳都，地理尤錯。」見《思適齋集》（十五）〈姜白石集跋〉。❸己酉　孝宗淳熙十六年。❹蕭時父　蕭德藻之姪，白石妻黨。❺桃根桃葉　桃葉，晉王獻之妾，獻之嘗臨渡（今南京有桃葉渡）作歌贈之，桃葉作〈團扇歌〉以答。其妹名桃根。見《古今樂錄》。❻十里揚州　杜牧〈贈別〉詩：「春風十里揚州路，卷上珠簾總不如。」❼三生杜牧　三生，謂過去、現在、未來三世人生。黃庭堅詩：「春風十里珠簾捲，髣髴三生杜牧之。」

【語　譯】她們划著雙槳而來，好像舊曲中桃根桃葉姐妹。飄落的花瓣正黏在扇子上，這位女郎真的清奇絕麗。春光逐漸去遠，沙洲上一片蒼翠，同時更加上幾聲杜鵑的啼叫。揚州十里風光，那些杜牧風流的故事，不要再提了。

現在又到了日暮，燭煙縹緲，無奈閒愁冉冉，時節變換得太快了。只好將一腔幽思，付與階前無情的楊花榆莢。千絲萬縷可以藏鴉的細柳，也為了盃酒而翩翩起舞。想到陽關西去，我們便要分手了。

【賞　析】此吳興春游感遇之作，故起句謂桃根桃葉雙槳而來也。下接其人奇絕，至啼鴂而引起分離。前事休說，倒煞前面皆追憶之筆。

下片又從今日清明，與上片飛花相映，同一情景，榆錢柳絮，借物懷人。許昂霄以為句句說景，句句說情，融情於景，曲折頓宕。

211 八歸

湘中送胡德華

姜夔

芳蓮墜粉，疏桐吹綠，庭院暗雨乍歇。無端抱影❶銷魂處，還見篠牆❷螢暗，蘚階蛩切。送客重尋西去路，問水面、琵琶❸誰撥？最可惜、一片江山，總付與啼鴂。

長恨相逢未款❹，而今何事，又對西風離別？渚寒煙淡，棹移人遠，飄渺行舟如葉。想文君❺望久，倚竹❻愁生步羅襪❼。歸來後、翠尊雙飲，下了珠簾，玲瓏閒看月。

【詞牌】〈八歸〉，《詞律》二體，雙調，正高觀國一體，一百十一字。又收正姜夔一體，一百十五字。

・此調有仄韻平韻兩體：仄韻者見《白石詞》，姜夔自度夾鐘商角；平韻者見《竹屋癡語》，高觀國自度曲。（〈詞譜〉）

【詞律】〈八歸〉，雙調，一百十五字，前段十句，四仄韻，後段十一句，四仄韻。

【注釋】❶抱影　陸機〈赴洛道中作詩二首〉詩：「息夕抱影寐。」❷篠牆　篠，小竹。篠牆，竹覆牆上。❸水面琵琶　白居易〈琵琶行〉有「忽聞水上琵琶聲」句。❹未款　不曾款曲敘情。❺文君　卓文君。❻倚竹　杜甫〈佳人〉詩：「日暮倚修竹。」❼羅襪　李白〈玉階怨〉詩：「玉階生白露，夜久侵羅襪。卻下水晶簾，玲瓏望秋月。」

【語譯】蓮花灑落一陣香粉，疏落的桐蔭吹來一片暗綠，庭院中的細雨剛剛停歇。百無聊賴，顧影自憐，只見竹牆的螢光暗淡，石階上苔痕遍布，蛩吟淒切。我為了送你西行，因而重尋舊時路子，但河面上更有誰彈撥琵琶的呢？無限江山，最可憐的，總是交付與杜鵑悲切。

我們相逢而未能款款深談，現在為了何事，竟然又對著西風離別，真使人遺憾不已。沙洲寒襲，煙波微淡，船去了，人也遠了，就像一片葉子的飄然而逝。想起文君久待夫歸，輕踏竹叢，滋生無限愁緒。你回去以後，可以陪她舉盃細酌，然後再把珠簾拉下，在朦朧的簾隙間一同欣賞綺麗的月色。

【賞析】起三句送別之時節，無端是別後寂寥，重尋去路，聽到樂聲，這一片美好光景，付之鳥聲中。下片又述別前太暫，分離何速。想文君以下，設想室家相逢之樂，「翠尊雙飲，下了珠簾，玲瓏閒看月。」綺情麗語，活色生香，著一閒字，尤得神味。陳廷焯云：「聲情激越，筆力精健，而意味仍是和婉，哀而不傷，真詞聖也。」收處奇逸，大有〈西洲曲〉：不知乘月幾人歸，落月搖情滿江樹之意境。

212

念奴嬌

姜夔

余客武陵❶湖北憲治在焉；古城野水，喬木參天。余與二三友，日蕩舟其間，薄荷花而飲，意象幽閒，不類人境。秋水且涸，荷葉出地尋丈，因列坐其下，上不見日，清風徐來，綠雲自動，間於疏處，窺見游人畫船，亦一樂也。朅來❷吳興，數得相羊❸荷花中，又夜泛西湖，光景奇絕；故以此句寫之。

鬧紅一舸，記來時，嘗與鴛鴦為侶❹。三十六陂❺人未到，水佩風裳無數。翠葉吹涼，玉容❻消酒，更灑菰❼蒲雨。嫣然❽搖動，冷香飛上詩句。

日暮，青蓋❾亭亭，情人不見，爭❿忍凌波去？只恐舞衣寒易落，愁入西風南浦。高柳垂陰，老魚吹浪⓫，留我花間住。田田⓬多少，幾回沙際歸路。

【注釋】❶武陵　今湖南常德縣。時蕭德藻為湖北參議，姜夔客蕭邸。❷朅來　朅，去也。朅來，猶聿來。

❸相羊　同徜徉，〈離騷〉：「聊逍遙以相羊。」❹鬧紅三句　杜牧〈齊安郡後池絕句〉詩：「鴛鴦相對浴紅衣。」紅衣，荷花也。此詞鬧紅亦荷花。❺三十六陂　詩詞中常用三十六陂字，乃虛解，非實地。王安石〈題西太一宮壁〉詩：「三十六陂春水，白頭想見江南。」❻玉容　指荷花。❼菰　植物名，一名茭，又名蔣。春月生新芽如筍，名茭白。❽嫣然　笑貌。❾青蓋　指荷葉。❿爭　同怎。⓫老魚吹浪　杜甫〈城西陂泛舟〉詩：「魚吹細浪搖歌扇。」⓬田田　古樂府：「江南可采蓮，蓮葉何田田。」

【語　譯】小船上鋪滿落紅片片，記得初來時候，穿過鴛鴦群中，還跟牠們交了朋友。三十六陂上仍然未見她來到，但水邊卻有無數佳人，衣帶上還繫上環珮。蓮葉田田，吹動一陣清涼，而荷花則像中酒似的，半嬌半醉，當一霎菰蒲細雨吹過，她們微笑的輕輕搖動，清冷的香氣竟然飄入詩句中來。

到了日暮黃昏，亭亭綠蓋，站滿水面，惟獨仍然未見她的蹤迹，又怎忍心凌波而去呢？只怕那些單薄的衣衫，因為禁不住寒冷，易成飄落，在那南方的水際，西風吹寒，愁懷無奈。柳條高高的垂下一片陰涼，魚兒無憂無慮地吹動浪花，吸引我留在花叢小住。周圍一片茂密的荷葉，再也找不到沙洲歸路了。

【賞　析】此詠荷花，全篇俊語如珠。發端二句不食人間煙火，花與人不分。三十六陂以下賞花之人，至嫣然飛上詩句，又花入人詩句之中，此香真搖漾于水波煙靄，溶溶一片矣。

下片懷人與惜花，迷離惝恍，而賞荷之人，卻在柳陰魚浪中著筆，不滯於題，飛仙行迹，仍是張炎所謂去留無迹之妙詞。

213 揚州慢

姜夔

淳熙丙申❶至日，余過維揚❷。夜雪初霽，薺麥彌望。入其城，則四顧蕭條，寒水自碧，暮色漸起，戍角悲吟；余懷愴然，感慨今昔，因自度此曲。千巖老人❸以為有〈黍離〉❹之悲也。

淮左名都，竹西❺佳處，解鞍少駐初程。過春風十里❻，盡薺麥青青。自胡馬❼、窺江去後，廢池喬木，猶厭言兵。漸黃昏、清角吹寒，都在空城。

杜郎❽俊賞，算而今、重到須驚。縱豆蔻❾詞工，青樓❿夢好，難賦深情。二十四橋⓫仍在，波心蕩、冷月無聲。念橋邊紅藥⓬，年年知為誰生？

【詞牌】〈揚州慢〉，《詞律》僅姜夔一體，雙調，九十八字。

・〈揚州慢〉，宋姜夔自度中呂宮。此調創自姜夔，應以此調為正體。（《詞譜》）〈揚州慢〉，白石自度曲，為詠揚州而作，調名即題名。

【詞律】〈揚州慢〉，雙調，九十八字，前段十句，四平韻，後段九句，四平韻。

【注釋】❶丙申　宋孝宗淳熙三年。白石約二十歲。❷維揚　揚州。❸千巖老人　蕭德藻字東夫，福建閩清人，晚居湖州弁山千巖競秀，自號千巖老人。以侄女妻白石。❹黍離　《詩經・王風》之詩。周大夫閔周室顛覆作。❺竹西　亭名，在揚州城北五里。❻春風十里　杜牧〈贈別〉詩：「春風十里揚州路。」❼胡馬　高宗建炎三年，金兵初犯揚州。紹興三十年，完顏亮南寇，江淮軍敗，中外震駭。亮不久為臣下弒于瓜州。❽杜郎　杜牧。❾豆蔻　見秦觀〈滿庭芳〉頁一五七注❼。❿青樓　妓院也。杜牧〈遣懷〉詩：「十年一覺揚州夢，贏得青樓薄倖名。」⓫二十四橋　杜牧〈寄揚州韓綽判官〉詩：「二十四橋明月夜，玉人何處教吹簫。」沈括《補筆談》：「揚州在唐時最為富盛，舊城南北十五里一百一十步，東西七里三十步，可紀者有二十四橋。」注謂存者有南橋、小市橋、廣濟橋、開明橋、通泗橋、萬歲橋、山光橋。是北宋時僅存七橋。白石謂「二十四橋仍在」，蓋非紀實。李斗《揚州畫舫錄》謂：「廿四橋即吳家磚橋，一名紅藥橋，在熙春臺後，跨西門街東西兩岸。」是誤為一橋，與唐詩「玉人何處教吹簫」句不合矣。⓬紅藥　芍藥花。

【語譯】揚州是淮河左岸著名的都城，我在竹西風景佳勝之地，解下馬鞍，在這段路程裏稍行歇息。前後十里，春風過處，全是一片青綠的薺麥。自從金人渡江南侵以後，池臺荒廢，只剩下一些高大的樹木，大家對戰爭都十分討厭了。漸漸又到黃昏時候，悲涼的角聲，迴盪在這座荒寒的古城上。

杜牧曾經很依戀這個地方，就算現在重來，也須感到驚惶失措。縱然「豆蔻梢頭二月初」的佳句，或是「贏得青樓薄倖名」的好夢，想再也無法實現了。現在二十四橋仍然存在，波光搖蕩，寒月無聲，想起橋畔芍藥，年年月月的，究竟又為誰而吐豔呢？

【賞析】鄭文焯云：「紹興三十年，完顏亮南寇，江淮軍敗，中外震駭，亮尋為其臣下殺於瓜州。此詞作於淳熙三年，寇平已十有六年，而景物蕭條，依然有廢池喬木之感，此與淒涼犯，同屬江淮亂後之作。」白石此詞起即揚州，春風二句亂後，下廢池言無知之物，猶怯兵禍，人則不待言矣。來時黃昏，想縱有才情，難寫此一段舊恨。收橋邊冷月紅藥，雖春光依舊，而人事已非，淒音激楚，又何讓牧之，風流不同，而悲者尤足移人。清人蔣鹿潭過江諸闋，與此相映發。

214

長亭怨慢❶

姜夔

余頗喜自製曲。初率意為長短句，然後協以律，故前後闋多不同。桓大司馬❷云：「昔年種柳，依依漢南；今看搖落，悽愴江潭，樹猶如此，人何以堪？」❸此語余深愛之。

漸吹盡、枝頭香絮，是處人家，綠深門戶。遠浦縈回，暮帆零亂，向何處？閱人多矣，誰得似、長亭樹？樹若有情時，不會得、青青如許？日暮，望高城不見❹，只見亂山無數。韋郎去也，怎忘得、玉環❺分付？第一是、早早歸來，怕紅萼、無人為主。算空有并刀，難翦離愁千縷。

【詞牌】〈長亭怨慢〉，一名〈長亭怨〉。

•〈長亭怨慢〉，姜夔自度中宮曲，或作〈長亭怨〉，無慢字，此調創自姜夔，應以此詞為正體。《詞譜》

【詞律】〈長亭怨慢〉，雙調，九十七字，前後段各九句，五仄韻。

【注釋】❶長亭怨慢　近人夏氏，以為此調亦惜別合肥情侶之作。❷桓大司馬　桓溫。❸昔年六句　出庾信〈枯樹賦〉，白石逕以為溫語。❹望高句　唐歐陽詹〈初發太原途中寄太原所思〉詩：「高城已不見，況復城中人。」❺玉環　《雲溪友議》云：「韋皋游江夏，與青衣玉簫有情，約七年再會，留玉指環。八年，不至，玉簫絕食而歿。後得一歌姬，真如玉簫，中指肉隱如玉環。」

【語譯】枝頭上的柳絮漸又吹盡了，這裏每一戶人家的門巷都浸在一片深綠當中。流水彎彎曲曲的從遠方而來，歸帆點點，究竟又要到甚麼地方去呢？我見的人不少了，有誰可以像長亭的柳樹一般？假如樹可以有情的話，又怎會保持得如許青翠的呢！

黃昏時分，看不到那些高大的城樓了，只見層疊的亂山。自從韋皋走了以後，又怎會忘記與青衣玉簫的玉環之約呢？最好還是早些回來，怕花紅自開，再也無人欣賞了。就算有一把并州的剪刀，也無法剪斷那無盡的離愁別緒了。

【賞析】此詞前闋純用桓溫江潭植柳故事，以興起人家遠浦之怨。起春望景色，接以暮帆，則思婦離人，不知幾許，樹色不忍入愁人之眼，而長亭樹無情，送盡行人，青春如故。李白詩，春風知別苦，不遣柳條青，同一心傷之語。

下片不見遠人，想閨思亦苦。早早歸來，託紅萼無人為主，情思搖曳纏綿。

215

淡黃柳

姜　夔

客居合肥❶南城赤闌橋❷之西，巷陌淒涼，與江左異；惟柳色夾道，依依可憐。因度此曲，以紓客懷。

空城曉角❸，吹入垂楊陌。馬上單衣寒惻惻。看盡鵝黃嫩綠，都是江南舊相識。

正岑寂❹，明朝又寒食。強攜酒、小橋宅❺，怕梨花、落盡成秋色❻。燕燕飛來，問春何在？惟有池塘自碧。

【詞牌】〈淡黃柳〉，《詞律》僅姜夔一體，雙調，六十五字。〈淡黃柳〉，姜夔自度曲。

【詞律】〈淡黃柳〉，雙調，六十五字，前段五句，五仄韻，後段七句，五仄韻。

【注釋】❶客居合肥　時在光宗紹熙二年辛亥。❷赤闌橋　白石〈送范仲訥往合肥〉詩：「我家曾住赤闌橋。」❸曉角　早晨號角。❹岑寂　《文選・鮑照・舞鶴賦》：「去帝鄉之岑寂。」注：「岑寂，猶高靜也。」❺小橋宅《三國志・吳書九・周瑜》：「橋公兩女，皆國色也。策自納大橋，瑜納小橋。」此借用小橋，實指合肥情侶住處。❻梨花落盡成秋色　李賀〈河南府試十二月樂詞・三月〉詩：「梨花落盡成秋苑。」

【語譯】空曠的城樓上響起一片清曉的角聲，吹入垂楊巷陌之中。馬上衣單，輕寒惻惻，看到所有鵝黃嫩綠的花枝，那是以前在江南時早就相識的了。

現在一片沈寂，明天又是寒食節了。我帶著酒，來到這個赤闌橋西的小屋裏，怕梨花全部掉落以後，就會變成秋色蒼茫的了。燕子回來，問春天到了那裏？只有池塘仍然碧綠無際。

【賞析】此春日客思之作。

南宋兵禍，民生凋敝，序云：「巷陌淒涼。」故起句言空城曉角。馬上衣單，惟楊柳青青尚似江南旖旎景色。

下片承上之景而聯想寒食節近了，強飲尋歡，只恐梨花滿地像秋天一樣。眼前飛燕池塘，還略是春光。此一種清脆之音，和稼軒的鏜鎝，迴然異趣。

216　暗香❶

姜夔

辛亥之冬，余載雪詣石湖❷。止既月，授簡索句，且徵新聲，作此兩曲，石湖把玩不已，使二妓肄習之，音節諧婉，乃曰〈暗香〉、〈疏影〉。

舊時月色，算幾番照我，梅邊吹笛？喚起玉人，不管清寒與攀摘。何遜❸而今漸老，都忘卻、春風詞筆。但怪得、竹外疏花，香冷入瑤席。
江國，正寂寂，歎寄與路遙，夜雪初積。翠尊易泣，紅萼❹無言耿相憶。長記曾攜手處，千樹壓、西湖寒碧。又片片、吹盡也，幾時見得？

【詞牌】〈暗香〉，一名〈紅情〉。此調惟堯章創之。

【詞律】〈暗香〉，雙調，九十七字，前段九句，五仄韻，後段十句，七仄韻。

【注釋】❶暗香　〈暗香〉、〈疏影〉二詞，雖為石湖索賦，實寓情侶別情。❷石湖　在蘇州西南，與太湖通。范成大居此，因號石湖居士。❸何遜　南朝梁東海郯人，八歲能賦詩，文與劉孝綽齊名。嘗為揚州法曹，廨舍有梅花一株，常吟詠其下。後居洛思之，請再往。抵揚州，花方盛開，遜對樹傍徨終日。杜甫〈和裴迪登蜀州東亭送客逢早梅相憶見寄〉詩：「東閣官梅動詩興，還如何遜在揚州。」❹紅萼　指梅花。

【語譯】月色依舊，算來曾多少次照伴我在梅樹下吹玩笛子呢？把梅花也吹醒了，不管清寒特甚，仍要攀摘一枝。現在何遜已逐漸老去，再無法寫出當年得意東風的佳句來了。怪只剩得竹籬畔零落花枝，一縷冷香吹入瑤席中來。

江邊一片沉寂，可惜欲寄音書，但路途遙遠，夜雪開始堆積起來了。對著尊酒，更憑添無限感慨，梅花也沒有說話，徒然剩下永恆的憶念。我永遠記得那處曾經攜手同行的地方，西湖像被千萬樹木壓得奇寒凝碧似的。現在梅花片片都已經吹盡了，甚麼時候才可以再見到呢？

【賞析】白石〈暗香〉、〈疏影〉兩闋皆詠梅花託興，梅耐寒有淡雅絕俗之姿，為歷代詩人所歌詠。〈暗香〉前半詠花，而有何遜漸老之感。下片路遙相憶，一往懷舊之思，託以美人香草。起即點明舊時，年少風流，不能忘卻，翠尊數句應喚起，寫西湖孤山千樹香雪，玉人攜手，髣髴綠萼仙子，嫣然凝睇，冰姿超逸，意境高迴，一切都在永遠記憶之中，收處則片片吹盡，幾時見得，是眼前梅花，又將是後來的相憶了，情詞往復，繾綣不已。

217 疏影

姜夔

苔枝綴玉❶，有翠禽小小，枝上同宿。客裏相逢，籬角黃昏，無言自倚修竹。昭君不慣胡沙遠❷，但暗憶、江南江北。想佩環、月夜歸來❸，化作此花幽獨。

猶記深宮舊事❹，那人正睡裏，飛近蛾綠。莫似春風，不管盈盈，早與安排金屋❺。還教一片隨波去，又卻怨、玉龍❻哀曲。等恁時❼、重覓幽香，已入小窗橫幅❽。

【詞牌】《疏影》，一名《綠意》、《解佩環》。姜夔創調。

【詞律】《疏影》，雙調，一百十字，前段十句，五仄韻，後段十句，四仄韻。

【注釋】❶苔枝綴玉　苔梅有二種：一種苔蘚特厚，花甚多。一種苔如細絲，長尺餘。見《武林舊事》。❷昭君不慣胡沙遠　鄭文焯云：「此蓋傷心二帝蒙塵，諸后妃相從北轅，淪落胡地，故以昭君託喻，發言哀斷。」考王建〈塞上梅〉詩曰：「天山路傍一株梅，年年花發黃雲下。昭君已歿漢使回，前後征人惟繫馬。」白石詞意當本此。又按徽宗〈北行道中聞笳笛〉作〈眼兒媚〉：「春夢繞胡沙，向晚不堪回首，坡頭吹徹梅花。」❸佩環月夜歸來　杜甫〈詠懷古跡〉詩：「畫圖省識春風面，環佩空歸夜月魂。」❹深宮舊事　南朝宋武帝女，人日臥含章殿簷下，梅花飄著其額，成五出之花，因仿之為梅花妝。❺金屋　漢武帝為膠東王時，曰：「若得阿嬌，當作金屋貯之。」見《漢武故事》。❻玉龍　笛名。羅隱〈中元甲子以辛丑駕辛蜀〉詩：「玉龍無主渡頭寒。」❼恁時　何時。❽小窗橫幅　崔櫓〈岸梅〉詩：「初開已入雕梁畫，未落先愁玉笛吹。」白石玉龍哀曲、橫幅，似化崔詩入詞。

【語譯】苔梅枝上綴有一點碧玉，有一雙細小的翠鳥，在枝上一同棲息。竟然在客地遇見了，黃昏時分，籬笆畔，她沒有說話，獨自倚著修長的竹樹凝思。昭君不慣於胡地的生活，黃沙遠隔，只好暗中懷念大江南北的無限風景。因此聯想到假如她的魂魄月夜歸來，佩環微響，一定會變成梅花的清幽脫俗。

還記得含章殿簷下梅花妝的故事，宋武帝的公主正在小睡，梅花飄在她的額上，不要學東風薄倖，辜負佳人心意，該早些布置新居迎娶。否則徒然讓一切隨波流去，然後又唱起哀怨的玉龍曲。到了那個時候，想再重尋梅花幽香，則已飄入小窗橫幅去了。

【賞析】此篇前闋用杜公詩，（佳人、詠懷古迹昭君。）後闋用南朝宋武帝女壽陽公主事。綴玉是梅花形貌，昭君美人是花魂，籬角月夜，皆花之幽獨。下片如此好花如此美人，風情萬種，高貴莫名，宜金屋貯之。但使一片隨波，怨生哀曲，令人惋惜。收句不得已希望盈盈幽香，可入畫圖，疏影橫斜，回味仍是無窮。

此兩句梅花詞，前有江國寂寂，寄與路遙。後有胡沙佩環，玉龍哀曲。誠有兩宮北狩，故主蒙塵之感。鄭文焯以為白石詞意自王建〈塞上詠梅〉詩：「天山路傍一株梅，年年花發黃雲下。昭君已殁漢使回，前後征人惟繫馬。」脫化而來，蓋二帝陷北，后妃相從，昭君託喻，怨深文綺。

218

翠樓吟　姜夔

淳熙丙午❶冬，武昌安遠樓❷成，與劉去非諸友落之，度曲見志。余去武昌十年，故人有泊舟鸚鵡洲者，聞小姬歌此詞，問之，頗能道其事；還吳。為余言之，興懷昔遊，且傷今之離索也。

月冷龍沙❸，句 塵清虎落❹，句 今年漢酺❺初賜。韻 新翻胡部曲，句 聽氈幕元戎歌吹。層樓高峙，看檻曲縈紅，簷牙飛翠，人姝麗，粉香吹下，夜寒風細。此地，宜有詞仙，擁素雲黃鶴❻，與君游戲。玉梯凝望久，但芳草萋萋千里。天涯情味，仗酒祓❼清愁，花消英氣。西山外，晚來還捲，一簾秋霽。

【詞牌】〈翠樓吟〉，《詞律》、《詞譜》均收姜夔一調，雙調，一百一字。

・〈翠樓吟〉，石帚自製曲，平仄宜遵。（《詞律》）

【詞律】〈翠樓吟〉，雙調，一百一字，前段十一句，六仄韻，後段十二句，七仄韻。

【注釋】❶淳熙丙午　宋孝宗淳熙十三年。時姜夔離漢陽，往湖州，經武昌。❷安遠樓　即武昌南樓。❸龍沙　《後漢書・班梁列傳第三十七》贊：「坦步蔥雪，咫尺龍沙。」原指新疆白龍堆沙漠。後世泛指塞外之地為龍沙。❹虎落　護城籬笆名虎落。見《漢書・爰盎鼂錯傳第十九》。❺漢酺　《宋史・本紀第三十五・孝宗三》：淳熙十三年正月庚辰，高宗八十壽，犒賜內外諸軍共一百六十萬緡。漢代人主延壽，賜天下民酺飲。❻擁素雲黃鶴　用崔顥〈黃鶴樓〉詩意。❼祓　消除也。

【語譯】寒月照臨龍沙塞外，護城籬笆也清潔明亮，沒有絲毫塵雜，原來今年漢帝初次犒賞三軍。把胡部曲重新翻製，欣賞那些胡人宴飲的歌樂。不過這裏卻是武昌安遠樓，層層疊疊，高聳入雲，赭紅的闌干彎曲縈繞，翠綠的檐牙也向屋角的四圍伸張。裏面更有很多麗質佳人，隨著涼夜清風，一陣陣的粉香飄撲而下。

這裏該有一位懂得詞樂的仙人，乘著黃鶴，翺翔白雲天畔，跟你一起遊玩。我很想望有一道天梯，可惜能看得到的只是一片無際的碧綠。這些飄泊異鄉的滋味，只好靠美酒解愁，或是陶醉花粉叢中，消磨壯志。再看看西山之外，在黃昏時分，把簾子拉起，新秋雨過，風景更加清爽。

【賞析】此為武昌安遠樓成而賦，起月冷龍沙，塵清虎落，謂遠近安寧，故中朝賜酺。下言歌舞之盛，檻曲粉香數句綺麗生香。下片宜有詞仙，是有自許之意，玉梯凝望，未免有愁則以酒消之，而英氣則為花而消，大有太白迷花不事君之意，收句猶有英氣拂拂紙上。陳廷焯以為應有所刺，俞階青以為當是奉敕宴北使於斯樓，均未可穿鑿求之。

219

杏花天影❶

姜夔

丙午之冬，發沔口❷。丁未正月二日，道金陵，北望淮、楚，風日清淑，小舟挂席，容與波上。

綠絲低拂鴛鴦浦，想桃葉、當時喚渡。又將愁眼與春風，待去，倚蘭橈、更少駐。

金陵路❸，鶯吟燕舞。算潮水、知人最苦❹。滿汀芳草不成歸，日暮，更移舟、向甚處？

【詞牌】〈杏花天〉，蔣氏《九宮譜目》入越調，辛棄疾詞名〈杏花風〉。此調微近〈端正好〉，坊本頗多誤刻，今以六字折腰者為〈端正好〉，六字一氣者為〈杏花天〉。（《詞譜》）

【詞律】〈杏花天影〉，雙調，五十八字。前段五句，四仄韻。後段六句，五仄韻。

【注釋】❶杏花天影　張本、陸本有「影」字，朱本無，而目錄有「影」字，茲據補。考此詞句律，比〈杏花天〉只多「待去」、「日暮」二短句；亦猶白石自度曲淒涼犯名〈瑞鶴仙影〉，與〈瑞鶴仙〉大同小異。依舊調作新腔，命名曰「影」，殆始于歐陽修《六一詞》之〈賀聖朝影〉、〈虞美人影〉。❷沔口　漢水入江處，見《方輿勝覽》。❸金陵路　南京有王獻之送桃葉渡江故址。❹算潮水知人最苦　王獻之〈桃萁歌〉：「但渡無所苦，我自來迎汝。」

【語譯】柳絲輕拂水面，鴛鴦兒很開心地游來游去，使人想起當年桃葉也曾在這裏渡江。放眼春風，愁懷無限，我們又快將離去了，於是扶著船槳，希望多逗留一會。

現在船過南京，一路上鶯歌燕舞，相信只有潮水才會知道我們的煩惱。沙洲上綠草繁茂，可惜無法歸去，在這黃昏日薄的時候，我們的船兒又該往那裏去呢？

【賞析】題序淳熙十三年冬，渡沔水，明年春道金陵，北望淮楚而作。起三句遠攝金陵渡口故事，愁眼春風語新奇，蘭舟少駐，若有所待。行路下片，謂旅程難定，故云湖水知人最苦。仍用唐人詩，朝朝誤妾期，早知潮有信之意。收則天涯處處芳草，移舟何處？詞意有所託，或出處不定，或有伊人之遇，皆未可知。

220

一萼紅

姜夔

丙午人日❶，余客長沙別駕❷之觀政堂，堂下曲沼，沼西負古垣，有盧橘幽篁，一徑深曲。穿徑而南，官梅數十株，如椒如菽，或紅破白露，枝影扶疏。著屐蒼苔細石間，野興横生，亟命駕登定王臺❸亂❹湘流入麓山❺；湘雲低昂，湘波容與，興盡悲來，醉吟成調。

古城陰，有官梅幾許，紅萼未宜簪。池面冰膠，牆腰雪老，雲意還又沉沉。翠藤共、閒穿徑竹，漸笑語、驚起臥沙禽。野老林泉，故王臺榭，呼喚登臨。

南去北來何事？蕩湘雲楚水，目極傷心。朱戶黏雞❻，金盤簇燕❼，空歎時序侵尋。記曾共、西樓雅集，想垂柳、還嫋萬絲金。待得歸鞍到時，只怕春深❽。

【詞牌】〈一萼紅〉，《詞律》僅周密一體，雙調，一百八字。

・此調有平韻仄韻兩體：平韻者見姜夔詞；仄韻者見《樂府雅詞》，因詞有「未教一萼紅開先蘂」

句，取以為名。此調押平聲韻者以此（姜）詞為正體。（《詞譜》）

・太真初裝，宮女進白牡丹，妃捻之，手指未洗，適染其瓣，次年花開，俱絳其瓣，明皇為〈一捻紅〉曲，詞名沿之，曰〈一萼紅〉。（《填詞名解》）

【詞　律】〈一萼紅〉，雙調，一百八字，前段十一句，五平韻，後段十句，四平韻。

【注　釋】❶丙午人日　正月七日，為人日，見《荊楚歲時記》。❷長沙別駕　蕭德藻自湖北參議移任湖南通判。別駕，宋代通判之別稱。❸定王臺　在長沙縣東，漢長沙定王所築臺，見《方輿勝覽》。❹亂　橫流而渡。❺麓山　一名岳麓山，在長沙西南。❻黏雞　《荊楚歲時記》：「人日貼畫雞于戶，懸葦索其上，插符于旁，百鬼畏之。」❼簇燕　《武林舊事》言立春供春盤，有「翠縷紅絲，金雞玉燕，備極精巧」。又《荊楚歲時記》：「立春之日，剪彩為燕戴之，帖宜春二字。」❽待得二句　此亦為合肥情侶作，多託梅柳。

【語　譯】在這古城的背面，有幾株梅樹，紅色的花朵尚未適合插戴髮上。池面已經結冰了，牆角積雪很厚，而且烏雲凝滯，天色一片昏暗。有些翠綠的藤枝穿梭竹徑間，漸漸地傳來一陣笑聲，驚起那些在沙洲上歇息的水鳥。對著這些歸隱的幽林泉石，以及前朝的亭臺樓閣，都深深地吸引住我登臨的雅興。

我時常南北漂泊，究竟又為了甚麼呢？現在更遊蕩到湖南、湖北一帶，所見到的往往都使人產生無端感慨。這裏的居民每逢到了人日都喜歡剪貼畫雞於門上，立春日供奉春盤，上有金雞玉燕，十分精巧，徒然使人歎息韶光的流逝。記得當日曾共一起，西樓雅集，歌酒吟詠，而垂柳有情，金線輕拂，撩人意緒。假如再要等到歸來的時候，恐怕春天又已過盡了。

【賞析】此登定王臺泛舟湘流作，前闋臺在長沙，古城北官梅紅萼開向雪意中，如此美景，故登臨遠眺。下片南北湘楚，目極傷心，皆登臨所見，勾連嚴密。朱戶三句切題人日，下敘二三友人雅集之處，重來必是柳色春深之際。白石詞清絕而有一片江湖詩人之趣，不曾在位，故得從容。

221

霓裳中序第一

姜夔

丙午歲，留長沙，登祝融❶，因得其祠禪之曲曰：〈黃帝鹽〉❷、〈蘇合香〉❸。又於樂工故書中得商調〈霓裳曲〉十八闋，皆虛譜無辭。按沈氏樂律❹〈霓裳〉道調，此乃商調。樂天詩云散序六闋，此特兩闋，未知孰是？然音節閒雅，不類今曲；余不暇盡作，作〈中序〉❺一闋傳於世。余方羈遊，感此古音，不自知其辭之怨抑也。

亭皋正望極（韻），亂落江蓮歸未得（韻）。多病卻無氣力（韻），況紈扇漸疏（句），羅衣初索（韻）。流光過隙（韻），歎杏梁雙燕如客（韻）。人何在（句）？一簾淡月（句），彷彿照顏色❻（韻）。

幽寂（韻），亂蛩吟壁（韻），動庾信清愁似織（韻）。沉思年少浪迹，笛裏關山，柳下坊陌。墜紅❼無信息，漫暗水涓涓溜碧❽。飄零久，而今何意，醉臥酒壚側❾。

【詞牌】《霓裳中序第一》，一名《霓裳中序》。

• 《霓裳中序第一》或無「第一」兩字，《教坊記》止云《霓裳》，填詞始有今名。又無《霓裳》與《拂霓裳》二調，均與此曲無涉。（《詞律》）

• 按《姜白石詞集》云：「于樂工故事中，得商調《霓裳曲》十八闋，皆虛譜無詞，音節閒雅，不類今曲，不暇盡作，作《中序》一闋。」又《心日齋詞選》云：「此調雖非白石自製，詞則創自白石，《詞律》引姜個翁，周密等調為式，個翁謬製不足數，周詞差近，疎誤亦多，且旁注可平可仄，以意為之，不免隔膜，由萬氏未見《白石詞集》耳。」（《詞律校刊》）

• 唐白居易《霓裳羽衣舞歌》：「散序六奏未動衣，陽臺宿雲慵。」

• 《霓裳羽衣曲》，唐開元中，西涼節度楊敬述所獻，白居易詩：「由來人事各有主，楊氏創聲君作譜。」蓋音譜為楊敬述所獻，曲詞為玄宗所製。後文宗詔太常卿馮定采開元雅樂製《雲韶法曲》及《霓裳羽衣舞曲》，舊譜在唐末已不全，此曲又有李後主詳定之譜，王衍宴神怡亭，衍自執板唱《霓裳羽衣曲》，則蜀亦有傳譜，北宋時，不惟玄宗、文宗兩譜無所聞，即南唐蜀所傳之譜，亦復不存于世。至南宋姜夔於樂工故書中，得商調《霓裳曲》十八闋，皆虛譜無辭，夔因作《霓裳中序第一》傳于世。今考姜詞旁譜，用凡字殺聲，是為夷則商，所云商調，非若《樂苑》以七商曲，泛稱商調曲之比，乃夷則商之俗呼，然則此曲，玄宗所製為無射宮，姜夔所得為夷則商，或為文宗時馮定所製，或為李後主所詳定，殆不可知，故律調與偏數皆不與玄宗所製相符，以姜詞為慢曲，尚非玄宗所有，證之，可斷為後譜。至小石調〈舞霓裳〉，般涉調〈拂霓裳〉均與此曲無涉。（《詞調溯源》）

按〈霓裳羽衣曲〉係大曲，有十二疊，歌至第七疊〈中序〉時始舞，為舞曲之第一偏，故名〈霓裳中序第一〉，亦猶摘偏之義。（中序為唐時法曲之偏名，在宋曰排偏。）

【詞　律】〈霓裳中序第一〉，雙調，一百一字，前段十句，七仄韻，後段十一句，八仄韻。

【注　釋】❶祝融　衡山七十二峰之最高峰。❷黃帝鹽　乃杖鼓曲，見沈括《夢溪筆談》。❸蘇合香　乃軟舞曲，見段安節《樂府雜錄》。❹沈氏樂律　指沈括《夢溪筆談》論樂律。❺中序　〈霓裳〉全曲分三大段：一，散序，六遍；二，中序，遍數不詳；三，破，十二遍。❻彷彿照顏色　杜甫〈夢李白〉詩：「落月滿屋梁，猶疑照顏色。」❼墜紅　落花。❽涓涓溜碧　杜甫〈夜宴左氏莊〉詩：「暗水流花徑。」❾醉臥酒壚側　《世說新語・傷逝第十七》：王戎與客過黃公酒壚，謂客曰：吾與叔夜、嗣宗酣飲此壚，自嵇、阮亡後，視此雖近，邈若山河。

【語　譯】登臨亭榭，極目遠望，江邊的蓮花快將凋謝落盡，我卻無法歸去。現在身體多病，沒有絲毫氣力，更何況扇子也逐漸不需用了，天氣轉寒，更需要多添衣服。時光過得很快，就像梁上雙燕般作客他方。她究竟到了那裏去呢？望著窗前一輪淡月，迷離中彷彿見到她的容貌。

四周一片靜寂，只有昆蟲雜亂的鳴叫，使庾信的心緒受到很大困擾，思慮重重。我回念年輕時浪遊四海，十分快意，音樂使人精神感到滿足，而柳蔭下的村居生活使人恬靜。但花紅落盡，再也沒有任何消息了，只有清澈的流水淙淙遠去。現在慣嘗漂泊的滋味，還有甚麼意興可以隨便醉臥酒壚的旁邊呢？

【賞　析】題序云於楚中祝融峰，得其祀神曲曰：黃帝鹽。又於樂工故書中，得商調〈霓裳曲〉十八闋，皆虛譜無辭。乃作此一曲，以傳古意。譜雖仿古，詞則寫懷。前五句是秋風人倦。流光二句，歎時序侵尋。人何在，望伊人宛在，月下髣髴猶照顏色。下片人不在而幽寂，浪迹清愁，想從前坊陌之遊，已無消息，一切隨流水而去，自歎飄零，只有醉臥酒壚，如阮籍之窮途而已。

222

小重山

章良能

柳暗花明春事深，小闌紅芍藥、已抽簪❶。雨餘風軟碎鳴禽❷，遲遲日❸、猶帶一分陰。

往事莫沉吟，身閒時序好、且登臨。舊游無處不堪尋，無尋處、惟有少年心。

【作　者】良能字達之，麗水人，居吳興。淳熙五年（一一七八）進士。除著作佐郎。慶元六年（一二〇〇），樞密院編修官。嘉泰元年（一二〇一），為起居舍人。開禧元年（一二〇五），宗正少卿。三年（一二〇七），直舍人院除直學士院。嘉定元年（一二〇八），試禮部侍郎兼直學士院，又為御史中丞。嘉定元年（一二〇八），同知樞密院事。六年（一二一三），參知政事。七年（一二一四）卒。有《嘉林集》百卷，不傳。

【詞　牌】〈小重山〉，一名〈小重山令〉、〈柳色新〉、〈小沖山〉、〈枕屏風〉。

【詞　律】〈小重山〉，雙調，五十八字，前後段各四句，四平韻。

【注　釋】❶抽簪　含苞。❷碎鳴禽　杜荀鶴〈春宮怨〉詩：「風暖鳥聲碎，日高花影重。」❸遲遲日　《詩經・豳風・七月》：「春日遲遲。」

【語　譯】柳條絲暗，花枝明豔，快又暮春時節。闌干畔紅色的芍藥花已經開得很燦爛了。微風細雨中，雀鳥的叫聲清聒細碎，暖和的日色，仍然帶有一分陰暗。

以前的事不要再提了，只要身體安適，風光明媚，何妨登高覽勝。舊遊的蹤跡沒有不能追尋的，惟一不能追尋的，就是那份少年意緒。

【賞　析】此春日閒情之作，江南二、三月，芍藥花正含著苞，雨後風暖，有幾處啼禽聲。春天的陽光暖和舒適，不像夏天的驕陽那麼強烈。下片從遲遲春日引起，時序好只有閒人才能體會，好辰光要登臨，收句極有情味，舊遊都可重尋，只是不見少年心，光景一過，物是人非，當然少年的心情亦改變了。詞甚婉約清蒨。

223

唐多令

安遠樓小集，侑觴歌板之姬黃其姓者，乞詞於龍洲道人，為賦此。同柳阜之、劉去非、石民瞻、周嘉仲、陳孟參、孟容，時八月五日也。

劉過

蘆葉滿汀洲，寒沙帶淺流。二十年、重過南樓❶。柳下繫船猶未穩，能幾日、又中秋。

黃鶴斷磯❷頭，故人曾到否？舊江山、渾是新愁。欲買桂花同載酒，終不似、少年游。

【作者】過字改之，號龍洲道人，吉州太和人。生於紹興二十四年（一一五四）。嘗伏闕上書，請光宗過宮，復以書抵時宰，陳恢復方略，不報，放浪湖海間。開禧二年（一二〇六）卒，年五十三。有《龍洲詞》二卷，《補遺》一卷，見六十家詞刊本；又見彊村叢書刊本，又《後村居士詩餘》二卷，見涉園景宋元本詞續刊本；又《後村別調》，見晨風閣叢書。

【詞牌】〈唐多令〉，一名〈糖多令〉、〈南樓令〉、〈箜篌曲〉。

・周密因劉過詞有「二十年重過南樓」句，名〈南樓令〉；張翥詞有「花下細箜篌」句，名〈箜篌曲〉。此調以劉過詞為正體。（《詞譜》）

【詞律】〈唐多令〉，雙調，六十字，前後段各五句，四平韻。

【注釋】❶南樓　武昌南樓有二：其一為武昌縣城樓，其一則在黃鵠山頂，名白雲樓，宋時或別名安遠。故白石〈翠樓吟〉與改之此首，題下皆云安遠樓。❷黃鶴斷磯　黃鵠山在武昌西南一名黃鶴山。

【語譯】沙洲上遍地蘆葦，一道清澈的溪流繞岸而過。現在重到安遠樓小集，轉眼已是二十年了。我們泊船柳樹下，尚未繫穩，只要再過幾天，又到中秋時節。

黃鶴樓畔，不知道故人是否重來？江山依舊，卻籠上一片淺淺的輕愁。我想買些桂花下酒，可是再不能像以前年少的心境了。

【賞析】詞作於武昌安遠樓上，登高極目，只見蘆葉布滿水邊，江中的水很淺。中秋是最好的節日，作者感懷南宋，河山破碎，心境荒涼，柳下繫舟猶未穩，是飄泊不定的生涯，想到二十年前，宋當南渡，武昌是與敵分爭之地，頓起古今廢興之感，所以下片說舊江山渾是新愁。此詞輕圓柔脆，是小令詞中精品。

224　木蘭花

嚴　仁

春風只在園西畔韻，薺菜花繁胡蝶亂韻。冰池晴綠❶照還空句，香徑落紅吹已斷韻。

意長翻恨游絲短韻，盡日相思羅帶緩韻。寶奩❷如月不欺人句，明日歸來君試看韻。

【作　者】仁字次山，號樵溪，邵武人。與嚴羽、嚴參稱邵武三嚴，有《清江欸乃集》，不傳。《花菴詞選》收三十闋。

【注　釋】❶晴綠　指池水。有李煜池面冰初解意。❷奩　鏡匣也。

【語　譯】春風只在園子的西邊輕吹，薺菜花開得十分茂盛，蝴蝶在上面飛來飛去。冰涼的池水一片碧綠，看來無限空闊，小徑上落紅遍地，全被風吹落了。愁緒無端，頭髮日漸短白，因為整天的想念著你，身體也日漸瘦弱，衣帶顯得寬緩。鏡子就像明月一樣，不會騙人的，明日你回來便可以看到了。

【賞　析】黃昇云：次山（嚴仁字）詞極能閨閫之趣。此篇起處春色滿園，蝴蝶飛在花叢，髣髴已帶入愁恨。晴綠落紅，春已遲暮，所以下片說春日游絲短，相思更為迫切了。鏡不欺人，人自消瘦。陳廷焯以為深情委婉，讀之不厭百回。都從五代《花間詞》脫化而來。

225

風入松

俞國寶

一春長費買花錢，日日醉湖邊。玉驄❶慣識西湖路，驕嘶過、沽酒樓前。紅杏香中簫鼓，綠楊影裏鞦韆。

暖風十里麗人天，

花壓鬢雲偏❷。畫船載取春歸去，餘情付、湖水湖煙。明日重扶殘醉，來尋陌上花鈿❸。

【作　者】國寶，臨川人，淳熙太學生。有《醒庵遺珠集》，不傳。

【詞　牌】〈風入松〉，一名〈風入松慢〉、〈遠山橫〉。

・古琴曲有〈風入松〉，唐僧皎然有〈風入松歌〉，見《樂府詩集》，調名本此。（《詞譜》）

・〈風入松〉，古琴曲，又李白詩：「風入松下清，露出草間白。」調取以名。（《填詞名解》）

・〈風入松〉，樂府琴曲歌辭之名，晉嵇康作，唐僧皎然有歌辭。（《輟耕錄》）

按〈風入松〉調來源有二：一說晉嵇康作也；一說漢吳叔文善琴，隱居石壁山，山多松樹，嘗盛夏撫琴于松下，遂作此操。至詞調則始于晏幾道詞，故《詞譜》以晏詞作譜，列為正體。

【詞　律】〈風入松〉，雙調，七十六字，前後段各六句，四平韻。

【注　釋】❶玉驄　白馬。❷暖風二句　化杜甫〈麗人行〉詩意。❸花鈿　美人金飾，插于鬢髮間。見白居易〈長恨歌〉。

【語　譯】整個春天我曾經在歡場浪費了很多金錢，每天在湖邊醉飲。連白馬也熟識了去西湖的路子，發出一陣嘶鳴，原來我又到了樓前要買酒了。在紅色的杏花園子，樂聲鼎沸，而翠綠的楊柳樹下，很多人在鞦韆旁邊遊耍。

一路上盡是熏風和日，天氣清朗，女郎們把花兒插在頭上，連秀髮也壓偏了。美麗的畫船要將春天送走，餘情裊裊，湖面一派淒清。希望明日再次醉飲後，來到這裏追認舊遊的蹤迹。

【賞析】據《武林舊事》，淳熙間，德壽三殿遊幸湖山，一日御舟經斷橋旁，有小酒肆頗雅，舟中飾素屏書〈風入松〉一詞于上，光堯駐目稱賞久之，宣問何人所作，乃太學生俞國寶醉筆也。此篇當時傳誦之作，起句馨逸，玉驄句想見承平歡樂，紅杏二句景色，帶下片暖風麗人，真金勒馬嘶芳草地，玉樓人醉杏花天。富貴人綺麗語。不忍歸去，餘情猶在煙水之中，餘情所以收句要明日來尋。陳廷焯以為有回眸一笑百媚生之感。

226

滿庭芳

促織兒

張鎡

月洗❶高梧，露漙❷幽草，寶釵樓外秋深。土花沿翠，螢火墜牆陰。靜聽寒聲斷續，微韻轉、淒咽悲沉。爭求侶，殷勤勸織，促破曉機心。

兒時曾記得，呼燈灌穴，斂步隨音。任滿身花影，獨自追尋。攜向華堂戲鬥，亭臺小、籠巧妝金❸。今休說，

從渠床下❹，句涼夜伴孤吟。韻

【作　者】鎡字功甫，號約齋，西秦（今陝西省）人，居臨安。張俊諸孫。生於紹興二十三年（一一五三）。隆興二年（一一六四），大理司直。淳熙五年（一一七八），直祕閣通判婺州。慶元元年（一一九五），司農寺主簿，三年（一一九七），司農寺丞，與宮觀。開禧三年（一二〇七），為司農少卿，坐事追兩宮送廣德軍居住。嘉定四年（一二一一），坐扇搖國本，除名象州編管卒。有《南湖詩餘》一卷，見彊村叢書本。

【注　釋】❶月洗　月光如水故云洗。❷露溥　露多貌。《詩經・鄭風・野有蔓草》：「零露溥兮。」❸籠巧妝金　《天寶遺事》：每秋時宮中妃妾皆以小金籠閉蟋蟀，置枕函畔，夜聽其聲，民間爭效之。❹床下　《詩經・豳風・七月》：「十月蟋蟀，入我床下。」

【語　譯】月光灑在梧桐樹上，露珠霑濕了野草，襲人的秋意籠罩寶釵樓外。螢火蟲從牆邊飛掠而過，像野花在綠叢堆中綻放。在夜闌人靜的時候，聽到這些悲涼斷續的叫聲，音韻旋滑溜過耳際，使人感到無限的哀傷沉痛。原來蟋蟀們都爭著追求自己的伴侶，所以盡力的呼叫，同時更希望天亮早些來臨。

曾經記得小時候，提燈探尋穴窟，跟著聲音慢慢走去。即使良辰美景，花影撲身，也毫不理會，只是一個人獨自捕捉蟋蟀。然後帶到堂前，跟別人的蟋蟀決鬥為樂。雖然亭臺樓閣並不十分豪華，但籠子精巧，裝飾亦極華貴。現在一切都不想再提了，只是聽到牠在床下，如此夜涼天氣，陪伴著一陣陣孤零的歎息。

【賞析】詠物詞要有體物入微之妙。稗史稱韓幹善畫馬，入其室見幹身作馬形，凝思之極，必須如是。近人畫虎，養虎園中與處起居，故畫則能動物之態。此篇詠蟋蟀，蟋蟀在天寶時亦以金籠置枕畔，民爭效之，果成佳詠，亦非玩物喪志。

起五句蟋蟀在秋院夜景中，靜聽悲沉，求侶之聲相應和，又與機聲共曉。下片兒時情景依稀，年老無此興趣，臥床而聽，細筆描寫，絲絲如髮，真畫筆也。

227

燕山亭

張　鎡

幽夢初回，重陰未開，曉色催成疏雨。竹檻氣寒，蕙畹❶聲搖，新綠暗通南浦。未有人行，纔半啟、回廊朱戶。無緒，空望極霓旌❷，錦書難據。

苔徑追憶曾游，念誰伴鞦韆？綵繩芳柱。犀簾黛捲❸，鳳枕雲孤❹，應也幾番凝竚。怎得伊來？花霧繞、小堂深處。留住，直到老、不教歸去。

【注釋】❶蕙畹　田十二畝曰畹。〈離騷〉：「余既滋蘭之九畹兮，又樹蕙之百畝。」❷霓旌　雲旗。〈高唐賦〉：霓為旌，翠為蓋。❸犀簾黛捲　犀簾，以犀為簾飾。黛捲，言黛色簾子捲起，可以遠望。❹鳳枕雲孤　鳳枕，繡鳳枕上。雲孤，雲用襄王神女故事，雲夢孤零，不見伊人。

【語　譯】剛從夢中驚醒過來，層層的陰霾，尚未撥開，晚空稍見明亮，同時還灑下了一陣細雨。竹林裏透入一道寒意，蕙樹在田畝上搖曳，周圍籠罩在翠綠叢中，直抵南方的水灣。附近並沒有人經過，於是把走廊上朱紅的門扉打開。我感到十分惆悵，徒然向天邊遠望，結果連一點信息也沒有。

在這長滿青苔的小徑上回憶憑弔，以前的影像歷歷在目，想起再有甚麼人可以伴我一起盪鞦韆呢？徒然剩下那些彩色的繩帶和美麗的柱子。我把青犀皮的簾子捲起，再看看白雲，就像床上的鳳凰繡枕，顯得十分孤獨，使我多次的凝眸竚立。怎樣才可以使他到來呢？幽深的園子瀰漫了一層花氣霧氣，最好能把他留住了，直到年老也不要回去。

【賞　析】春閨相思，從夢醒天氣陰雨寫起，因雨故竹檻寒冷，風聲搖著蕙草，水流南浦。南浦而人行，欲寄錦書。

行人在遠，追憶曾游，只令人想像那綵繩的鞦韆架，剩得一片孤零。收句盼人歸，要到老不去，癡情如訴。

228 綺羅香

詠春雨

史達祖

做冷欺花，將煙困柳，千里偷催春暮。盡日冥迷❶，愁裏欲飛還住。驚粉重❷、蝶宿西園，喜泥潤、燕歸南浦。最妨他、佳約風流，鈿車不到杜陵❸路。

沉沉江上望極，還被春潮晚急，難尋官渡❹。隱約遙峰，和淚謝娘❺眉嫵。臨斷岸、新綠生時，是落紅、帶愁流處。記當日、門掩梨花❻，翦燈❼深夜語。

【作者】達祖字邦卿，號梅溪，汴（今河南開封）人。約生於宋紹興三十年（一一六〇），嘉定三年（一二二〇）卒。《四朝聞見錄》謂，韓侂胄為平章，專倚省吏史達祖奉行文字，擬帖擬旨，俱出其手，侍從柬札，至用申呈。韓敗，遂黥焉。有《梅溪詞》一卷，見六十名家詞，又見四印齋所刻詞。

【詞牌】〈綺羅香〉，《詞律》僅張翥一體，雙調，一百四字。

・〈綺羅香〉調始《梅溪詞》。此調以此（史）詞為正體。（《詞譜》）

【詞律】〈綺羅香〉，雙調，一百四字，前後段各九句，四仄韻。

【注釋】❶冥迷　陰暗。❷粉重　杜甫〈春夜喜雨〉詩：「花重錦官城。」❸杜陵　亦稱樂遊原。在今陝西省長安縣東南。❹官渡　官家置船以渡行人稱官渡。韋應物〈滁州西澗〉詩：「春潮帶雨晚來急，野渡無人舟自橫。」❺謝娘　唐李德裕歌妓，後泛指一般歌女。❻門掩梨花　李甲〈憶王孫〉詞：「雨打梨花深閉門。」見頁二八三注❷。❼翦燈　李商隱〈夜雨寄北〉詩：「何當共翦西窗燭，卻話巴山夜雨時。」

【語　譯】花兒在寒冷的空氣中顫抖，柳條在煙霧中飄舞，大地上快又一片暮春景象。整日天色昏暗，心情淒黯，雖心想高飛，最後還是留住下來。蝴蝶在西園露宿，怕雨水黏著花粉，將翅膀的負荷加重，但燕子飛回南方的水邊，卻很開心的看到泥土都濕潤了。此外雨水很容易妨礙我們的歡遊慶會，使車馬也不能到樂遊原上來了。

從昏暗的江邊遠望，春天的潮水高漲，晚上更形湍急，那些官家的渡船很難看到了。再看看遠山，就像謝娘含著眼淚，樣子卻楚楚憐人。現在岸邊一片翠綠滋長，但水上落花片片，是要把煩惱也一併送走。想起當日梨花落在屋內被關了起來，我們翦燭款談，直至深宵時分。

【賞　析】詞人張鎡序史詞云：「史生詞織綃泉底，去塵眼中，妥帖輕圓，辭情俱到，有瓌奇、警邁、清新、閒婉之長，而無詭蕩汙淫之失，端可分鑣清真，平睨方回。」此詞詠春雨，無一字不與題相依。起春暮天寒，冥迷欲飛，已下雨矣。粉重泥潤，雨已沾濕，妨佳約車行不得也。江上春潮，遙峰和淚，無一非雨景。雨中春草新綠，花落水流，翦燈夜語，隱含巴山夜雨，情景交織，摹寫入神。

229

雙雙燕　詠燕

史達祖

過春社❶了，度簾幕中間，去年塵冷。差池❷欲住，試入舊巢相並。還相❸雕梁藻井❹，又軟語、商量不定。飄然快拂花梢，翠尾分開紅影。

芳徑，芹泥❺雨潤，愛貼地爭飛，競誇輕俊。紅樓歸晚，看足柳昏花暝。應自棲香正穩，便忘了、天涯芳信。愁損翠黛雙蛾，日日畫闌獨憑。

【詞牌】《雙雙燕》，《詞律》二體，雙調，正吳文英一體，九十六字，又史達祖一體，九十八字。

・宋史達祖作詠燕詞，即名其調曰《雙雙燕》。（《填詞名解》）

【詞律】《雙雙燕》，雙調，九十八字，前段九句，五仄韻，後段十句，七仄韻。

【注釋】❶春社　立春後五戊為春社。❷差池　《詩經・邶風・燕燕》：「燕燕于飛，差池其羽。」箋云：「差池其羽，謂張舒其尾翼。」不齊之意。❸相　細看也。❹藻井　《昭明文選・西京賦》注：藻井，當棟中交方木為之，如井幹也。今之室內天花板。❺芹泥　芹生于水邊，此謂濕泥可補燕巢。

【語譯】春社過了，燕子們飛度簾幕中間，還是去年的舊樣子，但很多泥塵，很冷。牠們將張開的羽毛剎住了，企圖一起進入舊巢。於是觀察那些雕刻精美的橫梁裝飾，小聲地互相商量，無法作一決定。轉眼間又很輕鬆的穿過花葉叢中，美麗的羽毛從花影間分出一條紅色的路子。

芳香的小徑上，芹草的泥土被雨水滋潤濕透，牠們喜歡貼著地面爭逐飛舞，相互誇耀自己的輕盈俏俊。從紅樓回來，不覺又晚了，柳條花葉全部籠罩在一片昏暗裏。相信牠們活在幸福和安定當中，便忘卻了天的那邊尚有一個想念他的人，她因為擔憂過度，連眉毛也蹙損了，只是每天都孤獨地憑闌遠眺。

【賞析】史氏詠物此篇與春雨、春雪，均極盡體物之工。此詠燕自時節起，尋舊巢故度簾幕，去年句以興今昔之感。差池是飛而未住之狀，相並是試入未穩之刻。還相闊別已久之重來心情。飄然小住而出，出入井然有序。下片是接拂花梢，銜泥草以補舊巢，爭飛輕俊。紅樓說到歸去，而又貪看花柳遲遲，然後歸寢。結以人之愁與燕相映帶比較，人則有所待而不歸，夜夜憑闌獨自瘦損，與燕子雙雙香穩，恰恰相反，自愁而妒彼梁燕，情文相生，絕妙之筆。

230 東風第一枝

春雪

史達祖

巧沁蘭心（句），偷黏草甲❶（句），東風欲障新暖（韻）。漫凝碧瓦難留（句），信知暮寒猶淺（韻）。行天入鏡❷（句），做弄出（豆）、輕鬆纖軟（韻）。料故園（豆）、不捲重簾（句），誤了乍來雙燕（韻）。

青未了（豆）、柳回白眼（韻），紅欲斷（韻）、杏開素面（韻）。舊游憶著山陰❸，後盟遂妨上苑。寒鑪重熨，便放漫、春衫針線。怕鳳靴、挑菜❹歸來，萬一灞橋❺相見。

【詞牌】《詞律》僅史達祖一體，雙調，一百字。

【詞律】〈東風第一枝〉，雙調，一百字，前段九句，四仄韻，後段九句，六仄韻。

【注釋】❶巧沁二句　雪浸入蘭中，黏在草上。草有外皮堅韌如甲，故云草甲。❷行天入鏡　韓愈〈春雪〉詩：「入鏡鸞窺沼，行天馬度橋。」❸山陰　晉王徽之泛舟剡溪訪戴逵，造門而返，人問故，曰：「乘興而來，興盡而去，何必見？」❹挑菜　《武林舊事》：「二月二日，宮中辦挑菜宴，以資戲笑。」❺灞橋　在長安城外。

【語譯】春雪輕巧地沁入蘭蕊，有些則黏著草兒，東風吹出了一片和暖。相信瓦片上已剩無幾，猶帶有些許薄暮的寒意。從天邊飛掠而過，像闖入鏡子裏頭，輕姿婀娜，做出百般柔情的樣子。想故園的簾子並未捲起，阻擋了那對突然來到的燕子。

新綠尚未開遍，柳花已經吐白了，紅花快將落盡，杏花亦已開放。想起以前山陰的摯友，還約定以後要走訪上苑。冷了的酒壺要重新熨暖，便暫把縫製春衣的針線放下了。只擔心穿起繡鞋挑菜而歸，說不定在灞橋上又會碰到漫天絮雪。

【賞析】此詠春雪，起是初春新暖，故雪易溶，所以說碧瓦難留，行天句用韓愈〈春雪〉詩。雪寒想起故園重簾不捲，燕子怎能飛來？下片柳杏都帶白色。山陰上苑，都因雪阻不能步行。有守著熨鑪的人，做女紅都懶了。就是尋游歸來，在灞橋又會見到風雪。

此種詠物，都側面取神，敘事穿插，而不板滯。張炎云：「史邦卿〈東風第一枝〉詠雪，〈雙雙燕〉詠燕。姜白石〈齊天樂〉詠蟋蟀，皆全章精粹，所詠瞭然在目，且不留滯于物。」真是聰明作手。

231

喜遷鶯

史達祖

月波疑滴，望玉壺❶天近，了無塵隔。翠眼圈花❷，冰絲織練，黃道❸寶光相直。自憐詩酒瘦，難應接、許多春色。最無賴，是隨香趁燭，曾伴狂客。

蹤跡，漫記憶，老了杜郎❹，忍聽東風笛。柳院燈疏，梅廳雪在，誰與細傾春碧❺？舊情拘未定，猶自學、當年游歷。怕萬一，誤玉人夜寒，窗際簾隙。

【注釋】❶玉壺　高潔之意。❷圈花　疑是各種花燈。❸黃道　《漢書・天文志第六》：「日有中道。」中道者黃道，一曰光道。❹杜郎　指杜牧。❺春碧　指酒。

【語　譯】月亮的波光盈盈欲滴，看見玉壺掛在天畔，沒有絲毫塵雜，周圍很多美麗的花燈，以及銀絲織成的綵帶，像黃道上的光華相射。我很感慨已失去吟詩飲酒的意興，徒然辜負了這無邊春色。特別最無聊賴的，是曾經隨著香燭，陪伴那疏狂的人到處亂跑。

一切的往事從頭細想，可惜杜牧已老，又怎忍心再聽那些東風般的笛聲呢？柳陰的院落裏燈光疏落，梅花的廳子積雪仍在，但誰人可以陪我持酒深談呢？舊情仍未有結果，故跟當年一樣，隨處遊蕩。只擔心一旦害了她，終宵在簾前苦候。

【賞　析】此一篇詠燈，應亦是上元詞。月波玉壺，了無塵隔，是十五月夜清朗之景。圈花、冰絲、寶光是燈。如此良宵，自憐瘦損，春色都應接不暇，更不能伴狂客野游。下片回憶過去亦曾傾春碧酒，雖猶有豪興，又怕浪蕩忘返，會使玉人獨寂寞。收句王壬秋以為現寒乞相，不能灑脫。

232 三姝媚

史達祖

煙光搖縹瓦❶，望晴檐多風，柳花如灑。錦瑟橫牀，想淚痕塵影，鳳絃常下。倦出犀帷，頻夢見、王孫驕馬。諱道相思，偷理綃裙，自驚腰衩❷。惆悵南樓遙夜，記翠箔張燈，枕肩歌罷。又入銅駝❸，徧舊家門巷，首詢聲價。可惜東風，將恨與、閒花俱謝。記取崔徽❹模樣，歸來暗寫。

【詞牌】〈三姝媚〉，一名〈三姝媚曲〉。

・古樂府有〈三婦豔〉，因以名調，一名〈三姝媚曲〉。（《歷代詩餘》）

・〈三姝媚〉，吳文英詞入夷則商，俗呼林鍾商，又呼商調。（《詞調溯源》）

【詞律】〈三姝媚〉，雙調，九十九字，前段十一句，五仄韻，後段十句，五仄韻。

【注釋】❶縹瓦　琉璃瓦一名縹瓦。皮日休〈奉和魯望早春雪中作吳體見寄〉詩：「全吳縹瓦十萬戶，惟君與我如袁安。」❷衩　衣之下端開衩者。❸銅駝　洛陽街道名。❹崔徽　蒲女崔徽與裴敬中善。敬中去，徽極怨抑，乃託人寫真致意曰：「為妾謝敬中，崔徽一旦不及卷中人，徽且為郎死矣。」見《麗情集》。

【語譯】琉璃瓦上煙光縹緲，看見晴朗的屋檐涼風習習，柳花飄灑而下。錦瑟橫放牀上，想起淚珠痕影，常伴隨絃音的悲抑。我懶於走出繡緯之外，因近日時常夢見公子騎著駿馬而來。我不敢說這就是相思了，但當暗中撥理紗裙時，就會感傷腰衩的日漸寬緩。

想起南樓夜宴，使人無端感慨，記得張燈結綵，並肩高歌。再到洛陽銅駝巷口，走遍舊日的每一戶人家，首先要詢問她的聲望。可惜東風無情，她已跟普通的花草一樣，含恨而逝。現在只靠記憶中的崔徽貌美，回來偷偷地寫了下來。

【賞　析】此春日閨怨，起三句屋外，縹瓦、晴檐、柳花，景色甚美。錦瑟三句屋內，淚痕引下夢見王孫，是王孫久不相見。不說想念而驚腰衩，不覺銷瘦了。惆悵而回憶伊人，前闋都為設想。再入銅駝詢問，恨與閒花俱謝，伊人似已不可得矣。不可得歸暗寫模樣，真一片刻骨相思之情。

233 秋霽

史達祖

江水蒼蒼，望倦柳愁荷，共感秋色。廢閣光涼，古簾空暮，雁程最嫌風力。故園信息，愛渠入眼南山碧。念上國，誰是、膾鱸❶江漢未歸客？

還又歲晚，瘦骨臨風，夜聞秋聲，吹動岑寂。露蛩悲、青燈冷屋，翻書愁上鬢毛白。年少俊游渾斷得，但可憐處，無奈苒苒魂驚，采香南浦，翦梅煙驛。

【詞　牌】〈秋霽〉，一名〈春霽〉、〈平湖秋月〉。

・〈秋霽〉一名〈春霽〉，按此調始自胡浩然，賦春晴詞，即名〈春霽〉，賦秋晴詞即名〈秋霽〉。

《詞譜》〈秋霽〉之調創自李後主，至宋胡浩然用此調作春晴詞，遂名〈春霽〉，又作秋晴詞，亦名〈秋霽〉，蓋是一調。《詞品》忘為李後主作，乃誤為陳後主，遂加辯駁，可哂也。《填詞名解》

【詞　律】〈秋霽〉，雙調，一百五字，前段十句，六仄韻，後段十一句，四仄韻。

【注　釋】❶膾鱸　張翰食魚故事，見前辛棄疾〈水龍吟〉頁三四二注❹。膾，一作「鱠」。

【語　譯】江水蒼寒，見到凋零殆盡的殘荷敗柳，使人很感慨秋天的肅殺。廢置的閣樓首先感到寒冷，古舊的簾子對著莽闊的空蒼，雁歸的行列裏最怕風急。故鄉的音信，希望能像南山蒼翠，襲入眼簾。想起堂堂上國，究竟誰是為愛鱸魚肥美而流浪江南的未歸人呢？

很快又是一年將盡，瘦弱的身軀被寒風吹得顫抖，晚上再聽到陣陣秋聲，吹起一片淒清之感。郊野外蛩聲悲泣，一燈熒熒，照著清冷的房子，翻書夜讀，感慨良多，頭上白髮亦增加不少。少年的友朋全部捨棄了，只可憐時間過得太快，使人心亂。猶記得那時候在南方的水邊采摘香草，在煙霧淒迷的驛橋畔翦取梅花。

【賞　析】此秋思之詞，起二韻一片秋意，蒼蒼、倦、愁等字情景交鍊。廢閣古簾，就所居言。與下青燈冷屋，同為驛店郵亭氣象，雁程又為征人遠行心情。下片瘦骨自傷，秋聲曰聞，岑寂曰動。露蛩是秋聲，青燈句是岑寂。翻書是岑寂燈下之事，鬢白應骨瘦。年少句以開為轉，取疏宕之致，俊游反照岑寂。渾斷得是說可以不去想了，但不想而又苒苒魂驚是合，反覆纏綿。此句送別寄遠，餘情不已。

234

夜合花

史達祖

柳鎖鶯魂，花翻蝶夢，自知愁染潘郎❶。輕衫未攬，猶將淚點偷藏。念前事，怯流光，早春窺、酥雨❷池塘。向消凝裏，梅開半面，情滿徐妝❸。

風絲一寸柔腸，曾在歌邊惹恨，燭底縈香。芳機瑞錦，如何未織鴛鴦？人扶醉，月依牆，是當初、誰敢疏狂！把閒言語，花房夜久，各自思量。

【詞牌】〈夜合花〉調見《琴趣外編》。按夜合花，合歡樹也，唐韋應物詩「夜合花開香滿庭」，調名本此。（《詞譜》）

【詞律】〈夜合花〉，雙調，一百字，前段十一句，五平韻，後段十一句，六平韻。

【注釋】❶潘郎 潘岳。❷酥雨 韓愈〈早春呈水部張十八員外〉詩：「天街小雨潤如酥。」酥，酪也。❸徐妝《南史・列傳第二・后妃下・元帝徐妃》：「妃以帝眇一目，每知帝將至，必為半面妝以俟。帝見則大怒而出。」

【語 譯】柳條困鎖著黃鶯的芳魂，蝴蝶在花間飛舞，翻動出一圈圈的綺夢，我自知就像潘安的無端愁緒。輕衫尚未披上，盡將淚痕暗中藏了起來。想起以前一切，覺得韶光易逝，春天早又來到了，池塘上灑起一陣細雨。對著此情此景，凝眸遐想，梅花已開了一半，滿像徐妃的妝扮。

一絲柔風，一寸柔腸，記得以前在歌聲裏迴旋著無窮幽恨，而紅燭下則幽香繚繞。織機上有一塊美麗的布匹，為甚麼不把它繡成鴛鴦模樣呢？我帶著微醉，月兒倚在牆上，當日又豈敢疏放輕狂呢？只好將那些情話，躺在這四圍花氣的晚上，分別的細味回想。

【賞 析】起三句春日愁思。魂與夢是愁的擾亂。下愁深淚點，前事已隨時光過去，但時光又回來了。春雨池塘，梅開半面，正似伊人妝束之美。下片梅妝又引起柔腸，有歌邊燭底的往事。芳機回文，鴛鴦未織，是不諧合。扶醉更悔疏狂，一些言語，各自思量，深情之詞，略無汙淫信然。

235

玉蝴蝶

史達祖

晚雨未摧宮樹，可憐閒葉，猶抱涼蟬。短景歸秋，吟思又接愁邊。漏初長、夢魂難禁，人漸老、風月俱寒。想幽歡。土花庭甃❶，蟲網闌干。

無端。啼蛄❷攪夜，恨隨團扇❸，苦近秋

蓮❹。一笛當樓，謝娘懸淚立風前。故園晚、強留詩酒，新雁遠、不致寒暄。隔蒼煙。楚香羅袖，誰伴嬋娟？

【注釋】❶甃 甎。《易》：井甃，以甎壘井也。❷蛄 螻蛄，蟲名，穴居土中而鳴。古詩：「螻蛄夕鳴悲。」❸恨隨團扇 班婕妤〈怨詩行序〉：「婕妤失寵，求供養太后於長信宮，乃作怨詩以自傷，託辭于紈扇云。」❹苦近秋蓮 樂府詩：「果得一蓮時，流離嬰辛苦。」

【語譯】黃昏的雨點尚未摧毀宮中的樹木，剩下的幾片葉子，很可憐的讓那些殘蟬棲息其間。時光易逝，轉瞬又到了秋天，湧出的詩興使人更添愁苦。更鼓漫漫，夢兒也無法制止，年華逐漸老去，觸目風景，使人驚心不已。相信園子裏滿是野花，十分熱鬧，而闌干畔亦結了很多蛛網。

為甚麼螻蛄要騷擾這個靜夜呢？就像團扇自傷，秋蓮命苦，站在樓前吹起笛子，謝娘也免不了對著清風揮淚。故園籠罩在暮色底下，勉強留下一些詩酒，雁兒愈飛愈遠，不會再噓寒問暖了。隔著一片迷離煙水，楚地的佳麗很多，但有誰可以相伴呢？

【賞析】初秋之景，宮樹猶抱涼蟬，似有故國之恨。下接短景愁邊，漏長承晚，夢魂承愁邊，人老承短景，風月俱寒又漏長之實景。土花二句秋庭蕭瑟，似張景陽詩。下片啼蛄秋庭之聲，恨隨二句不諧，所以懸淚風前。追懷北國，新雁飛來，也略無寒暄訊問，收句淪落自傷。

236　八歸

史達祖

秋江帶雨，寒沙縈水，人瞰❶畫閣愁獨。煙蓑散響驚詩思，還被亂鷗飛去，秀句難續。冷眼盡歸圖畫上，認隔岸、微茫雲屋。想半屬、漁市樵邨，欲暮競然竹❷。

須信風流未老，憑持尊酒，慰此淒涼心目。一鞭陌南，幾篙官渡，賴有歌眉舒綠❸。只匆匆殘照，早覺閒愁挂喬木。應難奈、故人天際，望徹淮山，相思無雁足❹。

【注釋】❶瞰　俯視也。❷然竹　柳宗元〈漁翁〉詩：「漁翁夜傍西巖宿，曉汲清湘燃楚竹。」❸歌眉舒綠　古以黛綠畫眉，綠即指眉。此歌者眉目含情，舒青眼也。❹無雁足　古代傳說，雁足可以傳書。無雁足，即謂無書信。

【語譯】秋江上雨意綿綿，寒沙靜繞水曲，有一個人在閣樓上孤獨地俯視。煙霧迷漫，蓑衣零碎的聲響驚動我的詩意，而且還有沙鷗飛來飛去，無法再續成佳句了。冷眼注視圖畫之上，認得隔岸隱約的房舍，大概有半數是屬於漁人的市集，樵夫的村落，天快黑了，大家爭相燒起竹子來。

應該自信風流未減，但能拿起一尊酒來，以安慰這份淒涼的心境。南陌上揮鞭馳騁，渡口裏撐著幾艘船兒，如此的急著趕路，全為了她那美麗的眉線。可惜斜陽草草，一切的煩惱都已掛在大樹上了。無奈我們相距太遠，向著淮山遠望，雖然深深地懷念不已，可惜仍然沒有半點音訊。

【賞析】此與〈玉蝴蝶〉一闋同寫秋情，江邊寒雨，人瞰畫閣，獨自生愁。煙蓑亂鷗，水際景象。遠岸一帶人家，多是漁村，日暮有炊煙裊裊。下片對上荒涼之境，心目俱淒，只有借酒澆之。想行旅之苦，尚幸有郵亭歌伎，聊供歡樂。只今殘照影裏，那喬木上都掛著愁恨，天遠故人一些消息都無。陳廷焯謂似白石，後半一起一落，宕往低徊，極有韻味。

237

生查子

元夕戲陳敬叟

劉克莊

繁燈奪霽華❶，戲鼓侵明發❷。物色舊時同，情味中年別。

淺畫鏡中眉，深拜樓中月。人散市聲收，漸入愁時節。

【作者】克莊字潛夫，號後村，莆田人。生於淳熙十四年（一一八七）。以蔭仕。除潮倅遷建陽令，移仙都，嘗詠落梅，有東君謬掌花權柄，卻忌孤高不主張。讒者箋其詩，以示柄臣，由此閒廢十載，因有病。後〈訪梅〉絕句云：夢得因桃卻左遷，長源為柳忤當權，幸然不識桃并柳，也被梅花累十年。後起至將作簿，兼參議。淳祐六年（一二四六），賜進士出身，官龍圖閣直學士。咸淳五年（一二六九）卒，年八十三，諡文定。馮煦云：後村詞與放翁、稼軒猶鼎三足，其生丁南渡，拳拳君國，似放翁，志在有為，不欲以詞人自域，似稼軒。有《後村別調》，見六十家詞刊本及晨風閣叢書刊本；又《後村長短句》五卷，有彊村叢書刊本。

【注 釋】❶霽華 月光晴朗。❷明發 謂天發明也。《詩・小雅・小宛》：「明發不寐，有懷二人。」

【語 譯】燈光搶去了月光的銀輝，戲場的簫鼓嘈雜到天明，一切的情景跟以往相同，但心情和感受已和中年有別了。

對著鏡子輕輕地塗畫眉線，在樓中深情地拜月，當所有人離去以後，鬧市亦都靜寂下來，漸漸地又使人憑添了無窮感慨。

【賞 析】劉後村詞在南宋與放翁、稼軒相鼎足，拳拳君國，志在有為，詩詞是其餘事，說理敘事，不為律限。此首元夕詞，由繁華而冷靜，亦其懷抱使然。首二句燈光賽過月華，一直到天明。景物與舊時相同，可是人近中年感覺就不一樣。下片寫閨中晚妝拜月，市聲漸寂，卻帶來別種愁恨。閨情託諷而興，題為戲陳敬叟，不知尚有若何本事否。

238 賀新郎 端午

劉克莊

深院榴花吐，畫簾開、綀衣❶紈扇，午風清暑。兒女紛紛誇結束，新樣釵符艾虎❷。早已有、游人觀渡❸。老大逢場慵作戲❹，任陌頭、年少爭旗鼓。溪雨急，浪花舞。

靈均標致❺高如許，憶生平、既紉蘭佩❻，更懷椒醑❼。誰信騷魂千載後，波底垂涎角黍❽？又說是、蛟饞龍怒。把似❾而今醒到了，料當年、醉死差無苦。聊一笑，弔千古。

【注釋】❶綀衣　葛布衣。❷釵符艾虎　《抱朴子》：「五月五日剪綵作小符，綴髻鬢為釵頭符。」〈荊門記〉：「午節人皆采艾為虎為人，掛於門以辟邪气。」❸觀渡　《荊楚歲時記》：「五月五日競渡，俗為屈原投汨羅日，人傷其死，故命舟楫拯之。」❹逢場慵作戲　《傳燈錄》：「鄧隱峰云：『竿木隨身，逢場作戲。』」今人偶爾遊戲，輒借用此語。❺靈均標致　靈均，屈原小字。標致，風度。❻紉蘭佩　聯綴秋蘭而佩戴於身。〈離騷〉：「紉秋蘭以為佩。」❼椒醑　椒，香物，所以降神；醑，美酒，所以享神。❽角黍　屈原以五月五日沈江死，楚人哀之，以竹筒貯米投水，裏以楝葉，纏以綵縷，使不為蛟龍所吞云。見《齊諧記》。❾把似　假如。

【語譯】深闊的院子裏，榴花盛開，我掀起簾子，穿著布衣，拿起扇子，正午一陣風來，消除了不少暑氣。男孩子和女孩子都紛紛誇示自己的手藝，釵符和艾虎都做得十分出色。邊岸早就塞滿了參觀競渡的人群，年紀老邁，漸也不大願意逢場作戲，任由那些田間的年少兒郎去風頭算了，溪頭水花四濺，好像雨點般潑了過來。

屈原的風度清高，想起他的一生，除了聯綴秋蘭佩戴在身邊以外，更往往帶備香物美酒來享神。又有誰會相信千年以後，在水底下的一縷幽魂，仍會貪圖那些糉子呢？而且還會訴苦謂蛟龍們欺人太甚。假使現在真的覺醒過來，那麼當年倘能一醉而死，就不會再有甚麼痛苦了，姑且放懷一笑吧，作為對過往的一番憑弔。

【賞析】此重五詞，深院三句正午時景物。兒女以下是風俗，都是年輕人的事。老大慵懶。下片別作議論，謂屈原標格之高，紉蘭懷醑，與眾迴異。千載以後，民間以角黍投給蛟龍。使屈子今日覺醒，會以為當時醉死比現在要好，翻案文章聊一笑，不知千載上屈子知否？此從實處著想，思致超妙，意在筆墨之外。

239

賀新郎 九日

劉克莊

湛湛❶長空黑，（韻）更那堪、（豆）斜風細雨，（句）亂愁如織。（韻）老眼平生空四海，（句）賴有高樓百尺。（韻）看浩蕩、（豆）千崖秋色。（韻）白髮書生神州淚，（句）儘淒涼、不向牛山❷滴。追往事，去無迹。少年自負凌雲筆❸，到而今、春華落盡❹，滿懷蕭瑟。常恨世人新意少，愛說南朝狂客❺。把破帽、年年拈出。若對黃花孤負酒，怕黃花、也笑人岑寂。鴻去北，日西匿。

【注　釋】❶湛湛　深貌。《楚辭・招魂》：「湛湛江水兮上有楓。」❷牛山　在山東省臨淄縣南。齊景公遊牛山，北臨其國城而流涕。見《晏子春秋》。《物原》云：「齊景公始為登高。」❸凌雲筆　漢武帝讀司馬相如賦，飄飄然有凌雲之意。後用以形容好的筆墨。❹春華落盡　喻豪氣消除。❺南朝狂客　指孟嘉。晉孟嘉為桓溫參軍，嘗于重陽節共登龍山，風吹帽落而不覺。

【語　譯】天空深邃昏暗，更何堪那些斜風細雨，像愁絲的縱橫交織。我一生中很自大，目無四海，全因為站在百尺高樓上，看到了萬山重疊的莽闊秋色。現在書生老去，白髮滿頭，而國事又到了這個地步，不禁血淚斑斕，但即使十分淒酸，我也不會登牛山而揮淚的。追念前塵往事，已經去得了無痕迹了。

少年時候豪氣干雲，筆鋒凌厲，但到了現在全都消除淨盡，心緒十分寂寞。我時常感慨世人很少創作新意，還是講述那些孟嘉落帽的舊故事，年年把這頂破舊的帽子搬出來。假使對著黃花而不喝酒的話，那麼怕黃花也會笑我們太孤獨了。雁兒已經要離開北方了，太陽也要向西方落去。

【賞析】重陽節總是多風雨的，起處即寫雨景，天氣不好，愁緒交織。老眼句把滿腔愛國之悲憤，借此傾瀉，觸景慷慨，神州之淚，不像齊景公游牛山空空流下。可是往事一去無迹，年少已過，老大徒傷。下面又深貶時人少新意，登高都虛應故事，連陶淵明都學不上，鴻去北是北國河山堪戀，日西匿是浮雲蔽白日，是光景匆匆，無限豪情，都付一歎。

240

木蘭花　戲林推

劉克莊

年年躍馬長安市，客舍似家家似寄。青錢換酒日無何？紅燭呼盧❶宵不寐。

易挑錦婦機中字❷，難得玉人心下事。男兒西北有神州❸，莫滴水西橋畔淚。

【注釋】❶呼盧　《鮑宏博經》：古者烏曹作博，以五木為子，有梟、盧、雉、犢，為勝負之采。晉劉毅樗蒱，餘人並黑犢，唯毅得雉，大喜，褰衣繞床，叫曰：「非不能盧，不專此爾。」劉裕因援五木曰：「試為卿答。」既而四子俱黑，一子轉躍未定，裕厲聲喝之，即成盧。❷機中字　《麗情集》：前秦竇滔恨其妻蘇氏，及鎮襄陽，與蘇絕音問，蘇因織錦為回文詩寄滔，滔覽錦字，感其妙絕，乃具車迎蘇。❸神州　即中原。今河南、陝西一帶。

【語譯】長年累月騎著馬兒在長安市上縱橫馳騁，旅舍像家庭，而家庭則像旅舍一般。青錢換酒，每日又用得多少呢？點起紅燭呼盧賭博，亦可以整夜不睡了。

妻子織機上的回文詩字很容易得到，但佳人的心事卻不容易捉摸，一個男人可以創造很多事業，不要再對著水西橋畔的她依依灑淚了。

【賞析】此戲林推，所以自寓悲懷。年年作客長安，客舍句啼笑不得。青錢二句飲酒與呼盧，將時光虛擲。下片久客不歸，錦字書成，玉人心事未可盡知。不必為兒女事下淚，那是沒有價值的，西北神州的光復，才是男兒立志之事。此壯語能使懦夫有所自立，詞豈小道也哉？

241 江城子

盧祖皋

畫樓簾幕捲新晴，掩銀屏，曉寒輕。墜粉飄香、日日喚愁生。
暗數十年湖上路，能幾度，著娉婷❶？年華空自感飄零，擁春醒❷，對誰醒？天闊雲閒、無處覓簫聲。載酒買花年少事，渾不似，舊心情。

【作　者】祖皋字申之，又字次夔，號蒲江，永嘉人，樓鑰之甥。慶元五年（一一九九）進士。嘉定十一年（一二一八），主管刑工部架閣文字。十三年（一二二〇），祕書省正字、校書郎。十四年（一二二一），著作郎。十五年（一二二二），將作少監。十六年（一二二三）權直學士院。有《蒲江詞》，見六十家詞刊本，又見彊村叢書刊本。

【注　釋】❶娉婷　美女。蘇軾〈江城子〉詞：「如有意，慕娉婷。」❷酲　醉酒。

【語　譯】拉起樓前的簾子，今天天氣晴朗，把燈光熄滅了，早上仍有些餘寒未散，每日流連脂粉叢中，精神很是空虛。暗中回想十年來在湖上來來往往，究竟有幾次能夠娉婷作伴呢？年華老去，徒然感慨自己的孤單，傾盃自酌，又何必為別人而清醒呢？天空蒼闊，白雲飄浮閒蕩，沒有地方再可以尋回那些簫聲了。買花攜酒都是年少的玩意，現在已經跟以前的心情完全不同。

【賞　析】此老年人慨年少事，起関西湖紅粉，高樓簾捲，銀屏半掩，早晨尚有微寒。春天花事飄零，惹人生愁。十幾年湖邊美人，又經過了多少。美人已逝，自身已老，只有醉酒，又怎有美人相伴？湖畔簫聲，不堪重覓，所以游春飲酒，都使我無此心情。與劉過：「欲買桂花同載酒，終不似少年游。」同一思想。不似杜公詩：「詩酒尚堪驅使在，未須料理白頭人。」老而興趣盎然，況周頤謂倔彊可善，良是。

242

宴清都

盧祖皋

春訊飛瓊管❶，風日薄，度牆啼鳥聲亂。江城次第❷，笙歌翠合，綺羅香暖。溶溶澗淥❸冰泮，醉夢裏、年華暗換。料黛眉、重鎖隋隄，芳心還動梁苑。

新來雁闊雲音，鸞分鑑影，無計重見。春啼細雨，籠愁淡月，恁時❹庭院。離腸未語先斷，算猶有、憑高望眼。更那堪、衰草連天，飛梅弄晚。

【詞牌】〈宴清都〉，一名〈四代好〉。

・〈宴清都〉取沈隱侯「朝上閶闔宮，夜宴清都闕」。詞名以此。（《遠志齋詞衷》）

按程垓詞前四疊好字韻，因名〈四代好〉，後復五疊好字韻亦屬游戲之筆，《詞譜》謂其非定格也，宜矣。

【詞律】〈宴清都〉，此體雙調，一百二字，前段十句，六仄韻，後段十句，五仄韻。

【注釋】❶瓊管　古以葭莩灰實律管，候至則灰飛管通。葭即蘆，管以玉為之。❷次第　迅急之辭。❸淥　淥水。❹恁時　此時。

【語譯】蘆管吹出了春天的信息，風和日麗，鳥聲從牆外吱喳傳來，十分混亂。在這座江邊的小城裏，悠揚的歌聲此起彼落，佳人們穿起綺羅衣服，幽香細細。江水衝著冰塊，溶溶洩洩，在笙歌醉舞中，韶光又已偷偷而去。想起她再次被鎖困隋隄之上，一顆心魂要離開這些宮殿。

近年雲層中時常傳來雁響，像分開鏡子一樣，橫空而過，也許無法再相見了。此時此地的院落裏，春雨細碎地敲著，月兒也籠上一層愁雲慘霧中，尚未說出來，離腸便已寸寸斷折，算來還要登高望遠，又何堪那些枯草連天，而梅花片片，則在晚風中飄落。

【賞析】起句謂春信漸至，啼鳥聲亂，日暖風薄。江城以下是都市人游春，春水溶溶，不知不覺，年華暗換。於是思家傷別，帶下闋寫分鏡影，不能相見。夜月庭院，一片淒清。離情無可告訴，只有登高望遠。古詩云：「遠望可以當歸。」不得已的慰情，結果所見到的只有衰草連天，梅花飛舞在晚風裏，仍是無限落寞之景。

243

南鄉子　題南劍州❶妓館

潘牥

生怕倚闌干（韻），閣下溪聲閣外山（韻）。惟有舊時山井水（句），依然（韻），暮雨朝雲❷去不還。應是躡飛鸞❸，月下時時整佩環。月下漸低霜又下，更闌，折得梅花獨自看。

【作　者】牥字庭堅，號紫巖，閩（今福建省）人。生於嘉泰四年（一二〇五）。端平二年（一二三五）進士第三，歷太學正，通判潭州。淳祐六年（一二四六）卒，年四十一。有《紫岩集》，近趙萬里輯《紫岩詞》一卷。

【詞　牌】〈南鄉子〉，一名〈減字南鄉子〉。

・〈南鄉子〉，唐教坊曲名。此詞有單調雙調：單調者始自歐陽炯詞，馮延巳、李珣俱本此添字；雙調者始自馮延巳詞，《太和正音譜》注越調，歐陽修本此減字，王之道、黃機、葉長卿俱本此添字也。（《詞譜》）

・李珣、歐陽炯輩俱蜀人，各製〈南鄉子〉數首，以志風土，亦竹枝體也。（周密云）

・〈南鄉子〉，商調，晉國高士全，隱于南鄉，因以為氏也。（號南鄉子）（《片玉集注》）

【詞　律】〈南鄉子〉，雙調，五十六字，前後段各五句，四平韻。

【注　釋】❶南劍州　今福建南平縣。❷暮雨朝雲　指美人。❸躡飛鸞　指歌伎似仙人。

【語　譯】最怕倚著闌干畔，閣樓下溪水潺潺，閣樓外山嶺重疊。只有舊時的風景沒有改變，黃昏的細雨，早晨的霞彩，都隨著夢境而一去不返了。

應該是跟隨仙人而去吧，月色下時常聽到細碎的佩環聲響，月影斜西，霜寒漸重，相信快又天亮了，我摘了一朵梅花，細心地獨自欣賞。

【賞析】《齊東野語》載潘夢有人持方牛首易之，遂名牞，跌宕不羈。此篇起句怕倚闌干，非因為閣下溪聲，而閣外有山，乃因只有那舊時山和水，永遠是那樣子，人事是多變的。所以下足一句暮雨朝雲，也不可為準。過片從飛鸞想望到仙子那般美麗，但夜已漸深，月低霜冷，就折了梅花獨自看又如何呢？收句曲折別有會心，詞句俊雅不凡。

244 瑞鶴仙

陸叡

溼雲黏雁影，望征路愁迷，離緒難整。千金買光景，但疏鐘催曉，亂鴉啼暝。花悰❶暗省，許多情、相逢夢境。便行雲、都不歸來，也合寄將音信。

孤迥，盟鸞心在，跨鶴程高，後期無準。情絲待翦，翻惹得，舊時恨。怕天教何處，參差雙燕，還染殘朱賸粉？對菱花❷、與說相思，看誰瘦損？

【作者】叡字景思，號雲西，會稽人。紹定五年（一二三二）進士。淳祐中沿江制置使參議。寶祐五年（一二五七），自禮部員外郎除祕書少監，又除起居舍人。景定五年（一二六四），中大夫、集英殿修撰，江南東路計度轉運副使兼淮西總領。咸淳二年（一二六六）卒。

【注　釋】❶花悰　花嬌若有心事。悰，慮也，情緒也。❷菱花　鏡也。

【語　譯】潮溼的雲層黏著雁兒的身影，看見漫漫前路，心中無限悵惘，很難平復。希望金錢能夠買得時光留駐，可惜疏落的鐘聲催喚早晨的來臨，而鴉聲很快又訴說天色的昏暗。我細想花期，裏面含有很多感情，只合在夢中再相見了。即使行雲的一去不返，也應該寄回一些音信啊！

我心中一片迷惘淒清，當日的誓言仍然謹記心中，為了前程，像鶴兒的一飛沖天，以後的約會再也沒有準憑了。想要剪斷情絲，結果更惹出舊日的傷感。為甚麼天意還要使那對參差飛舞的燕子也染上這些殘餘的荒唐脂粉呢？讓我們對著鏡子比試，究竟誰更為了思念而消瘦？

【賞　析】一闋閨思之詞，起陰沉天氣，人去征途。千金句正「春宵一刻值千金」，所以用錢是買不來一分光景，聽曉鐘而別離。別後暗省有如夢境，去人音信也該寄來，懸念不已。下片在寂寞時，猶記得盟言。相去程遠，相見無定，這離絲越剪越亂。看看雙燕歸來。我照鏡比牠還瘦。收處曲折多思，身當其境者尤足驚心。

245

霜天曉角　梅

蕭泰來

千霜萬雪（韻），受盡寒磨折（韻）。賴是❶生來瘦硬（句），渾❷不怕（豆）、角吹徹❸（韻）。

情絕，影也別，知心惟有月。原沒春風情性，如何共、海棠說？

【作者】泰來字則陽（《江西通志》云：字陽山），號小山，臨江人。紹定二年（一二二九）進士。寶祐元年（一二五三），自起居郎出守隆興府。《癸辛雜識別集》卷二云：理宗朝為御史。有《小山集》。

【注釋】❶賴是 虧得。❷渾 全也。❸角吹徹 角，樂器。李璟〈浣溪沙〉詞：「小樓吹徹玉笙寒。」

【語譯】在漫天的霜雪下，受盡寒冷折磨，幸而生來清瘦硬直，全然不怕，被角聲催謝。情韻幽絕，影兒也有些特別。只有明月了解自己的心意。根本就沒有春風冶蕩的情性，這個又豈能跟海棠相比呢？

【賞析】詠梅之詞，前人多有，白石暗香疏影，已為南宋名唱，此篇小令，起寫梅花耐寒，生來瘦硬，上片明明說梅之標格，隱隱寄興，以見作者操守。

下片起三句都非常好，情高迴，而影淡濘，心與月知，是一般皎潔之身世懷抱。收二句又換筆，寂寞之極，不欲與春風海棠爭豔于一時。命意措詞，不同凡響。

246

渡江雲

西湖清明

吳文英

羞紅❶顰淺恨句，晚風未落句，片繡點重茵❷韻。舊隄分燕尾❸句，桂棹❹輕鷗❺句，寶勒❻倚殘雲❼韻。千絲❽怨碧句，漸路入豆、仙塢❾迷津❿韻。腸漫回⓫豆、隔花時見句，背面楚腰身⓬韻。逡巡⓭韻，題門⓮惆悵句，墮履⓯牽縈句。數幽期難準叶，還始覺豆、留情緣眼句，寬帶⓰因春韻。明朝事與孤煙冷句，做滿湖豆、風雨愁人韻。山黛暝豆、塵波澹綠無痕⓱韻。

【作　者】文英字君特，號夢窗，晚號覺翁，四明人。景定時，嘗客榮王邸，從吳潛等游。《七家詞選》，戈載云：夢窗從吳履齋諸公遊，晚年好填詞，以綿麗為尚，運意深遠，用筆幽邃，鍊字鍊句，迥不猶人。貌觀之雕繢滿眼，而實有靈氣行乎其間。細心吟繹，覺味美方回，引人入勝，既不病其晦澀，亦不見其堆垛，此與清真、梅溪、白石並為詞學之正宗，一脈真傳，特稍變其面目耳。猶之玉溪生之詩，藻采組織，而神韻流轉，旨趣永長，未可妄譏其獺祭也。有《夢窗》甲、乙、丙、丁稿，見六十家詞刊本。又有曼陀羅華閣刊本及彊村叢書刊本。近人楊鐵夫有《夢牕詞全集箋釋》。

【詞牌】〈渡江雲〉，一名〈三犯渡江雲〉。

‧〈渡江雲〉，小石調曲，取唐人詩：「唯鶩一行雁，衡斷渡江雲。」（《填詞名解》）

‧〈渡江雲〉，小石。杜甫詩：「風入渡江雲。」（《片玉集注》）

【詞律】〈渡江雲〉，雙調，一百字，前段十句，四平韻，後段九句，一叶韻，四平韻。

‧此調以此（周邦彥）詞為正體，若陳詞之全押平韻，全押仄韻，皆變體也。（《詞譜》）

吳文英此詞即照周邦彥詞體填。

【注釋】❶羞紅　范成大〈酒邊二絕〉詩：「斷腸聲裏看羞紅。」❷片繡點重茵　《南史‧列傳第四十七》載范縝對竟陵王曰：「人生如樹花同發，隨風而墮，自有拂簾幌墜於茵席之上，自有關籬牆落於糞溷之中。墜茵席者殿下是也，落糞溷者下官是也。」❸燕尾　夏竦詩：「谿流燕尾兮。」西湖中蘇堤和白堤交叉如燕尾。❹桂棹　〈九歌〉：「桂櫂兮蘭枻。」棹與櫂同。謂以桂木為船棹。❺輕鷗　杜甫〈江漲〉詩：「輕搖逐浪鷗。」❻寶勒　梁簡文帝文：「陸離寶勒。」勒，馬絡頭。寶勒即寶馬。❼殘雲　杜甫〈重題鄭氏東亭〉詩：「殘雲傍馬飛。」❽千絲　指楊柳。白居易〈楊柳枝詞〉：「一樹春風千萬枝，嫩於金色軟於絲。」❾仙塢　王逢詩：「夜宿仙茅塢。」❿迷津　陶潛〈桃花源記〉：「尋向所誌，遂迷不復得路。……後遂無問津者。」⓫陽漫回　宋玉〈高唐賦〉：「迴陽傷氣。」⓬背面楚腰身　蘇軾〈續麗人行〉題注：「李仲謀家，有周昉畫背面欠伸內人，極精。」詩云：「隔花臨水時一見，只許腰肢背後看。」《後漢書‧馬援列傳第十四》：「楚王好細腰，宮中多餓死。」⓭逡巡　杜甫〈麗人行〉詩：「後來鞍馬何逡巡。」⓮題門　《世說新語‧簡傲第二十四》：嵇康與呂安善，安來值康不在，康子喜出戶延之，不入，題門上作鳳字而去，意謂喜凡鳥也。⓯墮履　《史記‧

滑稽列傳》：「前有墮珥，後有遺簪。」州閭之會，男女雜坐之樂。又《北史・列傳第五十二》：「昔人不棄，遺簪墜履。」⓰寬帶　古詩：「衣帶日已緩。」⓱塵波澹綠無痕　朱子詩：「躡影遺塵波。」溫庭筠詩：「澗水波搖綠無痕。」

【語　譯】這是一朵含羞的紅花，雖然未被晚風吹落，但花瓣片片，卻貼著芳草之上。西湖蘇堤與白堤交叉，形如燕尾，船兒以桂木為槳，海鷗輕輕地飛舞，我勒著馬兒，留戀這暮色蒼茫的美景底下。一路上柳絲青碧，漸漸地像迷失於仙境之中。肝腸縈曲纏結，她纖腰細細，背人而立。

我徘徊其間，呂安題門不遇，使人失望，張良為拾履而露宿苦候，心緒煩悶。相信以後也難再相見了，才曉得我們塵俗之人，免不了感情的困擾，往往為了春來而腰圍瘦損。明天的事情就像飄煙的不可捉摸，弄得一湖風雨，使人傷感。山色也漸漸昏暗了，碧波蕩漾，沒有任何風浪。

【賞　析】宋人對夢窗詞，有二種觀感，沈義甫、尹煥都以夢窗比清真。張炎說：夢窗如七寶樓臺，拆下來不成片段。到了清代則譽過於毀。周濟曰：「夢窗奇思壯采，騰天潛淵，返南宋之清泚，為北宋之濃摯。」戈載曰：「夢窗以綿麗為尚，運意深遠，用筆幽邃，鍊字鍊句，迴不猶人。」王鵬運曰：「以空靈奇幻之筆，運沉博絕豔之才。」況周儀、朱孝臧皆賞其麗、密。南宋之大家。

夢窗客杭甚久，詞多豔情，此西湖清明記所遇作，起三句花落，湖水輕舟寶馬，漸次都是仙境，在仙境花叢中卻見得美人背面倩影。下片留戀不去，幽期難定，就因那回眸含情，使人憔悴。明朝湖上，將是冷冷風雨，山依然青，波依然綠，伊人恐已不見。此初遇而不能忘，詞亦奇幻。

247

夜合花

白鶴江❶入京，泊葑門❷，有感。

吳文英

柳暝河橋❸，鶯清臺苑❹，短策❺頻惹春香。當時夜泊，溫柔便入深鄉。詞韻窄，酒杯長，翦蠟花、壺箭❻催忙。共追遊處，凌波翠陌，連棹橫塘。

十年一夢淒涼，似西湖燕去，吳館巢荒。重來萬感，依前喚酒銀罌❼。谿雨急，岸花狂，趁殘鴉、飛過蒼茫。故人樓上，憑誰指與，芳草斜陽？

【注釋】❶白鶴江 《蘇州府志》：「白鶴江本松江之別派。」❷封門 《吳郡志》：「《葑門續圖經》曰：『當作封門，取封禺之山以為名。』」❸河橋 庾信〈哀江南賦〉：「河橋馬度。」❹臺苑 即姑蘇臺之苑圃。❺短策 陸機賦：「杖短策而遂往。」策，馬鞭。❻壺箭 古以銅壺盛水，立箭壺中以計時刻。❼罌 盛酒器。

【語譯】柳絲遮蔭河橋，鶯聲在園子裏叫得特別清脆，馬鞭兒時常沾上春花的香氣。那時候船兒在晚上靠岸，好夢溫柔，很快便進入睡鄉。詞韻用得很險，酒杯內時常注滿美酒，不久便需要將燈花剪了一下，時光卻飛快的過去了，我們一起遊玩的地方，在蒼綠的田野上追逐，在河塘裏並排划渡。

轉眼又是十年過去，感慨很多，就像西湖的燕子都飛走了，吳宮的燕巢亦無雀鳥居住。現在再次來到這裏，感慨更加深了，惟有像以前一樣舉杯痛飲。溪邊的雨花急濺，岸上花兒被吹得東歪西倒，最好追隨剩下的幾隻烏鴉飛渡遠方而去。在這故人的閣樓上，再有誰人能替我指示出那些芳草斜陽的舊事來呢？

【賞　析】 夢窗有下堂去姬，楊鐵夫以此詞為姬去後，夢窗再來吳覓之不得，因而回杭之作，有重來萬感之句。起三句當年相遇。夜泊下至橫塘是歡好。

下片十年一夢，相從十年（當有十一、二年，此舉成數），一去如夢。西湖吳館，皆曾共住之地，今燕去巢荒。今重來喚酒，但見雨急花狂，插入景語，以作頓挫。下言待我歸去（入杭），不說人而說殘鴉過蒼茫。故人指姬，姬不在則憑誰指說，憶之不能已。

248 霜葉飛

重九

吳文英

斷煙離緒❶ 韻 ，關心事❷ 句 ，斜陽紅隱霜樹 韻 。半壺秋水薦黃花❸ 句 ，香噀❹西風雨 韻 。縱玉勒 豆 、輕飛迅羽❺ 韻 ，淒涼誰弔荒臺❻古 韻 ？記醉踏南屏❼ 句 ，綵扇咽 豆 、寒蟬倦夢❽ 句 ，不知蠻素❾ 韻 。

聊對舊節傳杯 句 ，

塵箋蠹管，斷闋⑩經歲慵賦。小蟾⑪斜影轉東籬，夜冷殘蛩語。早白髮、緣愁萬縷⑫，驚飆從捲烏紗⑬去。漫細將、茱萸⑭看，但約明年，翠微⑮高處。

【詞牌】〈霜葉飛〉，一名〈鬥嬋娟〉。

・〈霜葉飛〉取杜詩：「青霜洞庭葉，故欲別時飛。」詞名取此。（《遠智齋詞衷》）

【詞律】〈霜葉飛〉，雙調，一百十一字，前段十句，六仄韻，後段十句，五仄韻。

吳文英此詞即照周邦彥詞體填。惟前段結句，第二字（知字），後段第二句，第三字（蠹字）平仄與周詞異。

【注釋】❶斷煙離緒　煙絲中斷，如離緒中分。❷關心事　李群玉〈火爐前坐〉詩：「多少關心事。」❸半壺秋水薦黃花　蘇軾〈書林逋詩後〉詩：「一盞寒泉薦秋菊。」❹噀　《說文》：「噀，噴水也。」❺迅羽　張衡〈西京賦〉：「乃有迅羽輕足。」形容馬快如飛鳥。❻荒臺　《南齊書》載：宋武帝重陽日登項羽戲馬臺，臺在彭城。❼南屏　南屏山在錢塘縣西南三里，峰巒聳秀，環立若屏。❽綵扇句　張正見詩：「歌扇掩團紗，寒蟬噪楊柳。」❾蠻素　《雲溪友議》：「白樂天有二妾，樊素善歌，小蠻善舞。」❿闋　樂一曲為一闋。⓫小蟾　初九月影尚小。⓬早白髮緣愁萬縷　李白〈秋浦歌〉詩：「白髮三千丈，緣愁似箇長。」又周霆震〈武昌柳〉詩：「舊恨新愁千萬縷。」⓭烏紗　《唐書・車服志》：「烏紗帽者，視朝及見宴賓客之服也。」此用晉孟嘉登高落帽故事。⓮茱萸　杜甫〈九日藍田崔氏莊〉詩：「明年此會知誰健？醉把茱萸仔細看。」⓯翠微山氣青縹色，此即指山。

【語 譯】蒼煙縹緲，與離別的情懷有關，紅紅的斜日躲在老樹後面。我提著半瓶秋水來噴灑黃花，像西風雨過，清香撲鼻。我放鬆轡繩，馬兒像鳥雀輕巧地飛翔跳躍，但荒寒一片，又有誰來弔念這個項羽閱兵的戲馬臺呢？記得當日帶醉的路過南屏，扇影裏輕撥出寒蟬的嗚咽，倦極入睡，連小蠻樊素也不大理會。

姑且遵從節例，傳杯痛飲，心中正想題詩，但紙張染滿灰塵，筆管也長滿蠹蟲，一闋殘詞經過整年都寫不出來。小小的月影從東邊的籬笆畔逐漸西移，寒夜漫漫，伴著幾聲蟲語。因為心事太多，頭髮早就變白，一陣驚風便將烏紗官帽吹走，只好細心地拿著茱萸欣賞，而且相約明年再登上這座翠綠的山崗。

【賞 析】此重陽詞，起七字領全篇意，斜陽、秋水、黃花、風雨皆景。縱玉勒承起句，荒臺古是關心事。記醉三句，中有美人，亦是離緒心事。

下片佳節小飲，詞賦慵作，傍晚月光留在東籬，夜冷有蟲聲。回思老年滿頭白髮，以下用杜公重九藍田崔氏莊詩。此篇老境無悝，夢宿一生不在官，為貴人清客，思之悽愴，但筆力振迅，秋聲瑟瑟。

249

宴清都

連理海棠

吳文英

繡幄鴛鴦柱❶，紅情密，膩雲低護秦樹❷。芳根兼倚❸，花梢鈿合❹，錦屏人妒。東風睡足交枝❺，正夢枕、瑤釵燕股❻。障灩蠟、滿照歡叢❼，嫠蟾❽冷落羞度。

人間萬感幽單，華清❾慣浴，春盎風露❿。連鬟⓫並暖，同心共結，向承恩⓬處。憑誰為歌長恨⓭？暗殿鎖、秋燈夜語。敘舊期、不負春盟，紅朝翠暮。

【注　釋】❶繡幄鴛鴦柱　貴家海棠常以帷幄護風，柱以支幄，鴛鴦以切連理。❷秦樹　秦中有雙株海棠。❸兼倚　兼為鶼之省。《爾雅》：「南方有比翼鳥焉，不比不飛，其名謂之鶼。」鶼相倚而飛。❹鈿合　鈿盒，有上下兩扇。❺東風睡足交枝　交枝，枝柯相交，韓愈〈石鼓歌〉詩：「珊瑚碧樹交枝柯。」《太真外傳》：「明皇登沉香亭召太真。時太真卯酒未醒，命力士扶掖而至，上曰：『此海棠花未睡足耳。』」❻燕股　釵有兩股如燕尾。❼障灩蠟滿照歡叢　蘇軾〈海棠〉詩：「只恐夜深花睡去，高燒銀燭照紅妝。」❽嫠蟾　嫦娥無夫故稱嫠蟾。❾華清　指楊貴妃嘗浴于華清池。❿風露　海棠開于春濃風露中。⓫連鬟　女子所梳雙髻，名同心結。⓬承恩　〈長恨歌〉：「此是新承恩澤時。」⓭長恨　白居易有〈長恨歌〉。

【語　譯】繡幃下包藏著鴛鴦柱子，海棠開得十分茂盛，濕雲正在低低地護蓋這些秦中的雙株海棠。她們的根部糾纏一起，花朵上下兩層合在一起，連屏帳內的佳人也妒忌萬分。在東風裏，枝柯相交沈睡，還夢見像玉釵般蕪股相交，周圍塗上一層燭蠟，照滿整個歡樂的樹林，嫦娥淒冷孤獨，很怕看到這種景象。

人間百感交集，無限淒清，慣在華清池裏洗沐，春水豐漲，還有微風吹度。梳起連環雙髻，象徵永結同心，終身感激皇上的恩寵。又有誰願代唱〈長恨歌〉來呢？寂寞的殿子裏，燈光微亮，伴隨唧唧的蟲語。我們最好能暢敘舊情，不辜負爛漫春光，以及早晚的一片殷紅蒼翠。

【賞析】 此詠連理海棠花，起句鴛鴦柱，是連理之花。紅情賦雲，真海棠花如有豔采。芳根三句，說人都羨慕此花。東風二句早晨賞連理花，灩蠟照花，孤月都羞度天，怕見此好連理枝也。此一段真李商隱之絕豔。

下片人卻感幽單，當年楊貴妃華清承恩，結果還唱了〈長恨歌〉，殿鎖秋燈，共語敘舊，不負春光。

陳洵以為下片意理全類稼軒，可以證周氏由北開南之說。稼軒豪雄，夢窗穠摯，可以證周氏由南追北之說。詠物最稱碧山，然如此等作，足使碧山有望回之歎。

250 齊天樂

吳文英

煙波桃葉西陵❶路（句），十年斷魂潮尾（韻）。古柳重攀（句），輕鷗❷聚別（句），

陳迹危亭獨倚。涼颸❸乍起，渺煙磧❹飛帆，暮山橫翠。但有江花❺，
共臨秋鏡❻照憔悴。華堂燭暗送客，眼波回盼處，芳豔流水。
素骨凝冰，柔蔥❼蘸雪，猶憶分瓜❽深意。清尊未洗，夢不溼行雲❾，
漫沾殘淚。可惜秋宵，亂蛩疏雨裏。

【注　釋】❶西陵　樂府〈蘇小小歌〉詩：「何處結同心，西陵松柏下。」桃葉、西陵皆指所思之姬。❷輕鷗　杜甫〈小寒食舟中作〉詩：「片片輕鷗下急湍。」❸颸　涼風。樂府詩：「秋風肅肅晨風颸。」❹磧　沙洲。❺江花　杜甫〈哀江頭〉詩：「江草江花豈終極？」此指等閒花草。❻秋鏡　鏡如秋水清寒，故云秋鏡。❼柔蔥　指手。古詩：「指如削蔥根。」方干〈贈美人〉詩：「剝蔥十指轉籌疾。」❽分瓜　段成式〈戲高侍御〉詩：「猶憐最小分瓜日。」❾夢不溼行雲　詞有〈夢行雲〉調，蘇軾〈寄壑源試焙新茶〉詩：「仙山靈雨溼行雲。」亦夢不到美人意。

【語　譯】桃葉渡，西陵路，煙水迷離，十年來趁潮來了，感慨良多。再次地攀折舊日的柳枝，跟海鷗們低訴離緒，我獨自倚在高亭上，一切都成陳迹。突然一陣涼風吹過，沙洲上蒼煙縹緲，帆影飛渡，遠山在暮色下一片碧綠。只有江上的浪花，像鏡子般照出我的憔悴。

華貴的殿堂前，燭光徹暗，快要送客歸去，眼珠回眸一看，美麗得像流水清澈。她的素骨用冰凝結而成，玉手則露著雪片，尚記得割橙的情意。空尊尚未洗滌，夢兒不被行雲弄溼，卻沾滿

了淚痕。多可憐的秋夜啊！零亂的蟲響敲在破碎的雨聲裏，倍添淒黯。

【賞析】此亦為姬作，起句十年重經舊地，古柳、輕鷗，重攀聚別以喻人生。涼飔以下寫景，煙中帆去，應上危亭獨倚之凝望，是送姬去也。今惟有江花共憔悴耳。

下片送客，客亦姬也，眼波回盼，芳豔素骨，柔蔥分瓜皆不可忘懷之片段，別後思之，極幽抑怨斷之至。清尊未洗，是酒不能澆此愁，夢不溼行雲，是朝來相思，至暮無夢。運典隱僻，似李義山，亂蛩疏雨，是漫沾殘淚于秋宵寂寞之中。

251

花犯

郭希道送水仙索賦

吳文英

小娉婷❶，清鉛素靨❷，蜂黃❸暗偷暈，翠翹❹欹鬢。昨夜冷中庭，月下相認，睡濃更苦淒風緊。驚回心未穩，送曉色、一壺蔥蒨❺，纔知花夢準。

湘娥❻化作此幽芳，凌波路，古岸雲沙遺恨❼。臨砌影，寒香亂、凍梅藏韻。熏鑪畔，旋移傍枕，還又見、玉人垂紺鬒❽。料喚賞、清華❾池館，臺杯❿須滿引。

【注釋】❶娉婷　美貌。杜甫〈秦州見敕目薛三璩授司儀郎畢四曜除監察與二子有故遠喜遷官兼述索居〉詩：「不嫁惜娉婷。」❷清鉛素靨　靨，面上酒渦。清鉛素靨，以美人比花，許敬宗詩：「星靨鉛裏靨。」此以形容水仙白瓣。❸蜂黃　唐人宮妝，李商隱〈酬崔八早梅有贈兼示之作〉詩：「幾時塗額藉蜂黃。」此以形容水仙黃蕊。❹翠翹　〈招魂〉：「砥室翠翹絓曲瓊些。」翠，鳥所。翹，羽也。本美人妝飾，此以形容水仙綠葉。❺蔥蒨　青翠顏色。❻湘娥　湘江女神。❼雲沙句　王碧山〈水仙〉詞云：「國香到此，誰憐，煙冷沙昏，頓成愁絕。」與此遺恨俱指太后妃嬪等，流離沙漠而言。❽紺鬟　紺，青色；鬟，美髮。❾清華　《夢窗詞集》婆羅門引郭清華席上，清華疑即郭希道。❿臺杯　大小杯十個重疊成套名臺杯。

【語譯】水仙花嬌小玲瓏，花瓣裏透著素白的酒渦，黃蕊暗中伸出，翠玉般的綠葉亦殷勤映襯。昨夜庭中淒冷，月色下發現花開，熟睡中很怕風急吹襲。我正在擔心不已，到了天亮，才看見一派翠綠的顏色，原來花信真的是十分準確的。

這是湘水的女神所變出來的幽姿，沿著水波而去，古岸邊遺有很多雨雲情意。對著石堆，清香飄逸，像雪裏梅花，藏有無限幽姿。在香鑪的旁邊，同時又移近枕畔，彷彿可以看見佳人垂下秀髮。預料叫來一同欣賞，在華清池的別館裏，把一套套的酒杯注滿。

【賞析】此詠水仙花，起小娉婷素靨，偷暈，翠翹攲鬟，俱是花魂，至昨夜三句，月下睡濃，則上段夢中倩影。驚回句點醒，早晨一壺蔥蒨，是郭希道所送之花，夢成事實。

下片似夢非夢，全以神行。以神女比花，梅亦遜色。還又見玉人應上片相認。有此好花亦應呼酒賞之，暗用沉香亭賞芍藥故事。

252

浣溪沙

吳文英

門隔花深舊夢游，夕陽無語燕歸愁，玉纖❶香動小簾鉤。

落絮無聲❷春墮淚，行雲有影月含羞，東風臨夜冷於秋。

【注釋】❶玉纖　玉人纖纖素手。❷無聲　劉長卿〈別嚴士元〉詩：「閒花落地聽無聲。」

【語譯】門前開著簇簇的花枝，舊夢竟又湧上心頭，斜陽沒有說話，燕子歸來，也帶有無邊感慨。於是勞動玉手，拉起簾子。

花要落了，無聲無息的，連春天也為之揮淚，雲影飄掠而過，使月兒受了委屈，晚來的東風有時比秋風更冷。

【賞析】起句門隔花深，點出夢游，說是夢游，未必是夢，似幻似真，惟夕陽燕歸，玉纖香動，情景逼真，皆深深可見。

下片兩句，借景抒情，春墮淚，憶之生愁。月含羞，隔面不見。東風一句，將以上所見所憶，都如一夢，夢醒但覺夜冷於秋。陳洵以為亦自「別夢依依到謝家」化出，今是秋夜，夢是春境，春去秋來，自成淒愴，詞極纏綿，收句尤覺情餘言外，含蓄不盡。

253 浣溪沙

吳文英

波面銅花❶冷不收，玉人垂釣理纖鉤，月明池閣夜來秋。

江燕話歸成曉別，水花紅減似春休，西風梧井葉先愁❷。

【注　釋】❶銅花　銅鏡，此言波清如鏡。水池有荷花，故銅花猶菱花鏡。❷西風梧井葉先愁　吳謠：「梧宮秋，吳王愁。」

【語　譯】水波清澈如鏡，一片陰寒。她坐在水邊，俯視水中的一彎明月，像在釣魚似的，月色灑在閣樓上，覺得秋天來了。

燕子說要回去了，跟著天亮便走，江邊的野花也失去春日的紅情綠意，西風吹過，梧桐葉落，使人無限傷感。

【賞　析】此亦相思託詠，夢窗〈解蝶躞〉：「可憐殘照西風，半妝樓上。」陳洵以為夢窗西風、西湖、西子，皆同一比興。此處亦西湖之憶。起波面謂西湖水冷，月明池閣，倒影水中則月如鉤，玉人言好景，非必確指美人。下片，燕別人去。花落春休，好事成空，只剩殘秋淒緊而已。

254

點絳脣

試燈夜初晴

吳文英

捲盡愁雲❶，素娥❷臨夜新梳洗。暗塵不起，酥潤凌波地。
輦路❸重來，彷彿燈前事。情如水，小樓熏被，春夢笙歌裏。

【注釋】❶愁雲　班婕妤賦：「對愁雲之浮沈。」❷素娥　月。❸輦路　輦，帝王之車。輦路，帝王車駕經行之路。

【語譯】烏雲吹散以後，月兒姍姍而出，晶瑩得像剛洗沐過一樣。沒有一絲微塵，天空一片清爽。

這是帝王車駕經行之路，現在一旦再來，彷彿昨天的情事一般。柔情似水，躺在這溫香的房子裏，甜蜜的夢兒還不時洋溢著歡樂的歌聲。

【賞析】起二句上元月夜清朗，天空淨淨如洗。暗塵二句言月照地面，亦淨無纖塵，月光似水故云凌波地。下片起句輦路重來，此亦杭州之追憶，情如水，往事歷歷如水波湧起，小樓二句是當時輦路元夕之景，今則是燈前回想尚堪彷彿而已。譚獻云：情如水三句，足當咳唾珠玉四字。夢窗善於言情，而詞筆詭譎。

255

祝英臺近

除夜立春

吳文英

翦紅情，裁綠意❶，花信上釵股❷。殘日東風，不放歲華去。有人添燭西窗，不眠侵曉，笑聲轉、新年鶯語❸。舊尊俎，玉纖曾擘黃柑，柔香繫幽素❹。歸夢湖邊，還迷鏡中路❺。可憐千點吳霜❻，寒消不盡❼，又相對、落梅如雨。

【注　釋】❶翦紅二句　剪綵為紅花綠葉。❷釵股　《荊楚歲時記》：「立春日，婦人悉剪綵為燕戴之，名曰花勝。」首言剪紅裁綠，是花信已上釵股。❸新年鶯語　杜甫〈傷春〉詩：「鶯入新年語。」❹幽素　即玉纖擘柑情事。❺鏡中路　言湖水如鏡。❻吳霜　在吳地而髮白如霜。❼寒消不盡　《帝京景物略》：「冬至日畫素梅一枝為瓣八十一，日染一瓣，至瓣盡而九九出，則春深矣。名曰〈九九消寒圖〉。」不盡，則切立春尚在除夜。

【語　譯】剪綵紅花，裝飾綠葉，春天的花枝快又插上髮上去了。黃昏日落，東風輕送，不讓年華逝去。有人在西窗畔點上蠟燭，直到天亮都不能入睡，在一片歡笑聲中，隨著鶯啼春曉，新年又將到了。

這些酒器都是以前用過的，纖纖玉指曾經把柑子擘開，一縷情意從內心氤氳而出。我想回到湖邊，但湖水如鏡，似乎早已迷路了，可憐吳地的霜雪餘寒尚未退盡，又對著梅花片片，像雨點般的灑落下來。

【賞析】起首除夕立春之景，猶有剪花風俗。殘日二句，是除夕立春。有人三句寫一般人家之守歲歡樂之情事。

下片忽起自身之追憶，玉纖柔香，使我夢到西湖湖邊的綺情。今老矣夜冷更長，梅落紛紛如雨。詞眼在舊字，無數麗字，皆一一飛動有生氣。

256

祝英臺近

春日客龜溪❶遊廢園

吳文英

采幽香，巡古苑，竹冷翠微路。鬬草溪根，沙印小蓮步❷。自憐兩鬢清霜，一年寒食，又身在、雲山深處。

晝閒度，因甚天也慳春❸，輕陰便成雨？綠暗長亭，歸夢趁風絮❹。有情花影闌干❺，鶯聲門徑，解留我、霎時凝佇。

【注　釋】❶龜溪　《德清縣志》：「龜溪古名孔愉澤，即余不溪之上流。昔孔愉見漁者得白龜于溪上，買而放之。」❷蓮步　《南史・齊本紀下第五・廢帝東昏侯》：「鑿金為蓮花以貼地，令潘妃行其上，曰：『此步步生蓮花也。』」❸天也慳春　蘇軾〈淩虛臺〉詩：「披豁露天慳。」❹歸夢趁風絮　晏幾道〈鷓鴣天〉詞：「夢魂慣得無拘檢，又逐楊花過謝橋。」❺花影闌干　王安石〈春夜〉詩：「月移花影上闌干。」

【語　譯】為了尋幽訪勝，我穿過一條靜寂的翠竹徑來到。記得當時在河邊鬬草為樂，沙地上印上您的蓮步珊珊。可憐現在頭髮已白，又是一年一度的寒食節了，而我只是孤獨地來到這層疊的群山之中。

白天就這樣無聊地打發過去，為甚麼天公也會珍惜春天呢？一陣陰寒以後，便灑下幾陣細雨。長亭上一片暗綠，希望能趁著清風歸去。想起家園裏的闌干，花搖碎影，小徑上鶯聲嚦嚦，都值得思量回顧的。

【賞　析】此夢窗年老游園憶姬之作，起三句游園，幽、古、冷皆指廢園，無限感慨。鬬草二句，與姬曾游。自憐三句老境獨游，感慨蒼茫，百端交集。

下片游園是春日，春雨一陣是天也慳春。綠暗二句，長亭別後，伊人歸來已如風絮無憑。收三句寂寞中只有花影鶯聲，付我片時凝望。解字癡情之詞。當解者不解，不解者能解耶？婉轉之中，自有筆力。

257 澡蘭香

淮安重午

吳文英

盤絲❶繫腕，巧篆❷垂簪，玉隱紺紗睡覺❸。銀瓶❹露井，綵箑❺雲窗，往事少年依約。為當時、曾寫榴裙❻，傷心紅綃褪萼。炊黍夢❼、光陰漸老，汀洲煙蒻❽。

莫唱江南古調，怨抑難招，楚江沉魄❾。薰風燕乳，暗雨槐黃，午鏡❿澡蘭⓫簾幕。念秦樓⓬、也擬人歸，應翦菖蒲⓭自酌。但悵望、一縷新蟾，隨人天角。

【詞牌】〈澡蘭香〉，《詞律》、《詞譜》均收吳夢窗一調，雙調，一百三字。‧〈澡蘭香〉調見吳文英《夢窗》甲稿，因詞有「午鏡澡蘭簾幕」句，取以為名。此吳文英自度曲。（《詞譜》）

【詞律】〈澡蘭香〉，雙調，一百四字，前後段各十句，四仄韻。

【注釋】❶盤絲　腕上繫五色絲絨。❷巧篆　簪上插精巧紙花。❸玉隱紺紗睡覺　玉人隱在天青色紗帳中睡覺。紺，天青色。❹銀瓶　蘇軾〈同正輔表兄遊白水山〉詩：「素綆分碧銀瓶凍。」銀瓶，汲水用。❺綵箑彩扇，指歌。❻榴裙　萬楚〈五日觀伎〉詩：「紅裙妒煞石榴花。」《宋書・列傳第二十二・羊欣》：羊欣著白練裙晝寢，王獻之詣之，書其裙數幅而去。❼黍夢　即邯鄲、黃粱夢。此切重午角黍。❽煙蒻　蒻，柔弱蒲草。❾楚江沉魄　指屈原自沉。❿午鏡　水清如鏡。⓫澡蘭　五月五，蓄蘭沐浴，見《大戴禮》。⓬秦樓　秦穆公女弄玉與蕭史吹簫引鳳，穆公為築鳳臺，後遂傳為秦樓。見《列仙傳》。⓭菖蒲　端午以菖蒲一寸九節者泛酒，以辟瘟氣。見《荊楚歲時記》。

【語　譯】腕上繫上五色絲絨，簪上插有精巧紙花，玉人隱在天青色的紗帳中睡覺。在露天的園林裏設宴歡飲，以及窗前的輕歌綵扇，那些少年情味早就隱約得無法捉摸了。記得當日曾經像王獻之題字在羊欣的裙子上，可惜現在絹紗上的紅花亦已褪色了。華年如夢，老去的我像沙洲上柔弱的蒲草一般。

不要再唱那些江南舊曲了，屈原在汨羅自沉而死，這份淒婉永遠也無法申訴。一陣和風吹過，燕子正在哺育小兒，細雨打在槐樹上，葉子也變黃了。河水十分清澈，最好在簾帳內蓄蘭沐浴。想起鳳臺上弄玉與蕭史的情愛，我也應該歸去，剪取一些菖蒲浸酒，淺斟自酌。現在但惆悵地仰望一輪明月，在天邊上遠遠地伴隨著我。

【賞　析】全詞如古錦爛然，活色生香。重午客淮安，有懷歸意。起五句是少年往事，寫裙紅褪，春夢如煙，而人已老。

下片賦重午故事，楚江應上汀煙。秦樓人歸，歸也未能，莫唱、難招、也擬，終成悵望而已。

258 風入松

吳文英

聽風聽雨過清明，愁草瘞花銘❶。樓前綠暗分攜路，一絲柳、一寸柔情。料峭春寒中酒，交加曉夢啼鶯。

西園日日掃林亭，依舊賞新晴。黃蜂頻撲鞦韆索，有當時、纖手香凝。惆悵雙鴛❷不到，幽階一夜苔生❸。

【注釋】❶瘞花銘　瘞，埋葬。庾信有〈瘞花銘〉。❷雙鴛　劉復長〈相思樂府〉：「綵絲織綺文雙鴛。」❸苔生　江淹〈別賦〉：「或春苔兮始生。」

【語譯】清明又在風風雨雨中過去了，綠草兒護著零落的花瓣，使人傷感，暗綠的樓前有一條分叉路口，一條柳絲就象徵了一寸的情意，春寒細細中，我飲了過量的酒，早來連番夢覺，伴著幾聲鶯啼。

我每天都在西園裏灑掃地方，還像以往一樣欣賞美麗的晴天。黃蜂頻頻撲向鞦韆架上的繩子裏來，因為那裏尚留有當日的玉手餘香。可惜仍然未能見到你的足跡，一夜之間，靜靜的石階前已長滿了很多青苔。

【賞析】淒黯迷離，令人腸斷，是夢窗極經意之作。陳洵曰：「思去妾也，〈渡江雲〉題曰西湖清明，是邂逅之始。」此則別後第一個清明也。樓前句是仍寓西湖。風雨新晴，非一日間事，除了風雨，即是新晴。我如此度日掃林亭，猶望其還賞，則無聊消遣，見鞦韆而思纖手，因蜂去而念香凝，純是癡望神理。雙鴛不到，猶望其到，一夜苔生，蹤跡全無。

夢窗妾去，每當春晨愁夕，不免生愁。此闋愁緒深，經營更為細膩。起二句是別後又是清明節，樓前以下，是想與個人徘徊的園中景物，本是極纏綿的，迄今已是極心傷的了。

下片說園景雖還保持靜潔，而伊人不來。望著黃蜂撲著鞦韆索，彷彿見到伊人在懸盪飛舞，神光離合，癡情欲絕。用雙鴛不到，即含去妾不歸，階靜苔青，寂寥無極。

黃蜂句尤驚心動魄，阮籍〈詠懷〉：「交甫懷環珮，婉孌有芬芳」，都是傳神絕妙處。

陳廷焯以為此作情深而語極純雅，為詞中高境。譚復堂以為此篇有五代詞人遺響，結語溫厚。

259 鶯啼序

春晚感懷

吳文英

殘寒正欺病酒，掩沉香繡戶。燕來晚、飛入西城，似說春事遲暮。畫船載、清明過卻，晴煙冉冉吳宮樹。念羈情游蕩，隨風

化為輕絮❶。十載西湖，傍柳繫馬，趁嬌塵軟霧。遡紅漸、
招入仙溪，錦兒❷偷寄幽素。倚銀屏、春寬夢窄，斷紅❸溼、歌紈
金縷❹。暝隄空，輕把斜陽，總還鷗鷺。　幽蘭旋老，杜若還
生，水鄉尚寄旅。別後訪、六橋❺無信，事往花委，瘞玉埋香❻，
幾番風雨。長波妒盼，遙山羞黛，漁燈分影春江宿。記當時、短
楫桃根渡❼，青樓❽彷彿。臨分敗壁題詩，淚墨慘淡塵土。　危
亭望極，草色天涯，歎鬢侵半苧❾。暗點檢、離痕歡唾，尚染鮫
綃❿。嚲鳳⓫迷歸，破鸞⓬慵舞。殷勤待寫，書中長恨，藍霞遼海
沉過雁。漫相思、彈入哀箏柱。傷心千里江南⓭，怨曲重招，斷
魂在否？

【詞牌】〈鶯啼序〉，一名〈豐樂樓〉。

‧〈鶯啼序〉一名〈豐樂樓〉，見《夢窗》乙稿。(《詞譜》)

‧拍外有序子，與法曲散序中序不同，法曲之序一片，正合均拍，俗傳序子四片，其拍頗碎，故纏令多用之。(《詞調溯源》)

‧序子四片，較三臺尤長，此體向來無人論及，任二北云：「考宋詞中一調有四片者極少，惟有〈鶯啼序〉一調，既屬四片，又以序名，殆屬序子一體，無疑。」(《詞源疏證》)

按〈鶯啼序〉係四疊十六均之序子，乃摘自大曲，偶播之於歌場而為詞調中疊數均數字，數之最多者，又俗稱序曰序子。疊一作片。

【詞律】〈鶯啼序〉，四段，二百四十字，第一段八句，四仄韻，第二段十句，四仄韻，第三段十四句，四仄韻，第四段十四句，五仄韻。

【注釋】❶念羈情二句　參寥詩：「禪心已作沾泥絮，不逐東風上下狂。」此反用其意。❷錦兒　錢塘妓楊愛愛之侍兒，見《侍兒小名錄》。❸斷紅　零淚。❹歌紈金縷　歌紈，歌唱時之紈扇。金縷，金線繡成之衣。杜秋娘詩：「勸君莫惜金縷衣。」❺六橋　西湖之堤橋，外湖六橋宋蘇軾建，名映波、鎖瀾、望山、壓堤、東浦、跨虹。裏湖六橋明楊孟映建，名環璧、流金、臥龍、隱秀、景竹、濬源。❻瘞玉埋香　李賀〈官街鼓〉詩：「柏陵飛燕埋香骨。」《晉書‧列傳第四十三‧庾亮》：庾亮將葬，「何充會之，歎曰：『埋玉樹於土中，使人情何能已？』」後則謂美人之死為埋玉。即瘞玉也。❼桃根渡　見前姜夔〈琵琶仙〉頁三六六注❺。❽青樓　〈西洲曲〉：「望郎上青樓。」❾苧　蔴科，背面白色，此處形容髮白如苧。❿鮫綃　謂鮫人所織之綃，見《昭明文選‧吳都賦》。⓫嚲鳳　嚲，垂下貌。嚲鳳，垂翅之鳳。⓬破鸞　謂破鏡。見前錢惟演〈木蘭花〉頁二注❶。⓭千

里江南 〈招魂〉：「目極千里兮傷春心，魂兮歸來哀江南。」

【語 譯】身體多病，對著這寒冷的天氣，連酒也不能多喝，只好把窗戶都關閉起來。燕子也來得遲了，飛向城西而去，似乎也知道春天已剩無幾。連清明節都已過去，只見湖上畫船點點，伴著一縷縷吳地的蒼煙和叢簇的樹影。想起自己一份久被壓抑的感情，現在都已隨風飄蕩，化作一點點的楊花柳絮了。

十年來作客西湖，在柳樹下繫好馬韁，然後泛舟溪中，落紅片片，恍似置身仙境，而錦兒亦已暗中的愛上我了。伴著殘燈靜夜，春夜景物柔美，也懶得做夢了，有時欣賞歌舞時，不禁又灑下幾顆淚珠，薄晚的隄上一片空闊，便將一霎斜陽，輕輕地交還給蒼鷗白鷺算了。

蘭花很快便要萎謝，杜若周圍滋長，現在我仍然在這水鄉作客。自從離開以後，很久沒有再看到六橋的影子，事情都成過往，花兒亦已萎謝，把翠玉幽香一起埋葬掉了，而風風雨雨，人間又經過了太多的變幻。波光像滿含妒意的閃爍不定，黛青的遠山則像含羞答答，隱約的漁火又射入江邊的客居來了。記得當時的桃葉渡頭，彷彿青樓歌院中，在破落的牆壁上題下詩句，而淚水和墨迹不期然地深深地滲入泥土中去。

我站在高亭上遠望，天涯路遠，莽莽蒼蒼，而我的鬢髮半已變白，暗中檢視一番，所有的笑痕淚影，仍然染滿了手帕。鳳凰垂下翅膀，迷了歸路，對著破舊的鏡子，再也懶得歌舞了，只希望慢慢地寫好一封信，把滿腔幽愫，附在雁足之上，飛過蒼茫雲海間。或者把一切相思之念，彈入哀怨的箏聲裏。江南千里，使人無端感慨，即使把〈招魂〉重奏一次，不知道能否把她再叫喚回來呢？

【賞析】此夢窗長調絕唱，亦千古絕唱。第一闋病酒起至傷春止。畫船迄飛絮，中藏一段別情，清明是別時，吳宮是別處。第二闋追憶此別情起于十年前西湖，與〈渡江雲〉西湖清明，同一情事。遡紅漸招入仙溪，即〈渡江雲〉漸路入仙塢迷津。輕把總還，歡情薄去也。第三闋水鄉羈旅，是身仍在西湖，伊人不在，只剩寂寞春江。下又追憶別時，賦詩塵封已久。第四闋，離亭上望斷天涯，自歎已老，歡情只鮫綃舊痕猶在，伊人迷歸。與二三闋歌紈、臨分相應。傷心千里三句與第一闋游蕩輕絮二句相映作結。一片離合幻影，時現於前，時現於後，淒迷滿眼，正是玉谿生之情。

260

惜黃花慢

吳文英

次吳江，小泊，夜飲僧窗惜別。邦人趙簿攜小妓侑尊，連歌數闋，皆清真詞。酒盡已四鼓，賦此詞餞尹梅津❶。

送客吳皋（韻），正試霜夜冷（句），楓落❷長橋（韻）。望天不盡（句），背城漸杳（句），

離亭黯黯（句），恨水迢迢❸（韻）。翠香零落紅衣❹老（句），暮愁鎖（豆）、殘柳眉梢（韻）。

念瘦腰（韻），沈郎❺舊日（句），曾繫蘭橈（韻）。仙人鳳咽瓊簫（韻），悵斷魂送遠（句），

九辯難招❻。（韻）醉鬟留盼，（句）小窗翦燭，（句）歌雲載恨，（句）飛上銀霄。（韻）素秋

不解隨船去，（句）敗紅趁、（豆）一葉寒濤。（韻）夢翠翹❼，（韻）怨鴻❽料過南譙❾。（韻）

【詞牌】〈惜黃花慢〉，《詞律》二體，雙調，正楊无咎一體，一百八字，又吳文英一體，亦一百八字。

・此調有仄韻平韻兩體：仄韻者見逃禪詞，平韻者見夢窗詞，與〈惜黃花令〉詞不同。此調押仄韻者只有此（楊）詞及趙詞，故可平可仄悉參趙詞。此調押平韻者只有此（吳）詞，及吳詞別首，故此詞可平可仄悉參〈粉靨金裳〉詞。（《詞譜》）

【詞律】〈惜黃花慢〉，此體雙調，一百八字，前段十二句，六平韻，後段十一句，六平韻。

此調押平韻者，只有此詞，及吳詞別首〈粉靨金裳〉詞。

・按吳詞別首，〈粉靨金裳〉詞，前段第三句，舊日蕭孃，舊字仄聲。第四句，翠微高處，高字平聲。第六句，一年最好，一字仄聲。第七句，偏是重陽，偏字平聲。第八句，避春只怕春不遠，只字仄聲。後段第三句，深染蜂黃，深字平聲。第七句，百感幽香，百字仄聲。第九句，滿城但風雨淒涼，風字平聲。惟前段第八句，不字，以入作平，不注可仄。（《詞譜》）

【注釋】❶尹梅津　名煥，字惟曉，山陰人。嘉定十年進士，自畿漕除右司郎官。曾為清真詞（片玉）作序。❷楓落　唐崔明信詩：「楓落吳江冷。」❸迢迢　杜牧〈寄揚州韓綽判官〉詩：「青山隱隱水迢迢。」❹紅衣　荷花。❺沈郎　沈約。❻九辯難招　屈原弟子宋玉作〈九辯〉。此謂才如宋玉亦不能招屈子之魂。❼翠翹　女

子首飾，即以代表所思之女子。❽怨鴻　音信。❾南譙　南樓。

【語　譯】我在吳江水邊送行，正當夜冷霜寒，楓葉灑在長橋上。遠望天邊，無涯無盡，依約的長亭短亭，浩浩的江流，都逐漸遠離城樓而去。荷花頓老，快將萎謝，很多的憂慮和煩惱，都流露於眉梢之上。想起沈約當年，也是為了相思，終日坐在船上，連腰圍也瘦減了。

仙人的簫聲引鳳而去，我們的心魂愈離愈遠，即使唱起〈九辯〉，也難以召喚回來了。醉中含情無限，小窗畔剪燭深談，但願把一腔愁緒，隨著歌聲，送上九霄雲外。秋天不懂得隨船遠去，零落的荷花趁著波濤上的一葉輕舟遠去。我夢中看到了她，就像一隻哀傷的鴻雁，正在飛掠南樓之上。

【賞　析】此吳江惜別，有伎有酒，賦贈尹梅津煥。起至恨水迢迢，別時別地。翠香零落紅衣老句甚含蓄，此中有人，或梅津所眷，下沈郎腰瘦，是梅津恨事，曾繫蘭橈，為此眷眷。下片仙人即美人，鳳簫亦寓美眷，去送難招。醉鬟四句，已成空想。素秋是此間實景，不隨船去，兩地相距，只一葉趁濤，翠翅仙人如夢，只憑飛雁窺樓而已。

261

高陽臺　落梅　　吳文英

宮粉雕痕，仙雲墮影❶，無人野水荒灣。古石埋香❷，金沙鎖骨連環❸。南樓不恨吹橫笛，恨曉風、千里關山。半飄零，庭上黃昏，月冷闌干。
壽陽空理愁鸞，問誰調玉髓，暗補香瘢❹。細雨歸鴻，孤山無限春寒。離魂難倩招清些，夢縞衣❺、解佩溪邊。最愁人，啼鳥晴明，葉底清圓。

【注釋】❶仙雲墮影　蘇軾〈十一月二十六日松風亭下梅花盛開〉詩：「海南仙雲嬌墮砌。」❷古石埋香　《玉溪縮事》：「王承檢築防蕃城，至上邽山下獲瓦棺石刻篆銘曰：『車道之北，邽山之陽，深深葬玉，鬱鬱埋香。』」❸金沙鎖骨連環　《釋氏通鑑》：「馬郎婦具禮成姻，適體不佳，客未散而婦死，數日，有老僧杖錫來，撥開見尸已化，惟金鎖子骨存焉。」❹壽陽三句　指壽陽梅花妝。又《拾遺記》：「孫和月下舞水晶如意，誤傷鄧夫人頰，召太醫視之，醫以獺髓雜玉與琥珀合藥敷之，愈後無瘢痕。」❺縞衣　白衣。

【語譯】宮中的殘脂剩粉，隨著雲影飄墮而下，在這個荒涼的水灣裏，寂無人影。古老的石堆裏掩埋香骨，金黃的沙堆連綿不斷。我不恨南樓上的橫笛哀調，只恨一陣晨風送過，使人有關山千里之歎。想起半生飄零，特別在這黃昏的園亭下，清冷的月色又照到闌干畔來了。

徒然在壽陽殿裏攬鏡自照，試問誰人在梳理梅花妝，而需要暗中替臉上老去的疤痕補粉呢？細雨中一隻歸雁飛過，荒山裏無限清冷。一曲清歌，難以把魂魄再召喚回來了，只夢見一位白衣人在溪邊解佩。最使人感到煩悶的，在晴朗的天色下，聽到鳥兒啼叫，而葉兒也清潤圓亮。

【賞 析】此詠落梅，起首粉雕雲墮，字字錘鍊。無人梅生長處，古石二句梅落片片。南樓以下，借曲弄落梅，想關山千里。庭上闌干，是近院落梅。

下片以美人喻花，細雨歸鴻，孤山春寒，離魂難招，已成幽夢。收句最愁是晴明天氣，葉底清圓。探索後半仍是夢窗恨事，理愁難補，西湖美人魂魄難招。伊人已綠葉成陰，故最愁人矣。

262

高陽臺 豐樂樓分韻得「如」字

吳文英

修竹凝妝，垂楊駐馬，憑闌淺畫成圖。山色誰題？樓前有雁斜書。東風緊送斜陽下，弄舊寒、晚酒醒餘。自消凝❶，能幾花前，頓老相如❷？

傷春不在高樓上，在燈前攲枕，雨外熏鑪。怕檥❸游船，臨流可奈清臞❹？飛紅若到西湖底，攪翠瀾、總是愁魚❺。莫重來，吹盡香緜，淚滿平蕪。

【注 釋】❶消凝 消魂凝望之意。❷相如 司馬相如，漢武帝時賦家，所作有〈子虛〉、〈上林〉、〈大人〉等賦。❸檥 或作艤，附船著岸也。❹清臞 清瘦。❺愁魚 愁予。夢窗或取意白石詞〈鐃歌吹曲〉：「百萬愁鱗躍春水。」

【語　譯】長竹裝扮得婀娜多姿，垂楊下繫著一匹馬兒，我倚在闌干遠看，彷彿圖畫一般。這些美麗的山色有誰鑑賞呢？天空上有雁兒飛過，腳上還帶有一封書信。東風吹緊，斜陽弄晚，在這酒意消除的時候，倍覺得晚上特別寒冷。我暗自思索，司馬相如很快就會老去了，人生能得幾次花前痛飲呢？

春天過得太快了，我們感傷光陰並不在高樓之上，應該在細雨燈前，燃起香爐，躺在床上來追味過往。我很怕把游船靠岸，因為俯視江流，很容易照見自己清瘦的影子。假使落花能夠直沉西湖湖底時，攪起一片波瀾，連魚兒也會感慨無端了。希望不要再來這裏了，當所有花片都吹盡的時候，只好飽含淚眼，對著荒廢的丘墟。

【賞　析】此在豐樂樓作，起五句樓望之景。陳洵謂淺畫成圖，指半壁偏安，山色誰題，為無與託國者，下東風緊送，則危急極矣。未免穿鑿求之。東風二句，頻年歡笑沉酣，不意相如竟老。下片進一層傷心不在樓頭之景，夜雨剪燈，懷人尤切。縱有畫船肯載，奈此清臞何！飛紅二句，愁極幽邃之思，韓愈詩能赤手拔鯨牙，此處愁魚，謂魚亦為亂紅之多而愁于追逐也。收句西湖春老，不忍重來，則誠有亡國河山之沉鬱。

263

三姝媚

過都城舊居有感

吳文英

湖山經醉慣，漬❶春衫啼痕，酒痕無限。又過長安，歎斷襟零袂，涴塵誰浣❷。紫曲門荒，沿敗井、風搖青蔓❸。對語東鄰，猶是曾巢，謝堂雙燕❹。

春夢人間須斷❺，但怪得當年，夢緣能❻短。繡屋秦箏，傍海棠偏愛，夜深開宴。舞歇歌沉，花未減、紅顏先變。竚久河橋欲去，斜陽淚滿。

【注釋】❶漬　染也。❷涴塵誰浣　涴，泥著物也。汪克寬詩：「一浴靈泉客塵浣。」❸青蔓　蔡襄詩：「舊樹絡青蔓。」❹謝堂雙燕　劉禹錫〈烏衣巷〉詩：「舊時王謝堂前燕，飛入尋常百姓家。」❺春夢人間須斷　蘇軾〈永和清都觀道士童顏鬒髮問其年生於丙子蓋與予同求此詩〉：「羈枕未容春夢斷。」❻能　如此也。

【語譯】曾經慣在湖山風月中痛飲狂飲，無論淚痕酒痕，都染滿春衫上。現在又來到京師作客了，可憐破舊的衣衫上黏滿了泥塵，再也無人清洗。曲徑門庭，都成荒廢，古井上爬滿的蔓草，也被風吹得東歪西倒了。我本想跟東家鄰居打一個招呼，現今也只剩下舊日王謝堂前的舊巢雙燕而已。

人間一場春夢，很快就醒了，只是怪我當年不解溫柔，而緣分也太短驟了。記得房子裝飾華麗，還伴有悅耳的音樂，院子裏長滿了可愛的海棠花，在深宵時分大開筵席。可惜不多久再看不到一切的歌舞了，花兒仍然盛開，而你則大大改變。我站在河橋上很久，該也要回去，一霎斜陽冷照，淚水竟也禁不住撲簌而下。

【賞析】夢窗久客西湖，重經故里，不免感傷而賦。起二句飄泊生涯，只酒痕淚痕，長安襟袂塵涴，素衣化緇，憔悴可想。紫曲以下，寫舊居，竟如梁燕回巢，井廢蔓搖，淒然可念。下片早知春夢不長，而無奈太促，繡屋至先變，皆一場春夢事，收句老淚滿眼，盛時易過，只斜陽共此湖山。

264

八聲甘州

靈巖❶陪庾幕❷諸公遊

吳文英

渺空煙四遠，是何年？青天墜長星。幻蒼崖雲樹，名娃金屋❸，殘霸宮城。箭徑❹酸風射眼❺，膩水❻染花腥。時靸❼雙鴛響，廊葉秋聲。

宮裏吳王沉醉，倩五湖倦客❽，獨釣醒醒。問蒼波無語，華髮奈山青❾。水涵空、闌干高處，送亂鴉、斜日落漁汀。連呼酒、上琴臺去，秋與雲平。

【注釋】❶靈巖《吳郡志》：「即古石鼓山，在吳縣西三十里，上有吳館宮、琴臺、響屧廊，山前十里有采香徑。」❷庾幕　即倉幕。❸名娃金屋　《越絕書》云：「吳人于研石山，置館娃宮，山頂有三池；曰月池，曰研池，曰玩花池，蓋吳時所鑿也。山上舊傳有琴臺，又有響屧廊，或曰鳴屐廊，廊以楩梓藉地，西子行，則有聲，故名。」❹箭徑　《吳郡志》云：「靈巖山前有采香徑橫斜如臥箭。」❺酸風射眼　李賀〈金銅仙人辭漢歌〉詩：「東關酸風射眸子。」❻膩水　〈阿房宮賦〉：「渭流漲膩，棄脂水也。」❼靸　履無踵直曳曰靸。❽五湖倦客　指范蠡。❾華髮奈山青　蘇軾〈今年正月十四日與子由別於陳州五月子由復至齊安以詩迎之〉詩：「早晚青山映華髮。」

【語　譯】空煙蒼闊，現在是甚麼時代呢？天空裏有一顆長星直墜下來。我看見一切的懸崖樹海，彷彿做夢一般，在這座殘餘的吳宮裏，仍然可以看到館娃宮的遺址。采香徑橫斜如臥箭，帶酸氣的熏風吹送，刺人眼簾，而脂粉倒到水中，連花兒也被污染。響屧廊上秋風吹過，秋葉吹響，像有人踩著鴛鴦繡鞋走過。

宮中吳王正在沉沉大醉，只有遨遊五湖的范蠡最為清醒。我細問碧波點點，竟然沒有說話，頭髮也要變白了，比不上山色永恆的青翠。我站在高高的闌干上，看見浪花拍岸，把亂鴉和斜日都送到沙洲上去。趕忙叫了很多酒菜，要到琴臺之上，而秋天正與白雲一樣高曠無際。

【賞　析】此篇游靈巖作，亦《夢窗集》中名篇，《絕妙好詞》選十六調，以此為首。起句破空而來，似太白詩、東坡詞，第三句以幻字醒之。名娃兩句，謂此地吳宮故址，英雄美人，同歸冥漠。山下有箭徑劍水，用射、膩，皆荒寒驚人。響屧廊以秋聲興懷古之情。下片以醉醒二字，籠罩興亡江山之恨，今則山自青，水自碧，斜日漁汀仍一片衰瑟。收句陡然興起呼酒登臺，秋空高朗，聲堪裂帛，真奇情壯采，三復不已。

265 踏莎行

吳文英

潤玉❶籠綃，檀櫻❷倚扇，繡圈猶帶脂香淺❸。榴心空疊舞裙紅，艾枝❹應壓愁鬟亂。

午夢千山，窗陰一箭，香瘢新褪紅絲腕❺。隔江人在雨聲中，晚風菰葉❻生秋怨。

【注釋】❶潤玉　指肌膚。❷檀櫻　指口。❸繡圈猶帶脂香淺　繡圈，繡花妝飾。此句指頸子部分。❹艾枝　端午以艾為虎形，或剪綵為小虎，粘艾葉以戴。見《荊楚歲時記》。❺紅絲腕　五月五日以五綵絲繫臂，辟鬼及兵。一名長命縷，一名續名縷，一名辟兵繒。見《風俗通》。❻菰葉　蔬類植物，生淺水中，高五六尺。春月生新芽如筍，名茭白。葉細長而尖，秋結實曰菰米，可煮飯。

【語譯】潤滑的肌膚上披了一層薄紗，櫻桃小口用一把扇子遮蔽，繡花妝飾仍然帶有清淺的脂粉香息，石榴心像通紅摺疊的舞裙，艾虎插在頭上，把頭髮也壓亂了。

午間遠夢千山，窗前的光陰像箭般飛快而過，以五彩絲繫臂，連疤痕也剛巧褪去。在雨聲敲打中，我們隔著一道河流，使晚風和菰葉都染上了一股深秋的哀感似的。

【賞析】前闋滿紙綺豔，真一幅著色美人圖。下片起句原是一夢耳，千山則夢後其人遠在千山之外，只有窗隙風寒如箭。收二句飄逸，王國維云：「介存（周濟）謂夢窗詞之佳者，如天光雲影，搖蕩綠波，撫玩無極，追尋已遠。余覽《夢窗》甲、乙、丙、丁稿中，實無足當此者，有之，其『隔江人在雨聲中，晚風菰葉生秋怨』二語乎？」美夢已醒，只雨聲菰葉伴人淒清而已。

266

瑞鶴仙

吳文英

晴絲牽緒亂❶，對滄江斜日❷，花飛人遠。垂楊暗吳苑❸，正旗亭❹煙冷，河橋風暖。蘭情蕙盼❺，惹相思、春根酒畔。又爭❻知、吟骨縈消，漸把舊衫重翦。淒斷。流紅千浪，缺月孤樓，總難留燕❼。歌塵凝扇❽，待憑信，拚分鈿❾。試挑燈欲寫，還依不忍，箋幅偷和淚捲。寄殘雲、賸雨蓬萊❿，也應夢見。

【注釋】❶晴絲牽緒亂　韋莊〈思歸〉詩：「暖絲無力自悠揚。」杜甫〈寄杜位〉詩：「玉壘題書心緒亂。」❷滄江斜日　李商隱〈訪隱者不遇成二絕〉詩：「滄江白日漁樵路，日暮歸來雨滿衣。」❸吳苑　韋應物〈奉送從兄宰晉陵〉詩：「依微吳苑樹。」❹旗亭　市樓，張衡〈西京賦〉：「旗亭五重。」❺蘭情蕙盼　喻人之濃厚情誼。周邦彥〈拜星月〉詞：「水盼蘭情。」❻爭　怎。❼留燕　唐張建封妾關盼盼晢節燕子樓。❽歌塵凝扇　蘇軾〈答陳述古〉詩：「舞衫歌扇總生塵。」❾分鈿　鈿，金寶等飾器之名。白居易〈長恨歌〉：「釵擘黃金合分鈿。」❿蓬萊　仙境，指所思人之住處。

【語　譯】柔情千縷，使我心緒煩亂，對著浩浩煙波，夕陽西下，花飛片片，連她也離開得遠遠了。垂楊遮蔽了吳宮舊院，市樓裏籠上一層冷煙，河橋上的暖風正在悠悠吹送。為了她的深厚情義，使我深深思念，只有一瓶春酒可以解悶。又怎樣知道，身體日漸瘦弱，要把舊日的衣衫重新裁窄。

落花隨著流水遠去，無限哀傷，孤寂的閣樓上掛著一彎寒月，連燕子也挽留不了。歌舞用的扇子已霑滿了塵埃，希望分擘的金飾重新拼合，可以作為信物。我想點起燈光，寫些心中要說的話，最後還是不忍下筆，只好把霑有淚痕的書箋偷偷捲起。即使她躲到雲雨無憑的蓬萊仙境中去，我們也應該會在夢中相見的。

【賞　析】此寒食憶姬之作，起三句人去緒亂，姬由越入吳，故云滄江。垂楊以下姬去之時地，爭知二句自傷幽獨，舊衫其人裁剪。消瘦不合身矣。下片流紅分離，孤樓不能留燕，用燕子樓關盼盼之事，總難怨之戀之。歌塵至淚捲，別後音信都遲，欲寫、偷捲、復往生情，最近清真。收句人去應夢，而不夢見，含蓄惋恨，是真迴腸盪氣，千迴百折之好詞。

267

鷓鴣天

化度寺❶作

吳文英

池上紅衣❷伴倚闌，棲鴉常帶夕陽還。殷雲度雨疏桐落，明月生涼寶扇閒。鄉夢窄，水天寬❸，小窗愁黛❹淡秋山。吳鴻好為傳歸信，楊柳閶門屋數間。

【注釋】❶化度寺　《杭州府志》：「化度寺在仁和縣北江漲橋，原名水雲，宋治平二年改。」❷紅衣　蓮花。❸水天寬　蘇軾〈甘露寺〉詩：「地窄天水寬。」❹愁黛　溫庭筠〈菩薩蠻〉詞：「兩蛾愁黛淺。」《飛燕外傳》：「女弟合德入宮，為薄眉號遠山黛。」黛，眉也。

【語譯】池上的荷花陪伴我靜倚闌干，烏鴉帶著夕陽回來，要歸巢了。雲雨無端，梧桐葉落，明月下輕搖寶扇，無限清涼。

回鄉已無多大想望，水天滄莽，無限空闊，窗外淡淡秋山，像染上一襲愁緒。吳地的歸雁啊，替我帶一封信回去吧，就在閶門楊柳樹下的幾間小屋。

【賞析】首句紅衣是蓮衣，亦是去姬之衣，人已不在，則只有池蓮共倚闌，鴉帶夕陽歸去，是姬不曾歸也。殷雲二句秋夜之景。夢窗精於鍊字，前〈鶯啼序〉：春寬夢窄。此處又夢窄天寬。小窗秋寂，鴻信不傳，尚記那閶門楊柳下房屋幾間，正是從前姬之住處。陳洵云：全神注定，是此一句。柔情繾綣，低徊不盡。

268

夜遊宮

吳文英

人去西樓雁杳，敘別夢、揚州一覺❶。雲淡星疏楚山曉，聽啼鳥，立河橋，話未了。

雨外蛩❷聲早，細織就、霜絲多少❸？說與蕭娘❹未知道，向長安，對秋燈，幾人老？

【注　釋】❶揚州一覺　杜牧〈遣懷〉詩：「十年一覺揚州夢。」❷蛩　促織。❸細織就霜絲多少　《東坡志林》：「永叔嘗言孟郊詩：『鬢邊雖有絲，不堪織寒衣。就使堪織，能得多少？』」❹蕭娘　楊巨源〈崔娘詩〉：「風流才子多春風，腸斷蕭娘一紙書。」

【語　譯】人去了，西樓上連雁兒的蹤跡都沒有，想起當日的離別，真像揚州一夢。浮雲稀淡，疏星數點，楚地的山色又轉將明亮了，我站在河橋上，聽烏鴉啼叫，心中千言萬語，無法了結。

雨聲中傳來陣陣昆蟲的鳴叫，穿梭交織，頭上又長出多少白髮呢？即使告訴蕭娘，她也無法了解我現在的心情，向著京師，挑燈夕照，多少人因而老去呢？

【賞　析】亦憶姬作，起首人去無信，十年是與姬相處歡樂之光景，但真似杜牧揚州一夢，運典貼切如此。雲淡以下數句，是夢中送別，楚山是王昌齡平明送客，啼鳥天曉，此即夢醒。下片醒後雨聲蟲聲，愁使人老。收姬不曾知，我仍憔悴杭州，語語悽斷。

269

賀新郎❶ 陪履齋先生❷滄浪❸看梅

吳文英

喬木❹生雲氣，訪中興、英雄❺陳迹，暗追前事。戰艦東風慳借便❻，夢斷神州故里。旋小築、吳宮閒地。華表月明歸夜鶴❼，歎當時、花竹今如此，枝上露，濺清淚。

遨頭❽小簇行春隊，步蒼苔、尋幽別墅，問梅開未❾？重唱梅邊新度曲，催發寒梢凍蕊。此心與、東君❿同意。後不如今今非昔⓫，兩無言、相對滄浪水，懷此恨，寄殘醉。

【注釋】❶賀新郎 《詞集》作〈金縷歌〉。❷履齋先生 吳潛字毅夫，號履齋，淳祐中，觀文殿大學士，封慶國公。景定初，安置循州卒。❸滄浪 亭名，在蘇州府學東，初為吳越錢元璙池館，後廢為寺，寺後又廢。蘇舜欽在蘇州買水石，作滄浪亭于邱上，後為韓世忠別墅。❹喬木 《孟子》：「所謂故國者，非謂有喬木之謂也，有世臣之謂也。」❺英雄　指韓世忠。《宋史・列傳第一百二十三・韓世忠》：韓世忠，延安人，字良臣，目瞬如電，鷙勇絕人，守鎮江，兀朮分道渡江，世忠俟其歸邀擊之，以八千眾與金師十萬相持黃天蕩四十八日，兀朮絕江遁去。建炎中與劉豫分道入寇，世忠軍次大儀，設伏二十餘所，及戰伏兵四起，金兵大潰。論者以此舉為中興武功第一。❻戰艦東風慳借便　指韓世忠黃天蕩之捷。兀朮掘新河遁去，故未能如孔明之借東風使曹操戰艦歸於灰燼。故神州不復，江左偏安而已。❼歸夜鶴　見前王安石〈千秋歲引〉頁九四注❹。❽遨頭　太守出遊，士女則於木牀觀之，謂之遨牀，故太守曰遨頭，見《成都記》。❾問梅開未　王維〈雜詩〉：「來日綺窗前，寒梅著花未？」❿東君　春神。⓫後不如今今非昔　王羲之文：「後之視今，亦猶今之視昔。」

【語　譯】高大的樹木上浮著蒼莽的雲氣，我要探訪中興英雄韓世忠的遺迹，追憶前塵往事。尤其黃天蕩之役，本得東風之助，結果又怎樣呢？所謂恢復中原，都成泡影。未幾只好在這片吳越王的池館舊地裏，築了一座別墅休養。現在月明之夜，華表柱上，尚有白鶴歸來，只可惜當日花竹茂盛，現在卻十分荒寒了，梅枝上露珠點點，彷彿我的眼淚一樣。

現在履齋先生帶領我們一班探春的隊伍，要踏過青苔，在這滄浪別墅裏尋幽訪勝，主要還是觀賞梅花，看看開過沒有。於是我在梅樹下做了一支自度曲，一唱再唱，來催促寒枝上凍結的花蕊早些綻放。相信我跟履齋先生心意相似。將來不如現在，現在不如過去，我們默默地看著滄浪水淙淙流去，相對無言，於是抱著一份遺恨，借酒銷愁了。

【賞　析】楊鐵夫以為此闋為嘉熙二年正月客吳潛幕中作。夢窗詞多寫懷抱，少及時事，此詞即事寄慨，一洗本來面目，文由情生，情由文出。起即悲慨，喬木念世臣之零落，中興前事，指韓世忠設伏大儀，金兵大潰，秦檜收三大將權，世忠杜門謝客。戰艦二句惜兀朮遁去。旋小築即世臣卜居於滄浪，又不明說，以弔古化鶴截住。歎當時至清淚，皆為世忠惜。下片尋春承上花竹，是在吳幕。東君指春，同意謂此心與春爭發，不勝感喟，惟有醉酒。陳洵云：「心與東君同意，能將履齋忠款道出，邊事日亟，將無韓岳，履齋意主和守而屢疏不省，卒致敗亡，所謂『後不如今今非昔，兩無言，相對滄浪水，懷此恨，寄殘醉』也。」

270

唐多令 惜別

吳文英

何處合成愁？離人心上秋❶，縱芭蕉、不雨也颼颼。都道晚涼天氣好，有明月、怕登樓。

年事夢中休，花空煙水流，燕辭歸、客尚淹留。垂柳不縈裙帶❷住，漫長是、繫行舟。

【注釋】❶心上秋　上秋下心合成「愁」字。❷裙帶　姬之裙帶，指別去女子。

【語譯】怎樣做成一個愁字呢？就是一個離人的心上加上一片秋意，縱使芭蕉樹底沒有雨滴，也會發出颼颼的風響。還是晚上涼快，天氣較佳，只是明月耀天，我真怕登樓望遠。

年歲在夢中可以靜止，不過即使沒有落花，流水還是滔滔而過，燕子要回去了，但我仍然滯留異鄉。可惜垂楊不把她的裙帶鉤住不放，相信一定是貪心要將整艘船兒都拖著不放行了。

【賞　析】此詞為張炎所賞，全不似夢窗他篇之嚴密。起二句王漁洋以為是〈子夜歌〉之變體。芭蕉不雨颼颼，明月亦好，怕登樓是別有心曲。下片年光與春事，都成水流。燕歸客留，垂柳繫舟，只是一首久客羈旅的愁苦詞，是名篇而非夢窗之佳製。

271

湘春夜月

黃孝邁

近清明，翠禽枝上消魂。可惜一片清歌，都付與黃昏。欲共柳花低訴，怕柳花輕薄，不解傷春。念楚鄉旅宿，柔情別緒，誰與溫存？

空尊夜泣，青山不語，殘照當門。翠玉樓❶前，惟是有、一陂湘水，搖蕩湘雲。天長夢短。問甚時、重見桃根❷？者次第❸，算人間沒箇、并刀❹翦斷，心上愁痕。

【作　者】孝邁字德文，號雪舟。

【詞　牌】〈湘春夜月〉，《詞律》、《詞譜》均收黃孝邁一調，雙調，一百二字。

・〈湘春夜月〉，黃孝邁自度曲。（《詞譜》）

【詞 律】〈湘春夜月〉，雙調，一百二字，前段十句，四平韻，後段十一句，四平韻。

【注 釋】❶翠玉樓 綠玉之樓，謂美麗之居處。❷桃根 見姜夔〈琵琶仙〉頁三六六注❺。❸者次第 這許多情況。李清照〈聲聲慢〉詞：「者次第怎一個愁字了得。」❹并刀 山西并州產快剪刀。杜甫〈戲題畫山水圖歌〉詩：「焉得并州快剪刀，剪取吳松半江水。」

【語 譯】清明節近，美麗的鳥兒在枝上清脆地啼叫。可惜所有的歌聲，都隨著黃昏遠去，無人欣賞。想跟柳花低聲傾訴，又怕柳花輕薄，不懂得珍惜春光。想起楚地的一間旅舍裏，離別的前夕，無限溫柔，現在更有誰來陪伴我呢？

對著空瓶細聲地飲泣，除了一彎殘月照進門內，連青山也一片靜默無語。在這美麗的翠玉樓前，只有湘水悠悠，伴著搖曳的雲彩。日子漫長，好夢卻短，試問甚麼時候可以再見到桃根的呢？在這混亂的心緒下，只可惜人間沒有一柄鋒利的并州剪刀，剪盡所有煩惱而去。

【賞 析】〈湘春夜月〉一首是黃孝邁的自製曲，風度閒雅，溫潤婉秀，的是好詞。

首起從近清明，一年春暮，使人魂消，付與黃昏，這是時事日非，無可與語，不覺觸春暮之景，而感歎遙深，告訴柳花，是譎諫之詞。傷春和杜甫曲江花片，辛稼軒更能消幾番風雨，都是同一心情。

下片承上旅宿，而念桃根（未必有此伊人）。中間青山殘照，湘水湘雲，都是無情之物，而是感喟之由來。劉後村跋雪舟樂章，謂其清麗，叔原、方回，不能加其綿密，駸駸秦郎「和天也瘦」。此老境枯淡，而作綺語豔情，細細翫之，勿為此老瞞過。

272 大有

九日

潘希白

戲馬臺❶前，采花籬下❷，問歲華、還是重九。恰歸來、南山翠色依舊。簾櫳昨夜聽風雨，都不似、登臨時候。一片宋玉❸情懷，十分衛郎❹清瘦。

紅萸佩❺，空對酒。砧杵動微寒，暗欺羅袖。秋已無多，早是敗荷衰柳。強整帽檐❻敧側，曾經向、天涯搔首。幾回首、故國蓴鱸❼，霜前雁後❽。

【作　者】希白字懷古，號漁莊，永嘉人。寶祐元年（一二五三）登進士第。幹辦臨安府節制司公事。德祐中，起史館檢校，不赴。

【詞　牌】〈大有〉，《詞律》僅周邦彥一調，雙調，九十九字。《詞譜》則收潘希白一詞，雙調，九十九字。

・〈大有〉調見《片玉集》。此調始自周邦彥。（《詞譜》）

按《歷代詩餘》僅收潘詞重九一首，《絕妙好詞》亦載潘詞。

【詞　律】〈大有〉，雙調，九十九字，前段八句，四仄韻，後段十句，五仄韻。

【注　釋】❶戲馬臺　見前吳文英〈霜葉飛〉頁四三二注❻。❷采花籬下　陶潛詩：「采菊東籬下。」❸宋玉作〈九辯〉、〈悲秋〉。❹衛郎　見前周邦彥〈大酺〉頁二一四注❾。❺紅萸佩　重陽佩茱萸草。❻帽檐　用孟嘉事，見前吳文英〈霜葉飛〉頁四三二注⓭。❼蓴鱸　用張翰事，見前辛棄疾〈水龍吟〉頁三四二注❹。❽霜前雁後　杜甫〈九日五首〉詩：「舊國霜前白雁來。」薛道衡〈人日思歸〉詩：「人歸落雁後。」

【語　譯】宋武帝戲馬臺的前面，陶淵明采菊的東籬之下，看看時序，又是重陽時節。恰巧回來的時候，南山的美景依然。隔著簾子，昨晚聽了一整夜的風雨，實在並不像登山季節，心中的悲秋情緒，跟宋玉一樣，而身體的消瘦則跟衛玠相似。

佩戴了茱萸，徒然對著美酒。搗衣的砧杵之聲帶來惻惻寒意，掀動我輕薄的衣衫。秋天剩得已經不多了，荷花柳花早就衰謝。勉強的把帽子移正，因為曾經天涯望遠，搔弄頭髮。多次的回想起來，那些故鄉的菰菜羹、鱸魚膾的美味，尤其在這個霜降前夕，雁兒亦已遠走的時節，更使人深深懷念了。

【賞　析】起首從采菊，知是重陽佳節。南山青青，翠色不改。詞人十分清瘦，又兼雨風，真不像是登高時候，心境不佳，無此興會。下闋空對萸酒，風景衰瑟，遠望天邊，正切故鄉之思，霜已下，雁已飛，只有人不曾回去，以景起，以景結。

273

青玉案

黃公紹

年年社日❶停針線❷，怎忍見、雙飛燕？今日江城春已半，一身猶在，亂山深處，寂寞溪橋畔。

春衫著破誰針線❸？點點行行淚痕滿。落日解鞍芳草岸，花無人戴，酒無人勸，醉也無人管。

【作　者】公紹字直翁，邵武人。咸淳元年（一二六五）進士。隱居樵溪。有《在軒詞》，見彊村叢書刊本。

【注　釋】❶社日　見前周邦彥〈應天長〉頁二三六注❸。❷停針線　《墨莊漫錄》云：「唐、宋婦人社日不用針線，謂之忌作。」張籍〈吳楚歌〉詩：「今朝社日停針線。」❸春衫著破誰針線　蘇軾〈青玉案〉詞：「春衫猶是小蠻針線，曾溼西湖雨。」

【語　譯】每年春秋兩個祭神的社日都不用拈針引線了，可以停止工作，但又怎忍心見到那雙翩翩飛舞的燕子呢？現在在這個江岸的小城裏，春天已經過了一半，而我仍然孤零零的，來到這層疊的亂山之中，溪水淙淙而過，橋畔一片靜寂。

春衣穿破了，誰人可以再替我縫補呢？一行行，一點點，都是斑斑淚痕。在這黃昏時候，看見岸邊的萋萋綠草，只好解下馬鞍，只可惜花兒沒人佩戴，也沒有人勸酒，即使醉了也無人打理。

【賞析】從社日燕子雙飛，知江上春已過去一半，此身依然作客，山邊溪邊，數不盡的寂寞。下闋寂寞而撫襟，見春衫針線，陡憶閨人。落日解鞍，正見一片芳草，無心簪花，只宜醉酒，結三句奇妙。陳廷焯云：不是風流放蕩，只是一腔血淚。賀裳云：語淡而情濃，事淺而言深，真得詞家三昧，非鄙俚朴陋者可冒。

274 摸魚兒

朱嗣發

對西風、鬢搖煙碧，參差前事流水。紫絲羅帶鴛鴦結，的的鏡盟釵誓。渾不記，漫手織回文❶，幾度欲心碎。安花著葉，奈雨覆雲翻，情寬分❷窄，石上玉簪脆。朱樓外，愁壓空雲欲墜，月痕猶照無寐。陰晴❸也只隨天意，枉了玉消香碎。君且醉，君不見、長門❹青草春風淚。一時左計❺，悔不早荊釵，暮天修竹❻，頭白倚寒翠。

【作　者】嗣發字士榮，號雪崖。其先當炎、紹之際，避兵烏程常樂鄉，地曰東朱，適與姓同，遂占籍焉。端平元年（一二三四）生。顓志奉親。宋亡，舉充提學學官，不受。大德八年（一三〇四）卒。

【注　釋】❶回文　見前晏幾道〈六么令〉頁一一二注❹。❷分　猶緣也。❸陰晴　蘇軾〈水調歌頭〉詞：「人有悲歡離合，月有陰晴圓缺。」❹長門　見前辛棄疾〈摸魚兒〉頁三四四注❷。❺左計　錯計。❻暮天修竹　杜甫〈佳人〉詩：「天寒翠袖薄，日暮倚修竹。」

【語　譯】對著秋風，吹動鬢髮，同圍升起縷縷碧綠的蒼煙，前塵往事，依稀流水般去。用紫色的絲羅紮成一個鴛鴦結子，很清楚的可以憶起當年盟約。很難再想得起了，只好親自織就一張回文繡帛，但多少次，我的心兒寸寸碎了。本來很安寧的依附著花葉，無奈世態無常，翻雲覆雨，感情雖然濃厚，卻沒有甚麼緣分，玉簪碰到石上，很容易就折為兩段。

紅樓之外，愁雲低壓，像要覆蓋下來，月光照了進來，使人難以入寐。天氣晴陰，一切皆隨天意安排，很容易便煙消雲散了。你不妨大醉一場，你不見陳皇后在長門宮內對著春風綠草而感懷揮淚嗎？只怪一時打算錯了，後悔不早些換上淡妝素服，黃昏時倚著長長的竹枝，凝視一碧寒翠，直至白頭相守。

【賞　析】起「鬢搖煙碧」，即遠山含碧，下接「參差前事流水」，鬢隱美人與前事合。本有鴛結鏡盟，奈雨覆雲翻，已參差如流水。情寬分窄，大似夢窗。下闋朱樓，當時歡情結處，今則愁雲欲壓，月夜不寐，陰晴承雨覆，玉消承簪脆。下用長門之怨，富貴不如荊釵，安守修竹門戶。收處標格高舉，別有寄慨。

275

蘭陵王

丙子❶送春❷

劉辰翁

送春去，春去人間無路。鞦韆外，芳草連天，誰遣風沙暗南浦❸？依依甚❹意緒？漫憶海門飛絮❺。亂鴉過，斗轉城荒❻，不見來時試燈❼處。

春去。誰最苦？但箭雁沉邊，梁燕❽無主，杜鵑聲裏長門暮。想玉樹凋土❾，淚盤如露❿。咸陽送客⓫屢回顧，斜日未能度。

春去。尚來否？正江令⓬恨別，庾信⓭愁賦，蘇隄盡日風和雨。歎神游故國⓮，花記前度⓯。人生流落，顧孺子⓰，共夜語。

【作　者】辰翁字會孟，廬陵（今江西吉安）人。生於紹定五年（一二三二）。少登陸象山之門，補太學生。景定三年（一二六二）廷試對策，忤賈似道，置丙第。以親老，請濂溪書院山長。薦居史館，又除太學博士，皆固辭。宋亡，隱居。大德元年（一二九七）卒。年六十六。有《須溪詞》一卷，《補遺》一卷，見彊村叢書刊本。

【注　釋】❶丙子　宋德祐二年（一二七六）。即元兵攻入南宋都城之年。❷春　南宋都城臨安（杭州）破於三月。❸南浦　送別之處。〈九歌〉：「送美人兮南浦。」❹甚　什麼。❺漫憶海門飛絮　指宋帝逃往海濱。❻斗轉城荒　杜甫〈歷歷〉詩：「秦城北斗邊。」此指杭州都城荒蕪。❼試燈　正月十五日燈節前預賞花燈。❽梁燕　指淪陷都城的人民。❾玉樹凋土　《世說新語・傷逝第十七》：「庾文康亡，何揚州（遜）臨喪云：埋玉樹於土中，使人情何能已？」此指亡國死節之忠臣。❿淚盤如露　《三輔故事》云：「漢武帝以銅作承露盤，高二十丈，大十圍，上有仙人掌承露，和玉屑飲之以求仙。」李賀〈金銅仙人辭漢歌・序〉云：「魏明帝青龍元年八月，詔宮官牽東西，取漢孝武捧露盤仙人，欲立置前殿，宮官既拆盤，仙人臨載，乃潸然淚下。」⓫咸陽送客　李賀〈金銅仙人辭漢歌〉云：「衰蘭送客咸陽道，天若有情天亦老。」⓬江令　江淹黜為建安吳興令稱江令。有〈別賦〉。⓭庾信　見前周邦彥〈大酺〉頁二一四注❽。⓮神游故國　蘇軾〈念奴嬌〉詞：「故國神游。」此故國亡國之恨。⓯花記前度　劉禹錫〈再遊玄都觀〉詩：「前度劉郎今又來。」⓰孺子　作者子名將孫，也善作詞。

【語　譯】把春天送走了，春天過後，人間再難追尋。鞦韆架外，芳草叢生，誰使風沙吹滿了南方的水濱呢？離別依依，這又是一番甚麼樣的情緒？我想起海門的楊花飛絮，一群亂鴉飛過，星移物換，整個市鎮亦已荒寒起來，再看不到來時張燈結綵的盛況了。

春天過後誰人最感痛苦呢？只見雁兒像箭般飛向遠方，樑上的燕子也頓失主意，聽到杜鵑淒泣，長門宮籠罩在一層黃昏的輕紗裏。想起玉樹亦已凋謝了，化為塵土，漢武帝的承露盤已被搬走，仙人們也不禁潸然淚下。記得京師送別，我屢屢回頭細看，太陽西落，而我卻不能跟著一起去。

春天過後會再來嗎？就像江淹的〈恨賦〉、〈別賦〉，庾信的〈哀江南賦〉，心情十分淒黯，西湖的蘇隄整日都籠在風風雨雨中。我時常做夢要回到自己的家園中去，尤其上次的繁花盛開，更使人追懷。現在淪落如此，只能看看自己的小兒子，在晚上開開玩笑打發時間。

【賞析】此宋室衰亡之悲慨，景炎元年作，託送春言之。起春去無路，芳草連天，原大好河山，誰遣風沙暗然？諷刺顯然。第二闋春去梁燕最苦，杜鵑啼怨，皆身世之悲。玉樹淚盤，明明亡國之事。春去尚來否？問得悽楚，收處人生流落，更將神遊故國，滿紙送春，依戀宗國，真小雅之詩。

276

寶鼎現❶ 春月

劉辰翁

紅妝春騎（韻），踏月呼影（句），竿旗穿市❷（韻）。望不盡（豆）、樓臺歌舞（句），習習香塵蓮步底（韻）。簫聲斷（豆）、約彩鸞❸歸去（句），未怕金吾❹呵醉（韻）。甚輦路（豆）、喧闐且止（韻），聽得念奴❺歌起（韻）。

父老猶記宣和❻事（韻），抱銅仙（豆）、清淚如水❼（韻）。還轉盼（豆）、沙河❽多麗（韻）。滉漾明光連邸第❾（韻），簾影凍（豆）、散紅光成綺。月浸葡萄十里⑩，看往來、神仙才子，肯把菱花撲碎⑪。

腸斷竹馬⑫兒童，空見說、三千樂指⑬。等多時、春不歸來，

到春時欲睡。又說向、燈前擁髻⑭，暗滴鮫珠⑮墜。便當日、親見

霓裳⑯，天上人間⑰夢裏。

【詞牌】〈寶鼎現〉，一名〈三段子〉、〈寶鼎兒〉。

・〈寶鼎現〉調見《順安樂府》，李彌遜詞〈三段子〉，陳合詞名〈寶鼎兒〉。此調以此（康）詞為正體，其餘或添字，或減字，押韻句讀不同，皆變格也。（《詞譜》）

・《東觀漢記》云：「永平六年，廬江太守寶鼎，出土雒山。」班固〈東都賦〉：「寶鼎見兮色紛紛。」「見」亦讀「現」，詞名仿諸此。又吳赤烏十二年，有寶鼎出臨平湖云。（《填詞名解》）

・劉辰翁作〈寶鼎現〉詞時，為大德元年，自題曰：「丁酉元夕，亦義熙舊人只書甲子之意」，其詞有云：「父老猶記宣和事，抱銅仙、清淚如水。」又云：「斷腸竹馬兒童，空見說、三千樂指。」又云：「向燈前擁髻，暗滴鮫珠墜，便當日親見霓裳，天上人間夢裏。」反反覆覆，字字悲咽，真孤竹彭澤之流。（張孟浩云）

按〈寶鼎現〉亦曲牌名，「現」，俗作「兒」，謬。又此調與詩餘大同小異。

【詞　律】〈寶鼎現〉，此體三段，一百五十八字，前段九句，六仄韻，中段八句，八仄韻，後段八句，五仄韻。

此詞後段第四句，作五字一句，又多押五韻，與康（與之）詞異。

・按康詞，三段一百五十七字，前段九句，四仄韻，後兩段各八句，五仄韻。《詞譜》

【注　釋】❶寶鼎現　《歷代詩餘》引張孟浩云：「劉辰翁作〈寶鼎現〉詞時為元大德元年，自題曰丁酉元夕。」❷穿市　蘇軾詩：「牙旗穿夜市。」元夕游人雜著部隊旗幟中。❸彩鸞　太和末，書生文蕭遇女仙彩鸞，吟詩曰：「若能相伴陟仙壇，應得文蕭駕彩鸞。自有繡襦並甲帳，瓊臺不怕雪霜寒。」後遂登仙而去。見《唐人傳奇集》。❹金吾　漢官有執金吾，顏師古注：「金吾，鳥名也，主辟不祥。天子出行，職主先導，以禦非常，故執此鳥之象，因以名官。」❺念奴　唐天寶時名歌女。❻宣和　宋徽宗年號。❼抱銅仙清淚如水　用李賀〈金銅仙人辭漢歌〉。見前篇〈蘭陵王〉頁四七七注❿。❽沙河　錢塘南五里有沙河塘，宋時居民甚盛，碧瓦紅檐，歌管不絕。❾滉漾明光連邸第　《武林舊事・元夕》：「邸第好事者，如清河張府，蔣御藥家，閒設雅戲煙火，花邊水際，燈燭燦然。」❿葡萄十里　十里指西湖，葡萄指水。李白〈襄陽歌〉詩：「遙看漢水鴨頭綠，恰似葡萄初醱醅。」⓫菱花撲碎　不必碎菱花鏡，則是男女歡愛相守意。⓬竹馬　李白〈長干行〉詩：「郎騎竹馬來。」⓭三千樂指　三百人之樂隊。蘇軾〈送江公著知吉州〉詩：「紅妝執樂三千指。」高宗教坊樂工凡四百六十人，見《宋史・樂志》。⓮擁髻　《飛燕外傳》：「伶玄老休，買妾樊通德，言趙飛燕姊弟故事，語通德曰斯人俱灰滅矣，通德以手擁髻，悽然泣下不勝悲。」⓯鮫珠　《述異記》：「南海中有鮫人室，水居如魚，人廢機織。其眼能泣則出珠。」⓰霓裳　樂曲名，《樂苑》：「〈霓裳羽衣曲〉，開元中，西涼府節度楊敬述進。」⓱天上人間　李後主〈浪淘沙〉詞：「流水落花春去也，天上人間。」

【語　譯】騎著馬兒，穿上一襲紅裝，踏著月影旗影，穿街過市。看不盡樓臺上的輕歌曼舞，在輕快的步伐底下，揚起習習的香塵。簫聲已經停止了，希望能約同彩鸞登仙而去，我不必擔心前導的執金吾喝醉了，不能帶路。為甚麼御車所經過的路子上，一聽到念奴的歌聲，而一切的喧鬧又重歸靜止呢？

老一輩的仍然記得徽宗的宣和舊事吧？抱著承露盤，淚珠又不禁滾滾而下。眼珠轉動，看見沙河塘的妙姿曼聲，而且碧波蕩漾，王侯的邸宅相互連接，簾影散在水波中，交織成一條條彩色的絲帶。月兒像浸著碧綠的葡萄一樣，十里內一片晶瑩，看著來來往往的才子佳人，真捨得把這片美麗的菱花鏡子打破嗎？

現在連玩竹馬的兒童也感到亡國的痛苦了，又何況那宮中的三千樂伎呢？等了很久，春天都沒有歸來，到春來時又不禁昏昏欲睡了，又想向燈前梳整頭髮，連鮫人也不禁淌下淚水，變為顆顆跳躍的珍珠。即使當日曾經觀賞過的〈霓裳羽衣曲〉，現在又彷彿變為天上的仙樂，連人間的夢境裏也無法捉摸了。

【賞　析】此篇自題丁酉元夕，是為大德元年，書甲子亦陶淵明之深意。起句即絢麗，以下蓮步簫聲，輦路歌起，皆太平盛世之景。第二闋引宣和事，沙河邸第，簾影成綺，仍是一片富貴。末闋腸斷，空見說，春不歸來，皆是國亡之痛。燈前擁髻，霓裳夢裏，反反覆覆，字字淚咽，錯采鏤金，更增淒婉，今昔之感，太歎深長。

277

永遇樂

劉辰翁

余自乙亥❶上元，誦李易安〈永遇樂〉，為之涕下。今三年矣，每聞此詞，輒不自堪，遂依其聲，又託之易安自喻，雖辭情不及，而悲苦過之。

璧月❷初晴，黛雲❸遠淡，春事誰主？禁苑❹嬌寒，湖隄倦暖❺，前度遽如許。香塵暗陌，華燈明晝，長是懶攜手去。誰知道、斷煙❻禁夜，滿城似愁風雨。

宣和舊日，臨安❼南渡，芳景猶自如故。緗帙❽離離，風鬟三五❾，能賦詞最苦。江南無路，鄜州❿今夜，此苦又、誰知否？空相對、殘釭⓫無寐，滿邨社鼓。

【注釋】❶乙亥　宋德祐元年（一二七五）。宋亡之前一年。❷璧月　如圭璧玉一樣的月色。❸黛雲　青雲，或黑色雲。❹禁苑　皇城（宮）裏的花園，禁止人進去。❺倦暖　困人天氣日初長的意思。❻斷煙　寒食節。❼臨安　今杭州。❽緗帙　淺黃色之書衣，因謂書卷曰緗帙。❾三五　李易安〈永遇樂〉詞：「中州盛日，閨門多暇，記得偏重三五。」即元夕十五日。古詩：「三五明月滿。」❿鄜州　在今陝西省中部縣南。杜甫〈月夜〉詩：「今夜鄜州月，閨中只獨看。」⓫殘釭　殘燈。

【語　譯】月華朗照，浮雲輕盪，誰人可以作為春天的主宰呢？禁苑中餘寒未盡，湖岸風和日暖，往事正匆匆而過。草地上香塵冉冉，燈光照耀如同白晝，近來都懶於攜手同行了。誰知道在這寒食禁煙的晚上，滿城都刮起惱人的風雨。

以前徽宗的太平日子，高宗南渡建都臨安，風景並沒有甚麼不同。握著一卷卷的書籍，在這月圓之夜，寫詞是最痛苦的事情了。江南已經沒有路子可以訪尋，想起杜甫在鄜州憶家之念，這種滋味更有誰知道呢？我徒然的對著殘燈，不能入睡，隱約又聽到村子裏傳來社日的鼓聲。

【賞　析】題云：自乙亥上元，誦李易安〈永遇樂〉，為之涕下，今三年矣，每聞此詞，輒不自堪。乙亥為恭宗德祐元年，後四年而宋亡，李易安亦亡國之痛，讀之淒咽不勝。起二句元夕春事誰主，宋室將傾。嬌寒倦暖，前度如許，謂未能好自調理。香塵三句，無心趁節，似愁風雨。下片又追溯宣和南渡之宴安，今江南無路，此苦誰知，思之不寐，須溪真不愧讀書人，洞燭彌深。

278 摸魚兒　　劉辰翁

酒邊留同年徐雲屋

怎知他、春歸何處？相逢且盡尊酒。少年嫋嫋❶天涯恨，長結西湖煙柳。休回首，但細雨斷橋❷，憔悴人歸後。東風似舊，向前度桃花，劉郎❸能記，花復認郎否？君且住，草草留君翦韭❹，前宵正恁時候。深杯欲共歌聲滑，翻溼春衫半袖。空眉皺，看白髮尊前，已似人人有。臨分把手，歡一笑論文，清狂顧曲，此會幾時又❺？

【注　釋】❶少年嫋嫋　杜牧〈贈別〉詩：「娉娉嫋嫋十三餘，荳蔻梢頭二月初。」指年少美人。❷斷橋　西湖橋名。❸劉郎　劉禹錫〈再遊玄都觀〉詩：「種桃道士歸何處？前度劉郎今又來。」❹翦韭　杜甫〈贈衛八處士〉詩：「夜雨翦春韭。」❺歡一三句　即杜甫〈春日憶李白〉詩：「何時一尊酒，重與細論文。」之意。

【語　譯】我又怎知道春天到了那裏呢？相逢時何妨飲盡尊中的美酒。記得少年的時候便已浪迹天涯，長期跟西湖煙柳作伴。不要再追憶往事了，斷橋上細雨濛濛，尤其別後更感心情抑鬱。東風跟以前一樣，我對著那些一再盛開的桃花，劉郎仍然認得，但桃花又能否再記得劉郎的呢？

你再留一會兒吧，我趕快的摘取一些春韭來招待你，就跟前晚的光景一樣。我們舉杯痛飲，然後又放聲狂歌，結果連衣袖也沾溼了。徒然地皺起眉頭，看見尊前一頭白髮，似乎是每個人都不能避免的。臨別時我們緊緊的握手，想起談詩論文時的歡樂，大聲的放歌狂嘯，這種聚會究竟要甚麼時候再會碰到呢？

【賞析】起處傷春惜別，恨事常結在西湖煙柳，亦南宋興亡之痛。下再回首斷橋，不知桃花尚識舊人否，有今昔異代之悲。下闋留客且盡深杯，歌聲淚落，共傷白髮，都無補於國家，怎不心悲。悲而一笑，不知清狂論文尚有相遇之日否？收處用杜公懷太白，亦甚得體。

279

高陽臺

送陳君衡❶被召

周密

照野旌旗，朝天車馬，平沙萬里天低。寶帶金章❷，尊前茸帽❸風欺。秦關汴水經行地，想登臨、都付新詩。縱英游，疊鼓清笳，駿馬名姬。

酒酣應對燕山雪，正冰河月凍，曉隴雲飛。投老殘年，江南誰念方回❹？東風漸綠西湖岸，雁已還、人未南歸。最關情，折盡梅花，難寄相思❺。

【作者】密字公謹，號草窗，濟南人。流寓吳興，居弁山，自號弁陽嘯翁，又號蕭齋，又號四水潛夫。生於紹定五年（一二三二）。曾為義烏令，入元不仕。大德二年（一二九八）卒，年六十六。有《草窗詞》二卷，《補遺》二卷，見知不足齋叢書本，又有曼陀羅華閣刊本，又《蘋州漁笛譜》

二卷，《集外詞》一卷，見彊村叢書本，又嘗選南宋詞，題曰：絕妙好詞。

【注　釋】❶陳君衡　名允平，號西麓，四明人。有詞名〈日湖漁唱〉。❷寶帶金章　官服有寶玉之帶，金章即金印。❸茸帽　皮帽。❹方回　賀鑄字。黃庭堅〈寄賀方回〉詩：「解作江南腸斷句，只今惟有賀方回。」以方回自比。❺折盡二句　〈西洲曲〉：「憶梅下西州，折梅寄江北。」又陸凱詩：「江南無所有，聊贈一枝春。」

【語　譯】旌旗遍地，插在奔向京師的馬車上，天色陰暗，一路上黃沙滾滾。你腰帶上佩戴上任的印信，天氣嚴寒，拿著尊酒，連皮帽也幾乎被風吹走。當你經過潼關或汴水等地，登高懷遠，想也寫了不少新詩。你可以很痛快的暢遊一番，欣賞笳鼓的音聲，而且還有名馬美人作伴。

酒意方濃的時候，又可以開窗欣賞燕山的雪色，尤其正當月夜，河水結冰了，或是早晨山嶺上的曉雲飛動，更加使人著迷。現在我也年紀老邁，就像賀方回的流落江南，又有誰會關懷呢？東風漸又吹到西湖岸邊，草兒都長出了層層綠意，雁兒都已飛走了，但我仍然未能南返。我很珍惜這一份情意，可惜即使把所有梅花都拗折下來，也難以表達我的心境於萬一。

【賞　析】起處寫陳君衡被召，車馬喧赫之象，平沙句似北朝之召。君衡仕履不詳，不可推知。寶帶以下，謂行役之長途，必有詩篇，縱英游之句豪縱。下闋慷慨，自恨投南方回，不能北去，窮達殊途。收念西湖南宋亡國之地。俞階青云：新朝有振鷺之歌，而故國無歸鴻之信。言外之意，耐人尋味。

280

瑤華

周密

后土❶之花，天下無二本，方其初開，帥臣以金瓶飛騎，進之天上，間亦分致貴邸。余客輦下，有以一枝（下缺，按他本題，改作瓊花）。

朱鈿寶玦，天上飛瓊，比人間春別。江南江北，未曾見、漫擬梨雲梅雪。淮山春晚，問誰識、芳心高潔？消幾番、花落花開，老了玉關豪傑。

金壺翦送瓊枝，看一騎紅塵❷，香度瑤闕。韶華正好，應自喜、初亂長安蜂蝶。杜郎老矣，想舊事、花須能說。記少年、一夢揚州，二十四橋明月❸。

【詞牌】〈瑤華〉，一名〈瑤花〉、〈瑤花慢〉、〈瑤華慢〉。

・〈瑤花〉，或加慢字。（《詞律》）

・〈瑤花〉調見夢窗詞，一名〈瑤華慢〉。此調始自吳文英。（《詞譜》）

【詞律】〈瑤華〉，雙調，一百二字，前段九句，五仄韻，後段九句，四仄韻。

【注釋】❶后土 周密《齊東野語》：「揚州后土祠瓊花，天下無二本，絕類聚八仙，色微黃而有香。」❷一騎紅塵 杜牧〈過華清宮〉詩：「一騎紅塵妃子笑，無人知是荔枝來。」❸杜郎四句 杜牧〈寄揚州韓綽判官〉詩：「二十四橋明月夜，玉人何處教吹簫。」又〈遣懷〉：「十年一覺揚州夢。」

【語譯】這是美麗的金飾寶玉，也像是天上晶瑩的明月，現在彷似人間的春意一般，畢竟要離開了。走遍了大江南北，都不能見到瓊花，只好把她猜測作像梨花般簇開如雲，或像梅花般的貞潔雪白。現在正值暮春時節，淮河岸山色秀麗，試問又有誰知道這些高潔的名花呢？多少回的花落花開，即使天上英豪，亦有歲華將暮之感。

記得當年用金瓶護送瓊花，用一匹名馬送往京師，一路上清香四溢。那時候年華正好，而且還暗中歡喜，引來京師不少名人欣賞。杜牧年紀雖已經老邁，想念前塵往事，花兒該也還記得。尤其是少年時在揚州的風流韻事，二十四橋上的月明之夜，真是寫意得很啊！

【賞析】此詠物詞，亦用以寄慨。此花是天上仙子，今人間已別，隱喻宋室。以下大地河山，皆不比此花高潔，幾番開落，豪傑已老，寄慨無端。下闋賞花、瓊枝瑤闕，一些盛事，花猶記得，今則揚州已成一夢。據蔣子正《山房隨筆》云：「揚州瓊花天下祇一本，士大夫愛重，榜曰無雙。德祐乙亥，北師至，花遂不榮。」此詞非等閒詠物可比。

281 玉京秋

周密

長安獨客，又見西風，素月丹楓，淒然其為秋也，因調夾鍾羽一解。

煙水闊，高林弄殘照，晚蜩❶淒切。畫角吹寒，碧砧❷度韻，銀牀❸飄葉。衣溼桐陰露冷，采涼花、時賦秋雪❹。歎輕別，一襟幽事，砌蟲能說。

客思吟商❺還怯，怨歌長、瓊壺暗缺❻。翠扇恩疏❼，紅衣香褪，翻成消歇。玉骨西風，恨最恨、閒卻新涼時節。楚簫咽❽，誰倚西樓淡月？

【詞牌】〈玉京秋〉，《詞律》、《詞譜》均收周密一調，雙調，九十五字。《詞律》落五字，為九十字。

〈玉京秋〉調見《蘋洲漁笛譜》。此周密自度腔。

・周密《蘋洲漁笛譜》中，如〈玉京秋〉（與東山異）、〈采綠吟〉、〈綠蓋舞風輕〉、〈月邊嬌〉等皆自度腔。（《詞曲史》）

此調結句均六字上二下四句法，似〈玉京謠〉，或謂即是一調；但他句不合，且少二字。

【詞律】〈玉京秋〉，雙調，九十五字，前段十一句，六仄韻，後段九句，六仄韻。

【注釋】❶蜩　蟬也。❷砧　擣衣石。❸銀牀　井闌如銀，因稱銀牀。❹秋雪　指蘆花。❺吟商　商調曲，秋聲。❻瓊壺暗缺　見前周邦彥〈浪淘沙慢〉頁二三四注❺。❼翠扇恩疏　班婕妤〈怨詩行〉有：「裁成合歡扇，團團似明月。」❽楚簫咽　李白〈憶秦娥〉詞：「簫聲咽，秦娥夢斷秦樓月。」

【語　譯】煙水茫茫，夕陽照到高大的林木上，晚蟬悲酸地鳴叫。聽著清脆的砧聲來揣度音律，落葉正片片飄到銀色的井闌畔，桐樹下露水遇冷凝結，連衣服也沾溼了。在這秋陰時節，蘆花宛如秋雪飄舞。可惜一別之後，滿腔幽怨，只有秋蟲尚能明白。

天涯作客，最怕聽到商聲，就像王敦一樣，擊唾壺為節，放聲高歌，所謂壯心不已，結果連唾壺也敲破了。班婕妤的〈怨詩行〉，以扇子自況，秋來即被捐棄，荷花粉紅的衣妝亦已凋謝，都已經化作雲煙了。我冰心玉骨，本有一番作為，但對著西風新涼，又怎能施展呢？楚地的簫聲嗚咽，究竟是誰人寄住西樓之上，對著一輪淡月呢？

【賞　析】起三句秋意颯然，碧砧以下夜景，葉飄露冷，蘆花如雪，別後之事，蟲聲如訴。下片聽歌興悲，翠扇、紅衣，本是秋荷，另有寄意。收西風淡月，大似元人倪雲林〈山水圖〉，令人愀然。陳廷焯云：「此詞精金百鍊，既雄秀，又婉雅，幾欲空絕古今，一暗字其恨在骨。」譚獻云：「南渡詞境高處，往往出於清真。玉骨二句，髀肉之歎也。」真逼似清真高詠。

282

曲遊春

周密

禁煙湖上薄遊，施中山❶賦詞甚佳，余因次其韻。蓋平時遊舫，至午後則盡入裏湖，抵暮始出斷橋，小駐而歸，非習於遊者不知也。故中山亟擊節余「閒卻半湖春色」之句，謂能道人之所未云。

禁苑❷東風外，颺暖絲晴絮，春思如織。燕約鶯期，惱芳情偏在，翠深紅隙。漠漠香塵隔，沸十里、亂絲叢笛。看畫船、盡入西泠❸，閒卻半湖春色。

柳陌，新煙凝碧，映簾底宮眉❹，隄上遊勒❺。輕暝籠寒，怕梨雲夢冷，杏香愁冪。歌管酬寒食。奈蝶怨、良宵岑寂。正滿湖碎月搖花，怎生去得？

【詞牌】〈曲遊春〉，《詞律》僅周密一體，雙調，一百二字。《詞譜》三體，雙調，除上體外，又收施岳一體，一百三字。

・〈曲遊春〉調見《蘋洲漁笛譜》。此調始自此（周）詞。（《詞譜》）

【詞　律】〈曲遊春〉，雙調，一百二字，前段十句，五仄韻，後段十一句，七仄韻。

【注　釋】❶施中山　名岳，字仲山，吳人。能詞，精於律呂，與草窗唱和。❷禁苑　皇宮園林，南宋都杭，西湖一帶因稱禁苑。❸西泠　橋名，在西湖。（參見草窗《武林舊事》）❹簾底宮眉　樓中麗人。❺隄上遊勒　隄上乘馬遊人。

【語　譯】在皇宮園林之外，東風輕送，晴天朗日，柳絲飄舞，春愁冉冉，交織一片。燕子、黃鶯們都回來了，只懊惱一顆春心，偏躲在綠葉紅花當中。十里內，香氣襲人，楊柳絲中傳來陣陣笛聲。只見畫船午後全過西泠橋到裏湖去，剩下這半湖春色，無人欣賞。

柳樹叢中，蒼煙縷縷上升，遠遠可以見到樓中佳麗，以及隄上乘馬的遊人。薄暮來臨，略感寒意，只怕梨花孤清，而杏花則有無限幽怨。我高歌一曲來渡過這個寒食佳節，無奈如許良辰美景，連蝶兒也感到寂寞難耐。現在一湖月色，花搖碎影，又怎樣捨得離開呢？

【賞　析】此游西湖之作，賞心樂事，以極工麗之詞藻潤色之，真是像宋元人金碧山水畫，入眼鮮明。

字句之美，如燕約鶯期，為「片言立要」一篇警策所在。紀游覽之迹，「看畫船、盡入西泠，閒卻半湖春色。」寫實已見公謹序言中。他在《武林舊事》書中，又云：「既而小泊斷橋，千舫駢聚，歌管絃奏，粉黛羅列，最為繁盛。橋上少年郎，競縱紙鳶以相鉤牽剪截，以線絕者為負，此雖小技，亦有專門。爆仗起輪走線之戲，多設於此。至花影暗而月華生，始漸散去。」南渡杭州，一似盛唐曲江，近世北平大橋。許昂霄以為此詞前半兩用「絲」字為失檢點，長調也不因此而為病。

283 花犯

水仙花

周密

楚江湄，湘娥❶再見，無言灑清淚，淡然春意。空獨倚東風，芳思誰寄？凌波路冷秋無際，香雲隨步起，漫記得、漢宮仙掌❷，亭亭明月底。

冰絲寫怨更多情，騷人恨，枉賦芳蘭幽芷。春思遠，誰歎賞國香❸風味？相與共、歲寒伴侶，小窗淨，沉煙熏翠袂。幽夢覺、涓涓清露，一枝燈影裏。

【注釋】❶湘娥　即湘妃，喻水仙花。❷漢宮仙掌　漢武帝作柏梁、銅柱、承露、仙人掌之屬，見《漢書・郊祀志》。注：「仙人以手掌擎盤承甘露也。」此處以仙掌比水仙花，李商隱〈牡丹〉詩：「垂手亂翻雕玉珮。」❸國香　蘭為國香，此謂水仙為國香。

【語譯】楚江的岸邊，又見到水仙花開，春意幽淡，我沒有說話，眼淚禁不住又滾滾流下。徒然獨自對著東風，一腔襟抱，究竟又有誰了解呢？凌波仙路上一片冷秋寂寞，茫茫無際。走過的時候，飄香細細，只記得漢武帝所築的仙人手掌，以承甘露，還亭亭的矗立於明月影下。

用水仙花來表達怨情該更適合，詩人們又何必徒然地描寫香蘭芷草呢？春愁無奈，試問又有誰會賞識水仙的風采呢？讓我們一起作伴吧，尤其在歲寒將盡，在幽靜的窗畔，燒起檀香來熏吹翠被。當一覺醒來之際，只見花上露珠點點，孤潔地搖曳於燈光閃爍間。

【賞析】水仙花早春正月，以水養之，花淡黃，真不虛其名為水仙。此詞以湘妃比之，淡然春意四字，得水仙之神。凌波仍承湘妃，下用仙掌月下，亦喻其高潔。下片用樂聲寫怨，比諸香草，幽夢一枝燈影，詞境超脫。周濟以為此篇與詠瓊花，一意盤旋，毫無渣滓。他人縱極工巧，不免就題尋典，就典趁韻，就韻成句，墮落苦海矣。亦詠物詩詞作法之要。

284

瑞鶴仙

鄉城見月

蔣捷

紺煙❶迷雁迹，漸碎鼓零鐘，街喧初息。風檠❷背寒壁，放冰蟾❸，飛到，珠絲簾隙。瓊瑰暗泣❹，念鄉關、霜華似織。漫將身、化鶴歸來❺，忘卻舊遊端的❻。

歡極。蓬壺蕖❼浸，花院梨溶，醉連春夕。柯雲罷弈❽，櫻桃在❾，夢難覓。勸清光乍可❿，幽窗相伴，休照紅樓夜笛。怕人間、換譜伊涼⑪，素娥未識。

【作　者】捷字勝欲，陽羨（今江蘇宜興）人。約生於宋淳祐五年（一二四五）。咸淳十年（一二七四）進士。自號竹山，宋亡後，遁迹不仕。元至大三年（一三一〇）卒，年六十五。《四庫全書提要》云：捷詞字精深，音詞諧暢，為倚聲家之渠矱。劉熙載云：蔣竹山詞未極流動自然，然洗鍊縝密，語多創獲。其志視梅溪較貞，視夢窗較清。劉文房為五言長城，竹山其亦長短句之長城歟！有《竹山詞》一卷，見六十家詞刊本，又見彊村叢書刊本，又《竹山詞》二卷，見涉園景宋元明詞續刊本。

【注　釋】❶紺煙　紺，天青色。紺煙，即青煙。❷檠　燈架。❸冰蟾　古人謂月中有蟾蜍，即以蟾蜍代月。此冰蟾謂明月。❹瓊瑰暗泣　瓊玉瑰珠也，《左傳》成公十七年：「聲伯夢涉洹，或與已瓊瑰食之，泣而為瓊瑰，盈其懷。」此謂淚如瓊瑰。❺化鶴歸來　見前王安石〈千秋歲引〉頁九四注❹。❻端的　實況。❼蕖　芙蕖，荷花也。❽柯雲罷弈　晉王質入山採樵，遇二童對弈，一童以一物如棗核與質食之，不饑。局終。童云：「汝柯爛矣。」質歸家已及百歲。見《述異記》。❾櫻桃在　有人夢鄰女遺二櫻桃，食之，既覺，核墜枕側。見段成式《酉陽雜俎》。❿乍可　只可。⓫伊涼　〈伊州〉、〈涼州〉，曲名。

【語　譯】蒼煙縹緲，雁兒已飛得遠遠的，沒有踪影，漸漸地零落的鐘鼓聲音都沒有了，熱鬧的街道又轉趨沈寂。風燈掛在寒冷的牆壁上，月光從窗外透入，連蛛網的罅隙都照得十分清晰明亮，我暗中飲泣，淚珠如瓊玉瑰珠般墜落，想起鄉關，年華就像織梭一樣飛快而逝。即使身死後化鶴歸來，也許可以忘記一切的往事吧！

蓬萊仙境中，四圍洋溢著荷花的清香，使人愉快極了，院子裏梨花飄舞，我們在春夜裏歡飲達旦。王質入山採樵，見兩個小孩下棋完畢後，回家已經過了百年。有人在夢中吃過櫻桃後，醒來桃核猶在，而夢境已不可捉摸。月兒啊！你寧可照到幽靜的窗子裏，千萬不要再照向紅樓上的歡宴。因為人間的〈伊州曲〉、〈涼州曲〉的譜調時常變換，你未必懂得，只有寂寞才是永恆的。

【賞析】從夕照雁影，零碎鼓鐘，到街喧初息，是夜景之始。風褰是室內，放冰蟾由外月光到簾隙。暗泣、鄉關、霜華，猶是太白見月念鄉之情，而今竟歸故鄉，舊遊多不能記。下片歡極即寫舊時歡事，換譜〈伊〉、〈涼〉，是今昔之感，再落到月上，只月能閱歷，又卻說恐亦不識，幾多哀怨。

285 賀新郎

蔣捷

夢冷黃金屋，歎秦箏、斜鴻陣裏❶，秦絃塵撲。化作嬌鶯飛歸去，猶認紗窗舊綠。正過雨、荊桃❷如菽。此恨難平君知否？似瓊臺、湧起彈棋局❸，消瘦影，嫌明燭。

鴛樓碎瀉東西玉❹，問芳蹤、何時再展？翠釵難卜。待把宮眉橫雲樣，描上生綃畫幅。

怕不是、新來妝束。綵扇紅牙❺今都在，恨無人、解聽開元曲❻。空掩袖，倚寒竹❼。

【注釋】❶斜鴻陣裏　秦箏柱斜列如雁，故云斜鴻陣裏。張先〈菩薩蠻〉詞：「玉柱斜飛雁。」❷荊桃　櫻桃。❸彈棋局　彈棋，古博戲，《述異記》謂漢武帝時已有之。此言世事變幻如棋局。❹東西玉　《詞統》云：「山谷詩：『佳人斗南北，美酒玉東西。』注：酒器也。」❺紅牙　牙板，樂器。❻開元曲　開元，唐玄宗年號。開元曲，盛唐歌曲。❼倚寒竹　杜甫〈佳人〉詩：「天寒翠袖薄，日暮倚修竹。」

【語譯】黃金殿裏夢影孤清，秦箏的弦柱斜列如雁，現在正染上一陣灰塵。即使變為黃鶯飛去，回來時候還認得紗窗的翠綠。天空正灑著一陣細雨，桃花像豆般的片片飄落。這是一種久難平復的遺憾，你知道嗎？無限富貴榮華，亦像棋局一樣的變幻無端，瘦削的身影裏，很是嫌棄燭光的明亮。

鴛鴦樓上，酒壺也打翻了，不知道甚麼時候可以再看到她的倩影？玉釵一枚也無法占斷。只好把她美麗的相貌，繡在一塊絲帛上面。相信也不是穿起新衣來了。綵扇和紅牙拍現在仍然保留下來，只可惜沒有人懂得欣賞開元年間的遺曲了。徒然垂著袖子，倚著竹枝凝想。

【賞析】詞華之盛，將一片淒怨孤獨暗暗隱藏。黃金屋是富貴，夢冷成虛，室中琴久不撫弄，恨不諧合，世事多變，只剩孤影對燭。鴛樓芳蹤，應上嬌鶯歸去，伊人不見，描上生綃，然恐非近來模樣。恨無人，解聽開元曲，亦亡國之音哀以思，倚竹佳人，標格凜然。譚獻云：瑰麗處鮮妍自在，然詞藻太密，真是人患才少，子恨太多了。

286

女冠子

元夕

蔣捷

蕙花香也，雪晴池館如畫。春風飛到，寶釵樓❶上，一片笙簫，琉璃❷光射。而今燈漫挂，不是暗塵明月，那時元夜。況年來，心懶意怯，羞與蛾兒❸爭耍。

江城人悄初更打，問繁華誰解，再向天公借？剔殘紅灺❹，但夢裏隱隱，鈿車羅帕。吳箋銀粉砑❺，待把舊家❻風景，寫成閒話。笑❼綠鬟鄰女，倚窗猶唱，夕陽西下。

【詞牌】〈女冠子〉，一名〈女冠子慢〉。

・〈女冠子〉，唐教坊曲名，小令始於溫庭筠，長調始於柳永《樂章集》淡煙飄薄詞。（《詞譜》）

・〈女冠子〉，唐薛昭蘊始撰此調云：「求仙去也，翠鈿金篦盡捨。」以詞詠女冠，故名。（《詞譜》）

援漢宮掖承恩者，賜芙蓉冠子，或緋，或碧；然詞名未必緣此事也。（《歷代詩餘》）

・唐詞多緣調所賦，〈臨江仙〉則言仙事，〈女冠子〉則述道情，〈河瀆神〉則詠祠廟，大概不失本

題之意，爾後漸變，去題遠矣。（《黃花蓉語》）

按〈女冠子〉亦曲牌名，一名〈古女冠子〉。

【詞　律】〈女冠子〉，此體雙調，一百十二字，前段十一句，六仄韻，後段十二句，七仄韻。

【注　釋】❶寶釵樓　歌樓。❷琉璃　《武林舊事》：「又有幽坊靜巷多設五色琉璃泡燈，更自雅潔。」❸蛾兒　《詞綜偶評》：「元宵有撲燈蛾，亦曰鬧蛾兒，又曰火蛾。」❹紅灺　燭燼。❺研　發光也。❻舊家　故國。❼笑　欣喜。

【語　譯】蕙花飄香，雪後初晴，池臺上風景如畫。春風已經吹到寶釵樓上，一片歌聲中彩色的光芒四射。現在徒然張燈結綵，但已不是當年元夜，月兒蒙上一片微塵。何況近年心緒散漫，也不喜歡欣賞那些婦女頭上的綵飾了。

江邊市鎮一片靜寂，剛剛打過初更，試問誰能珍惜繁華，要向天公借取？把燭燼剔去後，夢兒隱約間看到她乘坐一輛鈿車來到。吳地的綵箋上，銀粉閃閃生光，希望能把家鄉的美景寫成一篇短文。只笑鄰家的女郎，把秀髮梳好，倚著窗畔，唱起夕陽西下的舊曲。

【賞　析】蕙花至琉璃光射六句，極寫承平元夕歡樂之事。而今雖燈猶在挂，不是昔時光景，人世已更，心情懶怯。下片江城寂寂，夢裏鈿車，正是上片那時元夜之事。陳廷焯云：極力渲染，而今二字，忽然一轉，有水逝雲卷，風馳電掣之妙。結韻綠鬢猶唱夕陽西下，有杜牧之「商女不知亡國恨，隔江猶唱後庭花」之歎。

287 虞美人

聽雨

蔣 捷

少年聽雨歌樓上，紅燭昏羅帳。壯年聽雨客舟中，江闊雲低、斷雁叫西風。

而今聽雨僧廬下，鬢已星星❶也。悲歡離合總無情，一任階前、點滴到天明。

【注 釋】❶鬢已星星 鬢髮已白。

【語 譯】記得少年聽雨的時候，總是身在歌樓之中，伴著我的是給燭光烘照得昏紅朦朧的羅帳。到了壯年聽雨的時候，我卻是在為人生奔波的船上了，面對的是遼闊的江水和低重的雲層，夾雜著孤雁劃破西風的淒叫。而現在我聽雨的地方竟然是在寧靜空靈的僧廬下，鬢絲已白，我已經體悟到人世的悲歡離合只是一場無情的變遷。我這種淒涼的心境正好陪著階前的雨水，點滴到天明。

【賞 析】一首小詞寫盡人生三個過程，都因聽雨而引起不同的身世感。少年在歌樓上沉醉，十分綺麗風光。壯年作客，一舟飄泊，所聽雨聲，是江闊雲低，西風零雁，不勝行役之苦。下片是現實，今天鬢已星星，人已老矣！倦臥僧廬，回想離合，又有甚麼用處？可是還聽雨天明，亡國之悲，隱然詞筆之間。

288

高陽臺　西湖春感

張炎

接葉巢鶯❶，平波捲絮，斷橋❷斜日歸船。能幾番遊？看花又是明年。東風且伴薔薇住，到薔薇、春已堪憐。更淒然，萬綠西泠❸，一抹荒煙。

當年燕子知何處？但苔深韋曲❹，草暗斜川❺。見說新愁，如今也到鷗邊。無心再續笙歌夢，掩重門、淺醉閒眠。莫開簾，怕見飛花，怕聽啼鵑。

【作者】炎字叔夏，號玉田，又號樂笑翁，張俊諸孫。本西秦人，家臨安。生於淳祐八年（一二四八）。宋亡，落魄縱游。延祐五年（一三二八）卒，年七十。《四庫全書提要》云：炎生於淳祐戊申，當宋邦淪覆，年已三十有三，猶及見臨安全盛之日；故所作往往蒼涼激楚，即景抒情，備寫其身世盛衰之感，非徒以剪紅刻翠為工。至其研究聲律，尤得神解，以之接武姜夔，居然後勁，宋、元之間，亦可謂江東獨秀矣。有《山中白雲詞》八卷，見曹氏刊本，許氏刊本，又有四印齋本，彊村叢書本。

【注　釋】❶接葉巢鶯　杜甫〈陪鄭廣文遊何將軍山林〉詩：「接葉暗巢鶯。」❷斷橋　西湖斷橋在孤山側。❸西泠　西湖橋名。❹韋曲　在長安南皇子陂西，唐代諸韋世居此地，因名韋曲。❺斜川　在江西星子、都昌二縣間，陶潛有〈遊斜川〉詩。

【語　譯】密葉叢中，黃鶯兒結巢其間，平波蕩漾，捲起落花片片，黃昏裏，孤山下的斷橋有點點歸帆經過。一生中究竟能夠欣賞得多少趟呢？要賞花又要等到明年才可以了。東風啊不妨與薔薇作伴吧！但到薔薇花開時，春景已剩無多。更加可憐的，西泠橋綠意盎然，只伴著一抹殘陽夕照。

當年的燕子又到了那裏去呢？長安城南的韋曲已經長滿青苔，而江西斜川亦已綠草叢生。所謂愁緒無端，現在也感染到海鷗的身上。我沒有打算再繼續往日的繁華舊夢了，只好掩起層層的門戶，帶醉的入睡去了，十分安逸。而且更不要打開簾子，一方面怕見落花飄舞，另方面更怕聽到杜鵑的啼叫。

【賞　析】玉田生於淳祐戊申，宋亡年已三十三，尚及見臨安全盛之時，所作蒼涼激楚，剪紅刻翠之作，皆隱寓身世，研究聲律，堪與白石道人相鼓吹。此闋淒涼幽怨，起西湖之游，斜日歸船，能幾番游，多少繾綣，故國難忘。春已堪憐，一抹荒煙。下闋接燕子何處，韋曲、斜川皆長安之地，都是堪憑弔引起新愁，收住啼鵑惱人，是春心杜鵑，溫厚之情，綿綿不已。近人夏閏庵云：「此詞深婉之至，虛實俱到，集中壓卷之作。東風且伴薔薇住，春殘望其勿去，笙歌有夢斷朝班之意，掩門則為逸民終老，何等蘊藉，非徒然傷春懷舊而已。」

289

渡江雲

久客山陰，王菊存問予近作，書以寄之。

張炎

山空天入海，倚樓望極，風急暮潮初。一簾鳩外雨❶，幾處閒田，隔水動春鋤。新煙禁柳，想如今、萍到西湖。猶記得、當年深隱，門掩兩三株。

愁余，荒城古漵❷，斷梗疏萍，更漂流何處？空自覺、圍羞帶減，影怯燈孤。常疑即見桃花面❸，甚近來、翻笑無書。書縱遠、如何夢也都無？

【注　釋】❶一簾鳩外雨　黃庭堅〈自巴陵略平江臨湘入通城無日不雨至黃龍奉謁清禪師繼而晚晴邂逅禪客戴道純款語作長句呈道純〉詩：「晴鳩卻喚雨鳩歸。」❷漵　水浦。❸桃花面　崔護詩：「人面桃花相映紅。」

【語　譯】山勢空闊，海色天色茫茫一片，站在高樓上遠望，風很大，傍晚的潮水初漲。窗外陣陣鳩聲，陣陣細雨中，有些田地上，農夫們正在冒雨揮動鋤頭春耕。禁煙時節，柳花初放，現在西湖內外該是一片碧綠的吧！還記得當年隱居時，門外也有兩三株柳樹。

我很感慨，在這個荒置的渡口裏，疏落的浮萍離開了枝幹，究竟要漂流到甚麼地方去呢？徒然感到自己的腰圍日漸瘦窄，連影子也怕見到孤直的蒼煙了。我時常希望能見到她的倩影，為甚麼近來沒有書信呢？即使距離太遠了，為甚麼連夢也沒有呢？

【賞析】起三句海濱臨眺，是所居極目之景，一簾鳩雨，隔水春耕，一片鄉村風味。新柳以下，節近清明，想念西湖舊日，不勝故國之情。下闋是客懷如梗，漂流何處，宛轉生情，綿綿不斷，因自身之孤寂，更起故人之情，不讓柳周之作，南宋不必不如北宋，收句夢也都無是宋徽宗燕山亭結語，曲折悲愴。

290

八聲甘州

張炎

辛卯❶歲，沈堯道❷同余北歸，各處杭越。踰歲，堯道來問寂寞，語笑數日，又復別去，賦此曲，并寄趙學舟❸。

記玉關❹，踏雪事清遊，寒氣脆貂裘。傍枯林古道，長河飲馬，此意悠悠。短夢依然江表❺，老淚灑西州❻。一字無題處，落葉都愁。

載取白雲歸去，問誰留楚佩，弄影中州？折蘆花贈遠，零落一身愁。向尋常、野橋流水，待招來、不是舊沙鷗。空懷感、有斜陽處，卻怕登樓。

【注　釋】❶辛卯　元世祖至元二十八年，玉田四十四歲。❷沈堯道　名欽，字秋江。❸趙學舟　名學仁，字元父，宋宗室。❹玉關　玉門關，此指北方。❺江表　江南。❻西州　古城名，在今南京市西。晉謝安還都，與病入西州門。安薨後，所知羊曇行不由西州路。嘗大醉，不覺至西州門，因慟哭而去。見《晉書》。

【語　譯】記得玉關的踏雪同遊吧，穿上貂皮裘衣也感到陣陣寒意。那時候站在古道枯林的旁邊，讓馬兒在河邊喝水，真是十分快意。夢中依然想望回到江左，見到了西州門，不禁老淚縱橫。即使沒有題一個字，連落葉也感到無端感慨。

現在希望能駕乘白雲回去，試問誰人在楚江中留下佩玉，使沙洲上增添無限風光？不妨折取蘆花寄往遠方，只怕抖落了一身秋意。向著普通的小橋流水，但喚來的卻不是舊日的海鷗。使人徒然感慨無端，有夕陽的地方，很怕再登高凝望了。

【賞　析】此篇張氏四十五歲作，宋亡後十二年。起回憶交遊，曾乘風雪出關、飲馬長河，年輕時豪興正復不淺。老來夢到江表，灑淚西州，故國河山，一一真堪追念。起景寒氣，過闋白雲，蘆花，零落一身秋，渾成一氣。重游野水，不見舊鷗，人事全非，正怕登樓。下片是告訴故人近況，白雲閒身，從此再不出山，蘆花即是飄零之意，離緒深衷，吞吐纏綿，哀情故作壯語，一氣旋折，殆近稼軒。

291 解連環

孤雁

張炎

楚江空晚，悵離群萬里，怳然❶驚散。自顧影、卻下寒塘，正沙淨草枯，水平天遠。寫不成書，只寄得、相思一點❷。料因循誤了，殘氈擁雪❸，故人心眼。誰憐旅愁荏苒❹？漫長門夜悄❺，錦箏彈怨。想伴侶、猶宿蘆花，也曾念春前，去程應轉。暮雨相呼❻，怕驀地、玉關重見。未羞他、雙燕歸來，畫簾半捲。

【注釋】❶怳然　悵然。❷相思一點　《至正直記》云：「張叔夏〈孤雁〉詞，有『寫不成書，只寄得相思一點』。人皆稱之曰『張孤雁』。」❸殘氈擁雪　用蘇武雁足繫書事。❹荏苒　謂旅愁如日月之漸增。❺長門夜悄　見辛棄疾〈摸魚兒〉頁三四四注❷。❻相呼　杜甫〈倦夜〉詩：「水宿鳥相呼。」

【語譯】楚江岸一片暮色，只擔心離群太遠，惆悵地到處浪遊。看看自己的身影，向著池塘降落，沙明石淨，野草枯黃，水天一色，無限空闊。信是寫不成了，只好寄上一點相思之念。也許就這樣馬虎地延誤了故人的一份感情，如同蘇武在北海牧羊，破舊的披氈上露滿雪花，他正在望眼欲穿呢！

誰人會可憐旅居的寂寞與日俱增呢？陳皇后的長門宮無限淒清，在晚上還傳來陣陣哀怨的箏聲。想起朋友們現在已寄宿蘆花叢中，也想起春天之前，該也要踏上回程了。夜雨中相互呼叫，怕突然會在玉關碰面了。當我們捲起窗簾時，再不要羞笑那雙雙歸來的燕子啊！

【賞析】玉田此篇與〈春水〉詞，皆少時擅名之作，又因此詞而得張孤雁之號。首句雁南飛之處，悵離群二句寫孤字之神。寫不成書二句，再極力描寫孤字。殘氈是蘇武雁足傳書故事，此間引用，或寓兩宮北狩。下闋旅愁正是離群，荏苒即因循，長門與寒氈，皆以淚洗面之時刻。伴侶二字人與雁渾而為一，是詠物必然之理。暮雨相呼，玉關重見，驀地見喜悅之情乃想字之傳神。結用雙燕，與孤燕對比，由孤而雙，此詞人心所冀望，幾多心曲，娓婉出之，自是名篇。

292 疏影

詠荷葉[1]

張炎

碧圓自潔（韻），向淺洲遠渚（句），亭亭清絕（韻）。猶有遺簪（句），不展秋心（句），能捲幾多炎熱（韻）？鴛鴦密語同傾蓋[2]（句），且莫與（豆）、浣紗人[3]說（韻）。恐怨歌（豆）、忽斷花風（句），碎卻翠雲千疊（韻）。

回首當年漢舞（句），怕飛去（豆）、漫皺留仙裙摺❹。戀戀青衫，猶染枯香，還歎鬢絲飄雪。盤心清露如鉛水❺，又一夜、西風吹折。喜淨看、匹練飛光，倒瀉半湖明月。

【注釋】❶詠荷葉　張炎《山中白雲》卷六有〈紅情〉、〈綠意〉兩詞，序云：「〈疏影〉、〈暗香〉姜白石為梅著語，因易之曰〈紅情〉、〈綠意〉，以荷花荷葉詠之。」❷傾蓋　駐車交蓋。孔子與程子相遇于途，傾蓋而語，見《孔叢子》。此蓋正指荷葉。❸浣紗人　鄭谷〈蓮葉〉詩：「多謝浣溪人未折，雨中留得蓋鴛鴦。」❹留仙裙　《趙后外傳》：「后歌歸風送遠之曲，帝以文犀簪擊玉甌。酒酣風起，后揚袖曰：『仙乎仙乎，去故而就新。』帝令左右持其裙，久之，風止，裙為之皺。后曰：『帝恩我，使我仙去不得。』他日宮姝或襞裙為皺，號留仙裙。」❺盤心清露如鉛水　盤，指葉。李商隱〈回中牡丹為雨所敗〉詩：「玉盤迸淚傷心數。」李賀〈金銅仙人辭漢歌〉詩：「憶君清淚如鉛水。」

【語譯】碧綠圓潔的荷葉，散開在遠近的沙洲水濱，亭亭獨立，十分秀麗。頭上仍插有當年的金簪，假如秋天不到，又能夠捲走多少炎熱的呢？鴛鴦在交蓋的荷葉下款款深談，千萬不要告訴那位浣紗人啊，怕她把荷葉折取下來。只擔心一曲怨歌，花兒萎謝，而片片的荷葉亦凋零將盡了。

　　想起當年漢宮趙后的歌舞，為了怕因風飛走，被君王拉住，連衣袖也弄皺了，這就是著名留仙裙的故事。這一套使人懷念甚深的布衣，久久香息未散，只是頭髮已經變白了。現在蓮葉上露珠清澈，一夜之間很快又被西風吹斷了。我很喜歡那絲絲銀線般的月色，嘩嘩啦啦的，瀉滿湖面之上。

【賞析】玉田序此詞云：〈疏影〉、〈暗香〉，姜白石為梅著語，因易之曰〈紅情〉、〈綠意〉，以荷花荷葉詠之。此正〈綠意〉詠荷葉作。起三句圓葉出水，遺簪三句是未展開之新荷葉，鴛鴦二句亭亭綠葉如蓋，下有雙鴛。怨歌二句，秋風葉碎。下片以舞裙比葉，還歎繁華易逝。張惠言以為此傷君子負枉而死，似李綱、趙鼎之流。回首句言自結主知，不肯遠引，結句喜其已死而心得白，差可想像。

293

月下笛

張炎

孤游萬竹山❶中，閒門落葉，愁思黯然，因動黍離之感。時寓甬東積翠山舍。

萬里孤雲，清游漸遠，故人何處？寒窗夢裏，猶記經行舊時路。連昌❷約略無多柳，第一是、難聽夜雨。漫驚回淒悄，相看燭影，擁衾無語。

張緒❸，歸何暮？半零落依依，斷橋鷗鷺。天涯倦旅，此時心事良苦。只愁重灑西州淚❹，問杜曲❺、人家在否？恐翠袖，正天寒，猶倚梅花那樹。

【詞牌】〈月下笛〉，《詞律》四體，雙調，正周邦彥一體，九十八字。

•〈月下笛〉調，始用周邦彥〈片玉詞〉，因詞有「涼蟾瑩澈」及「靜倚官橋吹笛」句，取以為名。

《詞譜》

【詞律】〈月下笛〉，此體雙調，一百字，前段十句，五仄韻，後段十句，七仄韻。

【注釋】❶萬竹山　《赤城志》云：「萬竹山在縣西南四十五里。絕頂曰新羅，九峰回環，道極險隘，嶺上叢薄敷秀，平曠幽窈，自成一村。薛左丞昂詩所謂：『萬竹源中數百家，重重流水繞桑麻』是也。」❷連昌　唐宮名，高宗所置，在河南宜陽縣西，多植柳，元稹有〈連昌宮〉詞。❸張緒　南齊吳郡人，字思曼，官至國子祭酒。風姿清雅，武帝置蜀柳於靈和殿前，嘗曰：「此柳風流可愛，似張緒當年。」❹西州淚　見前〈八聲甘州〉頁五〇五注❻。❺杜曲　唐時杜氏世居于此，故名。《雍錄》：「樊川韋曲東十里，有南杜、北杜，杜固謂之南杜，杜曲謂之北杜。」地在長安縣南。

【語譯】我是飄浮茫茫天海間的一片孤雲，歡樂的遊踪已成陳迹，朋友們都到了那裏去呢？我倚在窗前追想，還記得以前走過的路子。連昌宮大概也沒有剩下多少柳樹了，首先最怕聽到夜雨滴滴。突然醒過來，感到十分淒清，對著燭光搖曳，只有靜默地擁被高眠了。

張緒為甚麼回來得太晚呢？斷橋上的柳樹已經凋謝一半，只剩下一些海鷗和白鷺。一位遊子浪迹天涯之後，心情是最苦惱的，只怕重過西州間，偶憶故人，不禁淒然落淚。杜曲的人家仍然在嗎？最擔心天氣寒冷，她仍穿著單薄的衣衫，來倚在梅花樹底。

【賞析】此因葉落而愁，動黍離之感，玉田藉以託君國之悲。起故人星散，自身如孤雲。夢中撫連昌楊柳，醒來一燈淒悄。張緒是齊武帝懷念之舊臣，此用以自喻身世，旅心良苦。西州杜曲，乃故國之思，結以梅花翠袖，孤高自賞，是矯而不群。

294 天香

龍涎香❶

王沂孫

孤嶠❷蟠煙❸句，層濤蛻月❹句，驪宮❺夜采鉛水韻。汎❻遠槎❼風句，夢深薇露❽句，化作斷魂心字❾韻。紅磁❿候火⓫句，還乍識豆、冰環玉指⓬韻。一縷縈簾翠影句，依稀海天雲氣韻。

幾回殢嬌半醉韻，翦春燈豆、夜寒花碎韻。更好故溪飛雪句，小窗深閉韻。荀令⓭如今頓老句，總忘卻豆、尊前舊風味韻。漫惜餘薰句，空篝素被⓮韻。

【作者】沂孫字聖與，號碧山，又號中仙，又號玉笥山人，會稽（今浙江紹興）人。《延祐四明志》云：至元中，王沂孫慶元路學正。《七家詞選》，戈載云：予嘗謂白石之詞，空前絕後，匪特無可比肩，抑且無從入手，而能學之者，則惟中仙。其詞運意高遠，吐韻妍和，其氣清，故無沾滯之音，其筆超，故有宕往之趣，是真白石之入室弟子也。有《碧山樂府》，又名《花外集》，有知不足齋叢書本，又有六十家詞及四印齋刊本。

【注　釋】❶龍涎香　《嶺南雜記》：「龍涎沫浮水，新者色白，久者色紫，甚久則黑，形如浮石而輕，膩理光澤，入香焚之，則翠煙浮空，結而不散。」❷嶠　山銳而高。❸蟠煙　聚煙。❹蛻月　變化月色。❺驪宮　驪龍所居之處。《莊子・列禦寇》：「千金之珠，必在九重之淵而驪龍頷下。」驪龍，黑龍。❻汎　同泛。❼槎　水中木筏。❽薇露　《香後譜》：「周顯德五年，昆明國獻薔薇露，云得自西域，以灑衣，衣弊香不滅。」❾心字　香名。番禺人作心字香，見范成大《驂鸞錄》。❿紅磁　香爐。⓫候火　及時之火。⓬冰環玉指　香餅形狀如環如指。⓭荀令　荀彧字文若，為漢侍中，守尚書令，曹公與籌軍國大事，稱之為荀令君。習鑿齒《襄陽記》：「荀令君至人家，坐幙三日，香氣不歇。」⓮空篝素被　見前周邦彥〈花犯〉頁二一二注❹。

【語　譯】孤山上煙霧氤氳，海波中撐出一輪月影，驪龍每夜都要吸取露珠。水漲時，浮木隨風飄蕩，夜深時，薔薇花上亦凝聚了一顆顆的露珠，未幾就可以製成一種醉人的心字香了。紅磁上用足火候，燒成一片片的香餅，形狀如環如指。一縷碧煙，縈繞簾子縹渺，隱約中彷彿是海天雲氣的凝聚。

多少次的半嗔半醉，燃上春燈，夜很冷，花葉差不多都要凋萎。小溪上雪花飄舞，趕緊把窗戶也關上了。荀令君現在年紀老邁，時常忘記了尊前快意的往事。我會珍惜這些餘下的香氣，來薰入雪白的棉被中間。

【賞　析】碧山值宋亡之後，胸次恬淡，所作自然流露黍離麥秀之悲。玉田稱其琢句峭拔，有白石意度。陳廷焯以碧山為詩中之子建。王鵬運謂碧山頡頏二白（白石、山中白雲），揖讓二窗（夢窗、草窗），為南宋之傑。此詠龍涎香，起三句香之產地。汎遠以下是香之用，至海天句又與起孤嶠相應。下闋即物寓情，荀令句更借香以寓今昔之悲，自然切合，渾化無痕。

295 眉嫵

新月

王沂孫

漸新痕❶懸柳，淡彩❷穿花，依約❸破初暝❹。便有團圓意❺，深深拜❻，相逢誰在香徑？畫眉未穩❼，料素娥、猶帶離恨。最堪愛、一曲銀鉤❽小，寶奩挂秋冷。千古盈虧休問，歎慢磨玉斧，難補金鏡❾。太液池❿猶在，淒涼處，何人重賦清景？故山夜永，試待他、窺戶端正⓫。看雲外山河⓬，還老盡、桂花影。

【詞牌】〈眉嫵〉，一名〈百宜嬌〉。

《詞律》僅王沂孫一體，雙調，一百三字。

按此調俱作〈百宜嬌〉；不知〈百宜嬌〉另有一體，係一百五字。（《詞律》）

‧〈眉嫵〉，姜夔詞注：「一名〈百宜嬌〉。」此調以此（姜）詞為正體；若王詞之少押一韻，張詞之多押兩韻，皆變格也。（《詞譜》）

‧〈眉嫵〉，漢張敞為婦畫眉，人傳張京兆眉嫵，詞取以名，一名〈百宜嬌〉，命意蓋猶眉嫵也。

《填詞名解》

【詞　律】〈眉嫵〉，此體雙調，一百三字，前段十一句，五仄韻，後段十句，六仄韻。

【注　釋】❶新痕　新月。❷淡彩　微光。❸依約　彷彿、僅能。❹初暝　初夜。❺團圓意　牛希濟〈生查子〉詞：「新月曲如眉，未有團圓意。」❻深深拜　李端〈新月〉詩：「開簾見新月，即便下階拜。細語人不聞，北風吹裙帶。」❼畫眉未穩　初月如未畫好之眉。❽銀鉤　喻新月。杜甫〈月〉詩：「塵匣元開鏡，風簾自上鉤。」❾慢磨玉斧二句　相傳漢吳剛曾以斧伐月中桂，見《酉陽雜俎》。此謂枉磨玉斧，不能補破碎山河。金鏡如金甌。❿太液池　漢唐俱有太液池在宮禁中。盧多遜〈新月〉詩：「太液池邊看月時。」⓫端正　韓愈〈和崔舍人詠月二十韻〉詩：「三秋端正月。」謂圓月。⓬山河　《酉陽雜俎》：「佛氏謂月中所有，乃大地山河影。」

【語　譯】月影漸漸地掛在柳梢上面，淡淡的光芒穿透花梢，原來新月已經穿透雲層出來。我有一份團圓的希望，於是深情跪拜，不知道在這清香四溢的小徑上是否會碰到他呢？眉線尚未畫好，或許嫦娥仍然帶有離愁別緒。我最喜愛的，還是一彎新月，瑟瑟秋意中懸掛寶奩之上。

不要再計算千古以來的盈虧圓缺了，即使慢慢地磨銳了玉斧，也無法縫補月亮的殘缺。太液池仍然存在，最傷心的，又有誰像盧多遜的能描寫佳詞麗句呢？故山長夜漫漫，且等她端端正正的透簾而入。再看看雲外的萬里江山，連桂花也有些老去的感覺了。

【賞　析】南宋詠物之詞，較北宋多而工，碧山尤為詠物聖手。此篇起新月初生，便有團圓意以下人與月兼寫。離恨、堪愛，纏綿不盡。俞階青譽為如一串牟尼，粒粒皆含精采。下闋千古句將上片撇開，突起盈虧，故國河山之思，自然帶出，殘破難補，只餘舊影而已。譚獻謂便有三句，寓意自深，音辭高亮，歐晏如蘭亭真本，此僅一翻，可云善喻。

296 齊天樂

蟬❶

王沂孫

一襟餘恨宮魂斷❷，年年翠陰庭樹。乍咽涼柯，還移暗葉，重把離愁深訴。西窗過雨，怪瑤佩流空，玉箏調柱。鏡暗妝殘，為誰嬌鬢❸尚如許？銅仙鉛淚似洗，歎移盤去遠，難貯零露。病翼❹驚秋，枯形閱世，消得斜陽幾度？餘音更苦，甚獨抱清商❺，頓成淒楚。漫想薰風，柳絲千萬縷。

【注釋】❶蟬　南宋亡後在紹興高宗等六代陵墓，被釋教總統楊璉真伽盜發，詩人唐珏等為之收拾埋葬，王沂孫、周密、張炎等十四人以龍涎香、白蓮、蓴、蟹、蟬為題作詞以寄餘恨。❷宮魂斷　《寰宇記》：「齊女怨王而死，尸變為蟬。」❸嬌鬢　魏文帝宮人製蟬鬢，縹緲如蟬翼。❹病翼　似言蟬蛻。❺清商　悲淒的曲調。即〈清商曲〉，古樂府之一種。曹丕〈燕歌行〉：「援琴鳴絃發清商，短歌微吟不能長。」

【語譯】齊王后怨王而死，屍變為蟬，每年都在庭中的綠樹鳴叫。一忽兒在清涼的枝柯上嗚咽，不久又移到綠葉叢中，再次把離愁深深泣訴。西窗外灑過一陣細雨，像彈奏玉箏上的弦柱之聲，徒然地溜掠而過。鏡子鋪上灰塵，殘妝亦懶於梳理，究竟又要為誰人來保持如許姿色呢？

現在銅仙也只好終日以淚水洗臉了，自從承露盤移走後，一滴滴的露珠兒再也無法貯藏下來。秋天來了，翅膀再難以振動，枯瘦了的身軀，即使再留在世間，試問再能度過了多少回的黃昏日落呢？餘音嫋嫋，使人更感酸楚，為甚麼要獨自抱著琴兒，唱起〈清商曲〉來呢？實在太傷感了。只好企盼春風來到，柳絲千縷萬縷，可以不住地迎風飄舞。

【賞析】碧山此調兩首，前首身世之感，此則宗社之痛，字字淒斷。端木埰曰：詞亦黍離之感，宮魂字，點出命意。乍咽還移，慨播遷也。西窗三句，傷敵騎暫退、燕安如故。鏡暗二句，殘破滿眼，而修容飾貌，側媚依然。銅仙三句，宗器重寶，均被遷奪。病翼二句，是痛哭流涕，斷不能久。餘音三句，遺臣孤憤，哀怨難論。漫想二句，責諸臣到此，尚安危利災，視若全盛也。滄桑遺民，讀之悲抑。

297 長亭怨慢

重過中庵❶故園　　王沂孫

泛孤艇東皋過徧，尚記當日，綠陰門掩。屐齒❷莓苔，酒痕羅袖事何限？欲尋前迹，空惆悵、成秋苑。自約賞花人，別後總、風流雲散。水遠，怎知流水外，卻是亂山尤遠。天涯夢短，想忘了、綺疏雕檻。望不盡、冉冉斜陽，撫喬木、年華將晚。但數點紅英，猶識西園淒婉。

【注釋】❶中庵　元劉敏中號中庵，有《中庵樂府》。❷屐齒　木屐施兩齒，可以踐泥。

【語譯】乘著一條小船漫遊東皋，仍然記得當日綠陰樹下，大門緊閉。木屐的兩齒中沾滿了青苔，衣袖上沾滿了酒漬，畢竟都成過往。雖想追尋舊迹，但秋來亭苑荒廢，無限悵惘。我也曾約了一些賞花的朋友，不過離開後便音訊全無了。

一道道的水流很遠，又豈知流水之外，一座座的遠山卻是距離得更遠呢？天涯流落，夢也少做了，即使雕闌玉柱，想亦早已忘卻。斜陽外冉冉氤氳，無法看得清楚，我撫摸高大的樹木，歎息年紀的老邁。只剩下幾點紅花，來點綴這西園裏的無限淒清。

【賞析】此過友人故園，起過東皋，當日門巷，多少歡愉。今則秋苑蕭條，賞花之人，風流雲散，空成惆悵。下闋由別後，而覺水遠山更遠，有北宋詞行人更在春山外之意了。下顧斜陽而驚心年華，四野寂寥，只落紅點點，伴人淒婉，愈轉愈悲，殆愁苦之詞易工，而更易感人耶？

298

高陽臺

和周草窗寄越中諸友韻

王沂孫

殘雪庭陰，輕寒簾影，霏霏玉管春葭❶。小帖金泥❷，不知春是誰家？相思一夜窗前夢，奈箇人、水隔天遮。但淒然、滿樹幽香，滿地橫斜。

江南自是離愁苦，況游驄古道，歸雁平沙。怎得銀箋❸，殷勤說與年華。如今處處生芳草，縱憑高、不見天涯。更消他，幾度東風，幾度飛花。

【注釋】❶春葭　見前盧祖皋〈宴清都〉頁四二二注❶。❷小帖金泥　黃金屑塗在紙上為泥金。前人用泥金紙小帖貼在門上，表示新年。沈約〈和陸慧曉百姓名詩〉詩：「易紀粲金泥。」❸銀箋　信紙。

【語譯】院子的背後積雪未消，簾子外透入惻惻的寒意，春天來了，蘆管長得一片茂盛。泥金喜帖頒下來了，不知誰人中了進士？昨夜在窗邊睡著了，夢中還不住的想念你們，只可惜我們一個個的，都天涯遠隔了。看到樹上繁花盛開，在月光的朗照下，影子散滿地上，此情此景，使人更為傷感。

江南風景優美，要分離更感痛苦，何況大道上策馬飛馳，雁兒在沙洲中輕輕降落。甚麼地方能弄來一張銀箋呢？詳細地記載了這些英年韻事。現在到處都長滿了綠草，即使登高也看不到天涯路遠了。更何況多少次的東風輕送，又多少次的花落花開。

【賞析】碧山與草窗，負一時名，其所交遊，亦詞壇遺老，停雲落月之思，固非泛泛。起初春殘雪輕寒，不知誰家有好春信，只我相思懷人成夢，夢覺淒然。下片是將日歸來，細說之事，懸想之詞。離愁應相思，低徊掩抑，盪氣迴腸。周爾墉以為草窗詞：「直饒明日便春晴，已是一春閒過了。」與此收筆用意相反。而一用進筆，一用縮筆，異曲而同工。

299

法曲獻仙音

聚景亭梅次草窗韻

王沂孫

層綠❶峨峨，纖瓊❷皎皎，倒壓波痕清淺。過眼年華，動人幽意，相逢幾番春換。記喚酒、尋芳處，盈盈褪妝❸晚。已消黯，況淒涼、近來離思，應忘卻、明月夜深歸輦❹。荏苒一枝春，恨東風、人似天遠。縱有殘花，灑征衣、鉛淚都滿。但殷勤折取，

自遣一襟幽怨。韻

【詞牌】〈法曲獻仙音〉，一名〈獻仙音〉、〈越女鏡心〉。

・陳暘《樂書》云：「聖朝法曲樂器，有琵琶、五絃箏、箜篌、笙笛、觱篥、方響、拍板，其曲所存，不過道調望瀛、小石獻仙音而已，其餘皆不可復見矣。」《樂章集》注小石調，姜夔詞注大石調，周密詞名〈獻仙音〉，姜夔詞名〈越女鏡心〉。按唐張籍酬朱慶餘詩，有「越女新裝出鏡心」句，姜夔詞調名本此。又大石調〈獻仙音〉詞以此（周）詞及姜二首為正體；若李詞之句讀小異，乃變格也。（《詞譜》）

・楊慎《詞品》云：「〈法曲獻仙音〉，唐有此曲，即〈望江南〉也；但〈法曲〉三疊，〈望江南〉兩疊。南宋紹興中，杭都酒肆，有道人攜烏衣錐髻女子，買斗酒，獨飲，女子歌以侑之，凡九闋，非人世語。有道士聞之，驚曰：「此赤城韓夫人所製水府蔡真君法駕導引也。烏衣女，蓋龍云。」先舒按：其詞調與〈憶江南〉不異，特首三字則重唱一句，是要即〈憶江南歌頭〉之變，好事者遂神之，而異其名耳！正吳君特、周邦彥多有〈法曲獻仙音〉詞，長調至九十二字，雖未知與大宴第七所奏樂曲異同；要去〈望江南〉遠矣。楊又謂：「白樂天嘗改〈法曲獻仙音〉為〈憶江南〉，尤無說。此調萌芽于六朝，定譜于李太尉，源流可覈，寧始香山耶！」（《填詞名解》）

・〈法曲獻仙音〉，大石。《唐志》：「玄宗知音律，又酷愛〈法曲〉。」又云：「夢仙子十輩，御

青雲而下，列于庭，各執樂器，獻仙音也。」《片玉集注》

【詞律】〈法曲獻仙音〉，雙調九十二字，前段八句，三仄韻，後段九句，四仄韻。

【注釋】❶層綠　指綠梅。❷纖瓊　細玉，指白梅。❸盈盈褪妝　美色退落。❹輦　車子。吳自牧云：「高似孫過聚景園詩云：『翠華不向苑中來，可是年年惜露臺；水際春風寒漠漠，官梅卻作野梅開。』」見《夢粱錄》。

【語譯】綠梅層層盛放，白梅明潔照人，比清澈的波光更美。時光轉瞬即逝，幽姿楚楚，引人注目，我們現在又相逢了，但已經度過了很多次的春天。記得那個賞花買醉的地方嗎？梅花特別清麗，而且很遲才枯謝呢。

一切已成過去，何況近來離別之後，思慕愈深，心情愈感悲酸，應該把明月夜乘車夜歸的雅興都忘掉了。現在一枝梅花孤單地在春天綻開，而東風亦已逐漸遠去。即使尚有殘花數點，但灑在征衣上的，卻是點滴的淚痕。只好小心地拗折一枝，來打發自己的一腔幽思。

【賞析】此詠聚景亭梅花和草窗作。亭在杭州清波園外，為南宋帝王臨幸之區。草窗碧山亦必幾度曾游，起詠梅三句，下接幾番相逢春換，尋芳猶記，年華已成過往。下闋離思，正是不曾相逢，東風人似天遠。縱有以下，想殘花，過客也應下淚，更不忍往游，收二句有和詞之意。

300　疏影

尋梅不見

彭元遜

江空不渡（韻），恨蘼蕪杜若❶（句），零落無數（韻）。遠道荒寒（句），婉娩❷流年（句），望望美人遲暮。風煙雨雪陰晴晚，更何須、春風千樹。盡孤城、落木蕭蕭，日夜江聲流去。日晏山深聞笛，恐他年流落，與子同賦。事闊心違，交淡媒勞❸，蔓草❹沾衣多露。汀洲窈窕餘醒寐，遺佩環、浮沉澧浦❺。有白鷗、淡月微波，寄語消遙容與❻。

【作　者】元遜字巽吾，廬陵（今江西吉安）人。景定二年（一二六一）解試。劉辰翁《須溪詞》內屢有唱和之詞。

【注　釋】❶蘼蕪杜若　皆香草名。見《楚辭》。❷婉娩　容順貌，張華〈永懷賦〉：「揚綽約之麗姿，懷婉娩之柔情。」❸媒勞　《楚辭・九歌》：「心不同兮媒勞，恩不甚兮輕絕。」❹蔓草　《詩經・鄭風》：「野有蔓草，零露漙兮。」❺澧浦　澧，水名。《楚辭・九歌》：「余佩兮醴浦。」澧，醴，古書通用。❻逍遙容與　逍遙而遊，容與而戲。《楚辭・九歌》：「聊逍遙兮容與。」

【語　譯】江水空闊，不能跟隨春天一起遠去，那些蘼蕪杜若的香草，亦已凋零殆盡了。路途遙遠，荒涼一片，而時光又不留人的，很快便步入晚年。風吹雪打，晴陰難定，再不用勞駕春風吹綠了所有的林木。便任由這座荒城，落葉蕭蕭而下，伴隨江水日夜滔滔不絕的流去。

下午時，在群山之中，聽到一陣笛聲，只怕他年流落不歸，便跟你一樣用哀怨的笛聲宣洩心中的抑鬱。事情太多，有時用盡心力也無法兼顧，交情不深的話，媒人就會奔波辛苦了，蔓草上凝結了很多露珠，連衣服也沾濕了。沙洲上生活清閒，只是不住的睡覺和醒來，就把佩環遺落於澧水中去。有些白色的海鷗，在疏淡的月色下，微波蕩漾，表現出一片開心寫意的樣子。

【賞析】此尋梅不見，當是別有寄託之詞。起三句江畔芳草，零落無數，是不見梅，已含尋字。望望美人遲暮，由尋而望。何須春風千樹，別種花卉儘有，但非所須。前半都為尋梅傳神。下闋聞笛中落梅之曲，仍不見真梅也。下片是寄託所在，梅之落以寓自身流落。事闊心違三句是一篇主題，人不與我同心，事多不合，沾衣句似陶公：「衣沾不足惜，但使願無違。」收餘情搖曳，容與自得。

301 六醜

楊花

彭元遜

似東風老大，那復有、當時風氣。有情不收，江山身是寄，浩蕩何世？但憶臨官道，暫來不住，便出門千里。癡心指望回風墜，扇底相逢，釵頭微綴。他家萬條千縷，解遮亭障驛，不隔江水。瓜洲曾艤，等行人歲歲。日下長秋，城烏夜起。帳廬好在春睡，共飛歸湖上，草青無地。愔愔❶雨、春心如膩，欲待化、豐樂樓前，帳飲青門❷都廢。何人念、流落無幾，點點摶作，雪緜鬆潤，為君裛❸淚。

【注釋】❶愔愔　和靜貌。❷青門　古長安城門名。門外出佳瓜，廣陵人邵平為秦東陵侯，秦破為布衣，種瓜青門外。見《三輔黃圖》。王績詩：「失路青門引，藏名白社遊。」❸裛　浥也，濡也。陶潛〈飲酒〉詩：「裛露掇其英。」

【語譯】似東風餘勁殆盡，再沒有當年的威猛。感情是不需收斂的，我們寄居在蒼闊的山水之間，又何必理會斯世何世呢？只是想到官道之上，來來往往的，不會停留下來，轉眼便又離家千里了。我一片癡情，只想東風再吹回來，可以在葉底下會面，燦開於枝梢的尖端。別人家中的柳絲亦有千縷萬縷，一起的遮蔭庭園，卻不會被江水無情地分隔開來。

曾經在瓜洲渡口泊船，每年的人來人往，太陽西下，天氣轉又帶來瑟瑟的秋意，晚上城頭的烏鴉有時也會拍翅驚喜。船篷下一覺春夢，十分酣暢，在湖上優悠閒蕩，這不是青草兒的世界。一陣惱人的梅雨，心情很覺煩悶，希望能像豐樂樓前的酒市中痛飲，但青門早已變為廢墟。誰人再會想念你呢？現在漂泊流落，剩餘無幾，於是化作雪白鬆軟的棉花模樣，不禁灑下了幾顆傷心的珠淚。

【賞析】此詠楊花，亦身世不遇，借楊花以寄託故國君王之思。東風老大，無復當時風氣，似指南渡之局。故下云江山是寄。憶臨官道，此身本擬入朝為官，不住而出，又還望回風轉機，他家三句指在位者。下闋瓜洲四句，飄然客況，春夢湖上，應上片官道，欲化去不成，終致流落裛淚，詞情幽邃欲說還休，極恍惚之致。

302 紫萸香慢

姚雲文

近重陽、偏多風雨❶，絕憐此日暄明。問秋香濃未，待攜客，
出西城。正自羈懷多感，怕荒臺❷高處，更不勝情。向尊前、又
憶漉酒❸插花人，只座上、已無老兵❹。淒清，淺醉還醒，愁
不肯、與詩平。記長楸走馬，雕弓搾柳❺，前事休評。紫萸❻一枝
傳賜，夢誰到、漢家陵。盡烏紗❼、便隨風去，要天知道，華髮
如此星星，歌罷涕零。

【作　者】雲文字聖瑞，高安人。咸淳四年（一二六八）進士，官興縣尉。入元，授承直郎，撫建兩路儒學提舉，有《江村遺稿》，今不傳。《翰墨大全》又稱為「姚若川」，天下同文稱姚雲。

【詞　牌】〈紫萸香慢〉，一名〈紫萸香〉。

《詞律》，《詞譜》均收姚雲文一調，雙調，一百十四字。

・〈紫萸香慢〉調，姚雲文自度腔，因詞有「紫萸一枝傳賜」句，取以為名。（《詞譜》）

【詞　律】〈紫萸香慢〉，雙調，一百十四字，前段十句，四平韻，後段十二句，七平韻。

【注　釋】❶近重陽句　唐人詩：「滿城風雨近重陽。」❷荒臺　見前吳文英〈霜葉飛〉頁四三二注❻。❸漉酒　陶淵明嘗取頭上葛巾漉酒。見蕭統《陶淵明傳》。❹老兵　晉謝奕嘗逼桓溫飲，溫走避之。奕遂引溫一兵帥共飲曰：「失一老兵，得一老兵。」見《晉書》。❺雕弓搾柳　百步穿楊意。搾，射擊。❻紫萸　見前吳文英〈霜葉飛〉頁四三二注⓮。❼烏紗　帽也。用孟嘉事。見前吳文英〈霜葉飛〉頁四三二注⓭。

【語　譯】重陽節近，風雨特多，真難得今天竟然會碰上天晴。不知道菊花是否盛開？我想陪著朋友出城西欣賞。我心中正有無端的漂泊之感，只怕登上高高的戲馬臺上，更容易引致傷感。對著酒尊，則又想起用頭上葛巾漉酒的故事，簪花插髮，而友朋們風雲消散，很難像謝奕一樣找到一位老兵作伴了。

我心中一片孤淒，飲酒半醉，很容易又醒轉過來，而心境的煩惱亦不像詩境的寧靜。記得以前年輕時在長長的楸林中策馬飛奔，拿起弓箭，可以百步穿楊，但畢竟都過去了，不要再提。聽說皇上頒下一枝茱萸，不知道誰人可以送到漢室的陵寢去呢？即使烏紗帽被風吹走，只不過要告訴天公知道，我現在的頭髮已一片雪白了，一曲既終，不禁又涕淚縱橫而下。

【賞析】此垂老重陽，感時而賦。起首四句秋雨新晴，趁佳節欲攜客出游。羈懷多感，故又不出。但飲酒追歡，也甚無味。下片淺飲雖醉猶醒，一些前事。夢到漢家陵，詞人亡國之痛，垂老華髮星星，猶不能忘懷故國，歌罷涕零，文人心事婉曲，只漢家陵三字，微吐意旨，其他鋪陳重陽景物，乃一般作法耳。

303 金明池

僧揮

天闊雲高，溪橫水遠，晚日寒生輕暈。閒階靜、楊花漸少，朱門掩、鶯聲猶嫩。悔匆匆、過卻清明，旋占得餘芳，已成幽恨。卻幾日陰沉，連宵慵困，起來韶華都盡。

怨入雙眉閒鬥損，乍品得情懷，看承❶全近❷。深深態、無非自許，厭厭意、終羞人問。爭知道、夢裏蓬萊，待忘了餘香，時傳音信。縱留得鶯花，東風不住，也則❸眼前愁悶。

【作　者】仲殊名揮，姓張氏，字師利，安州（今湖北安陸）人。嘗舉進士，後因事棄家為僧，住蘇州承天寺，杭州吳山寶月寺，崇寧中自縊卒。蘇軾云：蘇州仲殊師利和尚，能文，善詩及歌詞，皆操筆立成，不點竄一字。予曰，此僧胸中無一毫髮事，故與之遊。仲殊有詞七卷，名《寶月集》，不傳，今有趙萬里輯本。

【詞　牌】〈金明池〉，一名〈昆明池〉、〈夏雲峰〉。

•〈金明池〉調見《淮海語》，賦東京金明池，即以調為題也，李彌遜詞名〈昆明池〉；僧揮詞名〈夏雲峰〉。此調始于秦觀，有李彌遜詞可校。（《詞譜》）

•金明池，宋汴京遊幸地也。南宋德壽出遊，修舊京金明池故事，調名取此。（《歷代詩餘》）

•金明池，宋汴京遊幸地也，《情史》載：趙應之池上遇當爐女事，近委巷語，且無關詞名，故不詳；然池名略見於此。南渡後，壽皇每奉德壽三宮出遊，往往修舊京金明池故事，以安太上之心。（《填詞名解》）

按金明池在今河南開封縣西，五代周世宗謀伐南唐，鑿池習水戰。宋太祖置神衛水軍以習舟師。後漸變為皇室之遊幸，民間之遊樂地，調名本此。

【詞　律】〈金明池〉，此體雙調，一百二十字，前段十一句，四仄韻，後段十一句，五仄韻。

【注　釋】❶看承　特別看待意。❷全近　極其親近。❸也則　依然意。

【語　譯】青空莽闊，白雲高迴，溪水淙淙遠去，黃昏日落，帶來了陣陣寒意。庭階上一片寂靜，楊花已逐漸減少了，紅色的大門深鎖，而黃鶯的聲音還是十分嬌嫩。我只後悔清明節過得太快，料想餘香點點，當亦有無限的傷感。連日來天氣陰暗，晚上也懶洋洋的，十分疲倦，而起來後一切的花兒全都枯謝了。

心情抑鬱，雙眉皺起來十分難看，待能夠了解箇中的心意時，又細心看待，極其親近。深厚的情態，不外乎自我誇許，而抑鬱的心緒，卻很怕別人問起。又有誰知道，我時常夢到蓬萊宮中，只盼將餘香忘了，但不時又傳來花信。即使留得黃鶯和楊花，而東風不肯停住的話，此情此景，依然使人愁悶而已。

【賞析】僧揮與東坡為友，能文善歌詞，操筆立成，不點竄一字。《老學庵筆記》云：「仲殊長老，崇寧中忽上堂辭眾，是夕閉方丈門，自縊死。」亦甚怪異。此篇江南春景，楊花少，鶯聲嫩，幾日陰沈慵困，起來春晚，一片幽恨。下闋，幽恨厭厭，總是惜春心事。此不似僧詞，別有懷抱，當與近世曼殊上人、弘一大師一類之緇衣，就不必嫌其全篇綺語了。

304 鳳凰臺上憶吹簫

李清照

香冷金猊❶，被翻紅浪❷，起來慵自梳頭。任寶奩❸塵滿，日上簾鉤。生怕離懷別苦，多少事、欲說還休。新來瘦，非干病酒，不是悲秋。

休休，者❹回去也，千萬徧陽關❺，也則難留。念武陵人遠❻，煙鎖秦樓。惟有樓前流水，應念我、終日凝眸。凝眸處，從今又添，一段新愁。

【作　者】清照，號易安居士，濟南人。格非之女，趙明誠妻。生於元豐七年（一〇八四），紹興年間卒，年在七十以上。周輝云：頃見易安族人，言明誠在建康日，易安每值天大雪，即頂笠披簑，循城遠覽，以尋詩得句，必邀其夫賡和，明誠每苦之也。陸游云：張子韶對策有「桂子飄香」之語，趙明誠妻李氏嘲之曰：「露花倒影柳三變，桂子飄香張九成。」《才婦錄》云：易安居士能書、能畫，又能詞，而尤長於文藻。迄今學士每讀〈金石錄序〉，頓令心神開爽，何物老嫗，生此寧馨，大奇大奇。《四庫全書提要》云：清照以一婦人而詞格乃抗軼周、柳，雖篇帙無多，固不能不寶而存之，為詞家一大宗矣。易安有《漱玉集》一卷，見汲古閣詩詞雜俎刊本，又有四印齋所刻詞刊本，李文裿輯本，趙萬里輯本，又近人有《李清照集》。

【詞　牌】〈鳳凰臺上憶吹簫〉，一名〈憶吹簫〉、〈憶吹簫慢〉。

・《列仙傳拾遺》云：「蕭史善吹簫，作鸞鳳之響，秦穆公有女弄玉，善吹簫，公以妻之，遂吹弄玉作鳳鳴，居十數年，鳳凰來上，公為作鳳凰，夫婦止其上，數年，弄玉乘鳳，蕭史乘龍去。」調名取此。《高麗史・樂志》一名〈憶吹簫〉。《詞譜》

【詞　律】〈鳳凰臺上憶吹簫〉，此體雙調，九十五字，前段十句，四平韻，後段十句，五平韻。

【注　釋】❶金猊　獅形之銅香爐。❷紅浪　錦被上繡文。❸寶奩　美麗之鏡匣。❹者　這。❺陽關　原為王維七絕，後歌入樂府，以為送別之曲。❻武陵人遠　用陶潛〈桃花源記〉，武陵人到桃花源事，意指所思之人遠去。

【語　譯】銅獅香爐已經冷了，因為整夜輾轉反側，被子上紅浪飄動起伏，起來獨個兒懶洋洋地梳理頭髮。任由鏡匣上堆積灰塵，而太陽亦已日上三竿了。我最怕離別之苦，很多的心事，想說了，最後還是打住。近來身體漸趨瘦弱，不是由於飲酒太多，也不是秋天的悲感。

算了，算了，這次的離別，即使唱了千萬遍的陽關曲，也沒有辦法挽留得住。想起桃花源武陵人的故事，已經過去很久了，現在秦樓上只是一襲荒煙瀰漫而已，只有樓前淙淙而過的流水，還會記得我曾經整天的凝眸靜想。但現在連凝眸的地方也憑添一份新來的愁緒啊！

【賞　析】宋代女子詞人，漱玉為第一。沈曾植云：易安跌宕昭彰，氣調極類少游，刻摯且兼山谷，閨房之秀，文士之豪。自明以來，隨情者醉其芬馨，飛想者賞其神駿。漁洋山人稱易安、幼安為濟南二安，易安為婉約主，幼安為豪放主。此闋詠別，起五句香閨人懶，離懷別苦，新來瘦曲折婉媚。休休四句，真是欲說還休。人已去遠，秦樓寂寞，流水句奇情癡語，如巧匠運斤，毫無痕迹，誠為不虛。

305 如夢令

李清照

昨夜雨疏風驟（韻），濃睡不消殘酒（韻）。試問捲簾人（句），卻道海棠❶依舊（韻）。

知否？知否？應是綠肥紅瘦❷。

【詞牌】〈如夢令〉，一名〈憶仙姿〉、〈宴桃源〉、〈比梅〉、〈不見〉、〈古記〉、〈無夢令〉、〈如意令〉。

・〈如夢令〉，按宋蘇軾詞注，此曲本唐莊宗製，名〈憶仙姿〉，嫌其名不雅，故改為〈如夢令〉，蓋因此詞中有「如夢如夢」疊句也。（《詞律校刊》）

・宋蘇軾詞注云：「此曲本唐莊宗所製，名〈憶仙姿〉，嫌其名不雅，故改為〈如夢令〉。」蓋因此詞中有「如夢。如夢」句也。周邦彥又因此詞首句，改名〈宴桃源〉；沈會宗詞有「不見不見」疊句，名〈不見〉；張輯詞有「比著梅花更瘦」句，名〈比梅〉；梅苑詞名〈古記〉；鳴鶴餘音詞名〈無夢令〉；魏秦雙調詞，名〈如意令〉。（《詞譜》）

・〈如夢令〉一名〈憶仙姿〉，世傳始自後唐莊宗，莊宗修內苑，掘土，有繡花，碧色，中有斷碑，載此詞，則莊宗前已有之。《尊前集》載白居易〈宴桃源〉，亦即此調。（《詞調溯源》）

【詞律】〈如夢令〉，單調，三十三字，七句，五仄韻，一疊韻。

【注釋】❶海棠　秋海棠，四季開花。❷綠肥紅瘦　葉多花少。

【語譯】昨夜細雨霏微，但風力很是強勁。因為酒意未散，結果濃濃地睡了一覺。假如你問問窗前捲簾的，她一定會告訴你海棠又已依舊盛開了。你知道嗎？你知道嗎？現在該又是紅花將謝，綠葉茂盛的季節了。

【賞析】此一首深春感懷之作，雨疏風驟，惱人時候，飲酒睡覺不能消愁。試問以下，情節微妙。問得鄭重有情，答得卻稀鬆麻木。黃蓼園云：按一問極有情，答以依舊，答得極澹，跌出知否二句來，而綠肥紅瘦，無限淒婉。卻又妙在含蓄短幅中，藏無數曲折，自是聖於詞者。知否知否，是自語，綠肥紅瘦亦不是捲簾子的大腳丫頭所能了解，綠肥紅瘦，只有像易安這種有豐富情感的才女，才會寫得觸目驚心，芳馨無限。

306 醉花陰

李清照

薄霧濃雲愁永晝，瑞腦❶消金獸❷。佳節又重陽，玉枕紗廚❸，半夜涼初透。

東籬把酒黃昏後，有暗香❹盈袖。莫道不消魂？簾捲西風，人比黃花瘦。

【詞牌】《醉花陰》，《詞律》僅李清照一調，雙調，五十二字。《詞譜》則收毛滂一詞，雙調，五十二字。

又〈醉花陰〉亦曲牌名，一名〈淩波曲〉，古格止五句，近體八句。

【詞律】〈醉花陰〉，雙調，五十二字，前後段各五句，三仄韻。

【注釋】❶瑞腦 即龍腦，一種香料，舊稱冰片，香氣甚濃。❷金獸 即獸形之銅香鑪。❸紗廚 即碧紗廚。今之紗帳。❹暗香 幽香。林逋詩：「暗香浮動月黃昏。」指梅花，此用陶潛〈飲酒〉詩「采菊東籬下」指菊花。

【語譯】天氣低沈陰暗，心緒也難得寧靜，龍腦香從銅獸香鑪中噴薄而出。現在重陽佳節快來到了，夜來陣陣的寒意，不時從繡枕及紗帳中透入。

黃昏時，我在東邊的竹籬下持酒細酌，採摘菊花藏入袖中，有縷縷的清香撲鼻，這不是很快意的事情嗎？但當我捲起窗簾，一陣西風吹到，原來我比菊花更瘦弱呢！

【賞析】此重陽寄夫君趙君，起即筆端噴溢離愁，薄霧濃雲，正重陽天氣，鑪香已燼，寂寞可知。夜半初涼，不能入睡。下片黃昏對菊小飲，是睡前之事。收句人比黃花瘦，極平易，而人所難到，婦人神態，歎為觀止。《瑯環記》云：「易安作此詞，明誠嘆絕，苦思求勝之，乃忘寢食三日夜，得十五闋，雜易安作以示友人陸德夫。德夫玩之再三曰，只有莫道不消魂三句絕佳。」情語至此，可以無事華采。

307

聲聲慢

李清照

尋尋覓覓（韻），冷冷清清（句），淒淒慘慘戚戚（韻）。乍暖還寒（句），時候最難將息❶。三杯兩盞淡酒，怎敵他、晚來風急。雁過也，最傷心、卻是舊時相識。

滿地黃花堆積，憔悴損、如今有誰堪摘？守著窗兒，獨自怎生得黑？梧桐更兼細雨，到黃昏、點點滴滴。者次第❷，怎一個、愁字了得。

【詞牌】〈聲聲慢〉，一名〈勝勝慢〉、〈人在樓上〉。

・〈聲聲慢〉，蔣氏《九宮譜》注仙呂調，晁補之詞名〈勝勝慢〉；吳文英詞有「人在小樓」句，名〈人在樓上〉。（《詞譜》）

・〈聲聲慢〉，宋蔣捷〈賦秋聲〉，俱以「聲」字收韻，調名本此。周密雙調九十五字一體，「聲」作「勝」者，誤。（《歷代詩餘》）

【詞律】〈聲聲慢〉，此體雙調，九十七字，前段九句，五仄韻，後段八句，五仄韻。

【注釋】❶將息　休養。❷者次第　這許多情況。

【語譯】我要找尋一些東西，但周圍一片清冷，使我心情淒酸得很。在這個陣暖陣寒的季節裏，實在很難靜心休息的。兩三杯的清酒，又怎樣能抵得住晚上的秋風呢？雁兒飛過了，最傷心的原來我們以前是相識的朋友啊！

菊花遍地堆積，現在都已凋零憔悴，又有誰願意採摘呢？我守在窗前，一個人又怎樣等到天暗呢？細雨潺潺，梧桐葉落，點點滴滴的直到黃昏時分，在這許多的情況底下，又豈是一個愁字可以形容得出來呢！

【賞析】起首連下十四個疊字，備極淒然，宜為清照孀居以後之作。周濟云：雙聲韻字，要著意布置，有宜雙不宜疊，宜疊不宜雙處，重字則既雙且疊，尤宜斟酌，此三疊韻，六雙聲，是鍛鍊出來非偶然拈得。見雁而心傷舊識，是舉目已少親人。下片滿地黃花，窗前獨自，寂寞得天還不黑。黃昏細雨，又非一個愁字可盡心中之悶悶。此詞任情掃灑，自有遒逸之氣。萬樹稱其用字奇橫而不妨音律（黑、得），卓絕千古，人若不見才而故學其華，則未免類狗。真俯視巾幗，壓倒鬚眉。

308 念奴嬌

春情

李清照

蕭條庭院，有斜風細雨，重門須閉。寵柳嬌花寒食近，種種惱人天氣。險韻❶詩成，扶頭酒❷醒，別是閒滋味。征鴻過盡，萬千心事難寄。

樓上幾日春寒，簾垂四面，玉闌干慵倚。被冷香消新夢覺，不許愁人不起。清露晨流，新桐初引❸，多少游春意。
日高煙斂，更看今日晴未。

【注釋】❶險韻　以生僻字協韻。❷扶頭酒　沉醉之酒。❸清露二句　《世說新語・賞譽第八》：「於時清露晨流，新桐初引。」

【語譯】庭院中一片淒清沉寂，加以斜風細雨，須把門戶重重關閉了。柳嬌花媚的寒食節又到來了，所以天氣使人悶得很。我做好了一首以生僻字協韻的詩歌，衝頭的酒意亦已消解，沒有甚麼事情好做，特別覺得清閒，當雁兒全都飛走的時候，心事萬千，總是難以排遣。

樓上連日來春寒冉冉，四周的窗簾都拉下來了，也懶得倚在闌干凝望。棉被冷凍，鑪香燃盡，而夢兒亦剛剛醒轉過來，不許我這個多愁善感的人不起床了。早晨的露水流過，桐花剛行綻開，我多希望能夠踏青賞春啊！太陽已經升高了，四圍煙霧消散，不知道今天又是否晴朗呢？

【賞析】此篇前闋一片愁緒，斜風細雨，本極蕭條。寵柳嬌花，又復媚嫵。忽悲忽喜，開合自如。險韻以下，又復生愁。下闋樓上春寒，仍是惱人天氣。被冷香消，哀怨無端。清露三句，興致陡然，收句亦有奇思。以雨起，以晴結，章法自成。

309 永遇樂

李清照

落日鎔金❶，暮雲合璧❷，人在何處？染柳煙濃，吹梅笛怨，春意知幾許？元宵佳節，融和天氣，次第豈無風雨。來相召、香車寶馬，謝他酒朋詩侶。中州❸盛日，閨門多暇，記得偏重三五❹。鋪翠冠❺兒，撚金雪柳❻，簇帶❼爭濟楚❽。如今憔悴，風鬟霧鬢，怕見夜間出去。不如向、簾兒底下，聽人笑語。

【注釋】❶鎔金　落日如鎔金般顏色。蘇軾〈中秋月寄子由〉詩：「鎔銀百頃湖。」鎔銀鎔金相似。❷合璧　雲像璧樣合成一整塊。❸中州　通常河南省曰中州，以其處九州之中也。❹三五　謂元宵節。❺鋪翠冠　女冠用翠羽做妝飾。❻撚金雪柳　剪貼之紙花。❼簇帶　裝束。❽濟楚　整潔貌。

【語譯】太陽西落，一片金碧輝煌，傍晚的雲層像一塊完整的玉璧，但他又到了那裏去呢？濃密的蒼煙籠蓋柳樹，梅樹下傳來了陣陣幽怨的笛聲，春天究竟來了多久呢？在元宵佳節那天，天氣一片清明，完全沒有風風雨雨。有些詩酒過從的良朋好友，乘著華貴的馬車，邀請我一起出外欣賞。

當年京師文物繁盛，我在閨中沒有甚麼事情好做，特別重視十五的元宵佳節。戴上翠冠，剪貼紙花，繫好腰帶，打扮得十分整潔漂亮。現在心身俱困，而鬢髮亦日漸稀疏變白，夜晚也不敢外出了。倒不如倚在窗前，聽聽別人的深談歡笑算了。

【賞析】此元宵詞易安晚歲之作。起二句鎔金合璧，綺麗非凡，人在何處，一句有多少淒涼。染柳以下寫元宵天氣晴朗，雖有車馬相邀，亦無興出遊，人在何處，失偶之悲。下片追憶盛日，如今憔悴三句，以不鍛鍊之語，隨意出之，怕見夜間出去，愈白而愈真，收句愁絕，聽人笑語，如何度過。楊慎云：辛稼軒詞泛菊杯深，吹梅笛怨。蓋用易安染柳煙濃，吹梅笛怨也。然稼軒改數字更工，不妨襲用。

310 浣溪沙

李清照

髻子❶傷春懶更梳，晚風庭院落梅初，淡雲來往月疏疏❷。

玉鴨❸薰鑪閒瑞腦❹，朱櫻❺斗帳掩流蘇❻，通犀還解辟寒無❼？

【注釋】❶髻子　髮髻子。❷疏疏　光淡淡貌。❸玉鴨　鴨形香鑪。❹瑞腦　香也。❺朱櫻　斗帳上的紅花。❻流蘇　斗帳上的五采羽毛的垂飾。王維〈扶南曲歌詞〉詩：「翠羽流蘇帳。」❼通犀還解辟寒無　《神州異物志》：「犀角色白通兩頭。」李商隱〈碧城〉詩：「犀辟塵埃玉辟寒。」

【語譯】春天來了，懶洋洋的意緒，也不想去梳理髻子了，庭子裏一陣晚風吹過，梅花開始片片飄落。薄雲來去飄舞，月兒十分明亮。

瑞腦香在寶鴨熏鑪內燃盡而消歇了，紅櫻斗帳為流蘇所掩。那辟寒犀玉真的有作用嗎？

【賞析】起首春情意懶，故不梳頭，此二句和被翻紅浪的情感相似。不梳頭而看晚風庭院，梅花一陣陣在落，是終日厭厭，一直到見到月光，這時間是相當長的。下片室內人不曾睡，用香鑪焚香，斗帳懸著流蘇，閨中之景宛然如畫，結句天寒犀玉真有作用嗎？此詞鍊句修詞，非常自然。譚獻云：易安居士獨此篇有唐調，選家鑪冶，遂標此奇。不似平時之肆意無顧藉。

附錄　詞林正韻

十九代
第六部
平聲十七眞　十八諄
十九臻　二十文
二十一欣　二十三魂
二十四痕
上聲十六軫　十七準
十八吻　十九隱
二十一混　二十二很
去聲二十一震　二十二稕

二十三問　二十四焮
二十六慁　二十七恨
第七部
平聲二十二元　二十五寒
二十六桓　二十七刪
二十八山　一先
二仙
上聲二十阮　二十三旱
二十四緩　二十五潸
二十六產　二十七銑

二十八獮
去聲二十五願　二十八翰
二十九換　三十諫
三十一襇　三十二霰
三十三線
第八部
平聲三蕭　四宵
五爻　六豪
上聲二十九篠　三十小
三十一巧　三十二晧

去聲三十四嘯　三十五笑
三十六效　三十七号
第九部
平聲七歌　八戈
上聲三十三哿　三十四果
去聲三十八箇　三十九過
第十部
平聲十三佳半　九麻
上聲三十五馬
去聲十五卦半　四十禡

第十一部

平聲十二庚　十三耕

十四清　十五青

十六蒸　十七登

上聲三十八梗　三十九耿

四十靜　四十一迥

四十二拯　四十三等

去聲四十三映　四十四諍

四十五勁　四十六徑

四十七證　四十八嶝

第十二部

平聲十八尤　十九侯

二十幽

上聲四十四有　四十五厚

四十六黝

去聲四十九宥　五十候

五十一幼

第十三部

平聲二十一侵

上聲四十七寑

去聲五十二沁

第十四部

平聲二十二覃　二十三談

二十四鹽　二十五沾

二十六嚴　二十七咸

二十八銜　二十九凡

上聲四十八感　四十九敢

五十琰　五十一忝

五十二儼　五十三豏

五十四檻　五十五范

去聲五十三勘　五十四闞

五十五豔　五十六㮇

五十七驗　五十八陷

五十九鑒　六十梵

第十五部

入聲一屋　二沃

三燭

第十六部

入聲四覺　十八藥

十九鐸

第十七部
入聲五質　六術
七櫛　二十陌
二十一麥　二十二昔
二十三錫　二十四職
二十五德　二十六緝
第十八部
入聲八勿　九迄
十月　十一沒
十二曷　十三末
十四黠　十五舝
十六屑　十七辥
二十九葉　三十帖
第十九部
入聲二十七合　二十八盇
三十一業　三十二洽
三十三狎　三十四乏

詞林正韻卷上

吳縣 戈載 順卿 輯

第一部

平聲 一東二冬三鍾通用

東都籠切 凍蝀鶇通他東切 蓪侗恫狪㴊蝀同徒東切 童僮
侗曈瞳銅峒桐橦絧罿㓊筒筩穜董潼烔衕鮦鶇犝
𦏁酮氃㼧籠盧東切 櫳聾嚨曨朧襱龍瓏礱瀧龔龐蓬
蒲蒙切 芃篷韸髼韼蒙謨蓬切 幪濛霥朦矇饛鸏蠓懵䑃
怱粗叢切 聰蔥䡯繱驄㚇粗叢切 騣鬉豵猣鯼蝬椶稯緵
䆽樅鬷朡叢徂聰切 藂潨洪胡公切 葓篊紅鴻魟虹訌渱

烘呼公切 空枯公切 箜崆倥悾崆涳公沽紅切 工功攻釭玒
蚣翁烏公切 螉嗡豐敷馮切 酆灃僼豐風方馮切 楓瘋馮符風
切 渢堸瞢謨中切 儚嵩思融切 崧娀菘充昌嵩切 珫㤝䘪㳘
終之戎切 螽䨴戎而融切 駥狨絨茙崇鋤弓切 漴中陟隆切 衷
忠忡敕中切 浺盅𤜶蟲持中切 爞沖隆良中切 癃窿䃧霳融
余中切 瀜彤雄胡弓切 熊弓居雄切 躬躳宮穹邱弓切 芎窮渠弓
切 藭
冬都宗切 𩅧彤徒冬切 𢥞鼕農奴冬切 噥𩆖憹儂膿濃鬞鬆蘇宗
切 宗祖賨切 棕賨徂宗切 悰琮淙鬃
鍾諸容切 鐘松妐忪鈆舂書容切 摏蹖惷𩦸衝昌容切 憧鱅

常容切 慵茸如容切 茸毦氄媶蜙思恭切 淞凇樅七恭切 鏦瑽
摐縱將容切 蹤松祥容切 從牆容切 蟌丰敷容切 葑蜂鋒桻烽
峯封方容切 崶葑逢符容切 縫傭痴凶切 𨗴重傳容切 蝩龍力鍾
切 龍醲尼容切 濃襛穠鬞容餘封切 鎔褣庸鄘鎔鏞槦榕
蓉溶墉瑢鱅鰫螉𤰶邱恭切 恭居恭切 龔供共珙匈許容切
胷凶訩洶邕於容切 廱雝雍噰饔灉癰○魚容切 禺喁鰅
蛩渠容切 蛬邛筇

仄聲 一董二腫一送二宋三用通用

上聲

董覩動切 蕫蝀懂侗吐孔切 桶恫動杜孔切 𠳬峒籠魯孔切 攏

琫補孔切 玤蜯俸唪菶埲蠓毋總切 曚矇懵幪捅損動切 總
祖動切 鬆偬䅻𤞞蓯鬷蓯嗊虎孔切 孔苦動切 空汞戶孔切 蓊
鄔孔切 䨣滃螉塕𦑣䳉蒲蠓切 𩗴
腫主勇切 種踵尰豎勇切 宂乳勇切 氄毦竦筍勇切 悚慫聳駷
捧撫勇切 冢展勇切 湩寵丑勇切 隴魯勇切 壟甬尹竦切 埇勇踊
恿俑衕湧蛹洶詡拱切 詾恐立勇切 拱古勇切 珙鞏栱𥑮擁
委勇切 壅

去聲

送蘇弄切 淞糉作弄切 偬緵㚇鬷鑁凍多貢切 涷棟蝀痛他貢
切 洞徒弄切 峒詷慟恫弄盧貢切 哢齈奴凍切 濃哄胡貢切 閧

控苦貢切鞚空貢古送切贛灨矼戇贛甕烏貢切幪蒙貢切霿
夢莫鳳切瞢賵撫鳳切諷方鳳切鳳馮貢切衆之仲切霟蕻呼貢切
嗊中陟仲切仲直衆切
宋蘇綜切綜子宋切統他綜切譖曾宋切嗵胡宋切湩冬宋切
用余頌切俸房用切縫葑芳用切縱足用切瘲頌似用切誦訟從
才用切種朱用切踵重儲用切種恐欺用切供居用切拱共渠用切
雍於用切灉壅

第二部

平聲　四江十陽十一唐通用

江古雙切茳豇扛杠矼釭腔枯江切椌跫降胡江切缸洚邦
悲江切梆垹龐皮江切䆹逄尨莫江切厖駹蛖䴳哤雙疎江切
艭雙艭雙窗初江切摐鏦淙鉏江切潨椿株江切幢傳江切撞
瀧閭江切
陽余章切暘煬揚徉佯洋鍚瘍颺楊鸉羊垟禓芳敷方切
妨方分房切坊肪祊枋鴋蚄房符方切防魴亡武方切忘望
桑鋩襄思將切緗纕瓖驤相廂箱蘘瀼湘鑲蠰瑲千羊切
鏘將槍蹌斨牄鎗鶬將資良切漿蔣螿詳徐羊切祥烊庠
翔牆慈良切檣牀嬙薔商尸羊切觴傷殤湯鵖螪昌蚩良切
倡閶猖菖鯧鶬章諸良切彰嫜璋墇漳樟麞常辰羊切裳
嘗徜償鱨鶬穰如陽切禳鬤攘懹纕瓤瀼躟勷霜師莊切
孀驦鸘創初良切瘡愴莊側羊切妝裝娤牀仕莊切張中良切
粻漲萇抽良切倀瞠餦長仲良切腸場萇良呂張切量糧粱
粱涼凉颼𨂗騵娘尼良切香虛良切薌鄉膷馫羌墟羊切蜣
薑居良切疆姜僵韁橿繮蠕強渠良切疆央於良切泱鞅鴦
鉠泱秧霙怏王雨方切惶鍠徨匡曲王切筐恇劻眶狂渠王
切狂
唐徒郎切餹堂塘溏篖棠醣螗蝪碭當都郎切襠璫鐺
簹艡湯他郎切鐋鏜郎盧當切廊閬哴踉浪峎硠琅鋃蓈
筤稂桹榔狼駺蜋囊奴當切蠰幫逋旁切搒彭滂鋪郎切雱
磅旁蒲光切傍踉芒謨郎切茫邙蘉吒桑蘇郎切喪顙倉千岡
切蒼滄鶬臧兹郎切贓牂藏慈郎切穅邱岡切康慷岡居郎切
剛鋼綱亢犅远崗卬魚剛切昂䭹枊航寒剛切杭行桁䴂
吭頏蚢汪烏光切眶流呼光切荒慌肓㡃慌𦵔光姑黃切洸
胱桄黃胡光切皇媓遑徨惶喤鍠瑝璜簧篁餭煌堭隍
潢湟艎凰騜鰉蝗鷬

仄聲　三講三十六養三十七蕩四絳四十一
漾四十二宕通用

上聲

講古項切港耩㶿虎項切項戶講切鿎棒部項切玤蚌
養以兩切癢瀁膸象似兩切像橡潒橡蟓奬子兩切蔣槳兩

里養切 緉裲魎鞅 倚兩切 怏鞅柍强 巨兩切 鏹仰 語兩切 搶 楚兩
切 愴想 寫兩切 鯗掌 止兩切 爽 所兩切 騻塽傸 齒兩切 鸄敞傸
響 許兩切 饗享饗蠁繈 舉兩切 襁丈 雉兩切 杖仗袒 丑兩切 壤
汝兩切 穰攘賞 始兩切 仿 撫兩切 紡鶭罔 文紡切 網惘蛧輞昉
甫兩切 倣瓬枉 嫗往切 往 羽兩切 暀怳 詡往切 謊長 展兩切 上 是掌
切 俇 俱往切 迋
蕩 待朗切 盪崵盪簜黨 底朗切 讜灙矘 坦朗切 帑儻倘惝朗
里黨切 硍闐曩 乃朗切 灢榜 補朗切 髈蒡莽 母朗切 蟒漭鏻蠎
𪗋顙 寫朗切 嗓磉顙蒼 采朗切 駔 子朗切 髒沆 戶朗切 吭慷 口朗
切 坱 倚朗切 泱盎晃 戶廣切 幌滉愰慌 虎晃切 恍廣 古晃切 濵

鄔晃切

去聲

絳 古巷切 降洚巷 胡降切 欆 楚降切 戇 陟降切 幢 文降切 憧撞
漾 弋亮切 羕樣恙養眻煬颺訪 敷亮切 放 甫妄切 舫妄 無放切
忘望相 思將切 醬 即亮切 將匠 疾亮切 鴎餉 式亮切 向嚮唱 尺亮
切 障 之亮切 嶂瘴尚 時亮切 上讓 人樣切 壯 側亮切 裝創 楚亮
愴狀 助亮切 帳 知亮切 脹漲粻悵 丑亮切 暢鬯韔仗 直亮切 長
杖諒 力讓切 亮喨䣼颹量兩緉釀 女亮切 鄉 許亮切 旺 于放
王迋況 許放切 貺誑 古況切
宕 大浪切 踼碭儻 他浪切 盪蕩當 下浪切 擋浪 郎宕切 眼埌謗

補曠切 搒傍 蒲浪切 蹡喪 四浪切 葬 則浪切 藏 才浪切 臟吭 下浪切
行桁亢 口浪切 抗伉閌炕盎 於浪切 醠曠 苦謗切 壙纊桄 古曠
切

第三部

平聲 五支六脂七之八微十二齊十五灰通用

支 章移切 枝肢絾衼禔梔巵只氏菽鳷吱眵騹 專垂切 施
商支切 葹絁弛釃 山宜切 籭簁欐吹 姝為切 炊差 叉宜切 䶢嵯
衰 初危切 匙 常支切 鍉垂 是為切 陲倕兒 如支切 唲痿 儒垂切 斯
相支切 廝澌凘虒鷈螔㯕雌 七支切 貲 將支切 訾髭媊觜

疵 才支切 玼骴茈隨 旬為切 隋知 珍離切 蜘腄 株垂切 箠摛 抽知
切 螭魑黐痴馳 陳知切 篪池褫鬌 重垂切 錘甀離 鄰知切 鸝
蠡麗縭褵灑䍦蘺籬樆醨灕璃驪孋蠡鵹劙䅻羸 倫為
切 披 攀糜切 帔陂 班糜切 羆碑錍詖皮 蒲糜切 疲郫糜 忙皮
醾縻蘼磨卑 府移切 庳裨俾椑萆箄陴 符支切 埤脾紕彌
民卑切 瀰鸍移 余支切 移匜椸箷簃扅酏暆蛇迤衹 巨支
岐歧伎蚑軝芪蠵 匀規切 隳 許規切 窺 缺規切 規 均窺切 摫驨
居宜切 羈奇畸掎剞犧 虛宜切 羲嚱曦巇欹 邱奇切 崎觭踦
𧋍碕奇 渠基切 騎錡埼漪 於宜切 猗椅宜 魚羈切 儀艤䴊涯
崖為 于嬀切 潙鰞麾 吁為切 撝虧 驅為切 嬀 俱為切 隗逶 邕危切

委矮萎危虞爲切
脂蒸夷切 祗泜砥鴲隹朱惟切 鵻騅錐尸升脂切 鳲蓍師霜夷
切 篩獅鰤螄衰雙隹切 榱鵻稱脂切 推川隹切 蓷誰視隹切 蕤
儒隹切 綏浽私相咨切 綏宣隹切 雖濉咨津私切 資齎姿粢齍
澬饙蚩茨才資切 瓷胝張尼切 追中葵切 絺丑饑切 郗絺墀陳尼
切 坻遲菭蚳椎傳追切 槌鎚槌棃良脂切 蔾犁黎蜊蔾蘩
倫追切 藟藟欙嫘尼女夷切 怩呢狔夷延知切 姨洟痍彝鮧
蛦惟夷隹切 維唯遺瀢蠵帷洧悲切 伊於夷切 咿蛜飢居夷
肌机龜居追切 騩耆渠伊切 鰭鬐祁葵渠惟切 馗渠追切 逵夔
騤戣巋邱追切 丕敷悲切 邳伾駓秠駓魾悲逋眉切 毗頻脂切

比琵枇笓貔魮阰紕眉武悲切 嵋湄楣葿䁉黴麋郿蘪
之眞而切 芝菑莊持切 緇輜錙淄鶅鯔詩申之切 邿嵀充之切
媸嗤颸叉緇切 時市之切 塒蒔鰣蒤侯菑切 而人之切 髵洏胹
陑栭輀鳾鮞思新茲切 偲罳緦楒絲司蕬茲津之切 孜孳
孖仔滋嵫鶿鎡鰦耔詞詳茲切 辭祠慈牆之切 磁鶿兹𪗪
癡超之切 笞治澄之切 持蚩陵之切 黐䍦貍狸飴盈之切 頤宧
台眙怡貽詒僖虛其切 嬉嘻禧熙嘻欺邱其切 僛姬居之切
朞基箕其萁醫於其切 噫疑魚其切 嶷觺其渠之切 期棊旗
琪璂綦萁蘄淇祺麒騏鵋蜞
微無非切 薇溦霏芳微切 菲騑妃斐緋騑非匪微切 誹斐扉

緋飛肥符非切 腓淝萉痱機居希切 鐖禨幾譏饑璣磯蟣
歸居韋切 希香依切 稀俙欷晞桸鵗暉吁韋切 輝揮翬徽褘
翬煇徽衣於希切 依譩威於非切 葳媁蝛沂魚衣切 豈巍語韋
切 犩祈渠希切 頎旂畿圻蘄韋于非切 違幃闈圍禕
齊前西切 臍蠐懠西先齊切 棲粞撕嘶犀妻千西切 萋淒悽霋悽
齎牋西切 躋擠儕氏都黎切 低䃅䩚羝梯天黎切 綈鵜題田黎
切 嗁提媞禔綈𧈧醍隄稊荑銻趧騠蝭鯷蕛泥年題
切 鷈黎憐題切 瓈藜雞堅奚切 稽乩笄谿牽奚切 鸂螇醯呼雞
切 兮弦雞切 奚媄傒蹊鼷榽嵇徯鷖烟奚切 瞖鷖堅鷖磬
倪研奚切 霓䘽輗鯢霓蜺麑猊郳圭涓畦切 閨窐邽袿鮭

奎傾畦切 封攜戶圭切 嶲蠵觿畦觹籠邊兮切 梍鎞䊵狴椑
批篇迷切 鈚砒鼙部迷切 玭迷緜批切 麛
灰呼回切 虺虺恢枯回切 詼悝魁盔隈烏回切 椳偎煨猥偎
傀姑回切 瑰瓌回胡隈切 徊洄槐茴梳吾回切 嵬磓都回切 追
搥堆雎鎚雖通回切 推蓷蘈徒回切 頹雷盧回切 儡罍欙挼
索回切 漼崔倉回切 陮催摧昨回切 漼棓哺枚切 胚鋪枚切 坏醅
抔杯裴蒲枚切 徘培掊毰秠陪枚謨杯切 梅莓媒禖脢玫
鋂煤

入聲作平聲

室繩知切 鞊實石祏碩鼫射湜殖埴植食蝕湜十什拾

入褶悉星西切 膝蟋昔惜席蓆夕汐錫裼晳析淅息熄
習襲隰堲精妻切 唧疾嫉蒺積脊迹鯽籍藉績寂即緝
葺輯潗集怭兵迷切 佖泌苾弼佛鷝逼幅愎踾窒張移
挃銍帙秩征移切 姪隻擲躑職織陟稙直犆值吉丁叉移切
戟激擊極亟襋棘急給級及笈㤂詩之切 赫亨移切 嚇格
覈翮核劾黑獲胡歸切 畫或惑的丁離切 適嫡謫甋鏑滴
菂逖籊狄敵踧迪覿滌笛荻翟賊則移切 鰂蠈

仄聲 四紙五旨六止七尾十一薺十四賄五
寘六至七志八未十二霽十三祭十四
太半 十八隊二十廢通用

上聲

紙掌氏切 砥坻只咫枳軹疻弛賞是切 豕侈尺氏切 哆誃恀
姼是上紙切 諟氏舐神紙切 爾忍氏切 邐躧所綺切 𩌦屣簁纚
蓰釃穲揣楚委切 捶主蕊切 箠錘菙是捶切 繠乳捶切 蘂蕊徙
想氏切 璽此淺氏切 佌泚紫蔣氏切 茈訾呰批鮆 髓選委切 瀡
靃觜祖委切 惢才捶切 褫丑豸切 豸丈爾切 廌阤杝邐力紙切 柅
乃倚切 柅旎䣷酏演爾切 迤企邱弭切 跂跬犬蕊切 頍綺去倚
觭碕掎居綺切 踦剞技巨綺切 妓倚於綺切 旖輢齮裿蟻語綺
切 錡艤頠五委切 姽硊鮠委鄔毀切 娞萎蔿羽委切 [illegible]薳闟
毀虎委切 燬烜檓郒苦委切 頍垝詭古委切 庪觤桅蛫跪巨委

切 俾補弭切 髀鞞箄庀普弭切 仳玭婢部弭切 庳弭母婢切 瀰
敉芈[illegible]彼甫委切 被反彼切 埤靡母被切 孊䃺蘼爢自爾切
旨軫視切 恉指厎矢矧視切 視善旨切 水數軌切 死想姊切 姊蔣兕
切 秭兕序姊切 黹展几切 雉直几切 滍履兩几切 柅女履切 壘魯水
切 累㠥藟蘽櫐漯誄耒唯愈水切 壝遺癸頸誄切 揆巨癸
几舉履切 机麂跽巨几切 洧羽軌切 鮪[illegible]苦軌切 軌矩鮪切 簋匭
晷宄厬氿鄙補美切 嚭普鄙切 秠否部鄙切 痞圮美母鄙切 眯
匕補履切 比妣秕疕
止諸市切 趾址沚時芷祉齒醜止切 茝始首止切 市上止切 恃
耳忍止切 駬珥滓壯仕切 笫胏史爽仕切 使駛士上士切 仕柹

戺俟牀史切 涘枲想止切 葸子祖似切 仔耔梓似象齒切 巳祀
姒耜汜圯苢徵展里切 恥丑里切 峙丈里切 跱痔䮈里兩耳切
理俚娌悝裏李鯉梩以養里切 已苡矣羽已切 唉喜許已切
蟢嬉起口已切 屺杞芑己苟起切 紀㔀擬偶起切 儗薿譩隱已
切 你乃里切
尾武斐切 娓亹斖梶斐妃尾切 菲悱朏菲誹匪府尾切 篚棐
榧豨許豈切 唏𧆸豈去幾切 豈蟣舉豈切 幾機扆隱豈切 顗語豈
切 螘䠟羽鬼切 偉煒暐韡葦瑋緯韙虺詡鬼切 卉鬼矩偉
磈
薺在禮切 鱭穧洗小禮切 姊濟子禮切 沵擠米母禮切 瀰陛部禮

切邸典禮切氏疷底柢詆抵觝弤砥阺體土禮切涕緹醍
弟待禮切娣悌遞禮里弟切醴澧蠡鱧禰乃禮切嬭泥昵䵒
啟遣禮切棨綮堄吾禮切睍硯
賄虎猥切悔傀苦猥切嵬塊瘣戶賄切匯廆猥鄔賄切椳痿琲
部浼切浼母罪切每痗漼取猥切璀皠罪粗賄切𦨷腿吐猥切磊
魯猥切瘰礧樏藟儡餒弩罪切婑

入聲作上聲

質張恥切鑕礩隲蛭窒挃銍隻摭蹠炙職織陟執汁失
傷以切室釋適奭襫螫識飾式軾拭濕叱昌里切尺赤斥
敕飭鷘慗喪擠切膝蟋昔腊惜舄磶錫裼晳析淅蜥息

熄七倉洗切漆戚鏚慼蠽磩緝葺輯楫戢堲將洗切積襀
脊蹐迹績勣即唧稷鯽必邦彼切畢饆蹕滭珌韠蹕篳
鉍蓽泌飶苾辟襞璧碧壁甓逼匹鋪米切僻癖澼擗劈
筆邦每切北詰邱己切蛣乞泣吉巾以切拮姞佶訖吃戟劇
屐激擊亟襋棘急給級汲芨一銀八切壹乙鳦瑟生止切
璱瀝蝨澀迄香八切汔隙郤綌檄薂闃吸翕的丁禮切適
嫡蹢靮鏑滴樀菂踢他禮切惕剔擿闃鶪殈盧己切測初里
切惻德當委切得忒他美切慝塞思子切則滋美切黑亨美切克
康委切剋刻國光委切

去聲

寘支義切忮觶翅施智切啻施豉是義切鯷惴之瑞切吹尺僞
瑞樹僞切倕睡諉而睡切䩚爭義切屣賜斯義切刺七賜切莿庛
載積子智切漬疾智切胔柴眥智知義切詈力智切離縭馳僞切
槌錘硾甀累力僞切縲易以豉切貤施袘椸企去智切跂蚑
縊於賜切螠恚於避切觖窺睡切戲香義切寄居義切徛芰奇寄切
騎輢倚於義切踦義宜寄切議誼爲于僞切餧於僞切委僞危睡
切譬匹智切臂卑義切辟避毗義切比帔披義切賁彼義切詖陂
跛髲平義切被骳
至脂利切摯贄懥礩鷙織嗜時利切視示神至切謚二而至
切貳樲出尺類切帥所類切率四息利切肆駟泗柶次七四切佽

[illegible]絘恣資四切自疾二切邃雖遂切粹睟誶祟翠七醉切醉將遂
切檇遂徐醉切燧鐩隧禭旞璲繸檖篲穟穗萃秦醉切顇
悴瘁地徒二切致陟利切質疐躓輊懫屎丑二切緻直利切稺
稚治遲雉[illegible]利力至切痢莅颲膩女利切墜直類切懟類力遂
切䫌淚蘱肆羊至切勩廙棄磬致切遺以醉切壝蜼悸其季切
痵季居悸切屭虛器切咥器去冀切冀几利切覬概驥洎蔇暨
巨至切懿乙冀切饐噎劓魚器切位于愧切尉於位切喟邱愧切愧
基位切餽騩匱求位切櫃簣蕢饋畀必至切庇鼻毗至切庳寐
蜜二切祕兵媚切秘毖閟轋泌邲費轡柲濞匹備切淠備平秘
切贔奰糒蒲媚明秘切魅鎇

志(職吏切)誌識痣幟試(式吏切)織(昌志切)埴饎侍(時吏切)蒔時餌(仍吏切)珥咡刵胾(側吏切)鶅椔駛(疏吏切)使廁(初吏切)事(仕吏切)笥(相吏切)思伺寺(祥吏切)嗣飼字(疾置切)孳置(竹吏切)值(直吏切)植吏(良志切)異(羊吏切)食意(許記切)亟(去吏切)記(居吏切)忌(渠吏切)惎誋意(於記切)檍薏

未(無沸切)味費(芳未切)髴䰻茀沸(方未切)狒誹濆屝(父沸切)⿰足非屝費翡狒蜚餼(許既切)塈愾熂䊠摡氣(邱既切)嘅既(居氣切)漑衣(於既切)毅(魚既切)胃(于貴切)謂慣媦緯渭蝟彙蝟諱(許貴切)卉汻貴(歸謂切)尉(紆胃切)慰畏罻蔚瑋霨魏(虞貴切)犩

霽(子計切)濟擠隮穧細(思計切)壻些切(七計切)砌妻嚌(才詣切)懠劑齊薺媲(匹計切)睥閉(必計切)薜(蒲計切)謎(莫計切)帝(丁計切)諦嚏楴蒂螮締替(他計切)剃揥涕裼屜薙弟(大計切)第悌娣髢睇遰遞禘棣杕麗(郎計切)隸儷戾悷盭䬆颲沴蜧棙荔唳泥(乃計切)泥系(胡計切)繫係禊盻䙆(顯計切)契(詰計切)鍥䏿脊計(吉詣切)繼髻薊檵結医(壹計切)翳瞖嫕殪曀堅瞖翳䃜詣(研計切)棏羿睨堄霓慧(胡桂切)惠蕙憓蟪繐蔧嘒(呼惠切)嚖桂(涓惠切)罣趹

祭(子例切)際穄傺歲(須銳切)繀脆(此芮切)毳蕝(租芮切)篲(旋芮切)轊彗世(始制切)貰勢掣(尺制切)㵣制(征例切)製晣㲼淛誓(時制切)噬筮逝澨稅(輸芮切)說裞帨銳涗毳(充芮切)竁橇贅(朱芮切)㥏(丑芮切)汭(儒稅切)芮枘蜹鍋餲(於例切)瘞饐憩(去例切)揭猘(居例切)罽瀱㵐偈(其例切)衞(于歲切)讆躗劌(姑衞切)㯕蹶鱖滯(直例切)銐㿃例(力制切)厲勵礪糲𧕋蠣癘綴(株衞切)餟曳(以制切)拽袣裔詍濟枻渫洩睿(俞芮切)銳蓺(倪祭切)藝槸囈蔽(必袂切)鷩獙(匹曳切)敝(毗祭切)幣斃弊獙袂(彌蔽切)

貝(邦昧切)鮊茷根狽娧(吐外切)蛻駾兌(杜外切)酹(郎外切)霈(滂昧切)沛旆昩(莫貝切)沫昧韎最(祖外切)會(黃外切)繪璯譮(呼外切)劌噦濊儈(古外切)會禬膾獪廥澮旝檜薈(烏外切)懀霤外(五會切)

隊(徒對切)薱䨴憝錞逮璹對(都內切)碓敦退(吐內切)類(盧對切)

醳掖腋亦奕弈帟懌斁射譯驛嶧埸液易蜴役疫愁溺鷁艗鷊匿慝弋杙翼翊翌㚤億憶臆抑醷域淢罭棫蜮緎閾揖挹熠邑浥悒裛唈劇(強義切)屐勒(離妹切)肋扐泐墨(忙背切)默冒纆

第四部

平聲　九魚十虞十一模通用

魚(牛居切)漁於(衣虛切)菸淤虛(休居切)驢歔噓嘘墟(邱於切)袪呿胠魼祛居(斤於切)据裾椐琚車腒渠(求於切)鶋蘧籧蘧鐻璩磲醵胥(新於切)湑糈鰖蝑疽(千餘切)蛆雎狙趄沮岨麆苴(子余切)且罝徐(詳余切)蔬(山於切)梳疏練書(商居切)舒紓

醳掖腋亦奕弈帟懌斁射譯驛嶧埸液易蜴役疫惄
溺鷁艗鷊圛憶弋杙翼翊翌妷億檍臆抑醷域淢罭
棫蜮緎閾揖挹熠邑浥悒裛唈劇強義切屐勒離妹切肋
扐泐墨忙背切默目纆

第四部

平聲　九魚十虞十一模通用

魚牛居切漁於衣虛切箊淤虛休居切驉歔噓嘘墟邱於切袪
呿胠魼祛居斤於切据椐裾琚車腒渠求於切鸜蕖蘧籧
鐻璩磲醵胥新於切湑糈蝑蝑疽千餘切蛆雎狙趄沮岨
麆苴子余切且罝徐詳余切蔬山於切梳疏綀書商居切舒紓
瑹初楚居切菹臻魚切諸專於切藷櫧䃴蠩鋤牀魚切耡鉏蜍
常如切如入余切茹洳鴽豬張如切瀦攄抽居切摢樗璕除陳如
切儲躇滁篨蒢臚淩如切閭廬櫚瀘驢袽女居切帤余羊諸
切予歟譽妤悇輿旟餘畬萸璵狳鵌雓鱮芧與
虞元俱切禺愚娛澞嵎隅蝺鰅喁于雲俱切迂盂釪竽雩
玗杅汙訏匈于切吁盱昫姁㝁紆邕俱切靬陓雩穻區虧于
切嶇驅摳軀軥拘恭于切㪺朐跔俱駒岣鮈痀約劬其俱
切癯躣衢瞿氍鸜枸敷芳無切藪莩麩稃桴艀孚俘紨
罦郛蚹枹鵂琈痡膚風無切趺夫鈇玞柎𩭹扶馮無切符
苻芙蒬夫泭凫蚨鈇無微夫切毋蕪巫誣憮璑鷡膴䃑
須相俞切鬚需繻須蕦趨逡須切諏子于切輸式朱切毹山芻
揄萸樞昌朱切芻窗俞切朱章俱切邾絑珠侏祩硃傷莊俱切
鶵殊慵朱切銖殳洙茱雛崇芻切儒汝朱切濡襦繻嚅醹鱬
孺株追輸切誅跦蛛鴸姝貙椿俱切踰廚重株切躕幮慺龍珠
切婁蔞鏤漊瘻俞容朱切逾渝愉覦窬牏瑜貐榆臾
腴瘐揄歈諛褕騟羭蝓輸
模蒙晡切摹謨膜嫫摸鋪滂模切逋奔模切晡餔蒲薄胡切蒱
酺匍蘇孫租切穌酥蘇麤聰徂切租宗蘇切徂昨胡切殂阼都東徒
切闍瑹通都切稌徒同都切途塗嵞鍍荼圖屠瘏酴駼
鷋菟盧落胡切鑪鑪壚顱矑嚧櫨纑壚瀘艫轤蘆鸕
奴農都切孥帑駑砮笯胡洪孤切乎壺瓠葫瑚餬糊醐弧
湖狐猢鶘孤攻乎切辜姑酤沽觚柧菰呱橭罛鴣蛄枯
空胡切刳鮬骷呼荒胡切謼滹嫭吾訛胡切吳鼯鋘珸梧麌
蜈鋙烏汪胡切洿杇鴮嗚鄔陓窏〔增補〕浮房逋切

入聲作平聲

斛紅姑切縠槲鵠鶻濮邦模切樸僕暴曝瀑匐孛艴勃浡
渤蔟聰疏切鏃族蹙顣蹴瘯牘東盧切讀讟黷嬻犢髑
櫝瀆獨篤督毒纛突伏房夫切服復絥茯輹複鵩佛咈
怫弗坲孰繩朱切熟塾淑蜀蠾屬襡鸀贖術述秫朮逐
長如切柚軸舳蓫躅育依居切稸鬱菀蔚尉續詞疽切藚俗

局其余切 踽倔掘玉語居切 聿雲俱切 遹霱潏繘鷸驈兀吳姑
切 扤杌矹舤核胡姑切

仄聲 八語九噳十姥九御十遇十一暮通用

上聲

語偶舉切 齬圄圉禦籞敔許喜語切 滸去口舉切 呿舉苟許
莒筥椐巨日許切 拒秬柜距虡鉅詎炬歫稆寫與切 糈醑
湑蝑苴子與切 咀敘象呂切 序緒䣞漵嶼鱮咀在呂切 沮跙
所爽阻切 阻壯所切 詛俎楚𢇍所切 齼礎齟狀所切 暑賞呂切 鼠
黍蟀癙鼊掌與切 渚杵敞呂切 處墅上與切 紓抒汝忍與切 敉
茹貯展呂切 著褚楮丑呂切 褚宁丈呂切 佇苎紵杼羜呂兩舉

切 膂旅侶女碾與切 與演女切 藇予
噳五矩切 麌俁傴委羽切 噢嫗詡火羽切 咢昫欨煦姁栩訏
翊齲顆羽切 踽矩果羽切 椇枸竘窶郡羽切 羽王矩切 禹偊雨
宇鄅瑀撫斐父切 柎拊弣甫匪父切 府俯腑脯黼簠斧蚁
莆鬴父奉甫切 輔䩉釜腐礴武罔甫切 舞侮嫵憮膴廡𢊍
碔甒鵡取此主切 聚在庾切 數爽主切 籔主臃庾切 炷麈豎上主
切 裋樹乳而主切 醹黖冢庾切 拄柱重主切 縷力主切 褸僂謱
嶁漊簍蔞庾勇主切 斞愈瘐瘉窳楰貐
姥滿補切 莽牡普頗五切 溥浦補彼五切 譜圃簿伴姥切 部蔀
祖則古切 珇組靚董五切 賭堵土統五切 吐杜動五切 荰肚魯

鄖古切 虜鹵櫓艣怒暖五切 弩砮努䋈虎火五切 琥滸苦孔五
切 笘古果五切 詁鼓瞽股賈盬蠱罟牯羖估酤戶後五切
怙祜婟扈鄠岵簄楛雇鴟於五切 鄔鴮五阮古切 伍仵迕
午（增補）缶方古切 否母忙補切 某畝

入聲作上聲

屋汪古切 剭沃鋈兀杌屼哭匡五切 酷嚳窟矻穀公五切 轂
谷告牿梏骨汩愲滑漏卜邦母切 撲蹼滂母切 醭速僧祖切 餗
蔌樕蔟聰所切 簇禿湯魯切 鵚福方補切 腹複幅輻復蝠輹
蕌馥拂刜髴茀韍黻紼紱茀汥肅宣羽切 夙宿飂蓿鷫
驌虪倉午切 顣蹴菽傷主切 叔俶縮謖踏束祝張汝切 粥粥

竹竺筑築燭屬囑矚瘃斸蠲昌所切 畜慉觸歜蓄虛矩
切 旭勗頊洫麴邱雨切 曲苗屈詘倔䘸匊居雨切 掬踘鞠鞫
餰菊鵴掬獝橘郁於舉切 澳隩燠噢薁鬱蔚尉篤當午切
督粟須取切 剡邮恤賉戌促此主切 趗足慈呂切 卒

去聲

御牛倨切 馭飫語飫依倨切 醧棜瘀菸淤去邱倨切 據居御
倨踞鋸鐻据遽其倨切 醵絮息倨切 覷七慮切 狙怚將豫切 沮
疏所倨切 詛莊助切 狙助牀倨切 鑢恕商署切 庶處昌倨切 翥章恕
切 署常恕切 曙薯茹如倨切 洳著陟慮切 箸遲倨切 除亡慮切 良倨
切 鑢櫖女尼倨切 豫羊茹切 預譽與轝礜澦蕷鸒

遇元具切寓禺嫗威遇切饇煦吁句切昫酗姁呴傴區遇切屨俱遇切蔞絇句瞿蒟懼其遇切具埧犋颶芋王遇切雨裕俞戍切諭籲覦赴芳遇切訃仆付方遇切傅賦附符遇切坿祔跗賻駙鮒蚹柎務亡遇切婺霧騖鶩娶逡遇切趣足子句切聚從遇切戍春遇切輸注朱戍切註炷鑄鞋蛀疰罜咮樹殊遇切裋澍孺儒遇切數色句切駐株遇切軴䟿住廚遇切屢良遇切暮莫故切慕募墓怖普故切鋪布博故切佈步蒲故切捕哺餔酺素蘇故切訴愬愫溯塑嗉措倉故切厝錯醋作宗祚切祚存故切阼胙妬都故切妒蠹秅兔土故切吐度徒故切渡鍍路魯故切輅賂璐露潞簬鷺笯奴故切怒護胡故切濩頀嫭

婟瓠互枑沍涸頀謼荒故切庫苦故切袴胯顧古慕切雇詁故固錮酤痼汙烏故切惡枑誤五故切悟寤晤捂迕忤【增補】婦方佈切負阜副富

入聲作去聲

木忙故切沐霂鶩騖目睦繆牧苜穆没殁祿郎妬切漉盝琭簏麓摝醁轆肉入注切辱蓐褥縟溽鄏入六郎據切陸稑蓼戮錄籙綠碌淥騄菉律繂嵂卒育于句切毓昱煜鬻堉或稢郁澳燠欲慾浴鵒玉獄蔚聿于具切遹矞霱繘鷸驈勿亡赴切物岉沕訥乃故切肭

詞林正韻卷上

詞林正韻卷中

吳縣 戈載 順卿 輯

第五部

平聲 十三佳半 十四皆 十六咍通用

佳居膎切街膎戶佳切鮭鞵徯厓宜佳切崖涯睚捱牌蒲街切簰崽所佳切籭簁釵初佳切差靫柴鉏佳切祡茈皆居諧切偕階楷稭湝喈鶛蝔揩邱皆切緖挨英皆切諧雄皆切骸乖公懷切懷乎乖切櫰槐淮齋莊皆切豺牀皆切儕排蒲皆切俳埋謨皆切霾尵幢乖切咍呼來切開邱哀切該柯開切賅垓陔峐荄絯豥痎咳何開切孩頦鮠侅哀於開切唉埃㶐皚魚開切獃[illegible]當來切胎湯來切台邰鮐臺堂來切儓駘擡苔薹炱能奴來切來郎才切徠棶麳萊崍騋鯠鰓桑才切䰄顋毸猜倉來切偲哉將來切栽裁裁牆來切纔才材財

入聲作平聲

白巴埋切帛舶鮊宅池齋切澤擇襗檡蘀翟獲胡乖切韄砉澅剨畫劃嫿嚍𢢺蚱莊皆切舴塞思哉切

仄聲 十二蟹 十三駭 十五海 十四太半 十五卦半 十六怪 十七夬 十九代通用

上聲

蠏下買切解獬澥解佳買切矮倚蠏切枴古買切罫擺補買切罷
部買切買母蠏切𧶘鷶灑所蠏切躧韆纚廌丈蠏切豸嬭女蠏切
撮初買切
駭下楷切絯駴駭鍇口駭切楷緒挨倚駭切騃語駭切
海許亥切醢愷可亥切凱塏闓鎧嘅改己亥切胲亥下改切閡
欸倚亥切毉僾倍簿亥切痱采此宰切採綵彩寀棌宰子亥切
載在昨宰切茝昌亥切待蕩亥切迨殆駘䑗怠紿㤥乃奴亥切
羆

入聲作上聲

崒升擺切帥倅蟀櫛莊矮切迮窄蚱舴咋責嘖幘簀摘讁
拍鋪買切魄珀㼣百逋買切伯迫柏皕檗擘拆初改切磔策
冊柵測惻客溪蠏切喀挌克剋刻格雞矮切挌骼觡隔膈
膈革搹鬲槅嗝砉歡拐切湱剨號瓜矮切𧆢馘幗摑嘓䂸
蟈索疎載切溹摵㨿愬瘷揀側莊改切仄昃萴崱色疎矮切
嗇穡濇嬙

去聲

太他蓋切泰汰忲帶當蓋切大徒蓋切賴落蓋切賚癩瀨籟柰
乃帶切奈蔡七蓋切繠害下蓋切盍居太切丐藹於蓋切餲靄壒
㿯溘艾牛蓋切䳄外五泰切
懈居隘切廨𨻶邂下懈切解隘烏懈切搤嗌派滂賣切粺邦賣切
稗賣莫懈切曬所賣切攦䙥楚懈切衩債側賣切砦仕懈切眦
怪古壞切蒯苦怪切蕢簣喟塊壞胡怪切壞聵五怪切戒居拜切
誡介价界㝏玠疥衸届魪芥械下介切薤瀣骱齘欬乙界切
拜布怪切湃怖拜切憊步拜切韛糒肳暮拜切韎鎩所介切殺
瘵側界切祭
夬古邁切獪澮快苦夬切噲駃譮戶快切噫餲於邁切敗薄邁切
唄邁莫敗切勱休寨士邁切嘬楚快切啐倉夬切蠆丑邁切蠆
代侍戴切岱黛袋逮埭曃玳𩉲貸他代切態戴丁代切襶襊
洛代切睞賚耐乃代切羆褦塞先代切簺賽再作代切載縡菜
倉代切埰縩在昨代切慨口溉切愾嘅欬鎧溉居代切摡槩愛
於代切僾薆靉曖瑷礙牛代切閡

入聲作去聲

陌忙拜切佰貊驀貘蓦麥霢脈覛墨啞移介切額詻峉戹
阨搤軛䩹搦奴帶切

第六部

平聲　十七眞十八諄十九臻二十文二十一
欣二十三魂二十四痕通用

眞之人切○眕振甄稹鷏侲振袗積縝申外人切身娠伸
呻紳柛瞋稱人切嗔辰丞眞切晨宸臣神乘人切人而鄰切仁
辛斯人切新薪莘親雌人切津資辛切璡秦匠鄰切螓檳紕民切

賓卑民切矉檳濵蠙頻毗賓切顰嬪嚬嬪蠙蘋䋮民彌鄰切
份悲巾切彬玢邠豳貧皮巾切珉眉貧切岷閩○緡泯珍知鄰
切辴癡鄰切陳地鄰切塵鄰力珍切嶙粼磷潾璘瞵轔麟驎
獜獜鱗燐紉尼鄰切因伊真切姻諲歅禋絪氤裀茵陻
闉湮駰𥒦寅夷真切夤螾巾居銀切銀魚巾切珢誾狺垠齗
於巾切
諄朱倫切惇肫春樞倫切純常倫切蒓蓴醇錞○焞鶉脣船倫
切脣漘紃犉濡純切撋瞤荀須倫切詢恂洵郇峋珣逡七倫
切踆竣皴遵蹤倫切鷷旬松倫切巡循馴紃揗屯株倫切迍
窀杶敕倫切椿輴鶞倫力迍切綸掄淪侖棆輪䑳鯩勻俞倫

切昀沟鈞規倫切均贇紆倫切頵蝹筠于倫切荺囷區倫切菌
箘麕俱倫切
臻緇詵切搸榛溱蓁莘疏臻切姺侁詵甡駪
文無分切紋玟駮汶鳼聞蚊雯芬敷文切雰帉紛棻衯分
方文切饙汾符分切枌鼢棼賁蕡濆轒羵焚鼖墳幩羒豶
頒氛䴅翂雲王分切云芸耘妘鄖溳澐紜沄員篔熅
於云切氳緼馧蝹轀熏許云切薰纁曛獯醺臐勳葷焄煇
君拘云切軍皸羣渠云切裠
欣許斤切炘訢昕殷於斤切慇斤舉欣切筋勤巨斤切懃慬芹
虓魚斤切齗听

魂胡昆切餛渾煇獋緷昆公渾切褌崐琨錕蜫鯤騉鵾溫
烏昆切轀豱縕瘟蕰昏呼昆切婚惛閽棔涽坤枯昆切髡奔
逋昆切賁[illegible]歕鋪魂切噴盆步奔切湓門謨奔切捫𣯶璊樠穈
孫蘇昆切猻搎蓀飧村粗尊切尊祖昆切罇存徂昆切蹲袸敦
都昆切墩弴暾他昆切燉啍屯徒渾切沌飩庉豚臀炖囤論
盧昆切崙黁奴昆切
痕胡恩切根古痕切跟恩烏痕切吞他根切

仄聲　十六軫十七準十八吻十九隱二十一
混二十二很二十一震二十二稕二十
三問二十四焮二十六圂二十七恨通

用

上聲

軫止忍切診疹眕鬒黰賑辴袗紾縝畛稹矧失忍切哂腎
是忍切裖蜃忍而軫切訒[illegible]子忍切儘盡在忍切藎牝婢忍切臏
蠙泯弭盡切黽笢愍美隕切慜閔憫敏蠠紖丈忍切靷緊頸忍
切引以忍切縯鈏蚓磒羽敏切隕殞霣溳愪窘巨隕切菌箘
準主尹切蠢尺尹切惷鬊騬僢盾豎尹切吮楯輴筍思尹切簨
隼尹庾準切允鈗馻狁
吻武粉切脗抆刎忞忿撫吻切鼢粉府吻切黺憤父吻切弅坋
[illegible]惲於粉切蘊韞轀縕醖搵

隱倚謹切濦磤檼䨸檃謹几隱切堇卺槿殣齓初堇切近巨堇
切瘽听語近切
混戶衮切渾緷焜棍梱苦本切閫壼悃捆綑衮古本切緄輥
袞滾錕鯀穩鄔本切本補衮切畚笨橎部本切奔懣母本切損
鎖本切忖取本切刌撙祖本切噂蕁鱒粗本切囤杜本切盾沌遁
腯
很下懇切詪懇口很切墾齦

去聲

震之刃切賑振侲娠袗鬒慎時刃切屒刃而振切㣼仞訒認
軔牣儐必刃切鬢殯擯信思晉切訊卂迅阠汛晉即刃切縉

搢璡進燼徐刃切贐藎櫬初覲切襯儭酳士刃切鎭陟刃切瑱
疢丑刃切趁陣直刃切診吝良刃切躪燐藺〇羊進切靷輴菣
去刃切印伊刃切釁許慎切僅渠吝切覲瑾廑墐瘽饉殣憖魚僅
切
稕朱閏切諄舜輸閏切蕣瞬鬊順殊閏切閏如順切潤晙須閏
陖濬浚駿稄俊祖峻切儁晙餕畯駿鵔颹雋殉徐閏切徇
問文運切聞紊絻抆汶忿芳問切魵糞方問切拚瀵僨奮分
符問切坋運王問切暈餫緷韗鄆韻鶤訓吁運切熏捃俱運切
皸郡具運切窘醖紆問切愠煴縕薀
焮香靳切靳居焮切近巨靳切隱於靳切檼㥯垽語靳切

圂胡困切慁溷惛呼困切困苦悶切揾烏困切顐吾困切諢奔補悶
切噴普悶切歕坌蒲悶切悶莫困切巽蘇困切潠遜寸村困切焌
祖寸切鐏捘鐏徂悶切踆頓都困切敦鈍徒困切遁腯論盧困切
嫩奴困切褪吐困切
恨胡艮切艮古恨切硍苦恨切䭡於恨切

第七部

平聲　二十二元二十五寒二十六桓二十七

刪二十八山一先二仙通用

元愚袁切原源邍沅嫄獂騵𧴤杬榞黿蚖袁于元切爰援
媛圜垣轅湲猿暄許元切喧諼諠萱壎貆晅咺鴛於袁切

鵷蜿冤怨眢䆵𩋛言魚軒切攑丘言切軒虛言切掀騫犍居言
切犍騝翻孚袁切旙幡繙番反藩方煩切樊蕃轓煩符袁切
繁緐袢璠礬墦蹯膰燔蠜笲蘩樠模元切璊圈去爰切
寒河干切韓邗汗翰犴頇虛干切鼾看丘寒切刊栞干居寒切
乾肝竿杆玕榦安於寒切鞍豻俄干切跚相干切珊姍餐千安
切殘財干切單多寒切禪殫丹簞癉鄲灘他干切攤嘆嘽憚
壇唐干切檀彈壇癉驙驒鱣闌郎干切讕欄蘭襴瀾欄難
那肝切
桓胡官切梡完丸峘洹汍紈綄芄莞萑脘皖歡呼官切讙
驩貛寬枯官切髖官古丸切倌冠觀棺剜烏丸切岏吾官切刓

潘鋪官切拚般通潘槃蒲官切盤般蹣胖媻搬鞶磐磻蟠
瞞謨官切漫謾慲顢鬘蹣墁曼縵饅鏝鬘鰻酸蘇官切狻
鬖鑽祖官切攢欑徂丸切穳穳耑多官切端褍褍鍴𦪌湍他官
切煓團徒官切剸慱摶漙鷒檲鱄鸞盧丸切鑾巒欒臠𢿱
圝變
刪師姦切潸關古還切瘝擐彎烏關切灣彎蠻還戶關切環鐶
鍰寰闤䴉澴鬟𩦟圜姦居顏切菅顏牛姦切豩呼關切班逋還
切斑頒般瘢鳻玢攀披班切販蠻莫還切鸞曼
山師閒切疝訕潺鉏山切虥孱僝孨媥逋閑切斕力閑切閑何閒
㵎嫺覸癇𩦠鷴掔邱閑切慳𪘲間居閑切艱蕑𪏭於閑切殷

鰥姑頑切綸頑五鰥切
先蘇前切跣千倉先切阡芊箋將先切韉籛濺諓戔前才先切
騙邊卑眠切籩萹編猵鯿蹁蒲眠切褊胼骿軿駢眠民堅切
顛多年切巔癲驥滇天他年切蜓田亭年切佃畋塡闐軥磌
鈿沺年奴顛切蓮落賢切憐零堅經天切肩鳽鳽豣鰹菺牽
輕烟切岍汧蚈枅賢胡千切弦絃舷礥烟因蓮切燕咽湮妍
五堅切研趼涓圭淵切蠲鵑梋睊蜎鞙狷鋗呼淵切駽弲○
胡涓切懸玹淵縈年切蘔
仙相然切鮮鱻䳸躚秈鮮褼遷親然切韆檆䙴煎子仙切湔
鬋嫸涎徐蓮切錢財仙切羶尸連切扇煽燀稱延切嘽饘諸延

旃栴氈鸇禪時連切嬋蟬然如延切邅張連切驙鱣脠抽延
鋋梴纏澄延切躔廛瀍䗺連陵延切漣聯漣鏈槤嗹鰱甄
居延切嗎虛延切嫣延夷然切埏筵綖綖鋋蜒焉尤虔切焉焉
於虔切蔫鄢愆邱虔切褰騫攐搴乾渠焉切虔揵騝鍵揵犍
卑連切篇篇紕延切偏㵖媥扁翩便毗連切平嫙楩緜武延切
棉芇緍[illegible]已仙切宣荀緣切揎詮此緣切銓拴痊佺悛駩牷
筌縓荃鐫子泉切旋旬宣切還鏇璿璇漩嫙全從緣切牷泉
穿昌緣切川專朱遄切顓鱄甎篿剸遄純沿切篅船食川切壖
而宣切瑌椽重緣切傳攣閭員切沿余專切鉛櫞捐鳶緣翾許緣
切儇蠉嬛娟於緣切悁員于權切圓勬拘員切卷驅員切桊棬

權逵員切拳蜷惓顴踡婘犈齤蠸蜷鬈

仄聲　二十阮二十三旱二十四緩二十五潸
二十六產二十七銑二十八獮二十五
願二十八翰二十九換三十諫三十一
襉三十二霰三十三線通用

上聲

阮五遠切沅宛委遠切婉畹踠琬輓輐琬晼苑菀蜿遠雨阮
切咺火遠切愃諼晅烜綣苦遠切裷圈卷幰許偃切攇蠊犍
紀偃切揵楗齴語偃切巘甗巻巨偃切傿匽於幰切偃隁堰鄢
褗鶠䮙鰋蝘反甫遠切返販飯父遠切笲鴘晚武遠切挽娩

旱下罕切　睅罕許旱切　丆熯侃可旱切　衎笴古旱切　稈散蘇旱
切　繖傘饊饡子旱切　趲瓚在坦切　亶多旱切　癉坦他但切　但蕩旱
袒誕䡙繵䃶嬾落旱切　讕
緩戶管切　捖澣綄梡莞盌烏管切　捥款苦緩切　窾管古緩　琯
盌痯逭脘滿母伴切　懣飦補滿切　伴部滿切　拌算損管切　篹纂
䄃管切　纘鄼欑短都緩切　裋斷疃土緩切　緞杜管切　卵魯管　暖
乃管切　餪
潸數板切　㣤楚綰切　蝬仕板切　撰雛綰切　僎赧乃板切　戁僩下赧
切　撊睆戶板切　晥綰烏板切　㥏版補綰切　板蝂鈑阪部板切　魬
產所簡切　摌犍嵼汕滻剗楚限切　鏟弗羼醆阻限切　琖棧仕限

切　輚嶘麙限下簡切　僩簡賈限切　襉柬揀眼語限切
銑蘇典切　洗毨跣毨姺栚扁補典切　匾褊萹辮婢典切　牑眄
弥殄切　典多殄切　腆他典切　覥㥏淟殄徒典切　䬯蜓沴撚乃殄切
顯呼典切　𦌰蜆晛䙹古典切　繭襺峴胡典切　睍犬苦泫切　蜎於泫
切　畎古泫切　狷羂泫胡犬切　鉉琄䩙駽鋗
獮息淺切　鮮燹癬蘚淺此演切　翦子淺切　揃戩諓媊鬋籛讝
踐在演切　俴餞選須兖切　巽雋粗兖切　吮鬮昌善切　燀嘽燀顫
旨善切　饘善上演切　墠膳墠墡鱓蟮鱔舛尺兖切　喘荈膞主兖
切　剸鱄軟乳兖切　碝蝡譔士免切　僎褊俾緬切　諞偏楩婢善
緬彌兖切　愐勔湎沔辨平免切　辯邦免切　免美辨切　娩勉冕展

知輦切　襢輾蕆尹展切　邅丈善切　輦力展切　謰璉轉陟兖切　篆柱兖
切　瑑臠力轉切　孌遣去演切　繾演以淺切　衍縯戭黃蝘蜑蠉
香兖切　沇以轉切　馻兖蹇九件切　謇攓寋䙭鍵巨展切　件㦏語蹇
切　巘𧩖卷古轉切　弮捲

去聲

願魚怨切　愿遠于願切　瑗媛楦呼願切　券區願切　絭綣勸圈具願
切　怨紆願切　獻許建切　憲建居萬切　健渠建切　楗鍵堰於建切　[illegible]
牛堰切　鬳販方願切　畈飯扶萬切　萬無販切　万曼輓蔓獌
翰侯旰切　韓駻豻悍汗瀚扞釬垾閈軒漢虛旰切　暵厈看
苦旰切　侃衎旰居案切　旰幹榦骭榦澣按於旰切　案岸魚旰

頇喭犴繖先旰切　幱散粲蒼案切　璨燦𡡵贊則旰切　讚酇穳
趲瓚酇旦得案切　疸䑴鴠炭他案切　歎憚徒案切　但彈爛郎旰
切　㦨爤瓓讕難乃旦切
換胡玩切　逭喚呼玩切　奐煥渙貫古玩切　冠觀祼悺痯館瓘
爟灌罐盥鑵鸛惋烏貫切　腕婉玩五換切　翫半博漫切　姅絆
靽判普半切　泮冸沜畔薄半切　叛伴縵莫半切　幔鏝漫墁攢
徂畔切　算蘇貫切　蒜竄七亂切　攛爨鑽祖算切　鍛都玩切　斷碫彖
吐玩切　褖段徒玩切　斷緞亂盧玩切　亂偄奴亂切
諫居晏切　晏於諫切　䁙騴鴳曣鴈魚澗切　贗慣古患切　丱患胡慣
切　宦轘繯槵豢擐襻普患切　眅慢莫晏切　嫚謾訕所晏切　汕

疝鏟初諫切棧仕諫切輚巉綰烏患切孿數患切篡初患切
襇居莧切間覸襉澗莧侯襇切幻胡辦切扮博幻切盼普莧辦
皮莧切辦袒直莧切羼初莧切
霰先見切先蒨倉甸切茜綪倩蒨薦作甸切荐才甸切洊瑐袸
殿丁練切唸瑱他甸切電堂練切殿奠甸畋佃鈿淀澱靛闐
瑱練郎甸切鍊湅揀楝萰晛乃見切見形甸切現韅呼甸切俔
輕甸切蜆見經甸切宴伊甸切讌醼咽嬿燕硯倪甸切趼豣縣
黃練切眩炫袨衒泫絢許縣切眴眀扃縣切睊罥餶烏縣切徧
卑見切片匹見切麪莫甸切瞑眄蟃湎綻治見切駽犬縣切
線私箭切箭子賤切鬋濺煎餞羨似面切賤才線切選須絹切撰

縓取絹切漩隨戀切旋鏇𣶏嫙扇式戰切謆煽𧍒戰之膳切顫
繕時戰切禪膳嬗擅單墠剸之囀切釧尺絹切穿玔㙴儒囀切
饌七戀切譔僎撰腂纏直碾切邅輾女箭切碾囀株戀切轉傳
柱戀切瑑戀力眷切衍延面切延莚涎讝詰戰切掾俞絹切緣彖
蝝絹規椽切狷悁彥魚戰切唁諺甗讞瑗于眷切援媛掾院
鋑棬眷古倦切睠弮倦逵眷切便毗面切面彌箭切偭變彼眷切
卞皮變切汴弁抃忭玣串尺絹切

第八部

平聲　三蕭四宵五爻六豪通用

蕭先彫切簫箾橚蟰飀蠨熽貂丁聊切雕鵰刁琱彫凋芀
舠鯛祧他彫切庣挑恌朓條迢田聊切跳佻髫齠調鰷條
苕岧蜩鰷鮡怊聊落蕭切膋暸嘹飉僚寮寥遼撩嫽僗
料敹廖鐐繚橑簝漻潦熮璙鷯蟟驍古堯切梟蟂澆膮
許幺切嘵憢蹺牽幺切蹻幺伊堯切怮紗堯倪幺切嶢垚僥蕘
普遼切嬈褭聊切
宵思邀切消霄颾逍痟綃銷硝翛猾挐魈萩下遙切噍焦
兹消切燋蕉膲椒噍鸌鐎蟭醮鷦樵慈焦切憔譙猋卑遙切
飆剽標摽杓幖熛藨篻旚驃彯漂紕招切嫖僄鷅飄瞟
彯蔈瓢毗霄切薸鑣悲嬌切儦瀌穮麃苗眉儦切描貓燒尸昭
切弨蚩招切昭之遙切招釗鉊時饒切軺玿饒如招切橈蕘超

敕宵切颾朝陟遙切鼂馳遙切朝潮遙餘招切媱傜䌛颻窯鰩
銚姚搖謠愮陶鷂褕洮瑤猺䬙鮡珧䔄要伊消切腰邀
䙅喓葽鷂翹渠遙切荍鴞于嬌切妖於喬切夭囂虛嬌切枵歊
獢蕎驕居妖切憍嬌鷮簥撟矯喬巨嬌切僑嶠橋趫鞽轎
蕎蟜
爻何交切肴姣𧩧殽筊崤淆交居肴切詨敎咬膠艽轇郊
嘐茭蛟鮫鵁敲邱交切磽墝虓虛交切哮烋虖嚻於交切窅
坳凹聱牛交切謷磝包班交切胞苞脬披交切拋泡庖蒲交切
炮咆跑鞄匏茅謨交切猫罞蝥梢師交切艄捎髾鞘弰旓
稍㛨筲鮹蛸譟初交切鈔訬𦗂切罺抓巢鉏交切轈啁

陊交切嘲颮丑交切鐃尼交切呶譊怓撓猇于包切
豪乎刀切毫號嘷濠壕蒿呼高切薅尻邱刀切栲高居勞切皋
羔膏餻橐鼛篙槔蓉鏖於刀切敖牛刀切遨翱㩅慠嗷熬
嗷鼇鼇獒螯鰲鷔獒璈褒博毛切袍蒲褒切毛莫袍切髦髳
氂旄芼毹騷蘇遭切搔繅臊鱢繅慅艘颾慅篕操倉刀切
糟作曹切遭曹財勞切嘈褿槽艚漕螬傮刀都勞切舠忉舠
饕他刀切叨慆謏絛韜弢艘滔縚陶徒刀切綯淘濤䬞掏
逃鞀𩊱鞠醄詾咷萄桃檮綯騊蜪幬勞郎刀切嘮澇牢
簩醪撈嶗癆猱奴刀切猫

入聲作平聲

學奚交切鷽鸒舉嶨壆剝巴毛切駁爆雹髱爆䨚瓝博髆
餺搏鎛欂泊薄簿箔礴鉑亳樸葩毛切朴撲粕浞雛稍切
鷟濁濯擢戳鐲䨥縛房包切嚼齊消切嚼杓纙昭切芍汋著
池燒切噱其爻切醵臄钁移交切鐸多勞切度愽剫踱㖪澤昨
慈驛切酢鑿柞笮筰怍鶴何高切貉涸穫黃高切鑊濩臒於包
切蠖鸌

爪聲　二十九篠三十小三十一巧三十二晧
三十四嘯三十五笑三十六效三十七
号通用

上聲

篠先了切䉆謏鳥丁了切蔦篶朓土了切嬥窕徒了切挑掉嬥
了朗鳥切繚釕瞭憭嫽舠醵釕蓼獠裊乃了切嬝嫋嬲嬈
皛胡了切淐杳伊鳥切窅窈騕葽㝵鷕磽倪了切曉馨鳥切膮
皎吉了切皦璬皎皦恔僥
小思兆切悄七小切剿子小切勦少始紹切沼止少切紹市沼切佋
袑擾而沼切繞遶趙直紹切肇晁兆垗旐駣䂪狣鮡絩㴭
以紹切舀天於兆切殀麌嬌居天切撟敽憍譑蹻蟜鱎檦俾小
切縹四沼切醥篻摽婢小切䏚膘鰾眇弭沼切渺淼藐篎秒
杪表彼小切殍被表切
巧苦絞切絞吉巧切狡攪㚣鉸姣佼咬拗於絞切曉齩五巧切

飽博巧切鮑部巧切骲鞄卯莫飽切泖茆昴茆稍山巧切炒楚絞
切謅爪側絞切璪笊抓獠竹狡
晧下老切鰝昊顥皓皞浩灝鎬鄗鰝好許晧切考苦浩切薧
拷栲杲古老切縞藁菒櫜笴槁媼烏浩切燠襖懊寶補抱
切葆鴇堡保緥抱蒲浩切菽武道切娟芼嫂蘇老切燥埽草采早
切燥慅早子晧切蚤璪澡璪繅繰璪藻皁在早切棹造倒
覩老切擣禱島懤討土晧切套道杜晧切稻纛老魯晧切恅轑
橑潦栳潦澇腦乃老切惱瑙

入聲作上聲

覺江杳切角捔桷推榷較珏腳蹻屩㱿邱杳切鷇慤確埆

覺攫躩钁玃卻恪渥衣晥切喔齷握幄約葯剝傅考切駁
爆朔聲卯切數槊削齪齋卯切捉之卯切斮穛櫡斲琢焯椓
㧻卓踔倬諑啄涿灼勺酌妁礿斫著浞青小切鷟䃕趠
皵鵲爵精小切雀爝鑠商沼切爍綽痴繞切婥䛩希皎切託湯老
切橐柝拓魄籜飥博邦卯切髆襮搏鎛索桑早切㩳鎍錯
倉掃切遭作臧掃切鑿柞脽呵杲切郝壑嗃熇各岡慎切閣惡
阿杲切堊廓枯卯切鞟擴漷郭沽卯切椁彍

去聲

嘯先弔切熽弔多嘯切釣糶他弔切眺覜頫趒調徒弔切掉銚
蓧藋跳嫽力弔切璙嘹料鐐廖尿奴弔切竅詰弔切叫吉弔切

詔噭徼竅一叫切
笑仙妙切肖鞘峭七肖切俏哨俏帩醮子肖切釂嚼僬爝勦
噍才笑切誚少失照切燒照之笑切詔邵時照切劭饒人要切繞
召直笑切燎力照切療獠鷯燿弋笑切曜耀鷂要一笑切䙅嶠
渠廟切轎勡匹妙切剽僄漂彯驃毗召切票妙弥少切裱彼廟切
廟眉召切
效後教切傚斆恔校孝許教切磽口教切教居效切覺校較窖
珓挍絞靿於教切岰袎詏樂五教切豹巴校切犦爆儤趵窌
拔教切炮礮皰皮教切鞄鉋泡貌眉教切稍所教切鈔初教切抓
阻教切笊罩陟教切趠丑教切踔櫂直教切橈奴教切淖鬧

号後到切號秏虛到切好犒口到切靠誥居号切告郜膏槁奥
於到切隩燠懊傲五到切奡鰲報博号切暴薄報切虣曝帽莫到
切冒瑁耄眊媢䳰芼艒噪先到切燥譟懆操七到切造慥
糙竈則到切躁漕在到切到刀号切倒翿叨号切套導大到切纛
燾盜悼蹈勞郎到切嫪潦

入聲作去聲

獄姚叫切岳樂鸑藥躍礿瀹爚鸙籥鑰約犖郎到切洛酪
落絡珞樂烙駱雒末忙報切沫抹秣莫幕漠嗼膜摸瘼
寞鏌弱人照切蒻若箬芍略郎弔切掠𧬃年要切虐瘧彠於暴
切嬳諾奴到切惡昂告切咢噩㗁諤愕鄂崿蕚鍔鶚鱷

第九部

平聲　七歌八戈通用

歌居何切哥柯牁菏珂邱何切軻訶虎何切呵阿於何切娿疴
何胡歌切河荷苛莪牛何切䄉哦娥餓峨鵝俄蛾睋娑桑何
切挱髿些莎桫蹉倉何切瑳搓磋傞齹醝才何切鹺嵯瘥
䴾嵯蒫髊艖多當何切他湯何切拖駝唐何切佗馱驒沱鮀
鼉沱陀迱跎袉酡紽羅良何切蘿籮儸𤄷欏囉邏鑼䙨
鑼那諾何切儺哪䕢難挪
戈古禾切過鍋緺蝸科苦禾切窠薖蝌髁倭烏禾切渦窩和
胡戈切禾吪吾禾切訛囮波逋禾切番碆頗滂禾切坡陂婆蒲波

切 鄱皤摩眉波切 磨䃺魔䵠蘇禾切 莎桫梭莏娑髿唆趖

魦矬徂禾切 痤銼垜都戈切 稞詑上和切 牠徒禾切 㾓蠃落戈切

騾螺𥠖鏍挼奴禾切 鞾呼肥切 肥於鞾切 瘸巨鞾切 伽求迦切 茄

迦居伽切

入聲作平聲

學央哥切 濁之磨切 躅濯擢鐲鸀佛拌波切 縛孛邦磨切 勃誖

浡渤蛑焞餑鵓曷杭哥切 褐毼鞨鶡鶴合郃盒盍闔嗑

榼溘活華戈切 越𨱕㳫斡括穫鑊跋巴磨切 拔犮魃軷鈸

茇博泊薄箔鑮礴欂亳杓鈕戈切 鐸東挪切 度昨藏梭切 酢

鑿筰怍

仄聲 三十三哿三十四果三十八箇三十九過通用

上聲

哿賈我切 舸笴菏哦可口我切 軻坷荷下可切 閜倚可切 旖椏

婀我五可切 硪騀左子我切 䋎典可切 哆㚇嚲拕待可切 𡖅柁

舵砢朗可切 攞邏娜乃可切 那𦙫裹檖縒想可切 䂳娑瑳此我切

鬖

果古火切 裹輠蜾顆若果切 堁敤火虎果切 禍戶果切 夥婐烏果切

婑五果切 跛布火切 駊播簸頗普火切 叵㱿母果切 鎖損果切

瑣脞取果切 硰坐粗果切 朵丁果切 綵埰䰐鬌𥝢埵妥吐火切

𡵓惰杜果切 嫷墮憜鰖裸郎果切 卵𧅼蓏

入聲作上聲

璞葩我切 朴扑粕數雙可切 齪抽果切 浞捉之果切 琢𤅩卓啄

涿曷何果切 餲遏閼頞惡喝呼可切 猲渴康火切 𤸷葛岡我切

割澫轕各閣閤合𦑣鴿蛤抹麻可切 活瓜我切 括聒适栝

䳹郭𨚲花果切 濊涸藿矐霍癯瀾匡果切 斡蛙果切 捾䑛鸌

撥巴我切 跋襏鉢䥯茇膊搏撮倉瑣切 錯䌑臧瑣切 攥作掇當火切

剟裰咄脫湯果切 棁索思左切 廓匡我切 擴

去聲

箇居賀切 个個呵許个切 呼坷口箇切 𪌭賀何佐切 餓五个切 䶦

些四箇切 磋千个切 蹉左則个切 佐作癉丁賀切 馱唐佐切 大邏

郎佐切 那乃箇切

過古臥切 裹貨呼臥切 課苦臥切 髁堁和胡臥切 涴烏臥切 臥吾貨

切 播補過切 譒簸嶓破普過切 頗磨莫臥切 摩剉寸臥切 莝銼

挫則臥切 侳葰座徂臥切 坐桗都唾切 剁唾吐臥切 蜕惰徒臥切

嫷捘盧臥切 懦乃臥切 糯縛符臥切

入聲作去聲

末忙播切 秣沫抹䬴莫幕漠膜摸瘼寞鏌𢫦耶貨切 剫洛

酪落絡樂烙弱如臥切 蒻若箬諾乃箇切 惡俄个切 堊咢噩

諤愕鄂崿萼鶚鱷

第十部

平聲　十三佳半　九麻通用

佳居涯切涯宜佳切娃於佳切哇洼媧公蛙切緺騧蝸蛙烏媧切
麻謨加切蟆葩披巴切豝巴邦加切蚆豝芭笆鈀疤爬蒲巴切
杷琶跁些思嗟切嗟咨邪切罝差邪徐嗟切斜奢詩車切賒車
昌遮切硨遮之奢切奢譇闍時遮切佘蛇荼沙師加切砂鯊紗
裟鯊叉初加切杈差靫艖樝莊加切齇皻樝渣瀘髽莊華切
查鉏加切䶥楂爹陟邪切檛張瓜切撾侘敕加切秅直加切荼䖳
茶拏女加切詉笯攎耶余遮切鄃琊鋣揶茮椰遐何加切蝦
鍜霞騢瑕騢碬鰕蕸煆虛加切谺岈呀閜㰤邱加切嘉居牙
切加家珈袈跏痂瘕枷迦笳葭茄豭猳麚鴉於加切椏
丫啞牙五加切齖芽枒衙華胡瓜切驊鷨𧍧划譁呼瓜切花
誇枯瓜切夸荂姱胯瓜姑華切抓窊烏瓜切洼汙呱靴許茄切

入聲作平聲

瘸渠靴切掘撅橛鐝𨧽月胡靴切穴揭其耶切竭碣傑桀搩
伐扶加切罰垡閥瞂筏乏䍐牙瓜切枿怛當加切妲靼闥撻
達沓䵬誻踏遝涾䶀榙蹋闒翕滑呼佳切猾拔邦佳切茇
耋田耶切絰凸跌迭咥垤軼瓞眣牒楪諜喋揲疊氎堞
蝶鰈艓蹀纈奚耶切襭擷頁頡蹩邦耶切撆䌩別絕全靴切
趡徐靴切舌繩遮切折涉哲長蛇切徹撤轍蟄輒雜茲沙切雥

磼閘鉏加切插臿喋睫全斜切婕捷䞡協希耶切叶勰䙝脅
愶挾奚加切俠洽袷峽狹硤烚祫狎匣柙押帢欺牙切

仄聲　三十五馬十五卦半　四十禡通用

上聲

馬母下切瑪把補下切笆寫洗野切瀉且七也切姐子野切炧似也
切捨始野切舍撦齒者切者止野切赭社常者切惹人者切若喏
灑所下切鮓側下切槎仕下切䋈奼丑下切野以者切也冶下亥雅
切夏廈閜許下切賈古馬切斝假嘏瘕檟椵掗烏瓦切啞倚下
切婭雅五下切庌踝戶瓦切輠䑘鮭髁苦瓦切侉寡古瓦切銙
筒剮瓦五寡切（增補）打當雅切耍霜馬切那奴打切

入聲作上聲

闋區也切闕缺厥居也切瘚劂蹶蕨蟨玦鴃觖決抉訣譎
駃鴂歇希也切蠍猲血泬烕蝷熁嗋揭机也切羯偈謁衣也
切暍髮方雅切發法蹔殺賈切薩撒跋韍鈸馺颯卅闒湯打
切撻達澾獺塔嚃漯榻塌遢𦹝闒戛江雅切秸恝夾裌
韐甲胛穵烏寡切札莊洒切扎紮蚻劄八邦雅切朳殺雙鮓切
煞鎩歃翣唼䈕蘣霎察抽洒切臿鍤插䁟香假切呷諕刮
公瓦切刷雙寡切屑先也切糏薛褻媟契洩躃楔燮躞切倉姐
切竊妾唼節茲野切癤接楫鐵湯也切飻驖帖怗貼挈邱也
切契蛣客篋愜怯結飢也切桔拮潔鍥孑頰筴鋏莢刦

擎偏也切暼嫳雪須也切絶疽野切橇設商者切攝葉韘歙掣
昌惹切轍徹撤澈浙張惹切晰折哲蜇讋慴摺褶啜樞者
切拙朱惹切棁茁輟惙啜叕說書者切髖邦也切鷩別姶何寫
切氂帀茲瓦切呧嗒答當雅切搭踏褡嗒笈其雅切恰強雅切掐

去聲

卦古畫切挂詿罣畫胡卦切絓
禡莫駕切罵禡杷普駕切怕霸必駕切壩灞靶弝欛杷步化
切䍘卸四夜切瀉蝑借子夜切唶謝詞夜切榭𧝎慈夜切躤藉舍
式夜切厙赦騇柘之夜切蔗炙鷓射神夜切麝貰嗄所嫁切詐
側架切笮溠乍鉏駕切蜡吒陟嫁切奼詫丑亞切侘秺除駕切夜

羊謝切鵺偌人夜切暇亥駕切下夏罅虛訝切嚇駕居迓切架價
假嫁幏稼亞衣駕切婭啞稏歅訝魚駕切迓齖砑庌華胡化
切摦樺䉡話化火跨切跨枯化切胯窊烏化切踤搲汊楚嫁切
杈衩

入聲作去聲

月魚夜切刖軏越鉞曰粵樾蠘狘悅閱䩞忘罵切刺那架切
辣揧拉拹臘蠟鑞邋擸末忙霸切帓袜沫抹秣劼羊架切
剳鬝軋鍥勆比魞押壓鴨壓茁鄒話切刷所嫁切妠奴亞切
納衲㨖軜涅尼夜切埕篂捻苶齧闑臬隉蜺𧍞孽蘖蘗
櫱聶鑷躡驫茷迷夜切懱蠛瞜篾蠛滅熱仁蔗切若爇如蔗

切吶列郎夜切烈冽洌裂蛚茢䯀獵躐劣閭夜切跱鋝埒
拽移借切葉移社切鍱饁業鄴

詞林正韻卷中

詞林正韻卷下

吳縣 戈載 順卿 輯

第十一部

平聲 十二庚十三耕十四清十五青十六蒸

十七登通用

庚居行切 賡更秔羹鶊坑邱庚切 砊亨虛庚切 脝行何庚切 衡
珩桁蘅横胡盲切 黌觥姑横切 祊晡横切 騯浜磞拔庚切 抨烹
澎彭蒲庚切 輣棚膨蟚盲眉庚切 蝱撐中庚切 瞠抽庚切 棖除庚
切 振鬡尼庚切 兵晡明切 平蒲兵切 評坪枰苹明眉兵切 盟鳴
生師庚切 甥笙牲狌鼪鎗楚庚切 槍鐺傖鋤庚切 京居卿切 荆
驚麖卿邱京切 擎渠京切 勍黥檠鯨迎魚京切 英於京切 瑛霙
榮于平切 嶸瑩縈兄呼榮切
耕古莖切 鏗邱耕切 摼硜牼娙魚莖切 罌於莖切 甇嚶鸚鶯櫻
譻莖何耕切 宏乎萌切 閎紘鈜竑泓烏宏切 訇呼宏切 渹鍧轟
琤初耕切 錚爭甾莖切 箏猙崢鉏耕切 鬇丁中莖切 橙除耕切 瞪
儜尼耕切 鬡獰繃悲萌切 怦抜耕切 姘伻砰弸蒲萌切 甍謨耕切
萌甿氓
清親盈切 精咨盈切 晶菁鶄蜻睛旌箐餳徐盈切 情慈盈切 晴
觪思營切 騂并卑盈切 栟名武并切 洺聲書盈切 征諸盈切 正鉦
怔鯖成時征切 郕城誠盛晟禎知盈切 貞楨檉丑貞切 赬蟶
呈馳貞切 程酲裎跉呂貞切 令盈怡成切 楹贏嬴瀛蠃籯輕
去盈切 鑋甖嬰伊盈切 纓攖瀴營維傾切 塋瀯傾去營切 瓊葵盈
切 焭惸縈娟營切 縈
青倉經切 綪星桑經切 惺醒篂腥猩竮傍丁切 甹荓鉼俜瓶
旁經切 軿屏萍箳帡冥忙經切 䫥慏銘溟蓂螟丁當經切 釘
玎疔仃叮虰聽湯丁切 廳汀綎桯町庭唐丁切 廷亭停渟
婷霆莛鼮蜓楟靈郎丁切 零泠伶竛聆鈴玲醽酃齡囹
瓴櫺舲軨苓笭羚鴒翎蛉○奴丁切 嚀𧕋經古零切 涇馨
呼刑切 蛵形乎經切 刑硎型鉶陘郉邢娙熒戶扃切 螢扃涓熒
切 坰駉
蒸諸仍切 烝脀承辰陵切 丞繩神陵切 憴乘澠塍鱦升書蒸切
昇陞勝稱蚩承切 偁仍如蒸切 礽陾艿冰悲陵切 掤淜披冰切
砯凭皮冰切 凴馮繒慈陵切 鄫驓橧甑噌徵知陵切 癥僜
丑升切 澄時陵切 懲陵閭承切 淩凌輘婈綾崚菱鯪庱碐蠅
余陵切 膺於陵切 應鷹𧖊譍凝魚陵切 興虛陵切 磳七冰切 兢居陵
切 矜殑
登都滕切 燈㲪簦䔲騰徒登切 滕膯儯縢幐藤螣籐棱
盧登切 楞能奴登切 崩悲朋切 朋蒲登切 鵬堋輣瞢武登切 儚甍
僧思登切 鬙增作滕切 曾憎罾矰層徂棱切 曾竲揯居曾切 縆
䱭恒胡登切 峘薨呼肱切 肱古薨切 ○胡肱切 䡏

仄聲　三十八梗三十九耿四十靜四十一迥四十二拯四十三等四十三映四十四諍四十五勁四十六徑四十七證四十八嶝通用

上聲

梗古杏切哽鯁骾綆埂杏下梗切荇礦古猛切猛母梗切艋蜢

打都冷切炳百猛切浜冷魯打切丙補永切昺柄蛃邴秉病皿眉永切

省所景切眚瘖影於境切璟景舉影切璥境儆警檄永于憬切

憬俱永切暻冏詳虎梗切

耿古幸切幸下耿切倖悻黽母耿切鼆黽

靜疾郢切靖婧阱穽靚省息井切惺渻箵篂請比靜切井子郢切

整之郢切裎悜逞丑郢切騁領里郢切嶺袊頸居郢切癭於郢切

郢以井切梬頴庾頃切穎頃犬穎切餅必郢切鉼併屏

迥戶茗切泂炯絅詗火迥切褧犬迥切熲古迥切駉婞下頂切脛

涬謦去挺切鼞剄古頂切頩普迥切竝部迥切茗母迥切嫇酩溟

冥醒銑挺切頂都鋌切奵鼎酊珽他頂切脡侹頲町鋌挺待鼎切

艇梃娗莛濘乃挺切寧

拯之庱切撜庱丑拯切殊色拯切洗

等得肯切肯苦等切

去聲

映於敬切敬居慶切璥曔竟獍鏡更居孟切䙬於孟切硬魚孟切

行下孟切衡橫戶孟切孟莫更切蜢倀猪孟切偵憕幀柄陂病切

怲炳病皮命切命眉病切瀙楚慶切慶邱敬切競渠映切儆檠迎魚敬切

詠為命切泳禜醟

諍側迸切迸北諍切倂蒲迸切

勁堅正切輕牽正切夐虛政切詗摒卑正切併聘匹正切娉性息正切

姓婧七正切凊倩淨疾正切瀞穽靚請聖式正切正之盛切

政証盛時正切偵丑正切遉鄭直正切令力正切

徑古定切經涇陘剄罄詰定切磬罄謦脛形定切鎣烏定切瀅

暝莫定切瞑靘千定切矴丁定切釘訂飣定顁聽他定切庭定徒徑切錠奠甯乃定切佞濘

證諸應切烝勝詩證切稱昌孕切乘石證切賸甸甑子孕切繒凭皮孕切

瞪丈證切淩里孕切孕以證切媵興許應切應於證切凝牛孕切

嶝丁鄧切隥磴鐙凳墱鄧唐亙切蹬滕堋逋鄧切懵母亙切鬅

蹭七鄧切贈作亙切亙居鄧切絙

第十二部

平聲　十八尤十九侯二十幽通用

尤于求切疣郵訧休虛尤切庥咻髹貅鵂烋邱袪尤切蚯惆尼猷切

鳩居尤切朻求渠尤切裘俅絿仇厹逑球捄觩頄鼽

釻銶球賕艽朹牛魚尤切　優於求切　優憂瀀麀櫌怮蚴呦

由夷周切　揄卣遊繇猶猷悠攸滺油櫾檦輶庮鲉蝣蝓

儔裯輈張流切　啁譸盩侜鵃抽丑鳩切　婤瘳儔陳留切　躊懤

裯紬綢疇稠籌檮留力求切　遛劉懰瘤鏐旒斿琉𦎩硫

榴流瀏颸騮駵䮀鶹蟉鎏脩思留切　羞滫鱃秋雌由切　鍬

萩楸鶖湫鰍鰌𢝆揫將由切　䲡啾楢囚徐由切　泅鮂酋字秋切

遒蝤收口周切　荍犨蚩周切　周之由切　賙州洲舟婤喌讎時流切

酬詶魗柔而由切　揉蹂鶔搜疎鳩切　廋蒐鄋叟鎪颼

溲搊初尤切　掫篘謅鄒側鳩切　緅陬緅菆棷騶𡟤娵愁士尤切

不方鳩切　䳕紑浮房尤切　涪桴芣烰罘蜉謀迷浮切　眸侔

牟麰矛蝥蛑蟊

侯胡溝切　猴鍭喉餱篌謳烏侯切　嘔歐漚匳甌鷗彄墟侯切

摳䁱𥈞齁呼侯切　鉤居侯切　句枸軥𦮃溝韝褠篝抔蒲侯切

䫀棓踣掊裒涑先侯切　諏將侯切　鄹徂侯切　䱾兜當侯切　偷他侯切

媮頭徒侯切　投骰婁郎侯切　樓廔塿僂髏慺謱褸軁摟

簍蔞䝏螻

幽於虯切　呦彪必幽切　滮淲平幽切　摎樛居虯切　朻糾䊵蚪渠幽切

璆繆亡幽切

入聲作平聲

叔賒周切　倏祝張柔切　粥粥孰商由切　熟塾淑婌蜀蠋贖逐

直由切　妯柚軸舳

仄聲　四十四有四十五厚四十六黝四十九

宥五十候五十一幼通用

上聲

有云九切　右友栯朽許久切　糗去九切　九己有切　久玖韭臼巨九切

舅䒵咎懮於九切　酉以九切　牖羑誘卣槱琇莠缶俯九切

否婦扶缶切　負阜蝜萯滫息有切　酘酒子酉切　湫首始九切　手

守帚止酉切　鯞醜齒九切　受是酉切　授綬壽蹂忍九切　揉溲所九切

醙獀鯫士九切　肘陟柳切　丑敕九切　杽紂文九切　柳力九切　罶

懰綹瀏䋴䏔紐女九切　忸鈕扭狃杻

厚很口切　后後郈㖃許后切　吼犼口去厚切　叩扣敂釦蔻畢后切

詬詢㺃垢苟笱狗枸歐於口切　嘔偶語口切　耦藕掊彼口切

剖普后切　蔀部薄口切　培瓿䥝母莫後切　拇踇畝某䳇牡

莽姆叟蘇后切　瞍嗾廋擻藪籔趣此苟切　棷走子口切　斗當口切

抖陡蚪姓他口切　黈鋀徒口切　鈄塿郎口切　嶁嘍甊簍㝅

乃后切

黝於糾切　怮眑呦泑蚴糾居黝切　赳糾䊵蟉渠糾切

入聲作上聲

宿西有切　菽賒九切　叔倏俶縮束祝張有切　粥粥竹竺筑燭

去聲

宥尤救切 又右佑祐侑酭痏囿齅許救切 糗邱救切 救居又切
究疚灸廄舊巨救切 柩鮥狖余救切 䖭裒柚櫎副敷救切 覆
仆富方副切 鍑復扶富切 秀息救切 琇繡鏽宿僦即就切 岫似救
切 袖就疾僦切 鷲狩舒救切 守獸首臭尺救切 呪職救切 授承呪
切 綬壽售輮如又切 蹂肉瘦所救切 蒞初救切 簉縐側救切 甃
媰皺縐鉏救切 㥮晝陟救切 咮畜丑救切 冑直祐切 宙籀酎溜
力救切 霤廇餾塯窌擂糅女救切 狃
候下遘切 堠郈逅後鍭鱟缿后厚詬許候切 吼蔻寇邱候切
扣釦蔻居候切 構遘覯媾姤購句彀雊韝轂搆漚於候切
鞴戊莫候切 茂楙袤懋瞀姆務貿雺瞉先奏切 嗽瘶湊千候
切 輳鏃膆榛蔟奏則候切 走鬬丁候切 䨲透他候切 豆大透切
餖脰逗酘竇窬荳讀漏郎豆切 陋鏤嘍耨乃豆切 譳
幼伊謬切 柚糾己幼切 䠎輕幼切 螑謬靡幼切 繆

入聲作去聲

肉如咒切 辱蓐褥縟溽鄏六艮又切 陸戮勠僇朒濃幼切 恧
衄畜昌壽切

第十三部

平聲 二十一侵獨用

侵千尋切 駸浸綅心思林切 杺祲杏林切 梫尋徐心切 鐔𧞤潯
潯鄩燖樳鱏深式針切 斟諸深切 鍼箴瑊葴諶時任切 忱煁
湛壬如林切 任妊紝鵀森所今切 參蔘襂槮滲摻㥶參初簪切
簪側吟切 岑鉏鍼切 涔梣踏砧知林切 椹琛丑林切 䐜郴沈持林
切 霃莐忱鈂林犂針切 箖臨琳霖淋痳淫夷鍼切 霪蟫愔
伊淫切 瘖音於金切 陰霠瘖喑吟魚音切 崟歆虛金切 廞欽祛音
切 衾嶔今居吟切 金衿襟禁琴巨金切 擒庈黔芩檎禽

仄聲 四十七寑五十二沁通用

上聲

寑七稔切 浸鋟梫寑罧斯荏切 蕈慈荏切 審式荏切 諗瞫淰魫
沈瞫嬸瀋昌枕切 枕章荏切 甚食荏切 葚諶飪忍甚切 稔恁衽
荏栣痒所錦切 潹稟筆錦切 品丕錦切 踸丑甚切 朕直稔切 䑙䑙
𪐴廩力錦切 懍凜錦居飲切 噤渠飲切 唫顩㱈飲於錦切 怎子飲
切

去聲

沁七鴆切 浸子鴆切 祲譖枕之任切 甚時鴆切 妊姙如鴆切 任衽
紝鵀恁滲所禁切 槮讖楚譖切 譖側禁切 揕知鴆切 鴆直禁切 臨
力鴆切 森賃女禁切 禁居蔭切 僸襟衿巨禁切 噤澿紟妗蔭於禁
切 廕醅窨喑飲深式禁切 㝯撳邱禁切 吟宜禁切 鐔尋浸 蕈
森所禁切

第十四部

平聲 二十二覃二十三談二十四鹽二十五

沾二十六咸二十七銜二十八嚴二十
九凡通用
覃徒南切 譚潭橝蟫䜖鐔醰醰曇墰藫貪他含切 探耽丁含
切 酖妉湛眈䒞盧含切 嵐南那含切 男枏諵毿蘇含切 鬖慘
參倉含切 驂篸祖含切 鐕揝蠶徂含切 岭呼含切 酓䤴唅䎏龕
枯含切 堪戡弇如南切 淦含胡南切 函䈄頷涵䤴䈄蜬諳烏含
切 鴿媕諳䤴庵菴唵吾含切
談徒甘切 郯惔倓痰餤錟䛲他甘切 聃儋都甘切 擔甔藍盧甘
切 籃襤三蘇甘切 慙昨甘切 蚶呼甘切 憨坩枯甘切 甘沽三切
㽏泔柑疳甘苷酣胡甘切 邯甝魽笘七甘切 蚺汝甘切

鹽余廉切 檐櫚閻阽讇棪厭一檐切 鬑銛思廉切 纖綅孅
𤢑摻暹䃢㦰瀸籤七廉切 簽僉憸鋟子廉切 尖漸熸蕲爓
徐廉切 潛昨檐切 灊鬵燂㷸苫詩廉切 痁䃎處占切 幨詹之廉切
瞻占沾蟾蟾鷥䦲棎時占切 挦髯如占切 訲袡枏霑知廉切
覘丑廉切 廉力檐切 帘匳鐮鎌蠊簾黏尼占切 鮎炎于廉切 淹
央炎切 閹崦稖䶌牛廉切 噞嶮箝其淹切 拑黔鉗鈐鍼黔黚
䘮砭悲廉切
沾他兼切 添磏髫丁兼切 甜徒兼切 銛恬○鬑勒兼切 磏鮎奴兼
切 拈馦許兼切 謙苦兼切 兼堅嫌切 縑鶼鰜蒹鵜鰜嫌戶兼切
嚴魚杴切 䉷顩虛嚴切 杴䕾忺欦丘嚴切 廞䆷醃於嚴切 腌

咸胡讒切 諴鹹函醎鰔蝛葴瑊椷緘居咸切 黬喦魚咸切 碞
攙師咸切 摲讒士咸切 儳纔饞欃毚獑詀知咸切 喃尼咸切
銜乎監切 監居銜切 𧮣礛嵌邱銜切 巖五銜切 礹衫所銜切 縿彡
髟杉芟欃初銜切 攙巉鉏銜切 嶃鑱劖攙
凡符芝切 帆颿芝甫凡切
仄聲 四十八感四十九敢五十琰五十一忝
五十二儼五十三豏五十四檻五十五
范五十三勘五十四闞五十五豔五十
六㮇五十七驗五十八陷五十九鑑六
十梵通用

上聲
感古禫切 醎灨鱤坎苦感切 㮧輡顑欿壈顄頷戶感切 頤撼
菡蜭晻鄔感切 黤黭唵闇醃糝桑感切 槮慘七感切 憯噆黲
寁子感切 歜徂感切 䲋黕都感切 眈䏙紞襑他感切 髧㽡嗿禫
徒感切 髧醰醰嘾窞黮霮萏壈盧感切 䡲湳乃感切 罱
敢古覽切 橄㺂虎覽切 澉胡敢切 槧在敢切 鏨嵌膽覩敢切 磛黵
喴菼吐敢切 緂毯𧜟啖杜敢切 澹淡憺覽魯敢切 攬欖濫
琰以冉切 ○剡棪扊棪黶於琰切 魘魔檿黡壓厭 瀸七漸切
塹檢漸疾染切 蘞蔪閃失冉切 潤睒䁋陝颭職琰切 冉而琰切
姌染苒箅枏諂丑琰切 斂力冉切 獫瀲蘞險虛檢切 嶮譣玁

獫玁顩邱檢切嗛鎌檢居奄切撿臉儉巨險切芡奄衣檢切弇
掩揜罨裺閹媕晻渰崦黤貶悲檢切疺
忝他點切餂銛點多忝切玷簟徒點切居穲盧忝切溓淰乃玷切
鼸下忝切嗛歉苦居切慊
儼魚埯切巘嬐广噞鹼埯倚广切
豏下斬切㺌嗛口減切減古斬切鹻減黯乙減切摻所斬切摲斬
阻減切澸士減切巉湛丈減切
檻戶黯切艦轞䍀槩闞虎檻切獥黤倚檻切
范父鋄切蘫笵範犯鋄亡范切
去聲

勘苦紺切轗憾胡紺切琀唅顄呼紺切餡紺古暗切黚淦贑暗
烏紺切闇暗謲七紺切參馾丁紺切䳼儋他紺切撢探醰徒紺切
闞苦濫切瞰嵌憨下瞰切三蘇暫切暫昨濫切鏨蹔擔都濫切甔
憺徒濫切啗淡澹睒吐濫切倓濫盧瞰切爁醂纜爁
豔以贍切焰燄鹽灩厭於焰切饜壓悇於贍切俺壍七焰切塹
蘸子焰切漸閃舒贍切㷆掞襜昌焰切譫占章焰切贍時焰切
髯而焰切覘丑焰切
㮇他念切磹忝店都念切坫點痁墊唸玷磹徒念切穲歷店切
念奴店切埝酓於念切韱先念切僭子念切曆
驗魚窆切釅噞嬚窆陂驗切砭斂力驗切殮瀲瀲獫脅盧欠切

欠去劍切劍居欠切
陷乎韽切臽錎餡韽於陷切蘸莊陷切站陟陷切賺直陷切
䶠胡懺切槧譀許鑑切鑑居懺切監㔶懺叉鑑切摲鑱士懺切
梵扶泛切帆泛孚梵切汎氾㲱

第十五部

入聲　一屋二沃三燭通用

屋烏谷切剭䐁熇呼木切縠哭空谷切穀轂古祿切㱿縠穀榖
谷㕢穀胡谷切斛鷇礐槲瀫卜博木切濮轐蹼樸蹼纀䑑
撲普木切扑墣醭樸朴僕步木切暴瀑蹼䁝木莫卜切沐霂
鬯蔌鷟觫速蘇谷切遬餗蔌涑蔌樕蝀觫簌族千木切簇

瘯蔟鏃作木切嗾族昨木切禿他谷切誘禿鵚殰徒谷切讀讟
黷嬻犢殰髑匵櫝瀆瓄嬻獨韣祿盧谷切彔漉盝琭碌
麓簏麗麓䴪娽摝角轆樚轆鹿騼螰福方六切腹複幅
輻復蝠䈏鍑䮡蝮楅覆葍蝮芳六切複伏房六切虙服復
絥茯琡鞴箙栿𣘯洑菔馥鵩鰒目莫六切睦繆牧坶苜
穆肅息六切夙宿潚縮橚蓿驌鷫鷫驌鱐蹙子六切顣
蹴踧噈䠞菽式竹切叔儵倏儵鯈俶昌六切埱祝之六切粥
粥柷孰神六切熟塾淑肉而六切衄縮所六切茜謖蹜珿初六切
切矗竹張六切竺筑築蓄畜敕六切畜滀搐逐仲六切妯柚
軸舳蓫䑤蚰力竹切六陸稑蓼蓼睦勠戮蹗鯥蛙朒女六切

切恧育余六切毓昱煜錥鬻緕稸蜟淯堉畜許六切慉麴
邱六切匊居六切掬踘鞠蜘鞫餰菊晭鵴鮈彧乙六切稶郁
澳燠噢薁鷇栯〔增補〕國古六切
沃烏酷切鋈鵠胡沃切翯礐熇呼酷切臛嚳歊嗃酷枯沃切焅
硞礐告姑沃切牿梏部襮逋沃切曝鏷蒲沃切轐雹鞄渢蘇篤
切䅬篤都毒切督毒徒沃切薵纛碡〔增補〕北逋沃切
燭朱欲切屬囑矚鸀蠋束輸玉切悚觸樞玉切歜臅蜀珠玉切
蠾屬韣鐲欘贖神蜀切辱儒欲切蓐褥縟溽鄏粟須玉切剟
促趨玉切趣數足縱玉切哫續松玉切藚俗幞逢玉切瘃珠玉切
斸欘钃豖楝丑玉切亍躅廚玉切錄力玉切籙逯綠淥醁騄

蓫欲愈玉切慾浴鋊𤞞鵒旭吁玉切勖頊曲區玉切苖笘臼
拘玉切挶輂局渠玉切跼駶侷玉魚欲切獄

第十六部

入聲　四覺十八藥十九鐸通用

覺訖岳切角捔桷榷較傕珏瑴㱿黑角切謞滈嗃殼克角切
嗀搉慤確礐埆學胡角切鷽鸒嶨礐确渥乙角切媉偓喔
齷握幄嶽逆角切鸑剢北角切駮駁爆鸔璞匹角切樸撲颮
矿雹弼角切嚳懪鰒暴邈莫角切貌眊毣藐朔色角切數槊
搠掣槊娖測角切齪擉捉側角切浞仕角切灂汋鷟篧斵竹角切
切琢椓㧻卓倬逴諑啄涿濁直角切躅濯擢戳鐲鸀鸐

濯搦昵角切犖力角切䂮躒
藥弋灼切躍踚礿瀹爚龠籥鑰𠸌蘥濼鸙𧕟蘥縛伏約切
削息約切壆碏七約切踖皵鵲猎䱜爵即約切雀䂃疾雀切嚼
爝鑠式灼切爍灼之若切焯勺酌妁彴禚斫犳趵斮側略切
綽尺約切婥杓市若切仢汋弱日灼切嫋鄀蒻若箬渃芍陟略
切著直略切逴勑略切躇婼㚁蠚略力灼切掠蛶謔迄却切卻
乞約切腳訖約切屩噱極虐切醵蹻臄約乙却切葯約虐逆約切
瘧䂄五縛切玃䢲曤怳縛切彏戄讙躩屈縛切𢕟矍居縛切攫
钁轇玃䴏艧憂縛切䨥嬳蒦女略切
鐸達各切度𢞎剫踱喥澤託他各切橐柝拓托跅魄蘀籜

馲飥洛歷各切酪落絡輅珞硌樂挌烙轢駱鵅鮥雒洛
諾匿各切博伯各切簙髆餺襮䙏搏薄鎛鑮爆猼欂膊粕
匹各切膊泊白各切薄簿箔礴鉑亳莫末各切幕漠塻瞙膜
摸瘼寞鏌索昔各切捸𩙸𧜟錯倉各切剒作即各切柞昨疾各
切酢鑿筰䋏怍笮岝鶴曷各切貈涸矐臛黑各切鶮鄗郝
壑嗃謞熇矐恪克各切各古落切閣格惡烏各切堊咢逆各
噩齶諤遻鄂崿碍萼㓵鍔鶚鱷穫黃郭切鑊濩雘檴擭
靃㸌霍忽郭切藿攉癨廓苦郭切鞟劇擴嘓郭古博切椁彍
蠖屋郭切雘艧烏郭切〔增補〕陌末各切

第十七部

入聲　五質六術七櫛二十陌二十一麥二十
二昔二十三錫二十四職二十五德二
十六緝通用

質之日切鑕劕眰桎櫍礩眰郅隲蛭躓失式質切室叱尺栗
切實食質切日入質切衵馹率朔律切帥蟀䘹悉息七切膝蟋
厀七戚悉切㯃漆堲子悉切㘉蝍喞疾昨悉切嫉槉蒺諔必
壁吉切畢罼韠颰滭滭珌彃韠蹕覕鮅縪蓽匹僻吉切鵯
邲毗必切怭佖飶苾鉍駜蜜覓畢切宓謐筆逼密切弼薄宓
佛密莫筆切沕滵蔤樒窒陟栗切㗌挃銍螲抶勑栗切咥秩
直質切袟帙柣姪紩栗力質切慄瑮搮溧凓颲篥鷅暱尼質

切昵㥾尼逸弋質切詄佚佾軼泆溢鎰駃妷欯閻吉切佶
恄咭詰喫吉切趌劼蛣吉居質切拮郆洁狤一益悉切壹肸
黑乙切姞巨乙切佶鮚乙億姞切鳦颮越筆切㧒汨耋地一切垤
獝休必切
術食律切述沭秫朮出尺律切卹雪律切恤䘏訹戌珬蛾卒節律
切啐崒昨律切踤捽誶怵竹律切窋茁逫叕黜勑律切詘趉
怵朮直律切律劣戌切繂葎膟率䢖聿允律切遹趫矞霱燏
潏繘鷸鷸蟈驈鱊橘訣律切蕎
櫛側瑟切楖瀄瑟色櫛切璱蝨
陌莫白切袹貊貘驀拍匹陌切魄霸珀百博陌切伯迫柏皕

佰白薄陌切帛舶鉑磔陟格切搩坼恥格切拆破宅直格切澤
擇檡蠌蹃昵格切搦垎胡格切輅赫郝格切嚇懗客乞格切喀
格各額切假挌骼觡茖鵅蛒啞乙格切額五陌切頟詻咯謋
虎伯切砉湱剨虢古伯切漍諕擭一號切蒦嚄濩碧筆戟切索
色窄切迮側格切窄窄笮蚱舴唶齚迮逆切隙乞逆切郤綌戟
訖逆切谻劇竭戟切屐逆仡戟切
麥莫獲切霢脈覛蘗博厄切檗擘䴽䴾蒲革切𧔮栜色責切摵
愬涑策測革切筴冊柵猎責側革切嘖幘簀賾士革切齰摵
率摑切槭摘陟革切讁覈下革切滆翮核隔各核切鎘膈革鬲
槅嗝厄乙革切阸鈪搤扼軛貖嗌鷁逆革切䳑䥛畫胡麥

劃嫿繣澅獲馘古獲切漍幗摑嘓蟈剨口獲切𥗉
昔思積切腊焟惜舄磶蕮猎潟皵七跡切刺磧踖積資昔
積膌脊蹐嵴跡鶺蹟鯽席祥亦切蓆夕穸汐籍秦昔切耤
藉瘠塉釋施隻切適奭䄷螫尺昌石切赤斥隻之石切摭蹠
跖炙石常隻切祏碩鼫射食亦切擲直炙切躑益伊昔切嗌睪
夷益切繹襗䄷醳掖腋亦奕弈帟懌斁射譯驛嶧埸圛
燡液易蜴役營隻切疫辟必益切躄襞璧僻匹辟切癖澼擗
毗亦切辟闢
錫先的切裼緆㖊晳晰析淅蜥戚倉歷切鏚慼鼜磩績則歷
切勣寂前歷切壁必歷切霹匹歷切劈甓蒲歷切覓莫狄切鼏幦

幎幂甓汨的丁歷切 弔適嫡蹢靮玓甋鏑滴樀菂啇逖
他歷切 逷趯踢倜惕剔鬄狄亭歷切 敵踧廸頔覿糴滌笛
籊荻翟妯歷狠狄切 ○壢靂癧嚦躒𤻲礫瓅皪鬲轢櫪
歷瀝濼𤁵歷櫟惄乃歷切 溺檄刑狄切 薂覡閴許激切 赦喫
詰歷切 激吉歷切 擊墼獥鷩噭警鴔倪歷切 霓艗鷁鬩苦狊切
狊古闃切 鼳鶪湨郹𧖴呼狊切 瞁
職質力切 織膱樴蟙𧑓識設職切 飾式軾拭栻寔丞職切
湜殖埴植食乘力切 蝕側札色切 仄昃稷泦色殺測切 嗇穡
濇測察色切 惻畟萴士力切 息悉即切 熄鄎卽節力切 稷陟竹力切
稙敕恥力切 飭鷘直逐力切 犆幀值力六直切 𡕈匿昵力切

㥛弋逸織切 杙翼翊翌廙妷釴潩默蝨瀷殛訖力切 亟極
襋棘蕀僰𦿸訖力切 𧓍億乙力切 憶臆繶抑醷檍蘱極竭億
切 嶷鄂力切 薿𩨃域越逼切 蜮淢罭棫蜮魊緎閾魊洫忽域
切 偪堛拍逼切 畐福副愊逼筆力切 楅幅湢愎弼力切 糒
德的則切 得惑惕得切 悳特敵得切 螣勒歷德切 肋扐仂泐玏
北必墨切 菔蒲北切 匐踣墨密北切 默纆蠌䘃塞悉則切 𡏮七則
切 則即得切 賊疾則切 鰂蠈蕨劾紇則切 黑迄得切 克乞得切 剋
刻 勊或胡國切 惑國骨或切 冒亡北切
緝七入切 葺咠諿輯䒊𨊳息入切 卌鈒㠍卽入切 潗湒䤈檝
習席入切 謵襲褶熠霫隰鰼騽鰼籊集籍入切 濕失入切 騽

執質入切 汁十寔入切 什拾入日執切 廿𣬉色入切 戢側立切 濈
鵖蟄陟立切 蟄直立切 立力入切 粒鉝笠苙䇐昵立切 濇䆐揖
一入切 挹熠弋入切 煜域及切 吸迄及切 翖歙翕搶闟潝嬆噏
泣乞及切 湆急訖立切 伋給級汲芨蛤及極入切 笈邑乙及切
浥悒裛挹唈厭岌逆及切 圾

第十八部

入聲 八勿九迄十月十一沒十二曷十三末
十四黠十五鎋十六屑十七薛二十九
葉三十帖通用

勿文弗切 物岉沕芴拂敷勿切 刜髴怫祓艴跸茀霈弗分物

切 不韍黻紱綍紼怫柫汷颰沸佛符勿切 咈佛髴坲㶭
屈曲勿切 詘鶌蝠猦九勿切 䞖緪屈厥劂𧖴倔渠勿切 掘𥔵
崛崛𧄌紆勿切 菀蔚尉爩䴋灪罻
迄許訖切 肸釳汔乞欺訖切 芞契訖居迄切 吃扢疙魚迄切 仡
圪屹忔
月魚厥切 刖軏越王伐切 鉞曰粵樾𧌆狘颰許月切 狘㤜
闕邱月切 厥居月切 瘚蕨劂橛蹶蕨蟨蟩鱖其月切 撅蹷
趉蹶噦於月切 嬮钀語訐切 紇恨竭切 歇許竭切 蠍猲訐居竭切
揭鍻羯𩠖竭其謁切 碣楬謁於歇切 暍髮方伐切 發颰伐房越切
茷罰垡墢閥瞂筏䥛勿發切

没莫勃切殁孛薄没切侼勃誖悖浡渤埻焞馞餑桲脖鵓
䮝窣蘇骨切猝蒼没切卒臧没切倅稡捽昨没切崒咄當没切柮
怢䮠突他骨切腯葖揬陁没切堗鍨鼵䆚硉勒没切訥奴骨切
吶麧下扢切齕扢搰胡骨切扫鶻忽呼骨切惚昒笏窟苦骨切
崫堀骨古忽切汩愲榾鶻兀五忽切扤杌矹屼軏阢鼿
曷何葛切褐毼鞨鶡蝎喝許葛切渴邱葛切𤸷磕䴬葛居曷切
割𦝫蓋轕遏阿葛切閼堨頞𡿣牙葛切藹䕺桑葛切薩撥攃
七葛切䕩怛當割切妲𪐴笪靼狚闥他達切撻達澾獺鰨達
陁葛切剌郎達切辢攋瘌䰈捺乃葛切
末莫撥切休秣韎沫抹秣活戶括切豁呼括切濊闊苦活切括

古活切聒銛佸适栝筈萿鴰斡烏括切捾撥北末切襏鉢䥗
鏺普活切潑醱跋蒲撥切胈犮魃軷䣮坺茇妭撮粗括切䙫
繓宗括切掇都括切剟裰脫他括切奪徒活切鮵捋盧活切脟
黠下八切䵤劼邱八切䂒䶎戛古黠切楔嘎秸鴶軋乙黠切揠
㹽䫄䲦圠滑戶八切磆猾鰨螖婠烏八切穵八布拔切朳捌
汃普八切叭拔蒲八切殺山戛切鎩椴察初戛切札側八切紮扎
鴑蚻扎茁側滑切竅張滑切鵽貀女滑切唽知戛切䟤宅軋切
㹢下瞎切轄瞎許轄切鶷邱轄切齾牛轄切刮古刹切帓莫轄切刹
初轄切㖙陟轄切
屑先結切糏偰㴽切千結切竊節子結切𤻮蠽蝍鯽截昨結切

鐵他結切餮驖䥫徒結切絰凸跌迭咥蛭垤㤩力結切涅乃結
切篞揑苶䕨奚結切襭擷頁絜頡獺猰詰結切挈契鍥結
吉屑切桔袺拮潔蛣噎一結切咽噎䄄搤䤀倪結切覭闑臬
隉䑄蜆穴胡決切鴪血呼決切泬闋苦穴切玦古穴切䳜鴃潏
決訣譎憰趹駃鳺觖抉一決切妜撇匹蔑切彆瞥瞥必結切
蹩蒲結切䀛蔑莫結切懱𧅁覕幭篾䁾䩢蠛
薛私列切紲絏䙝媟契离渫洩齛䴪楔雪相絕切蕝租悅
切絕情雪切設式列切蔎揲掣尺列切㾏浙之列切晢折舌食列
切折熱而列切說失爇切歠姝悅切啜拙朱劣切炪梲蝃爇如劣
切刷所劣切唰哲陟列切徹敕列切撤䜓䪓轍直列切澈列力蘖

切烈咧洌冽裂挒鴷䴕蛚茢栵叕株劣切輟罬餟惙啜
醊涰劣力輟切鋝埒浖蛶拽羊列切孑吉列切釨悅欲雪切說
閱蛻烕許列切缺傾雪切蒛堨邱傑切𢠳偈傑巨列切杰桀榤
孽魚列切蠥讞蘖櫱钀𡿖鼈必列切鷩鶖潎匹滅切滅莫列切
䇷筆別切別莂別皮列切
葉弋涉切偞楪鍱魘益涉切厭㱘擫○域輒切饁极其輒切笈
衱裛憶笈切妾七接切鯜緝淁接即涉切椄楫睫婕萋疌疾葉
切捷諜啑攝失涉切欇𢐩葉韘歙色輒切霎箑萐翣謵尺涉
切喢讋質涉切慴襵熠涉時攝切拾欇讘日涉切聶輒陟涉
㡇牒直涉切鬣力涉切獵犣儠擸躐邋瀸鱲䜲聶昵輒切𤓍

籋鑷躡驧
帖託協切 怗貼鉆碟喋的協切 跕牒荅協切 諜疊氎堞褋鰈
渫蝶鷃鰈艓蹀捻諾叶切 鍂敜埝惗協胡頰切 叶䚢挾俠
裌頰吉協切 筴鋏莢蛺篋詰叶切 愜婡㓨慊燮悉協切 屧躞
浹卽協切

第十九部

入聲　二十七合二十八盍三十一業三十二
洽三十三狎三十四乏通用

合曷閤切 郃盒欱呼合切 閤葛合切 合匌敆頜韐鴿蛤鮯姶
遝合切 姶唈趿悉合切 靸鈒㚁馺颯卅啑所答切 帀作答切 咂
噆魳𧺆雜昨合切 龘雜荅德合切 搭褡嗒鎝託合切 幍鞜䵬
譶噿漯鞳沓獺合切 誻揞踏遝涾騇榙拉落合切 納諾荅切
衲靹妠軜蒳匼遢合切
盍胡臘切 磕闔蓋嗑譅榼克盍切 搕㔩瞌轞溘顅谷盍切 鎑
蓋闟鰪乙盍切 匎礏玉盍切 囃七盍切 搨德盍切 剔嗒榻託盍切
傝塌遢毾騔蹋溻碟闒塔蹋敵盍切 䈳㯓臘力盍切 蠟鑞
爉邋擸
業逆怯切 鄴僷業𧎧鸈脅迄業切 胠嗋愶搚怯乞業切 抾刦
訖業切 刦抾衱袷蛣跲極業切 袷笈腌又業切 浥裛
洽轄夾切 祫峽狹恰乞洽切 帢掐夾訖洽切 郟裌筴䳟歃色洽
切 臿測洽切 鍤插眨側洽切 霅譗蓮實洽切 濈騸牐鰈劄竹洽
切
狎轄甲切 匣譁柙甲古狎切 胛押乙甲切 壓鴨壓呷迄甲切 翣
色甲切 𧻓唼箑霎霅直甲切 澘喋
乏扶法切 法弗乏切 𤞩敕法切 𤢩昵法切

詞林正韻卷下

古籍今注新譯叢書

哲學類

新譯四書讀本　謝冰瑩等編譯
新譯學庸讀本　王澤應注譯
新譯論語新編解義　胡楚生編著
新譯孝經讀本　賴炎元等注譯
新譯易經讀本　郭建勳注譯
新譯周易六十四卦
經傳通釋：上經　黃慶萱注譯
新譯周易六十四卦
經傳通釋：下經　黃慶萱注譯
新譯乾坤經傳通釋　黃慶萱注譯
新譯易經繫辭傳解義　吳　怡著
新譯禮記讀本　姜義華注譯
新譯儀禮讀本　顧寶田等注譯
新譯孔子家語　羊春秋注譯
新譯老子讀本　余培林注譯
新譯帛書老子　趙　鋒注譯
新譯老子解義　吳　怡著
新譯莊子讀本　黃錦鋐注譯
新譯莊子讀本　張松輝注譯
新譯莊子本義　水渭松注譯
新譯莊子內篇解義　吳　怡著
新譯列子讀本　莊萬壽注譯
新譯管子讀本　湯孝純注譯
新譯墨子讀本　李生龍注譯
新譯公孫龍子　丁成泉注譯
新譯晏子春秋　陶梅生注譯
新譯鄧析子　徐忠良注譯
新譯荀子讀本　王忠林注譯
新譯尹文子　徐忠良注譯
新譯尸子讀本　水渭松注譯
新譯鶡冠子　趙鵬團注譯
新譯鬼谷子　王德華等注譯
新譯韓非子　傅武光等注譯
新譯呂氏春秋　朱永嘉等注譯
新譯韓詩外傳　孫立堯注譯
新譯淮南子　熊禮匯注譯
新譯春秋繁露　朱永嘉等注譯
新譯新書讀本　饒東原注譯
新譯新語讀本　王　毅注譯
新譯潛夫論　彭丙成注譯
新譯論衡讀本　蔡鎮楚注譯
新譯申鑒讀本　林家驪等注譯
新譯人物志　吳家駒注譯
新譯張載文選　張金泉注譯
新譯近思錄　張京華注譯
新譯傳習錄　李生龍注譯
新譯呻吟語摘　鄧子勉注譯
新譯明夷待訪錄　李廣柏注譯

文學類

新譯詩經讀本　滕志賢注譯
新譯楚辭讀本　林家驪注譯
新譯楚辭讀本　傅錫壬注譯
新譯文心雕龍　羅立乾注譯
新譯六朝文絜　蔣遠橋注譯
新譯世說新語　劉正浩等注譯
新譯昭明文選　周啟成等注譯
新譯古文觀止　謝冰瑩等注譯
新譯古文辭類纂　黃　鈞等注譯
新譯樂府詩選　溫洪隆注譯
新譯古詩源　馮保善注譯
新譯千家詩　邱燮友等注譯
新譯詩品讀本　成　林等注譯
新譯花間集　朱恒夫注譯
新譯南唐詞　劉慶雲注譯
新譯絕妙好詞　聶安福注譯
新譯唐詩三百首　邱燮友注譯
新譯宋詩三百首　陶文鵬注譯
新譯宋詞三百首　汪　中注譯
新譯宋詞三百首　劉慶雲注譯
新譯元曲三百首　賴橋本等注譯
新譯明詩三百首　趙伯陶注譯
新譯清詩三百首　王英志注譯
新譯清詞三百首　陳水雲等注譯
新譯唐人絕句選　卞孝萱等注譯
新譯唐才子傳　戴揚本注譯
新譯拾遺記　石　磊注譯
新譯搜神記　黃　鈞注譯
新譯唐傳奇選　束　忱等注譯

新譯宋傳奇小說選　東　忱注譯
新譯明傳奇小說選　陳美林等注譯
新譯容齋隨筆選　朱永嘉等注譯
新譯明散文選　周明初注譯
新譯人間詞話　馬自毅注譯
新譯白香詞譜　劉慶雲注譯
新譯幽夢影　馮保善注譯
新譯菜根譚　吳家駒注譯
新譯小窗幽記　馬美信注譯
新譯圍爐夜話　馬美信注譯
新譯郁離子　吳家駒注譯
新譯歷代寓言選　黃瑞雲注譯
新譯賈長沙集　林家驪注譯
新譯揚子雲集　葉幼明注譯
新譯曹子建集　曹海東注譯
新譯建安七子詩文集　韓格平注譯
新譯阮籍詩文集　林家驪注譯
新譯嵇中散集　崔富章注譯
新譯陸機詩文集　王德華注譯
新譯陶淵明集　溫洪隆注譯
新譯江淹集　羅立乾等注譯
新譯庾信詩文選　歸　青注譯
新譯初唐四傑詩集　李福標注譯
新譯駱賓王文集　黃清泉注譯
新譯王維詩文集　陳鐵民注譯
新譯孟浩然詩集　楊　軍注譯
新譯李白詩全集　郁賢皓注譯
新譯李白文集　郁賢皓注譯

新譯杜甫詩選　張忠綱等注譯
新譯杜詩菁華　林繼中注譯
新譯高適岑參詩選　孫欽善等注譯
新譯昌黎先生文集　周啟成等注譯
新譯劉禹錫詩文選　閻　琦注譯
新譯柳宗元文選　卞孝萱等注譯
新譯白居易詩文選　陶　敏等注譯
新譯元稹詩文選　郭自虎注譯
新譯李賀詩集　彭國忠注譯
新譯杜牧詩文集　張松輝注譯
新譯李商隱詩選　朱恒夫等注譯
新譯范文正公選集　王興華等注譯
新譯蘇洵文選　羅立剛注譯
新譯蘇軾文選　滕志賢注譯
新譯蘇軾詞選　鄧子勉注譯
新譯蘇轍文選　朱　剛注譯
新譯曾鞏文選　高克勤注譯
新譯王安石文選　沈松勤注譯
新譯唐宋八大家文選　鄧子勉注譯
新譯柳永詞集　侯孝瓊注譯
新譯李清照集　姜漢椿等注譯
新譯陸游詩文選　韓立平注譯
新譯辛棄疾詞選　聶安福注譯
新譯歸有光文選　鄔國平注譯
新譯唐順之詩文選　馬美信注譯
新譯徐渭詩文選　周　群等注譯
新譯薑齋文集　平慧善注譯
新譯顧亭林文集　劉九洲注譯

新譯方苞文選　鄔國平等注譯
新譯袁枚詩文選　王英志注譯
新譯李慈銘詩文選　潘靜如注譯
新譯聊齋誌異選　任篤行等注譯
新譯閱微草堂筆記　嚴文儒注譯
新譯浮生六記　馬美信注譯
新譯弘一大師詩詞全編　徐正綸編著

歷史類

新譯史記　韓兆琦注譯
新譯漢書　吳榮曾等注譯
新譯後漢書　魏連科等注譯
新譯三國志　吳樹平等注譯
新譯資治通鑑　張大可等注譯
新譯史記—名篇精選　韓兆琦注譯
新譯尚書讀本　吳　璵注譯
新譯尚書讀本　郭建勳注譯
新譯周禮讀本　賀友齡注譯
新譯逸周書　牛鴻恩注譯
新譯左傳讀本　郁賢皓等注譯
新譯公羊傳　雪　克注譯
新譯穀梁傳　顧寶田注譯
新譯春秋穀梁傳　周　何注譯
新譯戰國策　溫洪隆注譯
新譯國語讀本　易中天注譯
新譯說苑讀本　左松超注譯
新譯說苑讀本　羅少卿注譯
新譯新序讀本　葉幼明注譯

新譯吳越春秋　黃仁生注譯
新譯西京雜記　曹海東注譯
新譯列女傳　黃清泉注譯
新譯越絕書　劉建國注譯
新譯燕丹子　曹海東注譯
新譯東萊博議　李振興等注譯
新譯唐六典　朱永嘉等注譯
新譯唐摭言　姜漢椿注譯

宗教類

新譯金剛經　徐興無注譯
新譯高僧傳　朱恒夫等注譯
新譯碧巖集　吳　平注譯
新譯百喻經　顧寶田注譯
新譯楞嚴經　賴永海等注譯
新譯梵網經　王建光注譯
新譯圓覺經　商海鋒注譯
新譯法句經　劉學軍注譯
新譯六祖壇經　李中華注譯
新譯禪林寶訓　李中華注譯
新譯維摩詰經　陳引馳等注譯
新譯經律異相　顏洽茂注譯
新譯阿彌陀經　蘇樹華注譯
新譯無量壽經　邱高興注譯
新譯無量壽經　蘇樹華注譯
新譯妙法蓮華經　張松輝注譯
新譯景德傳燈錄　顧宏義注譯
新譯大乘起信論　韓廷傑注譯
新譯釋禪波羅蜜　蘇樹華注譯
新譯八識規矩頌　倪梁康注譯
新譯永嘉大師證道歌　蔣九愚注譯
新譯華嚴經入法界品　楊維中注譯
新譯地藏菩薩本願經　李承貴注譯
新譯悟真篇　劉國樑等注譯
新譯无能子　張松輝注譯
新譯坐忘論　張松輝注譯
新譯列仙傳　張金嶺注譯
新譯抱朴子　李中華注譯
新譯神仙傳　周啟成注譯
新譯性命圭旨　傅鳳英注譯
新譯老子想爾注　顧寶田等注譯
新譯周易參同契　劉國樑注譯
新譯道門觀心經　王　卡注譯
新譯養性延命錄　曾召南注譯
新譯樂育堂語錄　戈國龍注譯
新譯沖虛至德真經　張松輝注譯
新譯長春真人西遊記　顧寶田等注譯
新譯黃庭經・陰符經　劉連朋等注譯

軍事類

新譯司馬法　王雲路注譯
新譯尉繚子　張金泉注譯
新譯三略讀本　傅　傑注譯
新譯六韜讀本　鄔錫非注譯
新譯吳子讀本　王雲路注譯
新譯孫子讀本　吳仁傑注譯
新譯李衛公問對　鄔錫非注譯

教育類

新譯爾雅讀本　陳建初等注譯
新譯顏氏家訓　李振興等注譯
新譯聰訓齋語　馮保善注譯
新譯曾文正公家書　湯孝純注譯
新譯三字經　黃沛榮注譯
新譯百家姓　馬自毅等注譯
新譯幼學瓊林　馬自毅注譯
新譯增廣賢文・千字文　馬自毅注譯
新譯格言聯璧　馬自毅注譯

政事類

新譯商君書　貝遠辰注譯
新譯鹽鐵論　盧烈紅注譯
新譯貞觀政要　許道勳注譯

地志類

新譯山海經　楊錫彭注譯
新譯水經注　陳橋驛等注譯
新譯佛國記　楊維中注譯
新譯大唐西域記　陳　飛等注譯
新譯洛陽伽藍記　劉九洲注譯
新譯徐霞客遊記　黃　珅注譯
新譯東京夢華錄　嚴文儒注譯

◎新譯南唐詞

劉慶雲／注譯

南唐詞在詞的發展史上具有承先啟後的重要作用。宋詞的繁榮雖在數十年之後，南唐詞卻是導夫先路，開一代風氣。本書主要收錄南唐詞人馮延巳、李璟、李煜詞作一百五十餘首，除了對作品的情感內涵及藝術表現手法做出研析，尤注意其在創新方面的貢獻，如題材的開闊、意境的昇華、哲思的鎔鑄等，進而揭示出詞人的整體創作在詞發展史上的意義。既有助於讀者對作品的理解，又有助於對詞發展線索的把握。

國家圖書館出版品預行編目資料

新譯宋詞三百首／汪中注譯;張孝裕注音.——修訂三版八刷.——臺北市：三民，2023
面； 公分.——(古籍今注新譯叢書)

ISBN 978-957-14-5523-5 （平裝）

833.5 100012285

古籍今注新譯叢書

新譯宋詞三百首

注譯者 汪 中
注音者 張孝裕

發行人 劉振強
出版者 三民書局股份有限公司
地 址 臺北市復興北路 386 號 (復北門市)
臺北市重慶南路一段 61 號 (重南門市)
電 話 (02)25006600
網 址 三民網路書店 https://www.sanmin.com.tw

出版日期 初版一刷 1977 年 11 月
二版四刷 2010 年 1 月
修訂三版一刷 2011 年 7 月
修訂三版八刷 2023 年 1 月
書籍編號 S030280
ISBN 978-957-14-5523-5

三民書局